王瑶全集

卷五

中国现代文学史论集

王瑶 著

河北出版传媒集团
河北教育出版社

编辑说明

本卷所收《中国现代文学史论集》，由作者生前亲自编定，系第一次出版。卷中的文章，除《赵树理在现代文学史上的历史地位》《〈周作人早年书简辑存笺注〉序》外，均公开发表过；此次编集时，《老舍〈骆驼祥子〉略说》《曹禺的话剧创作》二文因作者重新扩写，按手稿排印，其余均按发表稿收入，个别文题根据作者编定时的意见作了修改。《关于"历史进化的文学观念"的理解》一文，作者生前曾有作进一步修改的计划，但未及实现，现仍按原发表稿收入。

1990 年 12 月

目　　录

关于现代文学研究工作的随想 3
现代文学的历史特点 29
关于现代文学史的起讫时间问题 46
论现代文学与中国古典文学的历史联系 66
现代文学的民族风格问题 98
现代文学所受外国文学的影响 115
关于现代文学研究工作的回顾和现状 136
"五四"文学革命的启示 151
"五四"时期对中国传统文学的价值重估 175
关于三十年代文艺论争问题 196
关于文艺大众化
　　——纪念"左联"成立五十周年 208
抗日战争时期及解放战争时期的文艺理论批评概况
　　——《中国新文学大系（1937—1949）文艺理论卷》序 223
《在延安文艺座谈会上的讲话》在现代文学史上的
历史意义 243
"五四"时期散文的发展及其特点 280
谈关于话剧作品的研究工作
　　——在中国话剧文学学术讨论会上的发言 322
中国现代作家笔下的东南亚 331

关于"历史进化的文学观念"的理解……………………346
对《鲁迅同斯诺谈话整理稿》的几点看法
　　——1988年3月10日在法国巴黎第三大学东方
　　语言文化学院的讲演……………………………368
郭沫若的历史剧创作理论………………………………383
茅盾对中国现代文学的历史贡献………………………407
论巴金的小说……………………………………………424
巴金的生活和创作………………………………………484
《老舍选集》序言………………………………………499
老舍《骆驼祥子》略说…………………………………508
曹禺的话剧创作…………………………………………515
读《夏衍剧作选》………………………………………532
赵树理在现代文学史上的历史地位……………………543
《周作人早年书简辑存笺注》序………………………555
《徐玉诺诗选》序………………………………………559
刘思慕（小默）《野菊集》序…………………………562
《川岛文选集》序………………………………………568
念朱自清先生……………………………………………572
念闻一多先生……………………………………………627
后记………………………………………………………660

中国现代文学史论集

关于现代文学研究工作的随想

一

从"五四"到中华人民共和国成立的三十年间中国现代文学的研究工作,作为一个特定的历史阶段来考察,是从建国以后才开始的。它是一门很年轻的学科,在这门学科的短短三十年的历史中,还包括了那"史无前例"的十年内乱。在那些文化浩劫的日子里,类似农业上某些地区的"以粮为纲、全面砍光"的情况,结果粮食也并不能上得去一样,现代文学的教学与研究也只孤零零地剩下了一个鲁迅,结果当然是对鲁迅的著作也只能得到曲解和涂饰。粉碎"四人帮"以后的三年多来,澄清是非,拨乱反正,大家做了许多工作。而且为了适应教学工作的迫切需要,目前已经出版了好几部集体编写的"中国现代文学史"。但总的看来,我们的科学水平还不高,距离时代和人民对这门学科的要求还相当远,我们必须多方面地进行深入的研究,努力提高这门学科的学术水平。现在我们面临四化建设的任务,要建设两个文明,物质文明和精神文明;要攀登三个高峰,除科学技术高峰外,还有文学艺术高峰、思想理论高峰。对于建设精神文明,对于攀登思想理论高峰和文学艺术高峰,这门学科都能作出自己应有的贡献。正像列宁所说:"为了要理解,必须从经验上开始理解研究"[1]。我们对这段文学发展历史的深入研究，必将有助于我们社会主义文学的繁荣发展。

就现代文学史的编著工作来说，它的质量必然在一定程度上反映了关于现代文学研究工作的整体的学术水平；如果各种各类专题性的研究尚未取得公认的、富有科学性的成果，那么作为综述性的现代文学史著作就很难超越一般的介绍文学现象的水平。除此之外，作为一门学科，现代文学史也有它自己的性质和特点，我们必须重视这种质的规定性，充分体现这门学科的特点。

文学史既是文艺科学，也是一门历史科学，它是以文学领域的历史发展为对象的学科，因此一部文学史既要体现作为反映人民生活的文学的特点，也要体现作为历史科学、即作为发展过程来考察的学科的特点。文学史家要真实地反映历史面貌，要总结经验、探讨规律，就必须在丰富复杂的文学现象中概括出特点来。文学史是一门历史科学，但它不同于艺术史、宗教史、哲学史等别的历史科学，这是很清楚的；但文学史作为一门文艺科学，它也不同于文艺理论和文学批评，这就没有引起我们足够的重视。虽然这三者都是以文学现象作为研究的对象，有其一致性，但也有各自不同的特点。例如讲作家作品，文学批评可以评论一个作家或者分析他的几部作品，文学史虽然也以作家作品为主要研究对象，但不能把文学史简单地变成作家作品论的汇编，这不符合文学史的要求。作为历史科学的文学史，就要讲文学的历史发展过程，讲重要文学现象的上下左右的联系，讲文学发展的规律性。用列宁的话说，历史科学"最可靠、最必需、最重要的，就是不要忘记基本的历史联系，要看某种现象在历史上怎样产生，在发展中经过了哪些主要阶段，并根据它的这种发展去考察它现在是怎样的。"[2]要正确地阐明文学的发展，就必须从历史上考察它的来龙去脉，它的重要现象的发展过程。写文学史与编"作品选读"不同，作品选是根据某一标准或适应某类读者的需要编选的，并不表示没有入选的作品就不好；但文学史就不同，不论它写得多么简略，讲一个作家和不讲一个作家，讲一个作品和不讲一个作品，讲多讲少，无论繁略都意味着评价。文学史上说这个是杰出作家，那个是伟大作家，都有和其他作家的联系比较问题。它和文学批评只就某一作品进行分析是不同的。文学史当然要以作家的成果作为重要研究对象，但必须把作品放在历史过程中来考察，不能只分析作品的思想性、艺术性，还要探讨它的历史的地位和贡献。文学史不仅要评价作品，还要写出这个作品在文学史上出现的历史背景，上下左右的联系，它给文学史增添了些什么，作出了什么样的贡献，对后来的文学发展有什么样的影响。每一个作家都有他的思想发展过程和创作道路，也有和他同时代的人、和写同一题材或体裁的人的互相比较问题，只有这样才能使人感到作家作品是在一定的历史条件下出现的，才能看到作家用他们的劳动如何丰富了文学史。例如讲《雷雨》，如果只分析周朴园和繁漪的形象，只讲戏剧冲突的构成，这只是作品分析的讲法。从文学史的角度讲，就要注意到在《雷雨》出现以前，基本上没有大型多幕剧，《雷雨》是第一个能演三、四个小时的多幕话剧。《雷雨》推动了我国戏剧文学的发展和艺术水平的提高，抗战时期多幕话剧的创作就达到了一百二十余种。文学史中讲文艺运动和思想斗争，更要和一定的历史背景以及当时的社会思潮相联系，要着重考察它对创作所产生的实际影响，这样才能比较准确地写出历史的真实面貌，才可避免把文学史写成作家作品评论的汇编。

文学史不但不同于文学批评，也不同于文艺理论。虽然文学史和文艺理论都要探讨和研究文艺发展的规律，但文艺理论所探讨的文艺的一般的普遍规律不同于文学史所要研究的特定的历史范畴。文学史必须分析具体丰富的文学历史现象，它的规律是渗透到现象中的，而不是用抽象的概念形式体现的；因此必须找出最能充分反映本质的现象，从文学现象的具体面貌来体现文学的发展规律。列宁在《哲学笔记》中指出："现象比规律更丰富"，因为"任何规律都是狭隘的、不完全的、近似的"；"反对把规律、概念绝对化、简单化、偶像化。"所以不但不能"以论代史"，而且也不能"以论带史"，因为"原则不是研究的出发点，而是它的终了的结果"；"原则只有在其适合于自然界和历史之时才是正确的。"[3]我们进行研究时当然要遵循马克思主义文艺理论的指导，但它绝不能成为套语或标签，来代替对具体现象的历史分析。不讲文学现象，就不能构成文学史。因为某一现象除了它和许多其他现象所共有的同一本质以外，还包含有不同于其他现象而为其所独有的纯粹个别的因素，这就好像社会发展史不能代替某一国家的通史一样。文学史研究具体现象有助于反映和丰富规律，但不能只抽象地以理论来代替它。文学史要求通过对大量文学现象的研究，抓住那些最能体现这一时期的文学特征的典型现象，从中体现规律性的东西。可见虽然文艺理论、文学史、文学批评三者都是以文学作为研究对象，都属于文艺科学的范围，但作为一门独立的学科，文学史是具有它自己的性质和特点的。

作为文学史的方法论来看，鲁迅的许多具体实践仍然给我们以巨大的启发，可以认为是研究文学史的典范。例如他把六朝文学的一章定名为"酒·药·女·佛"，关于酒和药同文学的关系，我们已在《魏晋风度及文章与药及酒之关系》一文中得知梗概，女和佛当然是指弥漫于齐梁的宫体诗和崇尚佛教以及佛教翻译文学的影响，这四个字指的都是文学现象，但它既和时代背景和社会思潮有联系，又和文人的生活与作品有联系，是可以反映和概括中古文学史的特征的。他把讲唐代文学的一章取名为"廊庙与山林"，那是根据作家在朝或在野而对现实采取不同的态度和倾向加以概括的，其意盖略近于他的一篇讲演的题目《帮忙文学与帮闲文学》，目的是由作家的不同的社会地位来分析作品的不同倾向的。他善于捕捉带普遍性的能够反映本质意义的典型现象来论述，其中就体现了规律性的认识。这些章节安排大概是他在广州中山大学拟定的，据许寿裳《亡友鲁迅印象记》所记，鲁迅曾和他谈过大意，但这项工作并未完成。就已经写成的著作来说，我们可以举《中国小说史略·清末之谴责小说》一章为例。他把晚清的《二十年目睹之怪现状》《官场现形记》这类的小说叫谴责小说，这个名词确实抓住了十九世纪末、二十世纪初这类小说的特征，现在各种文学史都沿用这个名称，说明它已得到学术界的普遍承认。鲁迅对这一章的写法也值得我们重视，开头一段他就说："光绪庚子（1900年）后，谴责小说之出特盛。盖嘉庆以来，虽屡平内乱（白莲教、太平天国、捻、回），亦屡挫于外敌（英、法、日本），细民暗昧，尚啜茗听平逆武功，有识者则已翻然思改革，凭敌忾之心，呼维新与爱国，而于'富强'尤致意焉。戊戌变政既不成,越二年即庚子岁而有义和团之变,群乃知政府不足以图治,顿有掊击之意矣。其在小说,则揭发伏藏,显其弊恶,而于时政,严加纠弹,或更扩充,并及风俗。虽命意在于匡世,似与讽刺小说同伦,而辞气浮露,笔无藏锋,甚且过甚其辞,以合时人嗜好,则其度量技术之相去亦远矣,故别谓之谴责小说。"鲁迅这里首先讲了谴责小说产生的时代背景、作品内容和艺术特点,然后重点分析了《官场现形记》《二十年目睹之怪现状》等代表作品的特色,最后则讲了谴责小说堕落成黑幕小说的发展:"此外以抉摘社会弊恶自命,撰作此类小说者尚多,顾什九学步前数书,而甚不逮,徒作谯呵之文,转无感人之力,旋生旋灭,亦多不完。其下者乃至丑诋私敌,等于谤书;又或有嫚骂之志而无抒写之才,则遂堕落而为'黑幕小说'。"这种写法,可以认为是典范性的文学史的写法。他简要地说明了谴责小说是在屡挫于帝国主义侵略、而维新与爱国运动又告失败的戊戌政变与庚子事变之后出现的,是在人民已经认识到"政府不足以图治"而想揭露和掊击它的情况下产生的,因此内容以揭发谴责为主;但由于过于迎合社会流行趣味,情节过于夸张失实,缺乏艺术力量,所以达不到讽刺小说应有的成就。在分析了几部著名的代表作品之后,他又指出这种倾向后来演变为"徒作谯呵之文,转无感人之力",结果遂堕落成为谩骂式的黑幕小说。这种写法不仅完全符合历史的真实面貌,而且总结了许多有益的经验教训,这些经验教训就带有一定的规律性的意义。这就是文学史的写法,它是不同于一般文学批评或文艺理论的写法的。

随着社会生活的复杂化,现代文学史中众多的文学现象当然要比过去更其丰富和多样，它不仅与政治的关系十分密切，而且还有外来的影响；但作为文学史的方法论来看，它所应当遵循的原则仍然是一样的。在这方面，我以为鲁迅的《中国新文学大系·小说二集序》就为我们提供了值得学习的典范。"小说二集"收的是新文学运动以来头十年的除文学研究会和创造社以外的小说作品，鲁迅的序文就是用文学史的笔法来写的。例如他讲自己的小说，首先叙述《新青年》提倡文学革命和当时一般的创作情况，然后说："在这里发表了创作的短篇小说的，是鲁迅。从1918年5月起，《狂人日记》《孔乙己》《药》等，陆续出现了，算是显示了文学革命的实绩，又因为那时的认为'表现的深切和格式的特别'，颇激动了一部分青年读者的心。"这种写法不同于他在《我怎样做起小说来》或《答〈北斗〉杂志社问》中那种以作者的口吻的写法，他是以史家的笔法客观地叙述了他的小说在文学史上的地位。他讲了这些作品的"显示了文学革命的实绩"的贡献，讲了创作的主要特色，也讲了它在当时所起的激动人心的社会影响。下面又分析了他的小说的艺术渊源，这些作品与外国文学的关系以及新的主题思想的深度。然后又分析了作者自己从《呐喊》到《彷徨》的思想艺术的发展过程，"以后虽然脱离了外国作家的影响，技巧稍为圆熟，刻划也稍加深切，如《肥皂》《离婚》等，但一面也减少了热情"。这里不是孤立地介绍作家作品，而是把作家作品放在历史联系和发展中来考察，这就是文学史的写法。又如鲁迅在这篇文章里对沉钟社的介绍和评论，也是十分精辟的。沉钟社是个青年文学爱好者的团体，取名"沉钟"，是借用德国当代作家霍普特曼的一个剧本的名字。鲁迅讲沉钟社的倾向是"其实也是'为艺术而艺术'的作家团体"，他们"向外，在摄取异域的营养，向内，在挖掘自己的灵魂，要发现心里的眼睛和喉舌，来凝视这世界，将真和美的歌，唱给寂寞的人们"。鲁迅特别欣赏《沉钟》周刊眉端所引的吉辛诗句的题辞："我要工作啊，一直到我死之一日。"他对为"五四"所觉醒起来的这些青年人的心情是理解的，但他又历史地分析了他们的处境、遭遇和倾向。他说："但那时觉醒起来的知识青年的心情，是大抵热烈然而悲凉的。即使寻到一点光明，'径一周三'，却更分明地看见了周围的无际涯的黑暗。"他们要追求外国新的东西，而"摄取来的异城的营养又是'世纪末'的果汁"，即十九世纪末资产阶级颓废主义的文学。他们比较喜欢的外国作家如王尔德、尼采、波特莱尔、安特莱夫等都是消极情绪比较严重的，因此虽然他们是青年，"却唱着饱经忧患的不欲明言的断肠之曲。"但"沉钟社却确是中国的最坚韧、最诚实、挣扎得最久的团体。"他们努力的情况，就像他们刊物的题辞一样，"工作到死掉之一日；如'沉钟'的铸造者，死也得在水底里用自己的脚敲出洪大的钟声。然而他们并不能做到，他们是活着的，时移世易，百事俱非；他们是要歌唱的，而听者却有的睡眠，有的槁死，有的流散，眼前只剩下一片茫茫白地，于是也只好在风尘涳洞中，悲哀孤寂地放下了他们的箜篌了。"这就深刻地说明这些青年作家虽然抱着真诚美好的愿望在竭力地挣扎和追求，但由于脱离了中国社会的实际，结果仍然无法继续下去。在分析他们的总的倾向中也就说明了他们的创作的思想艺术特点及其形成的原因。鲁迅并不是以他们自己所标榜的名言来作为分析的标准，而是从作品的实际倾向来评价他们，把它放在特定的社会背景下，分析他们的主观愿望和客观社会现实的矛盾，说明作品倾向性形成的原因，以及作品流传的情形和所产生的影响。另外，鲁迅在这篇文章里对许多作者的评述，如关于"五四"以后"乡土文学"的分析，都十分精辟；它不仅对作者有中肯的评价，而且写出了历史过程的复杂性，我们可以把它看作是现代文学史研究工作的指导性文献。

总之，文学史研究工作不能只看文学作品；例如讲巴金，不能只分析《家》里的几个人物。我们的视野必须扩大，除政治经济形势外，还必须注意到社会思潮与文化思想战线的各种现象，注意到历史的连贯性和文学发展的规律性。规律即是不以人们的意志为转移的客观过程的反映，因此我们必须通过大量文学现象的考察和研究，掌握能够体现一定历史时期文学面貌的典型现象，深入分析和探讨它同各种文学现象之间的联系，它的消长过程，然后才可能揭示出历史发展的客观面貌，才能看出流变，显示全貌，比较准确地评价作家作品的贡献。

二

近年来在关于现代文学史编写工作的会议中，大家议论比较多的是下面三个问题：（一）范围和线索；（二）文艺运动与作家作品在书中的比重；（三）评价作家作品的标准。我现在也想就这几个问题谈一点自己的想法。

现代文学史以从"五四"新文学运动到中华人民共和国成立的三十年间出现的文学作品和文学现象为研究对象，这同时也就是它研究的范围。这个范围和对象本来应该是没有疑义的，一本现代文学史无论繁简如何不同，它都应该受这种历史规定性的制约，而不为一时的政治气氛或时代潮流所左右。但由于过去政治运动接连不断，每一次运动就砍掉一批作家作品，也就把范围缩紧一些，以致到十年浩劫期间就只剩下一个孤零零的鲁迅了。"四人帮"垮台以后，大家都感到应该解放思想，扩大现代文学史的研究范围，以反映历史的真实面貌；而且事实上如胡适、周作人、徐志摩等过去长期对之采取回避态度的作家也在好几部新编的现代文学史中出现了，说明大家已大体上取得了一致的看法。但在具体处理时究竟扩大到多大呢？目前仍有不同的意见。姚雪垠同志最近在给茅盾同志的信中，谈到现代文学史应该包括旧体诗、词和包天笑、张恨水的章回体小说。这就是值得讨论的意见。他举出了毛主席等老一辈无产阶级革命家和著名新文学作家的旧体诗词，特别强调了苏曼殊和南社诗人的作品；我对此是有所保留的。我以为文学史研究的对象应该是在社会上公开发表过并且得到社会上一定评价的作品，不包括没有产生社会影响的个人手稿，而老一辈革命家和新文学著名作家所写的旧体诗词在新中国成立之前是大致都没有公开发表过的。鲁迅的旧诗多半是作为书法艺术写给友人的，后来才由别人搜集起来。郁达夫的旧诗除在散文游记中间有录存外，也并未在当时结集出版。朱自清的旧诗集取名《敝帚集》《犹贤博弈斋诗钞》，是在他逝世后人们才看到手稿的，其他许多新文学作家也未闻有旧诗专集出版。这是有原因的，"五四"文学革命首先从反对旧诗开始，新诗是最早结有创作果实的部门，因此一般新文学作家最多把写旧诗作为业余爱好，只在朋友间彼此流传，最初并没有公之于世的意思。老一辈革命家长期处于艰苦的战争环境中，他们赋诗言志的情况与鲁迅等是相似的，并非为了公开发表。至于苏曼殊和南社诗人，则确实是专写旧体诗的，但苏曼殊已于"五四"前逝世，南社活动的最后时间虽为1923年，但创作早已成为强弩之末，他们都应该属于旧民主主义革命时代的范围，不是现代文学史所要研究的对象。在这一时期内当然也有一些旧诗集出版，例如吴宓、吴芳吉的诗集，但不仅社会影响甚微，而且明显处于新文学对立面的范畴，因此在现代文学史中是否应该包括旧体诗词，是值得研究的问题。至于章回体小说，则流行的现代文学史中并未一例排斥，马烽、西戎的《吕梁英雄传》、谷斯范的《新水浒》，都采用了章回体的形式，并未有人提出过不同的意见，只是包天笑、张恨水这些作者需要具体研究而已。包天笑在二十年代明显处于新文学的对立面，就作品说也很难把它纳之于反帝反封建的现代文学的总的性质的范畴。张恨水的情况比较复杂，他在抗战时期主张抗日，解放战争时期有反国民党倾向，曾写过《八十一梦》等较好的作品，但他的代表作是前期的《啼笑因缘》和《金粉世家》，这些作品拥有较多的读者，在城市居民中产生过影响。像这样的作家究竟应该如何评价，是需要进行深入研究的。这就牵涉到现代文学史的主流问题。我们当然应该要求一部现代文学史能够显示出中国现代文学发展的全貌和它的丰富复杂的内容，因此我们不赞成把范围搞得很狭小；但无论就文学现象或作家作品说，都不能等量齐观地去对待，而必须突出进步的、民主主义和社会主义的文学的主流，因为只有这样才能反映出历史的真实面貌。各种文学流派和有影响的作家作品都是以它的贡献和同主流的关系来得到不同的评价的，这当中有许多有待深入研究的专题。但明确了主流和全貌的关系，也就明确了发展的线索。五十年代我们曾企图用创作方法当作文学史的贯穿线，就是说社会主义现实主义是现代文学发展的道路。后来认识到我们提倡某种创作方法是一件事，但作家采用别的方法也是可以有成就的，因此不能用单一的创作方法来作为文学史发展的线索。后来又有人企图用无产阶级作家队伍成长壮大的过程当作线索，但队伍是以人的政治立场、世界观来划分的，不能说明文学本身在思想艺术质量上的发展；而且民主主义文学即使在今天也仍然有其进步意义，因此这种处理也是不妥善的。其实线索问题实质上就是文学的主流问题。只要真实地反映出主流及其相关的艺术流派的成长发展的过程，包括思想、艺术的收获，做到轻重适当，脉络清楚，就自然形成了历史发展的线索；主观地用一条单纯的线索来贯串历史的进程，反而是会把丰富复杂的历史面貌简单化的。

　　文学史应该以创作成果为主要研究对象。衡量一个作家对文学史的贡献，主要看他的作品，看作品的质量和数量，然后对它作出应有的评价。文学史不能以文学运动为主，尤其不能以政治运动为主。但同时我们也不能避开不讲文艺运动，因为它确实对创作有影响，有时甚至是促使文学面貌发生根本变化的巨大影响。不讲"五四"新文化运动和文学革命，就不能说明鲁迅小说"显示了文学革命的实绩"的作用；不讲延安的文艺整风运动，就不能说明以赵树理为代表的新的人民文艺的出现；而这些文艺运动之所以会产生如此巨大的作用，又都是和它作为伟大政治运动的一个组成部分密切联系的。重要的是文学史不能仅从政治的角度来考察文艺运动，而必须着眼于某一运动对创作所产生的实际影响；看它是促进了还是阻碍了文学创作的向前发展，或者根本没起什么作用。同时对于影响本身也须进行具体的分析，有时某一文艺运动在产生重大的积极影响的同时，也在某些方面伴随着难以避免的消极影响，这就需要对每一文艺运动作深入细致的考察和研究。对于文学史上历次重大的思想斗争也是如此；文学史不同于文艺思想史，它讲思想斗争是为了说明马列主义文艺思想如何在文学战线上占领了阵地以及它如何影响创作的，因此必须考察和分析这种影响。过去我们只孤立地讲述各次思想斗争的过程，学生讽刺说："你们讲思想斗争总是'三部曲'：第一是敌人猖狂进攻，第二是我们迎头痛击，第三是'销声匿迹了'，过一些时候又来一次'三部曲'。"这样不但没有阐明文艺思想斗争对创作的影响，而且即就文艺思想斗争本身来说，也把生动丰富的历史变成了简单的重复，不能说明真实的历史情况。就对创作的影响说，各次论争的情况是很不相同的；例如同样发生在三十年代前期的同第三种人的论争和对所谓民族主义文学的斗争，影响就很不相同。前者不仅讨论到所谓"第三种文学"，而且涉及到许多创作原则和作品性质的问题，它对进步作家也不同程度地产生了影响，而后者则实际上只是对国民党御用文学的揭露和反击，对文学创作并未发生直接影响。文学史既以文学作品为主要研究对象，在考察文艺运动或思想论争时就不能不着眼于它对创作所起的作用，因此这不仅是一个文艺运动在一部著作中所占篇幅多寡的问题，重要的还是考察问题的角度和着眼点。

　　文学史既以创作成果为主要研究对象，因此对作家的评价也主要是看他的作品的成就和贡献，不能牵扯到作家的其他许多方面。一个作家是一个社会的人，他除了创作以外，当然还有其他的社会活动和政治活动，特别是他会关心和参加文学领域的运动和论争；我们当然应该注意到他的多方面的社会实践作为研究他的作品的背景和参考，但我们研究和评价他的成就的主要依据是他的作品，而不是他在各种运动中的表现。他在文艺运动或论争中的活动当然会反映出他的文艺思想的某些观点，这些观点当然也会对他的作品产生影响，但我们仍然不能直接以他的主张或观点来代替对他的作品的分析和评价。有人批评我们的某些文学史是"以人定品"、"以品衡文"，这话当然刻薄一点；如果说过去有过某些类似现象的话，那也是历次政治运动干扰的结果。如1957年以后有些书曾把丁玲、艾青作为反动作家来批判，应该相信这种情况再也不会出现了。"骂杀"与"捧杀"不是客观的科学态度。我们是根据作品作出评价的，我们讲作家的作品好，并不排除他其他方面表现不好；我们讲他的作品不好，也不排除他其他方面好，他可以对革命作出过很大贡献。这个问题在古典文学的研究中就不存在，现代文学史由于所研究的作家是我们的同时代人，因此常常不免有超越学术范围的干扰；但科学地研究问题必须有勇气排除这些干扰，文学史只能根据作品在客观上所反映的思想倾向和艺术成就来评价，而不能根据作者在政治运动中的表现来评价。我们作出的评价无论是否准确或允当，它是一个可以讨论的学术问题，与政治结论是完全不同的。当然，作家的政治思想观点是会对创作发生影响的，这就需要对作品作深入细致的研究。例如我们讲新月派，既要注意到它作为一个流派的总的特点，也要就某一作家的作品仔细分析。《新月》上不仅刊载文艺作品，还有罗隆基等的政治论文；就诗歌创作说，我们既要注意到闻一多作品中的爱国的内容，但也不能因为他后来成为烈士就把他从新月派中主观地划分出来。文学现象是十分复杂的，要进行具体的分析，绝不能简单化。

文学作品不仅是社会现象，而且是认识现象，因此除了政治倾向外，还要看它是怎样反映了社会生活。一般地讲，文学的政治倾向性和反映生活的真实性是统一的，但各个作家在艺术上的表现是不一样的，这就需要分析。列宁在《一本有才气的书》一文中评论了在巴黎出版的一个沙俄的白匪军官写的一本叫《插到革命背上的十二把刀子》的小说集，列宁说，尽管这个作家的反革命的政治立场决定了他写到革命的时候完全是恶意的、不真实的宣传，但这个作家在描写"他所非常熟悉的、亲身体验过、思考过和感受过的事情"时，"以惊人的才华刻划了旧俄罗斯的代表人物"，"描写得十分逼真"。列宁认为其中"有几篇小说值得转载，应该奖励有才气的人。"所以我们不仅要看到作家的政治倾向性，还必须看到作品反映生活的真实程度。一部作品塑造的众多的艺术形象，不一定都成功或都失败，要采取分析的态度。我们不能仅从思想倾向或题材意义上来立论，还必须分析作家在艺术上的风格和成就。

我们必须坚持历史唯物主义的原则，尊重客观事实，坚持党性和科学性的统一。无产阶级不需要夸大一些东西或掩盖一些东西来表现自己的立场。历史的真实性、科学性和党性是统一的。我们反对客观主义,要在论述中表现倾向性,但倾向性只能表现在科学的历史真实中,表现在科学的分析和评价中,而不能是外加地拔高一些什么,或者贬低一些什么,也不需要回避什么东西。如第一个话剧剧本是《终身大事》,有人想用欧阳予倩的《黑奴吁天录》来代替,但《黑》剧当时并没有剧本,现有的剧本是后来写的。其实是不必费此心机的。又如《尝试集》是第一部新诗集,这是事实,我们找不到比它更早的新诗集,我们应该尊重历史。但在如何看待和评价中可以体现我们的观点。有一些作品,存在这样那样的问题,但在当时起过作用,也要作出历史的评价。列宁评价托尔斯泰时曾经指出:"托尔斯泰观点中的矛盾,不应该从现代工人运动和现代社会主义的角度去评价(这种评价当然是必要的,然而是不够的),而应该从反对新兴的资本主义,反对群众破产和丧失土地(俄国有宗法式的农村,就一定会有人这样反对)的角度去评价。"[4]列宁在这里科学地论证了对作家的历史的和现实的两种评价的关系。作为文学史的研究,对一个历史上的作家,对于历史上的文学现象,当然应该看到他对今天的意义,但更重要的却是要正确评价他的历史作用和历史地位,这就是列宁所说的"在分析任何一个社会问题时,马克思主义理论的绝对要求,就是要把问题提到一定的历史范围之内。""判断历史的功绩,不是根据历史活动家没有提供现代所要求的东西,而是根据他们比他们的前辈提供了新的东西"[5]。就现代文学史来说,例如创造社在"五四"时期主张"为艺术的艺术",这在当时是有进步意义的,应该给予历史的地位,但三十年代邵洵美等人提倡"为艺术而艺术",我们就不能给以有进步意义的评价了。又如周作人"五四"时期写的《人的文学》，是有进步意义的，但三十年代胡适在《中国新文学大系·建设理论集导言》中说周作人的文章是"五四"时期文学革命的纲领，就是直接对抗左翼文艺运动的了。所以任何文学现象或作品都必须置于一定的历史条件下，才能作出科学的评价，而不能用今天的标准予以简单的否定。

要尊重历史事实，就必须对史料进行严格的鉴别。在古典文学的研究中，我们有一套大家所熟知的整理和鉴别文献材料的学问，版本、目录、辨伪、辑佚，都是研究者必须掌握或进行的工作；其实这些工作在现代文学的研究中同样存在，不过还没有引起人们应有的重视罢了。如果我们仅以解放后人民文学出版社的出版物作为研究工作的依据，那就有可能产生不应有的谬误。首先，许多作家还仅仅出了选集，我们无法由此衡量作者的全部作品；而且虽然这套选集大部分是作者自己选定的，但取舍的标准很不一致，有的人录取较宽，有的则很严格。例如张天翼就没有出选集，只出了一本薄薄的《速写三篇》，而这是远远不能代表他的创作成果的。更重要的是有一些作家还根据新的认识对原作进行了修改，这就更易引起研究论点的混乱。如郭沫若同志的《匪徒颂》把原来歌颂罗素和哥尔栋的句子改成了歌颂马克思和恩格斯，有的诗人把诗句中歌颂人道主义的字样改为共产主义。这种事例并非仅见，著名的作品如《倪焕之》《骆驼祥子》等，皆对初版本有所删正。因此仅就作品来说，就有一个严格鉴别和核实的问题。鲁迅在《中国新文学大系·小说二集序》中最后讲到编选体例时讲了两条，一条是有些作品后来作家收集的时候不要了，但他仍然选入；另一条是有些作品发表以后，作家又自己把它加工改变了，但他还是选它第一次发表的本子。我觉得这两条也是我们进行研究工作的原则。我们考察作家思想艺术的变迁和作品的社会影响，不能根据作家后来改动了的本子，必须尊重历史的真实。此外，有关一些文艺运动以及文学社团或文艺期刊等方面的文字记载，常常互有出入；特别是一些当事人后来写的回忆录性质的东西，由于年代久远或其他原因，彼此间常有互相抵牾的地方，这就需要经过一番考订审核的功夫，而不能贸然地加以采用。由于关于现代文学的许多资料尚未经过科学的整理，搜求起来比较困难，因此关于史料的整理结集和审订考核的工作，也是现代文学研究中的重要组成部分，应该予以必要的重视。

三

粉碎"四人帮"以后，我们结束了在学术研究和文化艺术上的长期的闭关锁国状态，国际文化学术交流日渐增多，使我们了解到一些国外对中国现代文学的研究情况，也看到了一些他们的出版物和研究成果。由于我国国际地位的提高，我们的文学作品和有关的学术研究成果正在越来越多地引起欧美日本等许多国家人士的注意，他们发表的有关研究中国现代文学的论文或著作也日益增多，而且其中有一些是有相当高的质量和水平的，可以使我们受到一定的启发。过去国外研究汉学的学者多侧重于中国的古代文化，现在则研究现代中国的比重日渐上升，而且还经常举行一些国际性的学术集会。据美方材料，1960—1969年美国授予汉学研究博士学位共四百一十二人，由五十五所大学颁发；1971—1975年颁发的汉学研究博士学位即增为一千二百零五人，来自一百二十六所大学。其中专攻中国语言文学的约占五分之一，关于研究中国现代文学的人数也是日渐上升的。日本是我国的近邻，研究中国文学的人向来很多，而且即使在我国陷入文化浩劫的十年中，他们对中国现代文学的研究也仍然在进行。法国一向是欧洲研究汉学的中心，近年来研究现代中国的趋势日见增长。各种情况都显示随着我国国际地位的提高，国外对我国文化学术的学习和研究的兴趣正在增强，其中就包括对于中国现代文学的研究。这本来是正常的现象，正如我国也在积极地研究外国文学一样；国际学术文化交流可以增进各国人民之间的互相了解，可以推动学术水平的提高，也使我们可以开阔视野，启发思路，有助于研究工作的深入。因此我们应该了解他们的工作和研究成果，分析他们的长处和局限，科学地阐明我们对一些学术问题的见解。由于社会条件不同等复杂的原因，国外学者对中国现代文学的研究无论在研究方法、评价标准或具体论点上都与我们有较大的差异，因此就有一些人一方面出于对国内研究工作现状的不满，一方面也为国外某些研究方法或论点的新奇所眩惑，认为他们的一些论著表现了研究工作的现代化，代表了这门学科的学术研究的国际水平。这种看法是缺乏分析的。的确，任何学科既以一定的客观事物为自己的研究对象，就都有一个科学水平的问题，而且它只能以研究成果是否符合研究对象本身的客观实际作为衡量的标准。就这种意义来说，科学研究确实是国际性的现象，它所达到的水平并不一定限制在某个国家；正如马克思主义的最高水平并不永远在德国一样，关于中国现代文学研究的高水平著作，在逻辑上也可能是出自国外的学者。但目前并未出现这样的情况，有这种看法的人也并不是在分析研究的基础上所得出来的结论。就我们所知，国外学者的研究情况也是十分复杂的，有的人确实是为了深入理解中国文化和中国人民的生活而研究它在文学上的表现的；有的人则是把文学作品作为一种文献，想从中获得在其他出版物中难以得到的情况和资料；也有少数人实质上是想在我们的作品中寻找所谓"持不同政见者"，因此对于国外学者的研究情况，我们既要了解，也要分析，不能笼统地去对待。我们欢迎他们提出高水平的研究成果，但除了一些难以完全避免的偏见以外，由于他们生活在不同的社会条件下，对中国现代社会和人民生活的特点往往有隔膜之感，因而对于植根于其中的现代文学也就很难有十分中肯的论述；加以目前许多著名作品尚未广泛地翻译成各种外文，而国外研究者掌握汉语的能力也是很参差的，这一切就增加了他们深入研究的困难，因而现在我们还没有看到科学水平很高的学术论著。但他们的某些长处是值得我们学习和借鉴的，他们的论文选题一般范围较小，专业性较强；在他所研究的范围内材料搜罗得比较全，论证时结构比较谨严，脉络清楚，逻辑性较强；文后一般都附有材料来源、索引和参考书目，条理很清楚。在他的题目范围内常有我们平常没有注意到的地方，有些论点也能启发我们的思考，但他们往往忽略了这一选题与其他有关文学现象之间的联系以及它在现代文学发展中所应有的位置。

引起一些人对国外研究论文的兴趣的主要有研究方法和对作家评价的两方面的因素。就研究方法说，他们对于作品采取的结构主义的分析方法和对作家进行的比较文学的论证方式,由于我们过去很少运用,因而引起了一些人的新奇感。就运用这种方法所得出的具体结果来说,只要它符合作家作品的实际,就是应该受到尊重的;如对作品的形式和语言进行技术和结构上的分析有时是可以对作品的特色得出符合实际的论述的。但作为一种方法论来看,这种把人的思维看成是先验性的结构,不重视作家的艺术创造,而只对作品作静态的结构分析的研究,是不可能对文学这一历史性现象得出实事求是的科学结论的。比较文学是欧洲早已流行的研究方法,一些外国学者熟悉欧美国家的作家作品,他们很容易拿我们的作家同外国作家进行比较,他们这样做是很自然的,如有人写《鲁迅与萨特》《老舍与迭更斯》这类的论文。作为反映客观世界和进行艺术思维的文学,不同国家的某些作者之间是可以有类似的或共同的一些特点的,我们并不一般地排斥这种比较研究的方法。例如现代文学史上有不少作家受外国某一作家的影响比较显著,我们也有人进行过这方面的研究,如鲁迅与尼采,郭沫若与惠特曼,茅盾与左拉,曹禺与奥尼尔,夏衍与契诃夫等,这种比较对作家的艺术风格、作品构思方式和创作过程特点的分析,是有益的。但国外有的研究者往往超越了这个范围,他们忽略了不同时代和不同民族的特点而谋求找出某种共同的特征,这样就常常不免求同存异,抽象地看问题;而"异"恰恰是本质的、不能忽视的。因此虽然在某些方面这种比较是有益的,但在另外许多方面又是论证不充分的,不能认为它是一种普遍适用的最先进的方法。我们是努力运用马克思主义来指导我们的研究工作的,我们相信马克思主义不仅是科学的世界观,也是科学的方法论。我们从客观实际出发，尊重历史和尊重事实，具体分析所要研究的课题，以期得出符合事物真实情况的科学的结论，这是不能动摇的。我们当然要学习和借鉴别人的长处，但绝不能像邯郸学步那样，为了追求新奇而放弃了根本的原则。

就对作家的评价来说，国外学者的某些观点也同我们有很大的差别。他们常常重视一些我们注意较少的作家而忽略一些比较重要的作家，其原因也比较复杂，有些是他们的艺术观点和艺术趣味的问题，也有些确实是我们研究工作中的缺点，特别是左倾思潮干扰所造成的后果。这需要做具体分析，不能笼统地认为他们的看法就都是正确的或者都是错误的。举例说，有些国外学者对沈从文的评价很高，有的甚至把他和鲁迅并列，而国内则注意较少，差别比较悬殊，这就需要我们认真研究。对于一个写过三十多部小说集而且在文体风格上有自己特色的作家，长期没有得到我们应有的重视，确实是我们研究工作中的缺点，至少是一个薄弱环节。但我们也不能同意他们那种过高的评价。过去的忽略当然有思想和政治上的原因，而且作家自己也不是完全没有责任的，但即使仅就作品的艺术成就来衡量，他也没有达到那样突出的高度。我们过去讲古典诗歌有所谓"大家"和"名家"的区别，"大家"指某一时代公认的突出的高峰，如李白、杜甫这样的诗人，而"名家"则仅指他在某些方面有独到的成就，如唐代的某些边塞诗人。在我看来，沈从文的作品只能认为是"名家"之作，还没有达到"大家"的成就。他善于简洁细腻地描写自然风物和人物心理，在情节结构上富于变化，作品具有湘西一带的浓厚的地方色彩，作者用抒情式的笔调漫叙故事和描摹风习，读来颇有动人之致；这些成就是值得称道的，而且也产生过一定的影响。但作者不仅着重渲染了边地的生活宁静和民性淳朴，歌颂了一种古老的封建性的生活秩序，而且作品中的人物大都只有轮廓，并没有写出丰满的有性格的人物形象来；这即使在他的比较著名的《边城》《长河》等作品中也是如此，很少人物能使人读后留下深刻的印象。当然，对一个作家如何评价是一个可以讨论的学术问题，我们只是说明对于任何人的观点都需要经过思考和分析，不能笼统地认为国外学者的观点就一定是科学的。我们赞成展开广泛的文化学术交流，以便互相学习，促进学术研究的发展，但我们必须首先立足于自己的研究。我们是中国现代社会变革和文学发展的参加者或见证人，中国现代文学是产生在中国的土壤上的，我们有责任对之做出科学的研究和评价，并把我们的研究成果介绍给国外的学者。我们并不要把我们的观点强加于人，但我们相信只要我们的论点是符合历史实际的，是科学的和有充分说服力的，它就一定会逐渐取得那些抱有严肃的科学态度的人们的承认。真理是不可战胜的，过去许多外国学者对"五四"运动的历史意义估计不足，他们讲现代中国总是从辛亥革命讲起，但现在这种情况已有所改变，把"五四"当作一个新的历史时期的起点的人逐渐多起来了，这是同中国人自己研究的结果有联系的。因此我们对国外学者的研究情况不但应该注意和了解，而且应该进行研究的研究，即不但要知道他的具体的论点，而且要分析他之所以如此立论的原因和根据，对之作出我们的评价。所以提高学术水平的关键，仍然在于我们自己的努力。

四

　　长期以来，现代文学的研究工作都只停留在编写现代文学史教材和孤立地、单一地分析作家作品的格局；为了提高学术水平，必须扩大研究领域。没有多方面的专题性的深入研究，特别是综合性的能够反映历史发展线索的专题研究，就很难提高现代文学史著作的质量。现在我们还有一些长期处于空白状态的项目，如上海文学研究所目前进行的上海"孤岛"时期文学的研究，河南师范大学进行的抗战时期各革命根据地文艺运动的研究，就都是新的课题。即使过去已经进行过一些工作的专题，例如关于某一流派或社团的研究，如果从一个新的角度进行深入的探索，也会有新的收获。构成文学现象的要素很多，每个要素都有它的发展和演变的过程，都需要分别地进行考察和研究。例如某种题材、形象，某种主题，某种创作方法或创作倾向的形成和演变，都不但有它的一定的过程，而且还有它的历史继承性和对后来的影响，都需要进行专题性的研究。对于作家的艺术风格和表现方法，作品的构思和语言结构等特点，也需要从它的渊源、形成的条件以及是如何成熟的等方面进行考察；这样才能打开思路，得到规律性的认识。比如"五四"时期以个性解放为主题的小说很多，郁达夫的《沉沦》、鲁迅的《伤逝》等都反映了知识分子要求个性解放的主题，究竟后来这类形象和主题在文学上是怎么发展的，彼此间的影响又是怎样的，就需要研究。又如《阿Q正传》是写国民性的弱点的，鲁迅到三十年代还一直这样讲，这样的主题对后来是有影响的，三十年代沈从文的《阿丽思中国游记》，张天翼的

《鬼土日记》，老舍的《猫城记》，实际上都是写的国民性的弱点，一直到后来写农民性格的局限，或者叫新人的成长，都是与改造国民性有联系的，都有历史发展线索可寻。就人物形象来看，像丁玲的《莎菲女士的日记》中莎菲这样性格的女性并不是孤立的存在，茅盾《蚀》里的几个女性，蒋光慈《冲出云围的月亮》中的曼英等，都有类似的性格特点，都是"五四"以后城市"时代女性"的形象。这些形象有什么特点？她们在不同的作品里有哪些差别，这些形象之间又有什么关系，这些历史性现象都可以进行研究。其他各种形象如农民、知识分子、工人、妇女、资本家等，都可以联系实际生活考察他们在现代文学作品中的出现、变化及其意义。作家的艺术风格和表现手法等方面也可以进行综合性研究，如有的以讽刺艺术见长，如鲁迅、老舍、张天翼等；有的以抒情见长，从鲁迅的《故乡》《社戏》起，以后如芦焚、沈从文、孙犁等，都有这种特点；可以从艺术表现的角度进行研究。过去我们对作家的艺术特点和艺术经验的研究很少，可以说是我们研究工作中的薄弱环节。我们需要对作家进行艺术思维的过程、塑造形象的方法等进行具体的分析和考察，如柳青的《种谷记》和孙犁的《荷花淀》都是写解放区农村的，都写了农民和农村妇女，但风格很不相同；前者着重于从各个侧面把握人物的性格，后者则善于捕捉一个动人的环节来突出人物的精神面貌，抒情性很强，应该从艺术分析的角度对他们的作品作出深入的分析。对重要作家的专题研究虽然我们已经有了一些成绩，现在仍须继续进行；应该把作家置于具体的历史环境中来考察，注意他在文学发展上的贡献是什么，和过去文学的区别和继承关系，以及在社会上产生了什么样的影响等。这里仅仅是举一些例子，目的在于说明我们需要思路开阔一些，才能打破过去的框框。文艺运动和文艺思想方面同样有许多问题有待研究，如苏联拉普派对中国左翼文艺运动的影响，新月派的诗歌理论和英国浪漫主义诗歌的关系；又如托洛斯基的《文学与革命》是很早就翻译成中文的，他的文艺思想究竟发生过影响没有？总之，必须解放思想，扩大研究领域，方能打破长期来那种只孤立地分析作家作品的范围狭隘的局面。

扩大研究领域只是为研究水平的提高提供了条件和活动范围，重要的还在于质量，在于真正把现代文学的研究提高到新的水平。因此我们必须加强学习，努力实践。要取得有科学性的研究成果，就一定要有材料，有分析，有理论；做到讲事实，讲真话，讲道理。这就要求研究工作者除了掌握历史资料、尊重历史事实之外，必须努力提高自己的马克思主义的理论水平。只有这样才能够从丰富复杂的文学现象中找出带有规律性的东西，并提到理论的高度来分析，从而获得符合历史真实的高质量的学术成果。这是提高研究水平的关键，愿我们在科学的征途上早获丰收。

* * *

[1] 列宁：《黑格尔〈逻辑学〉》一书摘要。第三册：主观逻辑或概念论。第三篇：观念。

[2] 列宁：《论国家》。

[3] 恩格斯：《反杜林论》。

[4] 列宁：《列夫·托尔斯泰是俄国革命的镜子》。

[5] 列宁：《论民族自决权》《评经济浪漫主义》。

现代文学的历史特点

中国现代文学是在中国社会内部发生历史性变化的条件下，广泛接受外国文学影响而形成的新的文学。它不仅用现代语言表现现代的科学民主思想，而且在艺术形式和表现手法上都对传统文学进行了革新，建立了话剧、新诗、现代小说、散文诗、杂文等新的文学体裁，在叙述角度、抒情方式、描写手段及结构组成上，都有新的创造，具有现代化的特点，从而与世界文学潮流相一致，成为真正现代意义上的文学。

中国现代文学发端于"五四"新文化运动和文学革命，早在十九世纪末与二十世纪初，随着帝国主义侵略所造成的民族危机的日益加重，中国先进知识分子即在西方新思潮、新文学的启迪下，产生了改革文学以唤起民族觉醒的启蒙要求，在理论、诗歌、小说、戏剧、散文各个领域进行了文学改良的初步尝试，为"五四"文学革命作了思想与文学的准备。第一次世界大战前后，随着中国新的资本主义经济关系的发展，中国社会新的民主势力——无产阶级、资产阶级和小资产阶级知识分子的力量有了很大发展。十月革命又给中国送来了马克思主义，带来民族解放的新希望。在这样的经济、政治、思想背景下，触发了反帝反封建的"五四"新文化运动。作为这一运动的重要组成部分与突破口，"五四"文学革命以反对封建蒙昧主义与专制主义的旧教条，提倡科学、民主和社会主义，反对文言文，提倡白话文为主要旗帜，向封建旧文学展开了猛烈的进攻，锋芒所及，从内容到形式，无不引起巨大的变革，开始了文学现代化的历史进程。这个新的文学运动，发轫于北京、上海等少数文化发达的城市，在中国现代历史发展过程中逐渐深入全国各地；在日本统治下的台湾地区和东北沦陷区以及香港、澳门等地，也都发生了并且进行着同样的或者类似的文学变革。

中国现代文学在"五四"文学革命以后的六十多年发展过程中，随着中国革命与社会性质的演变，以1949年10月中华人民共和国成立为转折，经历了新民主主义革命时期与社会主义时期两个历史阶段。两个阶段的文学既有各自的历史风貌，显示出不同阶段的差异性；又具有共同的传统与特点，存在着内在的连续性。新民主主义文学中所孕育的社会主义因素保证了文学的社会主义发展方向，到新中国成立后便形成了社会主义文学的洪流。这使两个阶段的文学具有下述共同的基本特征：

一 中国现代文学的主流是人民的文学

"五四"文学革命在中国文学史上引起的历史性变革，集中地表现为大大加强了文学与人民群众的结合，文学与进步的社会思潮及民族解放、人民革命运动的自觉联系。这构成了中国现代文学的基本特点与传统。"五四"文学革命由倡导白话文开始，就体现了文学必须能为最广大的群众所接受的历史要求。文学革命的先驱者并提出了"国民文学""平民文学"的口号，以表现普通人民生活、改造民族性格和社会人生为文学的根本任务。在创作实践上，出现了中国文学史上从未有过的彻底反封建的新的主题和人物：普通农民与下层人民，以及具有民主倾向的新式知识分子，取代了旧文学中的帝王将相、才子佳人，成为文学的主人公；展示了"批判封建旧道德、旧传统、旧制度""表现下层人民的不幸""改造国民性"与"争取个性解放"等全新的主题。

"五四"以后，无产阶级作为独立的力量登上政治舞台，并在社会生活中日益显示出自己的力量；与历史的这一发展相适应，二十年代中后期起在文学上提出了以"农工大众"为主要服务对象与表现对象的要求。中国左翼作家联盟成立以后，更明确规定以"大众化"作为无产阶级文学运动的中心。在创作实践上，进行了正面表现中国共产党所领导的群众斗争和塑造觉醒中的工人、农民形象的艺术尝试；知识分子题材的作品获得了新的开掘：从知识分子与人民、革命的关系的角度，探讨与展示现代知识分子的历史命运，指出了个性解放与社会解放相结合的道路。这一时期的革命作家与进步作家还作了文学形式通俗化、大众化的实验，显示了文学与人民结合的新进展。

在抗日战争时期，民族危难使作家与人民有了共同命运，推动着许多曾经有过脱离人民的倾向，"为艺术而艺术"的作家走出个人小天地。"文章下乡，文章入伍"成为抗战初期不同政治艺术倾向的作家的共同要求。在抗战中期民族形式问题的讨论中，文学与人民的关系，作家与人民的关系成为理论家和作家关注、思考的中心。在创作实践上，爱国主义成为文学的重大主题。作家们热情地表现伟大民族解放战争中新人的诞生和新的民族精神面貌的形成；抗战中后期，又转向对现实与历史的深入思考，着力于暴露破坏抗战、阻碍民族进步的现实黑暗势力，进一步探索民族传统文化与传统性格的优劣得失，充分显示了作家对于国家、民族强烈的责任感，与祖国、人民休戚与共的血肉关系。民族解放战争也带来了文学形式的新变化：抗战初期小型、通俗作品的大量出现，中后期长篇小说、多幕剧、长篇叙事诗的繁荣，都促进了文学艺术与人民群众和时代的更密切的结合。

1942年，在革命根据地建立了人民政权的新的历史条件下，毛泽东《在延安文艺座谈会上的讲话》鲜明地提出了"文艺为以工农兵为主体的人民大众服务"的根本方向。在深入工农兵火热斗争实践中，锻炼出一支熟悉工农兵生活并在思想感情上与工农兵打成一片的新型文艺队伍；以工农兵为主体的人民大众，特别是从他们中间成长起来的新人，成为文学的主要描写对象与歌颂对象；人民喜闻乐见的艺术形式和他们的语言受到了作家们高度重视，并得到创造性的运用；新文学作品开始为普通工农兵群众所接受。新文学自身与以工农兵为主体的人民大众之间的关系，得到了空前的加强，为文学向社会主义方向的发展准备了条件。

中华人民共和国的成立，人民在中国历史上第一次成为国家的主人，为文学与人民在更大的广度与深度上的结合开辟了广阔的道路。作家获得了深入工农兵和表现工农兵的自由及各种物质上的保证。随着人民文化科学水平的提高，人民群众不仅充分享有欣赏文学艺术作品的权利，而且从直接参加体力劳动的工农群众中不断产生出有文学才能的专业和业余作者。社会主义祖国的统一和团结，促进了各兄弟民族文学的发展。在民主革命时期和社会主义革命时期，先后有为数众多的少数民族作家参加了新文学的创造，如老舍（满族）、沈从文（苗族）、纳·赛音朝克图（蒙古族）、穆塔里夫（维吾尔族）、李乔（彝族）、李准（蒙古族）、玛拉沁夫（蒙古族）、饶阶巴桑（藏族）、陆地（壮族）、金哲（朝鲜族）、晓雪（白族）、康朗甩（傣族）等。现代文学成为多民族的文学，获得了更广泛的群众基础。热情歌颂中国共产党领导工农兵群众在民主主义革命和社会主义革命与建设中所建立的功绩，塑造无产阶级和劳动人民的英雄形象，在五六十年代的新中国形成强大的文学潮流，给文学的题材、主题、艺术表现方法与形式、风格带来了深刻的影响。

经过十年内乱的历史曲折，1979年召开的中国文学艺术工作者第四次代表大会，在解放思想、总结历史经验的基础上，明确了"文艺为人民服务，为社会主义服务"的方向。作家自觉地与党和人民一起思考，探索振兴中华、建设具有中国特色的社会主义的道路，文学主题的演变和现实的发展取得了基本相同的步调；描写时代风云中普通人的历史命运和人生道路，展示"四化"建设中的时代英雄——改革者丰富的精神世界，塑造各种各样人物的典型形象，成为许多作家共同的艺术追求。作品题材趋向多样化的发展；除传统的农村题材继续受到一些作家的重视，并获得了新的表现角度外，知识分子题材受到越来越多的关注，工业题材取得了突破性的成就，和平时期的军事题材有了新的开拓，历史题材的作品出现了初步繁荣的局面。文学作品在各阶层人民群众中引起的强烈反响，显示了文学与时代、人民之间的紧密与广泛的结合。

二 中国现代文学是以革命现实主义为主体并包有多种创作方法和流派的文学

"五四"文学革命在中国文学史上引起的另一个历史性变革,是大大加强了文学与现实生活的联系。打破"瞒"与"骗"的封建文学原则和方法,按照生活本来面貌反映现实生活,揭示现代中国社会真实的矛盾运动,以激发人民群众变革现实的热情;这一历史要求贯串于中国现代文学发展的全过程,使革命现实主义成为现代文学文艺观和创作方法的主流。"五四"文学革命在一开始就旗帜鲜明地把"推倒陈腐的铺张的古典文学,建设新鲜的立诚的写实文学"作为文学革命的三大主义之一[1];以后鲁迅又进一步提出了"取下假面,真诚地,深入地,大胆地看取人生"[2],"敢于如实描写,并无讳饰"[3]的严格的现实主义要求。这一时期现实主义创作方法的提倡,充满着反封建传统的批判精神,强调了文学清醒地揭露和批判黑暗现实的功能,显示了启蒙主义的特色。"五四"时代是一个历史的开放时期,先驱者以恢阔的气魄,进行了多种创作方法与艺术流派的开拓。鲁迅和他所支持的文学研究会等社团的作家,在开创中国现代文学现实主义传统的同时,又汲取了浪漫主义、象征主义等艺术流派的某些艺术手法,为现实主义文学的发展开辟了广阔的道路。鲁迅的短篇小说集《呐喊》《彷徨》达到了代表时代和民族思想艺术的高峰,《阿Q正传》等作品不但成为中国现代文学的奠基之作,对许多作家产生了深远的影响,而且引起了国际文坛的注目，成为中国现代文学进入世界文学之林的代表作。与鲁迅同时出现的叶圣陶、冰心、朱自清等一批各具特色的作家，也对现实主义文学的发展作出了自己的贡献。以郭沫若、郁达夫为代表的创造社，以闻一多、徐志摩为代表的新月社，以田汉为代表的南国社等社团的作家，主要从浪漫主义文学汲取艺术营养，同时也受到西方现代主义不同程度的影响；《女神》《沉沦》等作品开创了现代文学浪漫主义的传统。

二十年代末与三十年代，无产阶级革命文学得到了有力的倡导与发展。在这一过程中，向文学的现实主义提出了加强与工农大众实际生活的联系，自觉地揭示历史的发展趋向、表现无产阶级理想等要求，并有了"新现实主义""社会主义现实主义""革命现实主义"理论的介绍与提倡。革命现实主义文学在自己的历史发展中面临着全新的课题：如何把无产阶级的思想要求即倾向性，与作品的艺术真实性的要求统一起来；如何认识与解决无产阶级文学必须表现工农兵的历史要求与作家对工农生活不熟悉之间的矛盾。革命文艺界为了从理论与艺术实践上解决这一历史课题作了巨大的努力，同时也产生过某些理论的失误与背离现实主义的公式化概念化的创作倾向。革命现实主义文学正是在不断克服自身错误的过程中日趋成熟，在创作实践上获得了新的突破，在三十年代产生了茅盾《子夜》这样里程碑式的作品，出现了巴金、老舍、曹禺、丁玲、张天翼、沙汀、艾芜、吴组缃、李劼人、叶紫、萧红、萧军、殷夫、蒲风、艾青、臧克家、夏衍等一大批有着鲜明艺术个性的革命现实主义作家。他们都以具有反映现实的深度、艺术上比较成熟的力作，为现实主义艺术的发展作出了重要的贡献。沈从文、戴望舒、施蛰存、何其芳等作家各自为汲取浪漫主义、象征主义、现代主义等艺术养料，发展多种艺术流派，进行了多方面的艺术探讨，其理论与艺术实践的得与失，都对现代文学丰富多样的发展，提供了宝贵的经验教训。

抗日战争与解放战争进一步加强了作家与现实生活的联系，推动了各种流派、创作方法的作家向革命现实主义归依的趋向，这反过来又促进了革命现实主义向反映现实的深度、广度与多样化方向的发展。艾青、田间及"七月诗派"的诗歌创作，茅盾、巴金、沙汀、老舍、路翎的小说以及曹禺、夏衍、陈白尘、宋之的、吴祖光的戏剧创作，代表着这一时期革命现实主义艺术所达到的新的水平。郭沫若《屈原》为代表的历史剧创作则是继《女神》以后革命浪漫主义艺术的另一高峰。

同一时期，革命根据地的作家长期地深入工农兵群众生活，参加实际斗争，初步解决了革命现实主义和文学所面临的表现工农的历史要求与作家不熟悉工农生活之间的矛盾，获得了创作上的新成就。赵树理《小二黑结婚》《李有才板话》，丁玲《太阳照在桑乾河上》，周立波《暴风骤雨》，李季《王贵与李香香》等作品，在表现工农兵，并努力达到鲜明的思想倾向性与艺术真实性的统一上，为社会主义时期革命现实主义文学的发展提供了有益经验。贺敬之、丁毅的《白毛女》等作品则显示了革命现实主义与革命浪漫主义结合的趋向。

新中国成立所带来的巨大历史变革，为社会主义文学的发展提供了坚实的生活基础。新中国的作家坚持真实地、历史地、在现实的变革和发展中反映生活,自觉地把革命现实主义即社会主义现实主义作为最根本的创作原则与方法,经过长期的艺术实践,在五十、六十年代逐渐形成了代表社会主义新中国文学的主导性的风格与特征,即注重题材与主题的重大性与时代性,自觉追求具有"巨大的思想深度"与"广阔的历史内容"的史诗性,对民族性格进行具有历史纵深度的开掘,创造雄浑壮阔的艺术境界,以及从历史进程中所汲取的昂奋的战斗精神。思想上艺术上的这些特点,在《红旗谱》《创业史》《红岩》《茶馆》等优秀作品中,都表现得相当鲜明和突出。尽管这一时期的文学在多样性发展上有所不足,并存在着某些粉饰现实的偏差,但具有中国民族特色及时代特色的主导性风格的初步形成,无疑表现了中国社会主义文学日见成熟的趋向。

十年内乱中,政治生活的逆转,人为地遏止了正在发展着的上述文学趋势,粉饰和歪曲现实的文学逆流的泛滥造成了灾难性的后果。粉碎江青反革命集团以后,经过拨乱反正的艰苦努力,文学的革命现实主义传统获得了恢复与发展,以题材的广阔性、揭露生活矛盾的深刻性与塑造人物性格的丰富性构成了这一时期文学的主要特征。社会主义文学的批判职能与歌颂职能得到了辩证的统一;作家怀着强烈的社会责任感与历史使命感,站在党和人民的立场,揭露与鞭挞阻碍民族振兴的腐败消极的事物和现象,歌颂和赞美振兴中华、建设四化的伟大事业中新的思想感情和新的人物。作家倾心于人物内心世界的开掘,努力按照生活的本来面貌写出人物思想性格的复杂性、丰富性与独特性,在历史的纵深运动中揭示人物思想性格形成的根源及发展趋向;乔光朴(蒋子龙:《乔厂长上任记》)、陈奂生(高晓生:《陈奂生上城》《陈奂生转业》)、陆文婷(谌容:《人到中年》)等艺术形象的成功塑造,就显示出了作家们的这种追求,表现了革命现实主义文学的深化。王蒙等一批作家还以"拿来主义"的态度,从浪漫主义、象征主义、现代主义等多种流派中汲取艺术养料,多方面地进行了富有创造性的探索,以丰富和发展革命现实主义的艺术表现力。作品的表现手法、艺术形式也有了新的开拓,充分显示了革命现实主义文学的生命力。

三 中国现代文学的发展是吸收外来文学营养使之民族化、继承民族传统使之现代化的过程

中国是一个有悠久文化传统的文明古国,近代中国又受到西方文化的巨大冲击;中国现代文学产生于这一文化背景下,如何正确对待中国传统文化与西方外来文化,直接关系着现代文学的发展。现代文学在发展初期,为打破抱残守缺的国粹主义的思想统治,进行文学的彻底革新,曾对西方各个历史时期的文艺思潮、文学流派,包括各种文学形式、表现手法,作了全面介绍与广泛吸收,同时对中国传统文学遗产进行了重新评价。这对打碎封建旧思想、旧文学的枷锁,促进思想与艺术的解放,促进文学的现代化,起了重大作用。中国现代文学的伟大奠基者鲁迅曾经指出,中国现代小说的产生,"一方面是由于社会的要求的,一方面则是受了西洋文学的影响"[4],他自己开始进行创作时所仰仗的也"全在先前看过的百来篇外国作品和一点医学上的知识"[5]但由于中国现代作家自身与中国人民生活,特别是与民族解

放、人民革命运动的天然联系，对民族心理、习俗、语言的熟悉，以及中国传统文学的修养等原因，外来文化必然经过有意识地借鉴、汲取、消化的过程，并逐步实现民族化。中国现代文学各个领域的早期开拓者，无论是小说领域的鲁迅、郁达夫、叶圣陶，诗歌领域的郭沫若、闻一多，散文领域的周作人、朱自清、冰心，戏剧领域的田汉、洪深，他们的创作几乎是从一开始就显示出了现代化与民族化兼而有之的特征。与此同时，作为发展过程中的历史现象，也曾经出现过对西方文化与传统文化都缺乏分析的形式主义偏向，一部分作家提出了在文化（包括文学）上"全盘西化"的错误主张，一些创作存在着脱离群众、脱离民族传统的"欧化"倾向。

　　二十年代末三十年代初，马克思主义（包括马克思主义文艺思想）的进一步传入及其与中国文艺运动实践结合的结果，产生了中国无产阶级文艺运动。同时，苏联及西方左翼文学思潮和文学作品，也对中国现代文学的发展，产生了日益明显的影响，使中国左翼文学成为世界"红色的三十年代"文学的组成部分。在中国左翼作家联盟成立前后，进步文艺界又进行了长达十年之久的关于文艺大众化问题的讨论；在确认文艺的大众化方向的前提下，这次讨论涉及了文学语言的通俗化、旧形式的利用等问题。鲁迅所提出的必须"采用外国的良规，加以发挥"，"择取中国的遗产，融合新机"[6]，以促进现代文学自身创造与发展的主张，即是这次讨论的理论成果。在创作实践上，则出现了鲁迅的《二心集》《伪自由书》等杂文，巴金的《家》，曹禺的《雷雨》《日出》，老舍的《骆驼祥子》，艾青的《大堰河，我的褓姆》

等将中外影响熔为一炉，具有鲜明的民族风格与艺术个性的现代作品，标志着现代文学艺术上的日趋成熟。"左联"时期为克服创作上的"欧化"现象，促进现代文学的民族化、群众化作出了巨大努力，但由于"左联"本身所带有的"五四"形式主义向"左"发展的成分，也妨碍它彻底克服同是根源于形式主义的"欧化"倾向。

四十年代，抗日民族解放战争的现实突出了新文学运动与普通工农兵群众生活仍然存在着距离的矛盾，更为迫切地提出了文学民族化与群众化的历史要求。毛泽东在理论上首先明确提出必须"把国际主义的内容和民族形式""紧密地结合起来"，创造"新鲜活泼的，为中国老百姓所喜闻乐见的中国作风和中国气派"[7]，并由此展开了关于民族形式问题的讨论。1942年延安文艺整风运动对"五四"以来现代文学中所存在的某种程度上生吞活剥马克思主义和西方文化的文学教条主义与艺术教条主义倾向进行了理论上的批评和研讨。在解放区小说、诗歌、戏剧创作中，出现了深入群众生活，研究群众（首先是农民）艺术趣味，学习群众语言，批判、继承民族传统，特别是民间艺术传统的文学潮流，并出现了一批在内容和形式上都鲜明的民族化、群众化的作品，也出现了以赵树理为代表的深深扎根于农民群众和民族文化传统之中的人民艺术家。

中华人民共和国的成立，为更广泛地汲取与借鉴中外文化遗产提供了可靠的保证。五十、六十年代，曾有计划地广泛介绍了东、西方古代和十八、十九世纪的文艺理论与文学作品；由于复杂的内外原因，对西方现代派文学则相对隔膜。对五六十年代新中国文学创作起着重大影响的仍然是俄罗斯、苏联和西方进步文学。由于作家贯彻党的文艺方针，深入工农群众的生活，从理论到创作实践上都努力追求文学的民族化与群众化。批判地吸收与借鉴中国传统文学艺术（包括民间文化艺术）的精华，反映中国人民的历史与现实生活，成为许多作家艺术探索的中心，并且得到了可观的成绩。柳青的《创业史》，梁斌的《红旗谱》，姚雪垠的《李自成》（第一部），老舍的《茶馆》，田汉的《关汉卿》，以及贺敬之、郭小川等的诗歌，巴金、杨朔等的散文，显示了新中国的人民艺术家为创造具有鲜明的中国特点的社会主义文艺所达到的水平。四十年代在延安抗日根据地开始的戏曲改革运动在新中国得到了新的发展；在"百花齐放，推陈出新"的方针指导下，大量传统戏曲剧目经过整理、改编，获得了新的生命，运用传统戏曲形式反映现代新生活，也取得了重要进展。

七十年代中后期，在摆脱了思想与文化的十年禁锢之后，文学的现代化与民族化进入了一个新的阶段。中外文化交流空前频繁和深入：不仅包括西方现代派在内的各种创作方法、流派、风格的作品广泛地介绍到中国，中国现代文学艺术也越来越为世界文坛和各国人民所关注。在现代文学面向世界的新的历史条件下，有选择地吸收外来文化中一切好的内容和形式，溶化到本民族文艺的血液之中，以丰富和提高本民族的文艺，成为新时期作家艺术探索的重要课题。历史的发展正在纠正这种探索中出现的选择不慎和消化不力的现象，使之走上健康、积极的道路。与此同时，作家在探索文学民族化道路上，较多地注意了深入开掘由民族经济社会发展条件所决定，在民族文化长期熏陶下形成的民族心理、民族性格，描绘具有民族特色的人民生活、风物习俗，在选择与吸收民族传统艺术表现形式、创造民族风格时，也表现了多样化发展的特色，民族风格与个人风格得到了更好的结合与统一。

四　中国现代文学是在积极的思想斗争中向前发展的

现代中国面临一个动荡的大变革的时代，处于这样历史时代的中国现代文学，呈现出不同阶级、不同趋向的文学作品和文学思潮纷然杂陈，彼此冲突而又互相影响与吸收的复杂面貌。这种情况决定了现代文学在尖锐激烈的斗争中取得自身的辩证发展。在现代文学的发轫期，新文学即是通过文学革命与思想革命，在对封建传统文学的猛烈批判中，为自己开辟道路的。此后，新文学每前进一步，都遇到旧文学的顽强反抗。从二十年代封建主义的国粹派、学衡派、甲寅派、鸳鸯蝴蝶派文学，到三十年代国民党政府的文化"围剿"、法西斯民族主义文学，直至四十年代的"战国策派""戡乱文学"，以及日本帝国主义卵翼下的汉奸文学，构成了新民主主义时期文学发展中的逆境。反帝反封建的新文学与上述形形色色的文学逆流的斗争，决定着新文学的命运。

新民主主义文学所具有的反帝反封建的统一战线性质，决定了其内部各种成分的文学之间，存在着既团结又斗争的关系。无产阶级和革命民主主义文艺思想与资产阶级文艺思想之间，展开过反复的讨论和斗争。从二十年代的现代评论派，到三十年代的新月派、"第三种人"、论语派，直至四十年代的自由主义文学，尽管政治倾向十分复杂，就其文艺观而言，则是属于资产阶级范畴的。通过这些讨论和斗争，无产阶级和革命民主主义的文艺从理论上和创作实践上都获得了更健康的发展，为文学向社会主义方向发展开辟了道路。

在现代中国的历史条件下，小资产阶级的革命民主主义文学与无产阶级文学一起构成了现代文学的主流；而无产阶级文学运动的兴起，也首先是"经过革命小资产阶级作家的转变，而开始形成起来，然后逐渐地动员劳动民众和工人之中的新的力量"[8]。如何对待小资产阶级作家、小资产阶级思想及小资产阶级革命民主主义文学，对于现代文学，特别是无产阶级文学的健康发展，具有特殊重要的意义；现代文学史上的多次论争都与这一问题直接相关。曾经发生过否定或贬低小资产阶级作家和小资产阶级革命民主主义文学的"左"的关门主义、宗派主义的错误，也有过混淆小资产阶级革命性与无产阶级革命性、放弃或削弱无产阶级思想领导的右的偏差，这两种倾向都对现代文学的发展产生过消极影响。正是在纠正上述错误的过程中，无产阶级逐渐团结了大多数小资产阶级作家，将民主革命进行到底。在社会主义历史新时期，小资产阶级作家仍然作为可靠的同盟军，与无产阶级作家一起组成了新中国的文艺大军。

无产阶级文学运动的发展，同时是在内部斗争中实现的。无产阶级文学运动的内部斗争呈现着更加复杂的情况：既有在历史转折时期由于对客观形势认识的不同而产生的革命战略、策略问题的争论，更有为克服因对马列主义掌握的偏差而产生的革命幼稚病所进行的艰苦斗争。这种革命幼稚病在中国现代无产阶级文学运动中主要表现为思想上的教条主义，组织上的宗派主义、关门主义，以及忽视文学的艺术特征、否定艺术规律的公式化概念化的创作倾向。坚持用科学的实事求是的态度展开必要的内部思想斗争，促进了无产阶级文学运动内部在马克思主义基础上的团结，并推动了马克思主义文艺思想与中国革命文艺运动实践日益密切地结合。

1949年10月中华人民共和国成立后，面临在旧的基础上进行经济建设和文化建设的任务。历史的发展要求文学界从思想上澄清对于旧事物、旧文化与新事物、新文化之间界线的认识。但建国初期所进行的批判虽然对宣传马克思主义的观点、方法起了一定的作用，但由于采取的方式不尽适当，在批判过程中发展起来的片面性、绝对化的观点，也带来一些偏颇和失误，而且影响相当深远。1955年错误地对所谓"胡风反革命集团"的斗争以及1957年文艺界反右派斗争的扩大化，进一步发展了"极左"倾向。六十年代又进行了一系列过火的错误的学术批判和文艺批判，终于由新编历史剧《海瑞罢官》的所谓"批判"构成了爆发"文化大革命"的直接导火线。十年内乱结束后，文艺界在党的正确方针指引下，科学地总结了历史经验，针对长期形成的"左"的思想、路线及其影响，在一系列理论问题上进行了拨乱反正的工作，同时实事求是地批判了背离社会主义方向的右的倾向，在两条路线的斗争中，为新时期文学的健康发展廓清了道路。

以上我们就中国现代文学在它六十多年的发展中，分四个方面概述了它的历史特点；它说明我们今天坚持的文学为人民服务、为社会主义服务的方针不仅是为建设社会主义精神文明的现实需要所决定的，而且也是其来有自、有它的历史的渊源和必然性的。当然，现代文学的特点远不只这几个方面，例如它在艺术上所形成的时代特色我们就没有加以综述；这一方面是因为我们的研究工作还没有对此作出深入的研究，一方面也是因为不同的作家和创作流派都对现代文学的发展作出了自己的探索和贡献，形成了不同的风格和特色，而这是很难作出总体的概括的。我们只是从宏观的方面，就现代文学在它的发展过程中所形成的一些基本的历史特点，作了一点总的描述。我们相信这些特点不仅是重要的、符合历史实际的、而且也为新时期的文学发展积累了丰富的经验，为社会主义文学事业的继承和革新提供了有益的启示。

*　　　*　　　*

[1] 陈独秀：《文学革命论》。
[2] 鲁迅：《论睁了眼看》。
[3] 鲁迅：《中国小说的历史变迁》。
[4] 鲁迅：《〈草鞋脚〉小引》。
[5] 鲁迅：《我怎么做起小说来》。
[6] 鲁迅：《〈木刻纪程〉小引》。
[7] 毛泽东：《中国共产党在民族解放战争中的地位》。
[8] 瞿秋白：《〈鲁迅杂感选集〉序言》。

关于现代文学史的起讫时间问题

一

中国现代文学史是一门年轻的学科。中华人民共和国建立之后，由于民主革命的胜利，我们不仅有必要、而且也有可能对新民主主义革命时期这一完整的历史阶段的文学现象作出全面系统的考察，阐明它的发展过程和规律性，为社会主义的文学建设提供经验。建国之初，教育部就规定了"中国现代文学史"是大学中文系的必修课程之一。三十多年来，我们已经有了许多部关于现代文学史的著作。这些著作尽管各有特点，但它们所阐述的都是由1919年的"五四"运动到中华人民共和国成立这一新民主主义革命时期三十年间的文学历史；也就是说，这门学科的起讫时间是明确的，并未引起人们的争论和怀疑。五十年代还有些学校在讲完规定的课程内容之后，附带地讲述一些建国以来的文学情况，当时有一些现代文学史著作也是这样处理的；但由于建国以来的时间愈长，作品愈多，后来就把这一部分内容独立成为"当代文学"了。直到现在，我们一般都是将由鸦片战争至"五四"运动时期的文学视为近代文学，下与现代文学相接，而将建国以后的文学视为当代文学。这种"近代—现代—当代"的分期方式相沿已久，迄今未变，但它是否合理，近年来却引起了不同的意见。有人主张应将"近代"和"现代"合并为一个时期，也有人认为应将"现代"与"当代"合并为一个时期；这就是说，现在通行的中国现代文学史的起讫时间都有了问题。究竟应该如何对待这一争议呢？

历史分期是一个科学性的问题。因为历史进程虽然是连绵不断的，但又有它的阶段性，这是由该阶段史实的鲜明的重要特征所决定的。中国通史中关于奴隶社会与封建社会的分界线一直争论了许多年，就因为它是一个重要的学术问题。因此有必要对现代文学史的时间起讫问题，进行深入的讨论。

先说起点。

史学界长期以来就有许多人主张中国近代史的起讫时间应为从鸦片战争到中华人民共和国成立（1840—1949），范文澜同志的《中国近代史》虽然写于建国之前，只讲到"五四"为止，但他于书名下标明"上"字，显然表示新民主主义革命时期的内容应属于中国近代史的范围。1954年胡绳同志在《历史研究》第一期上发表《中国近代历史的分期问题》，明确提出中国近代史的下限应是1949年中华人民共和国成立。同年创刊的《近代史资料》也收入"五四"以后的文献。最近几年，这个问题又重新引起了争论。李侃同志发表了《中国近代史"终"于何时？》[1]，李新同志发表了《中国近现代历史分期问题》[2]，皆重申此说。他们认为历史分期应根据生产方式、社会制度来划分，"五四"运动并没有改变中国的社会性质，如果以"五四"作为现代史的起点，就是割裂了社会历史的完整性和民主革命的连续性；中国近代史的研究对象是半封建半殖民地社会的历史，因此应以中华人民共和国的成立作为近代史的下限和现代史的起点。但史学界另外也有一些人不同意这种意见，1980年成立的中国现代史学会，就是认为"五四"是现代史的起点的。他们和北京市历史学会曾于1983年9月召开"中国现代史科学体系讨论会"，会上绝大部分人都"主张1919年的"五四"运动应是中国现代史的起点"[3]。他们强调了十月革命的世界意义和"五四"以后领导阶级的变化，认为中国新民主主义革命属于世界社会主义革命的范畴，"五四"运动对中国历史进程的影响十分巨大，因此它应成为现代史的起点。这一论争目前还没有一致的结论，许多学校的现代史课程仍然沿用由"五四"开始的体系；所以新出的《中国近代史词典》中说："暂按习惯上的划分，以1919年的"五四"运动作为近代史的下限。"

史学界的论争也引起了关于文学史分期的不同看法。在1982年10月召开的"全国近代文学讨论会"上，就有许多人提出近代文学史的范围应该是由鸦片战争至中华人民共和国成立（1840—1949），和中国近代史采取一致步调[4]。他们除了由社会性质方面提出与史学界相同的理由以外，更从文学史的角度申述了这种观点。他们认为"五四"文学革命和新文学的主要特点，皆非"五四"以后才有，而是在前八十年中孕育和诞生的；诸如文学作品的反帝反封建性质，提倡白话文，主张学习外国，注重小说以及重视文学反映现实的社会作用等，在晚清皆有所表现和萌发。并且针对以"五四"为现代文学史开端的主张发出了如下的质问："《新青年》创刊于1915年，胡适的《文学改良刍议》和陈独秀的《文学革命论》发表于1917年，鲁迅的《狂人日记》发表于1918年。""这些现象又该如何解释？"此外也还有一些人发表过不同意以"五四"为现代文学史起点的看法,如姚雪垠同志在致茅盾的信中主张现代文学史应包括旧体诗词和包天笑、张恨水的小说、苏曼殊与南社诗人的作品[5]。苏曼殊逝世于"五四"前一年,南社作为文学社团"五四"后已停止活动,这实质上是将现代文学史的起点向上推了。邢铁华同志主张现代文学史应从1894年的甲午战争开端[6]等等。总之,同史学界的情况相似,目前仍然是一个有争议的问题。

再说"讫"点。

史学界主张中国现代史应从"五四"开端的一派,认为"中华人民共和国成立前后的三十年历史,应该归于一个大过程,不能拦腰截断。""新民主主义和社会主义是中国共产党人领导中国革命总体系的两个紧密联系的组成部分,也是人民革命实践的不可分割的两部分。"[7]这种意见在文学界也同样存在。例如冯牧同志就认为:"目前我们对现代文学和当代文学的研究采取了二者分家的办法,这显然是不大科学的。……从'五四'以来的新文学,都应当属于现代文学的范围之内,但是可以分为两个时期:一个是现代文学的新民主主义时期,一个是现代文学的社会主义时期。""现代文学的'现代'二字,主要还不是时间概念,……除了时间概念,主要应当根据文学的思想性质来决定。"[8]冯牧同志的看法是可以代表文艺界许多人的意见的;粉碎"四人帮"之后文艺界进行拨乱反正的工作,提出来的第一个口号就是"恢复'五四'革命现实主义传统",这一事实就说明了现代文学与当代文学的紧密联系。五十年代,各大学的现代文学史课程本来是包括当代部分的,后来由于新民主主义革命时期只有三十年,而建国以后已经超过了三十年,遂将现代文学与当代文学分为两门课程；但国务院学位委员会规定的专业内容就将现、当代文学合而为一，称"中国现代文学"。由此可知，如果现代文学史的研究对象仍为新民主主义革命时期的文学，则当然以中华人民共和国成立为讫止点；如果它还包括建国以后的文学则仍然有一个讫止点的问题。现在已经出版的几种当代文学史的书籍，由于写作时间有前后，因此讫止点是有所不同的。这就是说，对于现代文学史这门学科说来，它的起讫时间目前都是有争议的。

现在无论从高等院校的课程设置或学术论著的编纂体例看，大体上仍然沿用习惯的"近代—现代—当代"三分法，但学术争议并未解决。由于近年来国际文化学术交流日益广泛，英语中的 modern 和 Contemporary 二字与我们的分期概念不相对应，也是引起人们争议的一个原因。但国外和台湾学者对于中国现代史起点的意见也并不一致，有主张始于1911年辛亥革命的；有主张始于1905年同盟会成立的；有主张始于1894年甲午之战的；有主张始于1915年新文化运动开始的；当然也有主张始于"五四"运动的。就现代文学史的起讫时间说，我同意冯牧同志的下述观点："这是一个必须认真考虑的大问题。""应该提到我们的议事日程上来，并且科学地加以解决，现在已经是时候了。"[9]

现在我想就这个问题谈一点个人的意见。

二

我是主张中国现代文学史仍然应以"五四"作为它的起点的。正如中国史的分期虽然不能不考虑世界历史进程和国际历史条件，但主要应从中国历史本身的特点出发，不能与世界史强求一致。专史和通史的关系也是这样。通史当然应按生产方式和社会制度来分期，因为它要全面考虑经济基础和上层建筑，包括经济、政治、军事、文化等许多方面。专史虽然也要受到如通史内容所讲的整个历史环境的制约，但主要应该考虑专史本身的对象所具有的特点。毛泽东同志在研究《中国革命战争的战略问题》时，就是虽然也考虑和尊重"战争的规律"和"革命战争的规律"，但研究的主要问题是"中国革命战争的特点"。本文不拟讨论作为通史性质的近代史或现代史的起讫时间问题，但应该承认，有些专史虽然从总体看也受通史的时代特征的制约，但就它所研究的对象的特点看，是并不都与通史的分期特点完全一致的。史学界在讨论近代史的分期时，主张近代史应以中华人民共和国成立为讫止点的同志常常引用毛泽东同志在《改造我们的学习》和《为什么要讨论白皮书》等文中关于"鸦片战争以来的近百年史"的提法，作为重要的论据；而主张近代史应只讲到"五四"为止的同志则往往引用毛泽东同志在《新民主主义论》和《在延安文艺座谈会上的讲话》中关于"五四"运动的划时代意义的说明，作为重要的论据。毛泽东同志确实是有这两种不同的提法的，我以为其区别正在于通史与专史的性质的不同。前者所论述的是鸦片战争以来包括经济、政治、社会各方面的近百年史，而后者则主要是论述文化和文学的特点的。就文学史而言，"五四"以后的新文学的历史特点是如此显著，许多治现代文学的人认为以"五四"为开端是无须讨论的问题，因而对学术界的这种争议兴趣不大，参加者也不多。同时史学界有的同志对文学史的这种特点，也表示理解和尊重；如李新同志是不赞成把"五四"运动作为现代史的开端的，但他又说："作为专史，例如现代文学史，从'五四'新文化运动开始是可以的。"[10]同现代文学史有类似情况的还有思想史、文化史等，而戏剧界对于"现代"的概念比文学史的涵义还要广泛，他们提倡传统戏、现代戏和新编历史剧三者并举的方针，而所谓"现代戏"与传统戏和历史剧的区别，似乎更着重于服装与表演艺术。例如天津市新编京剧《火烧望海楼》，时间在辛亥革命之前，他们也称之为现代戏；因为它不用古代服装，其中还有洋人上场，表演上也对传统程式有了革新和发展。这就说明，作为专史，应该充分考虑它的研究对象的历史特点。

从理论上说，作为意识形态的文学，当然要为社会存在所影响所决定，每一时代的文学，都不能脱离当时的经济和政治。因此，文学史的分期是不能不考虑与之相应的历史分期的。但文学也有它自己的特点，经济和政治对文学的影响究竟何时以及如何在文学上反映出来，还要受到文学内部以及其他意识形态诸因素的制约，因此，它的发展进程并不永远是与历史环境同步的。苏联一般把高尔基的《母亲》视为社会主义文学的肇始，而《母亲》问世的1906年距十月革命还有十来年；就因为文学往往能在重大历史事件发生之前，就预感到社会的动荡和人民情绪的变化，因而敏锐地在作品中有所反映。"五四"文学革命也是这样，它的主要精神如果用一句话来概括，就是要求用现代人的语言来表现现代人的思想感情；现代人的语言就是白话文，现代人思想感情的内容就是民主、科学以及稍后的社会主义。它实质上是中国人民要求现代化的历史性愿望和情绪在文学上的反映。无疑，它是先于历史本身的进程的。同样，在重大历史事件结束以后，它所留给人们的震动和感受也往往会引起深沉的反思；"四人帮"垮台以后出现的人们习惯称之为"伤痕文学"和"反思文学"的涌现，就是例证。因为经济虽然是社会生活的决定因素，但影响文学发展的因素很多，必须根据实际情况来具体分析。1843年马克思说："正像古代各族在幻想中、神话中经历自己的史前时期一样，我们德意志人是在思想中、哲学中经历自己未来的历史的。我们是本世纪的哲学同时代人，而不是历史同时代人。德国的哲学是德国历史在观念上的继续。"[11]马克思这里是讲德国哲学的发生情况的。直到十九世纪中叶，德国仍然是一个分裂的落后国家，但它产生的从莱布尼兹到黑格尔的古典哲学，在当时处于欧洲的最高水平，成为马克思主义的三大来源之一；其主要原因是当时欧洲正处于民主革命的高潮，德国先进的知识分子受到外来的思想影响，因此当德国经济有所发展时，他们为进行民主革命做思想准备，遂产生了很高水平的德国古典哲学。卢卡契在《德国文学史概要》中根据马克思的论述，认为以莱辛、歌德、席勒和海涅为代表的德国文学，是德国古典哲学的孪生兄弟；因为在创作上同样表现了伟大的气魄，具体地反映了资产阶级人道主义最核心的问题。这就说明，经济基础之外的其他因素，也可以影响到文学的历史进程，使之与历史环境发生或前或后的非同步关系。总之，文学史分期应当充分重视文学本身的历史特点和实际情况，而不能生硬地套用通史的框架。毛泽东同志在《新民主主义论》和《在延安文艺座谈会上的讲话》中关于"五四"以后的文化特点和文学变革的历史分析，正是这样做的。

讲到文学本身的特点，最根本的一条就是文学是语言的艺术。"五四"文学革命以反对文言文、提倡白话文开始，白话不仅是为了启蒙和普及所采用的一种手段，而是上升为正宗的文学语言和新文学的鲜明标志；这不仅是表达工具的革新，而且也是创作的思维方式的重大变革，并由此打开了向外国进步文学借鉴和学习的途径，开始了文学现代化的步伐。诚然，不仅晚清就有人提倡过白话文，而且宋元话本就是用白话写的，胡适的《白话文学史》甚至将白话的历史远溯到古代，但真正在一切文学领域都承认只有白话才是最好的文学语言，则是从"五四"开始的。胡适认为"'建设新文学论'的惟一宗旨只有十个大字：'国语的文学，文学的国语。'"[12]鲁迅认为"以文字论，就不必更在旧书里讨生活，却将活人的唇舌作为源泉，使文章更加接近语言，更加有生气。"[13]他写小说"一定要它读得顺口"，十分注意文学语言的锤炼，并以别人称他为文体家（Stylist）为中肯[14]。"五四"以前的近代文学，除去谴责小说之外，无论是黄遵宪的新派诗或梁启超的新民体散文，在文学语言上都仍然袭用了传统的文言，更不用说桐城派古文和宋诗派的诗等盛行一时的作品了。仅就这一点说，"五四"就应该理所当然地成为现代文学的开端，更不必详述在思想内容和艺术形式等许多方面的历史性变革了。

　　至于如果把现代文学史的开端定为1919年的"五四"运动，将何以解释此前的《新青年》创刊、《文学改良刍议》和《文学革命论》的发表、作为文学革命"实绩"的《狂人日记》的问世等，我以为这也并不是什么困难的问题。历史分期总是要以划时代的重大历史事件为标志，但历史本身又是连绵不绝的,无论定在哪一年,一些复杂的历史现象只能用追溯或补叙的方式来解决,不可能是非常整齐的一刀切。举例说,中华人民共和国的成立标志着民主革命的胜利和社会主义革命的开始,土地改革明显地属于民主革命的范畴,但全国三分之二以上的土改工作是在建国以后进行的;而在建国之前,解放区早已有了全民所有制的工业的雏形;这些都并不妨碍我们以新政权的建立作为历史分期的重要标志。文学史也是如此。近代文学以1840年的鸦片战争为起点,许多论著都从龚自珍讲起,这是恰当的;正如梁启超在《清代学术概论》中所说:"晚清思想之解放,自珍确与有功焉;光绪间所谓新学家者,大率人人皆经过崇拜龚氏之一时期。"龚自珍卒于1841年,他生活的五十年都在鸦片战争之前,但这并不妨碍以1840年作为近代文学的开端。事实上无论以哪一年划期,都会有类似的问题;因为历史发展本来不会由于人的分期而截然一刀切的。

三

鲁迅阐述清末谴责小说产生之背景时说:"戊戌政变既不成,越二年即庚子岁而有义和团之变,群乃知政府不足与图治,顿有掊击之意矣。"[15]其实不只谴责小说,晚清的文学改革运动都是在同一背景下产生的。虽然在鸦片战争后的作品中已经出现了一些表现反帝爱国和要求维新自强的呼声,但作为"新学"组成部分的文学改革运动,无论"诗界革命"或新民体散文、谴责小说或新剧介绍、提倡白话或翻译外国文学作品,都是甲午之战以后才出现的。邢铁华同志正是据此才主张现代文学史应以1894年为起点。从表面看,这次文学改革运动的内容不仅具有民主主义的性质，而且与"五四"文学革命所提的主张和任务确有相似之处。但重要之点是二者之间不仅有彻底性与妥协性的差别，而且从历史发展的观点看，"五四"文学革命并不是与晚清文学改革运动一脉相承的，它们之间并不是一个由数量的积累到逐渐深化的演进过程。"五四"文学革命是在晚清文学改革运动萎缩、退化和偃旗息鼓之后，才在新的历史条件下，以更为激进和彻底的姿态，要求文学从思想内容到语言形式都进行现代化的一次文学运动。清末的先进人物，对文学改革作过贡献的人物，在"五四"时期仍然健在的并不少，但他们扮演了什么角色呢？严复和林纾，是众所周知的文学革命的坚决反对者；梁启超、陈去病、高旭等人的诗文，也锋芒顿敛，只能作为文学革命的对立面。历史这样无情，原来提倡革新的人对"五四"开始的文学现代化竟充满了惶惑与恐惧，这还不足以说明现代文学是在新的历史条件下揭开了新的一页吗？

从创作的情况看也是这样。清末强调小说的社会作用，而且出现了几部比较好的谴责小说，但以后的作品呢？鲁迅评述说："徒作谯呵之文，转无感人之力，旋生旋灭，亦多不完。其下者乃至丑诋私敌，等于谤书；又或有嫚骂之志而无抒写之才，则遂堕落而为'黑幕小说'。"[16]到"五四"提倡新文学的时候，社会上流行的作品就是"黑幕小说"和鸳鸯蝴蝶派的"言情小说"。清末介绍话剧的新剧运动本来是有进步意义的，但后来演变成了庸俗不堪的文明戏，成为"五四"戏剧革新的主要对象。"五四"时期提倡业余演出的"爱美剧"，正是为了避免重蹈文明戏的覆辙。就诗文说，像黄遵宪的新派诗和梁启超的"笔锋常带情感"的新民体散文，皆于辛亥革命之后成为绝响了，主要流行的是同光体的宋诗和桐城派的古文。南社诗人辛亥革命后即趋分裂，1923年宣告停止活动。本来就文学的观念和主张说，清末革命派比改良派更保守，他们在文学改革方面并无建树，南社的诗比黄遵宪的诗更古奥，章太炎的文学观较梁启超的更庞杂。许多作者都如鲁迅评章太炎的那样："既离民众，渐入颓唐"[17]。此外如裘廷梁、王照等人的提倡白话，不仅内容没有超越"开发民智"的水平，而且也不曾对文学发生普遍影响。总之，不能认为"五四"文学革命是从晚清的文学改革运动孕育和诞生的，因为它缺乏一个由萌始到成长的正常过程；只有从历史的曲折性来解释，才能说明晚清文学改革运动对"五四"新文学所提供的历史借鉴和先行的作用。

从"五四"开始的现代文学是在中国社会内部发生了新的变化，国际形势点燃了民族解放的新希望，因而产生了彻底进行民主革命的巨大热情和对国家现代化的强烈愿望的时代氛围下诞生的。它广泛地接受了外国文学的影响，对传统文学运用新的观点作出了新的评价，不仅在语言和民主、科学的思想内容上带有鲜明的现代特点，而且在艺术形式和表现手法上都对传统文学进行了革新，建立了话剧、新诗、现代小说、散文诗、杂文等新的文学体裁，在叙述角度、抒情方式、描写手段和结构等方面，都有新的创造，具有现代化的特点；从而与世界文学潮流取得一致，成为真正现代意义上的文学。从开始起，作为新文化运动的突破口，它就以坚定和彻底的态度，反对封建蒙昧主义与封建专制主义的旧教条，提倡民主、科学和社会主义；反对文言文，提倡白话文；并对保守派展开了猛烈的进攻，取得了丰硕的成果，由此开始了文学现代化的历史进程。这与晚清文学改革运动中那种囿于"中学为体、西学为用"的樊篱，不敢把新事物与旧事物尖锐地对立起来，而是努力寻求它们之间的一致点和妥协点，是根本不同的。他们或者持摭新名词嵌入古体诗，这样就自然不免前进中有踟蹰，改革中多忌避，而终于偃旗息鼓了。"五四"新文学的历史特点，主要表现为它自觉地加强了文学与人民群众的结合，它的主流是人民的文学；同时它也加强了文学与现实生活的联系，形成了以革命现实主义为主体并包有多种创作方法和流派的新的文学风貌。这一切都是在广泛吸收外国文学营养并使之民族化、继承民族传统并使之现代化的过程中发展的。六十余年的历史证明，由于它具有文学现代化的基本特点，因而它同今天文学创作的根本精神仍然是一致的和一脉相承的，而与清末的文学改革运动的特点则有鲜明的区别。

主张近代文学史应以中华人民共和国成立为讫止点的人，实际上是受了西方近代文学概念的影响。他们认为："从世界各国文学史看，大都以各国资产阶级革命起始作为本国近代文学史的开端，而以第二次世界大战结束作为终结。我们把鸦片战争和中华人民共和国成立分别作为我国近代文学史的开端和终结，可与世界各国近代文学史取得基本一致。"[18]其实各国的社会发展进程和文学面貌千差万别，各不相同；既然是国别的文学史，就应该首先尊重所述国家文学发展的实际情况，不能勉强把它嵌入欧洲或日本的已有模式。他们之所以采用那样的框架，是因为他们认为近代文学史是资产阶级新文学发展的历史。中国根本没有经过资本主义社会，也没有一个相应的文学时代；从鸦片战争起始，我们所发扬的都是反帝反封建的民主主义文学。世界上也不仅中国如此，许多第三世界国家都有类似的情况。就文学史说，反帝反封建的民主主义性质诚然是重要的，但它仅只说明了文学的思想内容的一部分，即政治内容；并没有包括例如伦理、友谊等其他思想内容，更不能包括文学本身的艺术特征；它只能说明意识形态的共同属性，而不能说明文学本身的特点，因此它不能作为文学史分期的依据和界限。现代文学史的起点应该从"现代"一词的涵义来理解，即无论思想内容或语言形式，包括文学观念和思维方式，都带有现代化的特点。它当然可以包括反帝反封建的民主主义的性质和内容，但"现代化"的涵义要比这广阔得多。如前所述，同今天的文学仍然一脉相承的许多特点，都只有从"五四"文学革命讲起，才能阐明它的发展脉络和历史规律性。

四

既然建国以来的文学和从"五四"开始的现代文学有其一脉相承的发展线索，那么就应该考虑现代文学史的讫止点是否应以中华人民共和国的成立为界限。当然，新中国的成立是一个划时代的伟大历史事件，它划分了新民主主义革命时期和社会主义时期的不同历史阶段，但这两个阶段的文学既有不同阶段的差异性，又有共同的历史特征，存在着内在的连续性。民主主义文学不仅在新民主主义革命时期是文学的主流，而且直到今天，在为人民服务、为社会主义服务的目标下，它仍然是社会主义时期文学的不可或缺的重要的同盟军；社会主义因素在"五四"时期就已经有少量的存在，后来当然逐渐发展壮大了，如我们在当前创作中所看到的。这就是说，尽管二者的比重和作用在两个阶段有所变化和差别，但如果从"现代化"的角度来考察，即不仅只从政治内容的范畴，而且从思想到艺术全面地考察的话，两个历史阶段的连续性是十分重要的，其差异性完全可以在文字阐述中表达出来，犹如在新民主主义革命阶段阐述"五四"时期与"左联"时期的差别那样。新民主主义革命阶段只有三十年，许多当时的作家建国以后仍然进行重要活动，这与"五四"前后的情况是迥然不同的。因此我赞同冯牧同志的意见，现代文学史应包括建国以来的文学历史，不能只讲到1949年。

但这并没有解决现代文学史的讫止点的问题。文学史既是文艺科学，也是历史科学；它除了重视文学本身的风貌和特点以外，还必须作为历史进程考察文学的发展脉络和规律性，因此它不能对正在进行过程中的文学现象作出历史性的评价，例如评述某一新发表的作品的历史地位。社会现象或事件如果作为历史来叙述和评价，就必须有一个沉淀和凝结的过程；我们不能要求抗日战争尚未结束就有抗日战争史、红军长征尚在途中即写出长征的全过程。历史与现实当然有联系，但同时又是有区别的。历史是过去的经过一定时间后稳定和凝结了的现实，现实是正在流动变化的属于将来的历史，历史科学只能研究已经相当稳定了的现实，不能在事物尚在变动状态、它的性质尚未充分显露、它与其他事物的联系或反响尚未发生或尚未引人注意时，就匆忙地作出历史性的阐述和评价。文学史也是如此，对文学现象或作品的考察必须从它的历史地位和贡献着眼,必须照顾到历史进程和上下左右的关系,因此就必须有一定时间的沉淀和凝结,使文学现象的意义显露得更充分,文学作品有时间得到读者的反应和考验,这样才有可能作出符合实际的准确的描述和论断。就现代文学史说,我以为可以把1976年"十年浩劫"的结束作为它的讫止点,即以1919年到1976年间的文学历史作为它考察和研究的对象,不包括这以后十年间的新时期的文学。当然,讫止点与开端不同,随着时间的推移和历史稳定沉淀的情况,以后还有可能向前延伸;但就目前而论,经过拨乱反正和否定"文化大革命"的讨论,我们现在有可能从历史的角度来研究1976年以前的文学了,而且它的许多重要现象都是要从"五四"以来的历史进程来加以阐述的,因此它可以而且应该纳入现代文学史的范围。

这丝毫没有轻视近十年来新时期文学的繁茂和成就的意思,更不是引导读者不关心现实和当前的文学创作。反之,无论在评论、研究或教学安排上,我们都应该十分重视和加强这方面的工作;但在学科性质上,它应该属于文学批评的范围,而不是属于文学史的范围。尽管文学理论、文学史、文学批评都属于文艺科学的范畴,都是以文学作为研究的对象,而且彼此之间有密切的关系,但就学科的性质看,文学批评和文学史是有区别的。鲁迅认为"批评家的职务不但是剪除恶草,还得灌溉佳花——佳花的苗。"[19]他也写过不少属于文学批评的文章,有些正是从青年作家的尚不成熟的"苗"似的作品中看出它的优点而加以灌溉培育的;但他写《中国新文学大系小说二集序》时的着眼点,却与此不同,他是从文学史的角度来考察1917—1927年间十年中某些文学流派的成就、贡献和地位的，因此他可以客观地不自谦抑地指出首先在《新青年》上"发表了创作的短篇小说的，是鲁迅。"近年来介绍的有关文学批评的学术流派很多，他们的观点和方法尽管不同，但都是以评论或分析作品的思想艺术质量为目标的，这与以考察文学的发展过程及其规律的文学史的性质是不同的。我以为评论当前创作的成就或不足是文学批评的任务，它的繁荣发达不仅可以帮助读者提高欣赏水平、帮助作者取得更大成就，而且犹如历代"实录"之有助于后来正史的修纂一样，对将来写这一时期文学史的人也积累了有价值的重要文献。

去年（1985年）唐弢同志曾在《文汇报》上发表过一篇《当代文学不宜写史》的文章，引起了许多不同意见的讨论；我以为问题首先应该明确"当代"一词的起点是何时。如果从1949年算起，则距今已三十七年，远超过新民主主义革命时期的三十年；我们不仅需要对建国以来的文学进程进行历史性的考察和总结，而且1976年以前这段历史也已经相当稳定化了，具备了对它进行历史性考察和研究的基本条件。如果"当代"仅指新时期的文学，则它目前仍在变动不定的发展过程中，把它写成"史"确实是"不宜"的。这种讨论本身就说明现代文学史的起讫时间问题是一个应该予以澄清的问题。

强调文学史的历史科学属性，并不说明治现代文学史的人就可以脱离或不关心现实，包括社会生活和当前文艺创作。这其实是一个历史和现实的关系问题，可以分两方面来说明。一方面，研究文学史当然要尊重历史的本来面目，但只有从今天的认识高度和已达到的水平出发，才有可能获得新的成果，并从中反映出当前的时代精神和历史观点；只有这样才可以使人们从历史经验中得到启示，对现实发生借鉴作用。例如鲁迅的《中国小说史略》可以说就是站在了"五四"以后的历史高度、体现了新的时代精神的文学史著作。另一方面，历史研究也并不是要被动地等待现实的凝结，更重要的是要把研究对象置于历史进程中来考察，追溯它的渊源和发展脉络。实际上研究者在确定选题或研究角度时，往往就是由现实需要或触发所引起的，他的意图就是为了加深对现实的认识深度，从而对社会实践发生影响。马克思的《路易·波拿巴的雾月十八日》和蒲鲁东的《政变》都是从历史角度来写同一事件的，由于马克思"深知法国历史的精湛知识"，如恩格斯在序中所说：他"叙述了二月事变以来法国历史的全部进程的内在联系，揭示了12月2日的奇迹就是这种联系的自然和必然的结果"。而蒲鲁东的书则如马克思所说："他想把政变描述成以往历史发展的结果。但是，他对这次政变所作的历史的说明，却不知不觉地变成了对政变主人公所作的历史的辩护。"[20]这就说明，历史研究的正确与否不仅对现实会产生不同的影响，而且研究者的态度和方法就是受现实制约的。有时人们也可以由现实出发，选择历史上与现实有类似之处的史实来阐发其经过与意义，以便引起人们对现实的联想和思考。鲁迅1927年在广州"四一五政变"后所作的演讲《魏晋风度及文章与药及酒之关系》，是一个关于文学史的学术专题，内容也没有联系现实，但它却给人以强烈的启示，引起了人们对现实的联想和思考。这同实用主义的影射或类比完全不同，它首先是从尊重历史事实出发的，但它又可以对现实产生启示或借鉴的作用。

历史是连续不断的，文学现象同样有其来龙去脉的连续性。文学史分期问题的讨论只是为了准确地把握一定历史阶段的主要特征，以便更明确地阐明它的发展过程和规律性。无论起讫时间定为何时，治现代文学史的人仍然必须注意这一段文学史的历史渊源和它对当前可能发生的现实意义，而不能"前不见古人、后不见来者"，把眼光只囿于现代文学史的起讫范围之内；这是讨论这一问题时必须予以注意的。

1986年5月18日脱稿

*　　*　　*

〔1〕见1982年11月17日《光明日报》。

〔2〕见《历史研究》1983年第4期。

〔3〕见《北京社联通讯》1983年第7期。

〔4〕见《中国近代文学研究》第1辑：《全国首次近代文学学术讨论会综述》。

〔5〕见《社会科学战线》1980年第2期。

〔6〕《中国现代文学之背影——论发端》，载《苏州大学学报》1984年第4期。

〔7〕见《北京社联通讯》1983年第7期：《中国现代史科学体系讨论综述》。

〔8〕〔9〕冯牧：《我们的现代文学研究工作并不后人》，《文艺报》1983年第8期。

〔10〕李新：《中国近现代历史分期问题》，《历史研究》1983年第4期。

〔11〕马克思：《〈黑格尔法哲学批判〉导言》。

〔12〕胡适：《建设的文学革命论》。

〔13〕鲁迅：《写在〈坟〉后面》。

〔14〕鲁迅：《我怎么做起小说来》。

〔15〕〔16〕鲁迅：《中国小说史略·清末之谴责小说》。

〔17〕鲁迅：《关于太炎先生二三事》。
〔18〕见《中国近代文学研究》第 1 辑：《全国首次近代文学学术讨论会综述》。
〔19〕鲁迅：《华盖集·并非闲话（三）》。
〔20〕马克思：《路易·波拿巴的雾月十八日》第二版序言。

论现代文学与中国古典文学的历史联系

一

现代文学史是几千年的中国文学史的新的发展部分，它与古典文学的关系应该是继承与革新的关系，它们之间有着不可分割的历史联系。每一个民族的文学历史都有它自己独特的面貌和风格，这种民族特点是与人民的生活方式和美学爱好密切联系的，有着长期形成的民族传统。当然，一切民族特点都是历史性的范畴，民族传统也是不断发展的，不能把它理解为凝固的东西，这种发展就意味着革新。现代文学长期以来被称为"新文学"，就是指它从"五四"开始，为了适应民主革命的要求而自觉地学习外国进步文学的充满革新精神的特点。鲁迅在谈到文学革命时指出："一方面是由于社会的要求的，一方面则是受了西洋文学的影响"[1]。由于痛感到自己思想文化的落后，要提倡民主与科学的现代思潮，当然也要求文学具有现代化的特点，因此现代文学在发展中学习和借鉴外国进步文学是一种自觉的行动。这成为提倡革新的重要内容，而且从主要方面说来它对新文学的建设也是起了积极的促进作用的。但这并不说明现代文学与民族传统之间就没有联系，不仅文艺创作所反映的社会生活和它所要适应的人民的欣赏习惯具有鲜明的民族特点，而且许多作家所受的教育和具有的文艺修养都和民族文化传统有着很深的联系,这是现代文学具有民族特色的重要原因。只是为了和国粹主义者划清界限,为了进行反封建的战斗,便很少有人从理论上来作全面的论述罢了。我们可以这样来概括:现代文学中的外来影响是自觉追求的,而民族传统则是自然形成的,它的发展方向就是使外来的因素取得民族化的特点,并使民族传统与现代化的要求相适应。用鲁迅的话就是:"都和世界的时代思潮合流,而又并未梏亡中国的民族性",即要求文学发展既符合实现现代化的方向,但"其中仍有中国向来的魂灵"[2]。现代文学较之传统的文学确实有了巨大的革新,但它又是继承和发扬了民族传统的。

一个民族或一个作家的文学创作带有鲜明的民族特点,是它趋于成熟的标志。没有民族特色的作品,就谈不上有什么世界意义。中国文学的历史不仅悠久,而且从未间断地形成了一条长流,成为我们民族文化传统的重要组成部分。在长期的发展过程中我们也接受过外来的影响,譬如由印度来的佛教文学,就对中国的小说戏曲发生过积极的影响。但那也是在经过了一定的过程与阶段,在中国文学发展基础上作为营养而逐渐成为它的有机部分的。我们的民族是一个发展着的向上的民族。在它的发展过程中原是勇于和善于接受一切外来的有用事物的,鲁迅在《看镜有感》一文中所称道的汉唐时代主动地摄取外来文化的事例,就是明证。只是到了封建社会的后期,国粹主义思想逐渐占据统治地位,他们顽固守旧,敌视一切新鲜事物,从而导致了国力的衰弱和文化的停滞。因此,"五四"新文化运动把反对国粹主义当作一项重要任务是完全正确的。国粹主义者并不尊重我们的民族文化传统和优秀的文学遗产，他们所要保存的完全是封建糟粕和一切陈规陋习；摧毁这种顽固的保守势力，介绍和学习外来的进步文化，无疑是十分必要的。即使那种内容带有某些消极性的东西，在"五四"当时也是起了解放思想和对封建文化的冲击作用的。

就现代文学的主流说，这种介绍和学习外国文学的思潮同继承和发扬民族传统的要求并不矛盾。正是通过"五四"文学革命才对中国文学遗产提出了新的评价，把一向不受重视的小说、戏曲和民间文学提高到了文学正宗的地位。鲁迅是最早研究中国小说史的人，他深感于"在中国，小说是向来不算文学的"[3]，而鲁迅开始创作时又是"所仰仗的全在先前看过的百来篇外国作品"[4]，他的小说既是深深植根于中国现实生活的，但又确实受了外国文学的启发和影响。他自己说他后来写的作品如《肥皂》《离婚》等"脱离了外国作家的影响"[5]，"脱离"并不等于没有受影响，从学习、借鉴到脱离，就体现了对外国文学的一个吸收和融化的过程，也就是使它的有用成分成为具有中华民族特色的现代文学的组成部分，这实际上就体现了在继承和发扬民族文化传统基础上的革新。尽管当时许多作家的爱好、趣味和认识都不尽相同，但无论学习和借鉴外国文学或者中国古典文学，目的都是为了创造能够受到读者欢迎的新文学这一点，大家一般还是比较明确的；因此就现代文学的主流和发展方向说，作为奠基人的鲁迅的经历、意见和创作特色，仍然是有很大代表性的。

"五四"文学革命当然也有它的历史局限和弱点，这特别表现在许多人的形式主义地看问题的方法上。在对待社会生活和文化遗产对文艺创作的关系,在对待民族传统和外国文学的主次位置的态度,以及在对新文学的源流的认识等问题上,都有过各种各样的带有片面性的看法。这种态度和看法也影响了后来的发展。例如周作人把新文学解释为明朝"公安派"和"竟陵派"的继承[6],胡风则把它解释为欧洲文艺复兴以来的"一个新拓的支流"[7],就都是既忽略了它所产生的特定的历史条件和现实生活的基础,又片面地夸大了某一方面影响的结果。就现代文学的发展情况说,由于文学革命是在痛感祖国落后而向外国追求进步事物的条件下发生的,因此缺乏分析地接受外国影响的情况是相当普遍地存在的,甚至有的人还主张"全盘西化",对民族文化采取了虚无主义的态度。这表现在创作上就使得一些作品的语言和艺术手法都过于欧化,与民族传统的联系比较薄弱,与人民的欣赏习惯有较大的差距,因而就使读者和影响的范围都相对地缩小了。"左联"时期的提倡大众化,抗战初期进行的利用旧形式的创作的尝试和关于民族形式的讨论,都是为了增强现代文学的民族特色,使它能够适应人民群众的欣赏习惯所作的努力。现代文学的历史说明,凡是在创作上取得显著成就,并受到人民广泛欢迎的作家,他的作品就都不同程度地浸润着民族文化传统特别是中国古典文学的滋养的,这是形成他的创作特色的一个重要来源。

二

我们在具体考察中国现代文学与古典文学的历史联系时,不能不首先注意到两者之间的内在精神上的深刻联系。

这首先是爱国主义的文学传统，以及与此相联系的忧国忧民的思想、执着的探索精神和强烈的社会责任感。从屈原的《离骚》开始，"爱国主义"就是中国传统文学的一个中心主题；以屈原为代表的中国知识分子历来具有强烈的忧国忧民的思想，热情而焦虑地关注着祖国的命运和前途，怀着"天下兴亡，匹夫有责"的社会责任感，自觉地运用文学来为祖国和人民抒发自己的情感和抱负。古典文学的这一爱国主义传统对于现代文学特别亲切和重要，因为现代文学本身就是中国近代社会民族危机的产物；以文学为工具，唤起民族的觉醒，改变人民的精神面貌，进而促进民族的新生，这几乎是所有中国现代作家走上文学道路的最初的出发点。中国现代文学的伟大奠基者鲁迅，以完全是屈原式的诗句"寄意寒星荃不察，我以我血荐轩辕"，作为他献身祖国解放事业的决心书，同时也是他从事文学工作的宣言书，这当然不是偶然的。因此现代文学与民族解放、人民革命事业有着天然的血缘联系，关注民族命运的历史使命感与社会责任感是中国现代作家的基本品格，它与中国古典文学和民族文化的优良传统是一脉相承的。在现代文学史上，为人生的文学，通过干预民族灵魂干预社会生活，成为现代文学的基本文学观念；而"为艺术而艺术"的思潮则在现代中国始终没有得到充分发展的土壤。文学的爱国主义激情常常与执着而痛苦的探索联系在一起，屈原的"路漫漫其修远兮，吾将上下而求索"，作为鲁迅以及其后许多现代作家普遍的心境和历程，就表现了强烈的时代精神和他们共同的精神追求。中国现代文学总的看来有一种博大深沉而又抑郁悲壮的"调子"。这当然首先是历史条件和人民情绪的反映，但它与中国古典文学的精神和特色又是息息相通的。

　　人道主义精神是在长期的历史传统中不断积累和丰富起来的，在中国古典文学中有着深厚的基础。儒家所强调的"仁"以及后来的"民胞物与"的思想，道家的"强梁者不得其死"的自然观，都对古典文学中的人道主义精神有着深刻的影响；在文学作品中，这种人道主义传统突出地表现在对被压迫人民，特别是妇女与儿童的同情。《诗经》中有《伐檀》《硕鼠》那样的诗篇，汉乐府中的著名篇章中就有《妇病行》和《孤儿行》，唐宋传奇以及后来的章回小说中，妇女的形象常常居于主要地位，民间文学中也有像虐待至死的童养媳"女吊"那样的形象。古典文学中对下层人民的同情和爱的人道主义传统，与现代民主主义精神和社会主义思想结合起来，就形成了中国现代文学的"人民本位主义"的传统。中国现代文学本质上就是人民的文学，它以工人、农民和知识分子为主体的人民作为文学的主要表现对象和接受（服务）对象。它不仅要求在文学内容上真实地反映人民的实际生活，表达人民的情绪、愿望和要求，而且追求为中国老百姓所喜闻乐见的文学形式；"五四"文学革命由倡导白话文开始，延安文艺整风运动从批判党八股开始，中国现代文学的变革都首先体现了文艺必须为最广大的人民群众所接受的这一历史要求。不仅如此，"对待人民的态度如何，在历史上有无进步意义"[8]，也成为对于传统文学作品的基本评价和取舍标准。"五四"时期之所以对《水浒传》这样的作品给以很高评价，就是因为它真实地反映了中国农民的反抗精神，正如钱玄同所说："《水浒传》尤非诲盗之作，其全书主脑所在，不外'官逼民反'一义，施耐庵实有社会党人之思想也。"[9]这是对古典文学的一次再评价和再发现，当时就是运用了这种眼光对古典文学作出了新的检阅和评价的。从《诗经》"国风"开始，一直到近代小说，一大批真实反映人民生活和愿望的作品或被发掘，或得到了新的肯定，这反过来对现代文学的理论与创作又产生了深远的影响，突出了中国文学中的悠久绵长的人民本位主义的优秀传统。

中国现代文学是从"文学革命"开始的，它当然要反对传统文学中的一切阻碍社会进步的东西，它尖锐地提出了要打破"瞒"与"骗"的精神迷梦，睁开眼睛，揭示现代中国社会的真实的矛盾运动，把激发变革现实的热情作为自己的基本使命[10]，因此它必然以革命现实主义为基本的创作方法。"五四"文学革命在一开始就旗帜鲜明地把"推倒陈腐的铺张的古典文学，建设新鲜的立诚的写实文学"[11]作为文学革命的三大主义之一，就反映了这一历史要求。值得注意的是，"五四"文学革命的先驱者在高举现实主义旗帜、批判传统文学中的"瞒"与"骗"的反现实主义创作倾向的同时，也在古典文学中努力发掘现实主义的积极因素，作为自己所提倡的现实主义文学的渊源和依据。钱玄同在《寄陈独秀》一文中，在尖锐地批判一般传统小说"彼等非有写实派文学之眼光"的同时，充分肯定了《红楼梦》《儒林外史》《官场现形记》《二十年目睹之怪现状》《孽海花》等小说的"价值"，其着眼点显然在这些作品的现实主义成就。鲁迅正是据此才对《红楼梦》给以极高评价的，他说："至于说到《红楼梦》的价值，可是在中国底小说中实在是不可多得的。其要点在敢于如实描写，并无讳饰，和从前的小说叙好人完全是好，坏人完全是坏的，大不相同，所以其中所叙的人物，都是真的人物。总之自有《红楼梦》出来以后，传统的思想和写法都打破了。"[12]鲁迅在这里所说的打破"传统的思想和写法"的革新精神，"敢于如实描写，并无讳饰"的现实主义精神，都是与"五四"文学革命的时代要求相符合的，也是为中国现代文学所直接继承的。

　　文学的历史现象从来是纷纭的和复杂的，不能想象任何时代的文学都是清一色的；但作为贯串历史发展的重要线索，它就不可能不是我们民族文化的精髓，例如爱国主义，人民本位主义和现实主义这类文学史的重要现象。正是这些方面，我们可以鲜明地看到中国现代文学和古典文学之间的深刻的精神联系。

三

　　中国现代文学与古典文学的历史联系（包括继承与革新两个方面）不仅体现在文学内在精神的传统和特色上面，如果我们就文学的各种体裁来考察，就会发现二者之间存在着更为具体和更加深刻的联系。

　　鲁迅在三十年代回顾中国现代小说的历史发展时说："在中国，小说是向来不算文学的。在轻视的眼光下，自从十八世纪末的《红楼梦》以后，实在也没有产生什么较伟大的作品。小说家的侵入文坛，仅是开始'文学革命'运动，即1917年以来的事。"[13]"五四"文学革命在中国小说史上的意义，不仅在于由此开始了现代小说的创造，而且对中国传统小说的价值作出了新的评价；正是这两个方面构成了"小说家""侵入文坛"、小说获得了文学正宗地位的新局面。

"五四"时期，几乎每一篇关于文学革命的发难文章在猛烈批判以"桐城谬种、选学妖孽"为代表的封建旧文学的同时，对一向不被重视的以《红楼梦》为代表的优秀古典小说给以肯定的评价。胡适《文学改良刍议》就明白宣布自己是传统白话小说的继承者："吾惟以施耐庵、曹雪芹、吴趼人为文学正宗"；"吾每谓今日之文学，其足与世界'第一流'文学比较而无愧色者，独有白话小说一项。"陈独秀《文学革命论》也以明清小说为"近代文学之粲然可观者"，称施耐庵、曹雪芹为"盖代文豪"，给予崇高的评价。这一事实清楚地说明"五四"文学革命并不是要打倒所有的传统文学，而是要求对它作出新的评价，是在否定中有肯定、批判中有继承的。就现代小说来说，它对于古典小说的继承也并不仅限于内在精神的联系，而是包括着艺术构思和表现手法等多方面的因素的，鲁迅的小说就和《儒林外史》之间存在着深刻的联系。鲁迅少年时代曾受过传统的教育，学过八股文和试帖诗，他对于《儒林外史》所写的"士林"风习有着深切的感受；他笔下的《白光》里的陈士成，以至《孔乙己》里的孔乙己，在精神世界上与《儒林外史》中的人物是非常类似的。讽刺艺术是鲁迅小说的显著特色，而鲁迅就给《儒林外史》的讽刺艺术以很高的评价；他说"迨吴敬梓《儒林外史》出，乃秉持公心，指摘时弊，机锋所向，尤在士林；其文又感而能谐，婉而多讽：于是说部中乃始有足称讽刺之书。……既多据自所闻见，而笔又足以达之，故能烛幽索隐，物无遁形，凡官师，儒者，名士，山人，间亦有市井细民，皆现身纸上，声态并作，使彼世相，如在目前……是后亦鲜有以公心讽世之书如《儒林外史》者"[14]。鲁迅还写过两篇论讽刺的文章，说明"非写实决不能成为所谓'讽刺'"，所举的例子之一就是《儒林外史》中的范举人守孝，鲁迅说："和这相似的情形是现在还可以遇见的"[15]。鲁迅作品中像《端午节》中方玄绰的买彩票的想法，像《肥皂》中"移风文社"那些人的聚会情形的描绘，是和范进丁忧的"翼翼尽礼"，"而情伪毕露"的写法可以媲美的，都可以说是"诚微辞之妙选，亦狙击之辣手矣"。在形式和结构上，《儒林外史》也是最近于鲁迅小说的。鲁迅曾经说过，由于现代社会"人们忙于生活，无暇来看长篇"，因此，"五四"首先兴起的是"以一目尽传精神"的短篇小说[16]；但中国传统的短篇小说如唐宋传奇或宋元话本和后来的"拟话本"，虽然篇幅不长，但在有头有尾、故事性很强等特点上，反而是更近于《三国演义》《水浒传》等长篇的；只有《儒林外史》"事与其来俱起，亦与其去俱讫，虽云长篇，颇同短制"[17]，是最近于现代短篇小说的。"五四"时期的短篇创作当然主要是借鉴于外国短篇小说的格式，但同《儒林外史》的形式和结构也是有联系的。在鲁迅的《肥皂》《离婚》等他自己觉得技巧圆熟的作品中，这种"事与其来俱起，亦与其去俱讫"的特点，非常明显；就是在《阿Q正传》《孤独者》等首尾毕具、人物性格随着情节的发展而展开的作品中，那种以突出生活插曲来互相连接的写法，也是颇与《儒林外史》的方法近似的。

鲁迅对中国古典文学有着深厚的修养，从整体上看，他的小说与中国古典诗歌、绘画以及戏剧艺术,都有着很深的继承关系。鲁迅总结他写小说的经验时说:"我力避行文的唠叨,只要觉得够将意思传给别人了,就宁可什么陪衬拖带也没有。中国旧戏上,没有背景,新年卖给孩子看的花纸上,只有主要的几个人……我深信对于我的目的,这方法是适宜的,所以我不去描写风月,对话也决不说到一大篇。"又说:"忘记是谁说的了,总之是,要极省俭的画出一个人的特点,最好是画他的眼睛。我以为这话是极对的"[18]。这里说的都是他对于传统绘画、戏剧的风格特点的追求。鲁迅所引述的是东晋画家顾恺之的观点,所谓"四体妍蚩,本无关于妙处;传神写照,正在阿堵中"[19]。中国的传统画论和戏剧理论中有不少关于传神写意的类似说法,如"论画以形似,见与儿童邻。作诗必此诗,定知非诗人"(苏轼诗),"所谓画者,不过逸笔草草,不求形似,聊写胸中逸气耳"(元·倪云林),"画者当以意写之,不在形似"(元·汤垕),以及"优孟学孙叔敖抵掌谈笑,至使人谓死者复生,此岂举体皆似,亦得其意思所在而已"(苏轼)等,都是强调从形似中求神似,由有限(画面)中出无限(诗情)的美学原则。所谓"写意",实际上是对绘画、戏剧、小说……的一种自觉的"诗意追求"。中国是一个有悠久的诗歌传统的国家,诗的因素渗透于一切文学艺术形式中,形成了"抒情诗"的传统。在鲁迅的小说中,有一部分是着重客观写实的,但另一部分则具有浓厚的抒情性;在这类小说中,作者常常通过自然景物的描绘或心情感受的抒发,形成一种情调和气氛,他所着重的正是小说的"抒情"的功能;因此作品的具体描写总是追求"情"与"景(境)"的统一,着意创造诗的"意境"。《在酒楼上》的情节发生在风景凄清的大雪中的狭小阴湿的小酒店,而作品中还有一大段对于酒楼外的废园雪景的富有诗意的描写。结尾是在风雪交加的黄昏中,这一对友人方向相反地告别了;充满了"意兴索然"的感触。《孤独者》写深冬灯下枯坐,"如见雪花片片飘坠,来增补这一望无际的雪堆"中,突然接到了两眼像嵌在雪罗汉上小炭一样黑而有光的正在怀念中的魏连殳的来信,而这位久别的正陷在绝境中的孤独者的信也正是写在大雪深夜中吐了两口血之后的,这是多么沉重、孤寂而悲凉的气氛。到最后送殓归来的时候,却是散出冷静光辉的一轮圆月的清夜,在那里隐约听到狼似的长嗥,"惨伤里夹杂着愤怒和悲哀"。这里主观心理、情愫与客观景物达到了融合的境地,是完全可以作为"诗"来领会的。鲁迅小说对中国"抒情诗"传统的自觉继承,开辟了中国现代小说与古典文学取得联系、从而获得民族特色的一条重要途径。在鲁迅之后,出现了一大批抒情体小说的作者。如郁达夫、废名、艾芜、沈从文、萧红、孙犁等人,他们的作品虽然有着不同的思想倾向,艺术上也各具特点,但在对中国诗歌传统的继承这一方面,又显示了共同的特色。

在中国现代小说史上,以赵树理为代表的一批作家,则是通过另一途径,以另一种方式取得与中国传统文学的联系的。他们所继承的主要是民间艺术的"史诗传统",因此他们更重视小说的"说故事"的功能;在小说的结构、语言、表现方式等方面,都十分注意与以农民为主体的普通读者的欣赏习惯、审美趣味与文化水准相适应。用赵树理自己的话来说,就是"在写法上对传统的那一套照顾得多一些"[20];

所谓"传统的那一套"主要就是指"中国民间文艺传统"。赵树理曾结合自己创作实践中的体会，将民间艺术传统写法总结为四点："一、叙述和描写的关系。任何小说都要有故事。我们通常所见的小说，是把叙述故事融化在描写情景中的。而中国评书式的小说则把描写情景融化在叙述故事中的。""二、从头说起，接上去说。……我们通常读的小说，下一章的开头，总可以不管上一章提过没有，重新开辟一个场面，只要把全书读完，其印象是完整的就行，而农村读者的习惯则是要求故事连贯到底，中间不要跳得接不上气。""三、用保留故事中的种种关节来吸引读者……（这）叫作'扣子'，是根据听书人以听故事为主要目的的心理生出来的办法。""四、粗细问题。在故事进展方面，直接与主题有关的应细，仅仅起补充或连接作用的不妨粗一点。"[21]他所总结的这些民间艺术的形式结构特点，其实是可以概括宋元话本以来的大部分中国传统小说的。由于对民间文艺传统的自觉继承与发展，赵树理以及康濯、马烽这一类作家的小说，常常取得了为中国老百姓所喜闻乐见的形式与风格，在促进现代小说与普通人民的结合上起了重要的作用。以鲁迅和赵树理为代表的这两类不同风格的小说家的艺术追求，说明中国现代小说与古典文学传统的联系是多方面和多角度的，也说明实现中国小说的现代化与民族化的道路是十分宽广的。现代作家既然在共同的民族文化传统中孕育成长，则无论自觉或不自觉，他的创作是不可能不与古典文学存在着某种历史联系的。艺术的天地十分广阔，我们只能就总的趋向来考察，而不能将某些明显的有迹可求的艺术特征绝对化，那是反而会顾此失彼的。

四

　　胡适曾经说过，在"五四"文学革命中"用白话来征服诗的壁垒"，从而"证明白话可以做中国文学的一切门类的惟一的工具"[22]，曾经是关键性的一仗。因此，当时所有的先驱者一起上阵，连自称"不喜欢做新诗"的鲁迅也"打打边鼓，凑些热闹"[23]，写了新诗五首。在理论上也采取了最为激进的姿态，胡适明确提出了"诗体大解放"的口号："不但打破五言七言的诗体，并且推翻词调曲调的种种束缚；不拘格律；不拘平仄；不拘长短；有什么题目，做什么诗；诗该怎样做，就怎样做。"[24]刘半农则提出了"破坏旧韵、重造新韵"，"增多诗体"[25]的主张。新诗可以说是彻底冲破旧体诗词的束缚，直接借鉴外国诗歌的产物。

　　但是，能不能据此就说中国现代新诗与古典诗歌之间不存在历史的联系呢？

　　我们先看一个简单明了、却很能说明问题的事实："五四"时期的新一代作家大都能写旧诗，而且功力深厚，写得很好，如鲁迅、郭沫若、茅盾、郁达夫、叶圣陶、朱自清、田汉等人，但他们都不公开在报刊上发表旧诗。鲁迅的旧诗是杨霁云编《集外集》时替他搜罗入集的，其他的人也是一直到全国解放后人们才逐渐知道的。朱自清把他的旧诗集称为《敝帚集》和《犹贤博弈斋诗钞》，就是表示"敝帚自珍"、不供发表的意思，这当然是为了表现他们支持诗歌革命、支持新诗的立场的；鲁迅就劝人对旧诗词"大可不必动手"[26]。但从以后整理、发表的他们的旧诗词中，我们仍然可以看出，这些新作家、新诗人都同时具有很高的古典诗歌的修养。鲁迅的旧诗多为近体诗，近年来研究它与屈原、李商隐、龚自珍等人的联系的文章已经很多。新加坡的郑子瑜曾经作过一篇《郁达夫诗出自宋诗考》[27]，列举出郁达夫的许多旧诗都从宋诗点化而来，而所举的宋诗有相当部分都是比较冷僻、为一般人所不熟悉的，这恰好说明了郁达夫古典文学修养之深厚。郭沫若说"达夫的诗词实在比他的小说或者散文还好"[28]，这并不是毫无根据的。这个事实说明："五四"时期的新作家、新诗人尽管在公开场合都提倡新诗，自觉学习外国诗歌，表现出与传统诗词的决绝姿态，但他们自幼自然形成的古典诗词的深厚修养却不能不在他们的实际创作中发生影响；尽管这种影响有一个从"潜在"到"外在"、从"不自觉"到"自觉"的过程，但这种影响存在的本身就表现出了一种深刻的历史联系。

事实上"五四"时期的新诗创作并没有、也不可能与古典诗歌的传统完全割裂。胡适在《谈新诗》里就指出了这样一个事实："我所知道的'新诗人'，除了会稽周氏弟兄之外，大都是从旧式诗、词、曲里脱胎出来的"，他并且举例说："沈尹默君初作的新诗是从古乐府化出来的。"在同一篇文章里他还提出这样的观点："做新诗的方法根本上就是做一切诗的方法；新诗除了'诗体的解放'一项之外，别无他种特别的做法"；他在谈到"诗需要用具体的做法，不可用抽象的说法"时，所举的例证全部是传统的旧诗词，这几乎已经是一种自觉的借鉴了。朱自清认为胡适的主张"大体上似乎为《新青年》诗人所共信；《新潮》《少年中国》《星期评论》，以及文学研究会诸作者，大体上也这般作他们的诗"[29]。至于胡适自己写的后来被称为"胡适之体"的白话诗,也早已有人指出是"于旧诗中"取了"元白易懂的一派",而排斥了"温李难懂的一派"[30],也就是说对中国古典诗歌传统是既有所扬弃,也有所继承的。前文谈到有人研究郁达夫旧诗与宋诗的关系,其实"五四"前后的"早期白话诗"都与宋诗存在着某种类似的关系。严羽《沧浪诗话》曾用"以文字为诗,以才学为诗,以议论为诗"来概括宋诗的特点。朱自清则进一步指出,宋诗"终于回到了诗如说话的道路,这如说话,的确是条大路"[31]。"五四"早期白话诗正是以"作诗如作文"为主要理论旗帜的。我们当然不能从这种历史的相似中得出现代新诗是由宋诗演化而来的,因为新诗是文学革命的产物,它主要是借鉴外国诗歌而来的;但晚清宋诗一派的流行也有它的历史的和社会的原因,而且是不可能不对"五四"初期的作家产生一定的影响的。

当然,在新诗发展史上,早期白话诗带有很大程度的过渡性质。真正开一代新风的,还是郭沫若的《女神》。《女神》可以说是更彻底地打破了旧诗词的镣铐,以至闻一多批评《女神》是走到了过于"欧化"的极端。在影响很大的《〈女神〉之地方色彩》一文里,闻一多尖锐地批评"《女神》中所用的典故,西方的比中国的多多了";"《女神》之作者对于中国文化之隔膜";"《女神》底作者这样富于西方的激动底精神,他对于东方的恬静的美当然不大能领略"。应该说,闻一多的这种批评带有很大偏颇,因为他将《女神》的现代化特点与民族特点截然对立起来,用前者来否定《女神》与传统文化的历史联系,而这是不符合事实的。《女神》中表现得十分突出的泛神论思想,就不但有西方斯宾诺莎学说、东方古印度婆罗门经典——奥义书的影响，而且融汇了他对中国古代哲学的"再发现"和"再认识"；他是把东西方哲学和中国传统哲学思想按照自己的理解，加以融化汇合，从而形成了他的"泛神论"思想的。收在《女神》中的《湘累》《棠棣之花》中的屈原形象、聂嫈形象，都是他用"五四"时代精神"照亮"了传统的产物。郭沫若在《女神》中所致力的是将民族文化"现代化"的意图，而不是对民族文化的"隔膜"或"不能领略"。

闻一多当时对传统文化的理解比较狭窄，并且带有某种保守的性质。在同一篇文章中，他热烈地赞颂"东方的文化是绝对的美的，是韵雅的"，主张"恢复我们对旧文学底信仰"；他的诗作《忆菊》《祈祷》，把诗人对于中国传统文化的热爱和向往，表现得非常真挚和强烈。在理论上他明确提出新诗"要做中西艺术结婚后产生的宁馨儿"，强调"真要建设一个好的世界文学，只有各国文学充分发展其地方色彩，同时又贯以一种共同的时代精神，然后并而观之，各种色彩虽互相差异，却又互相调和"[32]；他的诗歌创作就是这种主张的实践，因此闻一多的格律诗虽然受西方诗歌的影响很深，但它与中国文化传统的联系还是十分明显的。

也许更能说明问题的是中国现代派诗歌发展的历史。现代派诗歌显然是从"异域""世纪末的果汁"里摄取营养，并且以反传统为其特点的；但也正是中国最早的现代象征派诗人李金发在理论上最早提出："东西作家随处有同一的思想，气息，眼光和取材"，应"于他们之根本处"，"把两家所有，试为沟通，或即调和"[33]。由于李金发对于中国民族生活与诗歌传统都十分隔膜，他所谓"东西调和"不过是将文言词语嵌入诗中,这不仅没有改变他的诗过于欧化的倾向,反而增加了理解的困难,终因脱离群众而未能获得更多的读者。到了三十年代,以戴望舒与何其芳、卞之琳诸人为代表的现代派诗人,不仅通晓外国文学,而且有着较高的中国古典文学修养,对处于动乱中的民族生活以及在一部分知识分子中产生的迷茫、梦幻和感伤情绪,有着深切的感受和体验;他们从法国象征派诗人那里接受了现代诗歌的观念,再去反观中国古典诗歌,从而发现了它们之间内在的一致。卞之琳在发表于《新月》四卷四期的《魏尔伦与象征主义·译序》中指出:"'亲切'与'含蓄'是中国古诗与西方象征诗完全相通的特点"。何其芳在《梦中道路》中追述自己写作《燕泥集》的艺术渊源时也说:"这时我读着晚唐五代时期的那些精致的冶艳的诗词,蛊惑于那种憔悴的红颜上的妩媚,又在几位班纳斯派以后的法兰西诗人的篇什中找到了一种同样的迷醉。"即使在诗歌形式上,中国现代诗人也发现了西方的十四行诗"最近于我国的七言律体诗,其中起、承、转、合,用得好,也还可以运用自如"[34]。

西方现代派诗歌与中国古典诗歌中的某些流派(如晚唐的温、李诗派)在诗的艺术思维方式、情感感受与表达方式之间存在着某种内在的相似,是一个很有意义的现象;正是这种发现使得中国的现代派诗人(从戴望舒到以后的《九叶集》诗人)能够逐渐摆脱早期象征派诗人那种对于外国诗歌的模仿和搬弄的现象,而与自己民族诗歌的传统结合起来,逐渐找到了外来形式民族化的道路。

同小说领域一样,中国现代新诗与古典诗歌传统的历史联系,道路也是宽广的。除了上述与文人诗歌传统的联系之外，从"五四"时期起，新诗作者就开始了对民歌传统的探索和汲取。刘半农提倡"增多诗体"，其中一条途径就是从民间歌谣的借鉴中创作民歌体白话诗，《瓦釜集》里的作品就是这种创作实践的收获。三十年代，中国诗歌会的诗人提倡新诗的"歌谣化"。抗战时期又有从曲艺中汲取养料来创作新诗的尝试，如老舍的《剑北篇》。《在延安文艺座谈会上的讲话》之后，解放区出现了大规模地搜集、整理和学习民歌的运动，并涌现出了像李季的《王贵与李香香》、阮章竞的《漳河水》这样的民歌体叙事诗。这一趋向对新中国成立以后的诗歌创作，也产生了深刻的影响。

五

鲁迅对"五四"时期散文创作的成就曾给以很高的评价，认为"散文小品的成功，几乎在小说戏曲和诗歌之上"[35]。朱自清在《背影》序中也说："但就散文论散文，这三四年的发展，确是绚烂极了：有种种的样式，种种的流派"。这种成功是同古典文学中的历史凭借分不开的。在散文的种种不同的样式和流派中，如果大致区分，则依习惯可分为议论、抒情、叙事三大类，而这些内容又都是在古典文学中有着大量存在的。如果说"五四"时期的现代小说、新诗和话剧主要是借鉴于外来的形式，那么散文就和古典文学传统有着更为密切的联系。"五四"时期的作家都受过传统的读古书的教育，对古代散文有基本的素养，这是散文获得成功的一个重要原因。

"五四"时期最早出现的散文作品是以议论为主的文章，

即杂文。1918年4月,《新青年》四卷四期首设《随感录》一栏,主要作者有陈独秀、鲁迅、钱玄同、刘半农等人,从开始起这种文体就是为新文化运动开辟道路的;他们认为杂文是文学的一种主要形式,正是受了古典文学的影响。如刘半农在《我之文学改良观》中就说:"故进一步言之,凡可视为文学上有永久存在之资格与价值者,只诗歌戏曲、小说杂文二种也"。鲁迅也指出:"其实'杂文'也不是现在的新货色,是'古已有之'的"[36]。三十年代关于小品文的讨论中,鲁迅还引述了由晋代清言起的中国古典文学中散文的传统,而且特别发扬了其中带有议论色彩的特点。他指出:"唐末诗风衰落,而小品放了光辉。但罗隐的《谗书》,几乎全部是抗争和愤激之谈;皮日休和陆龟蒙自以为隐士,别人也称之为隐士,而看他们在《皮子文薮》和《笠泽丛书》中的小品文,并没有忘记天下,正是一塌糊涂的泥塘里的光彩和锋芒。明末的小品虽然比较的颓放,却并非全是吟风弄月,其中有不平,有讽刺,有攻击,有破坏。[37]"现代文学中的杂文在具体写法上也许并不同于这些古代作品,但对其战斗精神的继承和发展则是十分明显的。

鲁迅自己的杂文在表现方式和艺术风格上同"魏晋文章"有其一脉相承之处,这是鲁迅自己也承认的。据孙伏园记载,刘半农曾赠送过鲁迅一副对联即"托尼学说,魏晋文章","当时的朋友都认为这副联语很恰当,鲁迅先生自己也不加反对"[38]。什么是"魏晋文章"的特色呢?鲁迅曾用"清峻、通脱"来概括,并解释说:"通脱即随便的意思。此种提倡影响到文坛,便产生多量想说什么便说什么的文章。更因思想通脱之后,废除固执,遂能充分容纳异端和外来的思想";"清峻的风格——就是文章要简约严明的意思"[39]。这就是说,没有"八股"式的规格教条的束缚,思想比较开朗,个性比较鲜明,而表现又要言不烦,简约严明,富有说服力。很显然,魏晋文章的这些特色,正是鲁迅平日所致力,也是在鲁迅杂文中得到继承和发展的。

就具体作者来说,魏晋时期的孔融和嵇康对鲁迅杂文的影响最大,尤其是嵇康。鲁迅曾说:"孔融作文,喜用讥嘲的笔调"[40]。据冯雪峰回忆,鲁迅晚年"曾以孔融的态度和遭遇自比"[41]。这里所说的"态度"是指孔融的不屈的反抗精神,并且是通过他的讥嘲笔调表现出来的。孔融文章中运用讽刺手法的地方很多,同鲁迅杂文的风格颇有类似的地方。鲁迅自己说他的杂文是"论时事不留面子,贬锢弊常取类型"[42],在表现方法上则是"好用反语,每遇辩论,辄不管三七二十一,就迎头一击"[43]。这些话是可以概括鲁迅杂文的特色的。他擅长讽刺的手法,常常给黑暗面以尖利的一击;在表现方法上则多用譬喻、反语,使自己的思想能形象地表现出来;因此也常常援引古人古事来说明今人今事,引对方的话来举例反驳。而这种特点在中国文学史上的类似状态,在以孔融和嵇康为代表的魏晋文章中是十分明显的。鲁迅特别喜爱嵇康的议论文,这是人们熟知的。他说:"嵇康的论文,比阮籍更好,思想新颖,往往与古时旧说反对。"[44]这些话几乎可以移用来评价鲁迅的杂文。鲁迅特别欣赏嵇康的论难文章,并且对嵇康"所存的集子里还有别人的赠答和论难"[45]表示赞同;嵇康在他与别人辩难的文章中不仅"针锋相对",而且说理透辟,富有逻辑性,表述方式又多半是通过"据事以类义,援古以证今"[46];不只风格简约严明,而且富于诗的气氛。这些都对鲁迅杂文的表现方式产生过一定的影响。

除了议论性散文(杂文)之外,"五四"时期还出现了大量的被称为"美文"的叙事性和抒情性的散文(有时也称为"散文小品")。这类散文同传统散文的联系是更为密切的。鲁迅曾指出当时有些散文作者着意于"那和旧文章相合之点","写法也有漂亮和缜密的,这是为了对于旧文学的示威,在表示旧文学之自以为特长者,白话文学也并非做不到"[47];这种努力在当时是具有进步意义的。冰心的散文就属于"漂亮"这一路;郁达夫在《中国新文学大系·散文二集》导言中赞扬说:"冰心女士散文的清丽,文字的典雅,思想的纯洁,在中国好算是独一无二的作家了。"郁达夫并且这样谈到了自己读冰心散文的感受:"我以为读了冰心女士的作品,就能够了解中国一切历史上的才女的心情;意在言外,文必己出,哀而不伤,动中法度,是女士的生平,亦即是女士的文章之极致。"这就是说,冰心的人格与文风都是充分地体现了传统文化所特有的美的。所谓"冰心体"散文曾在"五四"时期产生过很大的影响,这同她对文体美的自觉追求是分不开的。她曾在小说中借一个人物之口这样表白:"文体方面我主张'白话文言化''中文西文化',这'化'字大有奥妙,不能道出的,只看作者如何运用罢了!我想如现在的作家能无形中融汇古文和西文,拿来应用于新文学,必能为今日中国的文学界,放一异彩。"[48]冰心的散文正是"无形中融会古文与西文"的典范,它既发挥了白话文流利晓畅的特点,便于现代人思想感情的交流,又吸收了中国古文和外国语言的长处,善于简洁凝练地表达现代人委婉复杂的思想和情绪。"冰心体"之所以能够风靡一时，并不是偶然的。例如冰心在《山中杂记》里有一段比较"山"与"海"的文字，她先从客观、外在的颜色、动静、视野相比，力争"海比山强得多"，语言基本上是口语化的；下面在比较处于山或海的包围中的人的主观内心感受时，就引用了两首古诗的句子："南山塞天地，日月石上生"，"海上生明月，天涯共此时"。有时现代人的复杂的、难以言传的主观感受，引用适当的古典诗句反而更能传神达意。冰心有深厚的古典文学修养，她在散文里引用古诗词，似乎随手拈来，却构成了文章的有机部分。

"五四"时期强调散文语言的"杂糅"特点的还有周作人。周作人甚至认为这是现代散文语言与现代小说、戏剧语言的一个根本区别。他说："我也看见有些纯粹口语体的文章，……觉得有造成新文体的可能，使小说戏剧有一种新发展"，而散文"必须有涩味与简单味，这才耐读，所以他的文词还得变化一点。以口语为基本，再加上欧化语、古文、方言等分子，杂糅调和，适宜地或吝啬地安排起来，有知识与趣味的两重的统制，才可以造出雅致的俗语文来"[49]。周作人显然敏锐地看到了传统散文所具有的含蓄的美，也就是他所说的"涩味与简单味"，同文言文的语言形式有一定的联系，因此他企图创造一种"雅致的俗语文"；除了在内容上追求"知识与趣味"之外，在语言形式上就必然要求文言（以及欧化语，方言）与口语的"杂糅"。周作人自己的散文就是他所追求的这种"雅致的俗语文"，它在内容和形式上同传统散文（特别是明末小品）存在着深刻的联系，是十分显然的。

正因为周作人注意到汉语语言文字的特点，因此他关于现代散文文体曾发表过要"设法利用骈偶"的意见；他说："因为白话文的语汇少，欠丰富，句法也易陷于单调，从汉字的特质上去找出一点装饰性来，如能用得适合，或者能使营养不良的文章，增点血色，亦未可知。"[50]他并且据此提出了"混合散文的朴实与骈文的华美"[51]的文体要求。周作人这里提出了建立现代散文与传统散文的联系的一个相当重要的问题：就是认识到它们使用的共同的文字工具——"汉字的特质"。正是在这一点上，传统散文是积累了丰富遗产的。传统散文（包括骈文）十分重视语言文字的声调节奏和装饰性。这是在把握"汉字的特质"基础上对语言形式美的追求和创造。尽管后来有的作家发展到了极端，成为形式主义的桎梏；但为了创造新文体，从中是可以汲取合理的内核的。鲁迅就很注意这种特点，他曾应友人之请，作《〈淑姿的信〉序》（收《集外集》），"以文言文中骈文出之，全篇文字也铿锵入调"[52]。由于鲁迅有深厚的文学修养和掌握了中国语言文字的特质，在他的散文中也常有"杂用骈文句法"的地方。例如："惨象，已使我目不忍视了；流言，尤使我耳不忍闻。我还有什么话可说呢？我懂得衰亡民族之所以默无声息的缘由了。沉默呵，沉默呵！不在沉默中爆发，就在沉默中灭亡"（《纪念刘和珍君》）；"活着的时候，又须恭听前辈先生的折衷：早上打拱，晚上握手；上午'声光电化'，下午'子曰诗云'"（《随感录·四十八》）；"只要从来如此便是宝贝。即使无名肿毒，倘若生在中国人身上，也便'红肿之处，艳若桃花；溃烂之时，美如乳酪'。国粹所在，妙不可言。"（《随感录·三十九》）。在这些似乎随手拈来的句式中，就有骈散交错、起伏顿挫的特点；它形成了自然的声音节奏，加强了文章的气势。作为文学语言，白话文可以议论和叙事，是比较容易得到社会承认的；但用白话文来抒情写景，就会有许多人怀疑，因为当时还缺少这样的实绩。这就是"五四"时期为什么要提倡"美文"，以及许多作者努力创作漂亮和委婉的抒情散文的原因。鲁迅自述他"没有相宜的白话，宁可引古语"，而且把称他为文体家（Stylist）的批评者认为是看出了他的文学语言的特点[53]，就说明他也是十分重视文学语言的建设的。当时一些著名的抒情写景的散文名篇，如朱自清和俞平伯都写了《桨声灯影里的秦淮河》，就是为了证明"旧文学之自以为特长者，白话文学也并非做不到"。既然许多作者是自觉地与古文名篇进行文体风格的竞赛，那自然就要重视传统散文的优点和特点了，这实际上就体现了继承和革新的关系。可见现代散文尽管绚烂多彩、风格各异，但它同传统散文仍然是保持着十分紧密的联系的。

六

比之小说、散文和诗歌来，话剧同古典戏剧的关系当然要薄弱得多；各种文体都是有它自己的特点和不同的发展情况的。但"五四"时期在提高小说地位的同时，也提高了戏剧的地位。胡适在《文学改良刍议》中，为了强调白话文学的正统地位，提出"中国文学当以元代为最盛"，也就自然给以关汉卿为代表的元代戏曲以很高的评价。刘半农在《我之文学改良观》里更进一步明确提出要"提高戏曲对于文学上之位置"，认为"凡可视为文学上有永久存在之资格与价值者，只诗歌戏曲、小说杂文二种也"，而他的立论的基点也是"以现今白话文学尚在幼稚时代，白话之戏曲，尤属完全未经发见，故不得不借此易于着手之已成之局而改良之"。可见当时重视戏剧的原因和重视小说是一样的，除了因为它的时代离现时较近，反映的社会面比较广阔，有利于新文学的建设以外，更多的是着眼于它的语言比较通俗，接近于当时所提倡的白话文；但与此同时，又对传统戏剧的内容展开了尖锐的批判。批判的锋芒主要是指向传统戏剧中封建迷信和封建伦理道德，"仅求娱悦耳目"的戏剧观念，"瞒"与"骗"的大团圆主义创作倾向，以及"戏子打脸之离奇"等"形式主义"程式[54]。可见"五四"时期对传统戏剧的重新评价，对它的肯定和否定，都是从"五四"文学革命的基本要求出发的。当时的先驱者们对于传统戏剧的态度也并不完全一致，主张"全数封闭"[55]、持全盘否定的极端态度的，仅钱玄同等一二人，刘半农、傅斯年以至胡适都是主张在创造"西洋派"新戏的同时，对传统旧戏加以改良的[56]。他们所谓创造"新戏"，着眼点完全在外国戏剧的移植，强调"西洋文学名著"的翻译与改作；也就是说，批判地继承传统戏剧遗产的问题还没有提到这些先驱者们的艺术探讨的日程。第一次在理论上明确提出这一问题的是北平艺术专门学校戏剧系的熊佛西、赵太侔、余上沅等人，他们于1926年6至9月在《晨报》副刊上创办《剧刊》，发动"国剧运动"；在戏剧形式上，首先提出揉合东、西方戏剧的特点，"在'写意的'和'写实的'两峰间，架起一座桥梁"，并且预言"再过几十年大部分的中国戏剧，将要变成介于散文诗歌之间的一种韵文的形式"[57]。但由于他们主要着力于理论的提倡,艺术实践并未跟上,更重要的是他们同时主张恢复旧戏"目的在于娱乐"的"纯粹艺术倾向"[58],脱离了时代与观众的需要,因而这种"国剧运动"并未能产生预期的影响。但戏剧改革的呼声和艺术实践却一直没有停止过;特别是抗日战争爆发后,很多艺术家都热心于利用旧戏形式宣传抗日的艺术尝试,当时称之为"旧瓶装新酒"。但是,在人们的认识与实践中,一般都是把旧戏曲的改造和利用仅仅看作是一种普及的措施,并没有把它同话剧创作联起来。许多人都认为要提高现代戏剧水平,仍然在于话剧运动。这样,在很长时期内,戏剧与观众的联系是一种"二元结构":一方面,现代话剧(即所谓"新戏")主要以城市知识分子、市民和一部分工人为观众;另一方面,传统戏曲以农村为广大阵地,同时在城市市民中也拥有大量观众。由于毛泽东在《在延安文艺座谈会上的讲话》中明确提出"文艺首先是为工农兵"的问题,因而农民的欣赏习惯成为解放区戏剧工作者关注的中心,并由此创造了以《白毛女》为代表的新歌剧作品。当时的剧作家马健翎就说:"戏剧是最锐利的武器,逼来逼去,不得不注意'庄稼汉'的爱好。"[59]正是出于对农民艺术趣味的重视,对他们所喜闻乐见的传统戏曲的继承问题才引起了人们的注意。新歌剧所显示的对传统戏曲的改革成绩,实际上就是促使传统戏曲的"现代化";与此同时,对于话剧创作的民族化也进行了多方面的探索,有些作品吸收和融汇了传统戏剧的一些艺术手法,出现了《战斗里成长》等有民族特色的作品。同样,在国统区的话剧创作中也有过类似的尝试,特别是在抗战时期历史剧的创作高潮中,尤为明显。就是在现实题材中，也产生了如田汉的《丽人行》等有鲜明的民族特色的作品。

当然，中国现代话剧主要是受西方影响所产生的一种艺术形式，但这并不意味着它同民族传统就完全没有联系。不过这种联系比较薄弱一些，而且不是表面上的罢了。曹禺谈到他的《雷雨》时曾说过一句十分朴实，却耐人寻味的话："《雷雨》毕竟是中国人写的嘛"[60]。这就是说，中国的现代剧作家在创作时必然要受到民族传统的制约，不仅他所反映的生活和所表现的思想必然带着中国民族的特色，而且他还必须考虑到中国观众的带有鲜明民族心理的欣赏要求和艺术趣味。这样，现代剧作家在借鉴外国戏剧创作经验的同时，也必然会自觉或不自觉地重视并汲取中国传统戏剧所积累的艺术经验。一些有影响的现代话剧作品如田汉的《获虎之夜》《回春之曲》，曹禺的《雷雨》《原野》，郭沫若的《屈原》《孔雀胆》等，都充分地注意到中国观众重故事、重穿插的欣赏习惯，并巧妙地运用戏剧冲突来推动情节的发展，以造成波澜起伏、跳跃跌宕的情势，紧紧抓住了观众；而这正是中国古典戏曲的特点。清代戏曲家李渔，就认为戏曲事件要"未经人见而传之"，"若此等情节已见之戏场，则千人共见，万人共见，绝无奇矣，焉用传之。"[61]中国古典戏曲是讲究情景交融的，它的唱词实际上就是抒情诗，因此诗的味道很浓。现代话剧中有些作品也是以诗意浓郁著称的，如曹禺的《北京人》《家》，夏衍的《上海屋檐下》，郭沫若的《屈原》《虎符》，以及田汉的早期剧作（如《获虎之夜》《南归》）等。这些剧作对于情景交融的诗的意境的追求——《原野》里沉郁、神秘的旷野，《上海屋檐下》"郁闷得使人不舒服"的黄梅天气,《屈原》里的雷电,都是这种诗的意境的创造,出色地体现了中国古典文学的抒情写意的美学原则。它们既是写实的,又是写意的;既是现代化的,又是民族化的;既有个人的风格特色,又实现了借鉴外国与继承传统的统一。

鲁迅曾说:只有用"现今想要参与世界上的事业的中国人的心里的尺来量",才能真正"懂得"中国现代文学艺术[62]。这是很能概括中国现代文学的基本特点的。中国现代作家首先是"想要参与世界上的事业的"现代人,因此必然要追求文学的现代化,努力汲取外国思想文化中的优秀东西,以使中国文学与世界的时代潮流合流,并对世界文学的发展作出自己的贡献;另一方面,中国现代作家又是"中国人","其中仍有中国向来的魂灵","固有的东方情调,又自然而然地从作品中渗出,融成特别的丰神"[63],使中国现代文学又具有鲜明的民族特色。我们从"五四"以来各种文学体裁的发展概貌中,就可以清楚地看到这种历史的特征。中国现代文学史本身就是一个不断追求外来文化民族化和民族文化现代化的过程,它正是在这种追求中日趋成熟的;就文学史的发展线索看,它与古典文学之间自然就存在一种继承和革新的历史联系。事实说明,越是有民族特色的艺术,就越有世界意义。正如鲁迅所说:"现在的文学也一样,有地方色彩的,倒容易成为世界的,即为别国所注意。打出世界上去,即于中国的活动有利。"[64]鲁迅自己的作品就充分地体现了这一点,因此法捷耶夫称他为"真正的中国作家",说"他的讽刺和幽默虽然具有人类共同的性格,但也带有不可模仿的民族特点"[65]。其他的作家虽然成就各不相同，但就总的方向来说，却都具有类似的特点。中国现代文学正是以自己独特的民族特色与民族风格，独立于世界文学之林的。随着国际文化交流的发展，它必将成为世界各国人民共同的精神财富，为人类文化的发展作出应有的贡献。

1986年1月30日

*　　　*　　　*

〔1〕〔3〕〔13〕鲁迅：《〈草鞋脚〉小引》。

〔2〕〔62〕鲁迅：《当陶元庆君的绘画展览时》。

〔4〕〔18〕〔53〕鲁迅：《我怎么做起小说来》。

〔5〕鲁迅：《中国新文学大系·小说二集序》。

〔6〕周作人：《中国新文学的源流》。

〔7〕胡风：《论民族形式的问题》。

〔8〕毛泽东：《在延安文艺座谈会上的讲话》。

〔9〕钱玄同：《寄陈独秀》。

〔10〕鲁迅：《论睁了眼看》。

〔11〕陈独秀：《文学革命论》。

〔12〕鲁迅：《中国小说的历史的变迁》。

〔14〕〔17〕鲁迅：《中国小说史略·清之讽刺小说》。

〔15〕鲁迅：《论讽刺·什么是"讽刺"？》。

〔16〕鲁迅：《〈近代世界短篇小说集〉小引》。

〔19〕见《世说新语·巧艺》。

〔20〕〔21〕赵树理：《〈三里湾〉写作前后》。

〔22〕胡适：《逼上梁山》。

〔23〕鲁迅：《集外集·序言》。

〔24〕胡适：《谈新诗》。

〔25〕刘半农：《我之文学改良观》。
〔26〕鲁迅：1934年10月13日致杨霁云信。
〔27〕见《郁达夫研究资料》。
〔28〕郭沫若：《望远镜中看故人——序〈郁达夫诗词钞〉》。
〔29〕朱自清：《中国新文学大系·诗集导言》。
〔30〕冯文炳：《谈新诗》。
〔31〕朱自清：《论雅俗共赏》。
〔32〕闻一多：《〈女神〉之地方色彩》。
〔33〕李金发：《食客与凶羊·自跋》。
〔34〕卞之琳：《雕虫纪历·自序》。
〔35〕〔37〕〔47〕鲁迅：《小品文的危机》。
〔36〕鲁迅：《且介亭杂文·序言》。
〔38〕孙伏园：《鲁迅先生二三事》。
〔39〕〔40〕〔44〕鲁迅：《魏晋风度及文章与药及酒之关系》。
〔41〕冯雪峰：《鲁迅论》。
〔42〕鲁迅：《伪自由书·前记》。
〔43〕鲁迅：《两地书·一二》。
〔45〕鲁迅：《"题未定"草（六至九）》。
〔46〕刘勰：《文心雕龙·事类篇》。
〔48〕冰心：《超人·遗书》。
〔49〕周作人：《燕知草·跋》。
〔50〕周作人：《汉文学的传统》。
〔51〕周作人：《苦竹杂记·后记》引，《答上海有君书》。
〔52〕许广平：《鲁迅回忆录·同情妇女》。
〔54〕参看钱玄同：《寄陈独秀》，胡适：《文学进化观念与戏剧改良》等文。
〔55〕钱玄同：《随感录·十八》。
〔56〕参看傅斯年：《戏剧改良各面观》，刘半农：《我之文学改良观》，胡适：《文学进化观念与戏剧改良》等文。
〔57〕余上沅：《国剧》。
〔58〕余宗杰：《旧剧之国画的鉴赏》，余上沅：《旧戏评价》。

〔59〕马健翎:《十二把镰刀·后记》。
〔60〕胡受昌:《就〈雷雨〉访曹禺同志》,《破与立》1978年第5期。
〔61〕李渔:《闲情偶寄》。
〔63〕鲁迅:《〈陶元庆氏西洋绘画展览会目录〉序》。
〔64〕鲁迅:1934年4月19日致陈烟桥信。
〔65〕见1949年10月19日《人民日报》。

现代文学的民族风格问题

什么叫新文学？意思就是和传统文学不同，和传统文学对立，有反封建的很重要的意义。"五四"文学革命，提倡新文学，它的历史意义就是体现了中国人民要求现代化。什么叫文学革命？就是要求用现代人的语言表现现代人的思想。现代人的语言就是白话，现代人的思想就是民主主义。这样，自然就要求学习外国的东西，追求新的东西。过去的传统包袱沉重，一定要打倒它。所以强调学习西方，接受外来影响，是必然的。这是和"五四"新文化运动的总精神相一致的。新文化运动提倡民主、科学，文学上就提倡近代现代的民主主义，注重个性。这就要求同旧的东西决裂。"五四"时期很少有人提倡学习旧的东西，如果有的话，就是"国粹主义"者，所以，在"五四"时期，没有什么人提倡文学革命要和过去的传统发生关系，这是不合时宜的；只有复古派才这样主张，因为旧的东西不合现代化的要求。现代化，是历史潮流。因此，我们谈风格、流派，就应当说，所有流派都是和西方影响有联系的，除过后期的赵树理流派，很难说哪一个流派是有意学习传统而形成的。

从严格意义上讲，中国过去的流派是不发展、不显著的，这并不是说中国文学史上没有流派，可是我们看到它有一个显著的特点，就是时代特点的因素远比艺术个性的因素大得多。比如说，"建安风骨"或"大历十才子"，它是那个时代的共同的东西。建安文学中，曹植、王粲……他们彼此在风格上有什么显著区别？很少。又如，唐诗、宋诗，后人用来不是指不同时代的诗，而是指两种不同的流派。在清朝，如说某人的诗宗唐，他的诗有盛唐风韵，评价就算很高了。就是说，时代特点很明显；但是在同一时代中各个人的特点却并不显著。时代的因素多于艺术个性的因素，这就是封建社会的特点。

"五四"以后就不同了，重视个性解放。"五四"以前，一个人说话，如果一来就是"我怎么样"，这叫没有礼貌。对上讲，称"鄙人""卑职"，或者客气一点，比如我，就说"瑶以为如何如何"。"五四"以后，动不动就是"我怎么样"，就像鲁迅在《伤逝》中说的："我是属于我自己的，谁也没有干涉我的权利。"这确实是"五四"精神。"五四"以前不行。所以马寅初先生（今年一百岁，是民主人士中最老的）以前在北大当校长时，作报告有一句口头禅："兄弟如何如何"，下面就发笑。其实他说"兄弟"就是"自己"，就是"我"。个性不发达，就不能说"我"。无论"建安风骨"或"大历十才子"，一直到"五四"要打倒的"桐城谬种，选学妖孽"，实际都是流派。"选学"派是学汉魏六朝的，桐城派是学唐宋八大家的。中国文学史上不是没有流派，但是流派形成的原因，时代特点的因素，占了很大的比重。时代当然有特点，但同一时代的作家，我的风格跟你的风格的差别不显著，艺术个性远没有时代特点强。

谈现代文学流派，从一开始的文学研究会、创造社，或者是民众戏剧社、南国社，都是和外国文学流派的影响有联系的。"五四"时期把眼光集中到外国是很自然的。那时没有提倡学习古典，继承传统，所以人们的眼光也都集中去考察外国的影响。但是，是否提倡继承民族传统是一回事，实际上现代文学风格、流派的形成是否受了民族传统的影响又是一回事。实际上它是要受到中国民族传统的影响的。这不仅因为中国是文化传统悠久的国家，有很长的历史，而且文学是表现人民生活的，人民的生活方式就有个历史传统。再从作家个人的文学修养看，尽管他自己没有讲这一方面，但他既然写东西，他的文学修养从哪里来？比如，我们总是看了一些作品、学习了一些作品，才开始写东西。"五四"搞现代文学的都是青年人。我们以1919年"五四"这一年为例，年龄最大的是鲁迅，三十八岁，郭沫若二十七岁，茅盾二十三岁，叶圣陶二十五岁，朱自清二十一岁，闻一多二十岁，冰心十九岁。他们的文艺修养从哪儿来？实际上都接受了传统的文学教育的影响。他们提倡新诗，打倒旧诗，但到了后来，他们都写一点旧诗，因为他们学过，修养不错。他们追求进步，但受的仍是传统文化的教育，因为外国的东西在"五四"之前还很少，北大在陈独秀之前，主持文科的人是桐城派，外国的东西很少，所以实际上古典文学的影响很大。从他们创作以前的经历看，他们受的都是传统文学的影响。不过他们不大讲这一点，甚至于说这是包袱。

另一方面，也不能理解为"五四"时期把古典文学全部否定了。当时确实否定了一些东西，正像提出要打倒"桐城谬种，选学妖孽"口号一样。它们的共同特点就是摹仿，而新文学要打倒摹仿，提倡创造。但当时也肯定了一些历史上向来不被重视的东西，比如小说戏曲。过去小说是没有地位的。鲁迅写《中国小说史略》，在《序言》的第一句就说：

"中国之小说自来无史"。过去的目录学，将中国古书分为经史子集，这不仅是四类，而且先后次序是有价值观念的。在封建社会一个人死了父亲在家里守制，就只能读礼，假使在家里赋诗，是可以引起弹劾的。属于集部的诗的地位已经够低了，小说就更没有地位。小说是闲书，小说作者也是一些很不得志的人。所以我们对于诗人生平的材料掌握得很多，有些人也很阔气，比如对于苏东坡的生平，我们就知道得非常详细。对于小说作家就不然，比如《红楼梦》，我们在"五四"时期才肯定是曹雪芹写的，考据了半天才肯定下来，但知道得很少，并不像现在有的人把曹雪芹的祖辈世系都考证出来了。《水浒传》的作者到底是施耐庵还是罗贯中，到现在也还是两种说法。罗贯中其人，我们现在知道的只有几条材料。说明在那个社会，一个人倒了霉才写小说；写了小说还不能说是自己写的，写个假名，如什么"居士""山人"之类。"五四"时期把小说地位提得很高，标点出版《红楼梦》《水浒传》等，重新进行评价。鲁迅说："中国之小说自来无史"，我们可以加一句："有史自鲁迅始"。就是说，"五四"文学革命并不全部否定古典文学，而是把一部分打下去，把另外一部分抬高起来，北大是在"五四"以后才设了小说史、戏曲史的课程的。一直到解放以前，大学中文系一开始的必修课，是文字学、声韵学，这是从传统来的。经学是主要的；要通经，就是从小学开始。这就形成一种学风，越古越好，看不起搞小说的。"五四"以前很少有人研究小说、戏曲。对民间文学的重视也是"五四"才开始的，"五四"后北大成立"民间文学研究会"，搜集民间歌谣，出《歌谣周刊》，承认民间文学的重要地位，这都是过去没有的。过去编过《古谣谚》，它是当作文献性的参考书，不是承认其文学价值。

这说明，尽管在理论上没有明说，但为了建设现代新文学，就要到传统中去找一些东西。为什么找小说、戏曲？因为它是用白话写的，是现代人的语言，至少是离现代人的语言比较近。它产生的时代离我们也比较近，宋元以下嘛。所反映的社会生活也比较广阔，像《错斩崔宁》啦，《卖油郎独占花魁》啦；反映市民生活的东西，在诗文里很少。就因为这些因素，才引起了重视。但这也是古典文学，说明并不是古的一概都要打倒。当时强调决裂，有进步意义。但实际上是要继承过去有价值的东西，特别是戏曲、小说、民间文学。要打倒的只是"桐城谬种，选学妖孽"（并不是对《文选》和韩柳等所作的全面的历史评价），因为它只摹仿，不创造。文学是创作，创作最不允许规格化、一般化。我们讲机器，就是一根头发的多少分之一都不能错，一定要标准化、通用化，如果说文学艺术也有特点，就是最忌讳一个样子，一定要创作，要提倡表现今天的生活。

这说明，我们的现代文学，从作家的修养讲，从当时对传统的态度讲，不提倡（就像鲁迅提倡不读中国书一样）是一个方面，但是另外一方面，实际在受影响；因为他是一个中国人，和传统有切不断的联系。他翻译、介绍了外国作品，这是看得见的，是过去中国人所不知道的，可以说他受了外国的影响；但对民族传统，他不说，看不见，实际上也还是有影响。而且，对传统文学所持的态度，也是现代化的一部分；我们从"五四"开始才明确了我们过去的文学有些什么东西。比如关于中国文学史的写作。清朝末年林传甲写了第一本中国文学史，再早一点，是个英国人写的，叫吉尔斯，用英文写了中国文学简史。清末才开始有中国文学史的书。过去也并不是没有。《文心雕龙》也是从历史讲起，从《诗经》《楚辞》讲到齐梁；又如选本，《昭明文选》《古文辞类纂》《经史百家杂钞》，都是用名篇范本来显示文学的历史面貌。但是把文学当成历史现象来考察，找一个发展的过程，从前是没有的，是受外国人影响之后才有的，所以第一部是外国人写的。而且究竟什么叫文学？"五四"以前也不明确，把什么都收罗进文学史来，包括阴阳五行，诸子百家。"五四"以后才把文学的观念逐渐明确了，讲《诗经》《楚辞》，把不要的去掉；而且努力在找规律，不管它是不是正确，但确实是企图用科学的方法使遗产条理化。"五四"以后为什么要做这些工作？可以用一句话来概括：要使中国文学传统现代化。不是不要传统，传统有用，但不现代化，就和现代人没有共同的语言。这是有效果的，假使我们没有经过"五四"，我们还是"五四"以前的思想，用"五四"以前的语言，我们根本没法跟外国交流。"五四"是"向前看"的，充满了青年精神，是面向将来的。叫做《新青年》，叫做《少年中国》，叫做《青年杂志》，"人过四十都应该枪毙"，尽管偏激，但它是向着未来的。而过去呢，金圣叹写《水浒传》序："三十未娶，不应再娶；四十未仕，不应再仕"。可以说是精神上的未老先衰；所以"五四"的历史意义很大。你要从形式上考察，不过几千人到天安门游行了一下，规模并不算大，但影响很大。又如，"五四"以前，对一个年轻人说他"少年老成"，他就高兴，认为是表扬他；但"五四"以后要说一个年轻人"少年老成"，那不是说他没有进取精神吗？"我是一个青年，怎么'少年老成'？"又如像我这样年龄的人，你说："王先生很有青年气。"我很高兴，但要在以前，我六七十岁了，你说我"很有青年气"，你不是说我幼稚吗？我什么地方得罪了你？观念很不相同。假使不经过传统的现代化，我们就没法与外人交流。所以承认传统，承认它的价值，但要是不改变，又确实没法迎合世界潮流，把中国推向进步。其标准就是要使传统为现代化服务。所以我说，文学革命，就是用现代人的语言，表现现代人的思想，是现代化的一部分。所以对传统并不是一概否定，而是实际上是受了它的影响。

这很容易理解。我们从作品来看，第一点，文学是表现人的生活的，而且从"五四"开始，文学表现的不是像过去的才子佳人、清官、侠客等人物了，"五四"新文学作品中智识者，普通平民登了场。这些人的生活本身就富有民族特点，你要写他，细节真实是前提，没有细节真实，根本谈不到典型环境与典型性格。这是必要条件，不是从属条件。细节就是中国人生活的细节，习惯就是中国人的习惯，必然有中国人的色彩，有长久的民族传统。而且广大读者的美学爱好、欣赏习惯也是这样。一个作家写作品，总要叫人看得懂，总要意识到说话给谁听，文章写给谁看。一点不考虑"票房价值"是不行的。在中国文学史上，"五四"是充分考虑到这一点的。为什么提倡白话文？当时很大的一个理由就是：文言文只有少数人看得懂，只有白话文才能使多数人看懂。光这一条理由就符合民主革命的要求。以下，左联提倡大众化，抗日战争时期讨论民族形式，《讲话》提倡工农兵方向，都是一个精神，就是要求作家的作品要适应读者的要求，描写对象和服务对象要有联系。读者的要求就包括读者的欣赏习惯，美学爱好，不能不考虑他喜欢什么。一个国家的文学有民族特点是它成熟的标志，这和科学不一样。我们可以讲美国文学、英国文学、苏联文学，但不能讲美洲化学、欧洲化学、中国化学，哪一个国家的水都是 H_2O，但是文学一定要有各民族的特点，因为人民生活就有民族特点。比方说鲁迅。鲁迅说他追求的风格，像中国旧戏，舞台没有布景，就是几个人在那儿活动。或者像年画，只有几个人头。所以他不大描写风景，也不连续好几页写对话。这是什么风格？照我理解，就是鲁迅注意农民的欣赏趣味。旧戏没有布景，它把注意力集中在演员身上，穿得很显眼；鲁迅对上层的梅兰芳反感，但对社戏中的绍兴大戏和目连戏还是很有兴趣。中国的地方戏，严格说就是农民的艺术。我们现在也仍然有这种趣味。比如说，我在北大图书馆借到一本《巴黎圣母院》，故事很吸引人，但它大篇地静止地描写教堂，可以描写几十页，写教堂宏伟。书已经破破烂烂了，可那几十页还是新的，这说明看小说的人看到那里不看就过去了，他关心那个女的究竟怎么样了，"要知后事如何，且听下回分解"；你那个教堂如何美丽、宏伟，他是不看的，一下就翻过去了。中国文学注重情节发展，它是从平话、口头文学来的，在情节发展中带动人物的性格发展。假如你在家里看小说，很激动，要是你看的是《今古奇观》，你的弟弟妹妹要你讲，你不讲不对；假使你看的是外国小说，你激动得很厉害，但你没法替他们讲，因为确实不好讲，只能看。所以鲁迅对农民的爱好有点偏爱，甚至为农民辩护。他在一篇文章中说：农民看到照相或油画就问：人哪里有半个脸是白的半个脸是黑的？因为西洋画讲色彩的浓淡、光线的明暗，所以脸有黑有白。于是有人讥笑农民不懂艺术。鲁迅说：其实农民也有道理。外国人是站在一个点上看。中国人看画是绕着圈看；绕着看，当然不能一边黑一边白。这说明，鲁迅所追求的风格是要和中国的民族传统、要和农民的欣赏习惯相一致。我们的现代文学作家，口头上不大说受传统的影响，或者说主要不是那个东西，但他实际上还是受影响，自觉不自觉地要考虑中国人民的欣赏习惯和美学爱好。鲁迅讲他所用的文学语言，第一句就是"采说书而去其油滑"。说书就是从平话到中国的章回小说。既来源于人民口语，又来源于平话、说书。不过，说书语言有个缺点，就是油滑。要继承传统，又要去掉油滑，使之现代化。总之，文学作品的第一特点是反映人民生活，要有人欣赏，要注重读者的欣赏趣味。"五四"提倡白话文，希望有更多的人看懂他的作品。这就不能不影响到文学作品的民族风格和特点。所以鲁迅讲陶元庆的画时说，既要和世界的时代思潮合流，而又不要取消了中国的民族性。这就是我们的目标。所谓中国人的欣赏习惯，美学爱好，都是一个历史性的范畴，它在发展中也有变化。不能说中国人永远就是这个样子。中国人要不断吸收外来的东西，吸收以后，又加上我们自己的特点，这就分不清哪是外来的、哪是自己的了。我们把胡琴叫作民族乐器，其实胡琴就是外来的嘛，和古筝不一样。但现在是民族的了，不过有了变化，可见我们并不拒绝吸收外来的东西。外来的东西当其还没有被接受，还没有经过民族化时，不能硬要人民接受。这要一个过程，民族特点是历史范畴，是发展的。特别是艺术，马克思说，你要懂音乐，要经过音乐训练，要有音乐的耳朵。完全没有接触过的东西，一下接受也很困难。《讲话》以后，有的音乐家给延安的农民唱歌，唱花腔女高音，唱后问农民的反映，老太太说："你看人家打摆子都给我们唱歌，还能说不好吗？"不是说农民根本不能接受，但确实要有一个过程。也不能说中国人的习惯都好，有的很难说好不好。二十年代有人反对学外国人见了面就拉手（握手），说拉手不卫生，还可能得传染病，我们中国人自己跟自己拉手（抱拳作揖），多好。不能说他毫无道理，但后来我们确实也习惯见面拉手了。我们生活在这个国度，以为自己民族没有什么特点，但在外国人看来，我们的特点很明显。我孤陋寡闻，年轻时曾认为过年吃饺子，不仅中国，各国也这样；过年还能不吃饺子？其实不说外国，就在中国，过年不吃饺子的地方多得很。作家生活在中国，表现的是中国人的生活，要求细节真实，要考虑读者的兴趣、爱好，所以他的作品里必须带有一定的民族特点。而且越是成功的作家，这些地方就越显著。

第二点，文学作品是要表现人的思想感情的。用什么方式来表现呢？每个民族都有所不同。我们看外国电影，把两手一摊，肩膀一耸，叫毫无办法；中国则是摆摆头，苦笑一下。表现的内容一样，但表现的方式不一样。就是共同的东西，也渗透了这个特点。据何其芳同志在《毛泽东之歌》里记载：斯沫特莱对毛主席说过这样的话：中国人唱《国际歌》和欧洲人唱得不一样，中国人唱得悲哀一些。《国际歌》的词和曲调都是一样的，为什么中国人跟欧洲人唱得不一样？毛主席说：中国人的经历是受压迫的，所以中国人喜欢古典文学中悲哀的东西。虽然"喜怒哀乐，人之情也"，但表现的方式各民族不尽相同。中国人表现高兴时怎么表现呢？旧戏里，最高兴的无非是"洞房花烛夜，金榜题名时"。状元及第，皇帝下令成亲，就穿上红袍，吹起喇叭，走一圈——完了。而到了表现悲哀时，如《窦娥冤》，又唱又哭泣，鼻涕眼泪，老半天唱不完。看外国电影，表现高兴时，又扔啤酒瓶，又扔礼帽，像狂欢节那样，扭啊扭啊！而表现悲哀呢，两眼直视，像傻了一样，就完了。我觉得毛主席的讲法是有道理的。文学作品要写细节，写具体的生活，不能抽象地概括地写成社会发展史；一具体，必然就有民族的传统，民族的心理，民族的习惯。画个萝卜，总是根须都得有，你要把根须都去掉，切成块，人家就不知道你画的是梨还是萝卜。没有细节真实，什么都谈不到。表现思想感情的方式，在历史上也会发生变化。刚解放时，路过天安门游行，对着毛主席，青年大学生欢呼万岁，老年人跳不动；青年人说："这家伙客观主义，不动感情。"其实他一边看毛主席，一边摸出手绢擦眼泪，也有感情，只是表现方式不一样。又比如说，从外地回到家，外国人是到火车站迎接，一见面就拥抱接吻；我们不这样，她把炕扫得干干净净的，给你煮两个鸡蛋。感情一样，表现的形式不同。

第三点，文学是语言的艺术，要通过语言来表现社会生活和作家思想。语言当然是民族的，就是学习外国，也只能用民族语言来表示；我们也学外国的好的东西，我们确实不够用的，我们就吸收外国的好东西。比如"五四"时期表现第三人称只有一个"他"字，不分女性的"她"和表示事物的"它"。鲁迅写小说，《明天》里写单四嫂子，用"他"；写《风波》，用"伊"字来代替"她"。刘半农把三个字分开，鲁迅肯定他，说这是伟大的创造，到写《祝福》时就用"她"字了。延安整风时，是反对欧化的语言的，这主要是受了翻译作品的影响。小说语言太欧化，人们不习惯，就成了侯宝林说相声的材料。但我们的汉语确实有不够精密的地方。而且表现方式也要学习外国的好的东西。只是有些人因为吸收得过多，又很生硬，欧化句子和人民一般的口语的距离就很突出。老舍写《老张的哲学》和《赵子曰》时就说："我不和他们争读者，我有我自己的读者。"他把自己的读者着重在北京市民中看旧小说的人，不赞成过于欧化的句子。我抄了几个过于欧化的例子："我把自己扔在一张椅子里。"我们中国人就说："一屁股瘫到椅子里。"又比如："我们可能对永远不会发生的灾难的恐惧。"其实就是"杞人忧天"。再如"一个已经有了三个男孩子和两个女孩子的老母亲。"我们就说："一个老妈妈，她有三个儿子和两个女儿。"以上这些例子看起来还可以，听起来就不习惯。广播编辑拿到稿子，首先就要看听得懂听不懂，要改得口语化一些，这跟报刊编辑不一样。所以，我们要承认我们的汉语有不够精密、不够细致的地方，需要学习外国语言的长处，但一定要尊重民族习惯，吸收要有一个过程。鲁迅曾经两次介绍一个保加利亚的作家，叫做跋佐夫，就是注重他这一点。赵树理的作品一出来大家就称赞，最重要的一点就是语言的清新。他的语言和"五四"以来的语言不同。"阎家山有个李有才，外号叫做气不死。""模范不模范，从西往东看，西头吃烙饼，东头喝稀饭。"得到农民的欣赏。我们也不是说我们就只能欣赏农民的口头语言，这是不符合现代化的要求的。但也不能说过于欧化不算毛病。语言是最富于民族特色的，硬要它接受不合它的习惯的东西，就容易引起反感。语言表现上的太欧化，确实应该批评；但是欧化和资产阶级思想，是两个东西。我们有些地方是要吸收人家好的东西，不能笼而统之地反对。有的作家在语言上花了很大功夫。欧阳山是广东人，三十年代的作品相当欧化，到延安以后，跟老百姓接触，写出《高乾大》，陕北口语运用得那么好，不容易。但我觉得也不一定要这样。我们讲流派，"五四"以来流派最多的领域就是诗。中国古代诗歌发达。但是传统的固定的形式，已经不适合表现现代生活。古汉语是一个字一个单位，现代汉语是两个字一个词。古代说帽子叫"冠"，我们现在不能说"帽"，一定要说"帽子"。现在双音词多了，写新诗要用五言、七言这种形式就根本不能解决问题。这就要学习人家。人家风格流派多，因此新诗和民族传统的联系就少一些。话剧是一种外来形式。但是它要发展，就不能不注意中国人的欣赏习惯。我们现在把"文明戏"当作很不好的一个词；"五四"提倡话剧，就说"文明戏"很糟糕，其实"文明戏"一开始就是学习外国话剧手法的。我们开始把这种戏叫做"文明戏"时，一点也没有不好的意思。我们和外国文化接触，应该学习人家好的东西。国粹主义者是排外的，把"英吉利"都加犬字旁；后来又说人家的一切都好，叫做"文明"。"文明"这个词在清末是很流行的，结婚叫"文明结婚"，手杖叫"文明棍"。"文明"是好的，不是坏的，就像"文化大革命"中什么都要加一个"革命"一样。"文明戏"表示是新的东西，它要发展。戏剧是演给人看的，观众立刻有反应。为了赢得观众，就加一些传统、旧戏手法。但又没有结合好，成了弄噱头，引起反感。所以戏剧跟外国的关系很密切。新月派在北京《晨报》上办两个副刊，一个是诗、一个是戏剧，并没有提倡小说和散文。一个流派要发展，既要符合世界历史潮流，又不要取消了民族特点。小说、散文也受了外国影响，散文介绍了英国的 Essay（随笔），随意而写，但毕竟小说、散文和中国传统的联系比较密切。而且我们开始就有了鲁迅、茅盾这样的大作家，在这方面有所建树。从整体说，现代文学受传统影响还是很深的。不过作家讲自己的创作经验时，多半不讲他从人民生活和民族传统方面所受的影响，而多谈他受的外国影响；原因是民族传统的影响是自然形成的，外国对他的影响是自觉追求的。要追求进步，便认为中国旧有的东西倒是摆脱好。郭老就说，惠特曼的诗如何俘虏了他、打动了他，而中国古典诗歌对他的影响是自然形成的；自然形成并不等于没有。

再讲一点，文学要形象地表现生活。形象就有传统的继承性，能够表现除它本身以外的更丰富的内容，引起人的联想，比字面的意思范围大得多。比如张光年同志的《黄河大合唱》，表现了中国人民的气概。因为中国人对黄河有感情，黄河是中华民族文化的摇篮。李白诗句："黄河之水天上来，奔流到海不复回。"民间谚语也说："不到黄河心不死""跳到黄河洗不清"。因此"黄河愤怒""黄河咆哮"，就表现中华民族复兴了。假使我们写《黑龙江大合唱》怎样？黑龙江也是祖国的一部分，但效果就要差。因为说黄河，除字面意义外，还能引起联想，使概念扩大，丰富了表现力。很多传统的现象都有超越本身的意思。比如描写自然风景的松树、梅花，从来在中国诗歌中就是正面形象，一想到这些形象就想到高尚品格。假定把这种诗翻译到外国，虽然松树还是叶子长得像针一样的树,但它的意义恐怕就缩小了。又如,古诗中凡是一写到鹧鸪,就引起一种寂寞凄凉的感情,"宫女如花今何在,只今唯有鹧鸪飞";还有杜鹃,"杜鹃枝上杜鹃啼",表现思归的感情。外国作品也有这种情况,比如他们喜欢描写蔷薇;我们的旧诗写蔷薇的就不多。又如契诃夫描写醋栗,除了它是一种植物以外,还有什么别的意思我就不清楚。所以写旧诗如果完全不用典故,尽管平仄协调,也很难说是好诗。人物形象也有传统性。许多研究《红楼梦》的专家说,没有《西厢记》就没有《红楼梦》。林黛玉和崔莺莺的形象之间也有历史的渊源关系。善于运用这种联系可以使文学作品的民族特点比较丰满。比如老舍写话剧《西望长安》,剧名来自中国的旧诗"西望长安不见家"。一方面李万铭是在西安落网的,"西望长安不见家"。一方面"不见家"又是"不见佳"的谐音,老舍客气,表示自己的作品写得不见得好。这样,就比字面的意义丰富得多。鲁迅说,《诗经》《楚辞》之所以好,是因为有"文采"和"意想"。用这两个词来表示古典文学的价值,意思是说它们有好的艺术表现力和艺术构思。

　　因此,尽管"五四"文学革命是反封建的,而且很彻底,没有人说要继承传统,但实际上又继承了过去好的东西。这是我们的现代文学保持了民族特色的原因。所以法捷耶夫评价鲁迅,说:"鲁迅的讽刺和幽默,有人类的共同的性格,但又有不可摹仿的民族特点。"文学作品越有民族特点,对人类贡献越大。所以讲"五四"文学一定要两方面都讲,过去就有片面的看法。一是周作人,他说"五四"新文学是从明末公安、竟陵派来的。明末资本主义已萌芽,有些小品开始注意写心灵。周作人、沈启无、俞平伯、废名这些人，就着重学明末小品。所以他们讲"五四"新文学的源流，就说"五四"是言志的文学，不是载道的文学。周作人也介绍外国，但对外国影响估计得很低。到胡风他们，又认为"五四"文学是西方文艺复兴的一个支流。以上说法都不是毫无根据，但都有片面性。鲁迅就说他写小说，是仰仗读了些外国作品，还劝青年作者多看外国作家的作品，但他又说他后来摆脱了外国的影响，技巧反而圆熟，表现也更加深切。脱离并不等于没有吸收。不能说吃了营养又排泄了，一称重量不增加，就没有吸收；只有把肉放在口袋里，才会立刻增加重量。所以鲁迅注意吸收外国营养，要合乎世界潮流，多读外国书，又说自己受了果戈理、安得烈夫的影响；但另一方面，又说他写《肥皂》《离婚》时，脱离了外国影响，而且技巧稍微圆熟。我们要吸收外国的有用的东西，使它取得中国特点，让它为表现中国人民的生活服务。继承民族传统，一定要使古老的东西现代化；如果不现代化，就无异于国粹主义。如果光是外国的好，不讲民族化，就无异于世界主义。不过在"五四"当时强调学习外国是必要的、进步的；实际上，每个作家因为修养的关系，即使他没有讲，他所受的传统的影响还是很深的。比方说郭老，他说他从小就喜欢李白、王维，不喜欢杜甫，更讨厌韩愈；他读了许多唐诗，古文修养好，这对他的诗歌创作是有影响的，虽然在表现形式上，确实看不见传统的什么痕迹。

要讲清新文学的社团、流派，哪一个是学传统的、哪一个是学外国的，很困难。当然也可以讲一点，刘大白、刘半农他们是有意学习民间歌谣的，到三十年代的中国诗歌会，明确提出反对新月派和现代派，学习民歌体。但形成流派，有显著特点的，只能说是后来的"山药蛋派"。其他社团都不讲和传统文学的关系，只说受了外国的影响，好像和中国传统脱了节，其实并不如此。我的理解，现代文学是悠久的中国文学史的一个新的发展部分，它和过去有联系，有发展。而且学习外国，也不自今日始，佛教翻译文学就对古典文学产生过影响。一个民族要有气魄，外国的好的东西都敢学。"五四"以后介绍过来的外国作品虽然很复杂，但就影响来看，我们其实还是有选择的。一是受到翻译介绍者本人的兴趣、爱好的制约，一是受到读者欢迎程度和出版情况的制约。为什么人们喜欢拜伦？因为他帮助弱小民族独立。这种制约性和当时的社会条件密切联系，它保证了我们所接受的影响主要是积极的，而且在我们深厚的文化传统的基础上，促使它在民族化的道路上不断发展。

现代文学所受外国文学的影响

一

鲁迅在论述中国现代小说产生的原因时，曾把它归结为两点："一方面是由于社会的要求的，一方面则是受了西洋文学的影响"[1]。这个论断同样适用于现代文学。因为"五四"以来的中国现代文学本来是在中国社会内部发生历史性变化的条件下，广泛接受外国文学的影响而形成的，因此它和外国文学的关系，是一个非常重要的问题。

从一般的普遍的意义上说，一个民族的文学要发展，总是需要与其他民族开展文化的交流；在发展民族风格的同时，也要学习别人的艺术经验，以开阔眼界，取人之长，补己之短。鲁迅在一篇题为《由聋而哑》的文章里，就讲过这个道理；他用了一个很形象的比喻：人如果听不到外界的声音，变成聋子，最后还会成为哑巴。许多哑巴并非没有发音能力，而是聋的结果。如果拒绝学习、借鉴多种多样的外来文学作品，我们自己的声音也会变"哑"。事实上，中国的古典文学，在它的发展过程中也受过外国文学的影响，而且正如鲁迅所说，在汉唐两代还表现出勇于接受外来影响的气魄："遥想汉人多少闳放，新来的动植物，即毫不拘忌，来充装饰的花纹。唐人也还不算弱，例如汉人的墓前石兽，多是羊、虎、天禄、辟邪，而长安的昭陵上，却刻着带箭的骏马，还有一匹驼鸟，则办法简直前无古人"[2]，这种弘廓的魄力，说明中华民族在其兴旺发达的时期，本来就"具有不至于为异族奴隶的自信心"；因此，"凡取用外来事物的时候，就如将彼俘来一样，自由驱使，绝不介怀。"[3]但由于社会、历史、地理的种种复杂原因，中国文学又逐渐形成为一个"自我中心"的体系，延缓了文学应有的繁荣和发展。鲁迅在本世纪初所写的《文化偏至论》中对此有过深刻的论述："昔者帝轩辕氏之戡蚩尤而定居于华土也，典章文物，于以权舆，有苗裔之繁衍于兹，则更改张皇，益臻美大。其蠢蠢于四方者，胥蕞尔小蛮夷耳，厥种之所创成，无一足为中国法，是故化成发达，咸出于己而无取乎人。降及周秦，西方有希腊罗马起，艺文思理，灿然可观，顾以道路之艰，波涛之恶，交通梗塞，未能择其善者以为师资。洎元明时，虽有一二景教父师，以教理暨历算质学干中国，而其道非盛。"由于"屹然出中央而无校雠，"以致形成了"宴安日久，苓落以胎"的局面。到上一世纪中叶以后，"有新国林起于西，以其殊异之方术来向，一施吹拂，块然踣僵"；文学也同样面临着新的局势，于是产生了新的觉醒，如鲁迅所说，"人心始自危"。这就是说，人们是在感觉到民族危机的同时，才意识到文学也必须变革的。正是鲁迅，在本世纪初就对这一历史要求作出了如下的概括："明哲之士，必洞达世界之大势，权衡校量，去其偏颇，得其神明，施之国中，翕合无间。外之既不后于世界之思潮，内之仍弗失固有之血脉。"[4]后来，在二十年代，鲁迅对此又作了更为明确的表述："世界的时代思潮早已六面袭来，而自己还拘禁在三千年陈的桎梏里。于是觉醒，挣扎，反叛，要出而参与世界的事业";"内外两面,都和世界的时代思潮合流,而又并未桎亡中国的民族性。"[5]这里,有两点值得注意:第一,在中国文学发展史上,也曾受过外来文学的影响,如佛教翻译文学对唐代及以后文学的影响。但这种影响还只限于某一种文体的范围,并未带来全局性的变革。而由"五四"文学革命开端的文学变革,以及由此产生的中国现代文学,则是借助于外国文学的影响所实现的全局性的变革,它实际上是中国人民要求现代化的思想情绪在文学上的反映。正如朱自清所说:"现代化是新路,比旧路短得多,要'迎头赶上'人家,非走这条新路不可。"[6]另一方面,我们从鲁迅的历史概括中可以看到,在本世纪初,创立"中国现代文学"的历史要求提出伊始,就把文学的"现代化"与"民族化"作为密不可分的统一整体同时提了出来。这就是说,"中国现代文学"的一个基本特点,就是既"和世界的时代思潮合流"的现代的文学,又是"弗失固有之血脉"的中华民族的文学;那种认为"五四"文学革命以及由它产生的中国现代文学"隔断"了民族文学的传统,用外国文学对现代文学的重大影响来否认现代文学和民族传统文学的血缘关系,是不符合历史事实的。其实,随着近代历史和文化的发展,世界范围的互相接近和文化交流,是一种必然的趋势。马克思、恩格斯早在《共产党宣言》中就指出:由于资本主义生产的发展,世界市场的开拓,"过去那种地方的和民族的自给自足和闭关自守状态,被各民族的各方面的互相往来和各方面的互相依赖所代替了。物质的生产是如此,精神的生产也是如此。各民族的精神产品成了公共的财产。民族的片面性和局限性日益成为不可能,于是,由许多种民族的和地方的文学形成了一种世界的文学。"这里的"文学"一词，当然是指哲学、科学等理论著作，并没有否定文学作品的民族特点的意义；但随着世界性的文化往来和交流，许多国家的文学也大体上在十九世纪与二十世纪之交的前后，发生了文学革新和民族新文学创造的历史进程，这都是同要求"和世界时代思潮合流"的历史总趋势相一致的。也就是说，各国文学之间的互相影响和交流，既促进了民族文学的变革和发展，同时也推动了可以互相理解和欣赏的多样化的全世界文学的创造和繁荣。中国现代文学正是在这一历史总趋势中进行了现代化和民族化的纵向和横向的变革进程的；所以中国现代文学和外国文学的关系，是一个有关现代文学基本特点的重要问题。

二

中国的介绍外国近代文学，是与晚清的"向西方找真理"的民主革命要求同时开始的；正是痛切地感到了祖国的落后，才向外国追求进步事物的。开始由"师夷之长技以制夷"出发，目光多集中在船坚炮利、天文历算等方面，接着是政治、法律、经济等社会科学学说，然后才介绍文学艺术，其中影响最大的是林琴南所译的大量的西洋小说。这些翻译小说尽管在选择上或译文上可以訾议之处极多，但引入的外国作品中的思想和表现方式，对于当时占统治地位的产生于封建社会的流行书籍来说，的确是新的事物，而且是激动了青年人的心的。据周启明回忆，鲁迅在东京时对林译小说非常热心，"只要他印出一部，来到东京，便一定跑到神田的中国书店，去把它买来，看过之后，鲁迅还拿到订书店去，改装硬纸板书面，背脊用的是青灰洋布。"[7]郭沫若在《我的幼年》中也说："林译小说对于我后来在文学上的倾向上有一个决定的影响……我受了 Scott 的影响最深，这差不多是我的一个秘密。"可以说，林译西方小说影响和培育了中国现代文学第一代作家。但是，在上世纪末及本世纪初，那些包括林纾在内的介绍外国文学的知识分子还不敢把西方近代文学所代表的新质文化与中国传统文学所代表的旧文化对立起来，反而努力企图在两者之间寻求联系和共同点，寻求调和与妥协的办法，例如在外国小说作品中寻找太史公笔法之类，因而还不可能催生出中国现代新文学。

中国现代文学只能是"五四"新文化运动的产物。"五四"新文化运动的历史意义，正如毛泽东同志所指出，它是"彻底地反对封建文化的运动，自有中国历史以来，还没有这样伟大而彻底的文化革命。当时以反对旧道德提倡新道德，反对旧文学提倡新文学，为文化革命的两大旗帜，立下了伟大的功劳。"[8]这就是说，正是"五四"新文化运动和文学革命，才对旧文化、旧文学采取了彻底的不妥协的革命批判态度；另一方面，为了建设新文学，以创作的"实绩"来表示"对旧文学的示威"，对包含有近代民主主义思想内容的外国文学则采取了热烈欢迎的态度。可以认为，"五四"时期所提倡的新文学，在"新"字的涵义中就包含有向外国文学学习与借鉴的意思。可见外国文学的影响，对于中国传统文学的革新，现代文学的产生，起了关键性的作用。

外国文学对诞生中的中国现代文学的启迪和影响是全面的。首先是在西方民主主义思想与文学影响下，文学主题、题材和文学表现对象的变化。早在上一世纪末，林纾在翻译介绍英国作家狄更斯的作品时，就注意到了其"扫荡美人名士之局，专为下等社会写照"[9]的特点，强调狄更斯作品最可贵之处就"在叙家常之事"。[10]鲁迅在《英译本〈短篇小说选集〉自序》里，把他的小说的内容概括为"上流社会的堕落和下层社会的不幸"，而且说这是受了外国文学的启发。他回顾了他和许多农民相亲近的经历，"知道他们是毕生受着压迫，很多苦痛"，很想让大家知道这些景况。他说："后来我看到一些外国的小说，尤其是俄国，波兰和巴尔干诸小国的，才明白了世界上也有这许多和我们的劳苦大众同一命运的人，而有些作家正在为此而呼号，而战斗"，这才启发他把眼中"分明地再现"的生活体验，"陆续用短篇小说的形式发表出来了"[11]。"上流社会的堕落和下层社会的不幸"，这是可以用来概括整个"五四"文学的基本内容，并且显示了现代文学的"新"质的；鲁迅就曾指出："古之小说，主角是勇将策士，侠盗赃官，妖怪神仙，佳人才子，后来则有妓女嫖客，无赖奴才之流。'五四'以后的短篇里却大抵是新的智识者登了场，因为他们是首先觉到在'欧风美雨'中的飘摇的，然而总还不脱古之英雄和才子气。"[12]现代文学表现内容的这一特点当然是由中国现代社会的历史条件以及现代文学的基本性质所决定的；但外国文学的影响，也是不可忽视的重要因素。

鲁迅在《中国新文学大系小说二集·导言》里，以文学史家的笔调指出："从1918年5月起，《狂人日记》《孔乙己》《药》等，陆续的出现了，算是显示了文学革命的实绩。又因那时的认为'表现的深切和格式的特别'颇激动了一部分青年读者的心。然而这激动,却是向来怠慢了介绍欧洲大陆文学的缘故。"这就说明,作为"文学革命的实绩"的"五四"现代文学作品,不仅其"深切"的"表现"内容——科学、民主的思想倾向,受到西方文学的启迪,而且其"特别"的"格式"——与传统文学的形式不同的新的文学体裁、形式、表现方法,都接受了西方文学的巨大影响。

比如现代短篇小说的产生和发展,就直接借鉴于外国短篇小说。鲁迅说他开始创作《狂人日记》等中国最早的现代短篇小说时,"大约所仰仗的全在先前看过的百来篇外国作品和一点医学上的知识。"[13]中国过去也有短篇小说,如唐人传奇、宋元话本、《三言》《二拍》《今古奇观》《聊斋志异》等,但"格式"和《狂人日记》等有很大的不同。它们一般都很注意情节的奇巧,这从其名称叫"传奇",书名叫《聊斋志异》《拍案惊奇》《今古奇观》等就可以看出来,它的着重点是情节的巧合和奇特,对环境与人物的描写是很不够的。在表现方法上则是以压缩的形式,简洁地表现长篇的内容。鲁迅曾把长篇小说比喻成一座伟大的宫殿,短篇小说不是宫殿的模型,而是宫殿的"一雕阑一画础"。它"虽然细小,所得却更为分明,再以此推及全体,感受遂愈加切实";这就是说短篇小说应该是"借一斑略知全豹,以一目尽传精神"的东西[14],而不是具体而微的长篇的模型。中国过去短篇小说的表现方式是压缩式或盆景式的,同以写生活的片段为主的横切面式的现代短篇小说很不相同。当然,现代小说也有正面写一个人的一生的,如鲁迅的《祝福》,契诃夫的《宝贝儿》,但其写法也和《聊斋志异》等不一样,仍然是从人物塑造出发,从整个过程中选取其中一小部分。

鲁迅特别注意短篇小说这种文学样式，他翻译的几百篇外国作品，一半以上是短篇小说；他后期翻译《死魂灵》是苦于找不到可译的短篇。他译《域外小说集》是在辛亥革命以前，当时这种短篇的样式很不为中国读者所接受，卖了很长时间只卖了二十本。他讲到此事时说，他介绍的目的是要使读者"不为常俗所囿"，而注意别人的"神思之所在"[15]，就是说要人们开阔眼界，重视别人艺术构思的方式。当时人们对外国短篇小说的反映，是刚看到开头，就煞了尾，不像《水浒传》《红楼梦》那样的章回体长篇小说，因而感到不过瘾。但鲁迅坚持探索不同的艺术表现方式。1923年茅盾写了一篇《读〈呐喊〉》，评论鲁迅的小说，说"《呐喊》里的十多篇小说，几乎一篇有一篇新形式，而这些新形式又莫不给青年作者以极大的影响，必然有多数人跟上去试验。"[16]这些"格式"都与中国过去的不同：《狂人日记》用的是日记体，表现狂人对旧社会的控诉，"日记"可用第一人称，便于直接诉说感情。《孔乙己》写封建没落时代的小知识分子，它通过小伙计的眼睛，写柜台内外，写"穿长衫的"和"短衣帮"，在鲜明的对照中，写出了孔乙己的悲剧。《药》则用了客观描写的方法，写两个年轻人的两条人命，把本不相关的故事，用人血馒头连接起来，通过两个青年的不幸命运，由不同的场景展示了广阔的社会画面。鲁迅认为要塑造人物，表现主题，就"不能不时时取法于外国"[17]。之所以"不能不"，是因为中国传统的表现方法不够，要达到目的，就得学习外国。这些作品发表后果然得到群众的欢迎，激动了青年的心。到鲁迅写《彷徨》的时候，就摆脱了外国作家的影响，他已经把外国文学的营养融化在自己的风格里，作为自己艺术修养的有机部分了。

"五四"时期一些新的文学体裁，例如散文诗，就是完全从外国引入的。1936年，鲁迅应读者之请，介绍他所译的书目，他只在《死魂灵》和《小约翰》两书上加注了一个"好"字[18]；他开始看《小约翰》是1906年，翻译是在1926年。《小约翰》是童话，虽是用散文形式写的，但富有诗意，鲁迅在中译本"引言"中称它为"无韵的诗"，这同他把《野草》叫散文诗的情形是相同的。中国过去没有散文诗这种形式，宋诗好议论，提倡"以文为诗"，但仍然是有一定格律的诗。也有用诗的形式写的散文，像"赋"，但没有诗意，只有铺张。散文诗则要求所表现的感情是诗。"五四"以后中国曾介绍起屠格涅夫散文诗，波特莱尔散文诗，鲁迅喜欢《小约翰》的一个重要原因，就是这部书给我们提供了"散文诗"这样一种新的艺术形式。鲁迅1919年创作、发表的《自言自语》就是借用外国艺术形式，创作中国现代散文诗的最初尝试。

至于新诗所受到的外国诗歌的影响，更为明显。胡适在他的《尝试集》开始作白话新诗的"尝试"时，不论其理论或创作实践，都受到了美国意象派的影响。郭沫若的《女神》是开辟了新诗道路的划时代的作品，他自己在《我的做诗的经过》一文中就说："尤其是惠特曼的那种把一切的旧套摆脱干净了的诗风和'五四'时代的狂飙突进的精神十分合拍。我是彻底地为他那雄浑的豪放的宏朗的调子所动荡了。""五四"时期风行一时的"小诗"这种诗体就是直接借鉴于日本的俳句和印度诗人泰戈尔的诗歌的，新月派与英国浪漫主义诗人济慈、勃朗宁等，早期象征派与法国象征派诗人马拉美、魏尔伦等的深刻联系，更是人们所熟知的。

散文的形式同中国古典文学传统有着密切的联系，但也同样受到了外国文学的影响。鲁迅在谈到"五四"散文小品时说："散文小品的成功，几乎在小说戏曲和诗歌之上。这之中，自然含着挣扎和战斗。但因为常常取法于英国的随笔，所以也带一点幽默和雍容；写法也有漂亮和缜密的，这是为了对旧文学的示威，在表示旧文学之自以为特长者，白话文学也并非做不到。"[19]鲁迅翻译的厨川白村《出了象牙之塔》中关于英国随笔的理论，据郁达夫说，是几乎影响了"五四"时期所有的"弄弄文墨"的散文家的；郁达夫甚至断言："英国散文的影响，在我们的知识阶级中间，是再过十年、二十年也决不会消灭的一种根深蒂固的潜势力。"[20]

话剧形式本来就是从外国输入的。1918年6月《新青年》就出了"易卜生专号"，易卜生的剧作在"五四"时期曾起过很大影响。为什么要介绍易卜生呢？鲁迅解释说："因为要建设西洋式的新剧，要高扬戏剧到真的文学底地位，要以白话来兴散文剧，还有，因为事已亟矣，便只好先以实例来刺戟天下读书人的直感，这自然都确当的。但我想，也还因为 Ibsen 敢于攻击社会，敢于独战多数，那时的介绍者恐怕颇有以孤军而被包围于旧垒中之感的罢，现在细看墓碣，还可以觉到悲凉，然而意气是壮盛的。"[21]因此，尽管曾经有过像胡适的借易卜生来宣扬个人主义的事实，尽管当时对易卜生的作品还缺少恰当的分析和批判，但在当时来说，介绍易卜生仍然是有革命作用的；"娜拉"的形象在"五四"时期青年人身上所发生的广泛影响，也可以说明这一点。

以上，我们对于中国现代文学的几种主要文体逐一进行了讨论，从中可以看到，外国文学对现代文学的各种文体都产生了广泛的影响。文学是语言的艺术，语言当然是民族的语言，但在现代文学语言的构成上外国文学也有很大的影响。现代文学语言当然首先是以现代白话口语为基础的；但为了丰富它的表现力，使它精密完善，能够更好地反映现代生活，表达现代人的思想感情，对外国文学语言的汲取与借鉴，仍是不可或缺的。鲁迅称刘半农对于"'她'字和'他'字的创造"是"五四"时期打的一次"大仗"[22]，表面看来有点夸张，其实他是有深刻体会的。拿女性的第三人称的"她"字来说，鲁迅起初用的也是"他"字，如《明天》中单四嫂子的代词；后来觉得意义含混，有加以区别的必要，便用"伊"字来代替，《风波》等篇就是如此；大概总感到"伊"字读音与口语不同，并不妥善，因此到刘半农发明"她"字以后，从《祝福》起，便欣然应用了。在翻译外国文学作品上，鲁迅一向主张直译，原因就是要"保存""原作的丰姿"，不但介绍外国作品新的内容，新的思想，而且也要介绍外国作品新的表现方法，新的句法和用语[23]。鲁迅认为，随着现代社会的发展，现代生活方式、现代思想以及现代思维方式的发展，要求语言日益精密化与丰富化，"固有的白话不够用，便只得采些外国的句法，比较的难懂，不像茶淘饭似的可以一口吞下去是真的，但补这缺点的是精密。"[24]因此，鲁迅主张"要支持欧化式的文章，但要区别这种文章，是故意胡闹，还是为了立论的精密，不得不如此。"[25]鲁迅及"五四"以来许多在语言艺术上取得卓越成就的作家，在注意向人民口头语言学习、向中国古典文学语言汲取营养的同时，总是十分注意从外国文学作品中吸取有用成分的，这是形成他们的文体风格的一个重要因素。

以上我们是从文学革新的角度来讨论外国文学的影响的。另一方面，当我们同外国文学发生联系和交流以后，就有了一种参照和比较，因而对本国文学的价值也会产生新的认识和发现。

随着西方文学观念和现代科学方法的引入，使我们对自己的文学遗产的清理与研究，也出现了新的面貌，产生了新的认识。"五四"以后把古典小说、古典戏剧和民间文学提高到文学正宗的地位，重新估定了它的价值，也是受到外国文学影响的一个显著的方面。"五四"新文学运动固然对封建文化进行了彻底的批判，但对传统文化说来只是一种"再评价"的性质，并不是主张打倒一切。仅以文学来说，就把古典文学中带有人民性的一部分提高到了很高的地位。北京大学"五四"后不但开设了"中国小说史""中国戏剧史"的课程，而且成立了"民间文学研究会"，对古代和当时的民间文学进行了搜集、整理和研究的工作。有一个事实是发人深省的："五四"以来整理和研究中国古代文化遗产的许多有卓越成就的学者，往往同时又是外国文学的积极的翻译者或介绍者，对封建文化采取激烈的批判态度的革新者；鲁迅、郑振铎、闻一多、朱自清、郭沫若、茅盾、胡适等都是如此。这恰好说明把外国文学对中国现代文学的影响同现代文学和民族传统的继承关系对立起来的观点，不仅不符合历史事实，在理论上也是偏颇的。

三

"五四"时期和"五四"以后对外国文学的翻译介绍，所涉及的国家、时代和文学体裁、文学流派，都是非常广泛的，因而新文学所受到的影响也是复杂的和多元的。文学研究会成立以后，《小说月报》改革宣言中就说："译西洋名家著作，不限于一国，不限于一派，说部、剧本、诗，三者并包。"他们曾"翻译俄国、法国及北欧的名著，他们介绍托尔斯泰、屠格涅夫、高尔基、安特列夫、易卜生以及莫泊桑等人的作品。"[26]《小说月报》曾出过"俄国文学专号"和"被压迫民族文学专号"。此外如未名社的介绍俄国文学和苏联文学，沉钟社的介绍德国文学，新月派的介绍英美文学，都是发生过一定影响的。我们只要略翻一下《中国新文学大系·史料索引》一编中的《翻译总目》，就可知道当时介绍外国文学所涉及范围的广泛了。这样多方面地介绍各个国家和各种流派的著名文学作品可以扩大我们的眼界，使我们能够借鉴一切对自己有用的东西，也可以防止和避免生搬硬套的"文学教条主义"的滋长，因而对现代文学的成长是有好处的。但这是否说我们在介绍外国文学时就无所抉择，接受影响也只是处于被动状态呢？事实并不如此。如果我们就外国文学所发生的社会影响来考察，则在中国现代文学成长的过程中，在它所受的外国文学的多元的和复杂的影响中，最为深广和显著的无疑是近代现实主义文学，特别是俄罗斯文学以及后来的早期苏联文学。这一历史现象对于我们考察外国文学对中国文学的影响，是有非常重要的意义的。

首先，这说明"五四"以来那些从事介绍工作的人对于他要介绍什么实际上是有所抉择的,而且无论是否完全自觉,其眼光与标准是受着中国现实需要的一定制约的。前面我们说过,包括鲁迅在内的先驱者们翻译、介绍外国文学,是"向西方寻找真理"、寻求民族振兴道路的一个侧面,因此他们对外国文学的选择就有一个基本标准,即有助于中国读者对本国现实的认识,"在小说中可以发见社会,也可以发见我们自己"[27],有助于启发人民觉悟,激发人们要求进步和改革的热情,对中国民族振兴和新文学的建设有所裨益。鲁迅就曾自述他从事翻译的目的"不过要传播被虐待者的苦痛的呼声和激发国人对于强权者的憎恶和愤怒而已,并不是从什么'艺术之宫'里伸出手来,拔了海外的奇花异草,来移植在华国的艺苑。"[28]另一位外国文学重要介绍者茅盾也说:"介绍西洋文学的目的,一半固是欲介绍他们的文学艺术来,一半也是为的欲介绍世界的现代思想——而且这应是更注意些的目的。"[29]这样,就如鲁迅自己所说:"因为所求的作品是叫喊和反抗",注重的是思想上的教育与启示,在翻译、介绍外国作品时,就"势必至于倾向了东欧,因此所看的俄国、波兰以及巴尔干小国作家的东西就特别多。"[30]毛泽东同志在《论人民民主专政》一文中曾说:"中国有许多事情和十月革命以前的俄国相同,或者近似。封建主义的压迫,这是相同的。经济和文化落后,这是近似的。两个国家都落后,中国则更落后。先进的人们,为了使国家复兴,不惜艰苦奋斗,寻找革命真理,这是相同的。"这种在社会生活和经济文化方面的相同或近似,不只使读者容易感受和理解作品中所反映的生活内容,而且也可以从那里面对十月革命所开辟的道路有所领悟,它启发人们思索一个国家由落后走向进步所应循的途径。因此鲁迅的这种爱好倾向在中国现代作家中是有普遍意义的；郭沫若在屠格涅夫小说《新时代》译序中说："这部书的自身我很喜欢，我因为这书里的主人公涅屠大诺夫，和我自己有点相像，还有书里面所流动着的社会革命的思潮，……这书里面的青年，都是我们周围朋友……屠格涅夫这部书写的是俄罗斯的事情，你们尽可以说他是我们中国的事情去改头换面地复述一遍呢！"郁达夫也说过："在许许多多古今大小的外国作家里面，我觉得最可爱、最熟悉，同他的作品交往得最久，而不会生厌的，便是屠格涅夫。这在我也许是我与人不同的一种特别的偏嗜，因为我的开始读小说，开始想写小说，受的是这一位相貌柔和，眼睛有点忧郁，络腮胡子长得满满的北国巨人的影响。"[31] 巴金在谈到他十八岁开始读俄国小说的感受时说："我对这些小说很感兴趣，因为俄国人的生活环境很接近那时中国人生活的环境，他们的性格和嗜好也与我们中国相似。"[32] 可知无论介绍者或作家，他们对外国文学都是有自己主动的选择性的，他们不能脱离社会现实和新文学建设需要的制约．这是近代现实主义文学，特别是俄罗斯文学对中国的影响之所以特别深广的重要原因。

其次，文学作品的作用和影响是要通过群众考验的。如果缺乏必要的社会基础，即使介绍过来也很难得到读者的爱好和存在的条件。这种情况在作为"剧场艺术"、直接受观众制约的戏剧领域，表现得特别明显。"五四"时期，戏剧领域与其他文学部门一样，西方各种潮流和流派的戏剧都同时涌入中国，既有易卜生为代表的近代现实主义戏剧，也有大量的现代派戏剧，据有人研究，当时西方已经出现的现代派戏剧的各种流派，例如象征派、未来派、表现派、唯美派、新浪漫派等都一股脑儿地引了进来[33]。但以后现代话剧发展的历史却表明：易卜生对我国现代话剧一直保持着巨大和持续的影响力，现实主义戏剧成为强大的主流，而西方现代派戏剧则影响甚微，并没有形成中国的现代派戏剧流派，只是有一些现代派戏剧手法有机地融入了现实主义戏剧中。这里一个重要原因就是现实主义戏剧较易引起中国观众的共鸣，而西方现代派戏剧的神秘、颓废、虚幻以及怪诞的表现手法则难为中国普通观众所接受。再举一个现象。中国懂英语、日语的人比较多，但英美文学和日本文学的影响并不突出，介绍过来的数量也不算很多，倒是通过英、日文重译的其他国家的作品很不少，这就说明了介绍者在选择时的取舍倾向。高尔基的《我的童年》解放前共有四种译本，全是根据英文重译的；《夜店》有九种译本，除两种是由俄文直译者外，其余七种都是由英、日文转译的[34]。这就说明无论译者或读者，首先注意的是作品的思想内容和它对于中国人民的需要；也就是说不论自觉与否，事实上我们接受外国文学的影响是有所抉择和批判的。它充分说明在主要倾向方面，我们对待外国文学的态度是保持了"五四"的革命的批判精神的。至于苏联文学，许多中国作家从优秀的早期苏联作品中学习了社会主义现实主义的创作方法，写出了许多有社会主义精神的杰出作品。毛泽东同志曾称赞法捷耶夫的《毁灭》在中国产生了很大的影响[35]，鲁迅以极大的热情翻译了这部作品，并且说他自己"就像亲生的儿子一般爱他，并且由他想到儿子的儿子。"[36]中国人民要走社会主义道路，因此对早期苏联作品倾注了关心和热情，是完全可以理解的。这种首先由作品内容出发的抉择倾向，无论就介绍者或读者来说，基本上是一致的。但作为文艺创作，这些介绍进来的外国文学对中国现代文学所发生的影响，就不只是思想内容的方面，而是包括创作方法和风格、手法等多方面的艺术因素的。

我国现代文学史上的许多著名作家都非常重视介绍外国文学的工作，鲁迅是中国最早致力于介绍工作者之一。1907年他就写过《摩罗诗力说》，他不但自己翻译过像《死魂灵》《毁灭》这些著名作品，而且可以说他是世界进步文学介绍事业之提倡者和组织者。他曾把介绍工作喻为有如普洛美修士窃火给人类，有如私运军火给造反的奴隶，他在这方面的贡献是非常巨大的。瞿秋白在1923年就写过《赤俄新文艺时代的第一燕》的介绍文章，他译过高尔基的短篇选集，以为"翻译世界无产阶级革命文学的名著，并且有系统地介绍给中国的读者……这是中国普罗文学者的重要任务之一。"[37] 茅盾早在主编《小说月报》时就特别重视介绍各国文学的情况，并翻译过许多著名作品。最初翻译马雅可夫斯基的诗为中文的是郭沫若，那是1929年；另外他还翻译过《浮士德》《战争与和平》等著名作品。巴金、曹禺、夏衍、周立波等作家，同时也都是外国优秀作品的翻译者和介绍者。可以想见，在这些现代文学史上杰出作家自己的创作中，当然是受到了外国文学的积极影响的。其实不只他们，"五四"以后的现代作家很少完全没有受过外国文学影响的，虽然情况和程度各不相同。这是促使中国现代文学茁壮成长的一个重要因素。

肯定外国文学对中国现代文学发生过很大的积极影响，

并不等于说在这些影响中就不伴随着消极性的因素。事实上不只是引入了一些不健康的西方作品对我们毫无好处，就是起过一定积极作用并在世界文学史中有地位的作品，也常常是会同时带来一些消极影响的，易卜生的戏剧，罗曼·罗兰的小说，都曾在不同时期在中国发生过很大影响，但由于这些作品本身的弱点和历史条件的不同，也给读者带来了某些消极性的东西。这样的例子还多得很，它提醒我们在学习和借鉴时必须要有严格的批判的精神，才能取其精华，弃其糟粕。另一方面，在现代文学的发展过程中，既有过排斥学习外国文学的保守倾向，也出现过对外国文学盲目崇拜的倾向；有些人不是把外国文学当作借鉴的对象，而错误地把它当成创作的源泉或模仿的范本，结果就出现了硬搬和模仿的文学教条主义的现象。在现代文学史上也并不是没有这样的例证，洋腔洋调的文体引起了读者的厌恶，增加了文学和它的服务对象之间的距离。但这仍然是学习的态度和方法的问题，并不是应该不应该学习和借鉴的问题。本来吸收其他民族文化中有价值的部分，经过很好地消化，使之成为我们自己文化的有机部分，原是一件创造性的非常艰苦的事情，是需要付出一定的时间和代价的。就历史发展的过程看来，在这当中发生一些硬搬和模仿的现象，是很难完全避免的，我们正视这种消极现象，是为了从错误中吸取教训，端正学习的态度与方法；但不应该把这种消极作用过于夸大，认为是"五四"以来外国文学所产生的影响的主要方面。抗战前期在关于民族形式的论争中，曾有人认为"五四"以来的新文学是"舶来品"，过多地接受了外来的影响，因而说它是"畸形发展的都市的产物"，是"大学教授、银行经理、舞女、政客以及小'布尔'的适切的形式。"[38]这个估计是错误的,它是一种形式主义看问题的方法,完全不符合文学史的客观事实。作为现代文学伟大开端的"五四"新文化运动是一个生动活泼的革命运动,从开始起就贯穿着要求民族解放和爱国主义的精神,因此它也是非常重视我国民族文化遗产中的有价值的事物的;当时的先驱者们并没有把向外国学习和发扬自己民族优秀传统对立起来。鲁迅在这方面就是一个榜样,在他身上就体现了一个广泛地吸收外国文学的有益营养,并在民族传统的基础上形成自己创作特色的创造性的过程。因此法捷耶夫称他为"真正的中国作家",说"他的讽刺和幽默虽然具有人类共同的性格,但也带有不可模仿的民族特点。"[39]当然,像鲁迅这样伟大的作家毕竟很少,但他代表着一个正确的方向,另外许多作家虽然成就没有鲁迅那么高,但也是同样向着这样的方向努力的。这样,就形成了一个传统,这就是鲁迅自己所概括的"拿来主义"的传统:无论对于中国和外国的文化成果,都要"运用脑髓,放出眼光,自己来拿";"拿来"之后,要自己"挑选":"或使用,或存放,或毁灭"[40],"既有删除,必有所增益,这结果是新形式的出现,也就是变革"[41],"没有拿来的,人不能自成为新人,没有拿来的,文艺不能自成为新文艺。"[42]——这就是中国现代文学发展的基本道路,也是"现代文学与外国文学关系"的历史经验的基本总结。

*　　*　　*

〔1〕鲁迅:《且介亭杂文·〈草鞋脚〉小引》。
〔2〕〔3〕鲁迅:《坟·看镜有感》。

〔4〕鲁迅:《坟·文化偏至论》。

〔5〕鲁迅:《而已集·当陶元庆君绘画展览时》。

〔6〕朱自清:《新诗杂话·真诗》。

〔7〕周启明:《鲁迅的青年时代·鲁迅与清末文坛》。

〔8〕毛泽东:《新民主主义论》。

〔9〕林纾:《孝女耐儿传·序》。

〔10〕林纾:《块肉余生记·小识》。

〔11〕鲁迅:《集外集拾遗·英译本〈短篇小说选集〉自序》。

〔12〕鲁迅:《南腔北调集·〈总退却〉序》。

〔13〕〔30〕鲁迅:《南腔北调集·我怎么做起小说来》。

〔14〕鲁迅:《〈近代世界短篇小说〉小引》。

〔15〕鲁迅:《域外小说集·序言》。

〔16〕李何林:《鲁迅论》。

〔17〕鲁迅:《南腔北调集·关于翻译》。

〔18〕鲁迅:1936年2月19日致夏传经信。

〔19〕鲁迅:《南腔北调集·小品文的危机》。

〔20〕郁达夫:《中国新文学大系·散文二集导言》。

〔21〕鲁迅:《集外集·〈奔流〉编校后记·三》。

〔22〕鲁迅:《且介亭杂文·忆刘半农君》。

〔23〕鲁迅:《二心集·"硬译"与"文学的阶级性"》。

〔24〕鲁迅:《花边文学·玩笑只当它玩笑(上)》。

〔25〕鲁迅:1934年7月29日致曹聚仁信。

〔26〕见《中国新文学大系·文学论争集导言》。

〔27〕鲁迅:《集外集·文艺与政治的歧途》。

〔28〕鲁迅:《坟·杂忆》。

〔29〕茅盾:《新文学研究者的责任与努力》。

〔31〕郁达夫:《屠格涅夫的〈罗亭〉问世以前》。

〔32〕见《巴金的生活与创作》一书。

〔33〕参看田本相《试论西方现代派戏剧对中国现代话剧发展之影响》。

〔34〕据戈宝权《高尔基作品的中译本》一文。

〔35〕毛泽东:《在延安文艺座谈会上的讲话》。
〔36〕〔37〕《二心集·关于翻译的通信》。
〔38〕向林冰:《论民族形式的中心源泉》。
〔39〕见1949年10月19日《人民日报》。
〔40〕〔42〕鲁迅:《且介亭杂文·拿来主义》。
〔41〕鲁迅:《且介亭杂文·论"旧形式的采用"》。

关于现代文学研究工作的回顾和现状

一

中国现代文学研究是一门年轻的学科。解放前，有关现代文学的论著大多是从当代文学批评的角度进行的作家作品评论，或者是作为中国文学史附庸的最后概述章节，这说明现代文学研究还没有形成一门独立的学科。尽管如此，解放前的有关论著仍然是为现代文学这门学科的形成与发展奠定了基础的。

1922年，胡适在《五十年来中国之文学》的最末一节，曾经"略述文学革命的历史和新文学的大概"，这可能是对中国现代文学的产生和形成进行历史考察的最初尝试。从二十年代末到三十年代，少数高等院校陆续开设了新文学研究的课程或讲座。陈子展、朱自清、周作人、王哲甫、李何林等都讲过这样的内容，他们的讲义大多作为文学史著作出版，即陈子展《中国近代文学之变迁》（中华书局1928年出版，有关现代文学的"十年以来的文学革命运动"仅为其中一节；后又修订更名为《最近三十年中国文学史》，由太平洋书店1929年出版），周作人《中国新文学之源流》（1932年作，同年北京人文书局出版），王哲甫《中国新文学运动史》（1933年作，同年北京杰成印书局出版），李何林《近二十年文艺思潮论》（生活书店1940年出版）。其中朱自清1929年至1933年在清华大学、师范大学和燕京大学的讲义《中国新文学研究纲要》，当时并未正式出版，遗稿后来发表在1981年的上海《文艺论丛》第十四期；它是首先以作家成果作为主要研究对象的，着眼于从丰富的文学现象来探讨各类作品产生和发展的社会原因和历史经验，重视艺术成就及社会影响，并采用了先有总论然后按文体分类评述的文学史体例，这对以后的现代文学史研究是有启示意义的。

1935年，《中国新文学大系》编辑出版，蔡元培、胡适、郑振铎、茅盾、鲁迅、郑伯奇、周作人、郁达夫、朱自清、洪深等，分别为全书和各卷写了长篇导言，对"五四"和第一个十年间的新文学分门别类地作了系统分析和历史评价。"导言"的执笔者不仅亲自参加了第一个十年的文学运动和创作实践，而且代表了不同的倾向与流派，在导言中显示出了他们不同的文学史观，如胡适用文学进化观解释新文学的诞生，周作人以为新文学运动是"历史的言志派文艺运动之复兴"，而鲁迅、茅盾的导言则运用历史唯物主义观点科学地、辩证地评价现代作家、作品和流派，在方法上对以后的现代文学史的研究产生了深远的影响。

在我国，现代文学的诞生和马克思主义的传播，几乎是同时发生的。从二十年代末起，马克思主义的世界观和方法论广泛地同我国社会科学实践开始结合起来，在历史学、经济学等学科中出现了马克思主义的学派；萌发于这一时期的中国现代文学研究，也有相当一部分人运用了马克思主义的立场观点和方法，如瞿秋白《〈鲁迅杂感选集〉序言》、鲁迅、茅盾的作家论、序跋，即是这方面的尝试。四十年代初，毛泽东在《新民主主义论》中关于"五四"运动、新文化、新文学的一系列论述，更为现代文学研究奠定了马克思主义的理论基础。

1949年中华人民共和国的成立，不仅标志着中国历史的转折，而且标志着文学的转折；从"五四"开端的新文学到中华人民共和国的成立，构成了完整的历史阶段，对之作历史的研究与总结，不仅有了必要，而且有了可能。在五十年代初，出现了一批以高等院校教材形式出现的现代文学史著作，其中有：王瑶《中国新文学史稿》（上册1951年开明书店出版，下册1953年上海新文艺出版社出版）、丁易《中国现代文学史略》（写于五十年代初，1957年由作家出版社编辑出版）、刘绶松《中国新文学史初稿》（1956年人民文学出版社初版）、蔡仪《中国现代文学史讲话》（上海新文艺出版社1952年出版）、张毕来《新文学史纲》（作家出版社1955年出版）等，同时随着高校现代文学课程的开设，逐步形成了现代文学与教学的专业队伍，这些都标志着现代文学开始成为独立的学科。

中国现代文学本身与现实政治及当代文学的关系都十分密切；现实政治斗争及对现实文学工作的要求，都会影响现代文学的研究工作。1953年中国开始大规模社会主义建设，在这一年召开的第二次文代大会上提出了建设社会主义文学的任务，同时，强调"'五四'以来中国革命的文学运动，就是在工人阶级思想指导下沿着社会主义现实主义方向发展过来的"（茅盾《新的现实和新的任务》）。这里所提出的论点实质上是关于现代文学基本性质的重大问题；在这种理论指导下，一些研究工作者以"社会主义现实主义在新文学中的萌芽、成长和发展"作为现代文学的基本发展线索，并以此作为划分现代文学不同发展阶段的主要依据和评论现代作家作品的基本尺度。这意味着是以社会主义文学的标准来衡量中国现代文学，从而在实际上否定了它的反帝反封建的新民主主义性质，现代文学研究工作中"左"的倾向即由此发端。

1957～1958年的"文艺战线的一场大辩论""再批判"，又把上述关于现代文学基本性质的理论错误推向新的极端；以所谓"文艺上的无产阶级路线和资产阶级路线斗争"作为现代文学发展的基本线索（参见邵荃麟：《扫清道路，奋勇前进——〈文艺战线上的一场大辩论〉读后》）。继之而来的一次又一次的政治运动，批判掉了一批又一批的现代文学作家和作品，到"文化大革命"的十年动乱中，在"否定一切，打倒一切"的思潮影响下，三十年的现代文学史只能研究鲁迅一人。政治斗争的需要代替了科学研究，滋长了与马克思主义根本不相容的实用主义学风，讲假话、隐瞒历史真相，以致造成了现代文学史这门历史学科的极大危机。

粉碎"四人帮"，特别是1978年党的十一届三中全会以后，现代文学研究工作开始全面复苏。最初几年，主要是进行"拨乱反正"的工作，在理论上澄清了现代文学的根本性质问题，同时大力恢复实事求是的科学学风，对一大批作家作品进行了"再评价"。这些工作实际上具有某种"平反"性质，因此，其中掺杂着某些强烈的感情因素是可以理解的。直到近年，才开始转入日常的学术建设，对现代文学进行冷静客观、具体细致、实事求是的分析与考察，显示了扎实深入、稳步前进的趋势。

二

　　回顾近几年中国的现代文学研究工作的变化和发展，最重要、最具有决定意义的可以说有两个方面：第一，对"现代文学"性质的认识的逐渐深化，并由之带来研究格局的突破与研究方法的变革；第二，对"现代文学史"这门学科的性质的认识和变化，并由之带来研究视野与方法的变革。

　　近年来，对"现代文学"的性质的认识有一个发展过程。在最初的"拨乱反正"阶段，针对着长期以来存在的"以社会主义文学的标准衡量现代文学"的"左"的倾向，强调了现代文学的新民主主义性质，提出要以是否具有"反帝反封建"的倾向，以及这种倾向表现得是否深刻、鲜明，作为衡量和评价现代文学作家作品的基本标准。应该说，这是现代文学研究在指导思想上的一次重要突破，它带来了研究格局的变革。长期以来得不到正确评价的一些具有反帝反封建倾向的爱国主义、民主主义的作家作品，如郁达夫、巴金、老舍、曹禺等人的作品恢复了现代文学史上应有的主流地位；另一些人则一方面与无产阶级文学存在矛盾，一方面仍然具有或一定程度上具有反帝反封建倾向的资产阶级自由主义作家，如前期周作人、徐志摩、沈从文的作品，也引起了人们的重视和兴趣，进入了现代文学的研究领域；而过去一些被肯定的左翼作家，由于有了"反帝反封建"这一更切合实际的评价标准，去掉了一些被任意拔高的虚词浮语，他们在思想、艺术上的实际成就，就得到了更为科学的说明，重新恢复了历史的本来面目。这样，在现代文学研究中长期设置的"禁区"终于打破，研究的范围逐渐扩大，研究工作的实际内容与"现代文学"学科名称之间"名不副实"的状况开始改变。

　　随着研究工作的深入,人们逐渐发现"反帝反封建"的标准本身仍然存在着一定的局限性;它不仅只是一个思想标准,而且在对作家作品进行思想评价时,也只是强调了政治思想的一个侧面。这就是说,"反帝反封建"是从现代文学的政治思想倾向这一方面去说明现代文学的性质的,这固然是一个重要的、不可忽视的方面,但如果我们对现代文学的研究和评价仅仅局限在这一个方面,我们的研究视野就仍然不免是狭窄的,而且会出现一些新的偏颇。例如在一段时间曾出现过一些研究工作者在评价一些反帝反封建的思想倾向并不鲜明,但在其他方面颇具特色的作家作品时,由于囿于"反帝反封建"这一批评标准,就对这些作家作品中的反帝反封建的微弱因素加以夸大,以此来肯定其现代文学史上的历史地位;这种"肯定"评价与过去的"否定"仅仅是结论的不同;基本的评价与思维方式并没有实质的区别,因而不可能是科学的、实事求是的。这样,随着研究工作的深入发展,就要求对现代文学的认识和观念要有新的突破。正是在这样的情况下,有人提出了"文学现代化"的概念。它包含了文学观念的现代化,作品思想内容的现代化,作家艺术思维、艺术感受方式现代化,作品表现形式、手段的现代化,以及文学语言的现代化等多方面的意义,并且把作家作品的思想内容、倾向与艺术表现、形式统一为一个有机的整体;应该说,它是把现代文学"反帝反封建"的思想特质包括在内,具有更大的包容性,揭示中国现代文学本质的一个概念。当然,由于它的含义广泛、包容性大,就字面意义看,也有一定的不够鲜明和确定的缺点；但"现代"既然是一种历史性的时代概念，它最主要的内涵就是时代精神，这就自然包孕了产生它的社会历史背景和马克思主义哲学和美学的观察角度，也不致与现代主义的理论发生混淆。这个概念的提出，是现代文学研究工作的又一次思想解放，它使我们研究工作的着重点由注重现代文学与新民主主义革命时期其他意识形态的共性转向了现代文学自身的个性。研究工作者不仅从政治思想的层次，而且从更为广泛的层次去揭示现代文学作品的丰富的思想内容，促使研究者更注意于文学特征的探索，例如艺术表现的现代化，文学体裁的革新，作品的叙述方式、结构方式和文学语言的变革，以及在历史发展中所形成的各种艺术流派和风格的不同成就。这样，就促进了现代文学研究领域的进一步开拓，它不仅只表现在研究面的扩张，而且也是研究视角的多样化。

随着对"文学的现代化"问题研究的深入，必然要提出现代文学与外国文学以及它与中国古典文学的关系问题。本来，"文学的现代化"本身就如鲁迅所说，包含着"都和世界的时代思潮合流，而又并未梏亡中国的民族性"[1]这样的内容，离开了对现代文学与外国文学和中国古典文学联系的考察，就不可能弄清现代文学的"现代化"特点。当然，促成近年来对现代文学与外国文学关系的研究的重视，还有更为深广的社会历史原因。粉碎"四人帮"以后，我们结束了在学术研究和文化艺术上的长期封闭状态，国际文化学术交流日益增多，因而我们了解到一些国外对中国现代文学的研究情况；随着我国国际地位的提高，现代文学以及我们的学术研究成果正越来越多地引起外国学者的注意。这样的国际文化学术交流的气氛，对"中国现代文学与外国文学关系"的研究，自然是一个有力的推动。与此同时，在我们实行对外开放政策以后，中国当代文学与外国文学的交流日益密切，随之而来便提出了许多现实问题；诸如如何正确吸收外来文化并与本国文化传统结合起来，如何把文学的现代化与民族化有机地统一起来，等等。中国现代文学与当代文学的密切联系，决定了这些从现实中提出来的问题的解答必须追溯它的历史渊源，即认真总结"五四"以来现代文学与外国文学关系的历史经验。正因为如此，近年来关于中国现代文学与外国文学关系的研究，主要集中在两个问题上：一是探讨中国现代文学在发展过程中所受外国文学的影响，一是总结中国现代文学在处理吸收外来文化与民族传统的关系、解决文学现代化与民族化关系中所取得的经验和教训。目前上述研究主要还是一种面上的扩展，带有"开拓新领域"的性质，如研究某一作家与外国某作家的关系（鲁迅与安特莱夫、曹禺与契诃夫等等）；某一社团、流派与外国文学的关系，（如前期创造社、新月派与西方浪漫主义文学的关系，现代派诗歌与法国象征派诗歌的关系）；某种文体与外国文学的渊源关系（如中国现代散文诗与屠格涅夫、波特莱尔散文诗的关系，中国现代话剧与易卜生、奥尼尔剧作的关系）；某种外国哲学思潮、文学思潮对中国现代文学的影响（如尼采哲学、厨川白村文艺思想、弗洛伊德学说对中国现代作家的影响）；以及某一作家（如鲁迅、茅盾、曹禺）或某一文体（如现代话剧）某一流派（如现代派诗歌）在处理文学现代化与民族化关系问题上的历史经验或教训等等。大体上说，目前这类研究尚处于分体解剖的阶段，可以想见，今后将向综合分析的方面发展，以便从总体上把握现代文学交汇的历史特点，从文学现代化与民族化的统一来研究现代文学发展的规律。

另一方面，近年来现代文学研究除了由于对"现代文学"性质的认识深化而在研究领域和方法上产生了一系列的深刻变化之外，还有一个具有深远影响的突破，就是对"现代文学史"这门学科的性质的重新确认，并由此引起了一系列的重要变化。长期以来，我们的文学史研究始终停留在作家作品论的汇编的水平上，其中一个原因，就在于对于文学史这门学科的性质缺乏明确的认识。近年来，经过总结历史的经验和教训，我们首先在理论上明确了现代文学史作为一门学科，它既属于文艺科学，又属于历史科学，它兼有文艺学和历史学两个方面的性质和特征。文学史作为一门文艺科学，它也不同于文艺理论和文学批评；它要求讲文学的历史发展过程，讲重要文学现象上下左右的历史联系。确认文学史具有"文艺学"的性质，首先是对长期存在的"以政治鉴定代替文学评价"的庸俗社会学倾向的一个否定；并由此明确了文学史应该以创作成果为主要研究对象。即衡量一个作家对文学史的贡献，确定其历史地位，主要看他的作品的质量和数量；而对作品质量的评价则应该坚持思想与艺术的统一，注意文学艺术本身的规律和特点。在这样的指导思想下，近年来对作家作品的研究出现了新的高度；如果说过去分析作家一般偏重其政治倾向和社会思想的话，那么今天还同时重视作家的美学观点和艺术特色；以前着眼于作品的主题、题材，主要在说明作品的社会内容和思想意义，现在则除此之外还要探讨它的艺术风格和美学成就，现在作家的艺术个性受到了普遍的重视，研究工作者在分析作家作品时都努力把握作家的"这一个"的特点：即为作家独特的生活经验所决定的表现对象和读者对象，作家评价生活的独特角度，最适合作家创作才能发挥的艺术方法，以及由此形成的作家的艺术风格。这样，就使得作家作品的研究不但打破了"千篇一律"的局面，而且更切合文学艺术本身的特点，真正成为"文学"的研究，具有了"文学的眼光"。

确认"文学史"的历史科学性质，明确地将文学史研究与对同时代作家作品的评论区别开来，就促使了现代文学史研究从单纯的文学批评向综合性的历史研究转化。这首先促成了研究学风的转变，"尊重历史事实，从历史实际出发；以正视历史的勇气，恢复历史的本来面目"，已经成为近年来现代文学史研究工作者的共同追求；因此资料的搜集、整理和鉴别工作被置于特别重要的地位，近年来取得了突出的成就。中国现代文学馆的建立，以及由中国社会科学院文学研究所主持的《中国现代文学史资料汇编》的编辑出版，是现代文学研究工作规模宏大的基础工程，具有重大的意义。现在，有的同志还倡议建立中国现代文学"史料学"，强调史料工作都应具有史才、史学、史识、史德[2]，这些都显示了现代文学史这门学科的"历史科学"的性质。当然，更具有深远意义的是研究者眼光和方法的转变；孤立的、静止的和形而上学的思维、研究方法逐渐被摒弃，而代之以从文学的发展和运动中，从它的多样的具体的联系中去把握文学现象的思维方式。人们不但注意到对某一作家作品进行深入剖析的微观研究，而且力图从历史发展线索中对作家作品作出宏观的总体把握。"历史的比较"的方法被广泛地运用，对每一作家作品的研究都注意到同它的上下左右的同一类型作家作品的比较，以及作家自己的创作历程同他的某一作品在这一历程中的位置的分析；考察它给文学史增添了什么，作出了什么样的独特贡献，对后来的文学发展有什么影响，以确定其文学史上的地位。此外还出现了许多综合性的研究课题，具体考察构成文学的某些要素的发展和演变过程。例如：人物形象的系列研究（茅盾小说中"时代女性"形象系列研究、老舍作品中市民形象系列研究等）；作品主题发展研究（如新文学中的个性主义问题等）；题材发展演变研究（如农村题材的研究等）；创作流派、方法发展演变研究（如象征派诗歌研究）；艺术风格、表现方法历史发展的研究（如讽刺艺术的发展研究，现代抒情小说的发展研究）；某一文体、艺术形式的历史发展研究（如现代自由诗的发展研究，现代散文诗的发展研究）。上述这些研究课题都出现了一些有一定质量的研究成果；这些研究中所显示出来的历史感与辩证思维方法是具有普遍意义的。

三

近两年来，我们国家的社会生活与学术研究都发生了一些重大的变化。"改革"的浪潮席卷全国，社会生活的急剧变化，人们思维方式的变化，都给文学和文学研究提出了许多新的问题，要求着文学和文学研究的变革；而"创作自由"的强调更带来了文艺界与学术界思想的活跃，特别在文学研究领域，文艺理论和当代文学研究呈现出了颇为繁荣的景象；这对现代文学研究工作不仅是一种"信息"，而且也是一种压力。正是在这样的背景下,"如何开创中国现代文学研究的新局面",成为研究工作者普遍关心的问题;《中国现代文学研究丛刊》以此为题进行了连续几期的讨论,1985年5月在北京召开的以青年研究工作者为主的"现代文学研究创新座谈会",也是以此为中心议题的。如前所述,现代文学研究的"创新"在党的十一届三中全会以后就已经开始了,并取得了影响深远的进展;现在又提出"开创新局面",正显示了这门年轻的学科所具有的生命力,它要求取得更大的突破。当然,这种要求现在还在思考、讨论和探索的过程中,我们这里只能谈一些值得重视的趋向。

在讨论中,有的同志提出了现代文学研究的"当代性"问题。所谓"当代性","即要求以当代人的眼光重新审视判断当年的历史,作出我们自己的结论,使研究成果具有现实的特点和今天的水平",要求研究工作者"把自己的研究工作同现实的社会实践、新的社会历史条件结合起来,即从不同于前人的新的历史高度上赋予自己的研究成果以新的时代精神",并以自己的"研究之所得给现实以历史的启示,发挥历史和历史研究的积极作用"[3]。这实际上就是要求加强现代文学史的研究与当代现实生活(包括当代文学发展)的联系。这本来是马克思主义历史研究的基本原则,恩格斯在《自然辩证法·序言》中就把那些"处在时代运动中,在实际斗争中生活着和活动着,站在这一方面或那一方面进行斗争"的学者,称为第一流的"巨人"型的人物,而把那些躲在书斋里"惟恐烧着自己手指的小心翼翼的"学者称为"庸人"和"第二流或第三流的人物"。我们"五四"以来的学术研究也有这样的传统,鲁迅、郭沫若、胡适等新文学的倡导者正是把"五四"文学革命的时代精神运用到古典文学的研究中,对几千年的中国文学史作出了同历代文人看法截然不同的新评价,从而开创了古典文学研究的新局面的。今天提出现代文学研究的"当代性"问题,显然是反映了今天这个前进的变革的时代精神的。这就是说,在"改革"的潮流中,即使是历史研究也必须倾听生活的召唤、时代的召唤;必须站在新的历史高度来体现新的时代精神。这种要求在一些青年研究工作者中间的反映尤为强烈,这是容易理解的,他们富于时代敏感,不甘心于自己的研究工作只能在少数同行中流传、对圈子以外的人不发生作用的无所作为的局面。提倡现代文学研究的当代性,其实就是强调学术研究的现实感,它对我们前面所说的现代文学研究的历史科学性质和历史感,是一个必要的补充;在工作中如何把这两个方面结合和统一起来,以及在强调现代文学研究的现实感时如何避免陷入"实用主义"的泥坑,仍然是一个需要在探索中认真解决的问题。但可以断言,现代文学研究工作不断从现实生活中汲取养料,是使这门学科获得前进动力的必要条件。

近来关于文学观念与研究方法的革新的讨论,也对现代文学研究发生了很大的影响;特别是其中有些文章所谈的问题或所举的例证,好些都是有关现代文学研究的,这当然会引起人们的思考[4]。在当前的研究和探索中,我们已经可以看出有两种努力的趋向:一部分研究工作者注意汲取与文学相关的其他社会科学如历史学、社会学、民俗学、民族学、宗教学、心理学、语言学、伦理学等学科的成果,从文化层次来研究现代文学;另一部分研究工作者则更强调从外部向内部掘进,从审美的角度研究现代文学,探讨作家的创作心理，挖掘作品的审美价值，探索艺术审美观念的变化，艺术形式美的价值，以及文体演变的内部规律等等。这两种趋向今后的发展情况如何，是否可能形成有不同特色的新的学派，现在还很难预料；但多样化的百家争鸣的繁荣景象，则已经略显端倪，在探索过程中是会有所收获的。当然，这里有许多新的问题需要解决，例如在汲取其他学科（自然科学与文学以外的其他社会科学）的成果和方法时如何由搬用和模仿，发展为"消化"和"融会贯通"；如何正确地处理继承和革新的关系；如何解决研究工作者的现有的知识结构同多学科综合发展的要求之间的矛盾；以及如何以科学的态度对待西方形形色色的理论学说、方法体系问题。实际上，这些令人困惑的问题的出现本身就意味着我们的研究工作正在前进的过程中；在探索中当然也可能出现某些失败或错误，这是事物发展过程中所很难完全避免的，但它必将导致学术研究的深入开展和取得进步的前景。

在关于现代文学研究创新问题的思考中，大家关心的另一个问题是现代文学研究的范围问题。人们强烈地感到，对现代文学的历史考察，目光只囿于三十年的范围会有很大的局限性；需要把研究视野作时间上的延伸，这是关于中国现代文学史的时间起讫的问题，学术界对此是有不同意见的；但无论如何，研究者必须开阔自己的视野，不把目光只限于三十年的范围。

中国现代文学研究这门学科在不长的历史中，曾经有过严重的挫折，并一度陷于绝境，但终于出现了粉碎"四人帮"以后的健康发展的局面，而且这一前进的趋势还在继续扩展，这是十分可喜的。回顾历史，凝视现状，就使我们有了一种信心：即经过不断的努力，我们的工作一定可以取得更大的进展，为建设具有我们民族特色的社会主义新文化作出应有的贡献。

* * *

〔1〕鲁迅：《当陶元庆君的绘画展览时》。

〔2〕参看马良春：《关于建立中国现代文学"史料学"的建议》，载《中国现代文学研究丛刊》1985年第1期。

〔3〕樊骏：《关于开创中国现代文学研究新局面的几点想法》，载《中国现代文学研究丛刊》1985年第1期。

〔4〕如刘再复的《研究个性的追求和思维成果的吸收》，载《中国现代文学研究丛刊》1985年第2期。

"五四"文学革命的启示

"五四"文学革命发生于中国从资产阶级领导的旧民主主义革命向无产阶级领导的新民主主义革命的转变时期，它是"五四"新文化运动的重要组成部分，在群众中起了广泛的思想解放作用，并为"五四"爱国运动做了酝酿和准备。通过"五四"，文学革命获得了群众基础，文学社团和白话报刊纷纷出现，新文学的影响扩大和深入到全国范围，并以它的彻底地不妥协地反帝和反封建的性质，成为中国无产阶级领导的新民主主义革命的有力的一翼。正如"五四"运动揭开了中国历史的新页，中国人民由此开始，经过艰苦曲折的斗争，终于取得了新民主主义革命的胜利，走上了社会主义革命和建设的道路那样，作为人民革命机器的"齿轮和螺丝钉"，由"五四"文学革命开始的现代文学，也从思想到形式都与过去的文学有了不同的风貌，成为中国文学史的一个新的发展部分，取得了辉煌的成就。毛主席指出："在'五四'以来的文化战线上，文学和艺术是一个重要的有成绩的部门。"[1]就因为从开始起，它就是和中国人民革命的任务密切联系的，它主张文学必须正视现实，真实地反映人民群众的生活和斗争，理想和愿望，要求文学起到教育人民和打击敌人、推动社会向前发展的作用。这就决定了作品的主要的思想倾向和语言形式，以及文学事业前进的道路和方向。毛主席指出："新民主主义的政治、经济、文化，由于其都是无产阶级领导的缘故，就都具有社会主义的因素，并且不是普通的因素，而是起决定作用的因素。"[2]这里所谓"决定作用"主要是就方向道路的意义说的，正如新民主主义革命之为社会主义革命扫清道路和准备条件一样，"五四"新文学中反帝反封建的彻底性和马克思主义思想影响的逐步加强也同样导致了它向社会主义文学发展的历史方向。虽然"五四"新文化运动仍然是一个新民主主义性质的运动，社会主义还只是作为因素而存在，但它前进的道路和方向不仅已为社会实践所证明，而且从"五四"文学革命开始，它就是由中国人民革命的性质和对文学的要求以及文学创作的反映现实生活和"改良社会"（鲁迅语）的要求所规定了的。"五四"文学革命正是适应这一历史任务而产生的。

鲁迅在1932年写的《〈自选集〉自序》中曾回顾说："我做小说，是开手于1918年，《新青年》提倡'文学革命'的时候的，这一种运动，现在固然已经成为文学史上的陈迹了，但在那时，却无疑地是一个革命的运动。我的作品在《新青年》上，步调是和大家大概一致的，所以我想，这些确可以算作那时的'革命文学'。"现代文学到三十年代已经发展到党所直接领导的左翼革命文艺运动了，"五四"文学革命已成为历史的过去，但正如鲁迅把他在"五四"时期所写的小说看作"显示了文学革命的实绩"一样，他回顾"五四"文学革命时仍然认为它是一个大体上有一致步调的革命的运动，因为后来的深入和发展正是导源于那时的。文学革命是一个伟大的开始，是使我们的文学取得同人民的联系和走向现代化的起点，毛主席指出："在那时，这个运动是生动活泼的，前进的，革命的。"[3]尽管像历史上一切伟大的事件一样，它也不可避免地有它的弱点和历史局限性，但如果我们从这个运动的主要精神，从当时"文学革命"的理论主张和创作实践，从先驱者们大体一致的"步调"来考察，那么不但这个运动在当时的革命性质十分鲜明，而且今天仍然可以给我们以宝贵的启示，它的主要精神对于我们社会主义文学的繁荣和发展仍然具有值得重视的现实意义。

一

"五四"文学革命是从提倡白话文开始的，它在当时是一场引起激烈反响的伟大运动；因此提倡白话文、反对文言文，是文学革命精神的首要的标志。中国古典文学中如《水浒传》《红楼梦》《儒林外史》等都是用白话写的，晚清的资产阶级改良主义者也提倡过白话文运动，而且还出版了不少白话文的报刊和书籍，为什么那时没有在社会上引起像"五四"文学革命那样的巨大反响呢？就因为在这以前，无论社会舆论或者提倡者自己，都不过把白话文看作是"启迪民智"的通俗教育的东西，是给那些文化不高的下等人看的，所以反对文学革命的林纾可以一方面诋毁白话不过是"都下引车卖浆之徒所操之语"，一方面又吹嘘他早在清末庚子就在《白话日报》上写过"白话道情"。[4]但"五四"文学革命则不只是提倡白话文，而且主张"中国文学当以白话为正宗"[5]，就是说必须同时坚决反对文言文，要用白话文全部、彻底地取而代之。他们的态度十分鲜明和坚定，认为"其是非甚明,必不容反对者有讨论之余地。"[6]这就尖锐地触动了封建文化赖以庇护和存在的重要工具,就不能不引起巨大的反响和震动。文学革命在创作上是从白话诗开始的,初期新诗的作者都是《新青年》的骨干,包括李大钊和鲁迅,他们都是以一种为文学革命开辟阵地的心情来写诗的,就是说一定要用创作实践来证明白话文可以适用于一切体裁,不只是小说和论文,而且包括旧文学自以为价值很高的以抒情写景为特点的诗和散文,白话文才能确定其为文学正宗的地位,才能打倒和取代文言文。所以鲁迅说他写新诗是"因为那时诗坛寂寞,所以打打边鼓"[7],又说"五四"时期之所以出现"漂亮和缜密"的散文,"是为了对于旧文学的示威;在表示旧文学之自以为特长者,白话文学也并非做不到。"[8]"五四"时期有过诗是"贵族的"还是"平民的"的争论,有过白话文是否能写"美文"的讨论,都说明把白话文仅只当作一般叙事和议论的工具,用它来讲道理或讲故事,实际上仍然把它看作一种用于普及的宣传手段,是为一般人所承认的;而把它作为一种富有艺术表现力的文学语言,许多人就抱着怀疑的态度了。不攻克这一道关,就不可能打倒文言文,就很难确立白话为文学正宗的地位。因此在前进的道路上是含着挣扎和战斗的。

为什么一定要主张"中国文学当以白话为正宗"呢?这是为中国人民革命的性质和它对文学的要求所决定的。从"五四"文学革命开始,中国现代文学就贯串着一个中心内容,那就是如何使文学更好地和更有效地为人民群众服务,或者说是如何促使文学与人民取得紧密的联系。毛主席把"大众的"规定为新民主主义文化的主要特征之一,正是体现了人民对于新文化的基本要求。从"五四"把提倡白话文当作建设新文学的重要课题开始，以后左翼革命文艺运动提出了大众语和文学的大众化问题，抗战初期开展了通俗文艺的创作和关于民族形式的讨论，直至毛主席提出了文艺的工农兵方向，实际上都是沿着这一历史线索向前发展的。这是关系到文学和它的服务对象之间的联系的问题；尽管历史向前发展了，问题的深度不同了，但直到今天它仍然是文学工作者所应该严肃对待的重要问题。过去我们批判胡适的主观唯心主义和文学上形式主义的思想，那是完全必要的，但由此导致忽视或低估"五四"提倡白话文的革命意义，则是不妥当的。"五四"文学革命是一个伟大的历史运动，它的发生是同中国人民的革命斗争密切联系的，绝不是任何个别人物的意志的产物。我们当然不能同意把提倡白话文当作文学革命的全部或主要内容的观点，如同胡适所鼓吹的那样；但提倡白话文、反对文言文毕竟是"五四"文学革命的一项重要内容，它的根本精神应该得到我们充分的重视和评价。

就当时关于提倡白话文的许多历史文献看来，他们主要是阐述了两方面的理由：第一，白话文可以使语言和文字一致，能够为一般人所读懂，能够普及；第二，白话文是一种比文言文更富有艺术表现力的工具，能够更好地表达人们的思想感情。就第一点而言，由于文言文事实上是一种脱离口语和现代生活的书面语言，学习起来相当困难，因此除过"国粹"主义者和顽固派以外，是比较容易为人接受的。鲁迅就反驳那些认为"白话鄙俚浅陋，不值识者一哂"的人说："四万万中国人嘴里发出来的声音，竟至总共'不值一哂'，真是可怜煞人。"[9]刘大白甚至把古文叫作"鬼话",这说明他们是要求用现代人的"人话"来扩大读者范围的。至于第二点,则不仅有理论上的问题,而且必须用创作实践来证明,才有较强的说服力。理论上当时多半是从白话和文言的比较立论,针对文言文的含混和陈腐,特别是运用典故套语和意义不通等现象,申述白话文的精密和鲜明的优点;如有人以"二桃杀三士"和"两个桃子杀死三个读书人"两种句式的比较来反对白话文。鲁迅就指出原出处的"士"字乃指"勇士",并非指"读书人"[10]。这就证明白话文远比文言文精密得多。但最有力的论据还是用创作成就来说话,所以鲁迅把《狂人日记》等小说看作是"文学革命的实绩"[11]。"五四"以后的创作,就以实际成就证明白话文作为一种文学语言,对表现人民的现实生活和思想感情是有丰富的表现力的。这就打掉了反对派的论据,解除了一些人的疑虑,确立了白话文在文学上取代文言文的正宗地位;从而也就使文学作品获得了广泛的读者,推动了文学和人民群众之间的联系。这是"五四"文学革命精神的一个重要方面,鲁迅曾说他所用的语言是"采说书而去其油滑,听闲谈而去其散漫,博取民众的口语而存其比较的大家能懂的字句,成为四不像的白话。"[12]就是为了使作品能够更好地表现人民生活和为更多的人所接受。这同他的追求像旧戏和年画那样的只注意人物而不多描写背景的风格特色,是出于同样的原因,都是为了考虑人民群众(特别是农民)的欣赏习惯和艺术爱好,为了关注文学作品与它的服务对象之间的联系。这正说明了"五四"文学革命由提倡白话文、反对文言文开始的重大意义。

二

鲁迅把旧文学概括为"瞒和骗的文艺",要求新文艺必须"对于人生,——至少是对于社会现象",采取"正视"的态度[13]。这实际上就揭示出了"五四"革命现实主义的主要特征:提倡正视现实,反对瞒和骗。当时批判旧文学的许多精辟的论点,其实都可以用"瞒和骗"来概括,就是说它脱离生活实际,掩盖社会矛盾,以虚假的臆想来粉饰现实,这除过如鲁迅所说的"自欺欺人"的效果以外,起不了任何积极的社会作用。如陈独秀说"其内容则目光不越帝王权贵,神仙鬼怪,及其个人之穷通利达。所谓宇宙,所谓人生,所谓社会,举非其构思所及。"[14]刘半农抨击旧小说"无不以'某生某处人'开场","而其结果,又不外'夫妇团圆''妻妾荣封''白日升天''不知所终'数种。"[15]沈雁冰则概括旧文学的特点为"不喜现实,谈玄,凡事折中","是佯啼假笑的不自然的恶札。"[16]他们所着重批判的当然是封建主义的思想内容,但就创作方法而言,可以说都是违反了文学必须真实地反映社会生活的特征,根本上是反现实主义的。"五四"时期着重批判的文艺思想主要有两种,一种是宣扬封建思想的"文以载道"论,另一种是"将文艺当作高兴时的游戏或失意时的消遣"的创作观;它们都属于瞒和骗的一类,对读者只能起到毒害的作用。而新文学则从开始起就是以反映社会现实、推动社会进步作为它的努力目标的。鲁迅说他开始写小说"不过想利用他的力量,来改良社会"。所以取材"多采自病态社会的不幸的人们中,意思是在揭示病苦,引起疗救的注意。"[17]沈雁冰说,"这几年来的新文学运动都是向这个'假'上攻击而努力于求真的方面，现在已差不多成一普遍的记号"，"新文学的写实主义于材料上最注意精密严肃，描写一定要忠实"[18]。当时的许多作者大体上都是向着忠于现实生活这一目标努力的。由于他们处于人民革命的新时代，本身有改革社会的强烈愿望，因而就要求将自己熟悉的或体验过的生活按照它的实际面貌描绘出来，以期引起读者的同感，推动社会的改革和进步。因此鲁迅主张创作要"有真意，去粉饰，少做作，勿卖弄"，而反对那种"障眼法"。[19]要做到这一点，就必然要求作者站在时代的前列，解放思想，正视现实，勇于揭露社会矛盾和表现自己的爱憎倾向。这就是由"五四"文学革命开始的、以鲁迅为杰出代表的革命现实主义传统的主要精神。这种精神在"五四"时期有广泛的代表性，尽管不同的文学社团和作家在文学主张上或作品成就上存在着某种区别和参差，但就总的倾向来说，这可以说是一种时代精神，在新文学阵营内部是普遍存在的。例如文学研究会的创作态度是"提倡血与泪的文学，主张文人们必须和时代的呼号相应答，必须敏感着苦难的社会而为之写作。"[20]茅盾就认为"表现社会生活的文学是真文学，是于人类有关系的文学，在被迫害的国里更应该注意这社会背景。"他要求"注意社会问题，同情于被损害者与被侮辱者"[21]。即使是提倡浪漫主义的创造社，除了更加强调对黑暗现实的反抗和对美好理想的追求外，其根本出发点也是正视现实的。他们认为"新文学的使命在给新醒的民族以精神的粮食，使成为伟大。以伟大的心情从事的即是，以卑鄙的利欲从事的即非。"[22]而这种"伟大的心情"用郭沫若的话说就是文学"不能满足于现状，要打破从来因袭的样式而求新的生命之新的表现。"[23]由于当时的新的时代条件,如毛主席所分析,革命知识分子已经"发生了中国民族解放的新希望"[24],因此表现在创作上也就富有一种对于光明和变革的渴望和追求的精神。即使是揭露黑暗现实的作品,一般也并不是客观主义的描写或悲观主义的倾诉。这是"五四"革命现实主义的重要特点,因而是可以把浪漫主义概括在内的,只是不同的作家和流派有所侧重罢了。当时的著名作家叶绍钧就说:"现在的创作家,人生观在水平线以上的,撰著的作品可以说有一个一致的普遍的倾向,就是对于黑暗现实的反抗,最多见的是写出家庭的惨状,社会的悲剧,和兵乱的灾难,而表示反抗的意思。"[25]所以就提倡正视现实、反对瞒与骗的精神来说,新文学作家的倾向基本是一致的。

鲁迅在反对瞒与骗的文艺时,着重指出它的危害性在于"令中国人更深地陷入瞒与骗的大泽中,甚而至于自己不觉得。"因而他要求"冲破一切传统思想和手法",敢于正视现实。他重视传统思想和手法对于人民的毒害,要求文艺能够起到解放思想和唤醒人民觉悟的作用,这正反映了新民主主义革命的要求。作为文学革命最初"实绩"的《狂人日记》不但首次把封建社会的历史概括为"吃人"的历史,而且提出了"从来如此,便对么"的疑问,就体现了彻底地反封建的时代特点,而这同样也是"五四"文学革命的精神。因此就当时一般的创作来说,尽管它所反映的社会面还相当狭窄,思想上也有这样或那样的缺点,但它产生于无产阶级领导的人民革命的新时代,就其总的倾向来说,这些作品对黑暗现实的揭露和反抗一般是坚决和彻底的,而且有强烈的追求光明和进步的倾向,这就从根本上摆正了文艺和生活以及文艺和人民革命的关系。1923年恽代英曾提出要求新文学"能激发国民的精神,使他们从事于民族独立与民主革命的运动"[26],体现了人民革命对于文学的社会作用的要求;鲁迅则把文艺和这种"国民精神"的关系作出了互为作用的解释:"文艺是国民精神所发的火光,同时也是引导国民精神的前途的灯光。"[27]也就是说这种积极从事"民族独立和民主革命"的国民精神是新文艺产生的必要条件,同时新文艺又为这种国民精神指引着光明的前途。尽管这些话在意义表达上还不够科学和准确,但它已显示了"五四"文学革命所开辟的道路是通向社会主义的。因此鲁迅大声呼吁:"世界日日在变,我们的作家取下假面,真诚地,深入地,大胆地采取人生并且写出他的血和肉来的时候早到了;早就应该有一片崭新的文场,早就应该有几个凶猛的闯将!"[28]

三

既然要提倡不同于旧文学的新文学,因此提倡创新、反对模拟,同样是"五四"文学革命强调的重要精神。文学工作是创造性的劳动,贵有新意,何况"五四"新文学要求"从思想到形式"都来一次"极大的革命"呢!就文学革命倡导时期仍在流行的旧文学来说,模拟是它的重要特征之一。"五四"文学革命一开始就把"桐城谬种"和"选学妖孽"当作革命的对象,这并不是反对唐宋八大家等古代作家或《文选》这部书,而是指向当时那些以模拟为能事的旧式文人。这些人做古文时或学"选体",或尊唐宋;做诗则或学中晚唐诗,或学宋诗;总之是以模拟为上乘。署名王敬轩的在《给〈新青年〉编者的一封信》中所竭力推崇的林纾、陈三立、易顺鼎、樊增祥等当时的知名人物,就是被《新青年》视为"迂谬不化"的旧文学的代表。陈独秀斥之为"刻意模古""无病而呻";"说来说去,不知说些什么。此等文学,作者既非创造才,胸中又无物,其伎俩唯在做古欺人,直无一字有存在之价值。"[29]刘半农更号召"欲建造新文学之基础,不得不首先打破此崇拜旧时文体之迷信。"认为"如不顾自己,只是学着古人,便是古人的子孙。如学今人,便是今人的奴隶。"[30]可见反对模拟、提倡创新,从最初起就是文学革命的重要精神。

鲁迅认为他的小说之所以"显示了文学革命的实绩",是因为它"表现的深切和格式的特别,颇激动了一部分青年读者的心。"[31]也就是说这些作品体现了"创新"的精神。其实把文学作品称为"创作",就是从"五四"文学革命开始的,以前习惯只叫"属文"或"赋诗"之类;这当然是受了外国文学的影响,但也体现了当时提倡创新的精神。1923年沈雁冰在《读〈呐喊〉》一文中说:"在中国新文坛上,鲁迅君常常是创造新形式的先锋,《呐喊》里的十多篇小说几乎一篇有一篇的新形式,这些形式又莫不给青年作者以极大的影响。"这种创新的努力为新文学起了奠基的作用,产生了广泛的影响,体现了文学革命的精神和要求。由于《新青年》是一个以议论为主的综合性刊物,作品发表得不多。到文学研究会成立,《小说月报》进行改革的时候,就特辟创作一栏,大力提倡;而且还展开了关于创作的讨论,发表了许多文章。另一影响很大的文学团体创造社则直接以"创造"为名,更突出了文学的创新的意义。郭沫若在《创造季刊》创刊号上就以《创造者》为题,为挥动笔锋努力创造唱了一首热情的赞歌,渴望"无明的浑沌,突然现出光来"。所以创新的含义其实是双重的,一方面固然要求作品"从思想到形式"都能创新,要求在新文学的建设方面有所探索和贡献;同时也要求新文学能为推翻旧世界、创立光明的新世界起到推动的作用。所以提倡创新不仅是指作品的艺术表现问题,而且也是从作品的社会作用来考虑问题的。

新文学作品增多起来以后,它本身也出现了模拟的问题;特别是模仿外国作品的现象,曾一度相当流行。这当然是违背创新精神,必须加以反对的。沈雁冰在批评当时的小说时说:"一般的缺点,依我看来,尚不在表现的不充分,而在缺少活气和个性。此弊在读了翻译的或原文的小说便下笔做小说,纯是模仿,而不去独立创造。"[32]鲁迅曾指出当时的创作"好的也离不了剽取点外国作品的技术和神情,文笔或者漂亮,思想上往往赶不上翻译品"。[33]这就说明,从"五四"文学革命的主要精神来说,它一直是提倡独立创造、反对模拟的,不论作者模仿的是中国的还是外国的作品。当时闻一多就主张作家要有"自创力",使作品"既不同于今日以前的旧艺术,又不同于中国以外的洋艺术。然后这个才是我们翘望默祷的新艺术了!"[34]当时之所以出现了较多的模仿外国作品的现象,并不是因为有人认为模仿外国是值得提倡的,而是因为许多作者的生活面很窄,体验不深,苦于难为无米之炊,使创造性的活动受到了限制。当时从事创作的人绝大部分是青年知识分子,他们的社会经历和生活感受都不丰富,而且彼此还是相似的,因此反映在创作上的社会面就比较狭窄，描写工农群众的作品不多，这就影响了作家认识生活和反映生活的创造性。沈雁冰当时就指出创作"必须经过若干时的人生经历"，"如果关在一间小屋子里，日夜读小说，便真有创造天才的人也做不出好东西"。[35]鲁迅批评弥洒社的作品说："一切作品，诚然大抵很致力于优美，要舞得'翩跹回翔'，唱得'宛转抑扬'，然而所感觉的范围却颇为狭窄，不免咀嚼着身边的小小的悲欢，而且就看这小悲欢为全世界。"[36]这是深刻地指出了"五四"时期创作的通病的。当时的许多作者为了建设新文学确实想在艺术上有所创新，其所以有时也犯模仿之弊者，除了艺术素养方面的原因以外，主要是由于生活基础不够深广，认识受到限制，这同旧文学的以模拟相标榜、视似古为上乘，是有根本区别的。为了提高创作质量，以后许多作者不仅在艺术表现方面，而且也在扩大生活面和提高自己的思想认识方面作了有益的努力和追求，取得了不同程度的收获，推动了新文学的发展。所以由"五四"文学革命开始的提倡创新、反对模拟的精神及其发展，实际上也促进了作家向人民生活这一文学的唯一源泉的探索和体验。

四

"五四"文学革命同时也是一场旗帜鲜明的思想革命。它不仅坚决反对旧文学，而且以文学为武器，彻底地反对一切封建文化和思想，对旧事物采取了毫不妥协的批判态度；因此提倡批判精神、反对折中调和，就必然成为它的重要的精神。鲁迅正是自始就以他所创造的杂文这一独特的形式对旧事物进行了多方面的彻底的批判而成为"中国文化革命的主将"的，他的战斗业绩就充分体现了"五四"文学革命的这种批判精神。林纾以"覆孔孟、铲伦常"为《新青年》的重大罪状[37]，"孔孟"和"伦常"确实是一向被认为最神圣不可侵犯的东西，而"打倒孔家店"是"五四"时期的激动人心的口号，鲁迅就写了不少批判"圣人之徒"的杂文。"伦常"中当作"三纲"的君权、父权和夫权，除过皇帝已为辛亥革命所推翻外，鲁迅最早写的两篇长文《我之节烈观》和《我们现在怎样做父亲》就是针对夫权和父权的。《热风》中的杂感始于《新青年》的《随感录》，而《新青年》于1918年4月开始设《随感录》一栏，就是专为发表批判性的短评的。当时写文章的人都是《新青年》的骨干，鲁迅就曾称赞钱玄同的文章说："玄同之文，即颇汪洋，而少含蓄，使读者览之了然，无所疑惑，故于表白意见，反为相宜，效力亦复很大。"[38]又说刘半农"是《新青年》里的一个战士。"[39]总的讲来，这些文章都是贯串了对旧事物的战斗和批判的内容的。以《热风》为例，"有的是对于扶乩，静坐，打拳而发的；有的是对于所谓'保存国粹'而发的；有的是对于那时旧官僚的以经验自豪而发的；有的是对于上海《时报》的讽刺画而发的。"[40]可见从"五四"开始的这种革命的批判的精神不仅表现在文学本身的范围，而且涉及到广泛的社会的和文学的领域；用鲁迅的话说，就是注重"文明批评"和"社会批评"[41]。它的主要精神可以用后来鲁迅对《语丝》特点的说明来概括：那就是"任意而谈，无所顾忌，要催促新的产生，对于有害于新的旧物，则竭力加以排击。"[42]因为《语丝》的这种特点正是"五四"批判精神的坚持和继续。鲁迅的杂文本身就有力地说明了这种战斗传统和它的社会作用。

就文学革命而言，被鲁迅称作当时打的一场"大仗"的钱玄同、刘半农写的答王敬轩的"双簧信"[43]，就是把反对文学革命的代表人物和主要论点都罗织起来，并给以有力的批判的，它为文学革命开辟了前进的道路。当时的先驱者们由在寂寞中呼喊到经受严重的迫害，然而战斗的热情和勇气并未少减，使我们今天读起那些文献来还感到鼓舞。他们首先以"桐城谬种""选学妖孽"为对象，针对林纾和国故派的许多腐旧论点进行了抨击。但像一切革命运动的进行情况那样，在双方尖锐的对立中也出现了一些折中调和的观点。如有人说："吾人既认白话文学为将来中国文学之正宗，则言改良之术，不可不依此趋向而行。然使今日即以白话为各种文学，以予观之，恐矫枉过正，反贻人之唾弃；急进反缓，不如姑缓其行。……故吾人今日一面急宜改良道德学术，一面顺此日进之势，作极通俗易解之文学，不必全用俗字俗语，而将来合于国语，可操预券。"[44]类似这种貌似赞同而实反对的持调和观点的文章，《新青年》也发表了几篇，但他们的态度却是"必以吾辈所主张者为绝对之是，而不容他人之匡正"，[45]坚决反对折中与调和。

其实这种软弱调和的办法之行不通，是早已为旧民主主义革命时代的文学改良运动所证明了的。夏曾佑、谭嗣同等人提倡"诗界革命"，不过在旧体诗中嵌入了一些新名词，梁启超则主张"以旧风格含新意境"[46]，实际上仍然是要师法古人，结果是被所谓"同光体"的旧诗人打败了。此外如梁启超的"笔锋常带情感"的新民体散文和《新罗马传奇》

式的新剧,晚清流行的与"群治"有关的白话谴责小说,都夭折了。到"五四"文学革命时谴责小说已堕落成了鸳鸯蝴蝶派和黑幕小说,新剧变成了以噱头为主的"文明戏",诗文则占统治地位的仍然是桐城派等拟古文人。由于中国资产阶级的软弱,这些改良主义者本身又与封建文化保有密切的联系,因此他们不敢把旧事物同他们的改革主张对立起来,并采取批判的态度;反而企图在新旧之间寻找共同点,寻求折中调和的办法。这种资产阶级的文学改良运动确实如毛主席所分析,"只能上阵打几个回合","就偃旗息鼓,宣告退却,失了灵魂,而只剩下它的躯壳了。"[47]"五四"是一个新的革命时代的开始,文学革命是以彻底反封建的批判精神展开它的战斗的,它不能容忍那种对旧势力采取折中调和的妥协态度。

"五四"文学革命向前发展,除过对于《学衡》派、《甲寅》派等反对新文学的封建性流派继续进行批判以外,又对以《礼拜六》期刊为代表的鸳鸯蝴蝶派展开了批判。《礼拜六》也用白话写小说,有时还做几首游戏式的新诗,但内容庸俗下流,是专供有闲者游戏消遣的东西。它迎合半殖民地都市腐烂堕落的社会风肖和低级恶劣的生活趣味,因此除过批判他们的游戏消遣的文学观和强调文学的社会作用以外,也对那种消极不良的社会现象和生活态度进行了批判。如郑振铎斥此派文人为"文娼",认为"以游戏文章视文学,不惟侮辱了文学,并且也侮辱了自己。"[48]沈雁冰说:"总之,要使人把人生看得极严肃,……可惜中国多是那些变态的人,《礼拜六》派的文人便是他们的豫言者。"[49]对鸳鸯蝴蝶派的批判不属于文学论争的范围,这些人只知推销他们的货色，并不愿辩论是非；所以郑振铎愤慨地说："热烈的辩难和攻击，也许可以变更一个人的思想。至于视责难如无闻，观批评而不理，则根本上已肝肠冰结，无可救药了。"[50]但这种批判仍然是有重大意义的，它宣传了文学的社会意义和人们应有的严肃的生活态度；同时也教育了读者，削弱了这类刊物的影响。

"五四"新文学是在战斗中成长的，这种不调和的批判精神就为它的发展壮大开辟了前进的道路。

五

鲁迅在谈到"五四"文学革命的原因时指出："一方面是由于社会的要求的，一方面则是受了西洋文学的影响。"[51]由鲁迅自己的创作实践也可以说明，提倡学习外国进步文学、反对国粹主义，是"五四"文学革命的一项重要精神。当时许多人批判旧文学的一个论据，就是拿它与外国进步文学相比较，指斥旧文学不合世界潮流。这是与民主革命的历史任务相联系的，由于痛感到自己思想文化的落后，要提倡民主和科学的现代思潮，当然也要求文学具有现代化的特点；所以早自陈独秀《文学革命论》就说，欧洲今日之进步，"受赐于文学者亦不少"。因为首先着重于思想内容和文学对于社会改革所起的作用，所以当时介绍和翻译什么样的外国作品，主要是从中国的现实需要考虑的。鲁迅说他翻译外国作品"不过要传播被虐待者的苦痛的呼声和激发国人对于强权者的憎恶和愤怒而已，并不是从什么'艺术之宫'里伸出手来，拔了海外的奇花瑶草，来移植在华国的艺苑。"[52]他的话是可以代表"五四"提倡学习外国进步文学的主要倾向和原因的。就是说首先要学习这些作品的能够激发改革热情的进步内容,其次则是学习这种富有"激发"力量的艺术表现和方法。这既是对于介绍什么样的外国文学的选择标准,也是对新文学向外国作品学习什么的注意目标;因此在不同的国别和时代的多元的作品中,必然更多地倾向于欧洲近代的现实主义文学。举例说,1918年《新青年》最早介绍了易卜生,娜拉的形象对"五四"青年的觉醒产生了广泛的影响,易卜生的剧作对中国的话剧创作也起了很大的促进作用。为什么要首先介绍易卜生呢?鲁迅说:"因为要建设西洋式的新剧,要高扬戏剧到真的文学底地位,要以白话来兴散文剧,还有,因为事已亟矣,便只好先以实例来刺戟天下读书人的直感:这自然都确当的。但我想,也还因为 Ibsen(易卜生)敢于攻击社会,敢于独战多数,那时的介绍者,恐怕是颇有以孤军而被包围于旧垒中之感的罢,现在细看墓碣,还可以觉到悲凉,然而意气是壮盛的。"[53] 这段话是1928年鲁迅在编《奔流》易卜生号时写的,他从促进话剧发展和冲破旧垒的思想意义两方面来回顾了《新青年》介绍易卜生的原因,这是可以说明"五四"文学革命提倡学习外国进步文学的精神的。因此尽管有胡适的借"易卜生主义"来宣扬个人主义的文章,而且恩格斯关于易卜生的经典性论述当时尚未介绍至中国,但就易卜生的剧作在"五四"时期所起的鼓舞人们向黑暗势力进行斗争的社会作用和对于话剧这一新的艺术形式提供样品的意义说,这种提倡介绍的功绩是完全应该肯定的。它同时也说明,"五四"新文学在它的发展过程中虽然也发生过文学教条主义的缺点,但总的来看,外国进步文学无论在民主思想的传播或艺术表现方式的借鉴方面，是对现代文学的发展起了积极的促进作用的。

鲁迅的创作实践就充分说明了这一点。他说他开始写小说时"所仰仗的全在先前看过的百来篇外国作品和一点医学上的知识"，并且把"看外国的短篇小说"[54]作为他的一条创作经验。鲁迅的《狂人日记》《药》这些早期的作品当然是深深植根于中国现实生活的土壤的，其意义和成就远非果戈理、安特莱夫等人的作品所可比拟，但如他自己所说，在创作的当时他确曾受到这些外国作家的启发和影响。鲁迅又说他后来写的作品如《肥皂》《离婚》等就"脱离了外国作家的影响"[55]，从学习、借鉴到脱离，其实就是一个使外国文学的有用成分取得民族特色，并使之能为反映中国人民生活服务的消化过程，并不是说学习外国进步文学这一条经验已是多余的。"五四"以来有些作品的过于"欧化"和文学教条主义倾向的产生，主要在于作者对外国文学没有经过很好地消化，没有注意自己的民族特色，并不能简单地归咎于它是学习外国文学的后果。所以当时积极提倡学习外国进步文学的精神，是有它的革命意义的。

这种精神当然要受到那些主张闭关锁国的国粹主义者的敌视和反对。他们顽固不化，笃守旧习，视封建文化为瑰宝，拒绝一切新鲜事物，因此反对国粹主义就成为"五四"文学革命的一项重要任务。鲁迅当时曾辛辣地讽刺这些人说："只要从来如此，便是宝贝。即使无名肿毒，倘若生在中国人身上，也便'红肿之处，艳若桃花；溃烂之时，美如乳酪'。国粹所在，妙不可言。"[56]这些人并不尊重我们的优秀民族传统和带有民主性精华的文学遗产，他们所要保存的完全是封建糟粕以及一切传统的陈规陋习。鲁迅的《看镜有感》一文就从中国历史上不同时期对待外来文化的态度和国力强弱的关系，总结了以我为主、"将彼俘来"的宝贵的历史经验，尖锐地批判了国粹主义的反动实质。他主张要"放开度量，大胆地，无畏地，将新文化尽量地吸收"，"倘若各种顾忌，各种小心，各种唠叨，这么做即违了祖宗，那么做又像了狄夷，终生惴惴如在薄冰上，发抖尚且来不及，怎么会做出好东西来。"鲁迅的文章以革命家的气魄，申述了为创造新事物而自主地吸收外国新文化的必要性，有力地批判了国粹派主张闭关锁国的"孱奴"性质。可以说是"五四"提倡学习外国进步文学和反对国粹主义这一精神的最为精辟的论述。

这种精神与对文学创作应该继承中国文学的优良传统和发扬民族特色的要求并不矛盾。正是通过"五四"文学革命才对中国文学遗产作出了新的评价，把一向不受重视的小说、戏曲和民间文学提高到了文学正宗的地位。《新青年》最早提出了对《红楼梦》等古典小说的讨论和推介，鲁迅是开始研究中国小说史的第一人．而且深深致慨于"在中国，小说是向来不算文学的"[57]。沈雁冰提出"把词典、歌谣、白话小说升作文学正宗，请'经史子'另寻靠山，自立门户。"[58]"五四"以后北京大学开设"中国小说史""中国戏曲史"课程，成立民间文学研究会，展开搜集民间歌谣的活动，都是文学革命所引起的直接结果。可见即使按照当时的理解，也不是把提倡学习外国文学同继承和发扬民族优秀传统对立起来的。只是由于中国古典文学产生于封建社会，它的精华和艺术经验必须取得现代化的特色，才能符合新文学反映现代生活的要求。这也就是为什么当时特别重视那些离我们时代较近、语言易懂和反映的社会面比较广阔的小说戏曲和民间文学的原因。这与国粹派所鼓吹的那一套完全是两码事，而与提倡学习外国进步文学的精神倒是一致的，都是为了建设新时代的新文学。

以上我们把"五四"文学革命的精神概括为五点：（一）提倡白话文，反对文言文；（二）提倡正视现实，反对瞒与骗；（三）提倡创新，反对模拟；（四）提倡批判精神，反对折中调和；（五）提倡学习外国进步文学，反对国粹主义。其实这些提倡者自己的说法就很扼要，《〈新青年〉罪案之答辩书》中说：因为"要拥护德先生（民主）又要拥护赛先生（科学），便不得不反对国粹和旧文学"，毛主席指出："'五四'运动的成为文化革新运动，不过是反帝反封建的资产阶级民主革命的一种表现形式。"[59]所以在谈到"五四"文学革命提倡什么和反对什么的时候，最集中的提法应该是提倡民主和科学，反对帝国主义和封建主义，这样的提法可以概括整个"五四"精神，特别是文化革新运动；因此我们所说的五点，不过是"五四"精神在文学领域的表现，是标志着中国新民主主义革命开始的"五四"运动的精神的一个组成部分。这种新的时代特点和历史性质不但决定了"五四"文学革命提倡什么和反对什么的鲜明性和彻底性，而且也决定了它作为整个革命机器的"齿轮和螺丝钉"的位置和向着社会主义文学发展的方向。当然，如同任何伟大的革命运动不免有它的弱点一样，"五四"文学革命发生于中国旧民主主义革命开始向新民主主义革命的转变时期，它的历史局限和弱点更是不可避免的，这特别表现在许多人的形式主义地看问题的方法上。现在看来，当时的许多文献在分析具体问题时常常带有某种片面性，他们所作出的一些论断的科学性往往不足，这对后来的发展也是有影响的。但就其主要精神来说，由于它是一个生动活泼的革命运动，这些精神不仅在当时产生了揭开历史新页的伟大作用，而且从新文学六十年历史的主流来看，它也是起了积极的推动作用的。

这就给我们以启示，这些精神为什么这么富有生命力呢？根本的原因就在于它符合文学发展的规律。如果我们不拘泥于当时那些有其针对性的具体的说法，这些精神的根本点其实就是主张文学要用人民群众所喜闻乐见的语言形式，正视现实，忠于生活，使文学能够启发人民的觉悟和对社会改革起促进作用；文学是一种创造性的劳动，要有新意，要起到批判旧事物的职能；要广泛学习外国进步文学的艺术经验而使之民族化，继承中国文学的优良传统而使之现代化，创造不同于过去的富有时代精神的新文学。尽管我们今天的情况与"五四"时期大大不同了，但在面临着发展社会主义文学来为中国人民新的长征服务的伟大历史使命面前，回顾一下"五四"文学革命及其六十年来的发展轨迹，它的主要精神不是仍然可以给我们以珍贵的启示吗？

1979年4月20日，为"五四"六十周年作

* * *

〔1〕毛泽东：《在延安文艺座谈会上的讲话》。

〔2〕〔24〕〔47〕毛泽东：《新民主主义论》。

〔3〕毛泽东:《反对党八股》。
〔4〕林纾:《致蔡鹤卿太史书》及《论古文白话之相消长》。
〔5〕〔6〕〔45〕陈独秀:《答胡适之书》。
〔7〕鲁迅:《集外集·序言》。
〔8〕鲁迅:《小品文的危机》。
〔9〕鲁迅:《现在的屠杀者》。
〔10〕鲁迅:《再来一次》。
〔11〕〔31〕〔36〕〔55〕鲁迅:《中国新文学大系·小说二集序》。
〔12〕鲁迅:《关于翻译的通信》。
〔13〕〔27〕〔28〕鲁迅:《论睁了眼看》。
〔14〕〔29〕陈独秀:《文学革命论》。
〔15〕〔30〕刘半农:《我之文学改良观》。
〔16〕沈雁冰:《文学与人生》及《自然主义与中国现代小说》。
〔17〕鲁迅:《我怎么做起小说来》。
〔18〕沈雁冰:《什么是文学》。
〔19〕鲁迅:《作文秘诀》。
〔20〕郑振铎:《中国新文学大系·文学论争集导言》。
〔21〕郎损:《社会背景与创作》及沈雁冰:《自然主义与中国现代小说》。
〔22〕成仿吾:《〈创造周报〉停刊宣言》。
〔23〕郭沫若:《我们的文学新运动》。
〔25〕叶绍钧:《创作的要素》。
〔26〕恽代英:《八股》。
〔32〕〔35〕沈雁冰:《新文学研究者的责任与努力》。
〔33〕鲁迅:《未有天才之前》。
〔34〕闻一多:《〈女神〉之地方色彩》。
〔37〕林纾:《致蔡鹤卿太史书》。
〔38〕鲁迅:《两地书·一二》。
〔39〕〔43〕鲁迅:《忆刘半农君》。
〔40〕鲁迅:《热风·题记》。
〔41〕鲁迅:《两地书·一七》。

〔42〕鲁迅:《我和〈语丝〉的始终》
〔44〕方孝岳:《我之文学改良观》。
〔46〕梁启超:《饮冰室诗话》。
〔48〕西谛:《"文娼"》及《中国文人(？)对于文学的根本误解》。
〔49〕沈雁冰:《真有代表旧文化旧文艺的作品么？》。
〔50〕西谛:《新旧文学的调和》。
〔51〕〔57〕鲁迅:《〈草鞋脚〉小引》。
〔52〕鲁迅:《杂忆》。
〔53〕鲁迅:《集外集·〈奔流〉编校后记三》
〔54〕鲁迅:《我怎么做起小说来》《答〈北斗〉杂志社问》。
〔56〕鲁迅:《随感录三十九》。
〔58〕沈雁冰:《进一步退两步》。
〔59〕毛泽东:《"五四"运动》。

"五四"时期对中国传统文学的价值重估

一

今年是"五四"运动七十周年。"五四"对中国社会和中国文化所产生的深刻影响,就是我们平常所说的"新文化运动";文学革命是它的重要组成部分。尽管中国社会的历史变迁——从古老的封建旧中国走向现代化的转变和发展,早在上世纪中叶即已开始,而文化上的变革直到"五四"时期,才真正进入了深层文化结构的根本改造;即价值观念、思维方式、道德情操、审美趣味以至民族性格等的变革与再造。

新文化运动是在世界形势和西方文化的影响下,中国人民对现代化的历史要求的一种自觉的反应。文学革命如果用一句话来扼要地说明,就是要求用现代人的语言(白话)来表达现代人的思想感情(民主科学);它是与封建专制主义和蒙昧主义直接对立的。因此就价值观念说,现代化就是对待文化评估的重要尺度,这是与社会发展相适应的一种重新评价的态度。鲁迅的《狂人日记》大声疾呼:"从来如此,便对么?"它是一种时代的呼声,因此才发生了那么激动人心的社会影响。胡适在《新思潮的意义》中对此更有明晰的理论表述:"新思潮的根本意义只是一种新态度,这种新态度叫作'评判的态度'";"对于习俗相传下来的制度风俗,要问：这种制度现在还有存在的价值吗？""对于古代遗传下来的圣贤教训，要问：这句话至今日还是不错吗？""对于社会上胡涂公认的行为与信仰，都要问：大家公认的，就不会错了吗？人家这样做，我也该这样做吗？难道没有别样做法比这个更好，更有理，更有益吗？"胡适由此而作出了一个重要的概括："'重新估定一切价值'，便是评判的态度的最好解释。"周作人后来对胡适这一概括给以很高评价，他说："新文化的精神是什么？据胡适之先生的解说，是评判的态度，是重新估定一切价值。"[1]"重新估定一切价值"可以说是"五四"新文化运动的理论旗帜，对于一切传统的价值观念和价值判断，包括权威的"圣贤教训"和社会公认的习惯势力，都要提出质疑和批判，当然同时这也就意味着新的价值观念的倡导和确立。它同样也是文学革命的精神，由于过去"文学"一词的涵义极广，几乎包括一切文化典籍，因此对传统文学进行价值重估是新文化运动和文学革命的一项重要任务。

用什么价值尺度来进行评判呢？胡适提倡要"重新分别一下好与不好"[2]，那标准又是依据什么呢？应该说就是"人"的觉醒和解放；这是由现代化要求所产生的必然命题，所以鲁迅说："最初，文学革命的要求是人性的解放"[3]，沈雁冰在革新后的《小说月报》上讨论文学问题，首先提出的是"文学和人的关系"[4]；周作人提倡"人的文学"，以及当时对国民性和启蒙运动的讨论等，都说明了人（国民）的觉醒和解放是前驱者们注意的焦点，而这正是为了适应中国走向现代化的历史潮流，挣脱封建主义的束缚，推动社会的发展，使之成为"现代中国人"，即实现"人"的现代化的。这既是"重新估定一切价值"的出发点，也是评判和重估的尺度。既然是价值重估，就不是简单地否定；它对传统当然要有否定和批判，但也必然有所肯定和继承，而且这并不是截然分开的，而是否定中有肯定、批判中有继承的。文学革命的目的是提倡和建设新文学，对传统文学的价值重估不仅可为建设新文学提供借鉴，而且对于文学革命本身也是必须进行的工作。胡适在《历史的文学观念论》一文中说："吾辈之攻古文家，正以其不明文学之趋势而强欲作一千年二千年以上的古文。此说不破，则白话之文学无有列为文学正宗之一日，而世之文人将犹鄙薄之以为小道邪径而不肯以全力经营造作之。如是，则吾国将永无以全副精神实地试验白话文学之日"。视白话文学为正宗，提高小说戏曲和民间文学的地位，"正式否认骈文古文律诗古诗是正宗"，都是为文学革命开辟道路的，其中当然包括了对传统文学的新的审视，也就是价值重估的工作。有的人对问题提得更其尖锐，如"桐城谬种""选学妖孽"之类，但值得注意的是这些前驱者所抨击的直接对象并不是历史上的桐城派或选学派，而是当时以摹仿古人为能事的旧式文人，所以才叫"谬种"或"妖孽"；至于桐城派或选学派本身，当然评价也不高，把它们与骈文古文律诗古诗等同列；不承认它们的传统的权威的"正宗"地位，而并不是彻底打倒。陈独秀在《文学革命论》中对韩愈的评价，最足以表示这种评判的精神；他一方面承认韩愈"变八代之法，开宋元之先，自是文界豪杰之士"，一方面又指出"不满于昌黎者二事：一曰文犹师古，二曰误于文以载道之谬见"。"师古"就是不敢创新，"载道"就是宣扬封建教义，都是与现代化的追求相悖的。所以对传统文学的价值重估，就是要求站在现代的高度，对传统的价值观进行新的评判，而不是予以简单地否定。这是新文化运动的重要组成部分，是与社会的前进步伐相适应的。

"五四"新文化运动是在中西文化的撞击、对比和汇合的社会文化背景下产生的，人们正因为从与传统文学异质的西方文学那里获得了新的价值观念，才引起了对中国传统文学的反观和重估。社会发展的内在要求当然是文学革命之所以发生的根本原因，而西方文学的影响也是不容忽视的基本因素。正如鲁迅所说，"五四"文学革命的发生，"一方面是由于社会的要求的，一方面则是受了西洋文学的影响。"[5] 陈独秀提倡文学革命的出发点，就是"今日中国文学，委琐陈腐，远不能与欧美并肩。"[6] 文学革命正是要将从清末开始酝酿的变革引向文学的深层结构，包括文学观念、审美意识、情感表现方式以及文学语言等多方面的根本变革，因此西方文学当然成了它的重要参照系。中国文学史上也曾有过多次的文学变革，但都是在传统体系内部进行的局部性的调整，如唐代的古文运动，它是打着"复古"的旗帜，对传统文学某一方面的理论和写作规范提出质疑的；有些文体的变化则是吸收了民间文学的营养产生的。总之，都不像"五四"文学革命那样全面的深层的变革。朱自清在谈到中国诗的发展线索时说："按诗的发展的旧路，各体都出于歌谣，四言出于《国风》《小雅》，五七言出于乐府诗。"但"新诗不取法于歌谣，最主要的原因还是外国的影响；别的原因都只在这一个影响之下发生作用"。他接着说，"这是欧化，但不如说是现代化"；"现代化是新路，比旧路短得多；要'迎头赶上'人家，非走这条新路不可。"[7] 这里讲的是新文学与现代化的关系，但他反观了传统诗歌的发展线索，这不仅说明对传统文学的重估与建设新文学同样是文学革命的重要内容，而且说明重估的价值观同样也是受西方文学的影响，是由现代化的历史要求出发的。

正因为把外国文学作为重要的参照系，因此对中国文学也能放开眼光，把它放在世界文学的大格局中进行考察，重视中国文学与外国文学关系的研究。郑振铎把"中国文学的外来影响"作为对传统文学的"新开辟的研究的途径"加以提倡[8]，而且认为研究者应有"世界的观念"[9]。胡适《白话文学史》开辟了"佛教的翻译文学"专章，对印度佛教文学对中国文学的影响进行了考察；以后陈寅恪等人更就此领域进行过深入的研究。正是从开放的、中外文化交流的角度，鲁迅赞扬了汉、唐时代敢于吸收外来文化的闳放的眼光，"凡取用外来事物的时候，就如将彼俘来一样，自由驱使，绝不介怀"。鲁迅正是从传统文学发展的历史考察中，得出了下述的结论："要进步或不退步，总须时时自出新裁，至少也必取材异域，倘若各种顾忌，各种小心，各种唠叨，这么做即违了祖宗，那么做又像了夷狄，终生惴惴如在薄冰上，发抖尚且来不及，怎么会做出好东西来。"[10]鲁迅的这一意见，体现了当时对待中外文化的态度，也体现了对传统文学重估的一种现代的价值观。

"五四"时期的先驱者们既是现代新文学历史的开创者，同时又是传统文学历史的新的解释者，而且这二者是互相联系和渗透的。他们对于传统的理解，一定程度上实际也是对他们自身的理解，或者说他们要在对传统的新解释中来发现和肯定自己。因此，几乎每一篇关于文学革命的发难文章，在猛烈地批判封建正统文学的同时，对于传统文学中他们认为有价值的另一部分，总是给以肯定的评价。胡适《文学改良刍议》就明白宣布自己是传统白话小说的继承者："吾惟以施耐庵、曹雪芹、吴趼人为文学正宗"；陈独秀《文学革命论》在尖锐地批判了明代前后七子等"十八妖魔辈"的同时，也认为"元明剧本、明清小说，乃近代文学之灿然可观者"。即使被认为最偏激的钱玄同，在响应胡适的《文学改良刍议》的同时，也极力赞赏汉魏之歌诗乐府："短如《公无渡河》，长如《焦仲卿妻诗》，皆纯为白描，不用一典，而作诗者之情感，诗中人之状况，皆如一一活现于纸上。"[11]历史已经证明：本世纪对于中国传统文学的科学整理和研究，做出最卓越的贡献者，恰恰是高举"五四"新文化运动和文学革命旗帜的那一代人。这就雄辩地说明，"五四"时期对传统文学的"重新估定价值"绝不是简单粗暴的"全盘否定"传统，而恰恰是用现代的科学的观点与方法对传统文学进行再认识、再估价与再发现，使其在新的文学变革中获得新的生命力，从而有助于推动社会的现代化进程。

二

传统对于中国古代文化典籍的分类，是以儒家经典作为价值尺度的，所谓经史子集的"四部"不仅是指四个类别，而且是依价值的高下来厘定其排列次序的。例如《四库全书总目提要》，除《诗经》列于经部以外，属于文学范围的只存于四部之末的集部，而集部之内也是受传统价值观念的制约、十分杂乱的。集部有词曲一类，但不收杂剧、传奇，只录论曲之书；小说则列于子部，只收《世说新语》《朝野佥载》之类，不收《西游记》《水浒传》等名作，所以鲁迅说："小说家的侵入文坛，仅是开始'文学革命'运动，即1917年以来的事。"[12]那么诗文应该是集部的主要内容了，其实也很杂乱。郑振铎说："有人以为集部都是文学书，其实不然。《离骚草木疏》亦附在集部，所谓诗话之类，尤为芜杂。即在'别集'及'总集'中，如果严格地讲起来，所谓'奏疏'，所谓'论说'之类够得上称为文学的，实在也很少。还有二程（程灏程颐）集中多讲性理之文，及卢文弨、段玉裁、桂馥、钱大昕诸人文集中，多言汉学考证之文，这种文字也是很难叫他做文学的。"[13]所以对于传统文学的价值重估，首先在于破除文学攀附六经、宣扬文以载道的传统观念，以西方文学观为参照，取得文学的独立地位。胡适等人十分重视文学的"正宗"问题，目的就在提高小说、戏剧以及白话文学、民间文学的地位，确立新的文学观念。这是"五四"文学革命的重要内容，也是对传统文学价值重估的出发点。以"中国文学史"这类书籍为例，中国文学虽然历史悠久，但历来只有作品选一类"总集"式的书籍，根本没有阐述文学发展的文学史著作。最早的中国文学史是英国人翟理斯（H. Giles）写的，1901年伦敦出版。中国人写的"中国文学史"出现于本世纪之初，已是受了外来影响的产物；但内容十分庞杂，文学观念混淆不清，直到"五四"以后，才有了许多种表现新的文学观念的文学史著作。例如1905年前后出版的黄人的《中国文学史》（国学扶轮社印行），所收范围就包括制、诰、策、谕，以及小说、传奇、骈散、制艺，乃至金石碑帖、音韵文字，内容十分庞杂。1910年林传甲的《中国文学史》（日本宏文堂印行）也是按音韵、训诂、群经、诸子、史传、骈散等类分篇叙述的。直至1918年出版的谢无量《中国大文学史》，还是将论述范围扩及经学、文字学、诸子哲学，乃至史学和理学[14]。只有经过"五四"文学革命，通过对西方文学观念的输入和对"文以载道"观念的批判，二十年代出现的文学史著作才使文学与经学分离，获得了独立的地位与价值，科学地确定了文学的概念和范围，从而使对传统文学的整理与研究获得了科学的基础。这是"五四"一代学者们的历史贡献，是新的价值观的一种体现。

较之传统的文学观念，似乎文学的范围缩小了，但另一方面它又扩大了。即以小说戏曲来说，向来就不被重视，鲁迅慨叹"在中国，小说是向来不算文学的。"[15]他写《中国小说史略》，序言中第一句话就说"中国之小说自来无史"。1916年王国维《宋元戏曲考》出版，序中也说"世之为此学者自余始"。把小说戏曲视为中国文学之正宗，正是扩大研究领域、价值重估的结果。这是符合当时的时代精神的：第一，它们都是宋元以降作品，离我们的时代较近；第二，它们都是用白话或比较接近口语的文学语言写的；第三，它们所描写的社会面比较广阔，不像古代诗文那样局限于文人生活。小说戏曲中当然也有某些儒家圣经贤传的载道内容，它也毕竟是产生于封建社会的作品；但流传于广阔的社会面的大众文化与仅仅流行于社会上层的道德、理学之类的系统的天人之际的学说不同，它已成了民族性格的一部分。它当然也有弱点需要批判，即习惯所谓国民劣根性，但它既是一种动态的历史性范畴，随着社会的发展也会逐渐变化，而且"人的现代化"是必须以之为起点的。这就是"五四"以后俗文学的研究盛极一时的原因，郑振铎写了《中国俗文学史》，不仅小说戏曲，连弹词、鼓词以至佛曲宝卷等，都包括在研究者的视野之内了。北京大学开设了"中国小说史"和"中国戏曲史"的课程，鲁迅写了《中国小说史略》，吴梅写了《中国戏曲概论》；胡适提倡"新红学"，刘半农主张"提高戏曲对于文学上之位置"[16]，所有这些变化，既是研究领域的开拓，也体现了价值重估的结果。西谛（郑振铎）在《整理中国文学的提议》中就明确提出"我们站在现代，而去整理中国文学便非有：（一）打破一切传袭的文学观念的勇气与（二）近代的文学研究的精神不可"。他认为："中国文学所以不能充分发达，便是吃了传袭的文学观念的亏。大部分的人，都中了儒学的毒"；必须"把金玉从沙石中分析出来。"[17]用新的文学观念来反观传统文学，重新分辨金玉和沙石，就是价值重估的工作。

陈独秀在《文学革命论》中高张文学革命军三大主义的第一条，就是"推倒雕琢的阿谀的贵族文学，建设平易的抒情的国民文学"，周作人写了《平民文学》，指出"平民的文学正与贵族的文学相反。""乃是研究平民生活——人的生活——的文学。"与"五四"时期高扬的民主、科学的思潮相适应，对民间文学当然也给予了高度的重视；北京大学成立了"民间文学研究会"，创办了《歌谣周刊》。这种精神同样表现在对传统文学研究领域的开拓和价值的重估上。胡适在为徐嘉瑞的《中古文学概论》所作的"序"中，对这种评价尺度的变化曾作过明确的说明，他指出过去讲两汉文学，只讲从贾谊《鵩鸟赋》到祢衡《鹦鹉赋》的一条线，"但我们现在知道,这一条线只能代表贵族文学和庙堂文学,而不能代表那真有生命的民间文学。直到建安、黄初的文学时期,曹操父子出来,方才大胆地模仿提倡那自由朴茂的乐府诗体。从此以后的诗人,大都经过一个模拟古乐府的时期,于是两汉平民文学的价值方才大明白于世,而《孤儿行》《陌上桑》一类的诗歌从民间文学一跃而升作正统文学的一部分了。"胡适充分肯定了徐嘉瑞此书的观点:"认定中古文学史上最重要的部分是在那时候的平民文学,所以他把平民文学的叙述放在主要的地位,而这一千年的贵族文学只占了一个很不冠冕的位子。"其实这正是"五四"时期普遍流行的观点。从古代歌谣,《诗经》中的"国风",《楚辞》中的"九歌",乐府诗,六朝民歌,直至后来的俗文学,或被重新发掘,或给以新的阐释和评价,都成为当时文学研究的"热点"。更重要的,是关于民间文学在传统文学的历史发展中所起的作用,第一次得到科学的说明。无论是"五四"时期的胡适,还是稍后的鲁迅,都揭示了中国传统文学发展的一个"规律性"的现象:"文学的新方式都是出于民间的",文人学士从中吸取营养,使文学获得新的生命,发展到极端,又成为新的束缚,"文学的生命又须另向民间去寻新方向发展"[18]。对于民间文学在传统文学发展中的地位与作用的"重估",是与"五四"时期新的文化价值观完全适应的。

"五四"文学革命是以提倡白话、反对文言为突破口的。当时的发难者主要申述了两方面的理由:第一是白话是一种最好的文学语言,有利于表情达意;第二是白话能为更多的人所看懂。关于后者,同提倡民间文学的道理是一样的,是民主思潮的时代反映,要求语言文字能适合大多数人的需要；但这必须无损于文学语言的表现能力，因此需要从理论和实践上予以证明。胡适写了《白话文学史》，一方面固然是要树立白话的文学正宗地位，一方面也正是为了替白话是最好的文学语言找寻历史的根据，这就自然牵涉到对传统文学的重估问题。胡适不仅把王梵志、寒山、拾得列为"白话大诗人"，而且认为"中国文学史上何尝没有代表时代的文学？但我们不该向那'古文传统史'里去寻，应该向那旁行斜出的'不肖'文学里去寻。因为不肖古人，所以能代表当世！"[19]胡适的某些具体论点并不一定得到学术界的普遍承认，但这种价值重估的精神是符合时代要求的。他后来总结说："我们在那时候所提出的新的文学史观，正是要给全国读文学史的人们戴上一副新的眼镜；使他们忽然看见那平时看不见的琼楼玉宇，奇葩瑶草，使他们忽然惊叹天地之大，历史之全！大家戴了新眼镜去重看中国文学史，拿《水浒传》《金瓶梅》来比当时的正统文学，当然不但何、李的假古董不值一笑，就是公安、竟陵也都成了扭扭捏捏的小家数了！拿《儒林外史》《红楼梦》来比方、姚、曾、吴，也当然再不会发那'举天下之美无以易乎桐城姚氏者也'的伧陋见解了。"[20]当时对传统文学的再评价是全面的，从古到今的。他们所批判的旧的文学观念，除了"文以载道"以外，还有独尊某种文学的"正统"观念；"以文学为一种忧时散闷，闲时消遣的东西"的观念；"以仿古为高，学古为则"的观念[21]；"沾沾于声调字句之间，既无高远之思想，又无真挚的情感"的只重形式的观念[22]。他们的理论根据则主要是文学的进化观念。这其实是一种朴素的历史主义观点，是反对尊古复古，为文学革命提供根据的。胡适的解释是"文学者，随时代而变迁者也。一时代有一时代之文学。"[23]郑振铎则解释得更有弹性："所谓'进化'者，本不完全是多进化而益上的意思。他乃是把事物的真相显示出来，使人有了时代的正确观念，使人明白每件东西都是时时随了环境之变异而在变异，有时是'进化'，有时也许是在'退化'。"[24]所以他们强调的实际上是文学和时代环境的关系，观念和社会发展的关系。这是新的文学观念的依据，也是进行价值重估的尺度。经过"五四"以来对传统文学的反观和整理，文学的内涵和范围明确了，叙述的条理清晰了，对作品的评价也不是只凭直观意会而重视逻辑论证了，这就为中国文学史的研究成为一门科学奠定了坚实的基础。

三

观念变了，自然要引起方法的变革。"五四"时期是十分重视方法论的。《新潮》（一卷五号）上曾发表过毛子水的一篇文章，题目叫《国故与科学精神》。文章反复强调："必须具有科学精神的人，才可以去研究国故。"科学是"五四"的重要指导思想之一，当时对科学方法的提倡和讨论是很热烈的，胡适就说："中国人有一个大毛病，这病有两种病症：一方面是'目的热'，一方面是'方法盲'。"[25]他主张"用科学的研究法去做国故的研究。"[26]这首先必须对传统的在儒家文以载道的观念影响下的反科学的研究方法进行批判，郑振铎称之为"附会"与"曲解的灾祸"。他说："古代许多很好的纯文学，也被儒家解释得死板板的无一毫生气。《诗经》里很好的一首抒情诗（《关雎》……被汉儒的解释便变成'后妃之德也,风之始也。所以风天下而正夫妇'了。""自朱熹作《通鉴纲目》贬曹操,以三国正统予刘而不予曹,于是后之评《三国演义》者,几无一处不以作者为贬曹操,是写曹操的奸恶的。无论曹操的一举一动,都以为奸谋,是恶行。""为儒者所不道的稗官小说,开卷亦必说了许多大道理。无论书中内容如何,而其著书之旨,则必为劝忠劝孝。"[27]在儒学的体系中,所有中国传统文学都成了儒家经典的注释,根本谈不到文学的独立价值。"五四"时期曾流行过一阵"疑古"的风气,表示对传统说法的怀疑,要求重新评估;这不仅指对古书记载或说法的怀疑,也包括对传统作品笺注、研究中的许多附会、曲解之说的怀疑,实际上就是提倡一种"实事求是"的科学精神。毛子水的《国故与科学的精神》一文正是这样说明的:"凡是一说,必有证据,证据先备,才可以下判断。对于一个事实,有一个精确的、公平的解析,不盲从他人的说话,不固守他人的思想,择善而从,这都是'科学的精神'。"这种科学的精神或方法是包括对材料真伪的审核和对论证逻辑性的周密两方面说的;胡适写了《治学的方法和材料》,郑振铎写了《研究中国文学的新途径》,都是提倡郑振铎称之谓"归纳的考察"的方法的;他说:"自归纳的考察方法创立后,'无征不信'便成了诸种学者的一个信条。"[28]它确实是当时普遍运用的一种方法。

这种归纳的考察方法当然是受到西方的影响和启发的,郑振铎就说:"归纳的考察,倡始于倍根;有了这个观念,于是近代思想,乃能大为发展,近代科学乃能立定了它们的基础。在以前,无论研究什么问题或事件,都有了一个定理,或原则,然后再拿这个定理或原则去作为讨论或研究的准的。"而归纳的方法则是"他们不轻下定论,他们下的定论便是集合了许多证据的归纳的结果。"[29]这里,"从原则出发"与"从事实出发",确实是两条不同的研究路线。一般地说:由于归纳法通常是在同类现象的类比中发现问题,而在遍搜事例中归纳出结论的,因此在这种方法适用的范围内,如作者的生平事迹、作品的版本目录、文字的校勘训诂等方面,是可以得出正确的结论的。清代乾嘉学派的朴学,所用的也是这种考据方法,这也是他们受到近代学者赞许的原因。但清儒所致力的主要是经学和小学,"五四"时期继承了他们的治学精神,参照西方科学方法,而移之于文学的研究,就受到了很大的局限。因此最有成就的仍然是在它所适应的范围内,如"新红学"的提出,小说戏曲的作者和版本的考订,以及作品的系年等;而对于作品本身的分析和研究,就相对地薄弱了。

　　"五四"新文化运动本来是在受到西方文化的影响下产生的,因此不只归纳考察的方法,许多问题的提出和讨论都可以从中看到西方的影响:如中国的史诗问题、古代神话问题,"在宋元之前,为什么中国没有发生过戏剧和小说的大作品"[30]?等等。胡适提倡"比较的研究",就表现了以西方文化为参照系的时代特点。他说:"附会是我们应该排斥的,但比较的研究是我们应该提倡的。有许多现象,孤立地说来说去,总说不通,总说不明白;一有了比较,竟不须解释,自然明白了。"他主张"打破闭关孤立的态度,存比较研究的虚心"[31],向西方学习科学的方法来研究中国文学。虽然比较文学的研究在中国没有得到很大的发展,但这种要求和研究方法也是从"五四"开始提倡的;正如郑振铎所说:

"现在却是与西方文学相接触了，这个伟大的接触，一定会有一个新的更伟大的时代出现的。"[32]

就方法论的意义讲，"五四"时期研究传统文学最有收获的应该说是如鲁迅后来所概括的"知人论世"的精神。这是估定价值的依据，也是一种既尊重历史又富于时代精神的谨严的治学态度。郑振铎认为，"一个伟大的作品的产生，不单只该赞颂那产生这作品的作家的天才，还该注意到这作品的产生的时代与环境"[33]；胡适更强调对于古人，必须"各还他一个本来面目，然后评判各代各家各人的义理的是非。"他说："不还他们的本来面目，则多诬古人。不评判他们的是非，则多误今人。但不先弄明白了他们的本来面目，我们决不配评判他们的是非。"[34] "五四"以后对于中国传统文学的研究最有新意、成就最显著的著作，都是带有这种明显的时代精神的。鲁迅对于嵇康和中国小说史的研究，胡适对于吴敬梓和曹雪芹的研究，郑振铎对于小说、戏曲和俗文学的研究，都是明显的例证。他们运用了"知人论世"的观点和方法，对传统文学作出了不同于前人的评价，既阐明了历史上产生这些作家和作品的时代和环境，又能站在新的时代精神的高度给予新的评价；虽然有的还缺乏应有的对作品的艺术特色的深入细致的分析，但就价值重估而言，是体现了现代人的眼光和要求的。

四

在对传统文学进行价值重估时，更重要的是发掘和重视文学本身的真和美的价值。过去以温柔敦厚为诗教，对文学作品的正统的评价一向偏重于道德伦理等的教化作用，但真、善、美之间原是有联系的，除去对"善"的内容赋予不同于过去的、充满现代精神的新的理解之外，"五四"时期更着重发扬文学作品的真实和审美的特性，这是更符合文学的本质特征和科学精神的。真实是文学的生命，当陈独秀将"推倒陈腐的铺张的古典文学，建设新鲜的立诚的写实文学"作为文学革命三大主义之一，高举起现实主义旗帜时，就已经包含了要重视真实性和提倡现实主义的内容；鲁迅在尖锐地批判传统文学中反现实主义的瞒与骗的文艺的同时，也称赞《红楼梦》的作者"是比较的敢于写实的。"[35]"五四"时期的前驱者，无论鲁迅或胡适，都对传统的小说和戏曲中的"大团圆"结局进行过猛烈的抨击，其主要理由就在于它不真实；与此同时，他们也努力在传统文学中发掘现实主义的积极因素，作为新文学建设的渊源和依据。《红楼梦》之所以得到当时众口一辞的高度评价，正是由于它敢于正视现实的成就。鲁迅说："至于说到《红楼梦》的价值，可是在中国底小说中实在是不可多得的。其要点在敢于如实描写，并无讳饰，和从前的小说叙好人完全是好，坏人完全是坏的，大不相同，所以其中所叙的人物，都是真的人物。"[36]由此可见，"五四"那一代学人坚持"敢于如实描写，并无讳饰"的真实性的价值尺度是非常严格的。胡适的《白话文学史》认为杜诗是中国文学走向"成人期"的标志，就因为杜甫的作品"内容是写实的，意境是写实的"。这种高度重视文学的真实性的观点是"五四"时期重估传统作品的重要尺度，也是完全符合新文学提倡现实主义的精神的。

至于以新的审美观点和艺术趣味来审视和评价传统文

学作品，是更能在文学的本质特征和变革的深刻性上体现"五四"的时代精神的。在这方面，鲁迅的贡献特别显著。在本世纪初所写的《摩罗诗力说》里，他已尖锐地批判了正统的"持人性情"的诗论，使许多抒情诗"多拘于无形之囹圄，不能舒两间之真美"，接着便指出了屈原作品的价值："抽写哀怨，郁为奇文。茫洋在前，顾忌皆去"，"放言无惮，为前人所不敢言。"虽然鲁迅认为屈原作品中还缺乏"反抗挑战"之音，距离他所向往的那种"能宣彼妙音，传其灵觉，以美善吾人之性情，崇大吾人之思理"的审美理想还相当远，因此说"感动后世，为力非强"；但就中国传统诗歌说来，他仍然认为是不可多得的"伟美之声"。在《中国小说史略》中，他认为唐人传奇"叙述宛转，文辞华艳"，"实唐代特绝之作"；"成就乃特异"，"而大归则究在文采与意想"。所谓"文采与意想"，就是我们现在所说的艺术表现力和艺术构思，是蕴含着深刻的美学评价的。又如讲明代小说，他评《西游记》为"虽述变幻恍忽之事，亦每杂解颐之言，使神魔皆有人情，精魅亦通世故，而玩世不恭之意寓焉。"评《金瓶梅》为"故就文辞与意象以观《金瓶梅》，则不外描写世情，尽其情伪，又缘衰世，万事不纲，爱发苦言，每极峻急，然亦时涉隐曲，猥黩者多。"这些评价都是就文辞和意象两方面考察的，十分重视作品的艺术质量和审美特点。

我们所以比较详细地介绍了鲁迅的观点，是因为对于传统文学的美学选择中，不仅有时代和社会的深刻影响，而且有个人气质、修养和爱好的鲜明印记。与提倡小说戏曲等新观念为多数人所异口同声者不同，审美观点常常带有鲜明的个性特征；尽管当时的前驱者都有追求新的富有时代精神的新观念的愿望，但在具体评述中则不能没有强烈的主体色彩。鲁迅在《中国小说史略》中以对《儒林外史》的评价为最高，这当然是同他对知识分子命运的特殊关心和感受分不开的。胡适在《白话文学史》中，十分重视作品的"诙谐的风趣"，他认为杜甫晚年的诗即使谈穷说苦"也常带有嘲戏的风味"，"正因为他是个爱开口笑的人，所以他的吞声哭使人觉得格外悲哀，格外严肃"；他认为这最能显示杜甫的"真面目""真好处"。他还从陶潜（和杜甫同是胡适最喜爱的诗人）那里也发现了"诙谐"：认为这既是人生的境界，也是诗的境界。这种审美趣味就是与胡适本人的个性分不开的。其他许多学者在对传统文学的艺术评价中，也都有互不相同的美学观点和趣味。鲁迅的观点之所以有代表性，是因为它既体现了"五四"时期的时代精神，又能经得起历史的考验，许多精辟的论述今天仍然能给我们以很大的启发。尊重个性，重视自我，是"五四"时期与社会发展密切相关的时代精神，也是重估传统文学的一种独立自主的意识，因而在观察角度和美学评价上就自然呈现出千姿百态的面貌了。《新潮》一卷一期的一篇《故书新评》，其中说："果真以我为主，而读故书，故书何不可读之有。若忘其自我，为故书所用，则索我在地狱中矣。"[37] 既然"以我为主"，则对传统文学的重估中就不能不深刻地打上时代与个人的烙印。所谓"重估"，从主体意识方面说，就是在以往的历史中"寻找"和"发现"符合于自己所生活的时代和自我的美学爱好的东西，因而它必然是有所否定、又有所肯定的。所以无论在具体评价上彼此的观点如何不同，"五四"新文化运动绝不是对所有传统的东西都采取全盘否定的态度，则是无疑的。鲁迅对封建文化的批判是尖锐的和彻底的，但他所赞扬和肯定的价值也是鲜明的和深刻的。当然，任何历史时期都不可能只有一种声音，何况"五四"时期属于社会激烈动荡的时代，但就代表时代精神的主旋律来说，"五四"时期的一代人又是有其惊人的共同点的。

中国社会的现代化进程是漫长而艰巨的，现代文化的创造和同外来文化的融合同样是一个长期的历史进程；这个历史阶段远未结束，我们今天仍处在这个进程之中。作为现代化的起点，"五四"新文化运动所提出或讨论过的许多问题，今天仍然是学术文化领域注意的热点。尽管问题的提法不同了，内容进入到更深的层次，更广阔也更复杂了，但就许多方面来说，仍属于同"五四"时期相同的类型或范畴；其根本原因就在于我们所面临的仍然是现代化的问题。就社会发展来说是如此，就现代文化的创造和建设来说也是如此。

文学革命是"五四"新文化运动的重要组成部分，它的目标是要创造一种符合世界潮流和社会进步的新文学。在谈到对传统文学的价值重估时，我们不能不注意到一个基本事实，即当时对传统文学重估最热忱的倡导者，如我们一再提到的鲁迅、胡适、郑振铎等人，同时也是现代新文学的主要创造者；这就说明二者之间所存在的深刻联系。他们在传统文学中所发现和肯定的价值特点，也正是体现在他们所创造的新文学作品中的基本特征。鲁迅后来曾说："我也以为'新文学'和'旧文学'这中间不能有截然的分界，然而有蜕变，有比较的偏向。"[38]同样是鲁迅的话："新文化仍然有所承传，于旧文化也仍然有所择取。"[39]"我们不但是文艺上的遗产的保存者，而且也是开拓者和建设者。"[40]历史已经显示了"五四"一代人的无可置疑的功绩和贡献,它同样也启示我们在中国现代化的进程中对待传统文化所应采取的态度。

1989 年 2 月 14 日,于北京大学寓所。

* * *

〔1〕周作人:《复古与反动》。
〔2〕胡适:《新思潮的意义》。
〔3〕〔5〕〔12〕〔15〕鲁迅:《〈草鞋脚〉小引》。
〔4〕见《小说月报》12 卷 1 期。
〔6〕陈独秀:《文学革命论》。
〔7〕朱自清:《新诗杂话·真诗》。
〔8〕〔24〕〔28〕〔29〕〔30〕〔32〕郑振:《研究中国文学的新途径》,原载《小说月报》17 卷号外,《中国文学研究》上册。
〔9〕〔13〕西谛(郑振铎):《整理中国文学的提议》,原载《文学旬刊》51 期。
〔10〕鲁迅:《坟·看镜有感》。
〔11〕钱玄同:《寄陈独秀》。
〔14〕陈玉堂:《中国文学史书目提要》。
〔16〕刘半农:《我之文学改良观》
〔17〕原载《文学旬刊》51 期,1922 年 10 月 1 日上海《时事新报》。
〔18〕胡适:《〈词选〉自序》,并参看鲁迅:《门外文谈》。
〔19〕胡适:《白话文学史·引文》。
〔20〕胡适:《中国新文学大系·建设理论集导言》。
〔21〕〔27〕西谛(郑振铎):《整理中国文学的提议》。
〔22〕〔23〕胡适:《文学改良刍议》。
〔25〕胡适:《问题与主义》。
〔26〕胡适:《论国故学——答毛子水》。

〔31〕〔34〕胡适:《〈国学季刊〉发刊宣言》。
〔33〕郑振铎:《中国文学研究者向那里去?》,收于《中国文学研究》下册。
〔35〕鲁迅:《坟·论睁了眼看》。
〔36〕鲁迅:《中国小说的历史的变迁》。
〔37〕《新潮》1卷1期《故书新评》,署名"记者"。
〔38〕鲁迅:《准风月谈·"感旧"以后(上)》。
〔39〕鲁迅:《集外集拾遗·〈浮士德与城〉后记》。
〔40〕鲁迅:《集外集拾遗·〈引玉集〉后记》。

关于三十年代文艺论争问题

从1966年初"四人帮"伙同林彪抛出"文艺黑线专政"论到形成一整套"阴谋文艺"的帮理论，以及公开抛出了老干部是"民主派"、"民主派"就是"走资派"的反革命政治纲领，时间长达十年之久，但后来的那些"理论"和"纲领"其实都滥觞于"文艺黑线专政"论，只不过后来更其张牙舞爪罢了。从"文艺黑线专政"推广到教育、科技等一切战线，正是为突出"改朝换代"作铺垫。在"破除迷信"的借口下，这个谬论既扫荡了中外古典文学，也扫荡了党领导的从三十年代直至建国以来文艺上的一切成就，在这巨大的历史"空白"上不是很便于突出所谓"文艺革命旗手"披荆斩棘的建帮功勋吗？而且照"四人帮"所说，既然"三十年代文艺"是构成建国以来文艺黑线的重要部分，而三十年代"当时的左翼文艺工作者，绝大多数是民族民主主义者"，那岂不就是他们那个反革命政治纲领的"蓝图"或"原稿"吗？可见"四人帮"关于"三十年代文艺"的谬论，绝不是一个一般的历史评价或学术观点的问题；它是林彪、"四人帮"篡党夺权的突破口，是他们反革命帮理论的"试验田"，在政治上和文艺上都产生了极其严重的后果。现在是应该彻底扫除他们的诬蔑，还历史以本来面目，澄清是非的时候了。

三十年代左翼文艺运动的指导思想究竟是马克思列宁主义的文艺理论呢，还是柏林斯基、车尔尼雪夫斯基、杜勃罗留波夫这些俄国革命民主主义者的思想？这是首先要澄清的问题。"文艺黑线专政"论为了要给老干部是"民主派"找根据，捏造了柏林斯基等人的思想是左翼文艺运动的指导思想的谬论，好像很有根据似的，其实这并不是一个不容易得出准确结论的对思想影响的估计问题，而是一个明显的史实问题。三十年代，俄国革命民主主义者的著作还没有被介绍到中国，而马克思列宁主义的文艺理论，如列宁的《党的组织和党的文学》等，则在二十年代后期就陆续翻译过来了，它成为"左翼作家联盟"成立的思想基础，这是有文献可证的历史事实。其实就是在苏联，对这些俄国革命民主主义者的重视也是1934年第一次苏联作家代表大会以后的事情，当时中国对这些名字还很陌生。1936年苏联纪念柏林斯基一百二十五周年和杜勃罗留波夫一百周年的诞辰，才开始引起我国的注意，有过一些消息和短文，并于1936年底出版过一本《柏林斯基文学批评集》。这本小册子只收了柏林斯基的三篇文章，而且出书的时候"左联"已经解散，鲁迅已经逝世，"两个口号"的论争已经终止，怎么可能成为三十年代左翼文艺运动的指导思想呢？在这本小册子中所附的《真理报》社论和译者"小引"的介绍里，就明确指出了柏氏文学思想的历史局限，要求批判地学习，并没有什么"奉若神明"的意思。此外在三十年代就再没有俄国革命民主主义者著作的介绍出版了。鲁迅说："去年左翼作家联盟在上海的成立，是一件重要的事实。因为这时已经输入了蒲力汗诺夫、卢那卡尔斯基等的理论，给大家能够互相切磋，更加坚实而有力"[1]，"左联"正是经过关于无产阶级革命文学的论争之后，在马克思主义文艺思想的基础上成立的。

它在成立之初就设立了"马克思主义文艺理论研究会"，稍后则恩格斯给哈克纳斯的信，列宁论述托尔斯泰的文章，以及拉法格、高尔基等人的文艺论文，也都陆续翻译过来，并对左翼文艺运动和创作产生了指导性的影响。仅就上述的无可辩驳的事实，就可以看出"四人帮"是怎样随心所欲地捏造历史了。这里我们只是说明历史真相，并没有涉及对俄国革命民主主义者的历史评价。其实他们的理论著作如果当时已经被系统地介绍到中国，那么在马克思主义文艺思想的指导下，作为借鉴，对当时的革命文艺运动只能产生积极的作用。因为他们并不是被人妄加一顶吓人的帽子就可以打成"资本主义制度的辩护士"的，马克思主义经典作家对他们的成就和贡献早有定评，只是"由于俄国生活的落后，不能够上升到马克思和恩格斯的辩证唯物主义。"[2]"四人帮"对于车尔尼雪夫斯基等人的诬蔑，是明目张胆地反对马克思列宁主义的。

对于"三十年代文艺"的总的评价，如果不是"四人帮"蓄意制造混乱的话，本来不是一个有严重分歧的问题。毛主席早就指出："革命的文学艺术运动，在十年内战时期有了大的发展。这个运动和当时的革命战争，在总的方向上是一致的，但在实际工作上却没有互相结合起来，这是因为当时的反动派把这两支兄弟军队从中隔断了的缘故。"[3]针对国民党的两种反革命"围剿"，我们的文武两支队伍在同一的政治方向上进行斗争，都取得了反"围剿"和革命深入的胜利；"而共产主义者的鲁迅，却正在这一'围剿'中成了中国文化革命的伟人。"[4]这不就是对于以鲁迅为主将的三十年代左翼文艺运动的科学评价吗？历史事实也完全能说明问题，为什么"五四"以前在资产阶级思想领导下所进行的文化战线上的斗争"只能上阵打几个回合"就被帝国主义和封建主义思想的反动同盟所击退，而在三十年代我们却使国民党的文化"围剿""一败涂地"呢？为什么两支被反动派隔断了的队伍却在总的方向上能够一致呢？这不正说明马克思列宁主义领导思想的巨大威力吗？可见三十年代左翼文艺运动的革命性质和正确方向都非常鲜明，绝不是"四人帮"信口雌黄所能诋毁的。作为文化革命的主将，鲁迅对左翼文艺运动的性质和任务就有十分明确的说明，这是他和当时大批左翼文艺工作者的行动指针，很能说明问题的实质。鲁迅指出："中国的无产阶级革命文学在今天和明天之交发生，在诬蔑和压迫之中滋长"[5]。"'左翼作家联盟'五六年来领导和战斗过来的，是无产阶级革命文学的运动。"[6]"无产文学，是无产阶级解放斗争的一翼"[7]。他称赞殷夫的诗"属于别一世界"[8]，叶紫的小说"已经尽了当前的任务，也是对于压迫者的答复：文学是战斗的！"[9]就左翼文艺运动的总的方向和主流来说，鲁迅的话准确地概括了它对中国革命的贡献，它的成就是彪炳史册，有目共睹的。"四人帮"慑于鲁迅在广大群众中的威望，采用了卑劣的手法，将鲁迅孤立起来，把他同当时广大革命文艺工作者摆在完全敌对的地位，这不仅对左翼文艺运动是诬蔑，对鲁迅也是极大的歪曲。这也并不奇怪，他们既要打倒这支革命队伍，是决不会放过它的"主将"的；于是仍然像三十年代化名"围剿"鲁迅的张春桥那样，"四人帮"御用写作班子所写的宣传鲁迅的文章，实质上对鲁迅是一场新的反革命"围剿"。

从严格的意义讲，所谓三十年代文艺应该是包括产生于三十年代各个不同阶级和不同倾向的文艺的总体的,但"四人帮"明白表示他们指的是当时的左翼文艺运动,因此我们也是就党所领导的文艺队伍以及它所联合的同盟军来立论的。我们肯定了这支队伍的革命的性质和方向,肯定了它在反文化"围剿"中的贡献,并不是说它就不存在什么缺点了。只有像"四人帮"那样的形而上学猖獗的人才会说好就是绝对的好,一切皆好;坏就是绝对的坏,一切皆坏。毛主席《在延安文艺座谈会上的讲话》中首先说明他是从客观存在的事实的基础上来考虑问题的,而重要的事实之一就是"'五四'以来的革命文艺运动在二十三年中对于革命的伟大贡献以及它的许多缺点",因而《讲话》所指出的那些"糊涂观念"和"作风不正的东西",是同样属于三十年代文艺的"许多缺点"之内的;特别是文艺的工农兵方向这个根本问题,如毛主席所指出,在那时的国民党统治区"很难彻底解决"。这"许多缺点"就其性质来说都是严重的,但它并没有淹没左翼文艺运动"对于革命的伟大贡献"。即使我们为了汲取教训,专就缺点和错误进行分析,也应该如毛主席在《学习和时局》中所指出的那样,首先"应着重于当时环境的分析"。我们既不能忽略在国民党白色恐怖下处于地下活动状态的历史背景,也不能忽略党内机会主义路线的干扰和影响,而且当时的革命文艺运动还处于它的幼年和成长时期,如鲁迅所说,虽然革命文艺工作者中"很有极坚实正确的人存在"[10],但"所可惜的,是左翼作家之中,还没有农工出身的作家。"[11]可见这些缺点和错误的产生是有其深刻的社会根源和思想根源的。"四人帮"为了反革命的政治需要,除了在指导思想上横加诬蔑以外,还提出了"左翼文艺运动政治上是王明的'左'倾机会主义路线,组织上是关门主义和宗派主义",从而不加分析地采取了一棍子打死的办法。我们并不否认党内错误路线对革命文艺运动的干扰和影响,但机会主义路线必然是脱离群众和脱离实际的,它不可能不受到广大文艺工作者的抵制和反对而在一切方面都能控制。著名的柔石等"左联"五烈士就曾参加了反对王明路线的集会,鲁迅则认为"他们对于中国社会,未曾加以细密的分析,便将在苏维埃政权之下才能运用的方法,来机械地运用了。"[12]而且反对那种受"左"倾路线影响而"将革命的工农用笔涂成一个吓人的鬼脸"式的作品[13]。至于关门主义和宗派主义,毛主席曾引用了鲁迅的名言"如果目的都在工农大众,那当然战线也就统一了",来说明去掉宗派主义的根本途径在于解决文学的工农兵方向,而这在当时上海那样的环境条件下是"很难彻底解决"的[14]。"四人帮"以"左"得出奇的面貌提出来的这些谬论,不过是妄图篡改党的历史,抹杀老干部、老作家在长期革命斗争中的贡献,为他们篡党夺权制造舆论罢了。

  无论贡献或者缺点,当然都是左翼文艺工作者社会实践的结果。就这支队伍的总体和主流来说,我们只能得出他们是在马克思主义思想指导下的革命文艺工作者的结论。"四人帮"把他们统统划为"民主派",现在还活着的则都打成"走资派",完全是恶意的诽谤。这并不是说左翼文艺队伍中就那么清一色,没有表现不好的人了;鲁迅指出,自从有了左翼文坛以来,不但有"左而不作"的,并且还有"由左而右"的。现在大家都知道"左联"有过姚蓬子一类的叛徒,也有过张春桥、胡风一类的特务。然而"左翼文坛依然存在，不但存在，还在发展，克服自己的坏处，向文艺这神圣之地进军。"[15]因为虽然在行进时有各色各样的人羼入或淘汰，"然而只要无碍于进行，则愈到后来，这队伍也就愈成为纯粹，精锐的队伍了。"[16]鲁迅的话精辟地论述了革命文艺队伍在战斗中成长壮大的过程，是完全符合客观事实的。利用左翼内部的个别人或某些缺点来加以夸大和攻击革命文艺运动，并不是"四人帮"的新发明，梁实秋和"第三种人"就用过这种手法，然而又何损于革命文艺运动的光辉！

"四人帮"把1936年进步文艺界关于"两个口号"的论争，当作诬蔑三十年代文艺的有力支柱，从而成为被他们搞得最混乱的一个问题。因为在这次论争中，鲁迅对当时左翼文艺运动负责同志的批评确实是很尖锐的，"四人帮"认为这对孤立和歪曲鲁迅以扫荡许多左翼文艺工作者的反革命政治意图似乎很有利，于是便以"极左"的面目，把双方当作敌我性质的问题绝对对立起来，给"国防文学"这一口号加上了各种所能设想的罪大恶极的帽子，为他们篡党夺权的阴谋服务。其实这次论争的内容虽然是重要的和原则性的，但它完全属于进步文艺界内部的不同观点之间的辩论，双方都没有超出"从团结的愿望出发"的范围而把对方像"四人帮"那样视为势不两立的敌人；文献俱在，不容混淆。鲁迅对"国防文学"这一口号是有严峻批评的，并且另外提出了"民族革命战争的大众文学"的口号，但他说他"并没有把它们看成两家"[17]。他认为民族革命战争的大众文学"是一个总的口号"，而国防文学则可以作为一个当时文艺运动的"具体的口号"，因为它"颇通俗，已经有很多人听惯，它能扩大我们政治的和文学的影响，加之它可以解释为作家在国防旗帜下联合，为广义的爱国主义文学的缘故。"至于国防文学的倡导者对于鲁迅的态度，虽然他们当时还不很理解鲁迅思想的正确和深刻，因而对鲁迅的意见不够领会和尊重，但他们不仅从未把鲁迅看作敌人，而且还尽量争取他加入"文艺家协会"（鲁迅"认为它是抗日的作家团体"）。这怎么能把这次论争看作是敌我之间的斗争呢？鲁迅对"国防文学"这个口号的批评主要是两点：首先是"这名词本身的在文学思想的意义上的不明了性"，鲁迅认为："新的口号的提出……决非革命文学要放弃它的阶级的领导的责任，而是将它的责任更加重，更放大，重到和大到要使全民族，不分阶级和党派，一致去对外。这个民族的立场，才真是阶级的立场。"而国防文学的口号"本身含义上有缺陷"，不能明确表示无产阶级在抗日统一战线中的领导地位。这个批评是非常深刻的，而且对于一些解释"国防文学"口号的文章也有鲜明的针对性。毛主席指出："离开了无产阶级及其政党的政治领导，抗日民族统一战线就不能建立，和平民主抗战的目的就不能实现，祖国就不能保卫，统一的民主共和国就不能成功。"[18]因此鲁迅在建立文艺界抗日统一战线之初就坚决捍卫无产阶级领导权的思想是十分宝贵的。其次，鲁迅批评了"注进国防文学这名词里去的不正确的意见"，主要是那种主张"国防文学必须有正确的创作方法"，作家应当在"国防文学"的口号下联合起来，而不是首先强调作家应该在"抗日"或"国防"的旗帜下联合起来的宗派主义观点。这是对于党的统一战线思想的理解问题，毛主席指出："文艺服从于政治，今天中国政治的第一个根本问题是抗日，因此党的文艺工作者首先应该在抗日这一点上和党外的一切文学家艺术家（从党的同情分子、小资产阶级的文艺家到一切赞成抗日的资产阶级、地主阶级的文艺家）团结起来。"[19]如果首先要求文艺界在文艺观点上联合起来，那范围就会小得很多。鲁迅认为："在抗日战线上是任何抗日力量都应当欢迎的，同时在文学上也应当容许各人提出新的意见来讨论。"鲁迅的意见是完全正确的。他坚持原则，绝不囿于"两个口号"论争中的某一方面。郭沫若同志是赞同国防文学口号的，但鲁迅同意他的"国防文学是作家关系间的标帜，不是作品原则上的标帜"的意见；反之，他也批评了胡风的文章"解释得不清楚"，和聂绀弩文章的宗派主义的错误，虽然他们都是赞同"民族革命战争的大众文学"这一口号的。"四人帮"阉割鲁迅文章的原意，把鲁迅当作打人的棍子，妄图从鲁迅对自己同志的批评中捡取打倒老干部老作家的根据，完全是徒劳的。

　　文艺界关于"两个口号"的论争发生于"一二·九"运动之后，"西安事变"之前，正当民族危机十分严重，全国救亡运动空前高涨，而抗日统一战线尚未建立之际。这时国内阶级关系和党的政策都处于发生重大变动的转折关头，革命文艺队伍内部在某些问题的认识上产生分歧或错误，并不是不可理解的。尽管如此，争论的双方对于当时形势的分析和对于建立抗日统一战线的重要意义，以及对于文艺的任务是"将一切斗争汇合到抗日反汉奸斗争这总流里去"等重大问题，意见基本是一致的，这就说明在总的方向上双方并没有实质性的分歧。毛主席指出："中日矛盾变动了国内的阶级关系，使资产阶级甚至军阀都遇到了存亡的问题，在他们及其政党内部逐渐地发生了改变政治态度的过程。这就在中国共产党和中国人民面前提出了建立抗日民族统一战线的任务。我们的统一战线是包括资产阶级及一切同意保卫祖国的人们的，是举国一致对外的。"[20] 通过这次论争，广泛地宣传了党对形势和任务的分析，明确了建立抗日统一战线的迫切性，推动了文艺界抗日团结运动的发展，因此就效果和影响看来，主要方面应该说是积极的。

如果目的是总结经验或进行历史评价，对这次论争中某些缺点和错误的内容进行具体的分析，按照当时的环境条件，包括党内机会主义路线的干扰和影响，采取严肃的分析研究的态度，那将是非常有益的；即使在某些方面的估计上出现一些分歧，也不要紧，还可以通过讨论来取得一致。但"四人帮"不是这样，他们从反革命的政治需要出发，采取的完全是实用主义的态度。举例来说，姚文元在他那本"文化大革命"前写的《鲁迅——中国文化革命的巨人》中，把这次论争完全归因于胡风等人"企图利用鲁迅来分裂进步文艺界"，说什么"鲁迅当时在病中……不能了解事情的真相，甚至误解，使他心中很不愉快"等等；总之，他把鲁迅说成是受蒙蔽者，从而不加分析地肯定了"国防文学"口号的正确。但到了"文化大革命"初期的1966年，他就摇身一变，把"国防文学"说成是"借联合战线之名，投降国民党反动派，宣传卖国主义和叛徒哲学"的口号了。此后在"四人帮"控制的报刊上，步步升级，越说越离奇，真可谓臻颠倒黑白之极致。1970年由"四人帮"黑干将迟群操纵的"梁效"前身、署名为"清华大学革命大批判写作小组"所写的文章，题目就叫《"国防文学"就是卖国文学》[21]，里面的小标题还有什么"国防文学是彻头彻尾的汉奸文学""国防文学是道道地地的国民党文学"等。可见这次论争被"四人帮"搞得混乱到什么程度！他们以此为"突破口"，进而全面否定"三十年代文艺"，以便为建国以来的"文艺黑线专政"论捏造根据，为老干部就是"民主派"，"民主派"就是"走资派"的反革命政治纲领虚构例证。这种颠倒敌我、混淆是非的反革命谬论，造成了极严重的政治后果，我们必须予以彻底的清算。

在揭批"四人帮"的第三战役正在全国开展的时候，党中央号召我们："各条战线都要抓住受'四人帮'影响最深，造成危害最大的问题，大打人民战争，把他们制造的种种混乱彻底加以澄清，把他们颠倒了的一切是非统统纠正过来，使毛主席的革命路线得到全面的正确的贯彻执行。"在文艺战线和文学教育战线上，"四人帮"关于"三十年代文艺"的谬论就是影响很深、造成危害很大的一个问题。我们必须在党中央抓纲治国的战略决策的指引下，彻底扫除"四人帮"对"三十年代文艺"的诬蔑，澄清是非，消除流毒，继承和发扬以鲁迅为主将的三十年代革命文艺的传统，促进社会主义文艺事业的繁荣和发展。

1978年4月18日

*　　　*　　　*

〔1〕〔10〕〔12〕鲁迅:《上海文艺之一瞥》。
〔2〕列宁:《唯物主义与经验批判主义》。
〔3〕〔14〕〔19〕毛泽东:《在延安文艺座谈会上的讲话》。
〔4〕毛泽东:《新民主主义论》。

〔5〕鲁迅:《中国无产阶级革命文学和前驱的血》。
〔6〕鲁迅:《论现在我们的文学运动》。
〔7〕鲁迅:《对于左翼作家联盟的意见》。
〔8〕鲁迅:《白莽作〈孩儿塔〉序》。
〔9〕鲁迅:《叶紫作〈丰收〉序》。
〔11〕鲁迅:《黑暗中国的文艺界的现状》。
〔13〕鲁迅:《辱骂和恐吓决不是战斗》。
〔15〕鲁迅:《论第三种人》。
〔16〕鲁迅:《非革命的急进革命论者》。
〔17〕鲁迅的意见俱见《答徐懋庸并关于抗日统一战线问题》、《论现在我们的文学运动》二文。
〔18〕〔20〕毛泽东:《中国共产党在抗日时期的任务》。
〔21〕见《红旗》1970年第10期。

关于文艺大众化

——纪念"左联"成立五十周年

一

"中国左翼作家联盟"的成立距今已经半个世纪了。在它进行活动的三十年代，始终是把"大众化"作为文艺运动的中心的。"左联"成立后讨论研究的第一个问题就是文艺大众化问题，并且成立了大众文艺委员会。在1931年"左联"执委会决议《中国无产阶级革命文学的新任务》中明确指出："为完成当前迫切的任务，中国无产阶级革命文学必须确定新的路线。首先第一个重大的问题，就是文学的大众化。""今后的文学必须以'属于大众，为大众所理解，所爱好'（列宁语）为原则，同时也须达到现在这些非无产阶级出身的文学者生活的大众化与无产阶级化。"[1]可见"左联"对这一问题的高度重视。因此在三十年代，除了在创作实践上进行过各种探索和努力以外，在理论上也进行过三次规模颇大的关于"大众化"问题的公开讨论，参加的人很多，影响也很大；讨论的中心是逐渐深入的。各次讨论中虽然每个人的理解和着重点有所不同，但几乎所有进步作家对于文艺大众化的重要意义是并无异议的。一直到"左联"停止活动以后，鲁迅还认为"'左翼作家联盟'五六年来领导和战斗过来的，是无产阶级革命文学的运动。这文学和运动，一直发展着；到现在更具体底地，更实际斗争底地发展到民族革命战争的大众文学"[2]。照鲁迅的意思，就是说尽管文学的时代任务有了变化，但文艺必须坚持大众化则是不容置疑的。这个问题既然如此重要，因此当我们考察左翼文艺运动的历史功绩的时候，首先就必须注意在文学和人民群众的关系上"左联"所作出的贡献，它是如何推动了现代文学的前进和发展。但这个问题却长期没有引起人们应有的重视，主要是由于有些人片面地理解了毛泽东同志的下面一段话："许多同志爱说'大众化'，但是什么叫大众化呢？就是我们的文艺工作者的思想感情和工农兵的思想感情打成一片。"因而忽视了文学的发展过程和不同时期的历史条件，脱离了具体环境来苛责三十年代文艺大众化运动的缺点或不足。在"四人帮"猖獗时期，他们更简单地以"化大众"来诬蔑左翼文艺运动，意思是说所谓大众化实质上不过是用资产阶级思想来腐蚀和毒害劳动人民罢了。这种颠倒黑白的谬论至今仍有影响，必须根据史实予以澄清。因此具体考察一下三十年代文艺大众化运动的经过和主张，回顾一下现代文学在和人民群众关系问题上的前进的步伐，就不是毫无意义的事了。

"五四"文学革命提倡白话文，本来就是为了适应民主革命的要求，建设平民文学，使文学作品能够获得更多的读者，普及到群众中去；也就是说是有意识地在寻求使文学能够更有效地为人民服务的方法和途径。但由于新文学本身的弱点和群众文化水平的限制，事实上读者的范围仍然很狭窄，这个问题在倡导无产阶级革命文学之初就尖锐地提到历史日程上了。1928年成仿吾在他的著名文章《从文学革命到革命文学》中就说："我们要努力获得阶级意识，我们要使我们的媒质接近农工大众的用语，我们要以农工大众为我们的对象。"后来瞿秋白在分析"大众文艺的问题在哪里"时，更直截了当地指出："平民群众不能够了解所谓新文艺的作品，和以前的平民不能了解诗、古文、词一样。""'五四'的新文学运动，因此差不多对于劳动群众没有影响"[3]。这样怎么可能使文学为人民大众服务呢？鲁迅认为"左联"之所以"更加坚实而有力"，就因为它是在已经输入了马列主义文艺理论的条件下成立的，使大家可以"互相切磋"[4]。因此在1930年关于大众化问题的讨论中，列宁的《党的组织和党的出版物》以及与蔡特金的谈话（《回忆列宁》）就成为运动的指导思想，就是说它要解决的是在中国如何使文学"为千千万万劳动人民服务"和"招集一批又一批新的力量到它的行列"的问题，这是左翼文艺运动所面临的最重要的任务。在讨论中，夏衍引用了列宁的话来说明无产阶级的文学和艺术"本质上就是非为大众而存在不可的东西"。他说："伟大的革命指导者所指示的纲领，接触着许多原则的观念。不能使大众理解，不能使大众爱好的，决不是大众的文学，决不是普罗列塔利亚自身的文学。"[5]阳翰笙也引用了列宁的话来说明大众化"是目前必须解决的迫切的任务"，他要求"专门去研讨民间最流行的最大众化的一切作品"来解决"大众化的作品问题"[6]。当时参加讨论的郭沫若、冯乃超、郑伯奇、鲁迅、蒋光慈、洪灵菲、冯雪峰、钱杏邨、田汉等人，都发表过文章或意见[7]。他们除了明确和强调这一问题的重要意义以外，讨论集中在产生为大众所欢迎的作品和组织培养工农群众作者两个问题上，因此把发展工农通讯员运动提到很重要的位置，目的是使工农群众成为文学作品的主要读者并从中产生新的作家。《大众文艺》还开辟了"通信栏"，发表过《工厂通信》《纱厂通信》《电力工厂斗争底经过》等作品。这次讨论是在"左联"开始活动时进行的，发表意见的人都是左翼作家，目的在于统一认识和进行具体活动。由于当时还缺少实践经验，问题讨论得并不很深入，讲到文艺大众化的重要意义时也多半是从工农群众是革命的主力军着眼，很少接触到文艺本身的特点。因此虽然表现了为大众服务的热情和愿望，但并未达到应有的理论高度，对文艺界的情况和工农大众的实际文化生活也缺乏必要的分析。这些弱点在当时是很难避免的，但它毕竟把为大众所理解和爱好作为文艺运动和创作的主要目标，这在现代文学的发展上是迈出了新的步伐的。就这次讨论的收获而言，则鲁迅的《文艺的大众化》一文是最符合当时的实际情况的。他从文艺本身的特点来肯定了文艺应该面向人民的方向，肯定了普及工作的重要性；认为"应该多有为大众设想的作家，竭力来作浅显易解的作品，使大家能懂，爱看，以挤掉一些陈腐的劳什子。"但他也不赞成当时出现的一些"左"倾空谈的论点，认为在人民教育文化程度不一的情况下就要求作品"全部大众化"，只能是"聊以自慰"，实际上是行不通的。他主张"仍当有种种难易不同的文艺，以应各种程度的读者之需"。因为如果读者的程度过低，则事实上"和文艺即不能发生关系"；如果强使文艺流于"迎合"和"媚悦"大众，"是不会于大众有益的"。他认为要使文艺真正属于大众并开展"大规模的设施"，"必须政治之力的帮助"，而当时还属于这种新时代的准备阶段，"一条腿是走不成路的"[8]。这里他实事求是地估计了工农群众的接受能力和进步作家应该采取的措施；适当地肯定了"五四"以来文艺作品的社会作用；认为在人民群众还处于被压迫地位的情况下，是不可能要求全部彻底地解决文艺大众化问题的。实际上他是要求左翼作家在大众化问题上必须准备作踏实的持久的努力。应该说，鲁迅的这些意见不仅是清醒的和正确的，而且对"左联"的文艺大众化运动也是起了实际的指导作用的。

二

1932年进行的关于文艺大众化的第二次讨论，比前一次要深入和具体。这次讨论的中心已经不是一般地讲大众化的重要意义，而是着重在具体的措施和途径，因此涉及最多的是文艺作品的语言、形式、体裁以及内容和描写技术等问题。就是说问题已经集中到"怎么做"才能取得为大众所欢迎的效果。这是左翼文艺运动在实践中提出来的问题，同时它也反映了"九·一八"以后人民群众抗日情绪高涨，向文艺作品提出了新的要求。1932年3月"左联"通过的《关于"左联"目前具体工作的决议》中就说："首先，'左联'应当'向着群众'！应当努力地实行转变——实行'文艺大众化'这目前最紧要的任务。具体地说，就是要加紧研究大众文艺，创作革命的大众文艺，以及批评一切反动的大众文艺"。除此以外，它也指出"目前一般以知识分子和青年学生为主要读者对象的非大众化的文艺作品，也应当在文字、体裁及描写等各方面实行大众化，使其不仅为知识分子的读物，在一方面也能为工农大众读者所接受"。[9]这说明"左联"除积极地多方面地加强普及工作以外，对作家的创作也是同样提出了大众化的要求的。由于"左联"的重视，不仅许多作家都参加了大众文艺的创作实践，写出了一批普及性的作品，著名的如鲁迅的民歌体诗《好东西》《公民科歌》《南京民谣》和《"言词争执"歌》，瞿秋白的"乱来腔"《东洋人出兵》等，而且理论探讨的规模也很大，《北斗》《文艺新闻》都发起了征文，各种文艺刊物上发表了许多文章，参加讨论的人也比较广泛，如陈望道、郑振铎等人都写了文章[10]。这次讨论涉及到许多重要问题，对当时和以后的创作产生了深远的影响。

由于文艺大众化首先要求作品能使大众看得懂，唱本和连环图画等在大众中流行的形式自然引起了人们的重视，因此关于大众文艺的形式体裁问题就成了讨论中涉及最多的一个方面。这里有通俗形式与艺术质量的关系问题，有旧形式的采用与改造的问题，也有新形式的创造与输入的问题。有些人虽然承认唱本和连环图画等可以产生宣传鼓动的作用，但不承认它有艺术价值；"第三种人"苏汶就用嘲讽的口吻问道："这样低级的形式还生产得出好的作品吗？"[11]鲁迅的《"连环图画"辩护》一文就引用了中外美术史的许多事实，说明只要有"好的内容和技术"，通俗形式的作品"不但可以成为艺术，并且已经坐在'艺术之宫'的里面了"。他指出提倡连环图画并不"蔑弃大幅的油画和水彩画"那种高级形式的作品，但应该同样看重连环图画这类形式，因为"大众是要看的，大众是感激的！"这里不仅说明了重视为群众所喜闻乐见的文艺形式的重要性，而且说明普及性的作品同样需要作者追求"好的内容和技术"，努力提高艺术质量。在利用旧形式的问题上，瞿秋白在主张运用旧式体裁的同时，也提出了预防盲目模仿旧式体裁的投降主义。他认为"应当做到两点：第一，是依照旧式体裁而加以改革；第二，运用旧式体裁的各种成分，而创造出新的形式"[12]。这一思想在鲁迅后来写的《论"旧形式的采用"》一文中得到了阐发，他从接受文艺遗产的高度来考察了中国的艺术史，论述了新文艺对历史遗产的继承和革新的关系。他说："旧形式是采取，必有所删除，既有删除，必有所增益，这结果是新形式的出现，也就是变革"。这些意见对于促进文艺创作努力取得鲜明的民族特色，是有很大贡献的。除了利用旧形式之外，周扬主张也"要尽量地采用国际普罗文学的新的大众形式"，如报告文学、群众朗读剧等[13]。其中报告文学这种体裁就是由于"左联"的倡导而在中国得到繁荣和发展的。不仅三十年代就产生过像夏衍的《包身工》那样的优秀作品，而且直到今天它仍然是深受群众欢迎的一种文学体裁。

　　文学是语言的艺术，为了使大众看得懂，语言问题自然成了讨论的重点。"五四"以来的文学创作由于受到翻译的外国作品的影响，语言的"欧化"倾向相当普遍，这就妨碍了文学的普及程度，因为它不符合群众的习惯和爱好。这当中自然还有题材内容和表现方式等复杂的原因，但语言无疑是一个重要的问题。所以瞿秋白认为用什么话写"虽然不是最重要的问题，却是一切问题的先决问题"[14]。关于大众语的更为广泛和深入的讨论是1934年那次大规模的论争的中心，但许多重要论点在这一次讨论中就已经涉及到了。瞿秋白强调大众文艺所用的语言"应当是更浅近的普通俗语，标准是：当读给工人听的时候，他们可以懂得"[15]。周扬认为"只有从大众生活的锻冶场里才能锻冶出大众所理解的文字，只有从斗争生活里才能使文字无限地丰富起来"[16]。由于当时在对"五四"文学革命和白话文运动的估价上有分歧，以及在都市工人中是否已经形成了一种大众的普通话有不同的看法，因而有些意见是并不一致的。但许多人都强调了从人民群众的口语中提炼文学语言的重要性，因而对文学创作产生了有益的影响。

讨论也注意到作品的题材内容和艺术表现方面。瞿秋白主张"普洛作家要写工人民众和一切题材，都要从无产阶级观点去反映现实的人生，社会关系，社会斗争"。他号召文学青年"到群众中间去学习"，"观察，了解，体验那工人和贫民的生活和斗争，真正能够同着他们一块儿感觉到另外一个天地"[17]。周扬认为"最要紧的是内容"，主要任务应该是描写大众的斗争生活，而且认为革命作家应该是"实际斗争的积极参加者"[18]。在艺术表现方面，茅盾强调大众文艺除了读得出听得懂之外，还"必须使听者或读者感动"。他认为作品必须从行动上来描写人物的性格，多用"合于大众口味的艺术的动的描写"，[19]才能产生感人的力量，上述这些论点都接触到了文艺大众化的重要方面，显示了讨论的深入和进展。

三

1934年的讨论是以大众语为中心展开的，它与文艺大众化有联系，有些文章也谈到了大众语和文学创作的关系，但讨论的中心是语言文字问题。这是有客观原因的，就左翼文化运动来说，既然把为工农大众服务当作工作的首要任务，在群众被剥夺了文化教育权利的反动统治下,自然要为打破统治者的文化垄断和争取群众的文化教育权利而斗争,因此对于文化界的反对复古主义和提倡语文改革的活动当然是要引导和支持的。同时这也是当时反文化"围剿"的一个组成部分。1934年是国民党反动文化统治最猖獗的时期,他们提倡以封建道德为中心的"新生活运动",残酷迫害进步文化,许多左翼刊物都被迫停刊了。正是在这种白色恐怖的情况下,国民党一些御用文人公然在报刊上提出了"复兴文言"的主张,同"五四"时期国粹派反对白话文完全唱的是一个调子;另外还有人提倡什么"语录式"(白话的文言)的文体。这一股开倒车的逆流引起了文化教育界的强烈反响,因而引起了关于语文问题的一场广泛的论争。复古派用指摘白话文的缺点来提倡文言文,进步文化界则为纠正白话文的脱离群众而提倡大众语。陈子展在《文言——白话——大众语》一文中说:"从前为了要补救文言的许多缺陷,不能不提倡白话,现在为了要纠正白话文学的许多缺点,不能不提倡大众语。"[20]由于这是一场为文化教育界所普遍关心的前进与倒退的斗争,参加的人很多,发表了许多文章,而且讨论是在发行量很大的《申报》《中华日报》《大晚报》等报刊上展开的,与以前只在左翼刊物上的讨论不同,因此社会影响也很大。因为参加的人很广泛,所以文章的论点也相当驳杂。而且除批判复古主义以外,左翼作家对于大众语和大众文艺,很难像以前那样鲜明地和充分地展开自己的论点。因此这次论争虽然规模很大,但主要收获是在进行文化斗争和扩大思想影响方面。在讨论中,由于反对复兴文言,进而讨论到大众语与白话文的关系问题,纠正了上一次对"五四"

新文学和白话文否定过多的偏向。而且既然要提倡大众语，就必然要讨论到普通话的性质和方言土语问题，在文字上则由于汉字的难学难写进而提倡汉语的拼音化（当时称作"拉丁化新文字"）和汉字的简化（当时叫"手头字"）。叶籁士的一篇文章的题目就叫《大众语——土话——拉丁化》[21]，后来的文字改革运动就是由此发轫的。就当时的社会影响说，它实际上表现为一场群众要求文化权利和反对文化专制主义的斗争。

在论争中也讨论到大众文艺的问题，谈得比较多的是关于作家必须实际接近大众，向大众学习语言的重要性，以及作品中采用方言土语的得失，并由此谈到方言文学的问题。虽然讨论得不够深入，但由于语言文字是形式的中心，而且提倡大众语的出发点是为了使作品为大众所理解和爱好，因而对文艺大众化运动仍然是有促进作用的。

最近看到一本香港出版的《文坛五十年》的书，作者是这次论争的积极参加者，他想以回忆录和随感的形式来写出中国现代文学的发展历程；但个人的经历毕竟有限，如果据之作出某种判断，反而会为见闻所囿。在这本书的《大众语运动》一节里，作者谈到了针对当时的"文言复兴"逆流，他和陈望道、叶圣陶、陈子展等人商量，决定提出大众语口号的经过。提供这种史料本来是好事，但他由此断言别人认为"鲁迅奠定了基本观点"以及"有人还牵到宋阳即瞿秋白身上去，好似这是他倡导的，那更牛头不对马嘴了"。意思很清楚，就是说这次论争与瞿秋白、鲁迅，以及左翼运动是毫无关系的。瞿秋白确实没有参加这次论争，大众语这一个词也是在这次论争中提出来的，但这都不能说明它与瞿秋白没有关系。这次讨论中主张大众语的许多基本论点都是1932年瞿氏关于文艺大众化的论点的阐述和发挥；关于汉语拉丁化的主张也是瞿氏于1932年首倡的，现在的《瞿秋白文集》中就收有他写的《新中国文草案》。这一事实当时许多参加讨论的人都是清楚的，例如魏猛克在《普通话与"大众语"》一文中就慨叹1932年宋阳的文章发表以后，由于《文学月报》停刊而未能深入讨论，认为必须重新"成为一个新的运动"[22]。这种情况反动派也是知道的，国民党反动文人李焰生就说："所谓大众语文，意义是模糊的，提倡不是始自现在，那时文艺的政治宣传员如宋阳之流，数年前已经很热闹地讨论过——这是继普罗文艺而来的"[23]。他这样说的目的当然是在用政治迫害来恐吓参加讨论的人，但从大众化运动的脉络来说，这次论争并不是与瞿氏的论点没有关系。至于鲁迅，他写了不少的文章来参加讨论；如果说"基本观点"是指论争的成果和收获的话，那么鲁迅的《门外文谈》正是接触到论争中所有的重要问题，而以历史唯物主义的观点予以正确的分析和解答的。当时左翼作家虽然正遭到残酷的迫害，但积极参加讨论的人也不是个别的；更为重要的是作为一次文化思想战线上的重要论争，它本来就是在左翼大众化运动的影响和支持下展开的。

鲁迅的《门外文谈》从文字和文学的产生和发展的角度，考察了文化发展的规律以及它和人民群众的关系；综合地阐述了大众语、拉丁化和文艺大众化的重要意义和必然性。不仅论点鲜明，文字显豁，而且有针对性地批评和纠正了论争中所出现的一些错误或偏颇的看法。鲁迅认为历史上的人民口头创作"虽然不及文人的细腻，但他却刚健，清新"。方言土语里常有意味深长的"炼话","这于文学,是很有益处的"。他强调"大众,是有文学,要文学的,但决不该为文学做牺牲"。因此"倘要中国的文化一同向上,就必须提倡大众语,大众文,而且书法更必须拉丁化"。"一句话,将文学交给一切人"。这就从人民群众是历史和文化的创造者的高度,阐明了大众化的重要意义。对于大众语和大众文艺的关系,他在《花边文学·做文章》一文中借高尔基的话作了说明:"大众语是毛胚,加了工的是文学。"这里所解释的文学创作和群众语言的关系,同样可以说明关于大众语的讨论对于文艺大众化运动的奠基的作用。

四

三十年代的文艺大众化运动不仅在扩大马克思主义文艺思想的阵地、形成一支努力为人民群众服务的文艺队伍方面有了很大的成就,而且总的看来,它还促使创作的内容和风貌较之"五四"时期与群众有了更加密切的联系。但这并不是说它就没有缺点和错误。由于它是在国民党反动派的白色恐怖之下进行的,文艺工作者被剥夺了深入群众和发表言论的自由,同时无产阶级革命文艺运动尚处于缺乏经验的开始阶段,理论上又受到了一些"左"的干扰,因而发生一些错误是很难避免的。例如要求"脱弃'五四'的衣衫"以及把"五四"新文学称为非驴非马的"骡子文学"等论点,就显然是不正确的[24]。但如果我们历史地从当时的具体环境和社会影响来考察,则如前所述,那成就和贡献显然是不容低估的。事物总有一个发展的过程,左翼文艺大众化运动也只有在文艺和人民群众相结合的进展道路上来考察，才符合历史的实际。它上承"五四"文学革命和白话文运动，以后又发展为抗战时期的通俗文艺的创作和关于民族形式的讨论，都是沿着努力追求使文艺更好地为人民群众服务这一线索向前进展的，这是一个宝贵的传统，它深刻地显示了现代文学与人民群众的联系。毛泽东同志的《在延安文艺座谈会上的讲话》是在人民已经建立了自己的革命根据地和民主政权的情况下发表的，如《讲话》所说，那里已经不存在"把工农兵和革命文艺互相隔绝"的状况，已经和三十年代的国民党统治区属于"两个历史时代"，因而革命文艺运动所面临的问题和所要解决的途径都与以前大不相同了。这说明我们的文艺又向前发展了一步，怎么可以由此来否定过去艰苦地战斗过来的历程和贡献呢！事实上毛泽东同志已经说明"'五四'以来的革命文艺运动——这个运动在二十三年中对于革命的伟大贡献以及它的许多缺点"是讲话时考虑问题所依据的一个"事实的基础"，而且明确指出了"革命的文学艺术问题，在十年内战时期有了大的发展"。并没有否定过去的意思。从现代文学的历史发展来看，《讲话》所要解决的仍然是在新的条件下文艺如何更好地为群众服务这个根本问题；因此决不能用《讲话》来贬低三十年代文艺大众化运动的功绩。就说"化大众"这个提法罢，也并不像有些人所讲的那样"罪孽深重"；如果我们承认文艺对群众有宣传教育和认识生活的作用，那么文艺工作者努力追求用革命的思想内容来为人民群众服务的方法和途径，又有什么不对呢！至于谈到作家自己思想感情的改造，那也只能要求在革命实践（包括创作实践）中去解决，而不能要求先彻底改造好了再开始工作。鲁迅在1934年讨论大众化问题时就指出："由历史所指示，凡有改革，最初，总是觉悟的智识者的任务。但这些智识者，却必须有研究，能思索，有决断，而且有毅力。……他不看轻自己，以为是大家的戏子，也不看轻别人，当作自己的娄罗。他只是大众中的一个人，我想，这才可以做大众的事业。"[25]当时从事左翼文艺运动的许多人，包括鲁迅，正是按照这种精神来积极活动的。

文艺是属于人民的。文艺如何更有效地为人民群众服务，不仅是个理论问题，更重要的是个实践问题。虽然文艺反映人民生活并为人民群众服务的原则是应该坚持不渝的，但人民的生活和思想情绪是和时代的脉搏息息相关的，是根据历史条件和社会环境的变化而有所不同的。随着现实生活的发展，人民群众会不断提出新的关心的问题和新的精神生活的需要，这就必然要对文艺不断地提出新的要求，也必然会有许多新的问题要求从理论上加以分析或总结。而历史的经验之所以值得重视，就因为它可以为今天的实践提供借鉴。邓小平同志在第四次文代会的《祝辞》中说："人民是文艺工作者的母亲。一切进步文艺工作者的艺术生命，就在于他们同人民之间的血肉联系。"这是概括了我国革命文艺运动的历史经验的。当我们想到在三十年代那样艰险的历史条件下，以鲁迅为首的左翼文艺工作者是那样为文艺与人民群众的结合而全力奋斗的时候，当然是会激发起我们为人民的文艺事业奋勇献身的高度热情的。

1980年2月13日

* * *

〔1〕见《文学导报》第1卷第8期。

〔2〕鲁迅:《论现在我们的文学运动》。

〔3〕〔14〕瞿秋白:《瞿秋白文集(三)·大众文艺的问题》。

〔4〕鲁迅:《上海文艺之一瞥》。

〔5〕沈端先:《所谓大众化问题》,《大众文艺》第2卷第3期。

〔6〕华汉:《普罗文艺大众化问题》,《拓荒者》第1卷第4、5期合刊。

〔7〕见《大众文艺》第2卷第3、4期。

〔8〕鲁迅:《集外集拾遗》。

〔9〕见《秘书处消息》第1期,"左联"秘书处出版。

〔10〕见《北斗》第2卷第3、4期合刊。

〔11〕苏汶:《关于"文新"与胡秋原的文艺论辩》,《现代》第1卷第3号。

〔12〕〔15〕〔17〕瞿秋白:《论大众文艺》。

〔13〕〔16〕〔18〕起应:《关于文学大众化》,《北斗》第2卷第3、4期合刊。

〔19〕止敬:《问题中的大众文艺》,《文学月报》第1卷第2期。

〔20〕〔22〕1934年6月18日《申报·自由谈》。

〔21〕1934年7月10日《中华日报·动向》。

〔23〕李焰生:《由大众语文文学到国民语文文学》,《社会月报》第1卷第3期。

〔24〕瞿秋白:《学阀万岁》。

〔25〕鲁迅:《门外文谈》。

抗日战争时期及解放战争时期的文艺理论批评概况

——《中国新文学大系（1937–1949）文艺理论卷》序

1936年，当中国历史与文学面临着新的转折的时候，鲁迅先生曾经指出，由于反对日本侵略者"是民族生存的问题"，是"中国的惟一的出路"，文学也将在三十年代的基础上"发展"到"民族革命战争的大众文学"而进入一个新的阶段[1]。鲁迅的这一论断，对于我们研究四十年代的文学、文艺思潮及文艺理论，具有方法论的启示意义。即是说，一方面我们必须充分注意与把握四十年代文学的历史特殊性：它是以农民为主体的民族解放与革命战争条件下的文学；特殊的历史环境，要求文学肩负起特殊的使命，形成不同于前两个十年的另一种文学风貌，这应作为我们研究与讨论的出发点。另一方面，我们又必须把四十年代文学置于"五四"以来新文学发展的历史过程与联系中来加以考察。《中华全国文艺界抗敌协会宣言》[2]里，首先肯定了二十年来新文艺反帝反封建的成绩，并说明了它在抗战中所面临的艰巨任务以及"联合起来"的必要性，这说明抗战文艺正是以反帝反封建为主要精神的"五四"以来新文学的发展；《抗战文艺》的发刊词里说"我们要把整个的文艺运动作为文艺的大众化运动．使文艺的影响突破过去狭窄的知识分子的圈子，深入于广大的抗战大众中去！"这说明抗战时期的文艺运动正是左联时期文艺大众化运动的更深入的发展。于是，我们可以发现，这一时期的文学思潮与理论和"五四"文学思潮，特别是三十年代文学思潮的密切联系：几乎所有的文艺论争都是第二个十年论争的继续和发展；而这一时期的理论成果及其历史局限，又直接连结并影响着新中国成立以后当代文学思潮的发展。我们的研究与讨论必须充分注意到这一"历史过渡性"的特点。

影响四十年代文学及其理论面貌的另一个重要因素，是这一时期全国划分为国民党统治区（简称国统区），共产党领导的解放区（抗战时期称敌后抗日根据地）和日本侵略者统治下的沦陷区三个部分；不同的社会制度和政治背景，形成了不同特点的文学运动。我们的研究与讨论自然应该重视这些"不同特点"，但也应将其放在适当的地位；因为四十年代的中国文艺运动毕竟是在同一时代、同一历史条件下发生的统一的文艺运动，不同地区的"不同特点"是服从于时代的"共同点"并受其制约的。例如这一时期文艺理论的主要收获《在延安文艺座谈会上的讲话》，虽然产生于解放区，也包含着对解放区文学的一些特殊要求；但其意义与影响显然不限于解放区，而是具有全国性指导意义的文艺论著，它在当时产生的影响及历史的深远意义都是不可否认的历史事实，因此自然也应成为我们研究与讨论的出发点。

一

四十年代文学不同于其他历史时代文学的最显著也最基本的特点是：它是在"全民族战争"的特殊条件下的文学。

在抗日战争的新形势下面，文学必须为抗战服务，成为教育和动员人民群众的武器。1938年3月27日，中华全国文艺界抗敌协会在汉口成立。在文协的《发起旨趣》里就号召作家："团结起来，像前线战士用他们的枪一样，用我们的笔，来发动民众，捍卫祖国，粉碎敌寇，争取胜利。"同时，随着大城市的沦陷，许多作家都改变了过去的生活方式，走向部队或内地，参加了实际工作。战争，成为决定一切，支配一切，制约一切的时代的中心；中国的每一位作家，从卢沟桥炮声一响，即已明确意识到，这场战争的胜负将决定国家、民族的命运，决定中国文化（包括文学）的命运，也决定着自身的命运。为了夺取这场战争的胜利，就必须实行"全民族的总动员"，不仅是军事、政治、经济的总动员，而且是文化的总动员。正像《中华全国文艺界抗敌协会发起旨趣》里所指出的那样，"一个弱国抵抗强国的侵略，要彻底打击武器兵力优势的敌人，惟有广大的激励人民的敌忾，发动大众的潜力"，而"文艺正是激励人民发动大众最有力的武器"。这就是说，文学艺术也应毫无例外地纳入"民族战争"的总体制、总轨道中去。到了持久战时期，当战争的艰苦卓绝磨炼着人民的意志，当分裂和倒退的暗影沉重地压在人民心里的时候，人民群众对于文艺创作又提出了更高的思想感情上的要求与更高的美学趣味，于是引起文艺理论工作者从不同方面对于新的问题进行探讨，但是对于在战争中文艺地位、作用的认同，则仍与抗战初期是一致的，即文学艺术"军事化"（"军事"正是这一时期"政治"的集中表现）的特征是十分显著的。这首先就是作家队伍、文艺运动组织形式的"军事化"，即所谓"作家入伍"。抗战时期团结了国统区相当多的文人的著名的"第三厅",即隶属于军事委员会政治部;活跃在广大战区、城乡的国统区的抗敌宣传队(后改组为演剧艺术宣传队),根据地的战地剧团(以后解放战争时期的文工团)也都成为部队政治工作的一部分。当然,更重要的是文学观念的变化。正像夏衍在抗战初期(1938年)的一个座谈会上所说,"抗战以来,'文艺'的定义和观感都改变了,文艺不再是少数人和文化人自赏的东西,而变成了组织和教育大众的工具,同意这新的定义的人正在有效地发扬这工具的功能,不同意这一定义的'艺术至上主义者'在大众眼中也判定了是汉奸的一种了"[3]。这话里自然含有偏激的情绪化的成分,但其中所提供的信息却是十分重要的:抗日战争把中国知识分子与中国作家的忧患意识与社会、民族责任感发挥到了极致(这本也是"五四"新文学的一个传统)。文艺为"抗战"这一时代的最大"政治"服务,强调文学的"工具"性,重视文学宣传、教育、鼓动以至组织功能,这构成了四十年代文艺思潮的主流,一直持续于整个抗战时期文艺之中。即使有些作家不重视、不承认文学的宣传、鼓动功能,但在文学艺术要服务于"抗日战争"这一点上也似乎并无异议。毛泽东的《在延安文艺座谈会上的讲话》正是在这种"时代共识"的基础上,更加明确地提出:"在我们为中国人民解放的斗争中,有各种的战线,就中也可以说有文武两个战线,这就是文化战线和军事战线。我们要战胜敌人,首先要依靠手里拿枪的军队,但是仅仅有这种军队是不够的,我们还要有文化的军队,这是团结自己、战胜敌人必不可少的一支军队",他由此而将文学艺术的性质、作用规定为"作为团结人民、教育人民、打击敌人、消灭敌人的有力的武器，帮助人民同心同德地和敌人作斗争"。应该说，毛泽东在这里对文学艺术在民族解放战争中的地位与作用，以及由此而决定的"战争文学"的历史特征（例如特别强烈的时代性、政治性，以及宣传鼓动性）的概括，是反映了时代的要求与认识的。它得到了多数中国作家（不仅是解放区作家）的共鸣与认同，并不是偶然的。

我们说文艺与政治的关系是四十年代文艺理论的中心命题，并且是一系列文艺论争的焦点，大概不会有错。当时许多理论家在强调文学艺术的"工具"性质时，也强调不可忽视文学艺术这一特殊"工具"的特点，以及提高作品艺术性的必要。就连国民政府军事委员会政治部第三厅制定的《艺术工作者信条》里也规定："吾辈当知技术之良窳，直接影响宣传效果。故当从工作中磨练本身技术，使艺术水平因抗战之持久而愈益提高。"用毛泽东的话来说，"兵"要"精兵"，"武器"要是"好武器"[4]。这里的思维逻辑与用语也都是军事化的。这实际上也是三十年代鲁迅观点的延伸：一方面承认"一切文艺都是宣传，只要你是给人看"，一面又强调"一切宣传却并非全是文艺……。革命之所以于口号、标语、布告、电报、教科书……之外，要用文艺者，就因为它是文艺"[5]。这表示了三十年代左翼作家与四十年代大多数作家的一种"共识"：即充分发挥文艺的特性（即所谓艺术性），来达到最大限度的政治宣传效果。从这样的认识出发，毛泽东在《在延安文艺座谈会上的讲话》中，提出了"政治和艺术的统一，内容和形式的统一，革命的政治内容和尽可能完美的艺术形式的统一"的要求，并提出了"应该进行文艺问题上的两条战线斗争"的任务:"既反对政治观点错误的艺术品,也反对只有正确的政治观点而没有艺术力量的所谓'标语口号式'的倾向"。应该说,四十年代围绕"文艺与政治关系"的论争大体上也是从这两个方面展开的;而这"两条战线斗争"是一直持续到五六十年代的。毛泽东《在延安文艺座谈会上的讲话》提出的"政治标准第一,艺术标准第二"的原则也同样是影响深远的。但就在四十年代也存在不同意见,冯雪峰在《题外的话》里就反对将作品的"政治性"与"艺术性"割裂开来,强调"对于作品不仅不要将它的艺术价值和它的社会的政治的意义分开,并且更不能从艺术的体现之外去求社会的政治的价值"。冯雪峰的意见本来也是可以讨论的,但一个时期却用"反毛泽东思想"之类的政治判决,代替了实事求是的学术探讨,其影响也很深远,教训自然也是深刻的。

今天的研究者也许对四十年代理论家们对于文艺"特性"的认识所达到的历史水平更感到兴趣。比较流行的观点是强调文学的形象性与真实性。这一时期最有影响的理论家周扬与胡风都多次论及文艺形象思维的特点。周扬在与王实味的论战中,这样论述了他所认识的文艺:"特殊的一套:特殊的手段,特殊的方法,特殊的过程。这就是:形象的手段,一定的观察和描写生活的方法,组织经验的一定过程。而形象是最基本的东西,艺术家观察和描写生活,组织自己的经验,都依靠形象"[6]。这一时期最有影响的诗人艾青在《我对于目前文艺上几个问题的意见》里,则指出:"文艺和政治的高度的结合,表现在文艺作品的高度的真实性上。"这与毛泽东《在延安文艺座谈会上的讲话》强调"文艺的政治性和真实性"的"完全一致",是表达了同样的意思与要求的。这一时期大多数理论家对于文艺"真实性"的认识是建立在唯物论的反映论基础上的;其中一个重要理论来源即是俄国民主主义美学家车尔尼雪夫斯基、别林斯基、杜勃罗留波夫(即以后简称的"别、车、杜")的美学理论。周扬在写于这一时期,影响很大的美学论文《唯物主义的美学——介绍车尔尼雪夫斯基的美学》里,对车尔尼雪夫斯基"美是生活"的美学命题进行了详尽的阐发;肯定"在现实之外没有真正的美","生活的美总是高于艺术的美,艺术不过是现实的一种苍白的、不完全的,甚至多少是片面的再现而已",并由此得出艺术是"现实的再现"的定义,但"再现现实"又不同于消极的"摹拟自然",而是包含着作家用形象的方法对生活的"说明"与"批判",从而充当起"生活教科书"的任务。应该说,经过周扬介绍与阐发的"美是生活"的美学观,是影响了从四十年代到五六十年代几代中国作家及其创作的。周扬也同时批评了车尔尼雪夫斯基美学观中"带有费尔巴哈哲学的直观的特点","常常片面地强调生活而过分地贬低艺术的价值"。车氏美学观的这一片面性在毛泽东的《在延安文艺座谈会上的讲话》中得到了历史的纠正;毛泽东从辩证唯物主义观点出发,在强调"人类的社会生活""是文学艺术的惟一源泉"的同时,又指出:"文艺作品中反映出来的生活却可以而且应该比普通的实际生活更高,更强烈,更有集中性,更典型,更理想,因此就更带有普遍性。"毛泽东把马克思主义的实践的观点引入了唯物主义美学观,强调艺术性与政治性的统一,政治性与真实性的统一,生活美与艺术美的统一,都必须建筑在作家"生活实践与创作实践的统一"的基础上,这就是他所说的"中国的革命的文学家艺术家,有出息的文学家艺术家,必须到群众中去,必须长期地无条件地全心全意地到工农兵群众中去,到火热的斗争中去,到惟一的最广大最丰富的源泉中去,观察、体验、研究、分析一切人,一切阶级,一切群众,一切生动的生活形式和斗争形式,一切文学和艺术的原始材料,然后才可能进入创作过程"。这可以说是毛泽东文艺思想的一个核心命题,曾长期成为指导中国文艺运动与文艺创作的根本方针,其深远影响与重大意义是不可低估的。

在这一时期引起很大争议的,是胡风对于文学艺术"特性"与创作规律的探讨。作为一个在三十年代左翼文艺运动中成长起来的左翼理论家、批评家,胡风从没有,也几乎不可能怀疑与否定"文艺为现实政治斗争服务"(在这一时期主要是为抗日战争服务)的原则,他曾经用十分明确的语言宣布:"现实主义者底第一义的任务是参加战斗,用他的文艺活动,也用他底行动全部"[7]。在"艺术和政治结合必得通过艺术自身的特殊性,特殊法则"[8]这一基本点上,他与他的争论对手之间,似乎也不存在根本分歧。问题仅仅在于,胡风对于文学艺术的"特殊法则",以及由此决定的文学创作、文艺运动指导方针上,有着自己的独立探讨与独特认识。胡风的探讨与思考中心与出发点,是创作过程中的作家精神主体。在胡风看来,"客观对象没有进入人底意识以前,是'不受作家主观影响的客观存在',但成了所谓'创作对象'的时候,就一定要受'作家主观影响'的,否则就不会有什么创作"[9]。因此,在创作过程中,作家的创作主体与描绘的客观对象之间，就不是一个简单的反映与被反映的关系，而是主、客体的互相"拥抱""突进""肉搏"，作家精神主体对客观对象不断渗透、体验与感受，以至获得与客观对象浑然无间的融合；在同一过程中，客观"对象也要主动地用它的真实性来促成、修正甚至推翻作家底或迎合或选择或抵抗的作用，这就引起了深刻的自我斗争"[10]。这样，胡风强调突出了"感性"把握现实的审美方式在现实主义创作中的地位，从而纠正了将现实主义理解为单纯是对现实的理性把握的偏颇；同时又把"五四"文学传统中十分重视的人的主体因素、作家的个性因素（即所谓"主观战斗精神"）引入现实主义创作原则中，给予突出的地位，这对于现实主义对客观本体性的倚重，未尝不是一个必要的补充。胡风并没有否认"文学反映生活"的现实主义前提，他所提倡的是"主观精神与客观真理结合或融合"的"现实主义"[11]。胡风对于现实主义与文学艺术特性的理解、把握，以及由此产生的文学选择——以发扬作家"主观战斗精神"作为推进文艺运动的中心环节，与前述周扬们着重从文艺的表现客体对象方面去理解、把握文艺的特性与现实主义原则，自然是不同的，由此而引起论争是必然的。但在论争中，不但根本否认二者之间确实存在的"互补"关系，而且越来越将认识上的差异、矛盾，推向"你死我活"的不可调和的极端对立，为五十年代混淆矛盾性质埋下了伏笔；这里的原因自然是复杂的，但与战争时期要求行动的高度统一，容易导致思想上的"独断论"，并由战争中矛盾的尖锐化、简明化而易产生"两军对垒"式的"非敌即友，非正确即错误"的"二元对立"的思维定式，也是有一定关系的。

　　如果把这一时期的文艺思潮作为一个历史过程来把握，那么，大体可以说，尽管"文艺为政治（战争）服务"的观念贯串于全过程，但具体理解与把握却有一个发展过程：如果说抗战初期，比较偏重于从文艺作为宣传工具、战斗武器的"共性"方面去把握；随着战争与文学发展的深入，就越来越注重对文艺的"个性"，文艺创作的特殊规律的探讨。前述胡风理论中对于创作过程中作家心理、情感机制的探索，就是表明了这种倾向的。理论家们越来越重视理论与创作实践的结合：一方面进行理论的导向，一方面又通过创作实践经验的总结，推动理论自身的发展。收入本集中的周扬《论赵树理的创作》、闻一多的《时代的鼓手——读田间的诗》等作家、作品研究，都对这一时期，甚至五六十年代的创作产生了很大影响。在此基础上又产生了一批探讨文体特点及创作规律的论著。最引人注目的是新诗理论建设的成就。李广田在一篇题为《论新诗的内容和形式》的文章里明确指出："美的思想必须由美的形式才'表现'得好。只有在表现上，艺术家才存在，艺术家的力量才有用武之地。"由于有了这样的自觉意识，这一时期先后出现了艾青《诗论》、朱自清《新诗杂谈》、李广田《诗的艺术》、朱光潜《诗论》等专著，以及阿垅等七月派诗人、袁可嘉等九叶集派诗人探讨诗歌艺术的论文，中国现代新诗因此而建立起了自己的现代诗学的雏形。其他文体的研究也取得了可观的成绩。如茅盾《论萧红的〈呼兰河传〉》中对现代抒情小说创作特色的探讨，郭沫若《历史·史剧·现实》等文章中对中国现代浪漫主义历史剧理论的阐发，胡风等人对"报告文学"的倡导与研究，田仲济对杂文特质的讨论，周而复、贺敬之等对"新歌剧"的理论总结……，虽然由于处于战争的环境下，难免有些粗疏，但却表现了中国理论家的一种自觉努力，即将为伟大的民族解放战争服务的爱国热情与对文学艺术创作规律的科学探讨二者结合起来，这对于推动这一时期文艺理论与创作的健康发展，无疑具有重要的意义。

二

中国的抗日战争不是一般的战争，而是一场由最广泛的人民群众各阶层参加的，以农民为主体的，以争取民族独立与解放为目的的战争。文学服务于这样一种特殊性质的战争，就必然地将文学与人民（在中国特别是农民）的关系，文学的民族性问题置于十分突出的位置；文学的大众化与民族化，也就自然成为这一时期文艺理论与文艺思潮的另一个中心课题。

周扬在1940年所写的一篇文章里谈到，"战争给予新文艺的重要影响之一，是使进步的文艺和落后的农村进一步地接触了，文艺人和广大民众，特别是农民进一步地接触了。抗战给新文艺换了一个环境，新文艺的老巢，随大都市的失去而失去了，广大农村与无数小市镇几乎成了新文艺的现在惟一的环境。……过去的文化中心既已暂时变成了黑暗地区，现在的问题就是把原来落后的区域变成文化中心，这是抗战现实情势所加于新文艺的一种责任"[12]。"文艺人和广大民众，特别是农民进一步地接触"的结果，使广大作者有了一则以忧，一则以喜的发现：一方面，他们亲身感受到了"五四"以来的新文艺与生活在中国土地上的普通人民，尤其是占人口绝大多数的农民之间的严重脱节与隔膜；这对于一直以"文学启蒙"为己任，现在又急切地要以文艺为武器，唤起民众，为战争服务的中国作家，无异当头棒喝，并因此而引起痛苦的反思。另一方面，作家们又实地感受到了中国农民的力量、智慧，特别是他们对新文艺、新思想、新文化的迫切要求，于是，中国农民真正地，而不是仅仅停留在口头上、书本上的，成为新文艺的表现与接受对象、以至服务对象。与此同时，作家们还发现了中国农民自己创造的民间艺术、及其内蕴着的中国传统文化的特殊魅力，而这正是许多新文艺的作者长期忽略与轻视的。惟其如此，对民间艺术的意外发现，就不能不引起新文艺作家们思想上的巨大震动。以上两个方面的发现，都激发起了对"五四"以来的新文艺进行新的调整与改造的自觉要求：这构成了贯串于这一时期的"民族形式"问题的讨论，以至延安文艺整风运动的深刻背景与内在动因。对"五四"新文艺的调整与改造，主要是在两个方面进行的：调整新文艺与传统文化，特别是民间文化的关系，以促进新文艺进一步地民族化；调整新文艺与农民的关系，以促进新文艺进一步地大众化：这两个方面同样构成了"民族形式"问题讨论与延安文艺整风运动的基本内容和主要目的与要求。

在 1940 年关于"民族形式"的讨论中，潘梓年、艾思奇等人曾提出："历史的每一时期都有它的中心急迫的任务"，"五四"时期"文坛的主流在于介绍吸取外来的东西，主流在此而不在彼"，而现在（新文学发展的第三个十年）着重提出吸取传统文化，特别是民间文化，强调文学的"民族化"，正是"表现着目前想求进一步的发展"[13]。应该说，这是反映了新文学发展的客观事实与规律的："五四"文学革命之所以不同于中国历史上的文学改革运动，就是因为它不以传统文化内部结构的调整为满足，而是自觉地汲取与借助外来文化的冲击，对于传统文学进行了根本的改造与变革，以实现文学的现代化。正像周扬在"民族形式"问题讨论中所说，"五四"时期的"新文艺是接受了欧化的影响的。但欧化与民族化并不是两个绝不相容的概念。当时的所谓'欧化'，在基本精神上就是接受西欧资产阶级民主主义革命时的思想，即'人的自觉'，这个'人的自觉'是正符合于当时中国的'人民的自觉'与民族自觉的要求的"，而"新的字汇与语法，新的技巧与体裁之输入，并不是'欧化主义'的多事，而正是中国实际生活中的需要"[14]。周扬所强调的正是"五四"新文学及其发展的主流。与此同时，如毛泽东所指出的，又发生了"五四"文学革命"本来性质的反动"，毛泽东称之为"形式主义向右的发展"与"向'左'的发展，即对西方文化与马克思主义的生吞活剥，教条化，偶像化，形成了新的'洋八股'与'党八股'"[15]。因此，作为"民族形式"问题讨论与延安文艺整风运动指导思想的毛泽东的号召："洋八股必须废止，空洞抽象的调头必须少唱，教条主义必须休息，而代之以新鲜活泼的，为中国老百姓所喜闻乐见的中国作风和中国气派。把国际主义的内容和民族形式分离起来，是一点也不懂国际主义的人们的做法，我们则要把二者紧密地结合起来"[16]，这正是清楚地指明：这一时期对"文学民族化"问题的强调,不仅表现着文艺思潮主流、重点合乎规律的转移,它实质上是一次文学思想的解放,即使中国现代文学及其作家从以将西方文化和马克思主义偶像化为主要特征的文学教条主义与艺术教条主义的束缚下解放出来,进一步恢复与发展"五四"文学革命的科学与民主精神。在讨论中,有的人主张民族形式的创造应该以民间形式为中心源泉或主要契机,对"五四"以来的新文学采取了完全否定的态度。他们以为"喜闻乐见"应以"习见常闻"为基础,因而认为创造民族形式应以"旧瓶装新酒"为"具体径路",而"五四"以来的形式则认为是"畸形发展的都市的产物","在创造民族形式的起点上只应置于副次的地位"。这样,就完全否定了"五四"文艺传统,对旧形式采取无批判的投降态度。另一些人与此相反,对旧形式采取了全面否定的态度,无视于民间文学中的宝贵的精华,而认为那只是"濒于没落文化的垂亡时的回光返照",一方面又看不到新文艺本身与群众缺乏紧密联系的弱点,把这只归因于人民大众的认识程度的低下,从而对"五四"以来的文学采取了全盘肯定的态度。其实这两种片面的错误看法在主要点上是相通的,他们都没认识到新文艺未能大众化的根本原因在于作家还没和人民群众打成一片,又都没看到"五四"新文学与民族优秀传统之间并不是没有血缘关系的,只是联系还不够紧密而已。因此,"文学民族化"问题的提出与强调,绝不是对"五四"新文学传统与方向的否定,而是一次积极的调整,也包括对"五四"以后出现的教条主义倾向的纠正。

应该说,这一时期为促进新文学的民族化所作的努力,无论在理论上与创作实践上都取得了积极的成果。毛泽东《在延安文艺座谈会上的讲话》的有关论述，吸收了讨论中的各种有价值的意见，集中体现了这一时期关于"文学民族化"问题在理论上所达到的历史水平。毛泽东明确区分了"源"与"流"的问题，首先强调文学艺术的真正源泉是本民族人民的实际生活，这就纠正了将文学的民族化归结为"民族传统旧形式"的简单汲取的偏颇，正像周扬在讨论中所说，"民族新形式之建立，并不能单纯依靠于旧形式，而主要的还是依靠对于自己民族现实生活的各方面的绵密认真的研究，对于人民的语言、风习、信仰、趣味等等的深刻了解，而尤其是对目前民族抗日战争以实际生活的艰苦的实践。只要正确运用民族的语言文字形式，在活生生的真实性上写出中国人来，这自然就会是'中国作风与中国气派'，就会是真正民族的形式"[17]，这就抓住了问题的关键。毛泽东同时又强调，现代民族文化不可能产生于自我封闭之中，而必须广泛地汲取文学的各种源"流"，"我们决不可拒绝继承和借鉴古人和外国人"。按照讨论中大多数理论家与作家的意见，"继承和借鉴"应该是极其广泛的，至少包括四个方面，即横向的向外来文化的借鉴，纵向的对古典文化传统、"五四"新文化传统，以及民间文化传统的继承。同时，"继承和借鉴"又必须是有分析，有批判的，并且绝不可以"替代自己的创造"，这就是说，无论对哪一方面的文化传统，都必须进行创造性的改造与转化。正像人们在讨论中所指出的那样，"由于实际需要而从外国输入的东西，在中国特殊环境中具体地运用了以后，也就不复是外国的原样，而成为中国民族自己的血和肉之一个有机构成部分了"，而民间旧形式由于"建立在个体的,半自足的经济之上",本身"包含有封建的毒素",因此不能"在那完全的意义上去表现中国现代人的生活",但经过改造与转化后,就"已经不是旧形式,而是新形式了"[18];这里显然已经包含有"外来文化民族化"与"传统文化(含民间文化)现代化"的思想因素。但这一时期还不可能作出这样明确的理论概括;而且,从总体来讲,"文学的现代化"问题在这一时期文艺思潮中还没有引起足够的重视。此外,在讨论中,曾经出现过"民族形式"不外是"'大众化'的同义语"的意见[19],尽管有个别理论家提出不同看法[20],但在相当一段时期内(甚至延续到五六十年代),这一显然偏颇的理论在理论界与创作界却一直颇有市场,再加上人们对外来文化理解的狭隘化,仅限于"外国进步文化"的汲取[21];这些理论上的偏差与局限,对本时期以至五六十年代文学创作所造成的消极影响自然是不可忽视的。但总体来说,这一时期"文学民族化"问题的提出与强调,确实促使了作家从文学教条主义的束缚下解放出来,刻苦钻研中国的民族文学和民间文学形式。创造出具有民族风格的,为中国老百姓喜闻乐见的艺术形式。所有这些努力与成就都显示出文学发展的趋向:把"根"深深地扎在民族文化土壤与人民生活中,这无疑是主要在外来文化影响下产生的中国现代文学的一个历史性的新发展。

调整"五四"新文学与农民的关系,这是本时期业已成熟的时代文学课题。以"启蒙"为己任的中国现代文学,从本质上说,是不可能长时间与占中国人口大多数的农民隔绝的。"五四"时期"人"的发现就包含了对以农民为主体的下层人民独立价值的发现;以鲁迅小说为代表的"五四"新文学开始以农民为文学的主要表现对象。"五四"时期也提出了"平民文学"的口号；但正如毛泽东所指出，当时的新文学"还没有可能普及到工农群众中去"，作为新文学主要接受对象的"平民"，"实际上还只能限于城市小资产阶级和资产阶级的知识分子，即所谓市民阶级的知识分子"[22]。在新文学的第二个十年，尽管更加明确地提出"文艺大众化"的口号，强调"以农工大众为我们的对象"，新文学的读者仍然限于城市市民和小资产阶级知识分子的范围，广大农民事实上并没有成为新文学的接受对象。鲁迅当时就指出，文艺的真正"大众化""必须有政治之力的帮助"，当时只能为迎接"大众能鉴赏文艺的时代"的到来作"准备"[23]，到了本时期——新文学发展的第三个十年，一方面由于农民已经成为抗日战争的主力，他们也必然如毛泽东所说，成为"现阶段中国文化运动的主要对象"[24]，另一方面由于中国共产党领导的工农为主体的民主政权的建立，以及减租减息、土地改革的实行，农民在政治、经济翻身的同时，开始学习文化，摆脱文盲、半文盲的愚昧状态，这样，就具有了接受新文学的客观要求与可能；正是在这样的新的历史条件下，占中国人口大多数的农民才真正开始成为"五四"新文学的"接受对象"：对文学"接受对象"的这一"发现"，在中国现代文艺思想发展史上无疑具有重要的意义。对于长期以城市市民与小资产阶级知识分子为接受对象的新文学作家来说，这是一个崭新的对象，他们"不熟，不懂"，也就必然陷入"英雄无用武之地"的困境。正是为了摆脱这一困境，调整新文学与新的接受对象农民的关系，毛泽东及时地向新文艺的作者提出："了解人熟悉人"首先是了解与熟悉农民，

"是第一位的工作"，号召他们与广大工农群众结合，"和新的群众的时代相结合"，这自然是十分适时的。正是在毛泽东的召唤下，在抗日根据地出现了一个自觉的文学潮流——努力地表现中国农民的思想、情感、心理、生活与命运，认真研究农民的审美趣味、习惯、心理，学习农民的语言，从农民自己创造的民间艺术中广泛吸取艺术养料，创造适应农民接受水平并为农民喜闻乐见的艺术形式。正是在这个文学潮流中，涌现出了赵树理这样的与广大农民血肉相连的新文艺作家，产生了《小二黑结婚》《王贵与李香香》《白毛女》这样真正为农民所接受的新文艺作品，从而结束了"五四"新文学与中国农民互相隔绝的历史，新文学自身也从中获取了新的活力，显示出新的特色；这都是应该充分肯定的历史积极方面。

但在这同时也潜伏着某种危机，即对新文学的创造主体——中国现代作家与知识分子有意无意地贬低，对新文学的表现与接受对象——中国农民有意无意地美化。理论家胡风正是敏锐地抓住了这一当时尚处于萌芽状态的倾向，从另一方面提出了"革命知识分子是人民底先进部分"的命题，并且重申"五四"时期"改造国民性"的思想，强调了用现代民主主义思想引导农民，帮助农民摆脱"精神奴役创伤"的极端重要性[25]。胡风的这些"提醒"，本是对前述毛泽东观点的适时补充，但却被断然拒绝；新文学作家（知识分子）写农民关系问题上的偏颇在五六十年代又有了进一步的发展，终于造成了严重的后果。这都是人们所熟知的。

但所有这一切——无论是理论上已经达到的或尚未认识到的，对于后来者都是宝贵的财富。前者将成为新的探讨的起点，后者则提供有益的鉴戒。事实上，新文学第二个十年所提出的理论课题，无论是文艺与政治的关系，还是新文学与外来文化、传统文化的纵横关系，文学民族化、现代化、大众化的关系，以及新文学的创造主体与它的表现对象、接受对象的关系……都继续为中国当代的理论家们所关注。对当年艰难探索中的得失做历史的回顾，也就具有了某种现实的意义。这大概就是编辑与出版本书的目的所在吧。

*　　　*　　　*

〔1〕鲁迅：《且介亭杂文末编·论现在我们的文学运动》。
〔2〕刊于《文艺月刊》战时特刊第9期。
〔3〕见《抗战以来文艺的展望》，载1938年5月《自由中国》第2号。
〔4〕毛泽东：《整顿党的作风》。
〔5〕鲁迅：《三闲集·文艺与革命》。
〔6〕〔8〕周扬：《王实味的文艺观与我们的文艺观》
〔7〕胡风：《论战争期的一个战斗的文艺形式》。
〔9〕〔25〕胡风：《论现实主义的路》。
〔10〕胡风：《置身在为民主的斗争里面》。
〔11〕胡风：《现实主义在今天》。
〔12〕〔14〕〔17〕〔18〕周扬：《对旧形式利用在文学上的一个看法》。
〔13〕参看艾思奇《旧形式运用的基本准则》与潘梓年在"文艺民族形式问题座谈会"上的发言。
〔15〕毛泽东：《反对党八股》。
〔16〕毛泽东：《中国共产党在民族战争中的地位》（1938年10月），在1942年延安整风运动中，毛泽东在《反对党八股》一文中又重申了这一号召。
〔19〕郭沫若：《"民族形式"商兑》。
〔20〕如潘梓年在《新文艺民族形式问题座谈会上的发言》即明确表示："民族形式问题的提出，不能和通俗化、大众化问题混为一谈。"

〔21〕胡风:《论民族形式问题》。
〔22〕毛泽东:《新民主主义论》。
〔23〕鲁迅:《文艺的大众化》。
〔24〕毛泽东:《论持久战》。

《在延安文艺座谈会上的讲话》
在现代文学史上的历史意义

毛泽东同志的《在延安文艺座谈会上的讲话》已经发表四十年了，这一具有重要历史意义的马克思主义文献对现代文学发展的巨大影响是尽人皆知的，但我们不应只看到它从抗日战争后期以来指导了以描写"新的人物、新的世界"为主要特征的文学发展的"新阶段"，而更重要的是它的产生和其中的许多重要论点都是总结和概括了"五四"以来现代文学发展的基本经验的。正如毛泽东思想是马克思列宁主义在中国的运用和发展，是中国共产党集体智慧的结晶那样，作为毛泽东思想的重要组成部分的毛泽东文艺思想，也是集体智慧的产物。从"五四"开始，以鲁迅为代表的党内外马克思主义的文艺家、作家都对它的形成和发展作出了一定的贡献。毛泽东同志在《讲话》中强调了马克思主义"实事求是"的原则，他指出作为《讲话》出发点的一个基本事实就是"'五四'以来的革命文艺运动——这个运动在二十三年中对于革命的伟大贡献以及它的许多缺点"；这就清楚地说明：《讲话》是"五四"以来革命文艺运动实践经验的科学总结与集中概括。因此，我们只有把《讲话》放到"五四"以来革命文艺的历史发展中，联系整个革命文艺运动、文艺思潮的发展来加以考察，才能科学地理解《讲话》的伟大历史意义；而它在理论上的某些局限与不足，也只有从它所产生和形成的历史条件，才有可能得到科学的认识与说明。

下面，根据《讲话》的基本精神，我想从五个方面来谈一点自己的理解和体会。

一　关于文艺与人民的关系

由"五四"开始的中国现代文学，人们一向习惯称之为"新文学"，所谓"新"的一个基本特点就是它要求文学与人民群众取得联系。"五四"文学革命是由倡导白话文开始的，但它的意义并不只限于文学形式和表达工具的革新，而是体现了文学如何才能为最广大的群众所接受、文学与人民取得联系这一历史要求。文学革命的主要精神是什么呢？用一句话来概括，就是要求建设一种用现代人的语言表现现代人的思想的文学。现代人的语言就是白话文，而现代人的思想就是民主与科学。这种要求的出现当然有深刻的社会原因，它是与中国民主革命历史的伟大转折相联系的，同时它也是中国人民对现代化的要求在文学上的反映。因此新文学同主要产生于封建社会的"旧文学"的一个基本不同点，就是它从开始起就要求文学和人民群众取得联系。以提倡白话文来说，就"五四"当时的先驱者们的主张看来，他们之所以坚决主张"白话当为文学之正宗"（陈独秀语），主要是两方面的理由：第一，当作一种完善地表现进步思想的文学语言，白话是最能胜任、最富有表现力的；第二，白话更能为一般人所读懂，能够普及。这第二点其实是更为重要的，因此"国民文学"或"平民文学"就成为震动一时的口号。虽然所谓"平民"或"国民""实际上还只能限于城市小资产阶级和资产阶级的知识分子"，但因为"当时还没有可能普及到工农群众中去"[1]，这样的口号至少已经显示了文学革命对于"普及"的要求，显示了民主革命的启蒙运动的迫切需要。当时所展开的思想斗争也是尖锐地接触到这一点的，林琴南反对白话文就因为它是"引车卖浆之徒所操之语"，也有人说"白话鄙俚浅陋，不值识者一哂"。而鲁迅在《新青年》随感录中就答复道："中国不识字的人，单会讲话，'鄙俚浅陋'不必说了。……四万万中国人嘴里发出来的声音，竟至总共'不值一哂'，真是可怜煞人。"[2]这些事实说明"五四"时期把提倡白话文来当作文学革命的重要内容，并不完全是只着重在形式方面，而正是为了使进步的文学作品能够获得更多的读者，能够发挥教育人民的效用；是为了"普及"和推动人民革命的发展的。这在实质上就是一个如何使文学更有效地为人民服务的问题。在当时，问题当然还没有这样明确地提出来，但实际上是接触到了的。

这本来是由新民主主义革命的性质和任务所决定的。毛泽东同志把"大众的"和"民族的、科学的"一同规定为新民主主义文化的主要特征，正是科学地概括了由"五四"文学革命发端的新时代的文学区别于过去一切历史阶段文学的新的性质。因此他才充分肯定了"五四"运动时期"反对文言文，提倡白话文，反对旧教条，提倡科学和民主"的历史功绩，认为"在那时，这个运动是生动活泼的，前进的，革命的。"[3]我们可以说，追求和探索如何使文学更好地和更有效地为人民服务的问题,是由"五四"开始的中国现代文学史的一条重要的发展线索。

在我国旧民主主义革命时代,为了适应资产阶级领导的民主革命的需要,晚清也有过不少"启迪民智"的普及文化的活动。梁启超的《论小说与群治之关系》的著名论文,正是由"群治"的角度来提倡"新小说"的;而白话谴责小说的盛行,"诗界革命"的提倡,"新民体"散文的流行,话剧形式的输入,也正反映了民主革命的这一启蒙要求。资产阶级在它还领导革命的时代,它总是企图以全民代表的身份来领导群众向封建统治者进行斗争的;但不仅这些文学改良运动总的说来奏效甚微,不久就都偃旗息鼓了,而且即使在当时,它们的那种居高临下地考察问题的角度,那种和封建传统思想难以解脱的种种联系,都谈不上是要求文学为人民群众服务的问题。虽然那时也有些先进人物同情于人民群众的悲惨处境,痛感到群众觉悟程度对于革命事业的重要性,因而想通过文艺来提高人民的觉悟,从而探索改变他们处境的道路,但这些人在当时的历史条件下,是很难有所作为的。正如鲁迅在《呐喊·自序》中所追述的,当时"如置身毫无边际的荒原,无可措手",结果感到的只是"寂寞"。只有到了"五四"时期,在新的历史条件下,文艺与人民的关系问题才真正地被提上了历史的日程。因此陈独秀在《文学革命论》中,"高张'文学革命军'大旗","旗上大书特书吾革命军三大主义",第一条就是"推倒雕琢的阿谀的贵族文学,建设平易的抒情的'国民文学'"。鲁迅以后提出"文艺是国民精神所发的火光,同时也是引导国民精神的前途的灯火"[4],强调文学要反映"国民精神",写出"现代的我们的国人的魂灵"[5]，同时又反过来影响国民的灵魂，促进人民和民族的觉醒，其着眼点依然是文学与国民的密切联系。随着运动的发展，"国民文学"具有了越来越明确的内容。"注意社会问题，同情于'被损害者与被侮辱者'"主张的提出[6]，"到民间去"的口号在作家中的反应，"民众文化"的提倡，都反映了要求文学与广大的被压迫的人民群众的结合。在创作上，农民第一次成为文学作品的主人公，"表现下层人民的不幸"成为新文学的重要主题，这些都显示出了新民主主义革命时期的新的历史特点。所以说，"五四"新文化运动从一开始就把寻求正确解决文学和人民群众的关系问题，作为新文学的一个根本问题提了出来，并且形成了一个光荣的传统。

但是文艺与人民的关系问题，在"五四"时期，无论在理论认识或创作实践上，都还不可能得到明确的解决，而且像这样重大的问题也不是轻易可以解决的。当时有的人提出的所谓绝不能将文学"低就民众""只能由少数领着多数跑"等等，都说明距离文艺与人民关系问题的真正解决还相当远。到了无产阶级充分显示出领导作用的"五卅"运动以后，文艺理论上就开始提出了创造"表同情于无产阶级的社会主义的写实主义的文学"的口号[7]，二十年代末期，无产阶级革命文学运动的倡导者太阳社与创造社的理论家们更明确提出要以"农工大众"为文学的主要服务对象与表现对象[8]。"左联"成立以后，更明确提出以大众化作为无产阶级文学运动的中心，这正是看到这个问题没有解决并企图努力加以解决的措施。瞿秋白在《大众文艺的问题》中说：

"平民群众不能够了解所谓新文艺的作品,和以前的平民不能够了解诗、古文、词一样。新式的绅士和平民之间,还是没有'共同的语言'。既然这样,那么,无论革命文学的内容是多么好,只要这种作品是用绅士的语言写的,那就和平民群众没有关系。"

要使新文艺和人民群众发生关系,语言和形式的问题当然重要,并且一定是会在实践中接触到的,但更重要的却是作家与群众结合,解决自己与描写对象和服务对象之间的距离问题。当时"左联"对大众化是做了许多工作的,如提倡大众语,推行手头字,组织工农通讯员和提倡报告文学等,都取得了一些成就。现在看来,尽管左翼文艺运动关于文艺大众化问题的理论或具体措施上有过一些不尽恰当的地方,例如:对于"五四"以来的文学成就估价过低,以及有过一些关于语言有阶级性的理论等等,但把大众化当作左翼革命文学运动的中心则是完全正确的。当时明确指出大众化问题的解决"实为完成一切新任务所必要的道路",这实质上就是明确了现代文学发展中的一个带有方向性质的关键问题。因为就革命文艺的特点和它的社会作用说来,就革命文艺同它的描写对象和服务对象之间的关系说来,文艺和群众结合的问题都是一个根本问题。应该说,左联时期对这个问题的探索,或者说文学与人民结合的程度,比之"五四"时期是有了很大进展的。鲁迅在《对于左翼作家联盟的意见》里指出,文艺的"联合战线"必须以为"工农大众"的"共同目的为必要条件",而绝不能"只为了小团体",或者"只为了个人"。这里明确地提出了文艺"为什么人"的问题,是对

"五四"以来所追求的文学与人民的关系问题在理论上的重大发展。鲁迅的这一观点后来直接为毛泽东同志所引述,并被概括于《讲话》的"文艺为以工农兵为主体的人民大众服务"的思想之中。

抗战爆发后,在"文章下乡""文章入伍"的号召下,在动员全国人民坚持抗战的要求下,这个问题显得更加突出和尖锐了,许多作家也有了一些通俗文艺创作活动的实践,当时展开的关于"旧瓶装新酒"和民族形式的创造等问题的讨论,正是"左联"时期大众化问题在新的历史条件下的发展。它们所要解决的问题是一个:即如何使文艺更好地和更有效地为人民服务的问题。在讨论中,除了强调民族形式的继承与发展、语言的大众化等问题外,还强调了作家应当"投入大众的当中,亲历大众的生活,学习大众的言语,体验大众的要求,表扬大众的使命"[9]。这里将文艺与人民的关系问题同作家与人民的关系问题联系起来加以考察,说明对这一问题的认识正处于进一步的深化过程之中。

值得注意的是鲁迅在《文艺的大众化》一文中所提出的意见,他虽然积极支持并参与了关于大众文艺的理论探讨和创作实践,但他清醒地认识到"文艺大众化"的"全部"实现,即作家与人民大众、文艺与人民大众的彻底结合,"必须政治之力的帮助"。这就是说,在无产阶级还没有掌握政权的条件下,作家处于与人民隔绝的状态,不可能深入"革命的旋涡中心"[10],作家在思想上和生活上与人民的结合就不能不受到极大的限制。因为深入群众生活不仅是革命作家的义务,也是他们所应享的权利,而在反动统治下,处于被迫害状态下的作家是不可能享有这种自由和权利的。另一方面，处于被压迫地位的人民群众，在政治上和经济上获得解放之前，也没有条件改变自己文化落后的状态，他们对文艺的接受与鉴赏也必然要受到很大的限制。总之，文艺与人民的关系问题在理论与实践上的根本解决，必须有人民自己的"政治之力的帮助"，而在鲁迅的时代，历史条件显然还不成熟，它的解决必须有待于"人民大众当权的时代"[11]。

毛泽东同志《在延安文艺座谈会上的讲话》的历史功绩，正是在人民大众已经有了自己的根据地和解放区，开始在政治、经济以及文化上翻身的新的历史条件下，鲜明地提出了"文艺为以工农兵为主体的人民大众服务"的根本方向，提出了作家"必须和新的群众的时代相结合""必须彻底解决个人和群众的关系问题"，做"群众的忠实代言人"。这就从根本上解决了文艺与人民的关系这一现代文学发展中的中心问题，使广大革命文艺工作者不仅在认识上明确了文艺与群众关系问题的重要性，而且也找到了具体实践的途径，从而在现代文学史上开辟了一个新的历史阶段。毛泽东同志正是在总结"五四"以来现代文学发展的基础上，既看到了它的贡献，也看到了它的缺点，而给以马克思主义的精辟分析的。对于"大众化"问题，他就作出了这样明确扼要的说明："许多同志爱说'大众化'，但是什么叫作大众化呢？就是我们的文艺工作者的思想感情和工农兵大众的思想感情打成一片。"在《反对党八股》一文中讲得更其生动和具体：

"例如那些口讲大众化而实是小众化的人，就很要当心，如果有一天大众中间有一个什么人在路上碰到他，对他说：'先生，请你化一下给我看。'就会将起军的。如果是不但口头上提倡提倡而且自己真想实行大众化的人，那就要实地跟老百姓去学，否则仍然'化'不了的。"

文艺作品如何才能受到人民群众的欢迎呢？（这是文艺能够发挥它应有的社会作用的前提）首先是作品内容所表现的思想感情能够引起群众的爱和憎，感动、理解或共鸣，其次是它的语言形式能为群众所喜闻乐见，而前者当然是更根本的。毛泽东同志对于"大众化"的解释不仅在理论上是"五四"以来关于文艺与人民关系问题的总结和发展，而且也阐明了革命文艺创作的客观规律。因为对于一个作家来说，重要的不只是他的理性认识，更重要的是他对现实生活的感情和态度。正如鲁迅所说，同路人作家与无产阶级革命作家的根本不同，就在于"前者虽写革命和建设，时时总显出旁观的神情，而后者一落笔，就无一不自己就在里边，都是自己们的事"[12]。作家解决了和人民群众"思想感情打成一片"这个中心环节，就从根本上解决了文艺与人民的关系，就使文艺为人民服务有了必要的条件和保证。《讲话》发表以后的许多优秀的创作，就证明了这一点。

从"五四"提倡白话文开始，对于文艺大众化问题的努力和探索都着重在文学的语言和形式方面，而多少忽略了文艺工作者的自身与群众结合的问题。当然，语言和形式对于大众化也并不是不重要的，毛泽东同志就对民族形式和语言问题作过重要的论述；但是即使仅就语言和形式的问题说，要解决得好也是有赖于深入人民群众的生活的。毛泽东同志在《反对党八股》一文中就说："人民的语汇是很丰富的，生动活泼的，表现实际生活的。"而对于人民群众的丰富生动的语言缺乏充分的知识正是造成文艺工作者"英雄无用武之地"的一个原因。总之，这些问题也只有在文艺工作者深入生活的过程中才能够逐渐得到完满的解决。

对于"五四"以来革命文艺运动所艰辛地探求并努力企图解决的文艺与人民关系的问题，毛泽东同志在《讲话》中作出了明确的理论上的阐发，这是我们今天仍然必须坚持的科学原则；它不仅有重大的历史意义，而且也有长远的指导作用。因此邓小平同志在第四次文代会上的"祝辞"中说："人民是文艺工作者的母亲。一切进步文艺工作者的艺术生命，就在于他们同人民之间的血肉联系。"

二　关于新文学的革命现实主义传统

从"五四"开始的中国现代文学，从文艺观和创作方法的主流来说，就是由鲁迅所奠定并向着社会主义方向发展的革命现实主义传统。这个宝贵的传统为十年浩劫所破坏，"四人帮"批判的所谓"黑八论"，其中心就是批判现实主义，为制造阴谋文艺服务。因此我们在拨乱反正的工作中，首先提出的就是恢复革命现实主义传统。这个传统的基本精神就是文艺必须反映现实生活，重视艺术的真实性。"五四"文学革命反对模仿，提倡创新，正是由这里出发的。陈独秀在《文学革命论》中明确地把"推倒陈腐的铺张的古典文学，建设新鲜的立诚的写实文学"作为"文学革命军""三大主义"之一。在"五四"当时的先驱者们看来，"古典文学"即传统的封建社会的文学在创作方法上的根本弊病，首先是"刻意模古""无病而呻",完全脱离现实生活。"五四"文学革命一开始就把"桐城谬种"和"选学妖孽"当作革命的对象,着眼点并不是针对唐宋八家或《文选》这部书,而是指当时那些脱离现实生活、专以模拟古人为能事的旧式文人;认为他们"铺张堆砌,失抒情写实之旨"。这正是毛泽东同志后来在《讲话》中批判的"最没有出息的最害人的文学教条主义和艺术教条主义"。从创作方法说来,就是掩盖矛盾、粉饰生活的反现实主义倾向,所以鲁迅把旧文学概括为"瞒和骗的文艺",要求新文艺必须"对于人生——至少是对于社会现象",必须采取"正视"的态度。这实际上就揭示出了革命现实主义的主要特征。他认为作家必须"取下假面,真诚地、深入地、大胆地看取人生并且写出他的血和肉来"[13]。这种把主观真诚和客观真实结合起来的主张是可以说明新文学从开始起就是以反映社会现实、推动社会进步作为它的创作方向的,这就是我们所珍视的"五四"革命现实主义传统。这种精神是体现在创作实践上的,鲁迅自己小说的取材就是"多采自病态社会的不幸的人们中,意思是在揭示病苦,引起疗救的注意。"他写小说是为了"利用他的力量,来改良社会。"[14]沈雁冰在《什么是文学》一文中谈"五四"时期的创作时也说:"这几年来的新文学运动都是向这个'假'上攻击而努力于求真的方面,现在已差不多成一普遍的记号";"新文学的写实主义于材料上最注意精密严肃,描写一定要忠实"。当时的许多作者大体上都是向着忠于现实生活这一目标努力的。由于他们处于人民革命的新时代,本身有改革社会的强烈愿望,因而就要求将自己熟悉的或体验过的生活按照它的实际面貌描绘出来,以期引起读者的同感,推动社会的改革和进步。要做到这一点,就必须要求作者站在时代的前列,解放思想,正视现实,勇于揭露社会矛盾和表现自己的爱憎倾向。这就是由"五四"文学革命开始的,以鲁迅为杰出代表的革命现实主义传统的主要精神。

到了二十年代末期开始倡导无产阶级革命文学的时候,就进一步提出了"我们现在所需要的文艺是站在第四阶级说话的文艺,这种文艺在形式上是现实主义的,在内容上是社会主义的"主张[15]。随着革命文艺运动的发展,许多人都感觉到在创作上有两个问题必须认真予以解决:第一是如何把无产阶级的思想要求即倾向性,与作品的艺术真实性的要求统一起来;第二是如何认识和解决革命文学必须表现工农大众的历史要求与作家对工农生活不熟悉之间的矛盾。三十年代许多有关左翼文艺运动的历史文献在讲到创作问题时实际上都是围绕着这两个问题立论的,这正是现实主义文学在发展中所遇到的实际问题,而且是必须认真对待的。我国革命文学运动对这两个问题的认识与解决,曾经有过一段曲折的过程。早期无产阶级革命文学的倡导者曾经有人把作家的世界观和创作方法、把认识现实的一般法则和形象的反映现实的艺术法则混淆起来,要求作家在作品中赤裸裸地表现自己的政治倾向性。他们还认为创作不需要实际的"生活体验",可以用"体察"和"想象"来代替,因此就不顾作家的生活基础而片面地要求作家表现自己所不熟悉的"重大题材",这实际上也就是取消了作家必须熟悉人民大众的生活的任务。这种理论上的偏颇曾导致了创作上的一度背离现实主义的公式化概念化倾向。1932年以后,我们批判了所谓辩证唯物论的创作方法，强调了世界观与创作方法的统一，政治倾向性与客观真实性的统一，指出了"越能真实地全面地反映了现实，越能把握住客观真理，则它越是伟大的斗争的武器"[16]。这对文艺与生活的关系的认识，是一个很大的进展。随着马克思主义文艺理论和列宁斯大林时代苏联作品的介绍，现代文学的革命现实主义也获得了新的发展。恩格斯的对于现实主义的经典的说明和列宁关于文学的党性原则的思想对进步作家起了巨大的指导作用。当然，理论只能起指导和帮助的作用，并不能代替作家去观察和认识生活，但三十年代的创作之所以取得较大的成就，是同左翼文艺运动的开展和社会主义现实主义创作方法的指导分不开的。1934年在高尔基主持的第一次全苏作家代表大会上，社会主义现实主义的创作方法被写进了苏联作家协会章程。章程规定：社会主义现实主义"要求艺术家从现实的革命发展中真实地、历史地和具体地去描写现实。同时艺术描写的真实性和历史具体性必须与用社会主义精神从思想上改造和教育劳动人民的任务结合起来。"由于在三十年代的中国，"无产阶级的革命的文艺运动，其实就是惟一的文艺运动。"[17]因此全苏作家代表大会的酝酿、准备和召开的情况．都及时地被介绍到中国，并且还联系创作进行了理论上的探讨。中国进步作家努力提倡"手触生活""写最熟悉的事情"，因而在创作上也取得了比较丰硕的收获。鲁迅指出："现在有许多人，以为应该表现国民的艰苦，国民的战斗，这自然并不错的，但如自己并不在这样的旋涡中，实在无法表现，假使以意为之，那就决不能真切，深刻，也就不成为艺术。所以我的意见，以为一个艺术家，只要表现他所经验的就好了，当然，书斋外面是应该走出去的，倘不在什么旋涡中，那么，只表现些所见的平常的社会状态也好。日本的浮世绘，何尝有什么大题目，但它的艺术价值却在的。如果社会状态不同了，那自然也就不固定在一点上"[18]。鲁迅的意见既坚持了作家必须写自己熟悉的生活的现实主义创作原则，同时又是从当时无产阶级革命文学运动所处的实际环境和条件（反动的政治统治与压迫使作家不可能深入到人民群众斗争的旋涡中）出发的。鲁迅清醒地看到，作家要真正熟悉并真实地表现工农群众的生活及其斗争，也就是要解决作家不熟悉劳动人民生活的根本问题，必须要有一个完全不同的"社会状态"；而在鲁迅的时代，这样的历史条件显然是不具备的。

　　毛泽东同志正是在"中国历史几千年来空前未有的人民大众当权"[19]的新的时代条件下，坚持了唯物主义反映论的原则，首先明确地指出了社会生活"是一切文学艺术的取之不尽，用之不竭的惟一的源泉"。作家的立场和世界观诚然是重要的，但如果对人民群众的生活处于"不熟，不懂"的状态，那就势将陷入"英雄无用武之地"的窘境。作家诚然必须写自己最熟悉的事情，才能真实地反映生活；但如果作家所熟悉的只限于自己狭小的生活圈子中的身边琐事，那是无法表现波澜壮阔的群众生活及其斗争的，当然也就不能适应新的时代的要求；因此革命现实主义要求作家不应只停留在写自己最熟悉的事情上面，而应该适应历史的发展，把自己原来不熟悉的东西变成熟悉的东西。毛泽东同志强调指出革命作家"必须长期地无条件地全心全意地到工农兵群众中去，到火热的斗争中去，到惟一的最广大最丰富的源泉中去、观察、体验、研究、分析一切人，一切阶级，一切群众，一切生动的生活形式和斗争形式，一切文学和艺术的原始材料，然后才有可能进入创作过程"。这里强调了作家深入群众生活对于改造思想与熟悉自己描写对象的重要性，从而明确地揭示了如何解决文艺必须表现工农群众生活的历史要求与作家对它并不熟悉之间这个长期存在的矛盾。这是革命现实主义传统的新发展，不仅有重要的理论意义，而且也给作家指明了具体实践的途径。毛泽东同志在谈到文艺工作者的学习问题时，指出了"学习马克思列宁主义和学习社会"两方面的任务，正是从树立正确的世界观和熟悉社会生活两方面并提的，因为只有这样，作家才能"根据实际生活创造出各种各样的人物来，帮助群众推动历史的前进"。毛泽东同志的这一思想科学地揭示了现实主义文艺创作的规律，而"人民掌握政权"的客观条件又给作家提供了"到群众中去的完全自由"，使实现这一思想有了现实的可能性，因此它就迅速转化为物质力量。许多作家在深入群众生活的过程中创造出了为人民所欢迎的，有着鲜明个性的真实可信的工农兵形象，把现代文学推进到了一个历史的新阶段。解放区的许多具有浓厚生活气息的新作品，体现了鲜明的思想倾向性和艺术真实性的统一，标志着我国现代文学的革命现实主义创作达到了一个新的水平。

毛泽东同志在《讲话》中特别强调了改造思想的重要性，目的是要解决作家的主观与客观的关系。就作为创作方法或创作原则的革命现实主义来说，除了世界观的重要指导作用以外，要真实地按照生活的本来面貌反映生活，还有许多艺术规律的问题需要研究和探索。即就世界观对创作的指导作用来说，当然它是十分重要的，但如果像十年浩劫时期那样把世界观的作用强调到绝对化和起决定作用的程度，那就不能不最终否定从生活出发、真实地再现生活的根本原则，而陷入唯心主义和反现实主义的泥坑。因为要写成一部好的作品，需要很多条件，即使作家长期深入生活并同劳动人民在思想感情上没有隔阂，也只是具备了作为革命作家的一个重要条件，并不能保证他就一定能写出优秀的成功的作品；这里还有作家认识生活和感受生活的能力，作家积累素材和提炼概括的本领，作家的艺术修养和表现手段等等重要因素。毛泽东同志在《讲话》中开头就说，他的目的是要"研究文艺工作和一般革命工作的关系"，他是根据革命工作的要求和整风运动的目的讲的，并不是专门讲现实主义创作的艺术规律，这是需要文艺理论工作者去深入研究的，因此我们不能认为他没有讲到或没有强调的东西就是无足轻重的。重要的是，从现代文学史的角度看，《讲话》确实丰富和发展了由"五四"开始的革命现实主义传统，并产生了推进历史前进的重大作用。

三 关于"文艺问题上的两条战线斗争"

毛泽东同志在《讲话》中指出："我们既反对政治观点错误的艺术品，也反对只有正确的政治观点而没有艺术力量的所谓'标语口号式'的倾向。我们应该进行文艺问题上的两条战线斗争。"从现代文学的发展过程来考察，应该说，从"五四"时期开始，我们就是进行了两条战线斗争的，毛泽东同志正是总结了"五四"以来的经验而明确地提出了上述要求的。当然，什么时候主要反对什么倾向，这要视当时的具体情况而定，而且在反对一种错误倾向时，也不应该忽略另一种错误倾向的存在，这在现代文学的发展过程中也是有值得重视的经验和教训的。关于反对错误的思想倾向的斗争，由于从"五四"开始的现代文学是同中国新民主主义革命同呼吸、共脉搏的，而思想斗争又是无产阶级发挥领导作用的重要方式，因而是始终贯串于现代文学史的，它的线索非常清楚，鲁迅的杂文就充分地反映了思想斗争的过程。这种斗争的主要锋芒当然首先是针对封建文学、买办文学和反动派的法西斯文学的；其次则是同资产阶级文艺思想的斗争，例如艺术至上主义以及各种引导人消沉、享乐甚至颓废堕落等思想倾向。就斗争的主要论题看，也是带有鲜明的时代特点和体现了现代文学的发展轨迹的，如关于文言、白话的论争，关于文艺阶级性的论争，关于文艺与现实政治关系的论争以及关于文艺的工农兵方向等。这种论争不仅限于理论方面，也涉及到创作的内容和倾向。就对文艺作品的评论说，我们向来也是着重于思想内容的分析和评价，这是引导许多作家的思想向前发展的重要方式之一，而且是收到了效果的。因此就对错误思想进行斗争的这条战线来说，我们不仅是长期坚持了的，而且是有成绩、有贡献的。《讲话》对当时存在的"各种糊涂观念"的批评，就是明证。当然，从总结历史经验的角度看，有的时候这种批评或斗争也有把问题提得不准确或者过火的地方，这里有理论水平问题、方式方法问题，以及打击面与团结面的关系等问题，这是需要根据当时的具体历史情况进行分析的，但总的说来，这种斗争对扩大无产阶级的思想阵地，推动作家的进步和文艺创作的发展，无疑是起了很大作用的。

文学史上某一历史阶段文学发展的水平，文艺工作的成就，归根到底是要由作品的艺术质量和社会影响来体现的，因此鲁迅指出《狂人日记》等作品"显示了文学革命的实绩"时，既指出了它针对旧礼教的思想意义，又指出了它以"表现的深切和格式的特别"而收到了激动人心的社会效果[20]。对于三十年代的左翼革命文学运动，鲁迅既明确地指出"无产文学，是无产阶级解放斗争底一翼"的思想[21]，要求作家把自己的文学工作与整个无产阶级革命事业自觉地联系起来，具有鲜明的思想倾向，但他又提出"我们所需要的，不是作品后面添上去的口号和矫作的尾巴，而是那全部作品中的真实的生活，生龙活虎的战斗，跳动着的脉搏，思想和热情等等"[22]。他要求作家必须把政治倾向性和艺术真实性统一起来。在我国无产阶级革命文学运动初期，曾经出现过把艺术技巧斥之为"资产阶级的东西"而予以根本否定的错误倾向，鲁迅与这种"左"倾幼稚病进行了坚决的斗争，他明确指出："革命之所以于口号，标语，布告，电报，教科书……之外，要用文艺者，就因为它是文艺"[23]，因此必须"先求内容的充实和技巧的上达"[24]，把二者统一起来。鲁迅认为"忠实于他本阶级"的无产阶级作家，必须"忠实于他自己的艺术"[25]，对作品艺术质量的追求正是无产阶级文学的一项根本的任务。现代文学史上许多有成就的作家，都是向着这个方向努力的。

"五四"以来，我们在坚持思想斗争的同时，对于忽视艺术的倾向也同样进行了斗争，就是说对于另一条战线的斗争也是有它的发展线索和传统的。茅盾在主持《小说月报》时所写的许多篇"创作述评"性质的文章，就对当时创作中的不真实、不注意社会背景等缺点进行过批评，他认为当时的小说"缺少活气和个性"，指出创作"必须经过若干时的人生经历"，"如果关在一间小屋子里，日夜读小说，便真有创造天才的人也做不出好东西"[26]。鲁迅批评杨振声的小说《玉君》企图"用人工来制造理想的人物"，他尖锐地指出：依据"说假话的才是小说家"这定律写出的《玉君》，"不过一个傀儡，她的降生也就是死亡"。1930年，鲁迅在《"硬译"与"文学的阶级性"》一文中曾这样批评二十年代末文学创作中的"标语口号式"的倾向："前年以来，中国确曾有许多诗歌小说，填进口号和标语去，自以为就是无产文学。但那是因为内容和形式，都没有无产气，不用口号和标语，便无从表示其'新兴'的缘故，实际上并非无产文学。"并指出当时一些革命文学的倡导者认为无产阶级是"新兴阶级，于文学的本领当然幼稚而单纯"，以此为作品质量的低劣辩护，不注重"文学本领"的提高，是有害于无产阶级革命文学的发展的。他明确地说："单是题材好是没有用的，还是要技术"[27]。我国现代文学本来是在同"为艺术而艺术"倾向的斗争中发展过来的，但它又不懈地对忽视文学的艺术特征、否定艺术规律的公式化概念化倾向进行了长期的斗争。"左联"初期对于创作中"革命加恋爱"的批评，抗战时期关于"抗战八股"的讨论，都是明显的例证。因此对于忽视艺术质量这条战线的斗争，我们也是有长期的经验的。

毛泽东同志正是在总结"五四"以来经验的基础上，

在《讲话》中提出了在文艺问题上进行两条战线斗争的要求的。他的这一提法既概括了现代文学发展的历史特点，也反映了文艺创作的客观规律，因而具有长远的指导意义。在召开延安文艺座谈会的时代，政治问题具有特别重要和尖锐的意义，当时首要的历史任务就是动员一切力量为实现民族解放的政治目标服务，文艺当然必须包括在内，毛泽东同志的《讲话》是作为整风运动的指导文献发表的，而当时解放区的文艺界又确实存在"三风"不正的情况，因此他把反对错误思想的倾向作为当时"两条战线斗争"的重点是很自然的。毛泽东同志是以无产阶级政治家的身份来对文艺提出要求的，他所着重的是"文艺工作与一般革命工作的关系"，因此在《讲话》中他特别强调了"无产阶级的文学艺术是无产阶级整个革命事业的一部分，如同列宁所说，是整个革命机器中的'齿轮和螺丝钉'"，而没有同时强调列宁关于"无产阶级的党的事业的文学部分，不能同无产阶级的党的事业的其他部分刻板地等同起来""在这个事业中，绝对必须保证有个人创造性和个人爱好的广阔天地"的思想[28]，特别强调了"文艺是从属于政治的，但又反转来给予伟大的影响于政治"，而没有对艺术本身的特点和规律作更多的强调与发挥。这些都是需要从当时的历史条件和背景来加以理解和分析的，决不能认为毛泽东同志就不重视艺术特点的重要性。事实上即使在《讲话》发表的当时，他也没有忽视文艺工作中存在的另一种倾向，没有不注意另一条战线的斗争。在《讲话》中，他不仅指出了"政治并不等于艺术，一般的宇宙观也并不等于艺术创作和艺术批评的方法"，不只提出了"缺乏艺术性的艺术品，无论政治上怎样进步，也是没有力量的"，"应该容许各种各色艺术品的自由竞争"，而且还明白地指出了当时的文艺工作者也"有忽视艺术的倾向，因此应该注意艺术的提高。"我们要很好地领会毛泽东同志关于进行"两条战线斗争"的思想，总结现代文学发展的历史经验和教训，努力提高艺术质量，才能更有效地为社会主义服务。

"标语口号式"的公式化概念化倾向之所以不断出现，主要是两方面的原因：第一当然是作家的生活积累不足，这只能由深入生活、熟悉自己的描写对象来解决；第二则不能不与作家的艺术表现能力有关，而这只有不断努力提高自己的艺术修养，并在创作实践的过程中求得解决。要提高作品的艺术质量，就不仅要有为人民服务的思想和愿望，还要有很好的为人民服务的本领。当我们考察"五四"以来现代文学的创作成就时，虽然《讲话》以后的作品表现了新的人物和新的世界，在文学与人民的关系上取得了突出的进展，改变了"五四"以来文学作品的一些根本性的弱点，但就著名作家所获得的成就来看，我们还没有达到老一辈的作家如鲁迅、茅盾那样的高度，这恐怕就不能不看到在文化知识和艺术修养方面所存在的差距了。举一件事情说，我们老一辈的作家都曾经翻译过一些世界文学名著，像鲁迅、郭沫若、茅盾、巴金、曹禺、夏衍等作家都是如此，并不是说这是一件必须仿效的事情，我们的意思只在由此说明他们精通某一种外语和外国文学也是他们的那种深厚的文艺修养的一部分。同样的，像鲁迅、郭沫若、茅盾、闻一多、朱自清、郑振铎、叶圣陶等作家，又都写过关于中国古典文学的研究著作。他们有的还是著名的学者或理论家。这种多方面的修养使他们的眼界开阔，能够博采众长，为我所用，这对他们创作的成就无疑是有很大帮助的。正如鲁迅所说，文艺创作"必须如蜜蜂一样，采过许多花，这才能酿出蜜来，倘若叮在一处，所得就非常有限，枯燥了。"[29]当时解放区的许多作家都是在革命形势迅速发展中投身到火热的斗争中的，在艰苦的环境里工作了好多年，他们在学习方面受到一定的限制是完全可以理解的。今天的情况完全不同了，我国已经进入一个新的历史时期，为了繁荣社会主义文艺创作，为了攀登新的文学艺术高峰，我们必须汲取过去的经验和教训，坚持毛泽东同志提出的关于"两条战线斗争"的思想。

四 关于继承和发扬民族传统

现代文学史是几千年的中国文学史的新的发展部分，它与古典文学的关系应该是继承与革新的关系，它们之间有着不可分割的历史联系。每一个民族的文学历史都有它自己独特的面貌和风格，这种民族特点是与人民的生活方式和美学爱好密切联系的，有着长期形成的民族传统。当然，一切民族特点都是历史性的范畴，民族传统也是在不断发展的，不能把它理解为凝固的东西，这种发展就意味着革新。现代文学长期以来被称为"新文学"，就是指它从"五四"开始，为了适应民主革命的要求而自觉地学习外国进步文学的充满革新精神的特点。鲁迅在谈到文学革命时指出："一方面是由于社会的要求的，一方面则是受了西洋文学的影响。"[30]由于痛感到自己思想文化的落后，要提倡民主与科学的现代思潮，当然也要求文学具有现代化的特点，因此现代文学在发展中学习和借鉴外国进步文学是一种自觉的行动。这成为提倡革新的重要内容，而且从主要方面说来它对新文学的建设也是起了积极的促进作用的。但这并不说明现代文学与民族传统之间就没有联系，不仅文艺创作所反映的社会生活和它所要适应的人民的欣赏习惯具有鲜明的民族特点，而且许多作家所受的教育和具有的文艺修养都和民族文化传统有着很深的联系，这是现代文学具有民族特色的重要原因。只是为了和国粹主义者划清界限，为了进行反封建的战斗，便很少有人从理论上来作全面的论述罢了。我们可以这样来概括：现代文学中的外来影响是自觉追求的，而民族传统则是自然形成的，它的发展方向就是使外来的因素取得民族化的特点，并使民族传统与现代化的要求相适应。用鲁迅的话说就是："都和世界的时代思潮合流，而又并未梏亡中国的民族性。"即要求文学发展既合乎民主的社会主义的方向，但"其中仍有中国向来的魂灵"[31]。现代文学较之过去的文学确实有了巨大的革新，但它又是继承和发扬了民族传统的。

一个民族或一个作家的文学创作带有鲜明的民族特点，是它趋于成熟的一个标志。没有民族特色的作品，就谈不上有什么世界意义。中国文学的历史不但悠久，而且从未间断地形成了一条长流，成为我们民族文化传统的重要组成部分。在长期的发展过程中我们也接受过外来的影响，譬如由印度来的佛教文学，就对中国的小说戏曲发生过积极的影响，但那也是在经过了一定的过程与阶段，在中国文学的发展基础上作为营养而逐渐成为它的有机部分的。我们的民族是一个发展着的向上的民族，在它的发展过程中原是勇于和善于接受一切外来的有用事物的，鲁迅在《看镜有感》一文中所称道的汉唐时代主动地摄取外来文化的事例，就是明证。只是到了封建社会的后期，国粹主义思想逐渐占据统治地位，他们顽固守旧，敌视一切新鲜事物，从而导致了国力的衰弱和文化的停滞，因此"五四"新文化运动把反对国粹主义当作一项重要任务是完全正确的。国粹主义者并不尊重我们的民族文化传统和优秀的文学遗产，他们所要保存的完全是封建糟粕和一切陈规陋习；摧毁这种顽固的保守势力，介绍和学习外来的进步文化无疑是十分必要的。即使那种内容带有某些消极性的东西，在"五四"当时也是起了解放思想和对封建文化的冲击作用的。

就现代文学的主流说，这种介绍和学习外国文学的思潮同继承和发扬民族传统的要求并不矛盾。正是通过"五四"文学革命才对中国文学遗产提出了新的评价，把一向不受重视的小说、戏曲和民间文学提高到了文学正宗的地位。鲁迅是最早研究中国小说史的人，他深慨于"在中国，小说是向来不算文学的"[32]。而鲁迅开始创作时又是"所仰仗的全是先前看过的百来篇外国作品"[33]。他的小说既是深深植根于中国现实生活的，但又确实受到了外国文学的启发和影响。他自己说他后来写的作品如《肥皂》《离婚》等"脱离了外国作家的影响"[34]，"脱离"并不等于没有受影响，从学习、借鉴到脱离，就体现了对外国文学的一个吸收相融化的过程，也就是使它的有用成分成为具有中国民族特色的现代文学的组成部分，这实际上就体现了在继承和发扬民族文化传统基础上的革新。尽管当时许多作家的爱好、趣味和认识都不尽相同，但无论学习和借鉴外国文学或者中国古典文学，目的都是为了创造能够受到读者欢迎的中国新文学这一点，大家一般还是比较明确的，因此就现代文学的主流和发展方向说，作为奠基人的鲁迅的经历、意见和创作特色，仍然是有很大代表性的。

"五四"文学革命当然也有它的历史局限和弱点，这特别表现在许多人的形式主义地看问题的方法上。在对待社会生活和文化遗产对文艺创作的关系、在对待民族传统和外国文学的主次位置的态度，以及在对新文学的源流的认识等问题上，都有过各种各样的带有片面性的看法。这种态度和看法也影响了后来的发展。例如周作人把新文学解释为明朝"公安派"和"竟陵派"的继承[35]，胡风则把它解释为欧洲文艺复兴以来的"一个新拓的支流"[36]，就都是既忽略了它所产生的特定历史条件和现实生活的基础，又片面地夸大了某一方面影响的结果。就现代文学的发展情况说，由于文学革命是在痛感到祖国落后而向外国追求进步事物的情况下发生的，因此缺乏分析地接受外国影响的情况是相当普遍地存在的，甚至有的人还主张"全盘西化"，对民族文化采取了虚无主义的态度。这表现在创作上就使得一些作品的语言和艺术手法都过于欧化，与民族传统的联系比较薄弱，与人民的欣赏习惯有较大的差距，因而就使读者和影响的范围都相对地缩小了。"左联"时期的提倡大众文艺，抗战初期进行的利用旧形式的创作尝试和关于民族形式的讨论，都是为了增强现代文学的民族特色，使它能够适应人民群众的欣赏习惯所作的努力。可见民族化实质上也是一个群众化的问题，为了现代文学的健康发展，是必须予以正视的。

毛泽东同志在肯定"五四"以来"文学和艺术是一个重要的有成绩的部门"的同时，也看到了它所存在的缺点，缺点之一就是民族化的程度还很不够。在《新民主主义论》中他把"民族的"规定为新民主主义文化的首要特征，而且详细说明新文化必须"带有我们民族的特性"。早在1938年毛泽东同志在《中国共产党在民族战争中的地位》中就说："洋八股必须废止，空洞抽象的调头必须少唱，教条主义必须休息，而代之以新鲜活泼的、为中国老百姓所喜闻乐见的中国作风和中国气派。"在《讲话》中，他阐明了生活是文艺的唯一源泉，如果不是把生活而是把文学遗产错误地作为源泉来进行创作的话，就不能不陷入硬搬和模仿，就是"最没有出息的最害人的文学教条主义和艺术教条主义。"我们知道教条主义是当时文艺界整风的主要目标之一，所以这种提法是十分尖锐的；它所针对的主要是对外国文学的"硬搬和模仿"的现象，如同《新民主主义论》所指出，对于"一切外国的东西"，"决不能生吞活剥地毫无批评地吸收"。《讲话》也明确指出："对于中国和外国过去时代所遗留下来的丰富的文学艺术遗产和文学艺术传统，我们是要继承的，但是目的仍然是为了人民大众。"为了发展新文学，当然必须继承人类所有的一切优秀的文化遗产，但按照毛泽东同志的一贯看法，首先是继承和发扬我们自己的民族传统。外国文学的优秀遗产当然也是要广泛地学习和借鉴的，但既然目的是建设有民族特点的新文学，这种学习就一定属于汲取营养的性质，因而是有一个使之民族化的要求的。这里主次之分十分清楚，目的都是为了革新和创造。毛泽东同志的这一对待中外文化遗产的思想，后来他自己简明地概括为"古为今用，洋为中用"两句话，这就确切地说明了我们既要学习过去的一切优秀文化遗产，又必须使之具有现代化和民族化的特点。应该说，这一思想是深刻地总结了现代文学发展过程中的经验和教训的，对于社会主义文化建设有着长远的指导意义。

对于继承和发扬民族传统以及它与学习外国文学的关系，因为不是《讲话》所要解决的主要问题，所以没有充分地展开论述。在《讲话》中，毛泽东同志只是强调了中外文学遗产作为借鉴对于创作的重要性。其实不仅是过去的艺术经验和技巧对今天的创作有借鉴的作用，而是如列宁所说："只有确切地了解人类全部发展过程所创造的文化，只有对这种文化加以改造，才能建设无产阶级的文化。"[37]可见除了艺术经验之外，过去的文化遗产也是启发作家的智慧与思想的丰富的养料。"推陈"可以"出新"，要想创造和发展，就必须有继承和革新。我们应该开阔视野，广泛地学习外国的一切优秀的文学作品，同时认真汲取"五四"以来的经验教训，明确学习的目的性，决不能硬搬和模仿。现在我们面临着一个各国之间广泛进行文化交流的新时代，外国的文艺思潮和各种流派、手法纷至沓来，其情况与"五四"时期颇有类似之处，这就要求我们发挥主动精神，对它进行正确的分析和批判，而不能像"五四"时期的某些人那样，对西方文化一味崇拜。我们是要坚持向外国学习的，但必须把继承和发扬我们自己的民族传统摆在首要的地位。我们不但有几千年的丰富的民族文化传统，而且已经有了由"五四"开始的带有现代化特点的新传统，这就是以鲁迅为代表的充满革新精神的现代文学的传统。对于建设社会主义新文化，这个新传统是十分重要的。

五　关于文艺队伍问题

毛泽东同志在《讲话》中肯定了"五四"以来的革命文艺运动的伟大贡献，这是与我们在文艺战线上拥有一支爱国的追求进步与革新的作家和知识分子队伍密切相关的。尽管在"五四"时期绝大部分作者都还是民主主义者，就作品所写的内容说，则有的反映了知识分子的烦恼、进步和追求，有的描写了小市民群的苦闷、挣扎和分化，也有的暴露了不少统治者或上层人物的残暴、堕落和腐化，展示了处在社会底层的人民的麻木、苦难和抗争。这些作品从总的倾向看是表现了人民的生活和愿望并符合新民主主义革命反帝反封建的总路线的，因此能够受到人民的欢迎并对社会进步做出应有的贡献。但它还属于民主主义文学的范畴，思想上还有弱点。如何评价民主主义文学的作用和贡献，是同如何评价小资产阶级作家的地位和弱点密切联系的。在我国无产阶级革命文学运动的初期，曾经出现过反对"失掉地位的"小资产阶级作家和对民主主义文学的全盘否定，与此相联系的，是根本否定无产阶级思想对"五四"文学革命的领导作用及其对小资产阶级作家和民主主义文学的影响，把"五四"文学革命完全看作是资产阶级的运动。正是鲁迅，在与"左"倾观点的斗争中，充分肯定了"五四"文学革命"无疑地是一个革命的运动"，包括自己作品在内的"五四"时期的民主主义文学"确可以算作那时的'革命文学'"[38]。在如何对待小资产阶级作家及其文学的问题上，鲁迅认真考察了国际无产阶级革命文学运动关于小资产阶级同路人的争论及其历史经验，得出了如下的结论："左翼作家并不是从天上掉下来的神兵，或国外杀进来的仇敌，他不但要那同几步路的'同路人'，还要招致那站在路旁的看客也一同前进"[39]。但同时他也指出："联合战线是以有共同目的为必要条件的"[40]，无产阶级作家在统一战线中必须根据不同情况，坚持原则，扩大思想影响。他说："在这混杂的一群中，有的能和革命前进，共鸣；有的也能乘机将革命中伤，软化，曲解。左翼理论家是有着加以分析的任务的[41]这里既肯定了民主主义文学的进步作用和贡献，又指出了无产阶级作家对其同盟者的分析和帮助、团结和批评的不容忽视的领导作用。"五四"时期，无产阶级文学还处于萌芽状态，毛泽东同志所指出的"社会主义因素"主要是指方向道路说的；就作品内容看，马克思主义思想在创作中的体现还很少，无产阶级的领导作用主要表现在反帝反封建的彻底性和不妥协性方面。民主主义文学客观上是无产阶级领导的文化战线的一个组成部分，而且许多作者正是在无产阶级的思想影响下逐渐改变了自己的世界观的。以后无产阶级文学虽然逐渐成长壮大了起来，但民主主义文学的进步作用并未消失，直到社会主义历史时期，民主主义作家仍然是作为同盟者而与无产阶级作家共同构成我们的文艺队伍的。因为在中国的历史条件下，民主主义文学不仅拥有众多的作者与广泛的影响，而且这些作者能够接受无产阶级的领导，有为人民服务的愿望，因而就能够与无产阶级文学一起，构成中国现代文学的主流。我国的无产阶级革命文学运动的兴起，首先是"经过革命的小资产阶级作家的转变，而开始形成起来，然后逐渐的动员劳动民众和工人之中的新的力量"[42]。因此如何评价和对待小资产阶级作家及民主主义文学，对于文学事业的健康发展，具有十分重要的意义。

　　毛泽东同志在《新民主主义论》中首先肯定了"五四"作为新民主主义革命起点的伟大意义，肯定了这个运动的统一战线性质及无产阶级文化思想的领导作用，并且充分肯定了鲁迅作为"五四""文化新军的最伟大和最英勇的旗手"所代表的方向。众所周知，"五四"时期的鲁迅还是一个民主主义者，而毛泽东同志于1940年总结这支"文化新军"二十年来的战绩时，就充分肯定了鲁迅的"主将"的作用，这当然也就是肯定了"五四"以来民主主义文学的进步作用和历史贡献。因为从这支文艺队伍的实际情况看，许多人尽管经历不同，时间有别，但都在实践过程中逐步向革命主流靠拢，经历了大体上如鲁迅那样的思想发展道路，因此"鲁迅的方向"是具有普遍意义的，许多人的贡献虽然不能与鲁迅并论，但正如战士与主将的关系那样，也是向着同一方向前进的。这种现象是为人民革命的性质和知识分子的历史道路所决定的，正如鲁迅所说："愈到后来，这队伍也就愈成为纯粹，精锐的队伍了。"[43]小资产阶级作家当然是有思想弱点的，这种弱点也会给创作带来消极性的影响，但我们不能脱离作家的社会实践（包括创作实践）和政治态度而只抽象地从世界观上看问题，这是会得出简单化的结论的。即使仅就作品来说，决定它成功与否的因素也很复杂，世界观虽然对创作具有重大的指导意义，但决不能认为是唯一的起决定作用的因素。我国无产阶级革命运动初期，正是在这个问题上犯了"左"的宗派主义和关门主义的错误，这个教训必须记取。

　　毛泽东同志在《讲话》中关于文艺界统一战线问题的一段话是很精辟的，他提出了无产阶级作家在不同范围、不同层次上同广大作家进行团结和展开斗争的思想。根据"五四"以来革命文艺运动的经验和抗日战争时期的历史任务，他提出了抗日、民主、艺术方法和艺术作风等不同层次的团结基础，"在一个问题上有团结，在另一个问题上就有斗争，有批评。各个问题是彼此分开而又联系着的，因而就在产生团结的问题比如抗日的问题上也同时有斗争，有批评。"毛泽东同志从政治上和艺术倾向上明确了文艺队伍中不同层次的团结的基础，也指出了进行斗争或批评的必要性，因为从团结的愿望出发的同志之间的批评不但是正常的，而且是无产阶级思想发挥领导作用的重要方法。在广大的文艺队伍中，毛泽东同志特别指出"小资产阶级文艺家在中国是一个重要的力量"。他肯定了小资产阶级作家有两个优点，一是比较接近革命；二是比较接近劳动人民。这同他对过去作家的评价标准是一致的，即要看一个作家对人民的态度及在历史上是否有进步意义，而中国小资产阶级作家是有反帝反封建的要求和同劳动人民结合的愿望的。他们的思想和作品当然也有很多缺点，这是需要在实践过程中逐步克服的，因此对于无产阶级文艺家说来，"帮助他们克服缺点，争取他们到为劳动人民服务的战线上来，是一个特别重要的任务。"应该说，毛泽东同志的这种分析既是具有战略意义的，也是符合文艺队伍的实际情况的，这一思想今天仍然有它的现实的指导意义。

　　但毛泽东同志出于对文艺工作者的严格要求，对解放区文艺队伍的估计似乎偏低了一些，好像当时还没有无产阶级的文艺家，所有的人都有某种程度的轻视工农兵，而且都想顽强地表现自己，而依了小资产阶级，"实际上就是依了大地主大资产阶级，就有亡党亡国的危险"。这样的估计和提法是不确切的，而且对文艺创作的影响也不好。解放区有不少文艺工作者已经从事革命工作多年，另外还有许多是因为反对国民党统治而投奔到解放区的人，他们尽管还有各种缺点，但把他们同大地主大资产阶级（即国民党）相提并论，显然是不适当的，从中国革命文学的发展过程看，应该说三十年代初我国就已经有了无产阶级的作家。鲁迅称赞殷夫的诗是"爱的大纛和憎的丰碑"，是"属于别一世界"的诗人，显然肯定他是无产阶级的作家，更不用说鲁迅自己了。就解放区的文艺工作队伍说，最近发表的陈云同志1943年《关于党的文艺工作者的两个倾向问题》的讲话，是讲文艺工作者在作风上的缺点的，但他也同时指出这些同志的头一条优点就是"他们拥护光明，反对黑暗，拥护工农兵，反对侵略者，这是任何不革命或反革命的人所不能比拟的。"应该说，这种估计是符合当时解放区文艺队伍的实际的。《讲话》的提法实际上是把小资产阶级同大地主大资产阶级等同起来，又批评了小资产阶级作家总是把作品当作"自我表现"来创作的，而这就会引起"亡党亡国的危险"，必须"向他们大喝一声"。这种理论上的偏颇当然会在文艺工作者中产生影响。当时许多作家尽管在思想上或作品中还有很多缺点，但他们是衷心拥护革命的，为了不给革命事业带来损害，他们宁愿在作品中不表现自己的主观感受，不写小资产阶级的人物或知识分子。结果是在1942年以后解放区的作品里，几乎没有抒情诗，没有抒情散文，也很少有用第一人称写的小说；有的只是着重客观描绘的叙事诗、报告文学和故事性较强的小说。在这些作品里很少有反映小资产阶级和知识分子题材的作品，即使有也一定是被嘲笑和批判的对象。总之，作家为了避免"自我表现"，作品中几乎都不敢写到"我"，这就使通过作家独特的艺术感受所表现出来的艺术个性不鲜明了。解放区的作品确实展示了新的面貌，把现代文学推进到了一个新阶段，但风格不够多样，没有形成多种艺术流派，这恐怕都与作家的艺术个性不够鲜明有关。人是认识世界的主体，作家可以通过自己的感受来反映现实生活，也可以对客观现实采取直接抒发感情的形式，问题在于这种感情与人民是否相通，而不再采用了直接抒情的方式。我们通常所反对的自我表现是指作品所表现的不健康的个人主义的东西，而不是反对作品要有艺术个性，要有激情。过去的批判"自我表现"的时候，往往把它的含义扩大了，有时甚至否定了一些正确的东西，肯定或美化了一些小生产者的甚至封建性的落后意识，这就使作家在创作时有所踌躇了。苏联诗人马雅可夫斯基有一首《反诘》的诗，是讽刺无产阶级文化派的，诗中说：

  无产阶级文化派
  既不说"我"，
  也不说个人。
  "我"
  在无产阶级文化派看来
  反正是不体面的。

我们并不赞成作家抒发那种颓废消极或缠绵悱恻式的情绪，但和人民相通的富有时代感的激情为什么不可以通过作家的感受来抒发呢？《夜歌》的作者何其芳同志，诗和散文都写得很漂亮，抒情性很强，但他自称"在1942年春天以后，我就没有再写诗了。"他认为"学习理论，检讨与改造自己"是"比写诗更重要的事情"[44]。作家出于革命责任感决定这样做是可以理解的，但从文学发展的角度看，这不能认为是一种正常的现象。这种情况在全国解放后仍不时出现，五十年代康生批评丁玲同志的《粮秣主任》的文章，就说她用第一人称的写法是个人主义的自我表现。在文学评论和研究工作方面，长期以来我们对民主主义文学的进步意义估计不足，更不承认在社会主义社会里马克思主义仍然需要与民主主义者结成反封建与反迷信落后的思想联盟，不承认民主主义文学仍然是无产阶级文学的同盟军，对巴金作品的多次批判，即其一例。这些现象并不完全是由《讲话》的提法引起的，有的甚至是对《讲话》的歪曲，但它们都是对知识分子不信任的社会思潮的产物，而这种不信任情绪在《讲话》中已露端倪。正如胡乔木同志所分析："应该承认，毛泽东同志对当代的作家、艺术家以及一般知识分子缺少充分的理解和应有的信任"[45]。这种对知识分子不信任的思潮在我们这样小生产占优势的国家里，是有着深厚的社会基础的，为了社会主义文学的繁荣发展，决不应再蹈覆辙。我们当然要发展无产阶级自己的文学，但不仅在新民主主义革命时期，即在社会主义时期，我们也应该把民主主义文学作为整个文学事业的组成部分，我们的文艺队伍应该是很广大的。

毛泽东同志的《讲话》是一个马克思列宁主义的历史文献，我们必须坚持它的基本原则，指导我们的实践。它在现代文学史上开辟了一个新的阶段，使我们的文学面貌发生了根本性的变化。国外有人认为《讲话》以后的中国现代文学已进入"凋零期"的那种观点[46]，是完全违背历史事实的，是一种偏见。但我们对《讲话》也不能采取"够用一辈子"的教条主义态度。毛泽东同志讲得好："运动在发展中，又有新的东西在前头，新东西是层出不穷的。研究这个运动的全面及其发展，是我们要时刻注意的大课题。如果有人拒绝对于这些作认真的过细的研究，那他就不是一个马克思主义者"[47]。我们必须坚持那些应该坚持的基本原则，但也应该总结历史的经验和教训，研究文学发展过程中的新问题，不断丰富和发展毛泽东文艺思想。对于现代文学研究工作者来说，《讲话》既是我们的指导思想，又是我们的研究对象，因此必须采取严格的科学的分析态度，以便在今后的工作中取得较大的进展。

1982 年 8 月 3 日整理于大连

*　　*　　*

〔1〕毛泽东：《新民主主义论》。
〔2〕鲁迅：《现在的屠杀者》。
〔3〕毛泽东：《反对党八股》。
〔4〕〔13〕鲁迅：《论睁了眼看》。
〔5〕鲁迅：《俄文译本〈阿Q正传〉序及著者自叙传略》。
〔6〕茅盾：《自然主义与中国现代小说》。
〔7〕郭沫若：《革命与文学》。

〔8〕成仿吾：《从文学革命到革命文学》。
〔9〕郭沫若：《"民族形式"商兑》。
〔10〕鲁迅：《答国际文学社问》。
〔11〕〔19〕毛泽东：《在延安文艺座谈会上的讲话》。
〔12〕鲁迅：《〈一天的工作〉前记》。
〔14〕〔33〕鲁迅：《我怎么做起小说来》。
〔15〕郭沫若：《文艺家的觉悟》。
〔16〕冯雪峰：《关于"第三种文学"的倾向与理论》。
〔17〕鲁迅：《黑暗中国的文艺界的现状》。
〔18〕鲁迅：《致李桦》1935年2月4日。
〔20〕〔34〕鲁迅：《中国新文学大系·小说二集导言》。
〔21〕〔40〕鲁迅：《对于左翼作家联盟的意见》。
〔22〕鲁迅：《论现在我们的文学运动》。
〔23〕〔24〕鲁迅：《文艺与革命》。
〔25〕〔41〕鲁迅：《又论"第三种人"》。
〔26〕茅盾：《新文学研究者的责任与努力》。
〔27〕鲁迅：《致陈烟桥》。
〔28〕列宁：《党的组织和党的文学》。
〔29〕鲁迅：《致颜黎明》。
〔30〕〔32〕鲁迅：《〈草鞋脚〉小引》。
〔31〕鲁迅：《当陶元庆君的绘画展览时》。
〔35〕周作人：《中国新文学的源流》。
〔36〕胡风：《论民族形式问题》。
〔37〕列宁：《青年团的任务》。
〔38〕鲁迅：《〈自选集〉自序》。
〔39〕鲁迅：《论"第三种人"》。
〔42〕瞿秋白：《〈鲁迅杂感选集〉序言》。
〔43〕鲁迅：《非革命的急进革命论者》。
〔44〕何其芳：《〈夜歌〉初版后记》。
〔45〕胡乔木：《当前思想战线的若干问题》。

〔46〕司马长风:《中国现代文学史》。
〔47〕毛泽东:《中国共产党在民族解放战争中的地位》。

"五四"时期散文的发展及其特点

一

1933年当林语堂主持的《论语》《人间世》等期刊提倡以"幽默""闲适"为内容的小品文的时候，鲁迅先生曾写过一篇文章，题为《小品文的危机》[1]。他从散文小品这一文体在中国文学史上的发展线索，说明它的生存和发展必须"仗着挣扎与战斗"，那些企图把这一文体变成文学上的"小摆设"的人，只能引导人脱离现实，"将粗犷的人心，磨得渐渐的平滑"。因而他认为小品文走到了"危机"，并且加以解释说："但我所谓危机，也如医学上的所谓'极期'（Krisis）一般，是生死的分歧，能一直得到死亡，也能由此至于恢复"。如果沿着那条以"闲适"为内容的"小摆设"的路走去，那么"麻醉性的作品"是一定会导向它自身的死亡的；但如果走的是另外一条路，那结果就会两样，得到的将是生存和发展。他以为有生命的散文小品必须是富有战斗性的，是"匕首"和"投枪"，或能在精神上给人以健康的"愉快和休息"的作品，而绝不是"小摆设"。这篇文章的重要意义不仅在于鲁迅先生的这些意见非常全面和正确，以及它在当时起了很大的战斗的和指导方向的作用；特别值得我们注意的是他的这些意见是从丰富的历史经验中概括出来的。他从晋代的清言起，扼要地叙述了散文小品在中国文学史上的线索，特别是"五四"运动以后的发展情况，从而带有总结性地提出了上述的意见。我们知道《论语》《人间世》的主要人物林语堂、周作人在"五四"时期都是提倡写散文的，他们不但都已有散文的专集，而且和鲁迅都曾经是以登载散文为主的著名刊物《语丝》的撰稿人，还都曾写过谈所谓"语丝文体"的文章；在他们看来，《论语》《人间世》的提倡闲适小品也许正是"五四"精神的继续，因而对源于文学革命的"五四"时期散文小品的成就给以正确的分析和估计，就特别富于说服力和战斗意义。鲁迅先生在那篇文章中说：

> 到"五四"运动的时候，才又来了一个展开，散文小品的成功，几乎在小说、戏曲和诗歌之上。这之中，自然含着挣扎和战斗，但因为常常取法于英国的随笔（Essay），所以也带一点幽默和雍容；写法也有漂亮和缜密的，这是为了对于旧文学的示威，在表示旧文学之自以为特长者，白话文学也并非做不到。以后的路，本来明明是更分明的挣扎和战斗，因为这原是萌芽于"文学革命"以至"思想革命"的。

这段话虽然简短，但内容十分丰富；它不只在当时具有战斗作用，而且对于"五四"时期散文的发展，敏锐地提出了许多带有启发性的看法；这对我们今天研究中国现代文学史，仍然有很大的意义。鲁迅先生这里对"五四"时期散文的成就作了很高的估计；指出它与"文学革命""思想革命"的联系以及它对旧文学示威的历史作用；联系着晋代清言以后散文的发展和英国随笔一体对中国散文创作的影响，这篇文章也提出了"五四"散文的民族传统和外来影响的问题；此外，还启示我们注意"五四"散文的不同风格和流派，研究它在"挣扎和战斗"过程中的发展及分化。正因为"五四"时期的散文是在反帝反封建的战斗中产生和发展的，而不是供雅人摩挲的"小摆设"，所以它才能随着"五四"运动"来了一个展开"，收获丰富，取得很大的成就。当我们比较细致地研究"五四"时期散文发展情况的时候，这一历史经验就表现得更为重要和明显了。

我们现在所谓"五四"时期，是指"五四"和第一次国内革命战争这一时期，即1919年到1927年。在时间概念上与过去习惯所指的新文学运动第一阶段并无很大差别，只是他们的出发点是由1917年提倡白话文算起，到1927年算作第一个十年而已；例如《中国新文学大系》这一丛书的编选体例、它各集中的"导论"，就都是论述到1927年为止的。当人们估计"五四"文学革命以后这一时期中的创作收获的时候，尽管思想观点并不相同，但许多人仍然和鲁迅先生得出了同样的结论：即散文的收获最为丰富，"几乎在小说戏曲和诗歌之上"。因为这是一个明显的事实，那就是当时写作散文的人非常多，散文作品的数量也多，而作品的内容和风格样式也是多样化的。朱自清于1927年7月写的《论现代中国的小品散文》一文中说："但就散文论散文，这三四年的发展确是绚烂极了：有种种的样式，种种的流派，表现着，批评着，解释着人生的各面，迁流曼衍，日新月异；有中国名士风，有外国绅士风，有隐士，有叛徒，在思想上是如此。或描写，或讽刺，或委曲，或缜密，或劲健，或绮丽，或洗炼,或流动,或含蓄,在表现上是如此。"[2]朱自清是当时著名的散文作家,他对各种不同风格流派的散文作品是经过仔细考察的;还有其他的人也作过类似的估计,这说明"五四"时期的散文创作确实很繁荣,这一点是无须多加讨论的。我们现在要研究的是形成"五四"时期散文特别繁荣的原因和条件,以及一些重要的有代表性的散文作家在风格上的主要特点。这一方面的探索将不只有助于我们对现代文学史的理解,而且如鲁迅先生所启示,历史经验总是有它的现实意义的。

二

现代文学中最早出现的散文作品是以议论为主的杂感,着重在抨击和讽刺旧社会不合理现象,战斗的锋芒十分锐利;这是为新文化运动和文学革命的任务所决定的。《新青年》设"随感录"栏始于四卷四期(1918年4月),当时写作最多的人是鲁迅、刘半农、钱玄同等人,内容都是"当头一击"的简短文字,如我们在《热风》中所看到的。当时的一般看法,这类杂感也是属于散文的一种。鲁迅先生评许广平的诗时曾说:"那一首诗,意气也未尝不盛,但此种猛烈的攻击,只宜用散文,如'杂感'之类。"[3]可见杂感是包括在散文一体之内的,并不像后来资产阶级文人援引欧美大学"文学概论"中的散文定义那样排斥杂文,如鲁迅先生曾批判过的一些人的观点[4]。"五四"初期所产生的这类文字不只富于强烈的时代精神,反映了新文化运动的战斗锋芒,而且不同的作者在风格上也是各有特色的。鲁迅曾称赞钱玄同的文章说:"例如玄同之文,即颇汪洋,而少含蓄,使读者览之了然,无所疑惑,故于表白意见,反为相宜,效力也复很大。"[5]今以《新青年》六卷一期钱氏所作"随感录"四四、四五这两篇为例,可以说明鲁迅对他的评论是十分中肯的。《随感录四四》针对上海《时报》上"通信教授典故"的广告,揭其弊害;那则广告声称读者每月只要交费四角,就可得到典故四百余条,钱氏在文中指出破费事小,但若"竟把这四百多条典故熟读牢记,装满了一脑子,以致已学的正当知识被典故驱出脑外,或脑中被典故盘踞满了,容不下正当知识,这才是受害无穷哩!"《随感录四五》是反对有些人笼统地说成语和譬喻可以沿用的,他认为如"无病呻吟"之类的成语固然可用,但可用的成语并不限于"古已有之"的,口语中的某些成语有时更"亲切有味",并举"城头上出棺材"一语为例;反之,有些与事实不合的古已有之的成语,则"决不该沿用",如"束发小生""顿首再拜"等。并且说:"照此类推,则吃煎炒蒸烩的菜,该说'茹毛饮血';穿绸缎呢布的衣,该说'衣其羽皮'……这'茹毛饮血'确是成语,但是请问,文章可以这样做吗?"由以上二文可以看出,他的文笔汪洋流畅,说理透辟而较少含蓄的特点,是很显著的。刘半农的成就更大,他集有《半农杂文》一书,其中如《奉答王敬轩先生》《作揖主义》等篇,在"五四"时期曾起过很大的作用。他的文章能够寓庄于谐,举重若轻,可谓嬉笑怒骂、皆成文章;战斗意气旺盛而又富于感情色彩,读来引人入胜,发人深思,有较强的感染力量。例如徐志摩在《语丝》上发表《都是音乐》一文,认为"诗的真妙处不在它的字义里,却在他的不可捉摸的音节里",又说他会听"无音的乐","你听不着就该怨你自己的耳轮太笨或是皮粗!"鲁迅先生曾写过《"音乐"?》一文加以批判[6],刘半农也写了一篇《徐志摩先生的耳朵》,对这种神秘主义的艺术观点给以辛辣的讽刺。为了打击那些吹嘘陈源的英文比英国作家狄更斯更好的论调,他写了《骂瞎了眼的文学史家》一文,由他翻遍了一切英国文学史也找不到此公的名字说到建议北京大学开设《陈源教授之研究》一科,全篇尽用反语,淋漓尽致,旁敲侧击,皆中要害。他在《半农杂文》自序中说:"所以,看我的文章,也就同我对面谈天一样:我谈天时喜欢信口直说,全无隐饰,我文章中也是如此;我谈天时喜欢开玩笑,我文章中也是如此;我谈天时往往要动感情,甚而至于动过度的感情,我文章中也是如此。"这段话颇能说明他的文章特点;由上面的例子也可看出,他的文章虽然有时内容的深度不够,或者笔调流于过度滑稽,但文字尖锐泼辣,论点鲜明,富于战斗色彩。在《奉答王敬轩先生》那篇有关新文学运动的名文里,除有力地逐一批驳对方论点外,因为对方喜欢偶句,于是最后他更赠以"不学无术,顽固胡闹"八字,说这可以"生为考语,死作墓铭!"文章的气势十分昂扬。鲁迅先生说他是"《新青年》里的一个战士。他活泼,勇敢,很打了几次大仗。譬如罢,答王敬轩的双镄信,'她'字和'牠'字的创造,就都是的。"又说他虽然"浅","却如一条清溪,澄澈见底,纵有多少沉渣和腐草,也不掩其大体的清。"[7]鲁迅先生的文章是就他的为人说的,而且还联系到他后来的发展;但"从喷泉里出来的都是水,从血管里出来的都是血"[8],就他在"五四"时期所写的文章来说，其风格特点是和鲁迅先生的论点完全一致的。

由钱、刘二人，以及我们所熟悉的鲁迅先生的文章，可以看出"五四"时期的散文由以议论为主的杂感首倡，是有它的时代原因的；正因为这种文体是进行战斗和批判的有力武器，新文化运动的先驱者们才广泛地运用了它，写出了许多富有时代特色的文章。因此我们绝不能把散文这一体裁的范围理解得过于狭窄，它是包括着以议论为特点的杂文在内的。

三

以抒情叙事为主的散文，"五四"初期称之为"美文"，它的出现，的确是为了建设新的文学，如鲁迅先生所说，是为了"对于旧文学的示威"；这就自然多注意于漂亮、缜密等艺术上的特点，风格表现也就因之更为绚烂多样了。新文学运动以来的第一个纯文学杂志，文学研究会主持的《小说月报》，于1921年1月开始革新时发表改革宣言，表明特辟创作一栏，"以俟佳篇"，理由就是"新文学之创作虽尚在试验时期，然椎轮为大辂之始"，而在第一期"创作"栏中的第一篇作品冰心的《笑》，就是"五四"初期影响很大的一篇抒情散文。这篇文章虽然收于她的小说集《超人》中，其实内容完全是抒情散文。它由"雨声渐渐的住了"开始，抒写作者所感觉到的"笑"的影像；以安琪儿、孩子、老妇三者的笑容相似，抒写作者的一种心境和感受。文章很短，但曾为人所传诵，中学教本选了它，语法学家给它通篇作了句式图解；这当然和作家的文笔清丽有关，但从中也可以体会到鲁迅先生所说的新文学在成长中所经历的"挣扎和战斗"的意义。其实不只《超人》一书，还有不少小说集中也收有一些散文随笔，庐隐的《曼丽》，冯文炳的《竹林的故事》，都是例子。就是《呐喊》中所收的《兔和猫》《鸭的喜剧》和《社戏》，文体与《朝花夕拾》相似，其实也可以称为散文。我们这里既不是给文学体裁妄定轩轾，也不是给具体作品划分类别，目的只在说明当时很重视散文的创作，作品数量也非常多而已。其实这很容易理解，除过时代社会的原因以外，就文学本身说，散文的写作可以说是作家的基本功；像美术中的"素描""速写"一样，搞创作的人大致都要练练的，自然它本身也可成为很好的艺术品。因此一般地说，诗人和小说作家都同时写一点散文，这是作家修养的一部分，何况它同时是建设新文学所必需的呢？而且散文不像小说、戏剧那样需要有性格鲜明的人物形象和结构完整的艺术构思，它可以比较自由地抒写作者个人在生活中的所闻所见或所感所思，因而比较更能适应社会上报刊发表的需要，这当然也促进了它的繁荣。1921年北京《晨报》第七版改成副刊，由于每日出版，篇幅不大，特别适宜于发表杂感随笔等短文。其他如上海《民国日报》的《觉悟》，《时事新报》的《学灯》，都是当时著名的提倡新文化的副刊。文学刊物如《语丝》《莽原》等，皆专门提倡散文，这都有助于散文写作的发展。

冰心不但是写作抒情散文很早的作家，她的散文在"五四"时期的影响也很大，甚至有人称为"冰心体"[9]。《往事》集中的散文大半是用流利的文笔抒写作者甜蜜的回忆和感受，如《梦》《往事》《到青龙桥去》等。《寄小读者》分"通讯"和"山中杂记"两部分，通讯共29篇，从《通讯六》起，所谈的大都是作者赴美途中的经历以及到美国后的生活状况，作者说她写的是"花的生活，水的生活，云的生活"。她用细腻清丽的文字描写沿途见闻和自然景物，特别是对湖光海色的描绘，颇为优美。就连题为《山中杂记》的文字也在山与海的比较中尽情地歌颂了海，甚至说即使自杀也"宁愿投海，不愿坠岩"。她在自序中说："这书中有幼稚的欢笑，也有天真的眼泪"。仅就文字的优美说，这些作品确实不下于古文中那些为人传诵的写景抒情的名篇，在新文学建设初期，这类作品的出现实际上起了对旧文学的示威作用。这当然并不是说只有她一人的作品有这样的意义，出现在同时期的许多作品客观上都有这样的作用，不过由于不同作家的思想倾向和艺术成就有所差别，因而所起的社会作用在程度上也就有所不同了。即以文学研究会这一流派的作家说，叶绍钧、郑振铎、许地山等人都写过一些有特色的散文作品。叶绍钧的散文收在《剑鞘》（与俞平伯合著）和《脚步集》里，文章内容多从现实人生出发，从不使人有无病呻吟的感觉；风格谨严朴素，笔调凝练不苟，因此常常被推荐为青年人学习写作的典范。郑振铎的《海燕》《山中杂记》等散文作品，清丽细腻，写景抒情都有特别的风致。1925年"五卅惨案"发生后他写的《街血洗去后》和叶绍钧的《五月卅一日急雨中》两文都是富有反帝爱国精神的名篇，在读者中曾发生过广泛的影响。许地山的散文流畅而富于理趣，从《空山灵雨》的散记中，我们很容易了解作者的苦闷心情和他那种从现实出发而又带一点怀疑色彩的人生态度。但冰心的文章在当时曾有过更大的影响,这是因为她的散文虽然在思想内容上比较单薄,但在文笔风格上确有其独到的特色。她的文章清丽委婉,用的基本上是提炼了的口语,但也适当地吸收了一些古文、方言和欧化式的成分,来丰富白话文的表现力。茅盾认为"她的散文的价值比小说高"[10],郁达夫以"意在言外,文必己出,哀而不伤,动中法度"四语来概括她的散文特点[11],如果仅就语言风格而论,这些话是说得相当中肯的;而这也是她的文体之所以在当时引起许多人注意的原因。

四

《新青年》以后,由于批判和战斗的需要,以议论为特色的杂文在各种报刊上仍然很多,因为"这原是萌芽于'文学革命'以至'思想革命'的"。在向前进展的过程中,一方面固然需要以创作的实绩来巩固新文学的地位,一方面仍然需要针对不合理的社会现实和文艺现象,进行战斗和批判,而这同时也是为新文学的发展开辟道路的。在"五四"时期的报刊中,《语丝》是以杂文为中心的影响很大的期刊,在它的《发刊词》中即声明"周刊上的文字,大抵以简短的感想和批评为主";又说"我们个人的思想尽是不同,但对于一切专断与卑劣之反抗则没有差异"。这可以说是《语丝》这一刊物的总的倾向,因此瞿秋白同志说:"鲁迅当时的《语丝》,革命小资产阶级的文艺思想和批评,正是针对着这些未来的官场学者的。"[12]《语丝》是同人杂志,各个作者的思想倾向并不相同,其中影响最大的作者是鲁迅先生和周作人。在鲁迅离开北京之前,这个刊物在对一些重大事件的态度上,如对"女师大"事件和《现代评论》派的"正人君子",以及"五卅运动""三一八惨案"等,总的倾向大体上还算一致;但随着时代和人民革命的发展,这些人中间也起了分化,其中鲁迅先生坚决地走上了与革命相结合的道路,而周作人则已浸沉于苦茶古玩之类的封建情感中了。这种分化如就散文的发展来考察,也是很有代表意义的;这不只因为他们二人都写过大量的散文作品,从最初起在思想倾向和风格特色上就很不相同,更重要的是他们的影响都很大,许多作者的发展方向和作品风格在一定程度上都和这两种倾向有关系。我们只要从《语丝》以后一些多登散文的刊物来考察,这两种不同的倾向就极为明显,而一个文艺刊物总是有它所联系的一些作者的。就与鲁迅先生有联系的刊物说,《莽原》注重"文明批评"和"社会批评",鲁迅说他编辑时的情形是:"我所要多登的是议论"[13];这种特色在《萌芽》以及后来的《太白》《中流》等刊物上,都有所体现。而与周作人有联系的刊物如《骆驼草》以及《论语》《人间世》等,则所登的散文大都是一些讲求闲适、旷达,以及知识分子的生活趣味和孤寂心情的文字。当然,许多作者的作风后来有了变化,并不就像周作人那样的每况愈下;但散文写作中这两种不同的倾向却是很早就有其迹象的。由此也可以说明,散文的思想性并不决定于它是议论性质的还是抒情叙事性质的,必须看它所议论或抒写的内容的实质。周作人所写的议论文章就不少,尽管如上所说,他的影响也很大,但那种影响实际上是有很大的消极作用的。

在《语丝》时期,这种分化还不显著,因而在它上面所发表的文章大体上还保有一种共同的特点。这种特点可以由所谓"语丝文体"来说明。在《语丝》第52—57期中，孙伏园、周作人、林语堂等人曾经讨论过所谓"语丝的文体"，这说明人们对《语丝》上文章的特色和它在读者中的印象已经有所觉察，但这些人自己的思想认识上的问题还非常多，因而那些讨论的文章并没有能谈出所以然来。不但如此，在讨论中还宣扬了一些他们自己对"语丝文体"的理解；我们知道鲁迅先生发表在《莽原》第1期的著名论文《论"弗厄泼赖"应该缓行》就是针对林语堂在《语丝》57期发表的《插论语丝的文体——稳键、骂人及弗厄泼赖》一文而发的。可见即使批评的对象同是"未来的官场学者"，在态度和战略等问题上仍然是有原则区别的；这里深刻地潜伏着后来分化的根源。就"语丝文体"而论，我觉得最能概括《语丝》中文章特色的，仍然是鲁迅先生的话；他说：《语丝》"在不意中显了一种特色，是：任意而谈，无所顾忌，要催促新的产生，对于有害于新的旧物，则竭力加以排击——但应该产生怎样的'新'，却并无明白的表示，而一到觉得有些危急之际，也还是故意隐约其词。"又说："不愿意在有权者的刀下，颂扬他的威权，并奚落其敌人来取媚，可以说，也是'语丝派'一种几乎共同的态度。"[14]这种特色和态度当然跟文体风格有密切的联系；其实它不只概括了"语丝文体"的重要特色，而且可以说这是"五四"时期比较好的散文作品的共同特色。那就是说，具有符合民主革命要求的反帝反封建的精神，能够无所顾忌地抨击消极的社会现象，促进积极事物的成长，乃是一个散文作者取得成就的首要的和必具的条件。"五四"时期的较好的散文作品都在不同程度上体现了这一点；反之，一个作者一旦失掉了这种特色，那就自然地走向了另一条道路；他的文章也许还保持着一些个人特点，但既然失掉了重要的时代精神，就很难构成什么值得称道的风格特色了。

五

从周作人的散文，我们可以说明与"五四"散文发展有关的一些问题。他不只写的文章多，影响相当大，而且如上所述，有不少作者是曾经跟他走过一段路的。他不仅自己写散文，努力提倡散文，而且还有一套关于散文的理论。他认为"小品文是文学发达的极致，它的兴盛必须在王纲解纽的时代。"[15]他把"五四"新文学视为跟明末公安派、竟陵派文学活动的精神完全一致，整个文学史都是沿着"诗言志"和"文以载道"两种潮流的起伏而发展的；他自己是赞成言志派而竭力反对载道派，并且认为"独抒性灵，不拘格套"就是"五四"新文学运动的精神。由此出发，他大大抬高了小品文的地位，认为"小品文则在个人的文学之尖端，是言志的散文，它集合叙事说理抒情的分子，都浸在自己的性情里，用了适宜的手法调理起来，所以是近代文学的一个潮头"。[16]这和他在《人的文学》一文中提倡的什么"个人主义的人间本位主义"是完全一致的；既然文学以抒发个人的性情为最高目的，而散文这一体又可以"不拘格套"，因此自然就成了文学的"潮头"和"尖端"。至于文学的社会效用，他是不予考虑的。他曾说："我常想，文学即是不革命，能革命就不必需要文学及其他种种艺术或宗教，因为他已有了他的世界了；接着吻的不再想唱歌，这理由正是一致。"[17]由这种主张出发，他很早就提倡大家写散文，1921年5月，他在《晨报副刊》上撰《美文》一篇，其中说："但在现代的国语的文学里，还不曾见有这类文章，治新文学的人为什么不去试试呢？"[18]以后他不只自己写了很多，而且介绍现代散文作者，推荐明人小品，提倡性灵，抒写闲适；认为谈鬼论禅，以及苦茶古玩、草木虫鱼等内容才是真正有性情、有价值的文学。这发展结果就是如三十年代《论语》《人间世》等刊物中的作品，鲁迅先生所批判的那种引导人脱离现实的"小摆设"。

"五四"文学革命的确是反对文以载道的，但所反对的具体内容是封建主义之道，并非什么道都一律反对；而提倡言志也是为了反对封建陈规和解放思想，是为民主革命服务的，并不是什么"独抒性灵"之类的脱离现实的内容。鲁迅先生说得好"以前反对卫道文学，原是说那样吃人的'道'不应该卫，而有人要透底，就说什么道也不卫；这'什么道也不卫'难道不也是一种道么？"[19]其实如果不抽掉具体内容，则无论从文学史上或"五四"时期说，载道派必有其卫道之志，言志派也必有与其志相合之道；所谓"独抒性灵"式的言志，它所载的还是一种个人主义的道。离开了具体内容的分析而从"言志"和"载道"的起伏来看文学史的发展，是什么问题也不能说明的。小品文可以是"小摆设"，也可以是"匕首"和"投枪"；不同的作家可以言不同的志，也可以载不同的道。他的这种理论之所以有影响，并非因为其中含有什么合理的因素，而是因为它有一定的社会基础，它符合了某些作者思想感情上的要求。当然，不同作者所反对的"道"的内容也并不一致,有的主要仍然是指封建主义的道,有的就是敌视进步思想了,如后来的"论语派"。

周作人自己的散文作品也为他的这种理论提供了例证。在"五四"初期他所写的收在《自己的园地》一书中的文章,还有一些对于封建礼教和文化的轻微的不满;在这本书的《自序二》中,他还自称"说着流氓似的土匪似的话";到《雨天的书》自序(二)中,就以努力学为周慎自勉,并说:"检阅旧作,满口柴胡,殊少敦厚温和之气";认为"骂那些道学家的"文章是"事既无聊,人亦无聊,文章也就无聊了"。于是他说:"我近来作文极慕平淡自然的境地。"希望"能够从容镇静地做出平和冲淡的文章来。我只希望,祈祷,我的心境不要再粗糙下去,荒芜下去,这就是我的大愿望。"《雨天的书》是他的散文集中影响最大的一本,内容已经十分"平和""周慎";《永日集》自序更宣称"至于时事,到现在决不谈了"。他的文章中谈得最多的是一些中外掌故和生活琐事,并通过这些来赞美一种封建士大夫和资产阶级文人的所谓"生活情趣"。例如《喝茶》一文就这样写着:

> 喝茶当于瓦屋纸窗之下,清泉绿茶,用素雅的陶瓷茶具,同二三人共饮,得半日之闲,可抵十年的尘梦。喝茶之后,再去继续修各人的胜业,无论为名为利,都无不可,但偶然片刻优游乃正亦断不可少[20]。

这类文字宣传一种个人主义的人生态度,它所起的作用只能是引导人脱离现实，使人沉溺于生活琐事和低级趣味。由于他有一定的文学修养，这些文章倒是有他自己的语言风格的；他的文章之所以发生过较大影响和曾经得到一些人的赞美，除过那种思想内容有它一定的社会基础之外，和他的文章风格也是有联系的。关于他的散文的语言风格特点，可以用他下面的一段话来说明：

> ……小品文，不专说理叙事而以抒情为主的，有人称他为"絮语"过的那种散文上，我想必须有涩味与简单味，这才耐读，……以口语为基本，再加上欧化语，古文，方言等分子，杂糅调和，适宜地或吝啬地安排起来，有知识与趣味的两重的统制，才可以造出有雅致的俗语文来[21]。

应该说，这种风格特点是和他所要表现的内容相适应的；他要通过独白式的"絮语"来抒发个人情感和一己的生活情趣，又要使人喜欢读，于是就用"知识"和"趣味"加以装饰。他所讲的中外掌故和征引的相关的材料使人惊诧于他的知识之"渊博"，而他的生活"趣味"又把庸俗的事物蒙上了一层"雅致"的纱；通过文字的变化和所谓"吝啬地安排"，就不致使人一览无余，而收到一种含蓄和"耐读"的效果。这就是他所说的文章的"涩味"。他曾称赞俞平伯和废名的散文"涩如青果"[22]，其实这也是他所追求的，那意思是说文章须有经得起咀嚼的回甜的余味。他要求既是俗语文，又要雅致，因此他文章中的文言词汇很多，用他自己的话说，就是"近于明朝人"[23]；这些语言风格上的特点和他散文的内容不只相适应，而且是不可分割的；这也说明了散文作品的风格特点是不能脱离它的内容而孤立看待的。我们即使只从他早期的散文来考察，也不难看到他后来沦于政治堕落的思想根源；这里不只表现了作品的思想内容与风格特点之间的联系，而且也深刻地说明了一个人的文艺观点和他的政治立场之间的必然联系。

六

郁达夫在《中国新文学大系·散文二集》导言中说："现代散文的最大特征，是每一个作家的每一篇散文里所表现的个性，比以前的任何散文都来得强。……我们只消把现代作家的散文集一翻，则这作家的世系、性格、嗜好、思想、信仰以及生活习惯等等，无不活泼泼地显现在我们的眼前。这一种自叙传的色彩是什么呢，就是文学里所最可宝贵的个性的表现。"这一段话虽然也表现了郁氏个人的文学见解，但他所说的"五四"时期散文的富于作者个性色彩这一特点，却不只是显明的事实，而且也是风格绚烂多彩的重要原因。这是与"五四"以后弥漫于知识分子中的个性解放的思想要求相联系的。当然，真正的个性解放是要到阶级彻底消灭以后才能谈得到的，知识分子如果不和群众的解放斗争相结合而空谈自我的个性解放，那总归是要"一事无成"的。但这种个性主义的思想在当时实际上是指向封建主义与帝国主义的，它反映了初步觉醒了的知识分子反帝反封建的革命要求，反映了他们开始寻找新的道路和新的前途，因而客观上在当时还有一定的进步意义。许多"五四"时期的作家，包括现代文学的奠基人鲁迅和郭沫若，都曾在作品中表现过这样的思想；因为正是现实的黑暗压迫使他们感到愤懑，他们要求从帝国主义和封建主义的桎梏中解放出来，找一条新的理想的发展的道路；他们所具体反对的是封建陈规和奴隶道德，而这也正是"五四"思想革命的要求。瞿秋白同志在分析鲁迅前期思想时曾经精辟地论述过这一点，他说：

> 这种个性主义，是一般的知识分子的资产阶级性的幻想。然而在当时的中国，城市的工人阶级还没有成为巨大的自觉的政治力量，而农村的农民群众只有自发的不自觉的反抗斗争。大部分的市侩和守旧庸众，替统治阶级保守着奴才主义，的确是改革进取的阻碍。为着要光明，为着要征服自然界和旧社会的盲目力量，这种发展个性，思想自由，打破传统的呼声，客观上在当时还有相当的革命意义[24]。

"五四"时期"这种发展个性，思想自由，打破传统的呼声"，是充分地反映在当时的文学运动和作品内容中的。举例说，当时极其推崇青年精神，就因为青年人朝气勃勃，不拘于传统成见，富于追求新事物的精神；所以刊物的名字叫《新青年》《少年中国》，李大钊著文赞美"青春"，鲁迅在《狂人日记》篇末高呼"救救孩子"。钱玄同说"人过四十都该枪毙"[25]，丁西林在《压迫》中也说"一个人一过了四十岁，他脑子里就已经装满了旧的道理，再没有地方装新的道理"。"少年老成"这一成语向来用作褒义，但"五四"以后则在人的心目中显然变成带有讽刺味道的贬义了。以前除过上对下、或长辈对子侄，很少有用"第一人称"自称的，"五四"以后则无论写文章或讲话，"我以为……"等说法很普遍。当时尽管有些论点十分偏颇，如"人过四十都该枪毙"之类，是一种"形式主义地看问题的方法"；但就其整个精神说来，却无疑是"生动活泼的，前进的，革命的"[26]；而且鲜明地反映了那个时代的特点。散文本来是以直接抒发作者的感受情绪为主的一种比较自由的文体，当时许多作者都有点像鲁迅先生所比喻的，在一间铁屋子里从沉睡中刚刚苏醒过来[27]，光线刺眼，铁屋依然；他当然要大叫大嚷，绝不会感到无话可说的。因此许多散文作品虽然如郁达夫所说，个性色彩甚浓，但透过作者的个人感受仍然是表现了共同的时代精神的。只是由于作者的生活思想和艺术修养等的差别，作品的风格特点和所表现出来的个性色彩也就因之有所不同罢了。

因为反对旧文学的"陈陈相因，有肉无骨，有形无神"[28]，所以特别提倡"创造"，主张文章要"说自己的话"。最突出的当然要算创造社的主张了；郭沫若曾说："他们主张个性，要有内在的要求。他们蔑视传统，要有自由的组织。这内在的要求、自由的组织，无形之间便是他们的两个标语。"[29]郁达夫甚至说："我觉得'文学家的作品，都是作家的自叙传'这一句话，是千真万真的。"[30]我们不能抽象地把他们所说的"尊重主观""表现自我"这些话当作一种文学理论来看待，那当然是不正确的；但他们当时所要表现的"个性"与"自我"，实际上是在黑暗现实里被压迫和被侮辱的自我，因此他们的作品就不能不是从现实出发，充满了反抗的精神和理想的憧憬。郁氏所称道的"五四"散文中富于个性表现的特点,主要也是指这样的内容;因此他的评论虽然反映了他个人的文学观点,但的确也说明了当时散文作品的重要特色。

郁达夫也是著名的散文作家,他的散文中抒情的坦白诚挚和文字的委婉动人,是并不下于他的小说的。郭沫若曾说,"他的清新的笔调,在中国的枯槁的社会里面好像吹来了一股清风,立刻吹醒了当时的无数青年的心。"[31]"清新"确实是他的作品的风格特点。他自己曾说:"原来小品文字的所以可爱的地方,就在它的清、细、真的三点。细密的描写,若不慎加选择,巨细兼收,则清字就谈不上了。"[32]可见他是很重视"清"的。但使他的作品能够产生强烈的感染力和激动读者心弦的,除过清新的笔调以外,主要还在于他的真率的表白和愤激的热情。他写的多是"解剖自己,阐明苦闷的心理的记载"[33],有切身的感受和激越的情绪,而这又是带有很大普遍性、容易引起同时代青年人的共鸣的,因此就易于感染别人了。他曾说:"散记清淡易为,并且包含很广,人间天上,草木虫鱼,无不可谈,平生最爱读这类书,而自己试来一写,觉得总要把热情渗入,不能达到忘情忘我的境地。"[34]其实富于热情正是他的作品的一个重要特点。在他早期的散文中,就常常在叙事过程中用"我心里叫着说……"等方式来抒发强烈的感受;如《还乡记》一篇写他旅途中的孤寂光景,没有旅伴,也没有送行者,下边就写了这么一段:"我难道没有享受快乐的资格么?我不能信,我怎么也不能信。"他常常用日记体(如《沧州日记》《病闲日记》等)和书简体(如《海上通信》《给一位文学青年的公开状》等）撰文，就因为这种形式最便于直抒胸臆，倾吐衷曲。如果说富于个性色彩是"五四"散文的重要特点，那么这在郁氏的作品中表现得尤其显著，他常常是直率、热情地抒写自己的见闻和感受的。

他的文学修养很高，散文风格更得力于中国古典文学的熏陶。当时有许多作者取法于英国的随笔（Eassy），他却以为这种随笔"不失之太腻，就失之太幽默，没有东方人的小品那么的清丽。"[35]他是更多地从中国古典作品中汲取营养的。他写的旧诗相当好，在一些散文作品中他往往于叙事描写中插入一首抒情的旧诗，使文章跌宕多姿，富于感情色彩。如《骸骨迷恋者的独语》一篇中有一首七律：

生死中年两不堪，生非容易死非甘。
剧怜病骨如秋鹤，犹吐青丝学晚蚕。
一样伤心悲薄命，几人愤世作清谈！
何当放棹江湖去，浅水芦花共结庵。

这种情形在他后来所写的游记《屐痕处处》一类文章中颇多，如《钓台的春昼》一文中记他和数年不见的几位做了国民党党官的朋友谈论，他诵了一首"歪诗"，结句是"悲歌痛哭终无补，义士纷纷说帝秦"，结果他和几位朋友"闹得心里各自难堪"。此文作于1932年，篇首即讥中央党帝（即蒋介石）想学秦始皇，篇末又指斥汉奸罗振玉、郑孝胥辈，愤激之情，溢于笔端；他的一些描写自然景色的文字中总是有这一类"以写我忧"的浓厚的抒情笔触的。收在《断残集》《闲书》中的杂文则多就社会现象发抒感触，内容就更加愤激了，如《猥言琐说》《说春游》等篇。《说春游》的起句是："春天的好处，在于人的不大想吃饭；春天的坏处，在于人的不大想做事。"篇中以"饿骨满郊而烽烟遍地"的现实和阔人"游春的特别专车"对比，给以尖锐的讽刺。这些文字虽然是后来写的，但就他的散文成就和风格特点说，却是与"五四"时期一脉相承的。

七

"五四"文学革命是以反对文言文、提倡白话文开始的，从当时先驱者们的主张看来，他们之所以坚决主张"白话当为文学之正宗"，主要有两方面的理由：第一，白话能够为一般人所看懂，能够普及；第二，白话是一种完善的文学语言，它远比文言文更富于艺术表现力，更能完满地表现人们的思想感情。因为清末以来社会上已经有过一些以开发民智为目标的通俗性白话书报，更不用说白话小说已有悠久的历史，所以只要不是坚持偏见的人，那么白话文能为更多的人看懂这一点，是常识之内的事情；但第二点就不同了，很多人都对它抱有怀疑的态度。由于诗和文一向是古典文学的主要形式，很多著名诗词和古文名篇都是铿锵可诵、家喻户晓的，大家喜欢这些作品，因而对于用白话文是否也能写出这样好的作品，就多少抱着怀疑的态度。林琴南说白话文是"都下引车卖浆之徒所操之语"[36]，也有人说"白话鄙俚浅陋，不值识者一哂。"[37]其中就包括了作为一种文学表现的工具，白话文是不能胜任的这种意思。当时有人反对白话诗，有人说白话不能作"美文"，其实都是说白话文只能作为一种通俗教育的工具，而不是一种完善的文学语言。对于这种论调，一方面当然需要据理反驳，但更重要的还是"拿出货色来"，用创作的实绩来证明白话可以作诗，可以作"美文"，而且它比文言文更富于表现力；这就是鲁迅先生所说的有些"漂亮和缜密"的散文"对于旧文学的示威"的作用，它显示了"旧文学之自以为特长者，白话文学也并非做不到"。所谓"旧文学的特长"主要是指写景抒情方面，因此"五四"时期产生的一些以漂亮、缜密见长的抒情写景的散文，事实上含有"挣扎和战斗"的意义。

用白话写抒情写景的漂亮文字，因为缺少创作实践的经验，缺少现成的形容词、成语和典故等易于引起人们联想的因素，在初期确有不少困难，不像用文言文那样有成规可循。但文言的许多形容词或成语由于习用过久，在人的心目中已经失去了它的形象性和具体的含义，结果只能给人一个类似的概念，不能产生鲜明生动的形象力量。例如"汗牛充栋""过江之鲫"这类成语，本来是富于形象性的，但由于它只是人们从书本得来的知识，与实际生活失掉了联系，结果在人的印象中就只剩下它是表示"多"的抽象意义了。鲁迅先生曾说：

假如有一位精细的读者，请了我去，交给我一枝铅笔和一张纸，说道："你老的文章里，说过这山是'崚嶒'的，那山是'巉岩'的，那究竟是怎么一副样子呀？您不会画画儿也不要紧，就钩出一点轮廓来给我看看罢。请，请，请……"这时我就会腋下出汗，恨无地洞可钻。因为我实在连自己也不知道"崚嶒"和"巉岩"究竟是什么样子,这形容词,是从旧书上抄来的,向来就并没有弄明白,一经切实的考查,就糟了。此外如"幽婉","玲珑","蹒跚","嗫嚅"……之类,还多得很[38]。

古文中的一些美丽的辞藻,很多都具有这类性质,虽然读起来似乎朗朗上口,结果仍然是似懂非懂。白话文因为必须"从活人的嘴上,采取有生命的词汇"[39],自然就明确具体,容易产生鲜明生动的效果。当然,作为文学语言,就不是自然形态的东西,作者必须加以选择和提炼;这是一种创造性的工作,它比用现成的词汇难得多。文言比起白话来,只有字数可以用得较少一点好像是它的长处;但"尚简"虽为历来的作家所重视,但"简"必须和"明"连起来,而文言文的"简"却往往同时带来了意义的含混。"五四"时期就曾有人以为"二桃杀三士"比"两个桃子杀了三个读书人"好得多而闹过笑话,因为这里的"士"指的是"以勇力闻"的武士,并非"读书人"[40]。如果说准确和鲜明生动同样是文学语言所必具的特征的话,那么白话文确实要准确得多。这些道理许多先驱者曾用各种方式论述过,也起过它的战斗作用,但同样重要的是用事实来证明这些道理,就是用白话文写出一些能与那种脍炙人口的古文名篇媲美的写景抒情的"美文"来。这就需要作者自觉地在语言的锤炼上用工夫,在漂亮和缜密的写法上费心思,这是新文学建设中必经的历程。在这方面,朱自清的散文作品有显著的成就。

朱自清的散文虽然也有以叙事或议论为主的名篇,如《白种人——上帝的骄子!》《执政府大屠杀记》等表现进步思想内容的作品,但更多的是以抒情写景为主的优美小品。

他对所写的景物都经过认真的观察和体验，能够准确地把握描写对象的特点，再用经过推敲的形象的语言把它表现出来，因而能够给人以鲜明具体的感受，例如他对《荷塘月色》一文中月夜有无蝉声的问题，就曾观察、推敲了好多次[41]。他主张"于一言一动之微，一沙一石之细，都不轻轻放过"。"正如显微镜一样，这样可以辨出许多新异的滋味"[42]。他的作风是写实的，他常用精雕细琢的手法，使描写的对象如在目前；同时结合写景来抒发作者的感受，收到情景交融的效果。如《温州的踪迹》[43]中的一组文章，就大体都有这种特点。首篇《月朦胧，鸟朦胧，帘卷海棠红》是描写一幅画的，文题也就是画题；作者并没有从画的成就、笔墨等处着手，而是首先细腻地描写画面形象的位置、色彩和神态，通过具体的描绘，不但生动地写出了画的内容，而且也传达出了"月朦胧，鸟朦胧"的意境。最后他说："这页画布局那样经济，设色那样柔活，故精彩足以动人。虽是区区尺幅，而情韵之厚已足沦肌浃髓而有余。"其实这几句话也可以概括地说明这篇作品的漂亮缜密的特点。第二篇《绿》是写梅雨潭瀑布和潭水的绿的，要具体地写出"绿"的程度和诱人的美，是不能光用"绿如翡翠""绿油油"等一般的形容词句的，而必须使文学能够像绘画一样地表现出色的浓淡和光的阴暗来；这就不只要求作者对描写对象观察得仔细认真，而且还必须找到恰当的语言，能够把具体的景象传达给读者。作者写道：

    这平铺着，厚积着的绿，着实可爱。她松松的皱缬着，像少妇拖着的裙幅；她轻轻地摆弄着，像跳动的初恋的处女的心；她滑滑的明亮着，像涂了"明油"一般，有鸡蛋清那样软，那样嫩，令人想着所曾触过的最嫩的皮肤；她又不杂些儿尘滓，宛然一块温润的碧玉，只清清的一色——但你却看不透她！我曾见过北京什刹海拂地的绿杨，脱不了鹅黄的底子，似乎太淡了。我又曾见过杭州虎跑寺近旁高峻而深密的"绿壁"，丛迭着无穷的碧草与绿叶的，那又似乎太浓了。其余呢，西湖的波太明了，秦淮河的又太暗了。

这里他先用了一连串新鲜的，容易引起人们美的联想的譬喻，来形容"绿"的厚、平、清、软；然后又用两组具体、近似的美景来规定读者想象的范围，使梅雨潭的"绿"只能在别的两种浓淡、明暗之间的间隙中想象得之。接着他又用了一个分量很重的譬喻："仿佛蔚蓝的天融了一块在里面似的，这才这般的鲜润呀。"于是"绿"的无与伦比的形象就跃然纸上了。第三篇《白水漈》写的也是瀑布，但与梅雨潭的写"绿"不同，而着重在描写它的如"雾縠"一般的薄和细。在上面三篇文章中，作者都有一些能给人以诚挚感觉的抒情的文句，而且情景交融，文章中流，露着浓郁的诗情画意。

　　作者用白话文写出这类文体优美的散文，在语言的提炼和表现上是下过很大工夫的。他用的是口语，从口语中提炼有效的表现方式；偶有一些文言成分，念起来也有口语的韵味，使人感到作者的态度真挚亲切，有如促膝谈心，从容不迫，同时还有娓娓动人的风致。他十分注重文字的洗练和表现方式的效果，在《欧游杂记》序中他曾说："记述时可也费了一些心在文字上：觉得'是'字句，'有'字句，'在'字句安排最难。显示景物间的关系，短不了这三样句法；可是老用这一套，谁耐烦！再说这三种句子都显示静态，也够沉闷的。于是想方法省略那三个讨厌的字，例如'楼上正中一间大会议厅'，可以说'楼上正中是——'，'楼上有——'，'——在楼的正中'，但我用第一句，盼望给读者整个的印象，或者说更具体的印象。"这种认真推敲的精神在他是一贯的；《你我》自序说："《给一个兵和他的老婆的作者》拟原书的口语体，可惜不大像。《给亡妇》想试用不欧化的口语，也没有完全如愿。"[44]《伦敦杂记》序说他避免用"我"字句；一直到他晚年写的《标准与尺度》，在自序中还说他以前"的确用心在节省字句上"，为了避免"青年人不容易看懂"，他说"我的笔也许放开了些"。这些话中虽然有的只是谦辞，但从中可以看出他对语言的锤炼和表现的严肃认真的态度；这是他取得成就的重要原因。以前有人评论他的散文说："他文如其人，风华从朴素出来，幽默从忠厚出来，腴厚从平淡出来。"[45]他的散文风格的确是和他对待生活和写作的一贯严肃朴实的态度密切联系的。

八

虽然"五四"时期的散文创作与旧文学处于对立的地位，是"萌芽于文学革命以至思想革命"的，但散文的收获之所以"几乎在小说戏曲和诗歌之上"，实际上是与中国古典文学的悠久传统有联系的。中国传统所谓"散文"或"古文"，含义甚广，它是和骈文相对待的名词，而不是和诗相对待的名词；除了小说戏曲一向被认为小道外，集部的诗与文向来是文学的主要表现形式，或者说是正宗。尤其是散文，它本来就是作者表现自己思想感情的最普遍最合适的文学形式，同时也是对青年进行词章训练的主要教材，所以《古文辞类纂》《古文观止》这类书曾经长期是社会上广泛流行的读物。"五四"时期的作家，尽管他们在反对封建文化的战斗中表现得十分激进和勇敢，但他们大抵都受过传统的读古书的教育，很少人没有记诵过一些古文名篇，而对这些文章的阅读和讽诵自然便成为他们文学修养的一个重要部分。虽然文言和白话是两种不同的表达工具，但不只二者间仍有共同的因素，而且除此之外，在创作构思、篇章结构、形象选择以及表达方式等方面，都有不少可资借鉴的地方。不管作者自己是否有意去向那些古典作品学习，它既然已经成为作者文学修养的组成部分，那么写作时自然是会受到影响的。在新文学的各种体裁中，话剧是外来形式，小说虽有传统可资借鉴，实际上所受的外来影响也很深，这是与十九世纪外国小说中所表现的一些民主思想有联系的。诗与文的历史蕴藏最丰富，它们都是中国文学的主要形式，同样也是"五四"时期作家接触得最多的文学作品，但古典诗歌由于格律、字数等的限制，与文言有不可分割的联系，因此在新诗创作中学习起来就比较困难．不像散文那样关系密切，易于借鉴。这对于散文的写作自然是有利条件；事实上现代文学史中凡是比较成功的作品，总是在艺术风格上带有一定的民族特色的，这里显示出了文学历史的继承关系，同时也说明了"五四"时期散文之所以收获丰富的重要原因。

鲁迅先生在估计"五四"时期散文成就的时候，就大略地勾勒出了一条中国文学史上散文发展的线索，因为这与现代散文的发展是有密切关联的。他说：

> 晋朝的清言，早和它的朝代一同消歇了。唐末诗风衰落，而小品放了光辉。但罗隐的《谗书》，几乎全部是抗争和愤激之谈；皮日休和陆龟蒙自以为隐士，别人也称之为隐士，而看他们在《皮子文薮》和《笠泽丛书》中的小品文，并没有忘记天下，正是一塌糊涂的泥塘里的光彩和锋芒。明末的小品虽然比较的颓放，却并非全是吟风弄月，其中有不平，有讽刺，有攻击，有破坏。这种作风，也触着了满洲君臣的心病，费去许多助虐的武将的刀锋，帮闲的文臣的笔锋，直到乾隆年间，这才压制下去了。以后呢，就来了"小摆设"。[46]

以下他就接着论述"五四"时期的散文；这说明他正是从"五四"散文的民族传统和正确的继承关系来考虑问题的。他曾说："我也以为'新文学'和'旧文学'这中间不能有截然的分界，然而有蜕变，有比较的偏向。"[47]新文学和传统文学在精神上当然有很大的不同，但它们之间仍然是有联系的。"五四"时期的散文作家实际上都从古典散文作品中汲取过营养，只是由于各人的文学观点和思想倾向的不同，他们所喜爱的古代作家和作品也就有所区别罢了。过去的作品是既有精华也有糟粕的，而且究竟什么是精华也随着个人的观点而有所不同；鲁迅先生特别注意"抗争和愤激之谈"，周作人由于提倡性灵闲适，就重视明末小品，但他对现代散文的历史渊源同样是很重视的。在给俞平伯的信中他曾说："我常常说现今的散文小品并非"五四"以后的新出产品，实在是'古已有之'，不过现今重新发达起来罢了。由板桥、东心溯而上之这班明朝文人再上连东坡、山谷等，似可编出一本文选，也即为散文小品的源流材料，此件事似大可以做，于教课者亦有便利。现在的小文与宋明诸人之作在文字上固然有点不同，但风致实是一致，或者又加上了一点西洋影响，使他有一种新气息而已。"[48]他不重视现代作品中的时代精神，而努力"提倡那与旧文学相合之点"自然是错的，那只能使散文成为"小摆设"；但他也同样是从古代作品中寻求营养的，只是正如鲁迅先生"关于取用文学遗产的问题"所说的："潦倒而至于昏聩的人，凡是好的，他总归得不到。"[49]这当然不是说他所推崇的那些古代作品都是糟粕，只是说他所提倡的那种"风致"近乎说梦而已。事实上不只东坡、山谷的文集中有好作品，就连他们最为推崇的袁中郎，也"正如在中郎脸上，画上花脸，却指给大家看，啧啧赞叹道：'看哪，这多么性灵呀！'"[50]因为如鲁迅先生所说，袁中郎"还有更重要的一方面"[51]。可见即使同样受到古代作品的影响，作用和效果也是随着作家思想倾向的不同而有很大差别的。

就"五四"时期的一般作家而论，由于"发展个性，思想自由，打破传统的呼声"在当时十分普遍，因此对于古代作品，也特别喜欢那些有创造性的、能"说自己的话"的文章。如俞平伯就曾说：

最初的"楚辞"是屈宋说自己的话，汉以后的"楚辞"是打着屈宋的腔调来说话。魏晋以前的骈文，有时还说说自己的话的，以后的四六文呢，都是官样文章了。韩柳倡为古文，本来想打倒四六文的滥调的，结果造出"桐城谬种"来，和"选学妖孽"配对。最好的例是八股，专为圣贤立言，一点不许瞎说，其实《论语》多半记载孔子的私房话。……

把表现自我的作家作物压下去，使它们成为旁岔伏流，同时却把谨遵功令的抬起来，有了它们，身前则身名俱泰，身后则垂范后人，天下才智之士何去何从，还有问题吗！中国文坛上的黯淡空气，多半是从这里来的。看到集部里头，差不多总是一堆垃圾，读之昏昏欲睡，便是一例[52]。

俞氏是散文作家，他对过去作品的评价虽然不无偏颇，但这段话中是洋溢着"五四"时期强烈地反对封建教条的精神的，而且这种观点也有很大的代表性。由于许多作者大致都有类似的批判精神，因此虽然不免否定过多，但他们所推崇的一些古代作品大都是优秀的、富有民主精神的。这就使"五四"时期的散文和民族传统总的说来有了比较紧密的联系，它所接受的影响主要是健康的、积极的；这是许多作品富有民族特色和散文创作特别繁荣的重要原因。在俞平伯自己的散文集《杂拌儿》《燕知草》中，类似上述内容的文章也并不多；比较多的倒是一些叙说往事、考核故实和谈论书报的文字。他常常于夹叙夹议中抒发感触，有的地方略带伤感，近于旧日笔记的风格。他文中常杂用文言辞藻，文体比较繁缛，有些地方还使人有晦涩的感觉。

九

鲁迅先生又说"五四"时期的散文"因为常常取法于英国的随笔（Essay），所以也带一点幽默和雍容"。就"五四"散文所受的外来影响考察，英国随笔的影响确实是相当大的。随笔、笔记一类文字在中国有悠久的传统，它的性质本与英国的随笔相近，而自晚清中国人开始向西方找真理以来，多从学习英语入手，在学习外语过程中所接触的一些短篇读物，多半是散文随笔一类文字，因此一般作者对英国随笔是比较熟悉的，在写作散文时自然就容易受到某种影响了。周作人于1921年提倡写美文时就说："这类美文似乎在英语国民里最为发达，如中国所熟知的爱迪生、兰姆、欧文、霍桑诸人都做有很好的美文，近时高尔斯威西、吉欣、契斯透顿也是美文的一类。"[53]这些英国作者之所以为中国所熟知，主要就是因为他们的作品常常被选为英语读物的缘故。但"五四"散文的"常常取法于英国的随笔"，还不只是因为作者对它比较熟悉，而是和"五四"时代流行的个性主义思想有联系的；人们认为随笔这种文体的特点就在于个性色彩非常浓厚，最适宜于坦率地表现作者的思想感情。鲁迅先生翻译的日本厨川白村的《出了象牙之塔》一书中，就有专讲essay特点的文章；他从这种文体的"始祖"十六世纪的法国怀疑思想家蒙泰奴叙述起，讲到英国的培根；因为这种文体和新闻杂志事业保有密切的关系而在英国繁荣起来，许多作品原来都是为定期刊物写作的。他说写这种文字需要作者富于诗才学识，对于人生有敏锐的透察力，其中有美的"诗"，也有锐利的讥刺；"刚以为正在从正面骂人，而

却向着那边莞尔微笑着的样子,也有的。"在讲到这种文体的重要特点时,他说:

> 在essay,比什么都紧要的要件,就是作者将自己的个人底人格的色彩,浓厚地表现出来。从那本质上说,是既非记述,也非说明,又不是议论。以报道为主眼的新闻记事,是应该非人格底(impersonal)地,力避记者这人的个人底主观底的调子(note)的,essay却正相反,乃是将作者的自我极端地扩大了夸张了而写出的东西,其兴味全在于人格底调子(personal note)。有一个学者,所以,评这文体,说,是将诗歌中的抒情诗,行以散文的东西。倘没有作者这人的神情浮动者,就无聊。作为自己告白的文学用这体裁是最为便当的。既不象在戏曲和小说那样,要操心于结构和作品中人物的性格描写之类,也无须象做诗歌似的,劳精敝神于艺术的技巧。为表现不伪不饰的真的自己计,选用了这一种既是费话也是闲话的essay体的小说家和诗人和批评家,历来就很多的原因即在此[54]。

厨川白村的文学理论是基于柏格森的唯心主义哲学和资产阶级美学流派弗洛伊德的精神分析的,从根本上说是一种错误的理论;但他的著作中有些民主主义的和批评资本主义社会弊端的内容,以及主张文学应该植根于生活和反对为艺术而艺术等观点,与"五四"的精神有所契合,因此他的著作在"五四"时代的中国曾发生过较大的影响。他的《苦闷的象征》一书在1921年的《学灯》上就有过明权的选译,以后又有仲云的选译和鲁迅、丰子恺的两种全译本，因此鲁迅先生说"此书之为我国人所爱重，居然可知"。[55]后来鲁迅先生又译了他的《出了象牙之塔》，其中就有关于essay的好几节文章。这里他把个性的表现提得非常重要，符合了"五四"时代许多作家的思想和要求，同时也给散文随笔的特点作出了理论性的说明。郁达夫曾说："至如鲁迅先生所翻的厨川白村氏在《出了象牙之塔》里介绍英国essay的一段文章，更为弄弄文墨的人，大家所读过的妙文"[56]，可见它的影响之广泛了。

在厨川白村看来，随笔的好处即在纵意而谈，无所顾忌，容易表现作者的个性。他说："如果是冬天，便坐在暖炉旁边的安乐椅子上，倘在夏天，则披浴衣，啜苦茗，随随便便，和好友任心闲话，将这些话照样移在纸上的东西，就是essay。兴之所至，也说些以不至于头痛为度的道理罢。也有冷嘲，也有警句罢。既有humor（滑稽）也有pathos（感愤）。所谈的题目，天下国家的大事不待言，还有市井的琐事，书籍的批评，相识者的消息，以及自己的过去的追怀，想到什么就纵谈什么，而托于即兴之笔者，是这一类的文章。"[57]这种特点是符合于"五四"时代知识分子的生活趣味和个性主义的思想观点的。它反对不自然地做作、摆空架子，而要求"再随便些"，"再淳朴些，再天真些，率直些"[58]，这也是符合于"五四"时代反对封建虚伪、反对"瞒与骗"的文艺的精神的[59]。当然，文章要写得好，归根到底仍在所谈的内容是作者自己的真知灼见，而又能打动读者心弦的东西；并不是不加思索、一挥而就的急就章。厨川白村也认为"那写法，是将作者的思索体验的世界，只暗示于细心地注意深微的读者们。装着随便的涂鸦模样，其实却是用了雕心刻骨的苦心的文章。"[60]如果不从表面特点着眼，而追问一下"五四"时代的作者们所思索体验的内容究竟是些什么？那就无论怎样随便也超越不了时代的要求，主要的仍然是反帝反封建的历史内容；也只有反映了这样的时代精神才有可能打动读者的心弦。正如个性主义思想在当时还有一定的积极意义一样，这种关于英国随笔的理论和它对散文创作所发生的影响，在当时也起了一定的积极作用。

但这种影响同时也有消极的一面；鲁迅先生说："杂文中之一体的随笔，因为有人说它近于英国的 Essay，有些人也就顿首再拜，不敢轻薄。"[61]对外国作品如果到了盲目崇拜的地步，就必然会给创作带来不良的后果。除过那些英国作品的思想内容包含有消极因素之外，即以风格特点而论，它与中国传统笔记散文的主要不同正如鲁迅先生所说，在于"幽默和雍容"；如果善于批判地学习，使自己的散文"也带一点幽默和雍容"，是有助于新风格的形成和风格的多样化的，但如果不顾自己的民族特点，一味地追求幽默和雍容，那结果就像林语堂或徐志摩的文章，甚至如后来以提倡幽默和闲适相标榜的《论语》《人间世》，则其社会作用就只能是麻痹人们的革命意志，或则"将屠夫的凶残，使大家化为一笑"[62]，或则"将粗犷的人心，摩得渐渐地平滑。"[63]鲁迅先生说："幽默既非国产，中国人也不是长于幽默的人民，而现在又实在是难以幽默的时候。"[64]一味追求幽默，必然要脱离时代，脱离自己的民族和人民。林语堂认为"幽默处俏皮与正经之间"，实际上就是提倡一种消极玩世的人生态度；因此鲁迅先生说："不知俏皮与正经之辨，怎样会知道这'之间'？"并且坦率地宣称："我不爱'幽默'，并且以为这是只有爱开圆桌会议的国民才闹得出来的玩意儿，在中国，却连意译也办不到。"[65]有些幽默文字本来也可以近于讽刺，是对不合理现象的不满或嘲讽，但一要求"雍容"，则虽有所讽，无伤大雅；"绅士淑女们的尊严，确也有一些动摇了，但究竟还留着摇摇摆摆的退走，回家去想的余裕，也就保存了面子。"[66]而绝不是"将那无价值的撕破给人看"[67]的尖锐的讽刺。林语堂和徐志摩不只后来的倾向很不好，就在他们早期的《剪拂集》或《落叶集》中的散文，也可以看出那种盲目崇拜西方的态度来。

十

一般地说，作者的风格是指通过他的作品所表现出来的总的特点，本来是与作者的个性密切联系的，而在散文中尤其如此。但作者的个性是受时代和阶级的特点所制约的，"五四"揭开了中国新民主主义革命的序幕，反帝反封建的要求在进步知识分子中十分强烈，所谓个性解放的呼声实质上是与社会解放相联系的，因而在散文作品中也深深地打上了时代的烙印。无论抒情或写景，那内容都不同于过去的或外国的作品，都表现着浓厚的作者对现实的感触和情绪，而这些又都是属于现代中国的，特别是"五四"以后觉醒了的知识分子的；更不用说直接由现实出发的议论或叙事的作品了。因此无论在哪一类的文章里，都不难看出作者的苦闷或追求，挣扎或战斗；可以说散文写作的繁荣正是与当时的时代条件密切联系的。

"五四"以后虽然已经产生了共产主义的文化思想，但就一般作家而论，绝大多数还停留在民主主义的阶段，还只能作为"新的文化生力军"的同盟军。在现代文学史上，由民主主义到共产主义本来是许多作家所经历的一条共同的道路，但这一路程的长度和所经历的时间则随着个人的情况而各有不同。在"五四"时代已经完成这一历程的人当然也有，例如瞿秋白同志；在他所写的《饿乡纪程（新俄国游记）》和《赤都心史》两部散文作品中，不只最早地介绍了世界上第一个社会主义国家在建国初期的政治社会情况，而且也真实地记述了作者自己的由民主主义者成为共产主义者的思想变化历程。《饿乡纪程》记述自中国到莫斯科的经历，《赤都心史》则作者在序中自述是"个人心理上之经过，在此赤色的莫斯科里，所闻所见所思所感"。并说"我愿意突出个性，印取自己的思潮"，因而其中所表现的个性就与一般作家有显著的不同；他自己在书中说："由于理论之研究，事实之采访，从而使得'我'的一部分渐起变态。"除内容之外，这两部作品的文笔清新优美，抒情气氛很浓，在风格上也有它的独创性。但当时多数的散文作者还只是革命的小资产阶级知识分子，有的还是资产阶级知识分子，因而在他们的作品中所表现出来的个性就有不同程度的阶级局限性。有的表现了革命民主主义者的强烈的战斗精神，也有的虽然对社会现实有所不满，但作品中却宣扬了一种个人主义的思想和生活态度。作品的成就和风格都不能脱离它所具体反映的思想内容，当时颇为流行的个性主义思想虽然还有一定的进步意义，但如果作者把个性解放的要求没有跟人民革命的目标和任务联系起来，就不可能在社会实践和时代前进的过程中逐步克服自己的认识局限，而终于要堕入个人主义的泥坑里的。许多作者后来的不同的发展道路其实在他们早期的作品中就可以看出端倪来。作品中个性特点的鲜明本来是作家具有独特风格的标志，但这种个性首先是受时代的和阶级的制约的，而"五四"时代即使是优秀的散文作家也还未能完全克服其阶级的局限性，这是当时有些作品经不起时间考验的一个重要原因。

时间的考验是十分严峻的，"五四"离现在不过四十多年，但已经足够证明，凡是今天仍然在读者中流传的散文作品，总是富有革命精神和在艺术上有创造性特点的。鲁迅先生在《小品文的危机》那篇文章的最后说：

> 生存的小品文，必须是匕首，是投枪，能和读者一同杀出一条生存的血路的东西；但自然，它也能给人愉快和休息，然而这并不是"小摆设"，更不是抚慰和麻痹，它给人的愉快和休息是休养，是劳作和争斗之前的准备。

这正是他从历史经验中得来的结论；这里他讲到既需要战斗性很强的文字，同样的也需要能"给人愉快和休息"的"美文"；范围是广阔的，但都必须能起文艺的战斗武器的作用。鲁迅自己在"五四"时代的作品就充分地证明了这一点，他既写有"投枪"式的许多战斗性的杂文，同时也写了以优美的抒情或叙事为主的《野草》和《朝花夕拾》；它们的内容虽然不同，但都是由一个根上生出来的枝叶，这"根"就是

"萌芽于文学革命以至思想革命"的战斗精神。

收在早期的杂文集《热风》和《坟》里的许多文字,带有广泛的社会批评的特色。在内容上是"论时事不留面子,砭锢弊常取类型"[68]。在表现方法上则"好用反语,每遇辩论,辄不管三七二十一,就迎头一击"[69]。这说明了他的作品的用讽刺的笔来暴露和议论现实丑恶的特点,也就是瞿秋白同志所说的"神圣的憎恶和讽刺的锋芒"[70]。早期的这两本文集中的文字主要还是针对形形色色的封建思想和社会陋习的,到《华盖集》和《华盖集续编》中的文字,就更多的是对资产阶级右翼"现代评论派"的"正人君子"们的揭露和抨击了。这些文章"反映着'五四'以来中国的思想斗争的通史"[71],在表现上则运用多种手法,使精辟的论点取得形象的特征,如多用譬喻,引古人古事来说明今人今事,引对方的话来举例反驳等;它使读者从生动具体的事例中明白了爱憎的分界和战斗的精神,是真正"和读者一同杀出一条生存的血路的东西"。

《野草》中所写的内容是作者对自己心境和思想中矛盾的解剖、思索和批判,寓意深厚,意致隽永,在艺术构思和形象选择上都充满了诗的意味。《朝花夕拾》是少年时代生活的回忆,它真实地叙述了书塾、学校生活等往事,对良师挚友的追念,和对人民艺术趣味的发掘等;通过作者富有感情的笔触,既从侧面写出了当时的社会风貌,又生动地叙述了一些引人深思的故事和人物。《野草》深沉含蓄,《朝花夕拾》清新流畅,在风格上也是各有特色的。

"五四"时期的散文虽然数量很多,内容丰富多彩,但若大致分类,也不外抒情、叙事、议论几类;如果需要举出某些典范作品，那么抒情散文《野草》，叙事性质的《朝花夕拾》，都是非常优美的具有独特风格的散文作品，更不用说众所周知的以议论为主的鲁迅杂文了。因此当我们说"五四"时期散文创作的收获非常丰富时，就并不只是指数量，同时也是包括质量而言的。

1963 年 6 月 28 日于北京大学中关园寓所

* * *

〔1〕鲁迅：《南腔北调集》。

〔2〕此文原发表于《文学周报》345 期，写作年月乃据作者自记。1928 年作者将此文作为《背影》序，收入《背影》一书。

〔3〕鲁迅：《两地书·三二》。

〔4〕鲁迅：《集外集拾遗·做杂文也不易》。

〔5〕〔69〕鲁迅：《两地书·一二》。

〔6〕鲁迅：《集外集》。

〔7〕鲁迅：《且介亭杂文·忆刘半农君》。

〔8〕《而已集·革命文学》。

〔9〕见《现代中国女作家》中黄英《谢冰心》一文；又《现代十六家小品》中阿英《谢冰心小品序》中也有此说。

〔10〕茅盾：《冰心论》，《文学》3 卷 2 期。

〔11〕见《中国新文学大系·散文二集导言》。

〔12〕〔24〕〔70〕〔71〕瞿秋白：《〈瞿秋白文集〉第二卷·鲁迅杂感选集序言》。

〔13〕鲁迅：《两地书·三四》。

〔14〕鲁迅：《三闲集·我和语丝的始终》。

〔15〕〔16〕周作人：《看云集·冰雪小品选序》。

〔17〕〔21〕〔23〕周作人：《永日集·燕知草跋》。

〔18〕周作人：《永日集》。

〔19〕鲁迅：《伪自由书·透底》

〔20〕周作人：《雨天的书》。

〔22〕周作人：《志摩纪念》《新月》4卷1期。

〔25〕鲁迅《教授杂咏》四首之一即讽此说，见《集外集》。

〔26〕毛泽东：《反对党八股》。

〔27〕鲁迅：《呐喊》自序。

〔28〕陈独秀：《文学革命论》(《中国新文学大系·建设理论集》)。

〔29〕郭沫若：《文艺论集续集·文学革命之回顾》。

〔30〕〔56〕见《中国新文学大系·散文二集导言》。

〔31〕郭沫若《历史人物·论郁达夫》。

〔32〕〔35〕郁达夫：《闲书·清新的小品文字》。

〔33〕郁达夫：《奇零集·日记文学》。

〔34〕《达夫自选集》序。

〔36〕林纾：《致蔡鹤卿太史书》。

〔37〕鲁迅：《热风·现在的屠杀者》

〔38〕〔39〕鲁迅：《且介亭杂文二集·人生识字胡涂始》。

〔40〕鲁迅：《华盖集续编·再来一次》。

〔41〕朱自清：《〈朱自清文集〉第三卷·杂文遗集·关于"月夜蝉声"》。

〔42〕朱自清：《〈朱自清文集〉第二卷·你我·"山野掇拾"》。

〔43〕见《踪迹》。

〔44〕《一个兵和他的老婆》是李健吾用北京口语写的小说。

〔45〕杨振声：《朱自清先生与现代散文》。

〔46〕〔63〕鲁迅：《南腔北调集·小品文的危机》

〔47〕鲁迅：《准风月谈·"感旧"以后（上）》。

〔48〕见《中国新文学大系·散文一集导言》

〔49〕鲁迅：《且介亭杂文二集·题未定草（六）》。

〔50〕鲁迅：《花边文学·骂杀与捧杀》。

〔51〕鲁迅：《且介亭杂文二集·招贴即扯》。

〔52〕俞平伯：《杂拌儿之二·近代散文钞跋》。

〔53〕周作人:《永日集·美文》。
〔54〕〔57〕见《鲁迅译文集》第三卷《出了象牙之塔·Essay》。
〔55〕鲁迅:《集外集拾遗·关于〈苦闷的象征〉》。
〔58〕见《鲁迅译文集》第三卷《出了象牙之塔·自己表现》。
〔59〕鲁迅:《坟·论睁了眼看》。
〔60〕见《鲁迅译文集》第三卷《出了象牙之塔·Essay 与新闻杂志》。
〔61〕鲁迅:《且介亭杂文二集·徐懋庸作"打杂集"序》。
〔62〕〔65〕〔66〕鲁迅:《南腔北调集·"论语一年"》。
〔64〕鲁迅:《伪自由书·从讽刺到幽默》。
〔67〕鲁迅:《坟·再论雷峰塔的倒掉》。
〔68〕鲁迅:《伪自由书·前记》。

谈关于话剧作品的研究工作

——在中国话剧文学学术讨论会上的发言

对于话剧文学，我没有作过深入的研究，平时对这方面的问题也考虑得不多。但我觉得开这样一次学术会议很有必要；我谨代表中国现代文学研究会，对会议的召开表示祝贺。

近年来我们现代文学研究工作有了比较迅速的发展，呈现出一种全面突进的局面。但在全面突进中，仍然存在着不平衡的现象，有一些进展较慢和相对薄弱的环节。就文体的研究而言，是不是可以作这样的估计：小说研究的队伍最大，成就也最突出；诗歌研究次之；相对地说，戏剧与散文研究要薄弱一些、寂寞一些。正因为如此，参加这次会议的许多同志这些年一直坚守话剧文学的研究阵地，默默耕耘，这种执着追求的精神特别可贵，是我们话剧文学研究工作一定能取得进展的重要保证。现在我就开展话剧文学的研究工作，谈几点不成熟的意见。

第一，解放思想，扩大视野。我想首先谈一个问题：目前话剧研究的人数和成果比较少，是不是因为研究对象——中国现代话剧文学本身没有太大的研究价值造成的？我想这不符合事实。形成话剧文学研究工作相对薄弱的原因虽然很多，但都不是属于研究对象方面的问题。中国现代话剧创作自"五四"以来的历史发展中不仅数量众多，而且已经逐渐形成了自己独特的戏剧主题、题材、创作方法以及剧作家的个人风格，创造了既是现代的、又是民族的新型话剧。这在中国戏剧史上也是独具一格的，理应在中国现代文学研究中占有自己的位置。我们已经有了一大批杰出的或有特色的剧作家和话剧作品，积累了丰富的经验，形成了自己的传统。所有这些成就、经验、传统都需要我们去研究和总结。现在的问题恐怕不是话剧创作给我们提供的天地太小，而是我们过去的视野过于狭窄，还没有从种种"框框"下解放出来。过去从事话剧工作的人，多半只注重戏剧运动和演出实践，作为话剧文学来研究的人比较少，这有历史的和社会的原因，无可厚非。五十年代后期编的《中国话剧运动五十年史料集》也是以话剧运动为主的；它虽然给创作的产生提供了必要的时代背景，但对于话剧文学研究来说，其资料性也是很不够的。现在甚至有些过去的剧本也很难找到，例如抗战时期曾经有过一百余种多幕剧，建国以来很少重印；不仅如张骏祥、沈浮等剧作家的作品难找，即如夏衍、洪深、于伶等人也只能看到选了少数几部作品的选集。由于许多剧作都产生于抗战后期的国统区，解放区则由于农村环境和物质条件的限制，话剧未能得到很好的发展，而我们从事教学和研究工作的人，为了突出"新的人民文艺"的方向，往往就采取了视而不见的态度。其实许多剧作不仅在艺术上各有特色，而且爱国主义几乎是普遍的主题，是不应该摒除在研究者的视野之外的。就目前话剧文学的研究状况看，大家都只注意少数几位似乎已有定论的剧作家及其作品。这当然是重要的，但"未开垦的处女地"仍然甚多；即使是作为我们研究重点的作家作品，由于我们囿于一些传统观念，研究的角度比较单一化，有待于深入挖掘者也并不少。这里我随便举两个例子，供大家讨论时参考。1983年，人民文学出版社出版了《王文显剧作选》，张骏祥在《序》里提到，李健吾、杨绛、陈铨和他自己都受过王文显的影响，李健吾和他还当过王文显的助教。张骏祥在《序》里对王文显的戏剧特色作了这样的概括：剧本多反映"最高学府里一些道貌岸然的'师表'们之间勾心斗角的丑态"，受到英国十七、八世纪王政复辟时代"世态喜剧"及欧洲"情节剧"的影响，台词俏皮、幽默，十分注意施展从欧美戏剧中学来的编剧技巧等等。我由此联想到张骏祥本人在抗战时期写的《山城故事》《小城故事》《边城故事》，杨绛的《称心如意》《弄真成假》，一以及李健吾，甚至陈铨的某些作品，似乎他们的剧作在创作倾向和艺术特色上与王文显有一脉相承之处；如果把这些剧作家的剧作（再加上丁西林）联系起来研究，可能会梳理出现代话剧发展的一个方面的线索。可惜，上述各位剧作家，除了丁西林、李健吾近年来还有一些研究文章以外，基本上还没有进入我们研究工作的视野。即就我们注意的重点作家作品说，我也举一个例子。夏衍同志的《法西斯细菌》是一部受到人们重视，并有了"定论"的作品。剧作家本人在1954年写的《关于〈法西斯细菌〉》一文中，指明剧本的主题是"反对为科学而科学，为技术而技术，反对科学脱离政治，反对科学家不关心政治"，并认为俞实夫这样的科学家"实际上都成了被统治阶级玩弄，利用和作为点缀装饰的工具"；看来剧作家自己的这些说明已经被学术界所接受，成为一种"定论"。但是，如果我们读一读剧作家1942年在剧本初演时写的《代跋之一》，就可以发现与上述说明不同的创作意图：剧作家试图把俞实夫写成一个"悲剧里的英雄"，表达"法西斯与科学不两立"的主题。作者的这种不同的说明当然与写文章时的时代气氛有关，这里我不准备对此作深入的讨论；但从这两种不同的说明中至少可以得出这样一个结论：对《法西斯细菌》这样的似乎已有定论的作品，如果我们不囿于历史形成的既定"框框"，仍然有深入研究发掘的余地。这就说明：在话剧文学研究领域，仍然有一个解放思想和扩大视野的问题。

第二，历史感与现实感。我们并不否认在现代话剧史上，有不少在历史上曾经发生过作用，但本身在艺术上并不具有生命力的作品，也有一些失败之作。那么，这些作品今天是否就不再具有研究价值了呢？这里有一个着眼点或观察角度的问题。如果我们从文艺鉴赏的角度，选一本现代剧作选，这类作品当然不必入选；但如果我们从史的角度，以历史的态度、历史的方法去进行研究，那就不能采取简单排除、否定了事的态度。在一定意义上可以这么说：对于文学史家来说，一切历史上发生过的文学现象都具有一定的研究价值——只有价值大小的区别，而不存在有无价值的问题。因为历史不仅是成功者的历史，也是失败者的历史，不能用"成者为王，败者为寇"的观念去研究历史。再者，一些作品在历史上曾经发生过影响和作用，那就更有研究的价值。我们难道能够因为《兄妹开荒》在今天看来艺术上比较简单，而否定它的历史意义吗？同样，田汉的《洪水》，只写群像，不注意人物性格刻划，以至剧中人都冠以"农民一、二、三、四、五、六、七"的称号，连名字都没有，显然十分粗糙。但我们如果联系在它之前出现的丁玲的《水》，联系"左联"的某些创作主张或思潮（如强调作品所要描写的，不是一个或两个的主人公，而是一大群的大众，不是个人的心理的分析，而是集体的行动的开展），田汉的《洪水》就以其反映了一个时期的文学风尚而具有了一定的研究价值。这正说明，如果我们以历史的眼光和尺度去审视现代话剧文学发展的历史，就会有许多新的发现和认识。所以无论研究作家作品或其他问题，都应该注意它既然是一种历史的现象，就必然需要一种历史感。与此同时，作为历史的研究，也需要与现实生活保持密切的联系，研究工作同样需要具有现实感。研究者应该关心当代人民生活，特别是当代文学创作与文学思潮的发展，以及发展过程中提出的问题，以便从中汲取思想养料，得到启示，赋予自己的研究成果以新的时代精神。这样，我们的研究成果就能给现实以历史的启示，发挥历史性研究的积极作用。据说当前戏剧界正在讨论"当代话剧危机"的问题；我想，我们每一个现代话剧文学的研究者都应该关心这场讨论。因为在讨论中提出来的问题和意见，不仅可以启发我们去反思现代话剧发展中的历史的经验和教训，而且我们还可以由历史的经验来促进这场讨论的深入。又如当前在文艺理论与创作中都出现了一股"寻根"的潮流，《文艺报》还展开了专门的讨论；在讨论中，就提出了如何看待现、当代文学与中国传统文学、外国文学的关系问题，如何评价"五四"新文学传统的问题，有的同志甚至发表了这样的意见，认为"五四"运动对传统文化"否定得多，肯定得少，有隔断民族文化之嫌"，并且说，"五四"提出"打倒孔家店"，"作为民族文化之最丰厚积淀之一的孔孟之道被踏翻在地，不是批判，是摧毁；不是扬弃，是抛弃，痛快自是痛快，文化却从此切断"。[1]我想，这里提出的问题，对于完全从外国移植过来的现代话剧来说，也许是更为尖锐的。它可以引发出许多研究的课题，例如：如何评价"五四"时期关于"旧戏评议"问题的讨论及以后关于中国戏剧发展方向提出的各种意见；如何评价1926年赵太侔、余上沅等在《晨报》附刊《剧刊》上发动的"国剧运动"以及他们的理论主张；如何认识中国现代话剧与中国传统戏剧、外国戏剧的关系。中国现代话剧在自己的历史发展中究竟是如何汲取"异域营养"并实现民族化的，它在批判地继承传统方面有些什么经验和教训，它走过的道路有什么历史特点；这些问题我们过去并不是没有涉及过，但如果我们能够从当前的讨论中有所启发，重视审视历史事实，即使过去的认识大体上仍然是正确的，也可以使我们的认识更深入一步，对现实的理论和创作的发展提供历史的根据或借鉴。总之，历史是过去的现实，现实是由历史积累和演变而来的；我们的研究工作，必须使之既有历史感，又有现实感，并且把二者很好地结合起来。

第三，文学特点与戏剧特点。总的说来，戏剧是综合艺术，文学因素只是它的组成部分，话剧也不例外。但不同的剧种所含孕的文学因素的比重是并不相同的，比如京剧《三岔口》，虽然它是很著名的剧目，但仅就文学特点来说，比重是很小的，而像元代杂剧，由于它的情节发展主要由道白部分担任，这与现代戏曲有很大的不同；元曲的曲调主要是抒情性的，写得很动人，所以王国维特以《元剧之文章》申论之，文学特点就比京剧大得多。在各类剧作中，话剧创作的文学特点应该说是最显著的，许多作品不依赖演出而仅供阅读，也仍然很吸引人，这种"可读性"其实就是文学特点的标志。话剧创作主要是由人物对话构成的，就演出说，它当然也需要表演、导演、舞台美术等各种艺术因素的协调配合，而且仅就台词本身说，它也比小说中的对话的要求要严格得多，不仅要求性格化，而且要求带有动作性和潜台词，为表演艺术创造条件。但对话本来是描写人物性格的重要文学手段，因此文学特点对话剧创作来说，不仅是重要的，甚至可以说是决定性的因素，这也就是构成它的可读性的原因。鲁迅在《花边文学·看书琐记》一文中先引用了"高尔基很惊服巴尔扎克小说里写对话的巧妙，以为并不描写人物的模样，却能使读者看了对话，便好像目睹了说话的那些人。"然后加以阐发说："其实，这也并非什么奇特的事情，在上海的弄堂里，租一间小房子住着的人，就时时可以体验到。他和周围的住户是不一定见过面的，但只隔一层薄板壁，所以有些人家的眷属和客人的谈话，尤其是高声的谈话，都大略可以听到，久而久之，就知道那里有哪些人，而且仿佛觉得那些人是怎样的人了。如果删除了不必要之点，只摘出各人的有特色的谈话来，我想，就可以使别人从谈话里推见每个说话的人物。"鲁迅这里谈的是对话作为文学手段对于写出人物性格的重要作用，因此有的小说也是完全用对话构成的。1934年底，鲁迅译了西班牙 P.巴罗哈的《少年别》，他在《译者附记》中说：这是一篇"用戏剧的形式来写的新样式的小说"，"因为这一种形式的小说在中国还不多见，所以就译了出来"。接着他就用这种形式写了《故事新编》中的《起死》。这就充分说明话剧创作是有独立的文学价值的，它可以作为读物来供读者欣赏，因此话剧文学的研究应该是现代文学研究的一个必要的组成部分。我们对它的研究也应该如同研究诗歌小说一样，以剧作家和剧本创作为主要的研究对象。这就是说，衡量一个剧作家对于话剧文学的贡献，主要看他的话剧创作的质量和数量，然后作出应有的评价。话剧文学的研究不能以话剧运动为主，不能以话剧运动的研究来代替话剧文学的研究。在现代话剧发展史上，有些剧作家同时又是戏剧运动的组织者，但在话剧文学的研究上，仍然只能根据他的话剧创作的成就来确定其历史地位；至于他对话剧运动的贡献，则应该在话剧运动史上去评价，二者不能混同。当然，话剧创作毕竟和小说不同，它除去具有文学特点外，还具有戏剧特点，这是话剧文学研究者不能不注意到的。我们既要注意到舞台演出中导演和演员的再创作及其效果，也要注意到观众在接受过程中的反馈作用，这对话剧文学的研究也是很重要的。过去我们很少注意剧作与观众的关系，其实，观众的欣赏要求、思想感情和文化水平等对不同时期的创作倾向和风格流派的形成是有密切关系的。不同风格的剧作家可能拥有不同爱好的观众。比如丁西林的剧作和郭沫若的剧作所拥有的观众，就可能属于不同的类型。当然，剧作家和观众的关系也并不是固定不变的，他们都受到时代和社会诸因素的制约，但如果我们从不同的侧面进行考察、理解就可能会更加全面和深刻。比如我们研究田汉的创作道路，过去一般都着重在从剧作家的思想、世界观的变化来说明他从南国社时期到左翼运动时期的变化，但如果我们对当时爱好田汉剧作的观众在欣赏要求上的变化作更多考察的话，可能会对田汉剧作的内容风格的变化及其时代意义有更为充分的理解。所以我们主张话剧文学的研究既要充分重视它的文学特点，同时也不能忽略它的戏剧特点。

　　第四，宏观与微观。近年来学术界比较强调综合性的宏观研究的重要性，要求研究者对研究对象在互相联系和运动过程中作总体考察，这对以"具体事物的具体分析"为名而"目无全牛"的狭隘视野的匡正是有针对性的，也是符合学术发展的方向的。但宏观考察必须建立在微观研究的基础上，否则必然会陷于空泛；同样微观研究也必须具有历史的比较的眼光，注意到宏观的背景。可见二者并不是对立的，而是不可偏废的。任何研究课题的选择都是由现有基础出发的，不能脱离研究工作的现状和实际。就话剧文学的研究来说，由于现有的基础比较薄弱，我们不仅在宏观研究方面开展得很不够，即在微观研究方面也不够深入，并且还有大量的空白；因此我以为除了可以而且必要进行一些宏观角度的综合研究之外，必须加强扎实的基础研究工作。首先是对有关的原始资料的搜集和整理，其次是对具体的作家作品的深入研究，包括许多过去很少人进行过研究的作家和作品。这些都是为更深入地开展研究奠定基础的工作，也是锻炼和提高研究能力的基本功。我相信假以时日，经过大家的努力，我们的话剧文学研究工作是一定会结出硕果来的。

　　以上就是我所想到的几点不成熟的意见，不避简陋，请大家多提意见。

1985年10月7日

*　　*　　*

〔1〕郑义：《跨越文化断裂带》，1985年7月13日《文艺报》。

中国现代作家笔下的东南亚

一

在本世纪初,列宁对世界形势作了如下的描述:"民主革命席卷整个亚洲——土耳其、波斯、中国,在英属印度,骚动也正在增长";列宁特地指出:"值得注意的是,革命民主运动现在又遍及荷属印度,爪哇以及其他将近四千万人口的荷属殖民地。"列宁根据"几万万被压迫的,沉睡在中世纪停滞状态的人民觉醒起来"这一事实,得出了一个重要结论:"亚洲的觉醒和欧洲先进无产阶级夺取政权斗争的展开,标志着二十世纪初所揭开的全世界历史的一个新的阶段"[1]。历史的发展证实了列宁的论断:世界殖民主义的瓦解,被压迫民族国家(我们以后称之为"第三世界国家")的独立与兴起,无疑是二十世纪最重大的历史事件,而且必然要在二十世纪历史图景上打下自己的烙印。可以这样说,在二十世纪,不仅东方被压迫民族与西方无产阶级有着共同利益,更重要的是东方被压迫民族国家之间(例如列宁在这里所说的中国、土耳其、波斯、印度,以及东南亚各国之间),有着共同的命运和利益,有着共同的敌人(外国殖民主义者与国内封建势力)和共同的奋斗目标,因而必然会结为一个互相声援,互相影响的整体。而文学,作为一定社会生活的反映,是不可能不反映这样的历史特点的。这就是说,在二十世纪,一方面是被压迫民族的独立,现代民族国家以及相应的现代民族文学的形成过程;另一方面,又是各民族国家及其文学互相交流影响、渗透,并在保持各自民族特色的前提下形成某些共同特点的过程。它是独立的——即将任何一个"模式"(政治、经济、文化,包括文学的)强加于任何一个国家的时代已经结束;同时又是开放的——那种封闭的,闭关自守地发展的时代已经结束。这就是二十世纪被压迫民族和新兴国家的历史,同时也必然是二十世纪各新兴国家民族文学的一个基本特点。把握了这个基本的历史特点,就不难理解,今天我们讨论"东南亚地区华文文学",一方面,自然要通过这一特殊的文学实体的研究,来探讨中国现代文学与东南亚地区各国现代文学之间的互相交流、影响、渗透,以及作为本世纪被压迫民族文学,在历史发展过程中逐渐形成的某些共同特点;另一方面,却又不能不充分注意"东南亚地区华文文学"作为东南亚地区现代文学的一个组成部分,它必然显示出来的各个地区和国家的文学所独有的特色。为了充分认识中国现代文学与东南亚地区文学在本世纪的互相交流、影响与渗透,我们不妨把研究的视野扩大一些,考察一下反映东南亚地区生活的中国现代文学作品(这些中国作家都在不同程度上与东南亚地区的民族革命运动与文学运动发生过联系),以便引起我们对这种关系的深入思考。

早在本世纪初,当中国人民刚刚觉醒,中国现代文学还在酝酿时期,就已经受到了东南亚地区文学的影响。鲁迅在回顾这一段历史时曾指出:"时当清的末年,在一部分中国青年的心中,革命思潮正盛,凡有叫喊复仇和反抗的,便容易惹起感应。那时我所记得的人,还有波兰的复仇诗人Adam Mickiewicz;匈牙利的爱国诗人Petöfi Sandor;飞猎滨的文人而为西班牙政府所杀的厘沙路——他的祖父还是中国人,中国也曾译过他的绝命诗。"[2]这里所说的"厘沙路"(J. Rizal),通译黎萨,既是菲律宾民族独立运动领袖,又是菲律宾现代文学的先驱者之一;他的绝命诗(1896年作)曾由梁启超译成中文,题作《墓中呼声》。鲁迅所说的事实,不仅有力地揭示了东方现代民族文学所产生的国际文学背景,而且点明了其共同的特征——"复仇和反抗"的文学精神;这对我们理解中国现代文学与东南亚地区现代文学的关系,无疑是有重要意义的。

大量的文学史事实表明:从"五四"中国现代文学诞生时开始,东南亚地区华人的生活、命运,以及他们所创造的文化,即已引起了现代作家的关注,并进入了中国现代文学的描写领域;以后,在中国革命与文学发展的每一时期,特别是1927年大革命失败以后与抗日战争时期,都有许多中国革命者或作家流亡到东南亚地区,参加那里的革命斗争和文化建设活动,并且产生了一大批以东南亚地区人民,特别是华人的生活为背景的文学作品。这些作品不仅以自己独特的绚丽色彩,例如异域情调、热带风光、生活风习和活动场景等,为中国现代文学提供了许多新的东西,丰富了我们的文学宝库,而且在不同程度上对东南亚地区各国自身的文学,特别是以汉语为表达工具的华文文学,产生了重大影响。正是这些作品显示了中国与东南亚国家之间文学的互相渗透、影响的特征,也显示了作为文学语言的汉语所具有的表现不同生活内容的深厚潜力,因此它具有某种特殊的研究价值。但是,长期以来,我们对于这种边缘性、交叉性的文学现象,没有引起应有的重视。我想,今后是一定会引起大家注意的。

二

现在,我想就我所接触到的几部(篇)中国现代作品,作一点分析;就算是解剖"麻雀"吧。

首先要说的是许地山的作品。许地山本人生于台湾,只到过缅甸与印度,并未去过马来西亚、新加坡一带。但他早期作品(主要收在短篇小说集《缀网劳蛛》中),不仅以中国、缅甸、印度,而且以马来西亚、新加坡等地为背景,例如他的代表作《缀网劳蛛》中女主人公尚洁在被丈夫无理放逐后,就是借居在"马来半岛西岸"的"土华",并在与当地的土人——采珠者的交往中获得心灵的慰藉的;另一篇小说《商人妇》的女主人公渡海寻夫来到新加坡,在新加坡被已成为当地富翁的丈夫所转卖;新加坡的生活成为她一生命运的转折点。值得注意的是,许地山在描写这些"异国"时,不论写地理环境,自然风物,还是写文化氛围,社会风俗,都不着重写"异",而着重突出其"同",甚至在小说中一再出现人物国籍的"混淆",如《商人妇》中,"我"初次见到那位闽南妇时,竟把她当作了"印度妇人",而《黄昏后》里的男主人公关怀的"外貌像一位五十岁左右的日本人"。这就是说,在许地山的笔下,无论是中国、缅甸、印度,还是马来亚、新加坡,都表现出一种整体性的文化特征。如果我们再注意到同一时期许地山对"近代艺术"的理解，他强调"东亚底艺术"与"西欧底艺术"的对立与渗透（原文是这样的："近代艺术正处在意见冲突底时代，因为东亚底艺术理想输入西欧，西欧底艺术方法输入东亚，两方完全不同的特点，彼此都看出来了"——《中国美术家的责任》，《晨报副刊》1927.1.8），那么，我们就可以理解，在许地山的文化观中，"东亚"地区是有着共同的（或接近的）文化背景与传统的。他的以探讨中国传统文化的优劣得失为主要目的的小说，大都以东亚地区为背景，实际上也是从这种文化观出发的。阅读他的全部作品，我们就可以发现，许地山在"五四"时期所写的几乎每一篇作品，都是在宣扬、肯定一种人生哲学："人类的命运是被限定的，但在这限定的范围里当有向上的意志。所谓向上是求全知全能的意志，能否得到且不管它，只是人应当去追求。"[3]在代表作《缀网劳蛛》里，作者把这种人生哲学形象化为"采珠人精神"：小说主人公尚洁从马来半岛上当地人的采珠劳动中得到了这样的人生启示："人生就同入海采珠一样；整天冒险入海里去，要得着多少，得着什么，采珠者一点把握也没有"，但采珠者却不会因此而放弃"每天迷蒙蒙地搜求"，"每天总得入海一遭，因为地的本分就是如此"。许地山小说中每一个寄托了作者理想的主人公无不具有这样的精神与性格：无论是《商人妇》中被丈夫转卖的妇人，《缀网劳蛛》里屡遭不公平待遇的尚洁，还是《黄昏后》中年丧妻的关怀，都以极其平静的态度对待面临的苦难，既不违抗"命运"，又不屈从"命运"，在"顺应自然"中表现出内在的顽强与韧性。在这种人生哲学与性格里，显然融汇着印度文化中的佛教思想与中国文化中的儒家学说的影响；在许地山看来，中、印文化的交融，儒学与佛教思想的汇合，正是东亚文化的重要特征。饶有兴趣的是，许地山笔下的主人公不仅主要继承与发展了这种东亚文化的传统精神，而且受到了西欧文化的不同程度的影响。《缀网劳蛛》与《黄昏后》的主人公都同时是虔诚的基督教徒，而《商人妇》中那位在顺从命运中又顽强地坚持着"独立生活的主意"的妇人甚至自称为"女鲁滨逊"。在许地山小说主人公身上所体现出来的东亚文化与西欧文化的汇合，也即中国文化、印度文化与西方文化的汇合，既表现了二十世纪二十年代（中国的"五四"时期）的时代特点，也表现了作家的一种文化理想和见解。

如果说"五四"时期许地山作品中的东南亚地区华人生活的描写，主要是采取"文化"的角度，那么，"五四"以后的以东南亚地区华人生活为题材的作品，就逐渐转向"政治"的角度，这是同中国革命与文学的发展趋向相一致的。

这里，我们首先要提及的是老舍写于1929至1930年间的《小坡的生日》。在有关老舍作品的研究中，很少有人提及这部作品，实际上《小坡的生日》的创作在老舍创作道路上是具有一种特殊意义的。这一点老舍自己在《我怎样写〈小坡的生日〉》里讲得很清楚，他说："一到新加坡，我的思想猛的前进了好几丈，不能再写爱情的小说了。"正是新加坡华人，特别是青年学生的爱国主义热情及"激进"的政治思想使老舍"开始觉到新的思想是在东方，不是在西方"，"东方人无暇管文艺，他们要炸弹与狂呼"。如果说老舍早期创作具有单纯追求趣味性的倾向，那么，从《小坡的生日》开始，老舍就比较注意对作品思想性与教育意义的追求，这无疑是一个重要的变化。老舍说：《小坡的生日》是"幻想与写实"的"夹杂"，作者"脚踩两只船，既舍不得小孩的天真，又舍不得我心中那点不属于儿童世界的思想"；这就点明了《小坡的生日》创作的一个基本特点：作者是通过对儿童"天真"的言谈动作来表现自己"心中那点不属于儿童世界的思想"，即作家对东南亚地区生活的独特观察与理解，对东方民族命运的独特的思考。小说第二章的题目是"种族问题"，所写的却是小坡和她的妹妹的游戏：小坡有一个"宝贝"："一条四尺来长，五寸见宽的破边、多孔、褪色、抽抽疤疤的红绸子"；"这件宝贝的用处可大多了：往头上一裹，裹成上尖下圆，胸后还搭拉着一块儿，他便是印度（人）了"；"把这件宝贝从头上撤下来，往腰中一围，当作裙子，小坡便是马来人啦"；再用妹妹"几个最宝贵的破针"把"宝贝"缝成"小红圆盔，戴在头上，然后搬来两张小凳，小坡盘腿坐上一张，那一张摆上些零七八碎的"，小坡就变成了"阿拉伯的买卖人了"。这"变来变去"诚然是一种游戏，却表现了一个天真的儿童所特有的"种族观"："他以为这些人都是一家子的，不过是有的爱黄颜色便长成一张黄脸，有的喜欢黑色便来一张黑脸玩一玩"。这种种族的"平等观""一致观"也是作者的：在老舍看来，所有被压迫的东方民族——无论中国人、印度人、马来人、阿拉伯人，尽管肤色不同，生活习俗不同，"都是一家子的"，有着共同的利益、命运与追求。这样，小说里几个小孩，小坡、小坡妹妹小仙，两个马来小姑娘，三个印度小孩，两个福建小孩，一个广东胖小孩，他们之间真诚的友谊，特别是在小坡的梦中他们共同与"老虎"的搏斗，都具有了一种象征意义，寄寓着作家对生活的认识与理想："联合世界上弱小民族共同奋斗"[4]。小说在小孩们的游戏中也"随手儿讽刺"了"广东与福建人中间的冲突与不合作，马来与印度人间的愚昧与散漫"[5]。这正、反两个方面的"意思"是表达了老舍对东南亚地区颇为复杂的民族问题的独特观察与认识的：他站在现代民主主义与民族主义的立场上，既强调各民族自身弱点的克服与改造，又突出了被压迫民族团结、联合的思想。这种对东方各民族团结一致的强调，同许地山作品中对东亚文化共同性的强调，存在着内在的一致，又具有了更为鲜明的政治倾向性。

稍早于老舍的《小坡的生日》，洪灵菲根据他自己的亲身经历写了《流亡》；小说从十七节到二十五节描写了主人公、革命者沈之菲流亡在新加坡与暹罗（泰国）的生活。《流亡》是一部自传体小说，具有很强的主观抒情性；因此，小说中描写的新加坡与暹罗的自然风物都只是一个背景，起着衬托小说主人公心理、情绪的作用。在作者笔下（实际是小说主人公的眼睛里），新加坡与暹罗的本地人都是"态度极倨傲，极自得"的样子，全然缺乏同情心，这固然是社会现实的一种反映，更是小说主人公主观情愫——革命低潮时期所感受到的孤独感与寂寞感——的折射。今天的读者最感兴趣的，也许是小说主人公，作为一个中国的革命者，对于新加坡当地人民及其文化的观察、感受与评价——

"他们过的差不多是一种原始人生活，倦了便在柔茸的草原上睡，热了便在茂密的树荫下纳凉，渴了便饮着河水，饥了便有各种土产供他们食饱。他们乐天安命，绝少苦恼，本来真是值得羡慕的。但，狠心的帝国主义者，用强力占据这片乐土,用海陆军的力量,极力镇压着他们背叛的心里。把他们的草原,建筑洋楼;把他们的树荫,开办工厂;把他们的生产品收买;把他们的一切生死的权限操纵。"

"他们的善良的灵魂怎抵挡得帝国主义的大炮飞舰!他们的和平的乐园怎抵挡得虎狼纵横占据!唉!可怜的新加坡土人,他们的好梦未醒,而昔日神仙似的生活,现在已变成镣枷满身的奴隶人了!"

这里有对新加坡土人所保留的原始文化"乐天安命"的自由生活的欣赏和羡慕,这自然是由现实生活中的压抑感所产生的;同时更充满了一种对破坏了当地人民自由和平生活的殖民主义侵略者的憎恨,对于被压迫民族不幸命运的同情,以及由于他们的"羔羊"般的软弱、不觉悟而引起的焦虑和怜悯。人们不难发现,《流亡》里的这位中国革命者对于新加坡土人文化的评价与感情,同中国革命者及现代作家对待本国传统文化的评价与感情,有着惊人的类似或相通之处;原因很简单,"虎狼"般"占据"着新加坡"和平的乐园"的帝国主义者,也同时"占据"着中国"和平的乐园"!这样,在洪灵菲的《流亡》里,"中国与新加坡等被压迫民族有着共同命运"的主题就得到了鲜明的发挥。

老舍在《我怎样写〈小坡的生日〉》里曾经不无遗憾地谈到,由于自己不可能深入到新加坡"内地"作更深入的观察,因此,只能通过对儿童生活的描写来写出"我所知道的南洋"。洪灵菲的《流亡》也由于作者在新加坡与泰国逗留时间太短,对于当地生活的描写更带有浮光掠影的性质。多少改变了这种状况的,是许杰的有关创作。由于许杰在吉隆坡担任当地华侨报纸《益群日报》的主笔,直接参加了当地的文化工作，这样，他对于当地人民及华侨的生活及马来本土文化就有了更深切的了解和明确的认识，他的作品也就把同类题材的创作提高到一个新的水平。我们在许杰的集子《椰子与榴梿》里读到了对南洋土著吉龄人（印度民族的一个支派）的拜神仪式更为详尽、真切的描写，同时读到了对当地华侨"观音佛祖出游"及新式"提灯会"的生动描绘，作者把这两者联系起来，得出了"东方的民族，或者是殖民地的民族，恐怕都是吃了鸦片烟的——无论这鸦片是宗教的，还是什么的"的结论，并且明确地把落后民族"宗教的放纵"归之为"帝国主义者的……怀柔手段"[6]。在许杰的笔下，还出现了反抗殖民主义者的革命青年形象；在一篇题为《两个青年》的小说里，他描写了两个华侨青年在马路上张贴传单，被殖民当局当场抓去的故事，作者一面热情赞颂了革命青年的"勇敢"，同时又委婉地批评了他们不注意斗争策略的幼稚，态度鲜明又冷静，这与作者已经有了国内斗争的经验教训显然是有关的。许杰的创作具有比较鲜明的阶级倾向性，这同他接受了左翼文学运动的影响有直接联系。他不仅用自己的创作来实践了革命文学的理论，而且在吉隆坡以《益群日报》的文艺副刊《枯岛》为阵地，积极倡导"新兴文艺"运动，明确宣布要以《枯岛》为"马来半岛革命的文艺青年的大本营。"许杰在这一时期所写的大量文艺短论里，系统地介绍与宣传了"文艺是社会的反映，是改造社会的先驱"，"普罗文学"对于"被压迫的贫苦人民"具有"超于同情之上的同情，他是除了同情以外，还指示他方向，鼓励他勇气，觉醒他自我的地位、责任，及其意识，敦促他找出路，走上必然的光明的大道"等中国左翼文艺运动的理论主张，并结合当地实际，鼓励创造具有"地方色彩"的马来地区自己的革命文学。许杰的上述理论与创作活动，在马来一带产生了积极深远的影响。据许杰的回忆录《坎坷道路上的足迹》介绍，近年来，新加坡文艺研究会会长杨松年先生曾撰文对许杰主编的《枯岛》副刊的历史作用给予很高的评价，指出编者"把中国新文学的革命文学的理论带来新马"，"《枯岛》在许杰的策划与编辑下，不但发掘不少爱好文艺的青年，而且也成为早期积极响应建设南洋文艺色彩与推动新兴文学的副刊。它是战前（按，指第二次世界大战）中马文坛的重镇，也是新马文学史上不可不提的一个文艺园地。"事实上，起着这种将中国新文学与马来新文学联系在一起的纽带作用的，远不只许杰一人。由几代作家艰苦卓绝地努力建立起来的中国与东南亚地区文学上的密切联系，是二十世纪东方被压迫民族、第三世界国家大团结、大联合的一个重要方面，是我们应当十分珍视的光荣传统。

三

抗日战争时期，特别是从抗战开始到太平洋战争爆发期间，大批爱国文艺工作者流亡到东南亚地区（当时叫"南洋"），进行抗日宣传活动，而以英国、荷兰为主的殖民当局，也由于与日本侵略者的矛盾，一定程度上在思想、文化统治上有所松动，这样就造成了东南亚地区文化（包括文学艺术）的空前活跃的局面；中国现代文学与东南亚地区本地文学，特别是华文文学的互相影响、渗透、互相支持，也达到了前所未有的密切程度。在这一时期，大批涌入东南亚地区的中国现代作家中，贡献最为卓著，影响最大的，无疑是郁达夫。这不仅因为郁达夫是拥有众多读者的现代文学史上的大作家——在此之前，与东南亚地区发生密切关系的作家，除老舍之外，影响都远不及郁达夫，而老舍活动的时间又很短；更重要的是，郁达夫以他特有的爱国热情、创作活动和文学才能，在不长的时间内，进行了多方面的文学组织工作和创作活动。据有关资料统计，从1938年12月底郁达夫抵达新加坡，到1942年2月初，郁达夫与胡愈之、王任叔等避难荷属印尼，三年多的时间，先后主编《星洲日报早版·晨星》《星洲日报晚报·繁星》《星洲日刊星期刊·文艺》《星洲日刊星期刊·教育》槟城《星槟日报星期刊·文艺》等五个副刊，还主编过《星洲日报半月刊·星洲文艺栏》《华侨周报》，担任《星洲日报》出版的《星洲十年》，并两度负责《星洲日报》代主笔。有人回忆郁达夫还曾担任过《繁华日报》《星期画报·文艺栏》《大华周报》的编务。在此期间，他还担任了新加坡抗敌动员委员会委员，新加坡文化界抗日联合会主席。在繁忙的组织工作之余，郁达夫写了大量的散文、诗词、文论、政论，在印尼避难期间，仍写了不少的诗词；他的这一期间的作品尽管多有散失，现在已收集到的却颇为可观，据王慷鼎、姚梦桐在《郁达夫南游作品总目初编》搜集，即有四百七十九篇[7]。这些著作，不仅显示了郁达夫多方面的创作才华，更闪烁着郁达夫人格的光辉，是"人"与"文"的高度统一。这些作品在作家研究的专题方面，当然有不可忽略的价值，同时由于郁达夫在中国现代文学史上的地位，以及他的上述作品在东南亚地区，特别是在新加坡一带所产生的广泛影响，对于研究抗战时期东南亚地区的华文文学更是不可忽视的。现在这种研究尚处于材料的搜集、整理阶段，我也谈不出深入的意见。这里，我想就这一时期郁达夫的"文化观"——他对中国传统文化以及中国文化与南洋地区文化的关系问题的看法，作一点初步的分析。

郁达夫这一时期大量的政论与文论都涉及到文化问题；他认为"文化是民族性与民族魂的结晶，民族不亡，文化也决不亡，文化不亡，民族也必然可以复兴的"[8]。但当时所面临的严峻现实是"侵略者的剿灭文化"的阴谋，因此，在郁达夫看来，保存与继承、发扬中国文化（包括传统文化与"五四"以来的新文化）是文化战线上的首要任务，关系着中华民族的生死存亡。抗战时期大量流入的"文化人"更带来了中国的新文化，这样，暂时可以避开日本战火的东南亚地区，在保存、继承、发扬中国文化这方面，就可以发挥特殊的作用。他不断地援引历史，强调："礼失，则求诸野、道长，必随人而南"[9]，"古人有抱祭器而入海，到海外来培养文化基础，做复国兴师的根底的"，"我们在海外的侨胞，不得不乘这一个大时代，来更加努力于保持，与发扬光大我们祖国的文化这一件事情"[10]，应该说，在南洋地区"保存与培养中国文化基础"，正是郁达夫这一时期"文化观"的基本内核，同时，他又认为南洋文艺当然应该具有地方色彩，不过不能把它强调到不适当的地位（回答当地记者问的《几个问题》）。郁达夫这些具体意见当时未能得到当地知识界的理解，以至于引起了一场论战。这次论战确实反映了当时南洋当地知识界对于中国知识分子大批流亡南洋抱有某种疑惧心理。这种情况反映了中国文化在同东南亚（南洋）地区本土文化的互相交流、渗透过程中必然会产生种种复杂的心理、矛盾和冲突，这是我们在研究这一历史现象时必须予以充分注意的。

实际上，郁达夫在考察南洋文化时，除了强调中国文化的影响外，也是注意到南洋文化自身的"特点"的。他认为南洋文化完全可以避免中国"旧文化的痼疾，没有像祖国同胞一样缺少冒险和勇敢的保守病"，而反过来给中国文化以积极的影响。同时，他又强调，南洋文化除同中国文化的交流外，还应"和世界文化互应交响"（他曾向南洋读者介绍了左拉·契诃夫、海明威等作者），他甚至提出了这样的希望："南洋这一块工商业的新天地里"，终会有一天，以它的"灿烂""文化""照耀全球"[11]。这都说明，郁达夫绝不是狭隘的民族主义者；他的爱国主义与国际主义精神是紧密联系在一起的。

如果说郁达夫希望在东南亚地区保存与发扬中国文化，那么他自己在流亡这一地区时所创作的作品，例如他的著名的给日本作家新居格的信《敌我之间》，以及他的大量诗词，都是对中国优秀文化传统发扬的成果。（像《乱离杂诗》这样的作品）"千里驰驱自觉痴，苦无灵药慰相思。归来海角求凰日，却似隆中抱膝时。一死何难仇未复，百身可赎我奚辞？会当立马扶桑顶，扫穴犁庭再誓师"[12]，在苍凉豪迈的诗句里，充溢着一种民族的浩然正气，显示了鲁迅式的"没有丝毫的奴颜和媚骨"的"硬骨头"精神。这就是说，鲁迅、郁达夫的"硬骨头"精神，不仅是中国优秀的传统文化性格，也是所有"殖民地半殖民地"国家、民族的传统文化性格的光辉体现。这就又一次证明，同是过去殖民地半殖民地的被压迫民族，同是在二十世纪开始民族觉醒与振兴的新兴国家，中国同东南亚地区的文化及民族性格，是存在着根本的一致性的。在此基础上形成的国家、地区间的文化交流，互相渗透和影响，构成了本世纪世界文学发展中的一股重要的文学潮流。今天我们开展对这种历史联系的科学研究，正是为了使这样的传统在新的历史条件下得到进一步的继承和发扬。

*　　*　　*

〔1〕列宁:《亚洲的觉醒》。
〔2〕鲁迅:《杂忆》。
〔3〕许地山:《造成伟大民族的条件》。
〔4〕〔5〕老舍:《我怎样写〈小坡的生日〉》。
〔6〕许杰:《椰子与榴梿·吉龄鬼出游》。
〔7〕见《新文学史料》1985 年 3 期。
〔8〕郁达夫:《抗战以来中国文艺的动态》。
〔9〕〔11〕郁达夫:《南洋文化的前途》。
〔10〕郁达夫:《在吉隆坡公演〈原野〉揭幕式上的致词》。
〔12〕郁达夫:《乱离杂诗·之十》。

关于"历史进化的文学观念"的理解

一

在胡适的文学思想中,最使人迷惑的是他所谓"历史进化的文学观念"。这是他在"五四"期提倡白话文的理论武器,他在《尝试集·自序》中就说:"这个观念是我的文学革命论的基本理论";也是他长期解释中国文学历史的主要依据,他在《白话文学史》的《引子》中说:"我们现在研究这一二千年的白话文学史,正是要我们明白这个历史进化的趋势。"因此弄清楚这一点是非常必要的。

在《中国新文学大系建设理论集·导言》中他追述"五四"期的文学革命时说:

"所以那历史进化的文学观,初看去好像貌不惊人,其实是一种'哥白尼的天文革命'……历史进化的文学观用白话正统代替了古文正统,就使那'宇宙古今之至美'从那七层宝座上倒撞下来,变成了'选学妖孽,桐城谬种'!从正宗变成了'谬种',从'宇宙古今之至美'变成了'妖魔''妖孽',这是我们的'哥白尼革命'。"

这些话有两层意思:第一,是把"五四"期的文学革命限制在文字工具的革新上,抹杀了它的反帝反封建的革命意义,并把这种功绩据为己有。他曾写了一篇《逼上梁山》的文章来宣传他个人提倡白话文的经过,并且说这就是文学革命思想产生的历史;还大言不惭地说:"白话文的局面,若没有胡适之陈独秀一般人,至少也得迟出现二三十年。这是我们可以自信的。"第二,所谓"历史进化的文学观念"本来就是他那反动的实验主义思想的一个构成部分,他自己就说"我的文学革命主张也是实验主义的一种表现。"他宣扬这种一点一滴地以庸俗进化论为依据的历史观,正是和他宣扬反动的实验主义、改良主义完全一致的。

他在《实验主义》一文中曾说:"进化观念在哲学上应用的结果,便发生了一种历史的态度。……这种历史的态度便是实验主义的一个重要的元素。"达尔文的进化论在生物科学上是有伟大贡献的,但实验主义的论客们却只从庸俗进化论那里接受了渐变论和不可知论的反动见解,否认发展和质变,否认对立的斗争,认为事物的变化只是数量的增减和场所的移动;利用着"科学"的幌子,来宣传那种专为帝国主义服务的主观唯心论的思想。胡适说:"实验主义注重在具体的事实与问题,故不承认根本的解决。他只承认那一点一滴做到的进步,才是真进化。"[1]实验主义根本否认客观世界的真实及其规律性,为了缓和阶级矛盾和取消阶级斗争,他们由主观出发,认为宇宙只是一点一滴地进化的;因此在解释历史现象时,就排列各种偶然性的因素,并极度夸张个人在历史上的作用,企图说明渐变就等于革命。胡适提倡这种理论的目的,就在"规定""五四"运动的范围和方向,抢夺"五四"运动的领导权,保护帝国主义与封建主义在中国的统治。他自己明白地说:"我谈政治只是实行我的实验主义，正如我谈白话文也只是实行我的实验主义。"[2]实验主义的历史观是完全不承认历史发展的规律性的，以为历史只是一些偶然事件的堆积和一些"天才的"人物的活动场所。胡适就说："其实从我们实验主义的眼光看起来，从我的历史眼光看来，政治上的历史是《红楼梦》上说的，'不是东风压了西风，便是西风压了东风。'"[3]从这些话中我们强烈地嗅到那种美帝国主义的所谓"实力政策"的腐臭味道，而他的所谓"历史进化的文学观念"却正好就是他的历史观的组成部分。可以想见，这种理论除了能够产生迷惑人的反革命作用以外，是不能说明任何文学发展的现象的。

抽象地看"一时代有一时代之文学"这样的话，好像也并不错，我们也是十分重视文学的时代性的；但他所谓"时代"只是"年代"的前后或中国历史上的"朝代"，而并不是各个不同经济制度的社会发展阶段，这是和他那历史是由一点一滴地渐变进化来的反动观点一致的；因为它抽去了各个历史时期不同的阶级关系和社会生活的内容，把历史的发展仅只了解为在年代上的数量的增加，因此这种表面上好像非常重视文学和时代关系的说法，其实正是抹杀了在各个具体历史阶段中的文学的时代性的。所以当需要对某一时代何以会产生反映某一社会现实内容的文学作品作出说明和解释时，他那种抹杀文学的阶级性质和不敢正视文学的思想内容的所谓"历史进化的文学观念"，就完全无能为力了。胡适的那篇《历史的文学观念论》是在"五四"期正面宣传这种理论的，而且他后来还自诩这是"打倒古文学的武器"；但在说到"至于今日之文学与今后之文学究竟当为何物"时，他的答案只是"全系于吾辈之眼力识力与笔力，而非一二人所能逆料也。"这就说明，除了他也赞成以白话作为文学工具这一点是符合了当时民主革命的要求以外，对于文学革命的具体任务和应该建设一种什么样的新文学，他那种理论就只能搬出"眼力识力与笔力"这种唯心论者所惯用的抽象名词来了。这种连当前时代应该有一种什么样的文学都无法解答的理论，又怎么能够具体说明文学发展历史上的某一时代何以有某种文学作品的现象呢！这又叫作什么"武器"呢！

他不但认为"一时代有一时代的文学"，而且还认为"每一时代的文学总比前一时代为进步"，这就更其与历史事实相违背了。马克思在《政治经济学批判导论》中对这问题曾给过具体深刻的说明："关于艺术，谁都知道，它的某些繁荣时代并不是与社会的一般发展相适应的，因而也不是与那构成社会组织骨干的社会物质基础相适应的"。而且还具体指出了产生于"社会幼年时期"的希腊艺术和史诗"还继续供给我们以艺术的享受，而且在某些方面还作为一种标准和不可企及的规范。"历史上伟大的古典作品通常都是在社会经济制度的矛盾的基础上产生的，而且是对当时的制度采取批判态度的，因此卓越的作品就多出现在与巨大的社会变革有关的时代。在阶级社会中，文学总是与阶级斗争联系在一起的，它以艺术的方法表现了一定阶级的利益和愿望；因此当一个阶级在其发展的某一阶段是与社会的进步相一致时，它就会关心真实地反映现实和认识生活的问题，从此出发的作品也就有可能在现实主义上有较大的成就。这是因为"进行革命的阶级——单就它与别一阶级的对立而言——从最初起，就不是作为一个阶级而出现的，而是作为整个的社会底代表者而出现的；它以社会的全体群众底资格，去对抗惟一的统治的阶级。这是由于它的利益，的确是与一切其余的非统治阶级底共同利益更加联系着的，是由于它的利益，在以前存在的关系底压迫下还没有顺利地发展为一个特殊阶级底特殊利益。"[4]因此当我们评价历史上的文学作品时，就不可能不分析它所表现的思想感情的阶级内容，以及这一阶级的利益对于社会发展和人民群众的利益的根本关系。人民是历史的创造者，一切有卓越才能的作家只有当他们的实践与社会发展和人民利益一致时，才可能在创作上有伟大的成就。这是我们与胡适的宣扬"天才的"个人在历史上的决定作用的看法根本不同的地方。当资本主义上升时期，也曾在历史上产生过一些伟大的作家和作品，但因为"资本主义的生产对于精神生产底某些部门是敌对的，对于艺术与诗歌就是如此。"[5]因此在帝国主义时代的文化，就只能产生以宣扬色情和杀人的兽行等为特征的、使人精神堕落的作品了。而一些在反动的政治制度下已经濒于衰亡的艺术样式，例如我国的有些地方剧种，在新社会反而有了成长和繁荣的机会。可知只有马克思主义的文艺科学才能给文学的历史发展提供出科学的说明，而所谓"历史进化的文学观念"却只能为仇视人类文明与古典艺术宝库的现代资产阶级和帝国主义服务。它不能正确地说明任何文学现象，而只有在客观规律的面前碰壁的。

《恩格斯在马克思墓前的演说》中告诉我们："某一民族或某一时代经济发展的每一特定阶段，形成一种为该民族的国家制度、法律观点、艺术以至宗教观念赖以发展的基础，因此这些东西必须由基础来解释。而不要相反地，像历来解释那样。"可知在各个不同时代文学作家所创造的艺术形象、典型性格，以及文学观念的不同，首先是由不同的社会经济制度、不同的生活和不同的阶级力量的对比来决定的；这些既不是由作家主观的想象来决定，也不是可以由任何数量加减关系的渐变进化说所能解释的。文学的发生和发展的规律并不是和历史的时间进展完全一致的，我们绝不能一般地说时间产生得愈后的作品就价值愈高；很多艺术优美的富有人民性的古典文学作品，是完全经得起时间的考验的，它长久地给人们以美学的感受。我们衡量一切古典作品的一个重要尺度，就是这些作品中所包孕的人民性。在阶级社会中，文学中的人民性所体现的深广程度是和当时社会阶级关系的复杂情况有着极其密切的联系的；只有到了在社会上根本消灭了阶级对立、人民完全掌握了自己命运的时代，文学的人民性也就有了最充分发展的可能，因而也就给文学本身的繁荣发展带来了无比广阔的前途。只有马克思主义的文艺科学，才能正确地说明文学发展历史上的上升、繁荣、衰落和新的上升时期的进步艺术发展的复杂而矛盾的过程。文学的发展历史本质上可以说是现实主义与反现实主义的斗争的历史，这种斗争正是进步的社会力量与反动的社会力量之间的斗争的反映。当然这当中也包括了多世纪以来人们在现实主义的创作方法上所积累起来的经验和传统，但所有这一切都不是否认文学的阶级性质、而实质上是道地的为资产阶级服务的所谓"历史进化的文学观念"所能说明的。

否认文学的阶级性，从作家主观的思想感情来评价作品，把作家的个性和创作能力来绝对化，以为文学是超阶级的和表现所谓"人性"的——这一切就是资产阶级文学思想的基本特征。胡适在《中国新文学大系建设理论集·导言》

中把周作人的《人的文学》认为是中国新文学运动中"关于文学内容的革新"一方面的"中心理论",而这就是一篇典型的宣扬个人主义和超阶级的文学思想的文章;其中说:"因为人总与人类相关,彼此一样,……我与张三李四或约翰彼得虽姓名不同,籍贯不同,但同是人类之一,同具感觉性情。他以为苦的,在我也必以为苦。"这也同样是胡适的思想,他在《问题与主义》一文中就认为阶级斗争的学说"无形之中养成了一种阶级的仇视心……使社会上本来应该互助而且可以互助的两种大势力,成为两座对垒的敌营。"这都说明他们所提倡的正是一种自称为超阶级的表现"人性"的文学;一直到左联时期,我们和胡适的嫡传新月社之流进行斗争的时候,关于文学的阶级性问题仍是当时的主要论题之一;就因为这是文学思想的根本问题,而就在这种根本问题上是不可避免地要暴露出资产阶级的反动虚伪的面貌的。胡适在"五四"时期提倡所谓"历史进化的文学观念",除了企图使文学革命限制在只是提倡白话文的范围以外,目的也就是为了要宣传这种所谓超阶级的文学思想的。他自己在叙述所谓"中国新文学运动的理论"时说:

> "简单说来,我们的中心理论只有两个:一个是我们要建立一种'活的文学',一个是我们要建立一种'人的文学'。前一个理论是文字工具的革新,后一种是文学内容的革新。中国新文学运动的一切理论都可以包括在这两个中心思想的里面。"[6]

另外他还写过一篇《什么是文学》,所讲的也是同样的内容;

这些主张的理论基础都是由他的"历史进化的文学观念"出发的。毛主席《在延安文艺座谈会上的讲话》中曾尖锐地批判了所谓"人性论"的理论："有没有人性这种东西，当然有的。但是只有具体的人性，没有抽象的人性。在阶级社会里就是只有带着阶级性的人性，而没有什么超阶级的人性。"又说："他们的所谓人性实质上不过是资产阶级的个人主义，因为在他们眼中，无产阶级的人性就不合人性。"早在左联时期，鲁迅先生对胡适嫡系的"新月派"的所谓"人性论"也曾痛击过：

> "文学不借人，也无以表示'性'，一用人，而且还在阶级社会里，即断不能免掉所属的阶级性，无需加以'束缚'，实乃出于必然。自然'喜怒哀乐，人之情也'，然而穷人决无开交易所折本的懊恼，煤油大王那会知道北京检煤渣老婆子身受的酸辛，饥区的灾民，大约总不去种兰花，像阔人的老太爷一样，贾府上焦大，也不爱林妹妹的。……倘说，因为我们是人，所以以表现人性为限，那么，无产者就因为是无产阶级，所以要做无产文学。"[7]

在阶级社会里，作家和文学作品中的性格是同样打上了阶级的烙印的；而所谓"超阶级"的文学思想只不过是资产阶级为了掩蔽其剥削实质的伪装而已。胡适说："达意达得妙，表情表得好，便是文学。"[8]我们则必须首先要考察他所表达的情意的具体内容，然后才能谈得到好与不好的问题。毛主席《在延安文艺座谈会上的讲话》中说：

"资产阶级对于无产阶级的文学艺术作品，不管其艺术成就怎样高，总是排斥的。无产阶级对于过去时代的文学艺术作品，也必须首先检查它们对待人民的态度如何，在历史上有无进步意义，而分别采取不同态度。有些政治上根本反动的东西，也可能有某种艺术性。内容愈反动的作品而又愈带艺术性，就愈能毒害人民，就愈应该排斥。处于没落时期的一切剥削阶级的文艺的共同特点，就是其反动的政治内容与其艺术的形式之间所存在的矛盾。"

可知脱离了作品的具体内容而抽象地谈什么表情达意的技巧问题，正是反动的资产阶级文学思想的一个重要特点；它的目的正是要以作品的艺术性来掩饰其反动的内容的。这正如胡适等人提倡"好政府"主义，被鲁迅先生指为像在救国的药方上开着"好药料"三字一样[9]，是只能起迷惑人民的作用，而实质上却正是为反动的统治者服务的。

二

　　我们再看胡适运用他的所谓"历史进化的文学观念"的"武器"究竟发生了些什么作用呢？胡适是提倡白话文的，他的一切关于文学的解释也只着眼于形式方面。当然，在这个方面，即提倡文学语言形式的改革，以白话文取代文言文，作为当时新文化统一战线中的一员，胡适是出了一份力的。我们肯定"五四"时期提倡白话文的伟大意义，是否就意味着说是他的这个"武器"发生了作用呢？由于胡适提倡白话文只着眼于形式方面，其积极作用是极其有限的，而同时，这种理论正是限制和歪曲了"五四"文学革命的伟大意义的。不错，文学语言的形成和丰富，艺术形式和艺术手法的发展，是在民族历史传统中形成、充实和完善起来的，但不只这些不能脱离内容而孤立存在，而且各阶级的作家总是要尽量利用这些来为自己的利益服务的；形式主义既然是破坏反映客观现实的艺术的，它也必然同时破坏了为内容所决定的、能够正确反映生活真实的艺术形式。因此，脱离了文学的内容，也就不可能正确地说明形式上的问题。胡适既不能正确地了解"五四"文学革命的政治意义与现实要求，看不出它与过去历史上文学形式的变革有什么区别，则他所提出的理论也就不可能发生多少正面的积极作用。以他的第一篇提倡白话文的文章《文学改良刍议》说，其中不只完全没有接触到文学内容问题，而且态度也"和平中正"之至，题目就叫"改良""刍议"，而且还说"容有矫枉过正之处……伏维国人同志有以匡纠是正之"。在《给陈独秀的信》中也说："此事之是非，非一朝一夕所能定，亦非一二人所能定。甚愿国中人士能平心静气与吾辈同力研究此问题。"如果我们把《新青年》中有关文学革命的文章略翻一下，就知道像胡适这样腼腆的上条陈式的抱软弱的改良观点的人，是非常少见的。白话文是随着"五四"的革命浪潮才在全国范围内散布了影响的，没有多少人是先相信了胡适的"历史进化的文学观念"才赞成"文学革命"的。反之，倒是有许多人接受了他的影响而把注意点仅只着重在白话的形式上，后来便放弃了文学斗争，搞国语运动去了。

另外也有一些人在胡适提倡"整理国故"的影响下，用

"历史进化的文学观念"研究中国文学史去了,那结果也是一样地荒谬。以胡适的《白话文学史》来说,这可以说是标本地用他自己的理论来解释作品的书了,他说:"这书名为白话文学史,其实是中国文学史。"于是无论李白、杜甫,在他的笔下都变成白话作家了;但那系统还是一元的,就是想尽方法把一切的作品都说成是白话的。但到他写《五十年来之中国文学》时,他却又把古文学和白话文学并列起来,变成二元的了。这是因为他一定要叙述曾国藩这些人的"成就",而当时的白话小说很多,实在无法把桐城派的古文也说成是白话;如果那样,那"五四"时期提倡白话文又何必打倒"桐城谬种"呢?胡适的"功劳"又在哪里呢?他在这里感到了困难。那么不讲曾国藩这些人不就成为一元的"白话文学史"了吗?这正是所谓"历史进化的文学观念"呀!但胡适是舍不得的,他认为"曾国藩说的'举天下之美,无以易乎桐城姚氏者也',最可以代表当时文人对这个有势力的文派的信仰。"[10]又说:"在古典文学的成就上,在世故的磨炼上,在小心谨慎的行为上,中山先生当然比不上曾文正。"[11]他自己从心眼里是佩服曾国藩的,于是就只好牺牲他的白话文学一元论的系统了,这就是他的"历史进化的文学观念"。

用这种观点来讲中国文学史,他认为"作者的生平与时代是考证著作之内容的第一步下手工夫"[12],"七八百年中的小说发达史都可以在这些板本沿革的痕迹上看出来。"[13]"从'刘皇后匆匆而去',改到'刘妃缓缓的说道,去罢',这便是'六百年文学技术进化的成绩'"[14]。于是他的文学史和有关研究古典文学的文章中就充满了这些主观主义的考证,并据以抹杀作品的思想内容和宣扬他的反动的唯心论观点。他也说过什么"不懂得明末清初的历史,便不懂得雁宕山樵的《水浒后传》。不懂得嘉庆道光间的遍地匪乱,便不懂得俞仲华的《荡寇志》——这叫做历史进化的文学观念。"[15]他不管这些作品的内容是拥护什么和反对什么,只企图笼统地用时代来解释,好像一个时代就只能有一种内容的作品;那么为什么在同样的他所谓"遍地匪(!)乱"的南宋就会产生宋江等三十六人的故事而并不产生《荡寇志》呢?这就不能不证明他这种理论的破产了。在考据老子的年代问题上,顾颉刚等人完全袭用了胡适的所谓历史进化的研究方法,但得到的结论却与胡适的不同,于是胡适在《评论近人考据老子年代的方法》一文中说:

> "这种方法可以说是我自己'始作俑'的,所以我自己应该负一部分的责任。我现在很诚恳的对我的朋友们说:这个方法是很有危险性的,是不能免除主观的成见的,是一把两面锋的剑,可以两边割的。你的成见偏向东,这个方法可以帮助你向东;你的成见偏向西,这个方法可以帮助你向西。"

这真可以说是"自供"了!用这种完全从主观出发的方法来企图说明文学的发展历史,那除了歪曲和诬蔑我们的古典文学遗产以外,还能产生什么有价值的结果呢!但他明白地说了:"这叫做历史进化的文学观念"。

胡适还说过"一切新文学的来源都在民间"[16]的话,好像这还算是从他的"历史进化的文学观念"中得出来的正确结论似的,但实际上他却正是借此来企图抹杀民间文学以及《水浒传》《三国演义》等作品的价值的。他说中国"因为社会没有重心,所以一切风气都起于最下层而不出于最优秀的分子,所以小脚起于舞女,鸦片起于游民,一切赌博皆出于民间,小说戏曲也皆起于街头弹唱的小民。"[17]这是一种极端反动的敌视劳动人民的思想,他正是企图借此来全部否定我国灿烂多彩的小说戏曲的价值的。因此他说"《水浒传》是四百年文学进化的产儿,但《水浒传》的短处也就吃亏在这一点。"[18]因而说《水浒传》里尽是"敷衍杂凑的弊病"。又说"《三国演义》的作者、修改者、最后写定者,都是平凡的陋儒",写诸葛亮"平凡浅薄,令人作呕","故此书不成为文学的作品"[19]。他认为中国戏曲有许多缺点,"因为他是中下级社会的流行品,故含有此种社会的种种恶劣性[20]。《元曲》中的包公故事反映了当时人民的理想与愿望,他却用"包龙图遂成了中国的歇洛克、福尔摩斯了"[21]这样的话来进行诬蔑。因此他虽然也说过什么文学起源于民间的话,但这只是他对古典文学进行歪曲的借口;像胡适这样仇视人民的人是根本不可能了解现实主义文学与人民的血缘联系的。同时他还说过西洋的"通俗文学的制作多出于士大夫阶级,故多有极动人的伟大作品"[22]。一方面诽谤我国精神财富的贫乏,一方面进行崇拜帝国主义的宣传,这就是他许多文章里面的重要内容。

  以上这些就是胡适根据庸俗进化论的所谓"历史进化的文学观念"的实际表现,这叫什么"武器"呢?不折不扣地为帝国主义服务的"武器";当然,人民是一定会把它"缴械"的。

这里有一个问题必须说明，就是从进化论出发，人们可以得出种种不同的结论；在社会实践中，也可以有种种不同的客观效果；我们并不能说凡在"五四"期还相信进化论的人就一定是和胡适一样的，这需要作具体的分析。有人可以利用进化论的某些观点来为帝国主义的侵略作辩护，也有人可以从进化论出发来得到我们民族和人民必须向前发展的结论，因而成为革命的民主主义者。这是因为进化论中本有它的合理的部分，和彻头彻脑反动的实验主义是有区别的。而胡适，恰好就是从庸俗进化论那里拾取了渐变说和不可知论的部分，来和他的反动的实验主义思想相结合的。譬如鲁迅，他在"五四"时期也是相信进化论的，瞿秋白就认为"鲁迅从进化论到阶级论"，是"带有宝贵的革命传统到新的阵营里来的"[23]。但鲁迅是怎样具体地从进化论来理解事物呢？我们只举一段话就足以说明问题了；他在《华盖集》的《忽然想到之六》中说：

"我们目下的当务之急，是：一要生存，二要温饱，三要发展。苟有阻碍这前途者，无论是古是今，是人是鬼，是三坟五典，百宋千元，天球河图，金人玉佛，祖传丸散，秘制膏丹，全都踏倒他。"

他这样相信，而且也这样战斗了；这种把人民的"生存、温饱、发展"来当作自己实践目标的战士，就不能不使他彻底地反对帝国主义和反对封建主义；因为阻碍我们发展前途的最大敌人正是帝国主义和封建主义。这就是鲁迅由革命民主主义者通向无产阶级战士的道路。这种基本的分歧也就决定了以后不同的发展方向，鲁迅终于在深刻的革命体验中觉察到了自己相信进化论的偏颇而勇敢地接受了马克思主义的宇宙观，但宣扬实验主义的胡适却受到全国人民的唾弃，只能逃到他的帝国主义主子那里去"实验"了。

三

胡适的所谓"历史进化的文学观念"是他全部反动思想体系中的一个组成部分，它的总的作用是借此宣传改良主义，抗拒人民革命。他散播这种思想是为了在精神上奴役人民，散播民族自卑感，为帝国主义的侵略作思想上的工具。这突出地表现在他借此来对伟大的中国古典文学作了粗暴的歪曲和诬蔑，同时对资产阶级文化却只有低头膜拜；因此对这种反动的世界主义思想作坚决的斗争，是我们文学战线上的重要工作。马克思主义认为每一民族的文学都具有反映自己人民生活的历史特征，都具有使自己的文学和其他民族的文学区别开来的民族特点。像中国这样有悠久历史和灿烂的文化传统的国家，这种特点尤其显著。我们历史上曾经产生过许多杰出的作家和伟大的作品，这些是我们民族的值得自豪的精神财富，也是中国人民对世界文化宝库所作出的伟大的贡献。但漠视祖国的世界主义者却是尽量来抹杀文学的民族特点的，胡适以他的观点来"整理国故"的全部活动，就是为了要证明我们祖先是没有什么创造的；他自己就说："我所以要整理国故，只是要人明白这些东西原来也不过如此！"[24]那结论就是我们只要崇拜西方文明就行了，他说："我主张全盘的西化，一心一意的走上世界化的道路。"他提出了"充分世界化"的口号,又说"'充分'在数量上即是'尽量'的意思,在精神上即是'用全力'的意思"[25]。这就是说他主张中国人民要在精神上"用全力"来崇美亲美。据他自己说,还在辛亥革命前,他就"彻底相信中国之外还有很高等的民族,很高等的文化",而且认为"中国民族缺少西洋民族的许多美德"[26]。到他去美国留学以后,1914年他就说中国真能"享和平之福"的道路,是"与美国合力鼓吹国际道德",而且还说"此吾所以提倡大同主义也"[27],这里所谓"大同主义"就是无祖国的世界主义。到他回国以后,正遇着"五四"文学革命的高潮,他就借着所谓"历史进化的文学观念",努力证明中国的文化一无可取,并竭力宣传西方的"摩托车文明"。他说周作人的《人的文学》是"当时关于改革文学内容的一篇最重要的宣言",而周作人就是把《水浒传》《西游记》《聊斋志异》等古典文学名著认为"全是防碍人性的生长,破坏人类的平和的东西,统应该排斥。"而且还说文学"只能说时代,不能分中外。"要读者眼里看见"世界的人类"。这也完全是胡适的看法,他说:

"在周作人先生所排斥的十类非人的文学之中,有《西游记》《水浒传》《七侠五义》,等等。这是很可注意的。我们一面夸赞这些旧小说的文学工具(白话),一面也不能不承认他们的思想内容实在不高明,够不上'人的文学'。用这个新标准去评估中国古今的文学,真正站得住脚的作品就很少了。"[28]

这样的论点在他的"文存"里到处皆是,在《建设的文学革命论》里他说"中国文学的方法实在不完备,不够作我们的模范。……若从材料一方面看来,中国文学更没有做模范的价值。"又说中国的小说戏剧"根本说来,只是脑筋简单,思力薄弱的文学,不耐人寻思,不能引人反省"[29],而西洋的文学却"完备得多,高明得多";"真可说是开千古未有的创局,掘百世不竭的宝藏"。他的目的只是"要使人明白我们的固有文化是很贫乏的",因此就说"我们所有的,欧洲也都有;我们所没有的,人家所独有的,人家都比我们强"[30]。他以为这样就可以使我们丧失民族自尊心,达到了他向帝国主义献媚的目的。我们并不反对向外国进步的、优秀的文学作品学习,因为这种学习对繁荣我们民族的文学是完全必要的。但这与胡适反动的世界主义完全是两码事。不要以为他看不起中国文学,就真正尊重优秀的西洋文学,世界主义者根本是仇视人类和一切人类的精神财富的,因此在他讲西洋文学时也同样是充满了歪曲的。譬如他介绍易卜生时就着重发挥什么"服从多数的迷信";说易卜生"从来不是狭义的爱国者";"我想易卜生晚年临死的时候(1906),一定已进到世界主义的地步了"[31]。他在这里夸大了易卜生作品中的消极因素,对易卜生也同样是歪曲;他不过是借此来宣传他自己的世界主义毒素罢了。他这些论点的总目的就是要证明中国事事不如人,而且这只能怨自己不争气,并不是帝国主义与封建主义统治中国的结果;而美国则是世界文明的顶点,中国最好的出路就是"充分世界化",做美国的殖民地。他说:"我们必须承认我们百事不如人,不但物质机械不如人,不但政治制度不如人,并且道德不如人,知识不如人,文学不如人,音乐不如人,艺术不如人,身体不如人。"[32]而且说"这些老祖宗遗留下的孽障，是我们这个民族的根本病"[33]。他要我们"闭门思过"，"我们祖宗的罪孽深重，我们自己的罪孽深重；要认清了罪孽所在，然后我们可以用全副精力去消灾灭罪"[34]。这种完全失掉民族立场、反爱国主义的论调难道还有丝毫中国人的气味吗？我们的祖先难道就是这样地没有出息吗？毛主席说：

> "在中华民族的开化史上，有素称发达的农业和手工业，有许多伟大的思想家、科学家、发明家、政治家、军事家、文学家和艺术家，有丰富的文化典籍。在很早的时候，中国就有了指南针的发明。还在一千八百年前，已经发明了造纸法。在一千三百年前，已经发明了刻版印刷。在八百年前，更发明了活字印刷，火药的应用，也在欧洲人之前。所以，中国是世界文明发达最早的国家之一，中国已有了将近四千年的有文字可考的历史。"[35]

中华民族是一个有光荣的革命传统和优秀的历史遗产的民族，中国近代的落后只是帝国主义和封建主义统治的结果，而帝国主义乃是中国人民的最凶恶的敌人，中国近代和现代的革命史就全部证明了这一点。但帝国主义的走狗胡适却要使人相信帝国主义"对中国的未必全怀恶意"，"现在中国已没有很大的国际侵略的危险了"[36]。又说什么"美国在世界上占的地位，也是给我们做一面镜子用的，叫我们生一点羡慕，起一点惭愧"[37]。他的全部目的就是要中国人民对帝国主义"生一点羡慕，起一点惭愧"，丧失民族自信心，甘愿走上殖民地的道路。他在宣扬反动的实验主义时曾引杜威的话说，"我们人，手里的大问题是：怎样对付外面的变迁才可以使这些变迁朝着那于我们将来的活动有益的方向走。"[38]据说这就是实验主义的"工具的作用"；一点不错，但那个"我们"是指杜威、胡适以及美帝国主义的一伙的。他们在人民群众的革命威力面前吓得发抖了，力图扭转历史的方向，妄求麻醉人民、继续维持他们的统治地位；这就是胡适散布世界主义毒素的根本原因。

现代资产阶级是民族民主文化的敌人，他们想尽了一切方法来诬蔑历史上的伟大的古典作品；为这种反动的世界主义思想所饲养的胡适对我们祖国的古典文学极尽歪曲诬蔑之能事，是一点也不奇怪的；因为他本来就是为帝国主义的利益服务的。在他用所谓"历史进化的文学观念"所作的《白话文学史》中，《诗经》是没有地位的，屈原是根本没有这个人的；陶渊明、杜甫、白居易都成了"打油诗"的作者，李白只是一个"出世之士"。他以"小说戏曲也皆起于街头弹唱的小民"而诬蔑了《水浒传》《三国演义》等伟大作品；又运用了形式主义、自然主义的反动观点，把《红楼梦》说成是"平淡无奇的自然主义"作品，《西游记》说成"至多不过是一部很有趣味的滑稽小说"。这种种就是他对中国古典文学所作的诽谤，他正是借此来宣扬他那没有祖国的世界主义的反动思想的。

中国人民对自己祖国的丰富多彩的文化遗产感到自豪，同时也深深感到我们民族是对世界文化宝库作出了伟大贡献的。站立起来了的中国人民是祖国全部文化遗产的合法继承者，我们正是要继承并发扬我国古典文学中的那种丰富的人民性和现实主义精神,使今天的文学能更好地"以社会主义精神教育人民"的。因此对于那种作为帝国主义向外侵略的思想基础的世界主义的反动思想,我们是一定要彻底把它粉碎的。无论它采取的是怎样言辞,"历史进化的文学观念"也罢,形式主义或者自然主义也罢,其反人民与反现实主义的意义是并无不同的。形式主义否定艺术形式的民族特点,丧失了形式的反映社会生活的作用,结果是必然毁灭了艺术,同时也毁灭了艺术的形式。自然主义把人描写成为自然人,失掉了人的社会内容,也掩饰了作为社会人的民族的和阶级的特性;结果也必然是使人成为没有思想的"杀人犯"。这些都是那为帝国主义服务的无祖国的世界主义所欢迎的。胡适以所谓"历史进化的文学观念",以形式主义和自然主义来宣扬他的崇美亲美的思想,宣扬他对祖国古典文学遗产的虚无主义观点,完全不是偶然的;这是他的全部反革命活动中的重要部分。

我们反对世界主义,并不意味着我们拒绝向世界一切进步文学学习和借鉴,我们是国际主义者,我们尊重一切的民族和他们的文化。真正的国际主义者必然同时也是爱国主义者。不是真正热爱自己祖国的人,就不能成为文学艺术中的国际主义者。我们对其他民族进步文学的尊重和借鉴,是在发扬我们自己祖国的文学遗产,在有东西分给其他民族的基础上进行的。这与胡适那种抹杀祖国精神财富、盲目崇拜帝国主义的文化,是毫无共同之处的。胡适常常借一些外国的文学事例来吓唬人,但事实上任何民族的历史都证明了:文学的发展是和人民变革历史的阶级斗争相联系的,只有那种具有人民性与现实主义精神的、真实地反映了一定历史阶段的社会生活内容的作品,才是为人民群众所喜闻乐见的有生命的文学;而这绝不是用唯心论的"历史进化的文学观念"所能说明解释的。

*　　*　　*

〔1〕〔2〕胡适:《我的歧路》。
〔3〕胡适:《欧游道中寄书》。
〔4〕马克思:《德意志意识形态》。
〔5〕马克思:《资本论》卷一。
〔6〕〔10〕〔28〕胡适:《中国新文学大系·建设理论集导言》。
〔7〕鲁迅:《硬译与文学的阶级性》。
〔8〕胡适:《建设的文学革命论》。
〔9〕鲁迅:《好政府主义》。
〔11〕胡适:《写在孔子诞辰纪念之后》。
〔12〕胡适:《跋红楼梦考证》。
〔13〕胡适:《日本东京所见中国小说书目提要序》。
〔14〕胡适:《三侠五义序》。
〔15〕〔18〕胡适:《水浒传考证》。
〔16〕胡适:《白话文学史自序》。
〔17〕胡适:《三论信心与反省》。
〔19〕胡适:《三国演义序》。
〔20〕〔29〕胡适:《文学进化观念与戏剧改良》。
〔21〕胡适:《三侠五义序》。
〔22〕胡适:《论六经不够作领袖人才的来源》。
〔23〕瞿秋白:《鲁迅杂感选集序言》。
〔24〕胡适:《整理国故与打鬼》。
〔25〕胡适:《充分世界化与全盘西化》。
〔26〕胡适:《四十自述:在上海(一)》。
〔27〕胡适:《藏晖室札记》卷八。
〔30〕〔34〕胡适:《信心与反省》。

〔31〕胡适:《易卜生主义》。
〔32〕胡适:《介绍我自己的思想》。
〔33〕胡适:《惨痛的回忆与反省》。
〔35〕毛泽东:《中国革命与中国共产党》。
〔36〕胡适:《国际的中国》。
〔37〕胡适:《请大家来照照镜子》。
〔38〕胡适:《五十年来之世界哲学》。

(本文所引胡适各文,除已注明书名者外,皆见《胡适文存》初、二、三集及《胡适论学近著》。)

对《鲁迅同斯诺谈话整理稿》的几点看法

——1988年3月10日在法国巴黎第三大学东方语言文化学院的讲演

一

1987年第3期《新文学史料》发表的安危整理和翻译的《鲁迅同斯诺谈话整理稿》，引起了学术界的高度重视。这是安危根据从海伦·福斯特·斯诺那里得来的手稿原件整理的，发表时还同时发表了《埃德加·斯诺采访鲁迅的问题单》和安危的《鲁迅和斯诺谈话的前前后后》；人们的注意点自然是鲁迅谈话的内容，但安危的文章考订了提出"问题单"的人不是斯诺本人，而是海伦·斯诺；鲁迅和斯诺谈话的时间为1936年5月，当时海伦正在北京为斯诺编选的现代中国短篇小说选《活的中国》一书撰写一篇题为《现代中国文学运动》的论文，她所提的"问题单"正是为写这篇论文作准备的，于是趁斯诺去上海之际，让他向鲁迅请教。鲁迅的谈话次序是根据海伦的"问题单"回答的，因此谈话内容是受"问题单"的制约的，与自己经过全盘考虑所写的文章不同；而且这个"谈话记录"并未请鲁迅过目，也不是准备公开发表的，因此不能同鲁迅公开发表的著作相提并论。但它毕竟是鲁迅逝世前几个月所谈的意见，其中许多点都可以从鲁迅著作中得到佐证，而且有些地方还发挥得更充分，因此它又是一份值得重视的珍贵的史料。当然，其中也有一些不科学或有明显错误的地方，如唐弢《读"鲁迅和斯诺谈话记录"析疑》[1]一文中所指出的那些；这除了记录和翻译的原因之外，都与海伦所提的"问题单"有关。现在中文译本《活的中国》已经出版，其中附有以妮姆·威尔斯为笔名的海伦·斯诺写的《现代中国文学运动》的长篇论文，我以为如果我们把鲁迅的谈话内容和海伦的文章对照起来研究，是可以对这份史料有更清晰的认识的。

斯诺在《活的中国》"编者序言"中介绍《现代中国文学运动》一文时说："作者是研究现代中国文学艺术的权威。此文是在对原著作了广泛而深入的调查研究的基础上写的，执笔之前又曾同中国几位最出色的文学评论家商榷过。我相信这是第一次用英文写成的全面分析的探讨。"看来鲁迅的谈话内容就是这里所说的"广泛而深入的调查研究"和"同几位最出色的文学评论家商榷过"的依据，而且此文也确实是"第一次用英文写成的"对中国现代文学"全面分析的探讨"的文章；但说作者是"研究现代中国文学艺术的权威"，则显然是夸张了一点。当然，一个外国人要掌握另一个国家的未经时间考验的当代文学情况，本来就很难，因此她在所提问题中有一些舛误也是可以理解的。还是萧乾在《活的中国》中文版代序中的说法比较符合实际，他说："她（海伦）对中国新文艺运动是关心的，也有一定的了解。然而她不是像斯诺在序言中所说的'研究中国文学艺术的权威'"。当我们把鲁迅谈话内容和她的文章作对照时，发现她在运用所得到的原始资料时，态度还是谨慎和严肃的。在文章中，她把鲁迅的谈话记录作了三种不同方式的处理，而这种不同就体现了谈话内容的准确程度。

　　第一，用直接援引的方式作为鲁迅的意见正式发表。《现代中国文学运动》中说："既然他（鲁迅）是中国最受尊敬的评论家，在这里值得援引一下最近他在一次与埃德加·斯诺的谈话中所发表的意见"。下面她引用长达一千余字的鲁迅的话，内容皆见于"谈话记录稿"，而且都是很重要的段落。显然，在她看来，这些"引文"不仅是非常重要的，而且也是确信无讹的，她不是依据"问题单"的次序或鲁迅谈话的前后排列，而是摘录"问题单"的第1、第5、第13、第23等不同的谈话段落拼合引用的；为了表示忠实于鲁迅的原话，无论是谈小说家或杂文作家，都没有提及鲁迅自己的名字，而在"谈话记录稿"中则用括号加入了鲁迅的名字，可见"谈话稿"中的"（鲁迅）"是斯诺加上去的。有些地方"引文"和"谈话稿"略有差别，则显然"引文"更为准确；如"引文"中有"重要的散文家有周作人、林语堂、陈独秀和梁启超"，"谈话记录稿"在讲到这四个人时，则冠以"最优秀的杂文作家"，显然它不如"重要的散文家"更其准确。可见这一部分"引文"是经她认真核对斟酌过的。这次"谈话整理稿"公开发表后也没有人对这些部分提出异议，因此这些部分的内容是可以作为鲁迅谈话的正式记录稿看待的，而其余的部分则只能作为"原始记录稿"来供研究者参考。

　　第二，不是直接援引，而是或者用"鲁迅说"这样的间接引语，或者是经过整理加工、作为作者自己的意见提出来的。前者共有两处，一处是讲1927年以来上海逮捕作家的情况的，前面用了"鲁迅在一次会见中说"的字样，内容见于"谈话记录稿"第10条；另外一处是讲鲁迅所受外国作家作品影响的，与"谈话记录稿"第23条基本相同，不过文章中讲到"他不能爱但丁，认为他是个'很残酷的人'。"而"谈话记录稿"第23条说但丁是"一个很可恶的人"。我没有见到英文原件，不知道是否翻译用词的不同；就汉语来说，"可恶的"和"残酷的"二词的含义是很不相同的，应该说用"残酷的"是对的。鲁迅在《写于深夜里》一文中曾说："我先前读但丁的《神曲》，到《地狱》篇，就惊异于这作者设想的残酷，但到现在，阅历加多，才知道他还是仁慈的了"。可见海伦对鲁迅谈话的引用还是十分慎重的。另外一些现在可以肯定是根据鲁迅"谈话记录稿"写的原意，但经过她的整理和加工，是作为她自己意见写出来的，如关于"五四"时期作家在三十年代的归趋的分析，对于三十年代作家创作倾向的分析等。应该说，经过整理，其中的一些概括性的提法也比"谈话记录稿"更准确了，如"谈话记录稿"第15条把穆时英、黑婴、张资平、郁达夫四人列为"言情派"，《现代中国文学运动》则将穆时英、黑婴和刘呐鸥三人称为"颓废—肉感派，中国称之为'城市派'。"把郁达夫和张资平归于"搁笔不写的作家"之列。其实所谓"言情派"是原来海伦在"问题单"中的分类标题，鲁迅并未对此种分类法发表意见，只是当问及某一作家时谈了一点自己的看法，但文章中的提法显然较"谈话记录稿"更妥当一些。可见海伦是把"谈话记录稿"当作原始资料来参考的，它与可以直接援引的那部分情况不同。

第三，有一部分"谈话记录稿"中的材料和观点在《现代中国文学运动》中没有采用。如有些作家知名度不高、鲁迅也没有提出明确的看法，只是根据"问题单"提了一下，海伦在文章中就没有提及。又如鲁迅认为"在小说作家中，具有明显的法西斯思想的人是没有的。""没有法西斯主义诗人。"（"问题单"第7条）由于这与海伦的观点相距过远，也未被采用。从"问题单"可知，海伦是把作家分为左翼、第三种人和法西斯主义者三类的，鲁迅则认为"如果在作家队伍中存在真法西斯分子的话，也是极少数。一般来说，他们自己不写东西，只是极力收买具有左翼倾向的作家或温和派作家。"（"谈话记录稿"第7条）鲁迅不赞成"问题单"的那种分类方法，而这种观点是贯串在《现代中国文学运动》一文中的。

总之，这份"谈话稿"既然是根据"问题单"来谈的，而"问题单"本身就有一些不科学的地方，谈话时经过语言的翻译和斯诺的记录和整理，其中既有鲁迅的观点，也有斯诺的理解，因此杂有一些明显的错误和前后矛盾的地方是可以理解的。但海伦在运用这份材料时还是经过严肃认真的处理的，因此我们把它和海伦的文章对照起来考察，分别不同的情况，这对于理解这份珍贵的史料是有帮助的。

二

这份史料中最值得我们注意的是鲁迅对中国现代文学的总体特点的一些概括和分析。这些意见有的和他在已发表的文章中的观点是一致的，有的虽然不见于其他的文章，但正是鲁迅文章中所表达的意见的深化或延伸，而且属于海伦在她的文章中直接援引的部分，因此无疑是鲁迅谈话的重要内容。这里有许多值得我们深入研究的精辟见解,而且在今天也仍然有其现实意义。

在"谈话记录稿"第5条中,鲁迅谈到"在当今中国,唯有左翼作家才对知识界具有重要影响。"而且不仅三十年代是这样,"五四"新文化运动"就是具有左翼倾向的运动。""资产阶级文学在中国从来就没发展起来,在今日中国,也没有资产阶级作家。"因为斯诺是美国人,鲁迅举了刘易斯等五个英美著名作家,说明中国社会根本不可能出现像欧美那样的典型的资产阶级作家,连林语堂也不是。但对于左翼作家,鲁迅有自己的解释;在"谈话稿"第13条中,鲁迅认为中国"没有农民或工人出身的'真正的无产阶级作家'。"在海伦直接援引的谈话中就说得更清楚:"倘若说来自农民工人中的真正的'无产阶级'作家还没有在中国出现,这一点也不假。左翼文学仍然只局限在革命知识分子和小资产阶级的圈子里。"上述这些观点在鲁迅已发表的文章中都有类似的提法,可以说是他一贯的看法。如《二心集·黑暗中国的文艺界的现状》中说:"现在,在中国,无产阶级的革命的文艺运动,其实就是惟一的文艺运动。因为这乃是荒野中的萌芽,除此以外,中国已经毫无其它文艺。"同篇中又说"左翼作家之中,还没有农工出身的作家。"在《二心集·上海文艺之一瞥》中也说:"在现在中国这样的社会中,最容易希望出现的,是反叛的小资产阶级的反抗或暴露的作品。"这些意见和"谈话记录稿"中的提法,大体上是一致的。这是关系到如何评价中国现代文学性质的重大问题,在鲁迅看来,从"五四"新文化运动开始,现代文学就是以革命知识分子和小资产阶级作家为主的左翼文学;它不同于欧美那样的资产阶级文学，也不是真正的无产阶级文学，在中国还没有出现这两类作家，因此他说"中国文学的发展，在这一方面也许是绝无仅有的。"（"谈话稿"第 5 条）。根据这些描述，他所指的"左翼文学"实际上是与无产阶级的利益一致的民主主义的文学。

重要的是在这份"谈话稿"中鲁迅不仅重申了这些意见，而且联系中国社会和中国革命，作了进一步的发挥和解释，这才是更值得我们重视的。在斯诺的另一本书《我在旧中国十三年》中，也记录了鲁迅和他的一次谈话，内容主要是谈中国革命的，鲁迅认为中国只能有一种中国式的革命，这和"谈话记录稿"中关于现代文学特点的看法是一致的。由于社会性质的原因，现代文学的发展同中国革命和文化观念的变革一样，都只能是一种带有中国特点的变革，即不同于世界历史上已经发生过的种种类型或方式。鲁迅在"谈话稿"中用了这样的话来概括："恰恰因为由封建主义观念到无产阶级文化观念的大飞跃"，因而它是"绝无仅有的"。鲁迅深知中国封建主义的根深蒂固以及变革之艰巨，因此他强调一切变革都必须从中国的实际出发。中国没有经过资本主义社会的发展阶段，所以中国没有像欧美那样的典型的资产阶级作家，但也正因为如此，"现代中国文学的基础，才到了如此之差的地步。"这里，鲁迅对中国现代文学成就的估计，既是从世界范围同其他发达国家的比较而言的，又是从由内容到形式的总的艺术质量来立论的；而追溯其所以"如此之差"的原因，则在于社会基础，我们的变革起点不能不是反对封建主义，一切文化观念都带有民主的启蒙主义的烙印。为什么中国"最优秀的作家，几乎毫无例外地都是左翼作家"呢？照鲁迅看来，这是同他们反封建的坚决和彻底密切相关的。

中国是否可以像别的国家所走过的道路那样，建立资本主义社会和发展资本主义文化呢？鲁迅认为不可以，因为"没有时间，也没有别的抉择了。"为了早日实现现代化，赶上世界前进的步伐，为了防止和避免帝国主义侵略，"我们必须迅速向前发展"。在《中国现代文学运动》的引文里，鲁迅的这一意见是用下面的话表述的："我们得向前飞跃，奔向当前世界上最有价值、最有意义的事物。"因此他认为"中国可以经过资产阶级的政治发展阶段，却再也不能经过一个资产阶级的文学发展阶段。"这就是说由于中国社会的落后，中国式的革命还须经过建立民主政治和健全法制，以及发展商品经济等属于在资本主义社会就应该形成的政治发展阶段，但在意识形态及文学领域，就不能再照社会发展常规那样经过资产阶级的发展阶段了。鲁迅认为："对今日中国来说，惟一有可能发展的文化是左翼文化。"也就是一种以反封建为主要内容、与无产阶级利益相一致的和以革命知识分子为主体的新文化；现代文学当然是其中的重要组成部分。

那么，如何方能迅速有效地提高作品的艺术质量、摆脱"如此之差"的情况呢？鲁迅在"谈话稿"中认为重要的是必须"把当今世界上具有最大价值的东西统统拿过来。"这和他在著名的《拿来主义》一文中的主张是完全一致的；即"没有拿来的，人不能自成为新人，没有拿来的，文艺不能自成为新文艺。"而且他以为"单就文艺而言，我们实在还知道得太少，吸收得太少。"[2]这说明他是把面向世界作为现代文学发展的重要内容的。

以上这些观点有的可以同鲁迅的著作相印证，有的则是他的看法的延伸或深化，但无疑都是鲁迅关于中国现代文学的总体特点的看法，很值得我们深入研究。

三

在谈到现代文学的成就和代表作家时，鲁迅特别分析了各种不同文体——诗歌、小说、戏剧、散文——的发展特点，指出了它们之间的不平衡情况，这部分内容也有很高的理论价值。其中关于戏剧和散文谈得较少，谈得比较具体的是短篇小说和诗歌；这也是海伦在《现代中国文学运动》中首先直接引用的部分，应该引起我们的重视。话剧是随着"五四"新文化运动才兴起的一种新的文体，在曹禺的作品出现以前，还没有产生大型的剧作；就总的创作情况来说，它还处于初期的尝试阶段，是在抗日战争爆发以后才得到很大发展的。初期的作品确如鲁迅所说，有"大量地借鉴过去"的现象。鲁迅谈话时，曹禺不久前才发表了他的《雷雨》和《日出》，所以鲁迅称之为"近来最受欢迎"的"左翼戏剧家"。至于散文，应该说收获是丰富的，在海伦引用的鲁迅谈话里，鲁迅也说"散文方面更有成就一些"。在鲁迅著作中也有类似的论断，如《由聋而哑》一文中所说："散文，在文苑中算是成功的"。但鲁迅不赞成许多散文作家"特别提倡那和旧文学相合之点"[3]，他强调的是创新，而这在散文作品中是不明显的。因此他特别推崇短篇小说的成就和特点，对戏剧和散文就谈得不多了。

"谈话记录稿"第 23 条说："鲁迅认为，短篇小说比现代中国文学发展的任何一个种类，都具有更重大的意义。短篇小说在形式、技巧、素材、风格等方面，实际上在各个方面，对中国的文学传统，完全是崭新的"。这当然是因为现代文学中短篇小说的产量最多，成就最高；鲁迅就说过"'文学革命'以后，所产生的小说，几乎以短篇为限。"[4] 在"谈话记录稿"第 1 条中又说："诸如沈从文、郁达夫、老舍以及其他一些人的小说，实则是中篇小说或长（的）短篇。这些作家之所以出名，是因为他们的短篇小说。"照鲁迅的理解，成功的长篇小说应该是"时代精神所居的""巨大的纪念碑底的文学"。他在"谈话稿"中说"现代中国还没产生出有名的小说家"，就是说还不能用这样的要求来衡量；但如果仅从创新的角度来看，也即从形式、技巧、素材、风格等方面来和中国古典文学比较的话，则在短篇小说中创新的特点最为显著。即使作家所写的是长篇，但他们的成功之处仍然在于各方面的创新，即与短篇的文体特点是相同的。中国古典文学中当然也有短篇小说，但无论是唐宋传奇以及后来的"拟传奇"，或宋元话本以及后来的"拟话本"，都和现代短篇小说所具有的特点不同。用鲁迅的话说，现代短篇小说的特点是"借一斑略知全豹，以一目尽传精神"[6]，而不是像过去那种以情节过程为主的、盆景式的具体而微的故事。鲁迅从本世纪介绍外国短篇小说起，就着重在使中国读者"不为常俗所囿"，而注意别人"神思之所在"[7]，中国现代文学正是从"格式的特别"的短篇小说开始而取得了巨大成就的。鲁迅重视文学的创新，所以他认为短篇小说的这一特点具有重大的意义。

至于新诗，由于鲁迅对它的评价较低，这部分材料引起中国文艺界很大的反应。但我以为它是符合鲁迅的观点的。在"谈话稿"第1条中，鲁迅在举出了几个优秀诗人的名字之后就接着说："不过，他们的诗作，没有什么可以称道的，都属于创新试验之作。鲁迅认为，到目前为止，中国现代诗歌并不成功。"鲁迅并非根本反对新诗，他不仅自己写过新诗来支持开创阶段的提倡，而且也高度评价了冯至、白莽等人的诗歌创作；只是从总体上看，新诗还处于"创新试验"阶段，"并不成功"。他曾说："新诗直到现在，还是在交倒霉运。"因为在鲁迅看来，"新诗先要有节奏，押大致相近的韵，给大家容易记，又顺口，唱得出来。"他认为"诗歌虽有眼看的和嘴唱的两种，也究以后一种为好；可惜中国的新诗大概是前一种。"鲁迅是从新诗可以在读者中完全代替旧诗来衡量它的成功程度的，要求"它能在人们的脑子里将旧诗挤出，占了它的地位。"[8]现代新诗显然还没有达到这样的标准，因此鲁迅认为总的看来还处于"创新试验"阶段，即使是优秀的诗人也是如此。

在"谈话记录稿"第7条中还有"鲁迅认为，研究中国现代诗人，纯系浪费时间。不管怎么说，他们实在是无关紧要"等一段话，我以为这是斯诺听了鲁迅谈话之后受到启发、写给海伦的建议，而不是鲁迅直接对诗歌研究工作所发表的意见。因为第一，无论海伦所提的"问题单"或鲁迅的谈话，都没有关于研究工作的内容；这段话是写在回答中国"没有法西斯主义诗人"之后的，与所提的问题不相干。第二，研究工作之意义同研究对象之价值并无直接联系，鲁迅还提倡过研究赌博史、娼妓史、文祸史[9]。第三，据安危《鲁迅和斯诺谈话的前前后后》一文介绍："海伦一向喜爱诗歌，也喜欢写诗。她的诗作，曾被收入美国诗歌年鉴。因此，她也很想对中国的诗人和新诗进行一番研究。"斯诺是完全了解海伦的爱好和工作的。第四，这份"谈话记录稿"是斯诺记给海伦看的，其中有的地方明显的是斯诺的口气。如"谈话记录稿"第15条有"佩格当作'新现实主义'开列出的那些作家，绝大部分是左翼或具有左翼倾向的作家。"这条最后又说："你问题单子上开列的其他作家，鲁迅不认识，或无足轻重，他们的文学倾向鲜为人知。""佩格"是海伦的别名，这些话显然是斯诺写给海伦看的；关于研究中国新诗的一段话也属此类，即建议海伦不必再去研究中国现代诗歌。综合以上各点看来，这段话并不符合鲁迅的观点。

文学创作的各种文体都有自己的特点，它们之间在历史发展中存在不平衡现象是很自然的，鲁迅正是据此来申述自己意见的。

四

这份资料中占篇幅最多的是对一些具体作家的评论。其中除了各种文体的优秀作家是由鲁迅主动提出的以外，大部分是根据海伦的"问题单"作答的。由"问题单"的分类和排列可以看出．海伦评价中国现代作家的主要标准有三：一是从政治上区分，谁是左翼作家、或第三种人、或法西斯主义作家；二是"现实主义作家"还是"浪漫主义作家"；三是艺术成就的高下。应该说，这些评价标准都有一定的根据和理由，但开列成一大串名单要求鲁迅回答谁是这一类或那一类，就没有充分考虑到问题的复杂性，就会造成某种程度的混乱。鲁迅显然不赞成这种简单的提法，这个名单的次序和分类也不代表鲁迅的观点。因为第一，鲁迅并没有对名单上所有作家都全部作答；第二，鲁迅也没有建议增加某些人的名字，如果照鲁迅在其他文章中对一些现代作家的赞扬，那么鲁迅似乎应该建议增加冯沅君、台静农、葛琴等人；如果鲁迅是全面考虑现代重要作家，他也没有提出增加朱自清、闻一多、冯至等人。又如对于"问题单"中的分类，"谈话稿"于"归隐派"这一名称后面所加的括号中说："鲁迅称作结束派"；其实这就是表示鲁迅不赞成"归隐派"的提法，但也并不是他建议改为"结束派"，只是说这些人已经好久不从事文学创作了。这同在张凤举和丁玲二人后面所说的"完了"是一样的意思，都是指创作生活说的。当然，这类作家有的人后来还写了很多作品，如冰心和丁玲，但这不是鲁迅当时所能料到的。除了受"问题单"的制约以外，谈话记录稿由于记得过于简略或理解上的讹误，其中也有一些不准确或前后矛盾的地方。如关于巴金的评语只有一句话，"巴金是个无政府主义者"，而鲁迅于同年写的《答徐懋庸并关于抗日统一战线问题》一文中虽然同样也指出巴金"有安那其主义者之称"，但又说"巴金是一个有热情的有进步思想的作家，在屈指可数的好作家之列的作家"；其实鲁迅的这种评价斯诺是知道的，《活的中国》中就选了巴金的作品，斯诺在前面写了介绍文字，其中说："巴金和鲁迅、茅盾、丁玲、沈从文、郁达夫同为现代中国文学的六个重要作家之一"，这种提法同鲁迅的意见是一致的，只是由于记录过简，就易生误解了。又如"谈话稿"第4条说："据鲁迅所知，在中国作家中，没有'新现实主义派'。他没看到有关这一派别的理论讨论，也没发现这个学派在中国有它的追随者。"但第18条却说："如果你指的是左翼文学，'新现实主义'是现代文学史上最重要的运动。"这里前后的矛盾是很明显的。"谈话稿"第11条说："郁达夫有一段时间想加入左翼"，而第12条又把郁达夫列为"左联创始盟员中的要人"，也属此类。此外还有其他一些有明显错误的地方。总之，由于"问题单"中所列人数很多，鲁迅不可能一一详细答复，加以语言的隔阂，听错记错的可能性很大。这份资料发表以后，引起了中国文艺界的强烈反应，意见也都集中在这一部分。因此我们对这部分应该采取特别慎重的态度，不能笼统地都看作是鲁迅的意见。

在鲁迅举出的为数不多的优秀作家中，沈从文、胡适、周作人、林语堂四人，在三十年代都受过鲁迅的尖锐批评，无论在政治上或文艺思想上，都同鲁迅有严重的分歧，但鲁迅仍然给了他们很高的评价；后面说的"徐志摩、林语堂可以被称作独立派"（第11条），也属同类性质。这是引人注目的，但它确实是鲁迅的意见。因为在评价某一作家对于中国现代文学的成就和贡献时，鲁迅一向是从作家全部作品的艺术质量着眼、采取公正的历史主义态度的。这同就某一问题进行不同意见的论争是两回事，因此他力避主观好恶的渗入，坚持科学的实事求是的评论。最明显的例证就是收在《且介亭杂文二集》的《〈中国新文学大系〉小说二集序》一文，这篇文章也是全面评论除"文学研究会""创造社"作家以外的现代小说创作的，是一篇带有历史评价性质的文章；其中谈到了高长虹、尚钺、向培良、凌叔华的作品，都采取了有分析的科学的态度。这些人都曾受到过鲁迅的尖锐批评,但这并没有影响鲁迅对他们的作品在文学史上的地位的公正评价。现在这份资料又提供了新的例证,它对指导我们研究中国现代文学,是有方法论的启示意义的。

总的看来,这是一份珍贵的资料。它虽然不能与鲁迅佚文等量齐观,但经过认真分析,对于我们进行中国现代文学和鲁迅研究的工作,还是有重要的参考价值的。

* * *

[1] 见 1987 年 10 月 15~16 日《人民日报》。
[2] 鲁迅:《〈奔流〉编校后记(二)》。
[3] 鲁迅:《小品文的危机》。
[4] 鲁迅:《〈总退却〉序》。
[5][6] 鲁迅:《〈近代短篇小说集〉小引》。
[7] 鲁迅:《〈域外小说集〉序言》。
[8] 鲁迅:1934 年 11 月 1 日致窦隐夫信。
[9] 鲁迅:1933 年 6 月 18 日致曹聚仁信。

郭沫若的历史剧创作理论

一

郭沫若是著名的历史剧作家，创作了许多历史剧；他又是杰出的马克思主义史学家，对历史有精湛的研究。但如果我们严格地根据史料和文献来考察他的剧作的话，便发现他的剧作中有许多情节又确是与历史记载不尽相同的，这是历来对他的历史剧的评价有所轩轾的重要原因。其实郭沫若不仅有丰富的历史剧创作经验，而且从四十年代初开始，在历史唯物主义的指导下，在创作实践的基础上，他根据历史科学与艺术规律的不同特点，已经形成了一套比较完整的历史剧创作理论。对于他的这些观点和理论，我们必须从创作方法的角度，从它的渊源和特点来探索，才能理解它的精神和贡献，从而也才能对他的历史剧创作做出公允的和正确的评价。综观他有关的文章和论点，可以说他的历史剧创作理论是浪漫主义创作方法在历史剧领域的运用和发展，而这正是他的创作获得震撼人心的力量的重要原因。

历来关于历史题材的文艺作品的讨论，无论历史剧或历史小说，都集中到关于历史真实和艺术真实的关系问题上，因为如果完全按照历史文献的记载，那是很难写成生动的文艺作品的。用鲁迅在《中国小说史略·元明传来之讲史》中的话来说，就是"据旧史则难于抒写，杂虚辞复易滋混淆"。

因此无论作家运用何种创作方法，现实主义或浪漫主义，一定范围的虚构总是不可避免的，只是注意不要与文献记载发生"混淆"罢了。六十年代初我国曾进行过一次关于历史剧的讨论，茅盾写了《关于历史和历史剧》的专论，提出了"历史真实与艺术虚构的结合"的历史剧创作原则，可以说是那次讨论在理论上的总结。他考察了文学史上的许多作品，认为只有《桃花扇》可以算是"谨守史范，不妄添一角，不乱拉陪客"的历史剧，从而得出结论说："历史剧无论怎样忠实于历史，都不能不有虚构的部分，如果没有虚构就不成其为历史剧。"这是关系到历史（科学）与艺术的性质区别的问题，在这个问题上，运用不同创作方法和不同流派的作家的意见是一致的。鲁迅就说："艺术的真实非即历史上的真实，我们是听到过的，因为后者须有其事，而创作则可以缀合，抒写，只要逼真，不必实有其事也。"[1]郭沫若也说："绝对的写实，不仅是不可能，而且也不合理，假使以绝对的写实为理想，则艺术部门中的绘画雕塑早就该毁灭，因为已经有照像术发明了。"[2]可见所谓虚构的必要性实际上是一个艺术存在的必要性的问题，在这样的问题上不同流派的艺术家是不会有分歧的。但问题不能停留在这里，还必须进入更深一层的探讨，即如何进行艺术虚构的问题。究竟是按照历史"可能怎样"进行虚构，还是按照历史"应该怎样"进行虚构，这就关系到作家所运用的创作方法的不同了。黑格尔在谈到"怎样处理题材"时，就探讨了处理历史题材的两种不同的方法："艺术家应该忘去他自己的时代，眼里只看到过去时代及其实在情况，使他的作品成为过去时代的一幅忠实的图画呢？还是他不仅有权利而且有义务要只注意到他自己的民族和时代,按照符合他自己的时代特点的观点去创作他的作品呢?"[3]应该说,这是两种具有不同特点的创作方法。作家处理生活素材(历史事实)和进行艺术虚构的不同方式,实质上就体现了不同的创作方法和艺术流派。如果只承认一种创作原则和虚构方式而排斥或摈弃另一种创作原则和虚构方式,是不能说明历史剧创作的历史现象和现实的复杂情况的。从文学发展的角度来考察,我们应该承认创作上历来就存在着这两种不同的创作方法,而且每一种都有它的基本特征和存在的合理性。我们如果从创作方法的角度来考察历史剧创作的理论和实践,是更容易理解作家的艺术个性和作品的艺术特点的。郭沫若的历史剧创作理论就为浪漫主义的创作方法作出了比较完整的理论概括。

郭沫若是在"五四"那一年译完歌德的《浮士德》第一部之后产生了创作历史剧的欲望的[4],他说:"原因是作品的内容很像我国的'五四'时代,摧毁旧的,建立新的,少年歌德的情感和我那时候的情感很合拍。"[5]正因为如此,表现时代精神和重视现实意义就成为他创作构思的出发点。用他自己的话说,就是"要借古人的骸骨来,另行吹嘘些生命进去"[6]。但他二十年代的历史剧由于过分着重表现自我和驰骋主观想象力,还没有对如何处理历史事实和艺术虚构之间的关系找到一种最适当的方式,从而使历史精神和现实效果完满和谐地统一起来;也就是说,他还没有形成一套比较完整的历史剧创作理论。到了四十年代初,在经过了对历史和古代社会的深入研究之后,在长期创作经验积累的基础上,他才在马克思主义的指导下,形成了他的浪漫主义的历史剧创作理论,并开始了他的新的历史剧创作高峰。用周恩来同志的话说,就是他"用科学的方法,发现了古代的许多真实","正确的走了他应该走的唯物主义的研究的道路"。[7] 这时他仍然坚持了他一贯的重视时代精神和现实意义的创作意图,仍然保持了他原有的浪漫主义的艺术特色,但从强调表现自我到强调"人民本位",从"借些历史上的影子来驰骋我创作的手腕"到"优秀的史剧家必须得是优秀的史学家",[8] 他的创作理论的成熟是经历了一个发展过程的。我们如果以诗剧《湘累》和《屈原》相比较,或以诗剧《棠棣之花》或史剧《聂嫈》和后来的五幕史剧《棠棣之花》相比较,就很容易理解作者在创作思想上的变化与发展。到了后期,他对于历史资料的解释,对于历史精神的理解,都有了坚实的科学的支柱,因而他所强调的历史剧要灌溉现实的蟠桃这种意图也就有了可靠的基础。我们现在所探讨的,就是以他在四十年代创作的战国史剧为主要代表所体现的他的浪漫主义历史剧创作理论的基本特点。

二

1946年,郭沫若在一次关于历史剧的讲演中,借用《诗经》的赋、比、兴的概念,将历史剧分为三种不同类型:"写历史剧可用《诗经》的赋、比、兴来代表。准确的历史剧是赋的体裁,用古代的历史来反映今天的事实是比的体裁,并不完全根据事实,而是我们在对某一段历史的事迹或某一个历史人物,感到可爱而加以同情,便随兴之所至而写成的戏剧,就是兴"[9]。《诗经》的赋、比、兴本来就是指表现诗歌内容的方法的,就戏剧说,这三类历史剧其实只是两类,即赋的一类与比兴的一类，他正是由创作方法的不同来分类的。用"赋"的方法来写历史剧的作者，主要的意图在于直接地、如实地"敷陈"史实，以求再现历史人物和事件的本来面貌，所以他解释说这一类的剧作家是"在过去的人类发展的现实里，寻求历史的资料，加以整理后，再用形象化的手法，表现出那有价值的史实，使我们更能认识古代真正过去的道路"，以"求推广历史的真实"。而"比兴"的历史剧则旨在托事起兴以引起对现实的联想，主观抒情性很强；剧作家的创作意图并不在再现历史的本来面貌，而是由历史事件或人物来引发出作家的认识和感兴，所谓借历史的酒杯来浇现实的块垒，使观众或读者在情绪的感染中引起对比或联想，从而激发他们对事物的强烈的爱憎感情。简言之，赋的历史剧着重在客观事件的再现，比兴的历史剧则强调主观感兴的表现，而这正是现实主义与浪漫主义在历史剧的创作方法上的根本区别。郭沫若在阐述了不同类型的历史剧以后，就明确地指出："我的《孔雀胆》与《屈原》二剧，就是在这个兴的条件下写成的。"其实不仅从剧作中可以看出，他在许多文章中都申述了他的着重主观表现的历史剧创作理论。如说"写剧本不是在考古或研究历史，我只是借一段史影来表示一个时代或主题而已。"[10]他把他的历史剧称为"古事剧"[11]，历史小说名为"史题空托"[12]，都是意在说明那些"古事"史实，只是他的感兴所托，只是"借古抒怀以鉴今"[13]，而不应该如历史学家那样拘泥于史实的本身。因此我们首先应该注意的是他所强调的主观表现的具体内容，这才是他的历史剧创作理论的中心。

别林斯基曾说："戏剧中通常被称为抒情部分的东西，

不过是非常激动的性格的力量,是它的激情不由自主地引起丰富多彩的言词;或者是登场人物内心深藏的秘密思想,这种思想是我们需要知道的,是诗人使登场人物出声地思考的。"[14]戏剧不同于抒情诗,剧作者只能通过人物的言词和行动来表现自己的感受,而不能由作者直抒胸臆;因此所谓着重主观表现主要有两方面的内容。第一是现实的时代精神。既然是历史剧,当然它是属于过去时代的事件和人物,但剧作家所要着重表现的是他从生活中所感受到的现实的时代感,因此他所选取的历史时期也是他认为可以引起人们联想的相似的时代精神。从社会形态或生活方式等方面来看,古今的不同当然是很明显的;但在社会矛盾尖锐化的时代,历史有时确实也可以和现实相似到令人惊异的程度;特别是两个互相对立的斗争集团的轮廓,两种代表者的性格,以及这种矛盾对于人的精神和行为的影响等等,都是极易引起人们的联想和激情的。郭沫若说他在《屈原》中把对现实的"时代的愤怒复活在屈原的时代里去","换句话说,我是借了屈原的时代来象征我们当前的时代。"[15]郭沫若把这种表现时代精神的方法概括为"先欲制今而后借鉴于古"与"据今推古"的原则[16],这就是他在抗战后期所写的历史剧为什么集中在战国时代以及元末和明末这些社会矛盾非常尖锐化的时代的原因。在这样的时代,人民和代表历史发展方向的进步人物,为了实现国家的独立和统一,曾经进行过可歌可泣的斗争,有的终于作出了悲壮的献身,这是值得后人继承的传统美德,也是现实所需要的精神力量。但正因为他的着眼点是现实,他所写的历史并不重在"言必有据",而是重在"从我们的观点中所见到的历史真实"[17],重在表现剧作家自己对历史的认识和感兴。他自己就承认,"不用说是参合了一些主观的见解进去的"[18],这就是说剧作家把他对现实的时代感受注入了历史题材,有时甚至对史事有所改动,这对于现实主义剧作家来说显然是应该避忌的,但在浪漫主义剧作家看来,如黑格尔所说:"如果找到了这样一种内容并且按照理想原则把它揭示了出来,所产生的艺术作品就会是绝对客观的,不管它是否符合外在的历史细节。"他并且强调"这样破坏所谓妙肖自然的原则正是艺术所必有的反历史主义。"[19]因此对于历史上的时代精神,借用自然科学家的语言,必须由"宏观"上来掌握,而不能由"微观"上来苛求,它毕竟是作家表现自己的认识和理想的艺术。剧作家着重主观表现的另一方面的内容是作家的思想感情和艺术个性。浪漫主义剧作家总是以塑造浸注了作家高度热情的正面形象为戏剧的主人公的,而在这些形象的精神气质和思想情绪上我们就可以感受到作家自己的强烈的抒情诗成分。郭沫若是公认的浪漫主义诗人,他认为"诗是文学的本质,小说和戏剧是诗的分化[20];并且说"小说和戏剧中如果没有诗,等于是啤酒和荷兰水走掉了气,等于是没有灵魂的木乃伊。"[21]他的历史剧都充溢着浓郁的抒情诗的感情,他说他的《屈原》"是抒情的,然而是壮美而非优美,但并不是怎么哲学的"[22];他所虚构的婵娟和卫士甲"是两种诗的感情或两种诗人性格的象征","婵娟是象征着优婉的怀旧的感情,卫士是象征着激越的奋斗的感情"[23]。《屈原》里的《雷电颂》是一首壮美的抒情诗,它抒发的既是屈原的也是作家自己的强烈的感情。周恩来同志曾说:"屈原并没有写过《雷电颂》这样的诗词,而且也不可能写出这样的诗词,那是郭老把自己胸中对国民党反动统治的忿恨，把国统区人民对蒋介石反动统治的忿恨，借屈原之口说出来的。"[24]在后来写《蔡文姬》时，郭沫若甚至说"蔡文姬就是我"，"它有一大半是真的，其中有不少我的感情的东西，也有不少关于我的生活的东西。"[25]剧作家的自述与人们阅读他的历史剧的感受是完全一致的，这种将主观感情融注于客观对象中的艺术表现，是典型的浪漫主义艺术。至于剧中的诗与歌，如《屈原》中的《橘颂》《高渐离》中的《易水歌》等，都成为剧作的有机部分，增加了作品的悲壮气氛。甚至剧本中所表现的时令季节和环境气氛，也都具有抒情诗的特点，如《棠棣之花》等四部战国史剧分别渲染了春夏秋冬的四个不同季节，它既是时代气氛的象征，也是人物情绪的映照，使作品充满了诗的意境。总之，作家所着重表现的是自己的感受和理想，而不拘泥于历史的细节，所以在《棠棣之花》中他"让剧中人说出了和现代不甚出入的口语，让聂嫈唱出了五言诗，游女等唱出了白话诗。这些假使要从纯正历史家的立场来指摘，都是不合理的。"[26]我们必须从浪漫主义的历史剧创作方法出发，才能真正理解作品的价值与真谛。

三

郭沫若在《历史·史剧·现实》一文中将史学家与史剧家作了这样的区分："史学家是发掘历史的精神，史剧家是发展历史的精神。"[27]这里所说的"史剧家"当然可以理解为包括各种不同的创作方法的历史剧作家，但就他强调的"发展"这一点来说，他主要是指浪漫主义的史剧家，因为现实主义的史剧家是注意以"发掘"和"再现"历史精神为己任的。在郭沫若曾一再引用的亚里斯多德《诗学》里，曾这样谈到诗人"摹仿"现实的不同方式：或者"照事物的本来的样子去摹仿"，"或是照事物应当有的样子去摹仿"，郭沫若所说的"发展历史精神"正是指后一种方式。他自己说得很清楚："我主要的并不是想写在某些时代有些什么，而是想写这样的人在这样的时代应该有怎样合理的发展。"[28]这种强调"应该如何"的含有理想主义精神的创作理论，正是浪漫主义创作方法的特点；如同雪莱所说，浪漫主义艺术应该"在我们的人生中替我们创造另一种人生"[29]。雨果在《〈克伦威尔〉序言》中说："艺术历观各世纪和自然界，穷究历史，尽力再现事物的真实，特别是再现比事物更确凿，更少矛盾的风俗和性格的真实，它起用编年史家所节略的材料，调和他们剥除了的东西，发现他们所遗漏的并加以修理，用富有时代色彩的想象来充实他们的漏洞，把他们任其散乱的东西收集起来，把人类傀儡下面的神为的提线再接起来，给一切都穿上既有诗意而又自然的外装，并且赋与他们以产生幻想的、真实和活力的生命，也就是那种现实的魅力，它能激起观众的热情，而且首先是激起诗人自己的热情，因为诗人是具有良知的。"[30]可见重要的是作家对于历史精神的认识和理解，如果他对于历史精神的总的理解是进步的和正确的，那么他在作品中所着重表现的"发展"和"应该如何"不仅可以激动人心，而且是可以达到更为本质的真实的。所以郭沫若认为："剧作家的任务是在把握历史的精神而不必为历史的事实所束缚。剧作家有他创作上的自由，他可以推翻历史的成案，对于既成事实加以新的解释，新的阐发，而具体地把真实的古代精神翻译到现在。"[31]郭沫若的几部战国史剧对于战国时代历史精神的理解和发展，就是明显的例证。如他虽然也承认"秦始皇统一了中国是他对于历史有贡献的地方"[32]，但他认为在此之前，楚国如果实行了屈原的思想，也有可能统一中国，"中国由楚人统一，由屈原思想来统一，我相信自由的空气一定更浓厚，艺术的风味也一定更浓厚。历史没有走向这一条路，使秦国来统一了中国，做出了焚书坑儒，摧残文化的事件，使战国时代蓬蓬勃勃百家争鸣的思潮不能继续发展，甚至不能保持，致演成昙花一现的状态，实在是件遗憾的事。"[33]他虽然认为战国时代的政治气氛是主张集合、反对分裂的[34]，这也是他进行创作的当时的气氛，但并不认为在秦始皇统一之前的抗秦就是错误的，反而热情地歌颂了屈原的思想和精神。不仅如此，在《屈原》的结尾，他还让屈原遵从"卫士甲"的"意思"，"决心去和汉北人民一道，做一个耕田种地的农夫"；因为卫士甲是人民的代表，是"激起奋斗的感情"的"象征"。同样，在《高渐离》的最后，作者着意安排宋意"冒着大雪，奔往江东"，去与那里的人民结合，因为高渐离认定"将来天下大乱的时候，一定是从那儿开头"，暗示了这是一条正确的道路。对于这类构思和情节，我们不能从具体的文献记录中去找依据，而要认识到这是剧作家对"历史精神"的一种"发展"；是剧作家所认为的"在这样的时代"人物"应该有"的"合理的发展"，带有鲜明的理想主义色彩。这在现实主义的剧作家看来，可能是"反历史主义"的，但对于浪漫主义的剧作家说来，它是更能反映历史的本质的真实的。郭沫若所经常引用的亚里斯多德《诗学》(第二十五章)中就说:"如果以对事实不忠实为理由来批评诗人的描述,诗人就会这样回答:这是照事物应当有的样子描述的";他把这叫作"合情合理的不可能"。在亚里斯多德看来,诗比历史更真实,更带普遍性;因为"历史家描述已发生的事,而诗人却描述可能发生的事";"诗所说的多半带有普遍性,而历史所说的则是个别的事。"(《诗学》第九章)经过作家理想化了的史实是更能反映历史的真实的。可见问题并不在这种"发展"是否有足够的文献根据,而在于它是否符合历史的本质和规律。车尔尼雪夫斯基曾说:"任何事物,我们在那里面看得见依照我们的理解应当如此的生活,那就是美的。"[35]他正是由唯物主义来解释"应当如此"的,所以我们不能简单地把这种"发展"理解为完全是主观的产物。这就是说,尽管某些构思或情节在历史上没有记载甚至不可能发生,但由于它根本上符合人民的愿望,也符合历史发展的方向,它就可以在剧作中作为一个假定的事实而存在;这种事实经过剧作家的合情合理的艺术处理,就能够给读者或观众以逼真感和信服感。浪漫主义历史剧的真实性与这种艺术的"假定性"是分不开的。

四十年代初,史学界在重庆曾经有过一场关于屈原的身份和思想的论争;这并不完全是一场纯学术的讨论,当时肯定或贬抑屈原精神是同国统区民主运动的政治斗争联系在一起的,因此不可能得出大家都接受的科学的结论。结果郭沫若的《屈原》问世了,屈原精神得到了具体的形象的体现和歌颂,如茅盾所说,它"引起了热烈的回响,在当时起了显著的政治作用。"[36]就史学界那场论争来说,那些企图否定或贬抑屈原的人悄然敛迹了,如一位史学家所说,"结果是文学和艺术战胜了史学和哲学。今天，已经抹不去中国人心目中郭沫若所加工的屈原形象。史学和哲学严肃的面孔，显然不及艺术的魅力容易让人们接受。"[37]这种显著的艺术效果就充分说明了正确地发展历史精神的浪漫主义剧作是如何有力地反映了历史的本质的真实。

四

郭沫若在他的历史剧理论中，同样强调要尊重历史，"不能完全违背历史的事实"，"优秀的史剧家必须得是优秀的史学家"[38]；他甚至说"取材于史事，是应该有历史的限制的"，不能"弄到时代错误的程度"[39]。并且声明"我在写作中是尽可能着重于历史的真实性"[40]。但是，作为浪漫主义的历史剧创作理论，他所说的"历史的限制""历史的真实性""时代的错误"等，都有他的理解和涵义，与现实主义历史剧的要求是有着不同的内容的。在他看来，重要的不是外在的琐碎的历史事实的真实，而是内在的历史精神的真实。他说得十分明确："剧作家的任务是在把握历史的精神，而不必为历史的事实所束缚。"[41]因而他提出了"失事求似"的历史剧创作原则[42]。所谓"求似"就是力求对历史精神的尽可能真实、准确的把握和表现，包括历史的"人物心理和时代的心理"[43]，以及对历史与现实的相似点的寻求与表现；他认为"以史事来讽喻今事，根据是在从气质与人的典型于古今之间无大差异"[44]，因而只要历史精神有相似处，历史剧就可以产生直接的社会效果。所谓"失事"就是在不违背历史精神的真实的条件下，"和史事是尽可以出入的。"[45]因为事实上并不是所有重要的或应该记载的事实都是有史可征的，这里正是需要艺术家根据历史精神加以创造的地方；所以他说："史有佚文，史学家只能够找，找不到也就只好存疑。史有佚文，史剧家却须要造，造不好那就等于多事。"[46]即使历史上有明确记载的大关节目的史实，但由于史书作者的偏见或时代限制，也多有违背事实真相的地方，经过后来的研究、诠释和评价，常常可以推翻重要的史案，而翻案"却是一个史剧创作的主要动机"[47]，因为他所要努力表现的是历史的精神，"是注重在构成而务求其完整"[48]。他绝非不尊重历史，他不但主张"创作之前必须有研究，史剧家对于所处理的题材范围内，必须是研究的权威"[49]，而且还提醒"作家们下笔的时候，还须留意，不要因为对于古人的同情，而歪曲了史实"[50]，但他强调的是"首先动机要纯正，他的作品必须是时代的指针。"[51]这也就是说作家首先要在总体上掌握一定历史时代的精神，然后才可能对文献资料有敏锐的鉴别和判断；不为史料所囿，而着力于艺术的表现和创造。这就是他所概括的"失事求似"的历史剧创作原则。

他创作的几部战国史剧就是建立在他对战国历史的长期的深刻独到的研究基础上的。根据他对战国时代的历史悲剧精神的掌握，他在剧作中发挥了充分的艺术想象力，情节的安排十分灵活，绝不为某些文献记载的不足所拘牵。他认为"战国时代，整个是一个悲剧时代，我们的先人努力打破奴隶制的束缚，想从那铁的桎梏中解放出来"，"战国时代是人的牛马时代的结束。大家要求着人的生存权，故尔有仁和义的新思想出现。我在《虎符》里面是比较的把这一段时代精神把握着了。但这根本也就是一种悲剧精神。要得真正把人当成人，历史还须得再向前进展，还须得有更多的志士仁人的血流洒出来灌溉这株现实的蟠桃。"[52]可以看出，郭沫若所有的战国史剧都是力求真实地反映这一历史的悲剧精神，并且在这种精神的表现里，注入了作家在现实中所感受到的时代的悲剧精神。因为悲剧精神产生的社会根源在于"促进社会发展的方生力量尚未足够壮大，而拖延社会发展的将死力量也尚未十分衰弱，在这时候便有悲剧的诞生。悲剧的戏剧价值不是在单纯的使人悲，而是在具体地激发起人们把悲愤情绪化而为力量，以拥护方生的成分而抗斗将死的成分。"[53]因此他的这些剧作在真实地展现历史与现实的悲剧精神的前提下，为了使悲剧气氛更为庄严肃穆，为了使悲剧色彩更加浓重，剧作家充分地驰骋了他的想象力，对具体史实的运用是极为灵活的。除了"在大关节目上"不"违背历史的事实"[54]外，他虚构的范围是非常广阔的。其中包括"无中生有地造出了"新的历史人物[55]，如《棠棣之花》中的春姑、《屈原》中的婵娟、《虎符》中的魏太妃等；虚构重要的历史情节，如《虎符》中围绕如姬的一系列情节；改动历史文化背景，如《棠棣之花》中"让聂嫈唱出了五言诗，游女等唱出了白话诗。"[56]甚至不惜有意更改历史人物的基本面貌，如《屈原》中的张仪，作者自己就说："为了禋祀屈原，自不得不把他来做牺牲品。假使是站在史学家的立场来说话的时候，张仪对于中国的统一倒是有功劳的人。"[57]根据郭沫若的历史剧创作原则，以上这些都是属于"失事"的范围，而重要的却在于"求似"；因此他对历史精神的真实性的要求，又是十分严格的。五十年代初，有一位青年作者写了一部《全部聂政》的历史剧,其中虚构了"聂政未死,且纠合军民,大破秦兵"的情节,郭沫若对此提出了严肃的批评,他认为"这是旧时代爱用的大团圆的手法",因为"把悲剧改为喜剧"是根本违背战国时代的历史精神,因而违背历史真实性的;是真正应该反对的"反历史主义"的"时代错误"[58],通过以上这些例证,是可以说明"失事求似"的历史剧创作原则的精神实质的。

郭沫若的这种对于历史精神的真实性的理解,与黑格尔《美学》中的观点颇有相似之处。黑格尔在《美学》第一卷《艺术美,或理想》一章中明确提出创作历史和异域题材作品的艺术家应该努力体验和表现的是"过去时代和外国人民的精神","因为这种有实体性的东西如果是真实的,就会对于一切时代都是容易了解的;但是如果想把古代灰烬中的纯然外在现象的个别定性都很详尽而精确地摹仿过来,那就只能算是一种稚气的学究勾当";"从这方面来看,我们固然应该要求大体上的正确,但是不应剥夺艺术家徘徊于虚构与真实之间的权利。"黑格尔认为,只有艺术家"把宗教道德意识的较晚的发展阶段中的观点和观念强加于另一个时代或另一个民族,而这个时代或民族的全部世界观是与这种新观念相矛盾的","他才算犯了一种较严重的反历史主义";如果仅仅对具体历史事实、服装、民族地域特色……的真实性有所违背,就不能简单地斥之为"反历史主义",或者说,"这样破坏所谓妙肖自然的原则正是艺术所必有的反历史主义"。当然,黑格尔的全部哲学都是"倒立"的,他所说的内在"精神"是一个客观唯心主义的绝对理念;但正如恩格斯所指出:黑格尔在《美学》中"到处都像一条红线一样贯穿着这个宏大广博的历史观","黑格尔的思维方法之胜过其他一切哲学家的思维方法,就在于它的巨大的历史嗅觉。虽然形式是极端抽象的和唯心主义的,可是他的思想发展总是与世界史的发展平行的,而世界史的发展本来应当是他的思想发展的惟一的检验。""他的基本观点的宏大广博,甚至在目前也还是令人惊奇的。"[59]郭沫若所强调的"历史精神",正是把这种"宏大广博的历史观"加以改造,而把它建立在对历史科学的历史唯物主义的研究与把握的基础上的。

五

郭沫若在阐述他的历史剧"只是借一段史影来表示一个时代或主题而已,和史事是尽可以出入的"理论时,曾特意说明:"这种办法,在我们元代以来的剧曲家早已采用,在外国如莎士比亚,如席勒,如歌德,也都在采用着的。"[60]郭沫若的这段话,为我们探索他的浪漫主义历史剧创作理论的形式和渊源,提供了基本的线索。创作方法的形成和丰富本来是历史上艺术实践经验的不断积累和发展,剧作家喜爱和习惯于运用何种创作方法当然与他的气质、修养和艺术个性有关,但若成为一套比较完整的创作理论,则它是不可能不汲取和总结他所重视的前人的艺术经验并予以理论的概括的。尽管这些文学史上的剧作家无论在思想基础或艺术表现上都与郭沫若的创作理论并不完全契合,但作为一种历史渊源,他们的某些倾向和特点是给他以很大启发的。就郭沫若所举出的这些剧作家来说,他们在作品中都不重视历史的如实的、客观的"再现",而着力于在历史题材中表现自己的时代和自己的思想感情，为此他们都在不同程度上对史事作了有所出入的艺术处理。关于元代以来的剧曲家，茅盾在《关于历史和历史剧》一文中曾对元明清三代历史题材的代表性戏曲作了具体分析，发现大多数作品都较大范围地改变了史事；"'借古喻今'或'借古讽今'，任意修改历史，成为当时用历史题材写杂剧的几乎公认的准则。"而符合现实主义创作的基本要求，即"凡属历史上重大事件基本上能保持其原来的真相，凡属历史上真有的人物，大都能在不改变其本来面目的条件下进行艺术加工"的，几乎仅有《桃花扇》。外国剧作家也有类似的情况。莎士比亚采用罗马历史的戏剧往往打上英国民族性格的印记，以致有人把他的这些历史剧"看作是具有英国人物的英国事件"，认为在"这类戏剧里古代世界只是作为外表的服装而已。"[61]评论家特地为此提醒读者：阅读莎士比亚的历史剧绝不能着眼于"服装、物件等等意义上的历史的真实性"，在这些方面莎士比亚是常常有"史实上的错误的"，而必须注意这些剧作中所充分展现的"巨大的历史转换时期出现的社会道德的特点"，这才是一种更本质地反映了历史与现实时代精神的"历史真实性。"[62]歌德曾经批评同时代的一位历史剧作家曼佐尼"太重视历史，因此他爱在所写的剧本中加上许多注解，来证明他多么忠实细节"；歌德认为，对历史剧作者来说，"不管他的事实是不是历史的，他的人物却不是历史的"，而必然要打上现实时代的，和作家个性的烙印。在谈到自己的历史剧《哀格蒙特》时，歌德说："如果我设法根据历史记载来写哀格蒙特，他是一打儿女的父亲，他的轻浮行为就会显得很荒谬。我所需要的哀格蒙特是另样的，须符合他的历史情节，和我的诗的观点"[63]。因此在歌德的笔下，"七十高龄的哀格蒙特，这个子孙满堂的家长，变成热烈爱上一个普通少女的血气方刚的青年。"别林斯基对此评论说："这是最合理的自由不拘。"[64]在席勒的历史剧《堂·卡洛斯》中的主要人物费利蒲也"被描写成与历史记载完全不同的人物"，别林斯基认为，这种"违背历史"是历史剧作家的"权利"，因为"悲剧家想在某个历史局势中表现自己的主人公，历史就给他提供这个局势，如果这种局势的历史英雄不符合悲剧家的理想，他有充分的权利按照自己的心愿改变他。"[65] 1936年郭沫若在译完席勒的历史剧《华伦斯太》后也曾指出："作者对于史料的处理是很自由的"，人物的内心刻画"完全是出于诗人的幻想"，而这"正是诗人的苦心之所在，诗人是想用烘托法、陪衬法，把主人公的性格更立体地渲染出来，而使剧情不至陷于单调，陷于枯索"[66]。以上这些也许是过于烦琐的引文即说明了中外文学史上这种重视表现历史精神和剧作家自己思想感情而并不拘牵于具体史事的例证，是非常之多的；同时也说明了郭沫若的历史剧创作原则并不是为了替自己的作品辩护而偶然产生的论点，他确实是考察了过去的丰富的艺术经验才予以理论的概括的。当然，这种类型的历史剧虽然源远流长，但对于历史精神的认识和把握是有它的历史局限性的，而郭沫若所理解的历史精神则是在历史唯物主义的指导下建立在对历史的充分研究的基础之上的。所以他认为"优秀的史剧家必得是优秀的史学家"[67]；只是他充分理解历史科学和文学艺术有着不同的性质和规律，因此才提出了"史剧的创作是注重在构成而务求其完整"[68]的观点，要求剧作家从总体和主导的方面来掌握历史的精神。当然，作家对某一历史时代精神的认识和理解不可能不受到他所处的时代的历史科学水平的限制，正如人们对现实生活的认识的深度也必然要有一定的局限一样；而历史作为一门科学，它是可以不断进展和深化的，我们只能要求剧作家对历史精神的认识，符合当时的进步观点和人民的愿望，就很够了，而不能拿后来历史研究的新成果来要求过去的作家和剧作。历史剧是文艺创作，它一经发表即成定局，是不能像历史著作那样由后人加以修订的。对于文学史上的许多历史题材的作品我们应该如此看待，对于郭沫若的历史剧当然也应该如此看待。根据这种浪漫主义的历史剧创作理论，某些次要的或枝节的史事的失真不仅是无足轻重的，甚至是非常必要的，因为它要服从于总的历史精神的充分的表现。某些拘于现实主义历史剧创作原则的人不加分析地把这类历史剧中对历史事实的较大变动一律视之为"反历史主义"，甚至不承认其历史剧的地位，是不符合中外文学史发展的实际的。

六

对于郭沫若的浪漫主义历史剧创作理论，我们不能简单地不加分析就直接地把它作为评价历史剧创作成就的标准。因为就他所阐述的基本要点，无论是表现作家的主观感兴，或者是强调"应该如何"的理想追求，以及不为史事束缚的"失事求似"来展示历史精神，都不能无条件地视为历史剧创作获得成功的保证。我们诚然不能用现实主义历史剧的创作原则或评价尺度来"规范"浪漫主义历史剧，但对于浪漫主义历史剧本身来说,也不能简单地认为只要真诚地表现了自我,写出了作家自以为是的历史精神和理想,就是很好的作品了。根据这种创作理论可以写出成功的历史剧,也可以写得很不好,因为他所阐述的基本要点都有它的客观的限度和前提;也就是说,对于浪漫主义历史剧的评价,仍然是有它的客观标准的。由于郭沫若的史剧观大都是联系他自己的创作来谈的,因此我们必须根据他的理论和实践,对他所提出的创作原则的必要前提,作更进一步的探索。

第一,要在历史剧中表现作家自己的主观感兴,作家的感情就必须与人民息息相通。这样作家的激情和艺术感受才有生命力,作品所表现的艺术个性和风格才能对读者或观众有感染力,因为它真实地反映了人民的感情和愿望。戏剧和抒情诗不同,它是直接和观众进行情感交流的艺术,剧场效果就是现实的考验,剧作家决不能忽视观众对历史人物的情感问题。黑格尔曾经论述过这一点,他说:历史的"艺术作品的直接欣赏并不是为专家学者们,而是为了广大的听众","题材在外表上虽是取自久已过去的时代",但"客观性正是我们自己内心生活的内容和实现。"[69]这就是说,剧作家通过历史故事表现自己好恶的感情时,必须认真地考虑大多数观众在心理和情感上是否认可和接受,违背人民的感情是很难成功的。郭沫若谈他对历史人物的态度时说:"我的好恶的标准是什么呢?一句话归宗:人民本位!"[70]正是这种由人民本位出发的主观感兴,才使他的历史剧充满了诗的意境和激情,产生了强烈的艺术效果。第二,郭沫若曾说:"古人的心理,史书多缺而不传,在这史学家搁笔的地方,便须得史剧家来发展。"[71]剧作家在构思历史人物"应该如何"

的情节来抒发他对历史发展方向的理解时，这些情节不仅大多是虚构的，而且带有作家自己的理想和感情的色彩。剧作家虽然是根据自己的丰富想象力进行虚构的，但他必须取得观众的信服，才算成功；这就不仅要求剧作家的感情和人民相通，而且他的历史观也必须是进步的，他的理想必须是符合时代的要求和人民的愿望的。郭沫若曾说："历史并非绝对真实，实多舞文弄墨，颠倒是非，在史学家只能纠正的地方，史剧家还须得还它一个真面目。"[72]剧作家相信他所写的"应该如何"才是历史的真面目，如果没有进步的历史观，这种"发展"就很难表现出历史的本质和方向。第三，剧作家对于历史精神的把握必须建立在对历史的科学研究的基础上。尽管他可以不受某些具体史事的拘牵，但对历史精神的总体的掌握也仍然须有历史的根据，而不能有主观随意性；否则他在作品中所表现的历史精神就是不真实的，就是只有"失事"而谈不上"求似"。当然，历史精神既然是人们对于历史现象的科学抽象，对它的把握就不能不受到一定时代对历史的认识水平的限制；随着历史科学的发展，人们对历史精神的认识和把握也必然会有发展和变化。而且历史和历史精神本来就是非常丰富和复杂的，剧作家所选取的只能是历史精神的某一侧面；但他注意和强调那一个侧面，又显然是同他创作当时的时代思潮有关的。因此当我们考察历史剧所表现的历史精神时，就必须把它放在剧作家创作当时的时代范围内，看它所表现的历史精神是否符合那个时代对某一历史时期精神的科学认识水平，是否反映了那个时代的进步的时代思潮，而不能用后来已经发展和深化了的认识去苛求。但就在创作当时的时代范围说，要把握某一时代的历史精神也必须对历史有深入的研究；这是创作获得成功的重要条件。

郭沫若的浪漫主义历史剧创作理论，既是他自己艺术实践经验的总结，又是对一般进步作家来讲的，因此他没有特别强调这些必备的重要条件是可以理解的。但我们在考察对历史剧作品的评价标准时，这些条件又是不容忽视的。由于郭沫若毋庸置疑地具备了上述这些条件，他的艺术修养和才能得到了充分的发挥，因此他的以战国史剧为代表的历史剧作品，就是运用这种浪漫主义历史剧创作理论的成功的范例。周恩来同志认为郭沫若具有三个特点：第一是丰富的革命热情，第二是深邃的研究精神，第三是勇敢的战斗生活[73]。这三点可以说既是他的历史剧创作理论的出发点，也是他的历史剧作品获得成功的重要条件。他既是才华横溢的浪漫主义剧作家，又是无产阶级的思想文化战士和有突出贡献的马克思主义史学家，这三者的统一就保证了他的剧作能够达到人民性、科学性和艺术性的比较完美的结合。他的以《屈原》为代表的历史剧之所以能在观众中引起强烈的反响，就说明它是得到了人民的欢迎和历史的认可的。一切艺术，包括各种流派的历史剧，最终都要通过人民的检验，郭沫若的浪漫主义历史剧的艺术生命力，即在于此；而他的浪漫主义历史剧的创作理论，正是他的艺术经验的总结和概括，它同样已经成为经得起时间考验的理论体系。

1982年12月24日，为郭沫若同志诞生九十周年作

* * *

〔1〕鲁迅：《鲁迅书信集·致徐懋庸》。

〔2〕〔18〕〔26〕〔31〕〔34〕〔41〕〔55〕〔56〕郭沫若：《我怎样写〈棠棣之花〉》。

〔3〕黑格尔：《美学（第一卷）·理想的艺术作品的外在方面对听众的关系》。

〔4〕郭沫若：《我的作诗的经过》

〔5〕郭沫若：《谈文学翻译工作》。

〔6〕郭沫若：《孤竹君之二子·幕前序话》。

〔7〕〔73〕周恩来：《我要说的话》。

〔8〕引文分别见于郭沫若：《历史人物·序》《棠棣之花·附白》《历史·史剧·现实》。

〔9〕郭沫若：《谈历史剧》，载1946年6月26、28日《文汇报》。

〔10〕〔45〕〔60〕郭沫若：《〈孔雀胆〉二三事》

〔11〕郭沫若：《创造十年》。

〔12〕〔39〕〔44〕郭沫若：《从典型说起》。

〔13〕郭沫若：《题画记》。

〔14〕别林斯基：《诗的分类》，见《古典文艺理论译丛》1962年第3册。

〔15〕〔23〕郭沫若：《序俄文译本史剧〈屈原〉》。

〔16〕郭沫若：《从典型说起》《我怎样写〈棠棣之花〉》。

〔17〕郭沫若：《为曹操翻案》。

〔19〕〔69〕黑格尔：《美学（第一卷）·艺术作品的真正客观性》。

〔20〕郭沫若：《文学的本质》。

〔21〕郭沫若：《诗歌国防》。

〔22〕郭沫若：《〈屈原〉与〈厘雅王〉》。

〔24〕许涤新：《疾风知劲草——悼郭沫若同志》，见《人民日报》1978年6月22日。

〔25〕〔40〕郭沫若：《蔡文姬·序》。

〔27〕〔38〕〔42〕〔46〕〔47〕〔48〕〔49〕〔54〕〔67〕〔68〕〔71〕〔72〕郭沫若：《历史·史剧·现实》。

〔28〕〔52〕郭沫若:《献给现实的蟠桃》。

〔29〕雪莱:《为诗辩护》。

〔30〕见《世界文学》1961年第3期。

〔32〕〔53〕郭沫若:《由〈虎符〉说到悲剧精神》。

〔33〕郭沫若:《论古典文学》。

〔35〕车尔尼雪夫斯基:《生活与美学》。

〔36〕茅盾:《在反动派压迫下斗争和发展的革命文艺》。

〔37〕侯外庐:《坎坷的历程》,《中国哲学》1982年第6、7辑。

〔39〕〔42〕〔44〕〔46〕〔47〕〔48〕〔49〕:郭若《从典型说起》。

〔43〕郭沫若:《我怎样写〈武则天〉》。

〔50〕〔51〕郭沫若:《抗战八年的历史剧》。

〔57〕郭沫若:《我怎样写五幕史剧〈屈原〉》。

〔58〕郭沫若:《致刘钟武书》,见1979年《文艺报》第5期。

〔59〕恩格斯:《论卡尔·马克思所著〈政治经济学〉一书》。

〔61〕〔62〕卢卡契:《戏剧和戏剧创作艺术中有关历史主义发展的概观》,见《莎士比亚评论汇编》(下)。

〔63〕《歌德谈话录》。

〔64〕〔65〕别林斯基:《戏剧诗》,见《莎士比亚评论汇编》(上)。

〔66〕郭沫若:《译完了〈华伦斯太〉之后》。

〔70〕郭沫若:《历史人物·序》。

茅盾对中国现代文学的历史贡献

茅盾研究现在已经出版了好些专著；我们看看近三十年来关于现代作家的研究文章和著作，除了鲁迅之外，最多的就是茅盾。当然茅盾研究也仅仅是开始，许多著作还处于一般叙述和介绍的阶段，我们希望通过这次会议能够推动这一课题的深入开展，使它达到更高的水平。但在中国现代文学史上，除了鲁迅，研究比较深入的作家就是茅盾。一个作家，对他有兴趣的人多，研究他的文章或著作数量大，这本身就说明了他的历史地位。从文学史的发展情况看，历来就是如此。这同当代的作家作品有所不同，当代某一作品由于各种原因而在一定时期引起人们的讨论和兴趣，也可以发表许多不同观点的文章，但这并不一定说明这一作品的历史地位；但如果当作历史现象来考察，一般地说，对于一个作家的研究著作的多寡总是和这一作家的历史地位相适应的。为什么宋朝有那么多人对杜甫感兴趣，甚至称为"千家注杜"，这本身就说明了杜甫在唐诗发展中的贡献和地位。同样，在现代作家中研究茅盾的文章和专著比较多，也说明他的作品为人们所喜爱，是一位经得起时间考验，为人民大众所欢迎的作家。

怎样研究茅盾？我觉得，鲁迅很早就提出了这个题目。据许广平回忆："有时遇到国外友人，询及中国知识界的前驱，先生（鲁迅）必举××（指茅盾）以告"[1]。1936年1月鲁迅曾请胡风给史沫特莱准备关于茅盾的材料，要求从这几个方面来谈："一、其地位，二、其作风，作风（style）和形式（Form）与别的作家之区别。三、影响——对于青年作家之影响，布尔乔亚作家对于他的态度。"[2]我觉得鲁迅提出的这些要求对于我们今天仍然有很大的指导意义，它告诉我们研究茅盾这样一个重要作家应该注意的地方。我们知道，鲁迅不仅是文学家，而且也是文学史家，他评论作家常常是用历史的观点来评论的。他写《中国新文学大系·小说二集导言》，指出最早发表了创作的短篇小说的是鲁迅，并不回避自己。他指出他的小说由于"表现的深切和格式的特别，颇激动了一部分青年读者的心"，"显示了'文学革命'的实绩"。讲文学史当然要讲作品，没有作品就没有实际成绩，就不能显示文学发展的历史意义。鲁迅对茅盾的估价，也是用文学史家的眼光来看的，所以要求考察其地位、风格和影响。我们必须把茅盾的作品放在历史过程中加以考察，从他和同时代作家的比较以及他对于后代作家的影响，不同阶级、不同流派的作家对他的态度和评价，来研究他的历史地位和历史贡献。

其实茅盾自己也是常常用文学史的眼光来考察问题的。刚才周扬同志讲到，作为批评家的茅盾，贡献是卓著的。比如，在《读〈倪焕之〉》一文中，茅盾注意到鲁迅作品反映农村生活的深刻性，但同时又指出：《呐喊》中所反映的是"老中国的暗陬的乡村，以及生活在这些暗陬的老中国的儿女们，但是没有都市，没有都市中青年们的心的跳动。""在《彷徨》中，有两篇都市人生的描写：《幸福的家庭》和《伤逝》……弹奏着'五四'的基调的都市的青年知识分子生活的描写，至少是找到了两个例子。然而也正像《呐喊》中的乡村描写只能代表了现代中国人生的一角，《彷徨》中这两篇也只能表现了'五四'时代青年生活的一角；因而也不能不使人犹感到不满足。"此文写于1929年，茅盾正是历史地考察了新文学运动以来十年间的创作成果而指出它的不足的。鲁迅写的是短篇小说，它的目的就在"借一斑略知全豹，以一目尽传精神"[3]，因此无论写农村或都市，它反映的只能是生活的"一角"；但茅盾从文学作品应该反映动荡的社会生活的全貌和带有"史诗性"的要求出发，他感到不满足。这时正是茅盾开始创作的时候，我们可以由此体会到他的创作思想或意图，他从开始起就把注意力集中于现代都市生活以及都市中富于敏感的青年知识分子的"心的跳动"。在由帝国主义入侵和资本主义生产发展所引起的社会变动中，包括阶级关系和意识形态的变动，都市生活不仅首当其冲，而且有着全国性的巨大影响，并必然由此导致农村生活的变化。特别是经历了大革命的洗礼之后，这种特征尤其显著。茅盾着眼于表现动荡的社会全局和它的发展趋向，因此必然会重视在大工业和新思潮冲击下的、急骤变动着的半殖民地半封建的现代都市生活。这里社会矛盾最为集中和尖锐，现代思潮和革命活动也特别活跃，因而相应地也引起了不同阶层的人们的生活方式和精神面貌的变化。可以说，在作品中深入地反映都市生活是现实本身向文学提出来的历史任务。从现代文学的发展看，不仅茅盾一个人，差不多同时期，老舍、巴金都注意到都市生活。但同样写都市生活，每个作家又有各自不同的特点。老舍关心在半殖民化过程中市民阶层的命运；巴金主要刻划不同类型的青年知识分子形象；而茅盾，在"五四"以来现代文学的形象的画廊中，主要提供了新民主主义革命时期三十年来民族资本家和城市的"时代女性"的形象。茅盾所塑造的这两大系列的形象，在文学史上有十分突出的历史地位。冯雪峰曾指出："要寻找从1927年到抗日战争以前这一时期的民族资产阶级和买办资产阶级的形象，除了《子夜》，依然不能在别的作品中找到。"茅盾的作品，如果不是以他写作的前后，而是以他反映社会生活的前后来看，从《霜叶红似二月花》中的轮船公司经理王伯申这样同封建传统势力有尖锐矛盾冲突的早期民族资产阶级，到《子夜》中的吴荪甫，《多角关系》中的唐子嘉（三十年代初与帝国主义及买办资产阶级存在矛盾、政治上坚决反共的资本家），到《第一阶段的故事》中的何耀先，《锻炼》中的严仲平（抗战初期有爱国心而易于动摇的资本家），再到《清明前后》中的林永清（抗战后期与国民党矛盾日益尖锐，最后投身于党所领导的民主运动的资本家）；这一系列形象相互联系而又带有不同的时代特征，随着社会矛盾的变化，作家表现的角度和侧面也有所不同，但这个形象系列构成了中国民族资产阶级思想和性格的发展史，这是茅盾在艺术领域独有的贡献。

关于写"五四"以后的时代青年，这并不是茅盾一人独有的领域。在茅盾开始创作以前，就出现了许多描写时代青年的作品。和茅盾差不多同时出现的如大家熟悉的丁玲的《莎菲女士的日记》里的莎菲，蒋光慈《冲出云围的月亮》里的曼英，都是写时代女性的。茅盾在《读〈倪焕之〉》里举了五篇"五四"时期"用现代青年生活作为描写的主题"

的作品：郁达夫的《沉沦》，许钦文的《赵先生的烦恼》，王统照的《春雨之夜》，周全平的《梦里的微笑》，张资平的《苔莉》。茅盾指出，这些"五四"时期描写青年生活的有影响的作品，"只描写了一些表面的苦闷"，"没表现出'彷徨'的广阔深入背景"，"缺乏浓郁的社会性"。茅盾的创作思想，开始便是从广阔的社会背景和时代精神来表现时代女性的苦闷的，因而在艺术成就上有了新的突破。他把"五四"以后的时代女性，放在中国革命的巨大历史冲突中，而不是单纯从个人爱情的冲突来表现她们的心的历程，她们的不同命运。从《虹》中的梅行素在"五卅"运动中的走向集体主义；《蚀》中静女士、孙舞阳、章秋柳在大革命中的幻灭、动摇和追求；《子夜》中的林佩瑶、张素素在国民党统治下的都市生活中陷于苦闷不能自拔；《锻炼》里的严洁修、苏辛佳在抗战初期爱国热潮中的迅速左倾；以至《腐蚀》里的赵惠明、《清明前后》里的黄梦英在抗战后期的政治低气压下走向堕落而又痛苦地挣扎；茅盾笔下的一系列年轻的知识女性形象都有鲜明的时代特点，具有巨大的思想深度和历史内容，显示了他的艺术成就的一个重要方面。为什么《蚀》三部曲发表时引起了那么大的反响呢？一个重要的原因，就是这些反映时代女性生活的作品具有强烈的时代性和社会性，使我们读了以后有一种历史感。这是其他作家的同类题材作品所难以企及的。

另一类形象是《春蚕》等作品中所写的农民。"五四"以来的新文学创作，从鲁迅开始，很多作家都写了农民形象，茅盾在《王鲁彦论》中曾将鲁彦笔下的农民形象同鲁迅小说里面的农民作了比较，用茅盾的话说，鲁迅小说里的农民，是"老中国的儿女"，而王鲁彦笔下的农民"却多少已经感受着外来工业文明的波动"，"正是工业文明打碎了乡村经济时应有的人们的心理状况"。由于都市的影响波及到了农村，所以人物的心理状态都有些焦躁不安的情绪。这说明，茅盾注意人物，不只注意他们的思想感情，而且注意这些感情与时代、社会的联系。《春蚕》等"农村三部曲"主要就反映了资本主义的工业文明，怎样把中国农村的自然经济破坏了，农村破产，不同年龄的两代农民的不同心理感受和命运。残酷的现实使年轻一代的农民对传统的生活信条提出了怀疑："规规矩矩做人，就能活命吗？"应该说，虽然农民形象不是茅盾创作中的最重要部分，但他还是写出了时代特点和生活中的新的因素的。当我们考察现代文学史三十年来创作上的主要成就的时候，在丰富多彩的形象的画廊里面，就突出地显示了茅盾塑造的几组光彩耀目的形象系列，这是他对中国现代文学的重大历史贡献。——这是我要讲的第一点意思。

第二点，在丰富和发展以鲁迅为代表的新文学现实主义传统的过程中，茅盾作出了杰出的贡献。

茅盾的作品，对于鲁迅所开创的中国现代小说的表现形式作出了新的开拓，大大提高了中国现代小说反映复杂生活的可能性，也就是发挥了文学作品的功能和潜在力量。"五四"以后的现代小说，以鲁迅的作品为代表，首先是在短篇小说领域取得了突出的成就。为什么短篇小说首先得到发展呢？这是有社会原因的。鲁迅在《〈近代世界短篇小说集〉小引》中曾谈到，首先是因为短篇小说在反映现实生活上有它的优越性，它反映得比较快，从一个片段就可以让人们感受到巨大的问题；而且由于读者忙于生活，因此它的兴起是有其社会基础的。"五四"时期新文学还处于开创时期，鲁迅就说，当时"中国于世界所有的大部杰作很少翻译，翻译短篇小说的却特别的多"；所以初期作品多是短篇小说是可以理解的。长篇小说的创作需要更多的生活和艺术的积累，一时还没有成功的作品出现。新文学第一个十年，我们所看到的长篇小说很少，只有王统照的《一叶》，张闻天的《旅途》，张资平的《冲击期化石》等很少的几部，而且应该讲艺术上是不成熟的。直到二十年代末和三十年代初，才出现了突破，接连产生了像茅盾的《蚀》三部曲，老舍的《老张的哲学》，叶圣陶的《倪焕之》，巴金的《灭亡》，以至后来茅盾的《虹》《子夜》；而《子夜》就是现代长篇小说发展趋于成熟的一个标志，是带有划时代意义的标志。瞿秋白同志当时就指出："1933年在将来的文学史上，没有疑问地要记录《子夜》的出版，……这是中国第一部写实主义的成功的长篇小说。"[4]瞿秋白同志的话，到现在已经过了半个世纪，但事实证明它经得起历史的考验，因为它准确地说明了茅盾在现代文学史上的地位。

每个作家都有自己喜欢的文学体裁，鲁迅喜欢短篇小说，甚至翻译也着重译短篇，后来译《死魂灵》是因为找不到合适的短篇才译长篇的。有的人喜欢诗，有的人喜欢戏剧，当然也有擅长多种体裁的作家，但一般地讲，十八般武艺样样精通是很难的；一个作家总有一种自己最感兴趣、最擅长的文学形式，茅盾最喜欢的形式就是长篇小说。为什么他对长篇小说那么有兴趣呢？这和作家的创作意图和创作构思有关；他从来就注意要反映时代精神，反映社会的全局及其发展，反映社会的尖锐矛盾和重大题材。因此，他所构思的小说的容量就很难用一个短篇容纳进去。他在《我的回顾》一文中谈到他创作长篇小说的缘起时说："那时候，我觉得所有自己熟悉的题材都是恰配做长篇，无从剪短似的"，"总嫌几千字的短篇容纳不下复杂的题材"；"1928年以前那几年里震动全世界、全中国的几次大事件，我都是熟悉的，而这些'历史的事件'都还没有鲜明力强的文艺上的表现……我以为那些历史事件须得装在十万字以上的长篇里才能够抒写个淋漓透彻。"这些话不仅说明长篇小说的大量出现是适应时代的需要产生的，而且也揭示了茅盾长篇小说的一个基本特点，即无论在题材的选择或主题的开掘上，他都注意它的时代性和重大性。他自觉追求作品要具有广阔的历史内容和鲜明的时代特点，追求能反映时代脉搏及其发展方向的重大题材；如果用一句话来概括，就是史诗性。我们如果把他的作品按所反映的时代顺序排列起来，从"五四"前后到全国解放，中国新民主主义革命时期三十年间的历史风貌、动荡的社会现实，在他的作品里都得到了鲜明的反映。在《外文版〈茅盾选集〉序》中他曾说："《蚀》与《子夜》在发表时，曾引起了轰动，其原因，评论家有种种说头，但我总以为我敢涉足他人所不敢写而又是人们所关注的重大题材，是原因之一。例如直接反映1927年大革命的作品，除了《蚀》，似乎尚无其他的；在三十年代，以民族资产阶级及买办资产阶级作为描写对象的，也只有《子夜》。这并非三十年代的作家中没有才华如我者，而是因为作家们的生活经验各不相同。"《蚀》和《子夜》这样的作品所以引起了社会上强烈的反应，不仅因为它的题材的重大性为人所周知，而且它写的是人们所普遍关心并希望得到答案的现实问题；但因为事情太大，距离又近，所以很难写，这就要求作家具有正视社会现实的勇气和责任感。就像前几年人们希望看到写"文化大革命"的作品那样，希望有作家敢于写出生活的真实来。而茅盾一开始就有那么一种精神，一种作家的责任感，所以《蚀》三部曲一出现就引起那么大的轰动，不能完全从艺术成就上来解释。我并不是低估它艺术上的成就，但更重要的是大革命刚刚过去了，中国革命从城市到了农村，在新的社会动荡面前，人们强烈要求对所经历的重大历史性事件得到真实的反映和说明，而《蚀》就适应了这一要求。就现代文学史来考察，全面反映那场大革命的，确实只有茅盾的作品。这除了生活经历这个条件以外，作家有勇气表现社会所需要的和人们所关心的重大题材，不能不说是这部作品的一个特点。《子夜》也是如此，茅盾在谈到他的创作意图时说："我是打算通过农村与城市两者对比，反映出那个时候的中国革命的整个面貌"[5]，"大规模地描写中国社会现象"[6]。他的作品总是在题材和主题上注意它的史诗性，这样的例子很多。比如《霜叶红似二月花》，茅盾在新版《后记》中说："本来打算写从"五四"到二七年这一时期的政治、社会和思想的大变动"。而《锻炼》则原计划写整个抗战八年，要写五部连贯性的长篇，他"企图把从抗战开始至'惨胜'前后八年中的重大政治、经济、民主与反民主、特务活动与反特斗争等等，作个全面的描写"[7]。虽然这两部作品都没有照原计划完成，但就他的全部创作看来，他的这种"史诗"式的创作意图是得到了实现的。他眼界开阔，看得深远，对创作的要求一向很严格。他要求"在横的方面"，要洞察"社会生活的各环节"；"在纵的方面"，要透视"社会发展的方向"[8]。应该说，这正是革命现实主义创作所应具有的基本条件。恩格斯称赞巴尔扎克的《人间喜剧》"给予了我们一部法国'社会'底极堪惊异的现实主义的历史"，认为他从中"所学到的东西也比当时所有历史学家、经济学家和统计学家底全部著作合拢起来所学到的还要多"[9]。这里深刻地指出了现实主义作品的巨大艺术力量，而茅盾正是把它作为自己意识的追求目标的。他的整个作品为我们提供了一部从"五四"前夕直到解放战争胜利前夕的中国社会革命的通史，简直是一部"编年史"。现代中国的社会风貌及其变化，各阶级的生活动向及彼此间的冲突，在茅盾的作品里都得到了比较充分的艺术反映。王若飞同志的一篇文章，题目叫作《中国文化界的光荣，中国知识分子的光荣》，在文中他代表党中央对茅盾的文学业绩作出了很高的评价，其中说："他的创作年代正好是中国民族和中国人民解放事业大变动的时期，中国这个大时代的潮汐都反映在茅盾先生的创作中。"[10]茅盾这种自觉追求主题和题材的重大性、史诗性的创作特色，对于现代乃至当代长篇小说的创作是有重大影响的，而且可以说开创了一个好的传统，这就是注意作品的社会性，努力把握时代的脉搏和精神，展开广阔的历史画面，写出历史发展的趋向。可以说自《子夜》以后，这已经成为许多革命作家共同的艺术追求，长篇小说的一个传统；这个传统应该说是茅盾开创的。后来出现的一些著名作品，如写土改的《太阳照在桑干河上》《暴风骤雨》，直到当代的长篇《创业史》《红旗谱》《青春之歌》《保卫延安》《上海的早晨》,等等,都可以说是具有"史诗性"的作品。它们的题材都具有巨大的历史内容,作家都希望能够勾画出一定时期的历史的轮廓,能够从一个侧面写出那个时代的某些主要特点。茅盾所开创的这一长篇小说的创作特色,大大丰富和发展了现代文学的革命现实主义传统。

茅盾既然企图反映巨大复杂的生活内容,必然也要求文学的表现方式有所发展。所以,无论在结构形式或者人物性格塑造上,他和鲁迅的风格是不同的。鲁迅写短篇,多用白描手法。茅盾的作品则着重表现人的社会关系和人物性格的多面性与复杂性。茅盾有部小说题名《多角关系》,其实他的每部作品都是描写人与社会、人与人之间的多角关系的;他从不同的角度来展现人物性格的复杂性,因此他笔下的人物形象有一种立体感,是油画型的。因为他首先要表现的是时代生活的复杂性,所以写人物性格,也从不同角度来多方面予以表现。他的许多谈创作体会的文章,都讲不能够只站在一个角度观察人,要跟着他一直深入到他最隐秘的生活。他注意写大事件,但并不忽略小事件;不仅写人物性格的主要特征,而且也注意写人物所独有的细微的小特点。"细节的真实"是现实主义创作的必要条件,茅盾就说:"你写一个优柔寡断的人物,……你固然要从一些大事件上烘托出这'人物'的性格,然而也极需要从许多小事件上烘托出来"[11]。他十分重视生活的真实,善于从多方面的错综复杂的社会关系及其变化中写出人物的性格和发展;这些特点和经验都是丰富了"五四"以来的现实主义传统的。除了人物性格的塑造以外,在布局结构等表现方式上茅盾的作品也有许多新的创造。在《〈子夜〉是怎样写成的》一文中,他不但谈了他对全书的构思和布局，而且提出了"在结构技巧上要竭力避免平淡"，把好几个线索的头同时提出来然后交错地发展下去。"这就使他的作品与鲁迅小说的结构布局有所不同。鲁迅写的是短篇，多采用单纯严整的结构，布局很紧凑；而茅盾则追求比较宏大复杂的结构，人物众多，情节线索纷繁，但又是严密完整的。当然，茅盾的创作也有个发展过程，他的《幻灭》还是以静女士经历为主线的单线结构，到了《动摇》，就是两条线索了。《子夜》虽然没有把农村生活组织进去，但多种线索交织纷繁，充分显示了作者在结构布局上的新的成就；后来一直到《锻炼》的写作计划，他的作品都是规模很大，人物关系复杂，人物在彼此交错中互相影响并向前发展。这种把多种线索交织在一起，从不同的角度来写出人物性格，有利于表现社会生活的复杂性，也便于揭示各种矛盾之间的联系和影响，从而使读者对整个时代风貌有所感受，并可以体会到它的发展趋向。这就是说，即在艺术表现力的探索和创造上，他对丰富和发展"五四"以来的现实主义传统也是有重大贡献的。

由"五四"开始的现代文学，提倡忠于生活、正视现实，反对"瞒与骗的文艺"，追求用文学来推动社会的改革与进步，这就必然要求作者站在时代的前列，解放思想，重视艺术，勇于揭示社会矛盾和表现自己的爱憎倾向。与这种要求相适应，无论在思想内容或艺术表现上，当然都要求文学具有时代精神、具有现代化的特点。这就是以鲁迅为杰出代表的革命现实主义传统的主要精神。随着时代的前进和发展，不仅人们认识和变革现实的能力在不断深化和进步，反映现实和艺术实践的经验也在不断积累和丰富，所以革命现实主义本身就是一个不停滞地发展着的历史性范畴；而在这个发展中的长河中，就凝聚着许多杰出作家的艺术经验的积累。就现代文学史说，茅盾，就是以他的创作成果对这个宝贵传统作出了重大贡献的作家。

最后讲一点，就是，茅盾在文艺批评上的贡献。大家都知道，批评家的茅盾是先于小说家的茅盾的，即使在他开始小说创作之后，也仍然是不断地进行文艺批评、考察文学状态的。他是我们"五四"以来卓有成就的文艺批评家。

我不想更多地从理论上阐述。我觉得，作为一个批评家，能够敏锐地看出一个作家的特点，看出他的贡献，这就是一个很了不起的事情，就像大家熟知的俄国的别林斯基对果戈里那样。我们现代文学最伟大的作家是鲁迅，但认识一个人是需要一个过程的，现在研究鲁迅的文章和书籍很多，但如果历史地考察一下，可以说最早认识和肯定鲁迅的伟大成就的批评家，就是茅盾。1921年鲁迅的《故乡》刚发表，茅盾即在同年八月《评四五六月的创作》一文中指出"《故乡》的中心思想是悲哀那人与人中间的不了解，隔膜。造成这不了解的原因是历史遗传的阶级观念。"并且说他"最佩服的是鲁迅的《故乡》"。1922年《阿Q正传》刚发表前四章，茅盾就断定它是"杰作"[12]。鲁迅《呐喊》出版后，当人们还存在着不同看法的时候，1923年10月，茅盾发表了《读〈呐喊〉》，把鲁迅小说和"五四"新文学运动联系起来考察，指出《呐喊》在内容上充分体现了"五四"文学革命"无情地猛攻中国的传统思想"的时代精神，在形式上也具有革命的创新精神，"是创造'新形式'的前锋"。二十年代末,当有人从"左"的方面否定鲁迅时,茅盾在《鲁迅论》《读〈倪焕之〉》两文中有力地批驳了那种"以为《呐喊》的主要情调是依恋感伤于封建思想的没落"的错误观点。在鲁迅研究的历史上,有些文章是有划时代的意义,具有很高的文献价值的。其中,首先就是茅盾的文章,以后还有冯雪峰的《革命与知识阶级》,瞿秋白的《〈鲁迅杂感选集〉序言》,一直到毛泽东同志的《新民主主义论》。这反映了我们对一个伟大作家的不断认识的过程,而第一个把鲁迅的创作当作是"五四"新文学的主流的就是茅盾。一个民族没有产生伟大的作家是可悲的,有了伟大作家而不认识他的价值和意义,也是令人惋惜的。因此,首先对鲁迅作出比较符合实际的肯定的评价,是茅盾作为文学批评家的第一个贡献。

茅盾对文学批评的第二个贡献,可以说他是现代小说批评或文艺批评的开拓者之一。过去的小说批评,历史上只有评点式,很少有系统的理论和分析。清末文学改良运动提倡"小说革命",开始认识到小说有改革社会的作用,出现了一些例如梁启超的《小说丛话》之类的评论,但没有摆脱评点派的影响,并且只注意小说内容,不注意小说的特点,仍像一般评点诗文那样评论小说。在"五四"新文学运动中,开始出现了现代文艺批评,包括小说批评。所谓"现代"文艺批评包括两方面的含义,第一是在内容上紧密配合"五四"时期思想文化战线上的反帝反封建的革命任务,有它的倾向性和立场,猛烈攻击旧文学,热情倡导新文学。第二是它运用西方现代的文学观念进行批评,注重作品的艺术特点和表现方式。茅盾就是这种现代文学批评的主要组织者和实践者之一。1921年《小说月报》改革以后,他不仅是编辑,而且写了许多文学批评的文章。1921年4月发表的《春季创作漫评》是最早的综述一个时期小说创作的文艺批评文章，它通过多篇作品的考察，鸟瞰式地指出了当时创作的倾向。接着《小说月报》还开辟了"创作讨论"栏，组织作家发表"创作谈"；专设了"创作批评"栏（后改为"读后感"栏），声明特别"收容读者对于创作的批评"。如果我们把现代文艺批评作为一门科学来考察，茅盾的历史贡献是不容置疑的。正是在茅盾的组织和倡导下，《小说月报》通过评论、杂谈、通信、读后感等各种形式，发表了大量的文艺批评文章；影响所及，许多刊物上的文学评论文章也多起来了。而茅盾自己当时所写的一些文章就显示了"五四"时期现代文艺批评的水平，并且产生了很大的影响。

更重要的，作为一个批评家，茅盾一方面对一些有重大影响的作家作了全面系统的考察，对他们的创作思想、艺术特色进行了细致的分析和评价。另一方面，就是发现崭露头角的"新秀"，对他们热情地加以扶植。我们现在看三十年代茅盾写的许多篇作家论，基本上是用马克思主义历史唯物主义观点对作家进行研究和批评的；马克思主义理论修养的深厚，是茅盾的突出特点，这既对他的创作有影响，也影响到他的文学批评。二十年代末三十年代初茅盾写的作家论，如《鲁迅论》《王鲁彦论》《徐志摩论》《庐隐论》《冰心论》《〈落花生〉论》，基本上是运用马克思主义观点来考察作家作品与社会生活、时代思潮的关系；对作品的社会意义和艺术特点作出了科学的评价，有许多论点是十分精辟的。如对鲁迅和王鲁彦农村题材作品的不同社会内容和意义的比较；对庐隐"是'五四'的产儿"的论断和联系社会思潮对她前后期作品的不同评价；对徐志摩"诗情枯窘"的原因的分析；对冰心思想发展过程的分析和对落花生作品中"市民哲学"的分析等，都是严密细致而有说服力的。当然，由于当时的历史条件，这些文章一般都着重于创作思想的分析，但他对艺术特点也并非不重视，在《王鲁彦论》中就强调指出："小说就是小说，不是一篇'宣传大纲'，所以太浓重的教训主义色彩，常常会无例外地成了一篇小说的 menace 或累赘。"这是符合马克思主义的文艺观点的。茅盾的这些作家论，在当时不仅帮助了读者认识作家和作品，而且因为他评论的多数作家还正在进行文学活动，所以也起了帮助作家向前发展的作用。另外一些作家，开始还是初登文坛的青年，茅盾及时地给予扶持，热情地评介他们的作品，对培养新的文学力量作出了重大贡献。如对沙汀（《法律外的航线》）、臧克家（《一个青年诗人的〈烙印〉》）、田间（《叙事诗的前途》）、葛琴（《〈窑场〉及其他》）、碧野（《北方的原野》）、郁茹（《关于〈遥远的爱〉》）、于逢、易巩（《读〈乡下姑娘〉》）等等，我们可以开列出一大批名单。这些作家在尚未引起人们注意的时候，茅盾敏锐地看出了他们某一方面的特点和倾向，及时地予以鼓励。历史证明，多数作家是照着他所指出的趋向发展的。

我不想从理论上更多地论述茅盾对文学批评的贡献，我想，作为一个批评家，他能够认识我们时代最有成就的作家，认识他的主要成就是什么；对有重大影响的作家能够勾画出他的发展轮廓，对他的作品进行认真的分析；对新出现的优秀作家和作品能够及时地予以肯定，这个批评家就够伟大的了。如果你再指摘他过去文章的某些论点还不符合今天的观点，这就近于苛求了。我以为仅从上述三点看，作为批评家的茅盾也是有不可磨灭的历史贡献的。

* * *

〔1〕许广平：《欣慰的纪念·鲁迅和青年们》。
〔2〕鲁迅：致胡风书（1936年1月）。
〔3〕鲁迅：《〈近代世界短篇小说集〉小引》。
〔4〕瞿秋白：《〈子夜〉和国货年》。
〔5〕茅盾：《茅盾选集·自序》。
〔6〕茅盾：《〈子夜〉后记》。
〔7〕茅盾：《〈锻炼〉小序》。
〔8〕茅盾：《〈茅盾自选集〉序》。
〔9〕恩格斯：《给哈克纳斯的信》。
〔10〕见1945年7月9日延安《解放日报》。
〔11〕茅盾：《创作的准备》。
〔12〕茅盾：《通信·答谭国棠》。

论巴金的小说

一

从 1927 年开始，巴金是在我们文坛上不倦地活动了三十年的作家。他给我们写出了许多激动人心的小说，塑造了一连串的引人向往的青年知识分子的形象，激发了青年人的热情和理想，引起了他们对旧制度的憎恨和对未来的憧憬。他不是那种冷静客观地观察人生的作家，在他的作品里可以明显地感到作家的爱和憎的激情。他自己说："我的生活是一个痛苦的挣扎，我的作品也是的。我的每篇小说都是我追求光明的呼号。光明，这就是我许多年来在暗夜里所呼叫的目标，它带来一幅美丽的图画在前面引诱我。同时惨痛的、受苦的图画，像一根鞭子那样在后面鞭打我。在任何时候我都只有向前走的一条路。"又说："我只是把写作当做我的生活的一部分。我在写作中所走的路径和我在生活中所走的路径是相同的。"[1]对于生活在同样痛苦挣扎中的人们，对于同样有追求光明渴望的读者，特别是那些富于热情和正义感的青年，巴金的作品像一位知心朋友表白心曲的书信一样，那种激情迅速地感染和吸引了他们，引起了他们精神上的共鸣和对于人生道路的严肃对待的心情。

是什么力量推动作者这样不倦地进行创作呢？这由他的许多作品中可以看出，在作者自己的序跋和散文中也有说明。《灭亡》和《新生》的主角之一李冷是在"五四"之后上大学的,"即刻受了那逐渐澎湃起来的新思潮的洗礼。在他和妹妹的通信中,他常常和她讨论社会问题,介绍新书报给她,后来竟把他的思想也传染给她了。"而他的妹妹"李静淑接受了新思想以后,好像得到了生命力。热诚、勇气和希望充满在她的心中,她感到前面有一个不可思议的幸福在等待她,她要努力向它走去。她开始进入梦的世界中了。"其实不只《灭亡》和《新生》,他的"爱情三部曲"和"激流三部曲",内容都是写青年人接受了"新思潮的洗礼"以后对于幸福的"梦的世界"的热烈追求的。著名作品《家》中的青年一代高氏兄弟就是这样,"五四"以后,觉新"在本城唯一售卖新书的那家店铺里买了一本最近出版的《新青年》,又买了两三份《每周评论》。他读了,里面一个一个的字像火星一般点燃了他们弟兄的热情。那些新奇的议论和热烈的文句带着一种不可抗拒的力量压倒了他们三个,使他们并不经过长期的思索就信服了。""五四"的浪潮掀起了青年一代的热情和理想,也引起了他们对于旧的制度和生活的强烈的憎恨;《家》中就再三描写了吴又陵的"吃人的礼教"的说法对于觉民等人的成长所起的影响。像"玉四"时代一般人的"只问病源,不开药方"一样,如果说他们的幸福的理想还是属于"梦的世界"的范畴,还只是一种热情和信仰的话,那么他们所憎恶和反抗的对象就非常之具体,因为这是他们在实际生活中所痛切地感受到的,而且直接阻碍着他们的前途和发展。作者在《激流》总序中说:"我的周围是无边的黑暗,但我并不孤独,并不绝望。我无论在什么地方总看见那一股生活之激流在动荡,在创造它自己的径路,以通过黑暗的乱山碎石中间。……具着排山之势,向那唯一的海流去。这唯一的海是什么,而且什么时候才可以流到这海里,就没有人能够确定地知道了。"光明的憧憬对作者和读者都是一种鼓舞,引起了他们反抗现实的热情和勇敢,但周围的无边的黑暗却不能不引起人们的沉思和悲愤;这里不只说明了作家从事创作的心情和态度,也说明了他的作品的生活的根源。他曾说:"我在生活里有过爱和恨,悲哀和渴望;我在写作的时候也有我的爱和恨,悲哀和渴望的。倘没有这些我就不会写小说。"[2]当《家》里的觉慧看到瑞珏被迫搬到城外、其实是向死亡走去的时候,他没有流一滴眼泪。因为"在他底心里憎恨太多了,比爱还多。一片湖水现在他的眼前,一具棺材横在他的面前,还有……现在……将来。这是他所不能够忘记的。他每一想起这些,他的心就被憎恨绞痛着。"因此作者在《家》的后记中说这部作品是"我来向一个垂死的制度叫出我的'我控诉'。"其实"我控诉"这句话是可以概括作者对旧制度憎恨的心情和他许多作品中的基本思想的。像"五四"以后很多的进步青年一样,它的真实意义就在于反封建的民主主义精神和同情被压迫者的人道主义精神;而这正是推动作者热情写作的动力。他说:"当热情在我的身体内燃烧起来的时候……许多惨痛的图画包围着我,它们使我的手颤动,它们使我的心颤动,你想我怎能够放下笔,怎么能够爱惜我的精力和健康呢?"[3]他是严肃地把创作来当作一种革命活动,自觉地把它当作反封建的武器的;虽然他曾多次说明他并不满意于文学生活和自己在创作上的成就,多次表示要直接追求那个"比艺术更长久的东西"的心愿,但这种心情只能帮助读者更多地理解他作品中的精神。他说:"我的文章是直接诉于读者的,我愿它们广阔地被人阅读,引起人对光明爱惜,对黑暗憎恨。我不愿我的文章被少数人珍藏鉴赏。"[4]这就使他的作品与一切所谓"为艺术而艺术"的作品绝缘,并使它的主要倾向与由"五四"开始的现代文学的主流取得了基本上的一致。他所热情憧憬的"梦的世界"给他的作品增添了乐观的气氛和浪漫主义的色彩,而由于他的大部分作品都有切身生活的感受和体验,这样就使作品的艺术成就有了比较可靠的保证。

当然,上面只是就主要倾向说的,他的作品中并不是没有矛盾的。他说:"爱与憎的冲突,思想与行为的冲突,理智与感情的冲突,理想与现实的冲突……这些织成了一个网,掩盖了我的全部生活,全部作品。"[5]这些矛盾其实就是理想与现实的矛盾,或者说是爱与憎的矛盾;这些存在于作家自己的思想与生活中,也同样反映在作品中人物的性格上面。照我们上面的说法,这种矛盾是可以在认识上得到统一的,作家自己也有这样一种追求,但在各种作品中的表现却仍然是很强烈、而且是颇不一致的。对作品中这种矛盾的不同处理是与作家自己的创作构思以及作品的艺术效果密切联系着的,这就需要我们加以比较详细的论述。

他小说中那些正面的人物所追求的是些什么呢?用作者的话说:"他们所追求的都是同样的东西——青春,生命,活动,幸福,爱情,不仅为他们自己,而且也为别的人,为他们所知道,所深爱的人们。"[6]被压迫人民追求合理生活的愿望是理想,也是爱的出发点;这当然就会在现实社会中看到是什么力量阻碍着这种追求的实现,就当时的中国说,当然是帝国主义与封建主义。这是现实,也是憎的对象。作者在他的作品中当然也写到这一面，短篇集《神·鬼·人》序中说："压迫，争斗，倾轧，苦恼，灾祸，眼泪……在我的周围就只有这些东西。我看不见一张笑脸，我就只听见哭声。"这也就是他所说的"一切旧的传统观念，一切阻碍社会的进化和人性的发展的人为制度，一切摧残爱的努力，它们都是我的最大的敌人。"[7]理想与现实，爱与憎，这当中自然是有很大距离的；这个距离其实就是一部人民民主革命的历史。但作者所谓"矛盾的网"却往往在人物的心理和性格发展上占着很重要的地位，而且不同的处理往往影响着作品的成就，这当然是和作家自己的思想情绪有联系的。短篇小说《光明》中所写的青年作家张望在创作上的矛盾痛苦的心情，不能不说是作者自己某一时期的心情的反映："他和他的主人公一样不断地追求光明，追求人间的爱，而结果依旧是黑暗与隔膜。"于是这位作家就慨叹自己不过是"将苦恼种植在人间罢了"。作者自己也曾经说过类似的话："说把纸笔当作武器来攻击我所恨的，保护我所爱的人；而结果我所恨的依然高踞在那些巍峨的宫殿里，我的笔一点也不能够摇动他们；至于我所爱的，从我这里他们也是得到更多的不幸。这样我完全浪费了我的生命。"[8]这就是矛盾，他自己的和他作品中的许多主人公的；而且这也是属于那个时代的知识青年中的一种典型的性格。虽然这种想法并不正确，但这种心情却不只是善良的、正直的，而且也是容易理解的。这就使他的作品带有了忧郁性，有时候也流露一点孤独感。作者自己曾说他"自小就带了忧郁性"，又说"我的孤独，我的黑暗，我的恐怖都是我自己去找来的。"[9]在《灭亡》序中他说，"我一生中没有得着一个了解我的人！"这种情绪也表现在他许多作品中的人物形象身上,特别是《雨》和一些短篇。《雨》中的吴仁民说:"我永远是孤独的,热情的。"在热闹的群集中间他常常会感到孤寂。"这种忧郁性和孤独感虽然作者归因于一种性格,但这自然是那些为"五四"浪潮所觉醒而还没有和群众结合的青年知识分子的一种不健康的情绪。不过这种忧郁性在他的作品中并不占主要地位,流露在他作品中的激情主要还是鼓舞人去热爱生活的,而并不是顾影自怜式的抒情。这是因为作者自己也在矛盾中,他随时努力在克服这种情绪;而且他对将来的光明是从不怀疑的,因此在许多地方就给作品带来了乐观主义的色彩。他说:"我个人的痛苦,那是不要紧的。当整个人类的黎明的未来,在我前面闪耀的时候,我的个人的痛苦算得什么?"[10]他用对将来的信仰来鼓舞自己,也从友谊或爱情中得到欢乐。他回忆在他十五岁时"立誓献身的一瞬间",就"并不觉得孤独,并没有忿恨。"[11]因此在他的作品中写到了许多人的献身(《灭亡》《新生》《爱情三部曲》等),他并且以为这是用信仰来征服了死。在《秋》的序中,他说是友情使他"听见快乐的笑声","洗去这小说底阴郁的颜色"。他以为使他有勇气在矛盾和痛苦中挣扎的,就是信仰与友情。在《爱情三部曲作者的自白》中他说:"没有信仰,我不能够生活;没有朋友,我的生活里就没有快乐。"照我们的理解,所谓信仰与友情其实就是思想比较接近的一些青年人的互相鼓舞,和对于将来光明的一种朦胧而坚定的信念;那根源其实还是由于对旧制度的憎恨来的。这并没有从根本上冲破那个"矛盾的网",因此心情上仍然充满了苦痛;而所谓"献身"虽然是勇敢的,却不只并不一定是必要的(有时且带来不好的后果，如《电》中敏的死），而且也不是解决矛盾的正当方法，因为解决矛盾正是为了要生活。不过这种思想毕竟使他作品中的阴郁性不占主要地位，而带有了乐观主义的色彩。在作者思想感情中既存有矛盾，自然也会影响到对各种作品中人物形象的不同处理和在写作上的不同的方法。大体上说，当小说的构思主要植根于作者的经历与体验的时候，作品就深厚一些，光彩一些。而当有些作品的构思过多地宣泄了作者的情绪和思想的时候，虽然那也可以感染一些带有类似情绪的读者，但就不能不给作品带来一定的损害了。这种情况是比较复杂的，必须就具体的作品来说明。但总的说来，作者对待创作的态度是非常严肃的，爱憎极其分明，他是努力使文学作为革命的武器的；而且事实上他的作品也在中国人民民主革命的过程中发生了很大的启蒙作用。

二

巴金多次表示不满意那些连"安那其"（无政府主义）是什么都弄不清楚的人来批评他小说中的"安那其"。这种不满是有理由的，倒并不一定在于批评者对于"安那其"的理解的程度。第一，小说是一种文艺创作，它的来源是生活，虽然与作家的思想有很密切的联系，但它绝不可能完全等同于某一种社会政治思想；第二，如巴金自己所说："我虽然信仰从外国输入的'安那其'，但我仍还是一个中国人，我的血管里有的也是中国人的血。有时候我不免要站在中国人的立场上看事情，发议论。"[12]我们看问题不能过于简单化。作者信仰"安那其"，对作品自然不可能没有影响，在某些人物性格的塑造上和作品的思想倾向上，这种影响是存在的，虽然在不同的作品中也有不同的表现。但作为一位中国现代作家，如他所说，他有"中国人的立场"，他对生活中的爱憎是受着具体的时代环境的制约的。单纯的对一种社会思想的信仰不可能写成小说，他必须在生活中有所感受。如前所说，他的思想主要表现为对旧制度的憎恨和对光明未来的追求，他小说的题材主要来源于现实生活，那么，在"五四"以后中国新民主主义革命时期的社会环境下，他作品中主要的思想倾向自然表现为反帝反封建的民主主义精神。这也是他对待生活和对待创作所采取的态度，这与他所宣称的信仰是既有某种联系而又并不一致的。

早在《灭亡》序中，作者就称巴尔托罗美·凡宰地为"先生"，并翻译过他的自传"一个无产者生活的故事"。1927年8月，这位"先生"被烧死在波士顿查尔斯顿监狱内的电椅上，这件事给了巴金以很深的影响。在好几处地方他都谈到过这件事，说他自己是在重读着凡宰地写给他的"两封布满了颤抖的字迹的信"以后才把《灭亡》写完的[13]。他称赞这位"先生"是"全世界良心的化身"[14]；在小说《电椅》里，作者对凡宰地的牺牲更作了充满悲愤情绪的诗意的描述。但即使这样，他仍然宣称："为了爱我的'先生'，我反而不得不背弃了他所教给我的爱和宽恕，去宣传憎恨，宣传复仇。"[15]这就是说他的思想和行动主要仍然是从现实出发的，他要不倦地追求合理的生活和充实的生命。他认为"那些杀身成仁的志士勇敢地戴上荆棘的王冠将生命当作敝屣，他们并非对于生已感到厌倦，相反的，他们倒是乐生的人。"[16]这说明从他的开始创作起，对于劳动人民的解放和享有合理的生活就是他所追求的目标，而在当时的黑暗的中国，他所看到的现象却都引起了他的憎恨，虽然他对前途是抱有坚强信念的人。这样，反对社会黑暗的民主主义精神和同情被压迫者的人道主义精神就自然成为他创作中的主导倾向，因而这些作品也就与我们现代文学的主流保有了基本上的一致。

他对民主主义本来是很醉心的。他曾读过许多关于法国大革命的书，而且以他自己的理解，用富有感情的笔触创作了短篇集《沉默集》中的几篇描写法国大革命的小说。当他在博物馆中看到马拉被刺的故事以后，他说："一百数十年前的景象激起了我脑海中的波澜，我悲痛地想起当时的巨大损失，我觉得和那些在赛纳河畔啼饥号寒的人民起了同感。"于是启发他写出了短篇《马拉的死》。他说写这样的作品"既非'替古人担忧'，亦非'借酒浇愁'。一言以蔽之，不敢忘历史的教训而已。"[17]他所谓"历史的教训"简单地说就是"凡为人民所憎恨的党派是必然会败亡的"[18]。他对马拉特别赋予同情，就因为他以为当时"最为有产阶级和反动分子憎恨的就是所谓'人民之友'的马拉……在当时的革命领袖中深得下层阶级敬爱的，就只有他一个"。他坦白地说他"是一个马拉的崇拜者"，而且对资产阶级的历史家称马拉为"疯子"非常不满，他认为"在巴黎人民的心中，他永远是一个最仁爱的人。"[19]我们并不打算在这里作历史人物的评价，我们只在说明，巴金的所谓"历史的教训"显然是联系到中国民主革命的实际的。他曾说："我们都是法国大革命的产儿，都是在它的余荫之下生活，要是没有它，恐怕我们至今还会垂着辫子跪在畜牲的面前挨了板子还要称谢呢！"[20]这里他对中国资产阶级领导的辛亥革命结束了帝制一事给予了很高的评价，但这个革命从反封建的历史任务来看其实是失败了的；作者对此感触很深；因此他才要接受"历史的教训"，才以他的作品对旧制度提出那样激动的"控诉"！对于卢梭也是一样，他曾多次地抒发了他在巴黎卢梭铜像面前的崇敬的和要求战斗的感情，认为卢梭永远是他的"鼓舞的泉源"。并且说："在我的疑惑、不安的日子里，我不知有若干次冒着微雨立在他的面前对他申诉我的苦痛的胸怀。"[21]我们知道作者的疑惑、不安主要是产生于生活中的现实与理想的矛盾，那么他所希望得到的鼓舞正是民主主义的战斗力量。他致力研究法国大革命史，可以说是他"向西方找真理"的一个步骤，目的正是为了给中国的民主革命寻求道路的。他说："我在许多古旧的书本里同着法俄两国人民经历过那两次大革命的艰苦的斗争，我更以一颗诚实的心去体验了那种种多变化的生活。我给自己建立了一个坚强的信仰。"[22]他的所谓"坚强的信仰"就是前面所说的"安那其"，这种社会思想是发生于西方民主革命之后的，而在中国的现实条件下他就不能不首先向旧制度反抗，并自然地投身于反帝反封建的民主革命的洪流。当然，这种思想仍然是属于资产阶级范畴的，但在中国的新民主主义革命时代，特别是在作品中通过形象所具体表现出来的思想倾向，就不能不是鼓舞人们去反抗现实，追求合理的生活；因而也就和现代文学的主要特征——反帝反封建的精神取得了基本上的一致。

《雷》(《电》的附录)里面的革命青年德说："影，告诉你，我看见多一个青年反抗家庭，反抗社会，我总是高兴的。"这几句话正表现了巴金小说的主要精神。在《春》里面，引起淑英思想开始变化的是新出的杂志和西洋小说；"在那些书里面她看见另外一种新奇的生活，那里也有像她这样年纪的女子，但她们的行为是那么勇敢，那么自然，而且最使人羡慕的是她们能够支配自己的命运，她们能够自由地生活，自由地爱，和她完全两样。"而琴对她的鼓舞的话是："旧礼教不晓得吃了多少女子。梅姐、大表嫂、鸣凤，都是我们亲眼看见的。还有蕙姐，她走的又是这条路，……不过现在也有不少的中国女子起来反抗命运，反抗旧礼教了。她们至少也要做到外国女子那样。"我们知道琴和淑英都是背叛了封建大家庭而走上新的道路的青年，在这里，不管外国女子的生活实质上究竟是怎样，但它对于琴和淑英她们所发生的实际影响却是鼓舞她们去反抗家庭，反抗旧礼教的。沿着这条道路坚强地走下去，在新民主主义革命时代的中国，她们是完全可以走上一条与那些为她们所景慕的外国女子全不相同的新的道路的；虽然这还须经过不少的曲折与崎岖。对于这些青年人来说，将来的目标和理想是很朦胧的，而且也是并不十分重要的，反正在想象中非常自由与美好就行了。《秋》里面觉民和琴在互相表达了爱以后，作者描写他们"把两颗心合成一颗，为着一个理想的大目标尽力。不过这时那个大目标更被他们美化了，成了更梦幻、更朦胧的东西。"在巴金小说中的那些正面人物，那些富于热情和勇敢的知识青年，大致都有一个美丽的大目标在追求着。但一方面因为小说毕竟是反映生活的，而大目标是属于未来的东西；另一方面在这些人物的心目中，那个大目标也确实是有点朦胧的，包括为大家所最熟悉的人物觉慧在内；而最具体最现实的事情却是直接压在他们头上的旧势力。因此无论是由法国大革命史或西洋小说来的也好，由"安那其"的社会思想来的也好，在作品中最激动人的部分都不是这些道理，而是植根于现实生活中的矛盾与斗争。短篇《奴隶的心》中那个奴隶的儿子申诉道："我们整年整月辛苦地劳动着。我们的祖父吊死在树上，我们的父亲病死在监牢里，我们的母亲姊妹被人奸污，我们的孩子在痛哭，而那般人呀，从你们那般人中间是找不出来一个有良心的。"凡是在作品中表现出了封建制度的残酷性、阶级间的矛盾与对比，以及人们为反抗这些不合理事物而斗争的场景时，由于作者有现实生活的深刻感受以及鲜明的爱憎态度，读来就特别使人激动。这就说明，巴金作品中的主要倾向仍然是反封建的民主主义精神。

对于中国的半殖民地地位，对于帝国主义者所加予中国人民的创伤，作者也同样用创作来表现了他的强烈的憎恨。他的小说《新生》的初稿是在"一·二八"战火中被烧掉了的，在《自序》中他说："我要来重新造出那被日本爆炸弹所毁灭了的东西，我要来试验我的精力究竟是否会被那帝国主义的爆炸弹所克服。"他终于胜利了，用作者的话说，这部书的存在也能"证明东方侵略者的暴行"，1935年他因病躺在医院里，梦中还在北京参加"一二·九"的学生运动，"我真羡慕那梦中的我啊！"在《新生》中，他曾当作背景的多次描写了上海的街景，这些可憎恶的景象作者是把它当作激发人的觉悟和推动人走向革命的环境气氛来写的。

在短篇《发的故事》中，他对朝鲜革命者的奋斗精神，寄予了极大的景慕与同情；在短篇《窗下》中，他借一件凄凉的爱情故事侧面地写出了日本人和汉奸的无耻行径；这些作品都是写得很真实动人的。抗战开始以后，他不只写了抗战三部曲的《火》，而且还写了一些短篇，表现了一个正直的爱国者的应有的感情。在《摩娜·利莎》一篇里，他写了一个情愿让她丈夫为抗战贡献生命的法国妇女的形象；而在《还魂草》与《某夫妇》中，则对日本帝国主义者滥炸中国居民的暴行控诉出了庄严的人道的声音。在《某夫妇》的后面写道："要是该小明（被炸死者温的小孩）出来替父亲报仇，那么未免太迟了，至少也还要等十几年，在这广大的中国土地上不是还有着温的许多朋友么？不是还有着无数的像我这样的和温同命运的知识分子么？若说报仇，那应该是我们的事，无论如何不该轮到小明。"在这里，作者对帝国主义的仇恨和爱国主义的热情是与他反封建的战斗精神完全一致的。

这种反帝反封建的民主主义精神在作品中常常是与对于人的尊重和对于被损害者的同情渗透在一起的，而且正是通过具体人物的遭遇和感受才更强烈地激动了读者的心弦。他的最初创作《灭亡》的开头，在两个主要人物登场的时候，就是因为戒严司令部秘书长的汽车撞死一个行人而随便地离开了，这两个彼此不认识的青年由于都富有正义感和人道主义精神，在同样的愤慨不平的反应中遂开始了他们的友谊，而且以后又都走上了革命的道路。《家》中的主要人物觉慧是向来反对坐轿子的，觉新说"他是一个人道主义者"。在他和另外一些青年积极从事社会活动的时候，作者叙述道："因为这时候那一群新的播种者已经染受了人道主义、社会主义的精神。甚至在这些集会聚谈中，他们那群二十岁左右的青年，就已经夸大地把改良社会，解放人群的责任放在自己肩上了。"另一人物琴在她心中盘旋的问题是："难道因为几千年来这路上就浸饱了女人的血泪，所以现在和将来的女人还要继续在那里断送她们的青春，流尽她们的眼泪，呕尽她们的心血吗？"这种精神贯彻在他的许多作品里；短篇《一件小事》中的菜贩的悲惨的遭遇，《五十多个》中逃荒农民们的与饥饿的搏斗，《煤坑》中的矿工的非人的生活，都深深地引起了我们对于不合理的社会制度的憎恨。作者在《复仇集》序中说："我虽不能苦人类之所苦，而我却是以人类之悲为自己之悲的。"他说他的眼泪将"会变成其他几篇新的小说"；对于被损害者的关心与同情正是推动他努力写作的巨大动力。短篇集《抹布集》中所叙述的"是两篇被踏践，被侮辱的人的故事"，作者在肮脏的"抹布"上发现了纯洁的光辉。看到了社会上的种种不平和不幸，作家的正直的心不能不为这些受难者提出控诉，并鼓舞人们去变革这个制度。他要用他的活动、他的作品来为改变那个不合理的社会制度尽一把力，他要鼓舞人去革命。因此我们可以说，他作品中所表现的思想倾向是与中国人民民主革命和现代文学的思想主流基本一致的。

三

但他对"安那其"的信仰是那样的坚定，对作品也不可能是没有影响的，虽然这种影响在不同的作品中也有不同的情况。他的第一部作品叫作《灭亡》，主角杜大心所作的一首歌可以认为是这部作品的主题歌：

> 对于最先起来反抗压迫的人，
> 灭亡一定会降临到他的一身：
> 我自己本也知道这样的事情，
> 然而我的命运却是早已注定！
>
> 告诉我：在什么时候，在什么地方，
> 没有牺牲，而自由居然会得胜在战场？
> 为了我至爱的被压迫的同胞，我甘愿灭亡，
> 我知道我能够做到，而且也愿意做到这样……

革命者为了理想而不惜贡献出自己的一切以至生命，本来是高尚的和有觉悟的一种表现，是值得我们去歌颂的。虽然牺牲本身并不是目的，因为有时候坚持斗争要比死更其复杂、艰苦得多；并不能简单地认为凡是勇敢地献出自己生命的就是正确的和值得歌颂的。但革命者杜大心的想法却是："他自己的命运是决定的了；监禁和死亡，而且愈快愈好，愈惨愈好。他决定要做一个为同胞复仇的人，如果他不能够达到目的，那么，他当以自己的极悲惨的牺牲去感动后一代，要他们来继续他的工作。"这样，实际上就是简单地把死来当作革命者唯一的手段和目的；而且这也是《新生》《电》等作品中许多人所追求并实际得到的结果。作者把这当作考验每一个人的重要标志，他说："平常留恋着生的人，一想到死，便不免有畏惧，悲哀等的念头"，而怀着理想立誓献身的人就有了"灵魂的微笑"；这种把牺牲来绝对化的思想，就使革命者不能不只限于不"平常"的少数的人，而这些人的努力也不久就都走上了一条"于心无愧"的献身的方式；

这是与中国人民在民主革命道路中的实践脱离了的。杜大心决定去暗刺戒严司令，他也知道这就是去死，但"他把死当作自己的义务，想拿死来安息他一生中的长久不息的苦斗，因此他一旦知道死就在目前了，自己快要到了永久的安息地，心里也就很坦然了。"他在决心去灭亡的那一天的日记上面写着："死也是卸掉人生重责的一个妙法。"作者曾多次诅咒那个不合理的制度，而暗杀的最高效果却只能是针对着个人，很难从根本上来动摇制度；更重要的，一个真正的革命者是不应该想到要安息自己的苦斗的，即使是用死这种方式。《秋》里面描写觉民那些青年人的小团体的活动也足以说明这种情形。作者写道："它（理想和希望）使这般青年人在牺牲里找到满足，在毁灭里找到丰富的生命。他们宝爱这思想，也宝爱有着这同样思想的人。这好像是一个精神上的家庭，他们和各地方的朋友都是同一个家庭里的兄弟姊妹。"这些青年人自由集合的群众性团体当然不能以革命政党的活动原则来要求它，但仅只凭一个朦胧的理想来团结了一些彼此知心的青年友人，不要求组织和纪律，不需要领导和群众，也不计划行动的步骤和效果，而单纯地把牺牲当作唯一的义务和结果；整个活动变成了追求牺牲的过程，最先勇敢地走上献身的人得到了最大的歌颂，这是不能不发生一些消极影响的。《电》里面的敏说："我只希望早一天得到一个机会把生命牺牲掉。"方亚丹牺牲后，"他全身染了血，但嘴唇上留着微笑。"《雨》里面的高志元说："反正我们是要死的。如果不能够毁掉罪恶，那么就率性毁掉自己也好。"当然，我们并不会把作品中某些人物的思想简单地当作作家自己的思想，譬如《灭亡》中的杜大心，作者自己就说"他是一个病态的革命家"[23];也不能说类似这样的人物就不能写,或者不够典型;重要的在于作者如何来写,即作者所显示的态度和倾向。显然,作者对这类人物是充满了同情和颂扬的,而必要的批判却非常之少,即使有也是很无力的。在他承认杜大心是"病态的革命家"的同时,接着就说:"但要说他参加革命的动机不正确,就未免太冤枉他了。"一个愿意为理想献身的人诚然是很难说他的动机不纯正的,但难道因为动机纯正就一切行为和后果都是值得歌颂的吗?《雨》中的吴仁民厌恶冷静,要求活动与暖热,这个动机原也是很正当的,但他的想法却变为:"我一定要去'打野鸡'。那鲜红嘴唇,那暖热的肉体,那种使人兴奋的气味,那种使人陶醉的拥抱,那才是热,我需要热。那时候我的血燃烧了。我的心好像要溶化了,我差不多不感觉到自己的存在了。那一定是很痛快的。"而当时正在积极从事革命活动的高志元却对此抱有"同情的眼光",以为很能够了解这种心情;"不仅了解,而且高志元也多少有着这种渴望——热和力的渴望"。作者一向是把对于热与力的追求当作从事革命的动力的。他在一篇散文中曾说:"我爱都市,我爱机械,我爱所谓物质文明。那是动的,热的,迅速的,有力的。"[24]他对于革命生活的描写也是这样:"这真正是一个丰富的生活。好几股电光在那里面闪耀。牺牲,同情,热爱,忠诚,力量……我看见了许多事物,许多人。"[25]他最热爱他的"爱情三部曲",而最后一部的名字叫作《电》,也就是一种热与力的歌颂。这样,这些作品一方面激发了读者的正义与热情,但同时又觉得革命很可怕,要追求牺牲,包括爱情和生命;而同时这种献身又非常美丽,满足了自我的骄傲感和伟大感。他说他的企图在于用信仰来征服死，因此才"把那些朋友（作品中的人物）都送到永恒里去"[26]，这里所说的信仰在由作品所得的实际感受上是带有一点神秘性的，多少有点类乎宗教的性质了。他说："在《电》里面就没有不死的东西，只除了信仰。"[27]这样，那种牺牲或献身的重要意义也就主要在于牺牲者本人的虔诚了。这样，就自然从动机上来原谅了人的行为的一切缺点和错误，因为他认为献身本身就是伟大的和值得歌颂的。凡是对这一方面表现得比较突出的作品，例如《灭亡》《新生》《电》，那对青年读者所发生的消极影响也就比较大。因为它迎合和刺激了这些青年性格中的不健康的方面，而这些因素对中国人民革命和青年人自己都是会有消极影响的。

　　当然，以上所说的这种弱点在作品中是得到了一定程度的补救的。第一，《新生》第三篇的题目就叫作"死并不是完结"；但内容只抄了《约翰福音》的一句话："一粒麦子不落在地里死了，仍旧是一粒；若是死了，就结出许多子粒来。"当作一部小说来看，这样的独立的一"篇"当然是无力的；但他在前面也曾描写过杜大心的死对于别人所起的影响，譬如李静淑就说："我却因他的死而得到新生，而舍弃了悬崖上的生活。"这样，对于革命者牺牲的积极意义就多少突出了一些。第二，作者也用生活本身，即情节开展的逻辑性来事实上对于那种单纯献身的观点做出了一些批判；《灭亡》中写杜大心谋刺戒严司令的结果是："戒严司令并没有死。他正在庆幸因了杜大心的一颗子弹，他得了五十万现款，他底几个姨太太也添了不少的首饰。然而杜大心的头却逐渐化成臭水，从电杆上的竹笼中滴下来，使得行人掩鼻了。"这样的写法是符合生活本身的逻辑的，因而也就对那种徒逞一时之快的恐怖暗杀方式作出了批判。这正是一个作家忠实于生活的结果。

在作者看来，这个世界里应该灭亡的人很多，除过革命者的自觉的灭亡以外，至少还有两类人应该灭亡，而革命者的灭亡正是为了推动这两类人的灭亡的。杜大心认为他所负的责任在于"使得现世界早日毁灭，吃人的主人和自愿被吃的奴隶们早日灭亡。"对于"吃人的主人"的憎恨自然是可以理解的，他说："凡是把自己的幸福建筑在别人的苦痛上面的人都应该灭亡的"；但所谓"自愿被吃的奴隶"实际上正是这些革命者对于一般人民群众的理解，因为不只事实上"自愿被吃的奴隶"毕竟很少，而且他明白地说："对于那些吃草根，吃树皮，吃土块，吃小孩，以至于吃自己，而终于免不掉死得像蛆一样的人，我是不能爱的。"而这些处于悲惨境遇的人是很难理解为自愿被吃的。《雨》中的吴仁民在电车上看到乘客们拥挤的状态，他"望着那些蠢然的笑脸！他的心突然感到寂寞起来"。他自语着："就忘了这个世界吧。这个卑下的世界！就索性让它毁灭也好！完全毁灭倒也是痛快的事，比较那零碎的，迟缓的改造痛快得多。"这种否定一切，特别是看不起群众的情绪，在他作品中的许多革命者的人物身上都存在着，而且缺乏应有的批判。《灭亡》写的是革命者的灭亡，续篇《新生》写的是继起的革命者的灭亡；既然藐视那些"蠢然的""奴隶"，当然也就很难危及"吃人的主人"，结果灭亡的似乎只有革命者自己。这样的革命方式和道路是会给读者带来一些消极影响的。当然，我们并没有把杜大心或别的人物的语言就简单地当作作者自己的理想，但他并不是用批判而的确是以同情的笔调写出的，那么它所带给读者的也就只能是同情和了解了。而且作者自己也说，他"所追求的乃是痛苦"，"信仰不会给我带来幸福，而且我也不需要幸福。"[28]这种把众人的幸福与自己的痛苦都看作追求目标的想法，是一种"我不入地狱，谁入地狱"的普度众生的态度，这与只有解放全人类才能解放自己的无产阶级所领导的与群众相结合的革命路线是完全不同的。这也就是《灭亡》《新生》这些作品虽然具有激发读者的热情和革命思想的作用，但同时也包含着一些不健康的思想倾向的原因。

文学作品本来是通过形象来激发人的明确的爱憎的，而且由于作者重视对于热情的赞扬，他的作品中特别注意于爱与憎的关系的描写《灭亡》中杜大心与李静淑的争论，主要是围绕着爱与憎的人生态度而发的。他们都有点把爱憎来抽象化和绝对化了；要爱就爱一切人，否则就憎恶一切。作者对这种关系也似乎有他的统一的观点，那就是"本书里面虽表现着对于人类的深刻的憎恨，但作者的憎恨的出发点乃是一个'爱'字。"[29]这样，实际上就是说人类之爱是美丽的，但它是不存在的，只是我们追求的对象，而目前的一切却都是值得憎恶的；如果还有爱，那也只有在志同道合的青年男女之间在牺牲之前的瞬间还可能发生，但这种火花也终必为憎所熄灭。这就是爱与憎的矛盾，或者说是悲剧，它在巴金的作品中常常赢得一些善良而稚嫩的青年们廉价的眼泪。杜大心说："至少在这人掠夺人，人压迫人，人吃人，人骑人，人打人，人杀人的时候，我是不能爱谁的，我也不能叫人们彼此相爱的。"让人爱这些人压迫人的现象固然是过于天真和荒谬，但一个立志推翻旧制度的革命者为什么不可以爱那些被压迫者呢？而被压迫的劳动人民之间又为什么不可以彼此相爱呢？他的"爱情三部曲"是写恋爱与革命的，但如他自己所说："它既不写恋爱妨害革命，也不写恋爱帮助革命。它只描写一群青年的性格，活动与死亡。"[30]这群青年的恋爱似乎只为了表现他们是热爱人类的，但他们的革命活动却是毁灭现存的一切，而最后是只有他们自己走向死亡。这也是《灭亡》《新生》中所写的内容；由于这些人物有性格，作者对这类狂热的不满现状的青年相当熟悉，而笔下又充满了同情和感染力，因此对于一些青年知识分子有激发他们走向革命的启蒙作用，但作者自己所信仰的"安那其"并不是对作品没有发生任何消极作用的。譬如对于热情的过度的赞扬与歌颂，有时是会给读者带来一些不健康的东西的。热情，是有阶级内容的，把它抽象化而过度地加以同情，就不一定妥当了。《电》里面的敏要炸死旅长，作者写道："这不是理智在命令他，这是感情，这是经验，这是环境，它们使他明白和平的工作是没有用的，别人不给他们这长的时间。"结果旅长只受了一点微伤，而把革命团体的整个行动计划都给毁了，敏自己也牺牲了。但当作《电》中成熟了的革命者的性格的李佩珠却只悲痛地说："我知道，我早就知道。但是他已经定下决心了。你想像看，他经历了那么多苦痛生活，眼看着许多人死，他是一个太多感情的人。激动毁了他。他随时都渴望着牺牲。"这些人的革命行动好像是不需要领导和必要的纪律的，虽然动机无可厚非，但他的盲目行动把整个计划都给毁了，而居于主要地位的李佩珠等却仍然对他充满了同情。这样，就必然如作者所说的："这样的热情也许像一座火山，爆发以后剩下来的就只有死，毁了别的东西，也毁了自己。"[31]这对集体，对自己，又会有些什么好处呢？而且这样泛滥下去，可以发展到吴仁民的"打野鸡"，也可以发展到另一女性慧的"一杯水"式的恋爱至上主义；尽管这些人还仍然随时准备献身，但那些生活是很难不称之为堕落的。作者显然也并不赞成热情的泛滥，他要信仰来指导它。他说："信仰并不拘束热情，反而加强它，但更重要的是指导它。"[32]但实际上那种与理智相对立的热情是很难不向消极方面发展的；敏，更不要说李佩珠，他们并不是没有信仰的人，但这种信仰只鼓励了他们的狂热，而并不是改造了他们的感情。这样，这些地方就不能不给读者带来一些消极的东西了。在作者早期的作品中，例如《灭亡》和《新生》，这种倾向就比较更显著。

四

"爱情三部曲"是他最喜爱的作品。为什么呢？照作者的话讲，这三本书是为他自己写的，写给自己看的。"我可以说在这'爱情三部曲'里面活动的人物全是我的朋友。"而"三部曲"中的《电》，又是他在全部作品中"自己最喜欢的一本"。这里面有两层意思：第一，这部作品是最能表现他自己的思想和感情的；第二，作品中的人物形象都是值得同情或歌颂的，都是他的"朋友"。"爱情三部曲"正是通过这些作者所热爱的人物来从事一种作者所歌颂的活动以表现他自己的思想倾向的。特别是《电》。作者说："它只描写一群青年的性格，活动与死亡。这一群青年有良心，有热情,想做出一点有利于大家的事情,为了这他们就牺牲了他们的个人的一切。他们也许幼稚,也许会常常犯错误,他们的努力也许不会有一点效果。然而他们的牺牲精神,他们的英雄气概,他们的洁白的心却使得每个有良心的人都流下感激的眼泪来。"[33]这里就很清楚地说明了作者的写作企图和他为什么最喜欢这部作品的原因。他是花了很大力量企图描写值得为人感激和仿效的正面人物的活动的,他说:"这里面的人物差不多全是主人公,都占着同样重要的地位"[34],因之他才主要采取了同情或歌颂的态度。但"写给自己看的"书既然出版了,就必然和广大读者发生了联系,作者的思想感情当然也会通过作品感染给读者,这也正是作者自己的写作企图;但企图和结果之间是会有距离的,读者是否也会把作品中的那些人物都看作值得感激的"朋友"呢?就不一定了。每个读者根据他自己的经验、学识、修养等等,都有不同的接受和批判的能力,而那些真正接受了作者的写作企图的人就一定也会感受到作者的思想情绪,如我们在上面所谈的。但事实上这样的情形并不多,因为:第一,这部作品也有它写得很成功的地方,譬如读后可以激发读者的变革现实的热情和正义感,而且大多数读者是可以有这种批判能力的;第二,凡是作者过于热心地宣泄他所热爱的思想的时候,由于这种构思和现实生活之间有了距离,因而艺术的真实性也就受到了一定的损害,那么它对于读者的感染力也就相对地减少了。这样,读者虽然也承认"爱情三部曲"是一部比较好的作品,但所热爱的角度和深度就和作者自己的感受有了一定的距离。即在作者自己的全部作品中,大多数人也认为"激流三部曲"的成就是比较更高的。

他在"爱情三部曲"序中说他"所注重的乃是性格的描写";又说:"我在当时的计划是这样:在《雾》里写一个模糊的、优柔寡断的性格;在《雨》里写一种粗暴的、浮躁的性格,这性格恰恰是前一种的反面,也是对于前一种的反动,但比前一种已经有了进步;在最后一部的《电》里面,就描写一种近乎健全的性格。"写小说当然是应该注重描写人物的性格的,而且这也是作者在创作上获得成就的重要原因。他从来是非常注重人物的个性特征和性格的成长过程的,《新生》第一篇的题目就叫作"一个人格的成长",内容正是写李冷由孤独冷僻而逐渐走上积极和献身的成长过程的。《灭亡》中的写杜大心、张为群,也都是从他们的具体经历来描写他们的性格的。但作者多少有点把人的性格理解得过于抽象化和固定化的倾向,仿佛性格是一种与生俱来而且很难改变的人的属性;他自己曾说:"我的一生也许就是一个悲剧,但这是由性格上来的(我自小就带了忧郁性),我的性格就毁坏了我一生的幸福,使我在苦痛中得到满足。"[35]在《雨》的自序中又说:"我和别的许多人不同,我生下来就带了阴郁性。"《雨》中写方亚丹与吴仁民之间的争辩,作者写道:"他被吴仁民的话语感动了,然而在他与吴仁民之间究竟隔了一些栅栏,两种差异的性格是不能够达到完全的相互了解,不仅是因了年龄的相差。"《雾》里面陈真自述他的性格道:"我这人就像一座雪下的火山,热情一旦燃烧起来溶化了雪,那时的爆发,连我自己也害怕!其实我也很明白怎样做才好,怎样做才有更大的效果,但是做起事情来我就管不了那许多。我永远给热情蒙蔽了眼睛,我永远看不见未来。所以我甘愿为目前的工作牺牲了未来的数十年的光阴。这就是我的不治之病的起因，这就是我的悲剧的顶点了。"在他的作品中像这种描写性格的地方是很多的，因此他作品中的人物性格一般都比较鲜明；但因为作者多少有点使人物性格脱离了典型环境的倾向，这样，就使许多性格的表现缺少了孕育他们的必要的时代气氛和社会基础，人物活动的现实根据和性格发展的逻辑性有的地方就不够很充分。像《雾》中的周如水的优柔寡断和《雨》中吴仁民的粗暴浮躁，他们的性格是被多方面地表现出了的，但总使人感到好像一株已被锯倒的大树，虽然看来仍然枝叶扶疏，却好像与植根的土壤割断了联系似的。《电》里面的人物很多，头绪也很多，虽然在叙述上可以看出作者驾驭多种线索的手腕，但因为这些青年实际上都是一种人，作者又没有给他们更多地显示自己活动的情节和机会，因此除少数人外，许多人物的性格面貌是不够清晰的。像作者所应用的写法一样，我们看到的也多是"黄瘦的雄，三角脸的陈清，塌鼻头的云，小脸上戴一付大眼镜的克，眉清目秀的影，面貌丰满的慧，圆脸亮眼睛的敏，小眼睛高颧骨的碧"等等外形上的特征，而性格却是不够十分清晰的。

　　《雾》的情节比较简单，是通过一个不幸的恋爱故事来写周如水缺乏勇气、犹豫不决的性格的。作者在序中说："我所描写的是一个性格，这个性格是完全地被写出来了。这描写是相当地真实的。而且这并不是一个独特的例子，在中国具有着这性格的人是不少的。"的确，类似周如水式的知识分子在那个时代是并不缺少的，作者也对他有所批判，不只对他的"土还主义"和"童心的恢复便是新时代的开始"的改良主义幻想作了嘲笑，而且最后还让这个人物走上了投水自杀的结局。这种批判多半是通过另一人物陈真或是在与陈真性格的对比中发生作用的,例如陈真说他"没有勇气和现实痛苦的生活对面,所以常常逃避到美丽的梦境里去"等等;但作者对他仍然是带有惋惜和同情的。而且因为小说着重在周如水的内心的描写,别的人物的分量反而显得比较单薄了。陈真是另一个很重要的人物,他的主要活动也在《雾》里,到《雨》里他一出场就被汽车踫死了;虽然别的许多人的活动都受了他的影响。作者对这个人物是充满了热情的,他描写陈真是"一个如此忠实,如此努力,如此热情的同志";他"抛弃了富裕的家庭,抛弃了安乐的生活,抛弃了学者的前途,在很小的年纪就加入到社会运动里面,生活在窄小的亭子间里,广大的会场里,简陋的茅屋里,陈真并不是一个单在一些外国名词中间绕圈子的人。"这是一个杜大心型的革命青年,在他的生活中完全没有快乐,他把自己的健康消磨在繁重的工作里,得到了许多人的敬佩。一直到他死后,他的事迹仍然是鼓舞人们从事活动的力量。在他的性格的对比下,周如水就更其显得苍白和渺小了。但作者对陈真的活动正面写出的地方较少,他的性格多半是由别人的印象或叙述来完成的;因此这个人物的轮廓虽然画出来了,但作者对他似乎只是作为理想人物来写的,因此形象的完整性就不够很充分。

就小说的动人程度和艺术成就来看,我以为在"爱情三部曲"中以《雨》为最好;不简陋,不枝蔓,虽然充满了一种霪雨式的阴郁凄凉的情调,但读来是会感到真实和动人的。像吴仁民这种类型的知识分子的确写得很真实,他不满意一切,也不满意自己;偏激、粗暴,而又十分脆弱;说得很多,做得极少。作者自负地说:"我写活了一个吴仁民。我的描写完全是真实的。我把那个朋友的外表的和内部的生活观察得十分清楚,而且表现得十分忠实。他的长处和短处,他的渴望与挣扎,他的悲哀与欢乐,他的全面目都现在《雨》里面了。"〔36〕这个性格是通过一连串的爱情波折来表现的,特别是写他在两个女人的爱的包围中演着紧张的悲喜剧的时候,读来是很富于艺术吸引力的。它使人浸沉在那种紧张而又凄凉的氛围中,而这几个人物的性格也就非常逼真了。吴仁民在恋爱中经历了许多痛苦,爱把他的粗暴的心给软化了,痛苦又引起了他的反抗和追求的激情,因此整个作品虽然凄凉,却并不伤感。作品的最后是他决定"以后甘愿牺牲掉一切个人的享受去追求那黎明的将来。他不再要求什么爱情的陶醉,把时间白白浪费在爱情的悲喜剧里面了。"郑玉雯起初是一个自愿抛弃学校生活去从事革命工作的女性,后来终于走到一个她所不喜爱的官僚的怀里;她强烈地眷恋着以前的爱人,最后并为爱而自杀了。她的经历和巴金的短篇小说《一个女人》中的那个曾从事过革命活动,而随后又陷在沉重繁琐的家务中的女子的精神苦痛是颇类似的,是一个人经不起风浪而走向消极或堕落面的发展。熊智君带着她的瘦弱多病的身躯,她在爱情中所受的拨弄和精神上的打击是更为凄楚的,最后为了救吴仁民而自愿随那个官僚走去的结局更增加了故事的悲剧性,也更使她自己和吴仁民的性格得到了充实。其余的人物如方亚丹和高志元,虽然在作品中不占显著的地位,但对整个作品也是有作用的。当作一本爱情小说看(作者自己是不这样看的),《雨》是写得很完整动人的;而且通过那种不幸的爱情故事也暴露了不合理的社会制度的残酷性质。

吴仁民到《电》中已经成为一个成熟的居于指导地位的革命工作者，完全不像《雨》中那样地粗暴了。但因为对他正面的写出很少，而只是把他定型化和理想化了，因此不只失去了性格的光彩，引不起读者的亲切感，而且和他以前的性格也有判若两人的感觉，当中缺乏必要的转变和发展的描写。如果有，那就是《雨》中的爱情波折所给予他的痛苦，而这对于完成人物性格的发展是很不够的。作者说他写《雨》中的吴仁民是有一个朋友作为原型的；他说：后来这个朋友"已经不是《雨》里的吴仁民了。然而他并不曾改变到《电》里面的吴仁民的样子。《电》里面的吴仁民可以是他，而事实上却绝不是他。不知道是生活使他变得沉静，还是他的热情有了寄托，总之，我最近从日本归来在这里和他相见时，我确实觉得他可以安安稳稳地做一位大学教授了。"[37]应该说，《电》里面的吴仁民不只事实上不是那个原型，而且也很难说"可以是他"；如果要完成这个"可能"的话，那还得要经过漫长艰苦的一段路程；因为做一个成熟的革命家和做大学教授毕竟是不同的。但作品中却缺少了这方面的必要的描写，他在《电》中一出场就已经很老练了，这就多少减褪了人物性格的光彩。

和吴仁民同样经历了《雾》《雨》《电》，而在《电》中成为重要的负指导责任的革命者李佩珠是作者着意写出的一个理想的完美的性格。他希望渴求光明的青年读者"能够从李佩珠那里得到一个答复"。[38]他对这个人物是充满了热爱的。在作品中刚出现的时候，李佩珠还是生活在优裕的环境中的一个天真的年轻姑娘，是被陈真叫作小资产阶级女性的人物。作者在《雨》中描写她读了许多革命书籍,特别是女革命家传记所给予这个女性的精神上的影响。她的父亲李剑虹也是一个有革命思想的学者,他在作品中的作用可以说正是为了给李佩珠的发育成长准备条件的。这是一个在温室中顺利成长起来的女性,她为书籍中的理想鼓舞着,决定献身于伟大的事业;"只觉得身体内装满了什么东西,要发泄出来一样。"到了《电》中,她已经成为主角,成为革命活动的指导者了。她在重要关头表现得沉着、勇敢;写得比吴仁民生动。最后她与吴仁民相爱了,她说:"也许我们明天就全会同归于尽,今天你就不许我们过活得更幸福一点吗?这爱情只会增加我的勇气的。"作者是把吴仁民与李佩珠的相爱当作"最自然最理想的结合"来写的,他把"爱情三部曲"分作三个时期,而《电》是顶点,是热情的归结,信仰的开花。他说:"吴仁民和李佩珠,只有这两个人是经历了那三个时期而存在的,而且他们还要继续地活下去。"[39]在《电》里,在李佩珠的周围还有许多青年,作者是通过他所鼓吹的革命行动来写这些人物的;但也许由于作者关于实际活动的生活经验不够,也许是过于把人物性格和行动来理想化了,总之,这些人物的面貌都是不够清晰的。李佩珠的所谓健全的性格也并没有得到十分完满的表现,而且当作经历了三个时期的性格发展说,这条线索也有点过于单纯了。但作为一个走向革命的小资产阶级青年说,李佩珠比较别的人的确是更其沉炼和勇敢的,而且她的面貌也是比较鲜明的。

《电》是着重描写信仰和行动的,因此作者的思想倾向就得到了更其显明的表现。《电》从工会、妇女协会、学校等各方面综合地描写了一个小城市中的革命活动,而且是把主要力量放在革命团体内部这一方面来写的；写这群青年的性格、活动和死亡。这样，除过这种活动的正义性质以外，人们也不能不从这些人的行动、计划和方式中去看他们失败的原因。那种内部没有严密的组织和纪律，没有坚强的群众基础，而只有一些彼此思想接近的青年，单纯凭着自己的热情和勇敢就想在残暴的反动统治下立刻打开一个局面的企图，不是注定要失败的吗！固然革命者是不应该惧怕牺牲的，但如果对于革命事业不能带来任何好处的单纯的献身，那不正是那些吃人的统治者所欢迎的吗？当然，《电》并没有悲观或感伤的色彩，而且从吴仁民与李佩珠的结合中更暗示了对于黎明的未来的确信；但作者对于这些青年人的狂热和偏激采取了一种无批判地歌颂的态度，是会给读者带来一些消极影响的。从这里也可以说明，作者自己所最喜爱的作品，即比较充分地表现了他自己的社会思想的作品，在客观上并不一定就是最能够代表作者创作成就的作品；因为衡量一部作品的成就毕竟是有一个客观标准的。

五

"激流三部曲"是比较"爱情三部曲"规模更其宏大的作品，它久已为读者所熟悉，特别是其中的《家》，二十多年来一直受到青年人的欢迎，成了鼓舞他们追求光明的力量；它显示了作者对中国现代文学的贡献，可以说事实上是作者的代表作品。这是有许多原因的，除过前面所说的作者的"控诉"式的吐露"积愤"的鲜明的爱憎态度以外，作者对他所写的生活是充分熟悉的，他对于作品中的那些人物的精神面貌（无论正面人物或反面人物）是感受极深的；而且因为要具体通过一个家庭的没落和分化来写出封建宗法制度的崩溃和革命势力的激荡，因此他花了很大力量来描写这个大家庭内部的形形色色，它的主要成员们的虚伪、庸俗和堕落，以及对于青年人的命运和精神的摧残；他是非常忠实于生活的。在"激流三部曲"中，现实主义的创作方法占有了主导的地位。作者在《激流总序》中说他"所要展示给读者的乃是描写过去十多年间的一幅图画"，他"无论在什么地方总看见那一股生活之激流在动荡，在创造它自己底径路，以通过黑暗的乱山碎石中间。"正因为他所展示的是"生活之激流"，他的生活经验和他的要求变革的激情都在作品中得到了积极的发挥，因此作品就特别富于激动人心的力量了。

　　《家》里面最引起人们热爱的人物是觉慧，作者以很大的激情来塑造了这一形象，使他成为新生的正义力量的代表，给读者带来一种乐观情绪和鼓舞的力量。觉慧坚决反对觉新式的"作揖哲学"和"无抵抗主义"，这正是"五四"革命精神的发扬；他的信念很单纯，但他"不顾忌，不害怕，不妥协"。他并不想对那个家庭寄托什么希望．他热心于交结新朋友，讨论社会问题，编辑刊物，创办阅报社等等社会活动，最后是怀着叛逆的心情勇敢地离开那个家庭远走了。作者说觉慧做过一些他做过的事情，而且正是"不顾忌，不害怕，不妥协"那九个字帮助他自己得到了初步的解放，帮助觉慧"逃出那个正在崩溃的旧家庭，去找寻自己的新天地"[40]。可以想见，像曹雪芹的《红楼梦》一样，《家》虽然并不就是作者的自传，但在作者进行艺术构思时是与他自己的生活经历密切联系着的,这也正是作品之所以能有比较深厚的现实基础的重要原因。他说:"我要写这种家庭怎样必然地走上崩溃的路,逼近它自己亲手掘成的墓穴。我要写包含在那里面的倾轧、斗争和悲剧。我要写一些可爱的年青的生命怎样在那里面受苦、挣扎而终于不免灭亡。我最后还要写一个叛徒,一个幼稚而大胆的叛徒。我要把希望寄托在他的身上,要他给我们带进来一点新鲜空气,在那旧家庭里面我们是闷得透不过气来了。"[41]应该说,这种创作意图不只是正当的和符合生活面貌的,而且也是在作品中得到了成功地实现的。以觉慧而论,他的确是"幼稚"的,他感到"这旧家庭里面的一切简直是一个复杂的结,他这直率的热烈的心是无法把它解开的。"但这种"幼稚"也正是对于旧的一切表示怀疑和否定的"五四"精神的体现;他虽然对周围的一切还不能作出科学的分析,但他知道这般人是"无可挽救的了",因此他自己无所顾忌地选择了叛徒的道路,"夸大地把改良社会,解放人群的责任放在自己的肩上了。"即使在他与鸣凤热恋时,他在外面活动的时候也"确实忘了鸣凤",只有回到那和沙漠一样寂寞的家里时,才"不能不因思念她而苦恼"。"激流三部曲"主要是写作者所憎恨的制度的,与"爱情三部曲"主要是写作者所同情的青年性格的不同;即使像觉慧这样作者所歌颂的叛逆性格,也主要是由于周围的理应引起憎恨的事物所激成的。他亲眼看见一些可爱的青年的生命怎样因了不必要的牺牲而灭亡,"一片湖水现在他的眼前,一具棺材横在他的面前",这些都是他所不能够忘记的,因此才激发起了他的诅咒和叛逆的感情。作者通过觉慧写出了革命力量在青年中的激荡,写出了包含在旧的势力内部的矛盾和斗争,也通过觉慧来对觉新的"作揖主义"和别人的懦弱性格作了批判。在《春》与《秋》中,更通过淑英、淑华等人的成长过程写出了觉慧的行动对这个家庭所产生的巨大影响。这个性格的确是给我们带来了"新鲜空气"的,他到上海是为了向往那里的"未知的新的活动","还有那广大的群众和新文化运动";在《秋》中觉新读了他在上海所写的激烈的带煽动性的文章,"证实"他已"参加了革命党的工作"。"激流三部曲"中并没有正面地具体描写觉慧离开家庭以后所走的道路,但对封建家庭的叛逆正是走上民主革命的起点,根据觉慧性格的逻辑发展,在中国具体历史的条件下,他是一定会找到中国人民革命的主流和领导力量的。这也正是这部作品所产生的巨大的教育意义,它是为当时的青年人提供了值得学习和仿效的艺术形象的。《家》的时代毕竟不是《红楼梦》的时代了,虽然环境气氛和时代精神在"激流三部曲"中表现得还不够充分,使人不能十分真切地感受到那个家庭与当时各种社会关系的联系,但我们也多少在这里看到了"五四"革命浪潮的影响,看到了四川军阀混战对人民的骚扰,也看到学生们向督军署请愿和罢课的斗争,以及地主派人下乡收租情况的描述;这一切都表示了这是一个人民革命力量正在艰苦斗争和不断壮大的时代,而这种背景就给觉慧这些青年人的叛逆的勇气和出路提供了现实的根据。

关于青年女性的描写在"激流三部曲"中占有重要的地位,这里显示了封建主义的残酷性和作者的人道主义精神。在《家》中,梅的默默的牺牲,瑞珏的惨痛的命运,鸣凤的投湖的悲剧,都不能不引起人们的强烈的同情和对旧制度旧礼教的憎恨，作者的那种富有感情的笔触很自然地激起了读者的同情和悲愤。另一方面，作者也写了琴和许倩如，这是正面力量的萌芽，虽然许倩如只是一个影子，而琴还正在觉醒的过程中。但女性本来是受有更大的压迫的，作者至少在这里歌颂了青春的生机和希望的火花。而在《春》与《秋》中，就不只琴的性格有了进一步的发展，而且花了很大力量描写了淑英的觉悟和成长，最后终于使她也走上了觉慧的道路。当然，这里仍然有蕙、淑贞、倩儿等不同性格和遭遇的青年女性的牺牲的悲剧，但在淑华和芸的身上也又滋生了觉悟的萌芽，而像翠环那样的性格也含孕着少女的正直和美丽。作者一方面痛惜这些少女们的青春和命运受到摧残，一方面又摆在生活的激流中去考验她们；聪明的读者是会从这些人的不同的性格、道路和结局中吸取教训的。

觉新和觉民是始终贯串在"激流三部曲"中的人物，特别是觉新，作者对他所花的笔墨最多，而且可以说是整个作品布局的主干。通过各种事件的考验和残酷的折磨，这个人物的面貌是清晰地呈现出来了。这是一个为旧制度所熏陶而失掉了反抗性格的青年人，但心底里仍然蕴藏着是非和爱憎的界限，因此精神上就更其痛苦。他也理解夺去了他的幸福和前途、夺去了他所最爱的两个女人的是"全个礼教，全个传统，全个迷信"，但他无力挣扎，只能伤心地痛哭。作者通过觉慧，曾多次地批判了他的怯弱；但压力太沉重了，使他很难勇敢起来。而且以后他又经历了蕙的死、海臣的死等等重大折磨，但他实际上却只扮演了一个为旧礼教帮凶的角色。作者对他是有一些批判的，但同情和原谅却显然太多了；读者只有把他当作一个牺牲者的心情下才可能产生一点惋惜；但这种情绪却往往又为这个人物自己的行动所否定了。因此觉新的进退失据的狼狈心情也同样传染给了读者，使人不知道对他究竟应该采取何种态度——同情还是批判，爱还是憎？人物性格当然是很复杂的，但作者对他的处境的解剖显然过多了，而批判却相对地是无力的，而且还批评了觉民等不能理解他大哥的痛苦。这种态度只能说是一种珍惜青春的善良的愿望；他说："一个年青人的心犹如一炉旺火，少量的浇水纵使是不断地浇，也很难使它完全熄灭。它还要燃烧，还在挣扎。甚至那最弱的心也憧憬着活跃的生命。"这就是他终于在《秋》中使觉新有机会获得新生的根据；但这个结局在作品中只透露了一点火花，并未具体地写出来。因为这是与这个人物性格的发展线索不十分和谐的。而且正因为作者对觉新的同情太多了，在"激流三部曲"中对他所作的描述的分量很重，内容就难免有点繁冗，有些地方就很难引起读者的兴味。觉民的性格是沉着的，也是比较定型的；作者给他安排了一个比较顺利的遭遇，使他胜利地得到了爱情，跨过了逃婚的斗争。他虽然也有改变和发展，但都是顺着一条路向前的，他自信可以掌握自己的命运。在《春》和《秋》中，他已站在斗争的前缘，他不妥协地和那些长辈们当面争辩，并卫护着淑英、淑华的成长。在给觉慧的信中他说："我现在是'过激派'了。在我们家里你是第一个'过激派'，我便是第二个。我要做许多使他们讨厌的事情，我要制造第三个'过激派'。"这第三个就是淑英，淑英的成长和出走是贯串在《春》里面的主线，而觉民的活动就为这事件的开展准备了条件。

淑英是《春》里的主角，她从觉慧的出走引起了心灵的波动，从蕙的遭遇和命运里又深切地感到摆在自己前面的危机，于是在觉民、琴等人的鼓舞下，像在温室里的花卉一样，她含苞了，而且渴求着自由与阳光。她的心逐渐坚强了起来，最后终于走上了觉慧的道路，理解了"春天是我们的"的意义。《春》和《秋》中所展开的是比《家》中更加深了的矛盾。《春》里面主要描写在长辈们的虚伪与堕落的衬托下，一些心灵纯洁的小儿女的活动，为淑英性格的成长和觉醒提供了条件。情节的开展比《家》来得迂缓，矛盾冲突虽不像在《家》里那样直接与尖锐，但却更深化了，而精神仍是一贯的。淑华的活动主要在《秋》里，这是个性格单纯开朗的少女，她的爽直快乐的声音常常调剂了某些场面中的忧郁情调，给作品带来了一些明朗的气氛。她最后也逐渐成熟了起来，有了"战斗的欲望"，而且与旧势力进行了面对面的争辩。和她成为对比的是淑贞的命运，正当淑华争取到进学堂的机会的时候，淑贞就跳井自杀了。这是个生活在愚蠢和浅妄的包围中而从来没有快乐过的本然的少女，通过她的遭遇暴露了那些"长辈"们的虚伪和丑恶，说明了封建主义对于人们的精神上和肉体上的严重的摧残。这些少女们的活动，包括绮霞、倩儿、翠环等人，显示了作家的善良的灵魂和人道主义精神。

对于那些虚伪、荒淫和愚昧的上一代的人们，作者并没有把他们漫画化，却仍然无情地投入了深刻的憎恨和诅咒。从高老太爷一直到《秋》里面克明的死，对那些旧制度的卫护者们的那种表面十分严峻而其实极度虚伪和顽固的道学面孔是刻画出了的。《春》里面作者更多地和厌恶地勾画了克安、克定等人的荒淫无耻的堕落活动，他们的盗卖财物、私蓄娼优、玩弄丫头奶妈等的无耻行径是不堪入目的；而在他们的放纵和影响下，觉群、觉世等小一辈的无赖恶劣的品质也已渐成定型，正说明了这种制度和教育的野蛮和残酷。《秋》里面所写的面更扩大了，已不限于高家的范围，周家和郑家也占了很大的比重；通过周伯涛、郑国光、冯乐山、陈克家等等所谓书香缙绅之家的这些不同性格的描写，这个阶层的虚伪、堕落和无耻的面貌是更多方面地揭露出来了。这就不只补充了高家那些"克"字辈人物的精神堕落的面貌，而且说明了这是一个制度的产物，充分地表现了这些形象的社会意义。另外一些庸俗、泼辣和愚蠢的女眷们的活动，例如陈姨太、王氏、沈氏等，更以她们的丑恶的形象引起了人们的深深的厌恶。通过一些善良性格的牺牲，例如蕙的死和葬，枚的死，以及一些不幸的、丫环的命运，这些人物的"吃人的"面貌和作者的极端憎恶的情绪是更鲜明地表现出来了。

在《秋》的最后觉民说："没有一个永久的秋天，秋天或者就要过去了。"作者曾说他"本来给《秋》预定了一个灰色的结局，想用觉新的自杀和觉民的被捕收场"，但在友情的鼓舞下，他决定"洗去这小说阴郁的颜色"[42]。应该说，那个预定的计划是更接近于他的"爱情三部曲"或者《灭亡》《新生》的处理的，但在他所勾画的狰狞的"吃人者"面前，在对于光明的追求和愿意给读者以乐观和鼓舞的情绪下，他终于改变了预定的计划，给作品增添了健康的明朗的色彩。这也不仅表现在对于最后结局的处理，整个作品就是会令人感到正面力量的滋长的。作者以很大的热情描写了青年一代的活动，描写他们彼此间没有任何猜忌的、坦白的聚会，以及互相的关切和爱护；也着重地叙述和歌颂了青年人的革命组织均社的活动，说他们"要贡献出他们的年青的热诚，和他们的青春的活力，来为他们的唯一的目的服务"。这唯一的目的是"为人类谋幸福，为多数人，为那些陷于困苦的深渊中的人"。作者说"这些青年人的思想里有的是夸张，但是也不缺少诚实"。这种说法是切合实际的；因此尽管那种社会活动的方式仍然不够很健全，但它既不是作品的主要部分，而在作品中所起的作用也只在于增加了一些积极乐观的气氛和色彩。例如商业场失火了，觉新失了业，并直接影响到高家的争执和分裂，但这些青年人办的"利群周报社"也被烧，却连校样都没有损失，不到两星期就什么都弄好了。因此《春》和《秋》虽然没有《家》里面那样激荡，但这条"生活的激流"还是一直淌漾下来的；到下流虽然迂缓了一些，但那阻力也濒于崩溃了。新的力量和新的道路虽然在这些作品中还很朦胧，但它仍然有很大的鼓舞力，它吸引我们憎恨那种腐朽没落的制度，并为美好的将来而斗争。

六

除过长篇以外，巴金还写了许多的中篇、短篇小说；这些作品中不乏成功的佳作，而且也可以帮助我们多方面地了解作者的思想和风格。这些作品中的题材更广泛了，我们看到了比在长篇中更宽阔的社会生活。像收在《将军集》中的《还乡》，是写乡民们反对恶霸乡长的尖锐的群众斗争的，也暴露了乡长和上级政权之间的关系。乡民们说："他有的是钱呀！连县长都是他的好朋友，县长都肯听他的话！"而在它的姊妹篇《月夜》中，更描写了这个恶霸杀死了参加农会的农民的惨象。"在这悲哀的空气的包围中，仿佛整个乡村都哭起来了。"特别是《月夜》，写得是很精练的。在《五十多个》一篇中，作者描写了农民们挣扎逃荒的遭遇；他们遭了水灾，又遭了大兵们的抢和烧，结果只剩下"两只空手，一条性命"。饥饿和寒冷逼着他们，于是只好漂泊了。但到处都找不到可以立足的地方，这五十多个人中男女老少都有，在漂泊流浪中不断地和饥饿寒冷挣扎，共同的困苦像一根带子似的把他们缚在一起；小孩被卖掉了，老头冻死了，这一群人只是拼命地一块儿在死亡的边缘上挣扎。他们愤怒地想到自己很早就缴过修堤的钱，却不知道被人用在什么地方去了。这是多么悲惨的景象："孙二嫂坐在雪地上低了头摇着她怀里的死孩子在哭泣，赵寡妇偎着她的儿子在路旁昏睡了。沈老娘抱着她那孙女倒在雪堆里。吴大娘大声哭着那僵卧在她面前的八岁的孩子。"但他们并没有失去求生的勇气，仍然是五十多个向前面的村庄走着。这是用速写式的笔调写的，抒情的气氛很浓，也写出了劳动人民的友爱、互助和坚毅的品质。另外也有一些写工人生活的作品。短篇《煤坑》通过一个初下窑的矿工的感受，描写了煤矿工人的悲惨生活。工作条件非常危险，随时可以送掉命，但不断地还有许多人从农村来，甘愿拿性命去冒险。有的人无力做工了，为了领一点恤金来赡养家属，甚至不惜故意点燃煤气来把自己连同伙伴一块活埋在里边。此外在《砂丁》和《雪》里，作者更进一步地揭露了矿工们的非人生活，也描写了这些工人们的反抗情绪。特别是在《雪》里，作者更描述了矿工们组织工会和罢工的斗争。以上所述的这些取材于工农生活的作品虽然数量不多，但它表现了作家的探索和追求，对劳动人民的被压迫地位和革命要求的热烈的同情；这是非常可贵的，也是推动作家前进的力量。《抹布集》中收了两篇描述被踏践与被侮辱者的故事，作者从这些像抹布一样的微贱人物的灵魂里，发现了放射出来的洁白的光芒。《杨嫂》写一个善良的爱护孩子的老妈子的悲惨的一生；《第二个母亲》写一个变作了女人的男子的一生的遭遇。他是唱戏的旦角，后来就像女人一样地给一个官吏做了姨太太，受人的玩弄和践踏；但他的性格却是非常善良的。

知识分子是作者一向所熟悉的，在这些短篇中，也从各种角度描绘了知识分子的不同面貌；其中有作者所厌恶和批判的人物，也有类似"爱情三部曲"中那种为作者所歌颂的革命者的形象。《知识阶级》和《沉落》都是揭露大学教授的卑劣行径和虚伪的丑态的；在前一篇里，通过学校中校长和院长的派系倾轧，描写了这些教授们利用学生来闹风潮和勾引女学生等卑劣行为，以及毫无原则地只为巩固自己地位而进行各种拉拢的活动。《沉落》是攻击那种标榜"勿抗恶"的虚伪的学者态度的；这里写的是一个很有地位的学者和教授，他认为"一切存在的东西都有它存在的理由，满洲国也是这样"。因此他主张"勿抗恶"，对人宽容；提倡埋头读书，赞美明人小品和他们的生活态度，但实际却连他自己也感到是"愈陷愈深地沉下去了"。作者通过一个青年和他的来往，尖锐地讽刺和批判了这个人物。

另外也有一些是写革命者活动的故事的。《星》写一个小城市中的紧张的武装革命活动，有点类似《电》；但因为是通过一个并未参加活动的作家的感受用侧面写的,革命活动只起了背景说明的作用,因此对于主角秋星和家桢的革命者的品质和精神面貌倒有了比较深刻的描绘;同时对这个旁观者的作家也作了一些善意的批判。短篇《雨》写一个革命者被捕后在她的友人和母亲那里所引起的震动,这位母亲默默地然而坚强地承受了这一打击;最后证明这个革命者已经牺牲,她的友人们在悲愤中却更坚强地活动起来了。《春雨》里写一个知识分子同情而又不满他哥哥只为了吃饭去教书的态度和所过着的忧郁寂寞的生活,他决定"在唐·吉诃德和韩姆列德中间"选择一个;他勇敢地向前走,成为一个革命者。故事就在这弟兄二人的两种生活和两种性格的对比中展开,最后哥哥为肺病和穷困折磨死了,但嫂嫂却决定跟着弟弟做他所做的那些事情去了。另一篇《父亲买新皮鞋回来的时候》是更令人感动的;它通过一个八岁的小孩的感受写他父亲从事秘密革命活动和最后牺牲的情形。当这个小孩过生日,他父亲答应给他买新皮鞋回来的时候,他从此就永远地失去父亲了。后来这个小孩长大后也成了革命者,而且也有了一个八岁的小孩,但他仍然不能给他的小孩带回所许的一双新皮鞋。"为了公道"好像是一种遗传病,给这个革命者的家庭夺去了好几代的生命。作品的最后说:"孩子,去吧,你长大起来,你去,去把历史改造过。用你曾祖的血,用你祖父的血,用你父亲的血,用你自己的血去改造历史吧!"这是一篇富有抒情气氛的悲壮的故事,它热烈地歌颂了革命者的勇敢地献出一切的精神,读来是很令人激动的。在这些取材于知识分子的篇章里,作者常常选取动人的情节来集中地突出他们性格的某一方面,有的加以尖锐的讽刺和批判,有的则赋予热烈的同情和歌颂，不只爱憎分明，而且有些篇写得的确很成功，是富于艺术感染力的。

很多人都以为巴金的作品富于浪漫主义的色彩，这在他早期所写的短篇小说中尤为显著。他写了好些篇取材于外国，特别是法国社会生活的小说。这里面不缺乏爱情的故事和少年人的情怀，也很富于异域情调，写得也极缠绵婉曲；但即使如此，正如他自己所说，也并不能说这是"美丽的诗的情绪的描写"，而其实是"人类的痛苦的呼吁"[43]。这里面的人物多的是心理上的矛盾和精神的苦闷，好些故事都是些不幸者的凄凉的遭遇，但也包含着激动人向上和追求的因素。他在《复仇集》序中说："这里有被战争夺去了爱儿的法国老妇，有为恋爱所苦恼着的意大利贫乐师，有为自己的爱妻为自己的同胞复仇的犹太青年，有无力升学的法国学生，有意大利的亡命者，有薄命的法国女子，有波兰的女革命党，有监狱中的俄国囚徒，他们是人类的一分子，他们是同样具有着人性的生物。"这些人物大抵都是在不合理的社会制度下的不幸者或反抗者，譬如《狮子》一篇写一个残暴地打骂学生的法国中学学监，绰号叫"狮子"的莫勒地耶的故事；却原来因为他自己的母亲原是学校中的女厨子，被学监勾引得有孕后又遗弃了，他从小生活在贫困中，无力再升学；现在他的妹妹又作了学校中的女厨子，为了每月一百多法郎不得不像奴隶似的劳动，因此他才对那些有钱读书的人感到憎恨，他的打骂正是为了复仇和出气。现在又有学监看中他的妹妹了，他极端憎恨，他也知道学生叫他"狮子"，他说："当狮子饥饿了的时候它会怒吼起来，我现在是饥饿了。"这里写的正是一种阶级仇恨的自发的和变态的表现，里面是充满了血与泪的。《马赛的夜》描写了隐藏在豪华都市的心脏中的罪恶和荒淫，这里勾画了妓院和下等电影院中的游娼的活动。一个慈祥面貌的妓女在街上拉人，口中喃喃地说："先生，为了慈善，为了怜悯，为了救活人命……"一个旅馆的下女说，半年前她和六个女伴一同到这城市里来，如今那六个女子都做了娼妓，只剩她一个人还在苦苦地劳动。"马赛的夜"的月色很好，但照着的却是那么多的罪恶与不幸。《亚丽安娜》写一个波兰女革命者亡命在巴黎的故事，通过爱情的纠葛，作者把这个人物的精神面貌是写得相当清晰的。《将军》写一个流落在上海的白俄诺维科夫，他向妻子要钱，每晚喝酒，醉后就自称将军，使自己活在酒和彼得堡的怀念里；但他的妻子安娜却只能靠着美国水兵的蹂躏，供给他生活。最后他终于醉倒在马路上死掉了。这里作者揭露了这个"将军"的精神空虚和堕落，并给予了辛辣的嘲讽。类似上述这些作品，尽管有取材殊异、构思奇巧的地方，但它的社会意义仍然是很丰富的。

除过前面提到过的取材于法国大革命的几篇历史小说以外，《神·鬼·人》中的以日本为背景的几篇小说另是一个新的方面。他在序中说"生活的洪炉"使他"离开了那从空虚里生出来的神和鬼"，而认识了"我是一个人。我像一个人的样子用坚定的脚步，走向人的新天地去！"《神》里写长谷川由一个无神论者而变为终日念经的佛教徒的心理状态；他连报也不看，因为"不知道总比知道了袖手旁观好一点"，他正是由悲愤沦落到逃避的。他念念不忘一个为爱情自杀的女子和一个死在牢里的无神论者，但这种惨痛的回忆在他身上却只成了追求神通力的鼓舞，这里深沉地写出了一个精神空虚者的一生的悲剧。《鬼》中的堀口君是个类似长谷川的人物，他希望能见到他被拆散了的情人的灵魂，他信仰了宗教；他的道理很简单："要是没有鬼，那么我们在什么地方去找寻公道？这世界里一切因果报应都要在鬼的世界里找到说明。"作者深刻地刻画和批判了这个埋藏在自己造成的命运圈子里的婉转呻吟的人物。《人》里面写的是在日本监牢里的几个囚犯；这里有思想犯，有为了偷三本书而关进来的，也有因为养活父母而改扮女装去做咖啡店侍女被关进来了的青年等等，他们的态度也各不相同。作者在这里批判了软弱的生活态度，而突出地强调了人的尊严，结尾正是那句"我是一个人！"。他是以此来做这几篇小说的结论的，但最后这一篇写得还不够明朗有力。从作品的艺术成就来看，似乎《鬼》中的那个形象写得比较完整和深刻。

《长生塔》中的几篇是以童话的形式来揭露旧制度的基础和秘密的。这里表面上讲的是些荒唐的故事——长生的塔，隐身的珠，能言的树，但它却真实地揭露了社会上阶级对立的关系和歌颂了人民的反抗力量。

除了前面已经提到过的抗战时期所写的《还魂草》一书外，他所写的短篇小说的一些重要方面我们在这里大致都谈到了。在这多量的作品里面，当然并不能说每篇都是写得很成功的；有少数的篇章确实比较平庸，在他的长篇中所存在的某些弱点有时也有类似的表现；但不只多数写得较好，而且其中的总的精神是一致的，爱憎的界限是分明的，也是很容易为读者所理解的。由于短篇小说通常都是摄取一个生活片段或一两个人物的精神面貌来集中写出的，因此不只所反映的生活面较长篇广阔，而且在构思和艺术表现的集中和精炼上，也是有他的独特成就的。通过这些作品可以使我们更深入地了解作家的思想倾向和艺术特点。

七

抗战期间作者写了长篇小说《火》，共分三部，这其实是可以称作"抗战三部曲"的。这里表现了作者的爱国主义热情和对侵略者的愤慨，他希望以此来鼓舞全国人民的坚持抗战的勇气。作者在第一部《后记》中说："我写这小说，不仅想发散我的热情，宣泄我的悲愤，并且想鼓舞别人的勇气，巩固别人的信仰。我还想使人从一些简单的年青人的活动里看出黎明中国的希望。老实说，我想写一本宣传的东西。"这个创做意图是庄严的，他感到中国人民正处在火一般的斗争中，而且正是从这里可以看出新中国的希望来。第一、二部的主角冯文淑在经历了长期的前方工作后回到昆明，作者描写她做梦时都觉得"四面都是火，她被包围在火中，"作者殷切地希望人们在这"火的包围"中受到锻炼，我们的民族由此得到新生。《火》的第一部是描写抗战开始后上海青年的抗日救亡活动的；作者通过冯文淑、朱素贞、刘波、周欣等人的活动，给抗战初期上海的斗争情况和青年们的爱国精神勾画了一个轮廓。作者描写文淑在参加了伤兵医院看护工作以后的情形说："……全房间的人的心里都响着同样的声音。仿佛每个人都含着眼泪微笑，每个人都亲切地互相看望，阶级的不同，环境的差异和言语的隔膜在这一刻都消灭了。每个人都忘了自己，一个共同的目标把他们的心联结在一起，好像成了一颗心似的。这情景太使文淑感动了。"作者所描写的这种气氛是大体上可以概括全书的,特别是第一、二部,他正是要点燃读者的爱国的热情之火的。这里所写的那些青年虽然各有不同的性格和经历,但他们都动起来了,而且表现了一致的工作热情。在这些人物当中,刘波是比较坚强和成熟的,他的面貌也写得比较清晰。文淑由一个活泼、单纯的姑娘而勇敢地参加了实际工作,表现了一般青年的火炽的爱国热情。但总的说来,《火》第一部只勾画了"八·一三"以后上海青年活动的一个轮廓,人物性格是不够鲜明的。第二部写得比较好;上海沦陷后由冯文淑等青年组织的战地服务团深入了战地,做各种抗战宣传和组织民众的工作,《火》第二部就是写这个团体的工作和活动情形的。这里一共有十几个人,除团长曾明远年纪略大外,大家都是青年;共同过着流动的艰苦的生活和一块作着同样的工作,但彼此间的性格还是有差别的;其中如冯文淑、周欣、李南星、王东、张利英、方群文等人,都写得比较清晰。特别是冯文淑,作者用了很大的热情来描写她的成长和变化,是能给人以较深的印象的。这是一个有一对酒涡的美丽的少女,乐观活泼,喜爱幻想,但却非常坚定和勇敢;她在农民身上发现了朴素和真诚,认为"没有想到在外面会过得这样快乐"。到最后撤退时他们一连走了五天,她还穿着草鞋走了一天半路,而且经过了敌机轰炸和同伴牺牲的打击,但她仍然保持着饱满的情绪,跨过了大别山。这虽然是一个还未完全成熟和定型的人物,但她表现了青年人的爱国热情和值得宝贵的性格特点,是能给读者以鼓舞的。当这些人在某地做了许多宣传工作之后,敌人逼近了,他们当中的李南星等几个人就秘密留下来,和当地人民在一起做组织游击队等抗日工作；其余的则随着军队向后撤退了。这部作品相当真实地写出了一个群众抗日团体的工作情形和其中一些成员们的性格特点，内容比较完整，是反映了抗战初期那个时代的一些社会面貌的。《火》第三部又名《田惠世》，写于1943年。抗战后期国民党统治区的政治情况给作者带来了低沉阴郁的情绪，这部作品和前两部虽然在故事情节上还有一些联系，但气氛和情调却显然低沉多了。作品写冯文淑由前方回到了后方，住在朱素贞那里（她已经由护士成了一个战时的大学生），她们和一个基督徒田惠世的家庭建立了友谊。作者说："在这本小书中，我想写一个宗教者的生与死，我还想写一个宗教者和非宗教者间的思想和情感的交流。"[44]田惠世是这部作品的主角，这是一个正直慈祥，笃守教义的爱国的老年基督教徒，他把全部精力都用来帮助人，爱人，尤其是爱穷人。他的一家都为他的人格所感召，都在从事着正直和严肃的工作。他办着一个竭力拥护抗战的《北辰》的刊物，由上海、广州、香港、而至昆明，经过了各种的失败和挫折，但他毫不灰心，一直到他的死。他的虔诚的信念是："用牺牲代替谦卑、伪善的说教，用爱拯救世界，使慈悲与爱怜不致成为空话，信仰不致成为装饰，要这样做，基督教才能够有将来，才能够战胜人类兽性，才能够把人们引进天国。"由于他的这种人格的感动，竟使在抗日工作中受过锻炼的热情勇敢的冯文淑也与他的一家建立了亲密的友谊，而且最后还参加了《北辰》的工作。作者写那原因是："基督徒不基督徒都是一样的，只要你相信爱，相信真理，只要你愿意散播生命种子，鼓励人求生"；而且写另一青年朱素贞后来成为勇敢地暗杀大汉奸的人，也是为了相信爱的缘故。应该说，这部作品是写得不成功的；我们并不反对在作品中写基督徒，或者把基督徒写成值得人崇敬的爱国者；但作为一部文学作品，这部书是缺乏艺术力量的。第一，田惠世这个人物缺少具体的行动，作者着重描写他的心灵世界，但读者最多只能理解这是一个好人，并没有什么可以引入感动的艺术光彩。第二，文淑和素贞在这部书里的性格都比较模糊，特别是文淑；而如果与前两部联系起来看，则她们性格的发展线索是不够令人信服的。作为《火》的第三部，比之前面所写的青年们为祖国解放所作的勇敢的活动，这一部就未免过于晦暗和缥缈了；从这里是很难看出"黎明中国的希望"的。作者在《后记》中说："这书中的人物和事实全是虚拟的"，这恐怕是写得不成功的根本原因。大概作者受到当时政治环境的压抑，心境有些低沉，于是就决定"写一个宗教者和一个非宗教者的思想和情感的交流"，鼓励人相信真理、相信将来，不要为一时的逆流所动摇。但因为平日缺乏关于人物形象的生活积累，于是便只好纯由"虚拟"出发，结果就自然难如人意了。

　　作者的这种低沉的情绪也表现在他1944年以后所写的几部作品里。在长篇《憩园》《第四病室》《寒夜》和短篇集《小人小事》中所写的一些故事，可以说都是生活在"寒夜"里的一些"小人小事"。作者前期的那种激动的热情收敛或者潜藏起来了，他诅咒不合理的制度和反动政治所给予善良的人们的悲惨与不幸。这些人大都是无辜的和值得同情的，而他们所遭遇的悲惨却又似乎是习见的和不可避免的；作者以人道主义者的悲悯的胸怀，写出了这些不大为人注意的小人物的受损害的故事，目的只在控诉那个不合理的社会。这里表现出了在反动统治高压下的一般社会生活的灰暗的色彩，也反映了作者自己的低沉的心情。他收敛起了他那股鼓吹反抗和变革的激情，而用平淡的笔沉重地诉出了一些善良的人所受的精神的和物质的摧折。虽然作品中带有过多的阴郁灰暗的气氛，但作者对旧社会的极端厌恶的心情仍然是可以感受到的。他坚信光明的未来，因此希望人们在他的作品中能够得到一点慰藉和温暖；他要读者在别人的痛苦和不幸里面发现更多的爱。在《憩园》后记中他说："活着究竟是一件美丽的事"，他企图以此来鼓舞那些被损害的小人物的生活意志；这说明了作者的坚强的热爱生活的信念，但也说明了作者当时的低沉抑郁的心情。在《寒夜》后记中他说：

> ……我只写了一些耳闻目睹的小事，我只写了一个肺病患者的血痰，我只写了一个渺小的读书人的生与死，但是我并没有撒谎。我亲眼看见那些血痰，它们至今还深印在我的脑际，它们逼着我拿起笔替那些吐尽了血痰死去的人和那些还没有吐尽血痰的人讲话。

他说这些不幸的"被不合理的制度摧毁，被生活拖死的人断气时，已经没有力量呼叫'黎明'了"，作者的心境是很沉重的，他对不合理的制度感到极端的悲愤与难忍。《第四病室》是用一个人在病院中的日记体写的。在那样一个简陋和不负责任的医院里，却有一个善良热诚的女医生；她自己也有无数的不幸，却随时在努力帮助别人减轻痛苦。这里反映了作者自己写作时的心情，也表明了社会上并非全是黑暗，是存在着光明和希望的。他在《前记》中说："我一个朋友刚刚害霍乱死去,这里的卫生局长却还负责宣言并未发现霍乱。"作者以抑制不住的心情来诅咒这种不合理现象,因此他要通过一些似乎平淡而实悲痛的故事,来为那些被损害者讲话。《寒夜》的故事更其凄凉,它写了一个善良的知识分子汪文宣的生和死。活着的时候他是苦痛的;家庭的不睦,疾病的折磨,生活的拮据,失业的胁迫,使他的精神和身体都不能再支持了,终于在抗战胜利的爆竹声中吐尽了血痰死去了。而死的时候是更其痛苦和凄凉的;他并不想死,但在漫长的寒夜中终于支撑不下去了。这是当时一般善良的知识分子为生活挣扎的结果,作者向那个社会悲愤地提出了他的控诉和抗议。但这些作品由于取材的范围比较狭窄,没有接触到当时社会生活的重要方面;而且那些人物的遭遇和不幸有些也是由于自己的懦弱才让环境给压扁了的,作者对这些人物本身的弱点缺乏批判;从作品中也很难看到当时人民力量已经壮大的时代背景和所谓"黎明中国的希望",而更多的是使人感到一种灰色的阴郁气氛;这是很难给读者带来鼓舞和力量的。作者早期的那种鼓吹反抗和变革的激情既已冲淡,则作品中的那种厌恶和憎恨也就相对地缺乏感人的力量了。比之作者抗战以前的那些使人激动的作品,后期这些作品的成就应该说是比较平庸的。

八

在《沉落集·序》中,作者说他的作品都是在"愤慨的情绪下写成的",而且自述:"态度是一贯,笔调是同样简单。没有含蓄,没有幽默,没有技巧,而且也没有宽容。这也许会被文豪之类视作浅薄，卑俗，但在这里却跳动着一个时代的青年的心。我承认我在积极方面还不曾把这时代的青年的热望完全表现出来，但在消极方面我总算尽了我的力量。在剪刀和朱笔所允许的范围内，把他们所憎恨的阴影画出来了。"这段话大体上是可以概括他的作品的特点的。那种对旧制度的强烈的憎恨和热情地鼓吹反抗和变革的态度，是贯串在他全部作品中的主要精神。就是这种鲜明的倾向性，或者说是"一个时代的青年的心"，鼓动了无数青年读者的正义感和不满现实的激情，并引导他们走向反抗和革命的道路。作者的这种态度完全是自觉的，而且正是推动他不断写作的重要动力，他是把创作当作革命的武器来使用的。在"爱情三部曲"的长序中，他抄录了一个不知名的青年读者给他的信；这是一个大学的女生，她有不满周围一切的苦闷与矛盾，想要作者指示她如何脱离家庭和走上追求光明的道路。她对作者是怀有无限敬意的，信中说："先生的文章我真读过不少，那些文章给了我激动，痛苦，和希望，我老以为先生的文章是最合于我们青年人的，是写给我们青年看的，我有时候看到书里的人物活动，就常常梦幻做的想到那个人就是指我！那些人就是指我和我的朋友，我常常读到下泪，因为我太像那些角色，那些角色都英勇地寻找自己的路了，我依然天天在这里受永没完结的苦。我愿意勇敢，我真愿意抛弃一切捆束我的东西啊！"应该说，写这封信的人和信中所表现的情绪，在巴金作品的读者中是有代表性的。正是这些单纯、热情，有苦闷、有理想，喜爱幻想却又缺少生活知识的青年们热爱着巴金的作品，并从它们当中得到启发。作者过去创作力量旺盛的时代是青年时期，他笔下的人物也大致都是青年，而他的作品的读者主要也是青年。在《家》的后记中他说："我始终记住：青春是美丽的东西，而且这一直是我的鼓舞的源泉。"正是通过他的作品，展开了"青年的心"的交流，并互相得到了鼓舞。因此我们可以说，巴金的作品主要是一首青春的赞歌，他歌颂青春的美丽和成长，而诅咒那些与青春为敌的摧残生命的势力。他赞美青年人的一切，甚至同情或原谅了他们的幼稚和弱点（这些小资产阶级的知识青年当然是有弱点的），这就是巴金作品取得成就和带有某些弱点的重要原因。在答复上述的那一位青年读者的要求时，巴金说他将要写一部书，"写一个女子怎样经过自杀，逃亡……种种方法，终于获得知识与自由的权利，而离开了她的在崩溃中的大家庭。这是一个真实的故事。这样的一本书写出来对于一般年青的读者也许有点用处。"这本书大概就是以后写出来的《春》。从这里可以知道，无论是"爱情三部曲"或"激流三部曲"，作者都是自觉地以青年为对象，并为他们提供追求的道路的；而且还常常用了塑造正面形象的方法，使青年感动并自愿以这些人物为榜样，学习和模仿他们的行动。觉民、觉慧、淑英、琴，都是这样的人物，并在青年中起了很大的影响；特别是觉慧，可以说已成为现代文学中少数的最为人所熟悉的典型形象之一。

上述的这种创作态度和他作品中的鲜明的风格特色是有密切联系的。因为是青年人彼此间的热情的鼓舞和心灵的交流，因此它不需要含蓄或幽默，也没有余裕来从事技巧的雕镂；它需要的是单纯、热情、坦白、明朗，这样才能够沟通彼此间的感情，打动对方的心曲。作者在"爱情三部曲"的序中自述他写作时的情形道：

> ……我写作时差不多就没有停笔沉思过。字句从我的自来水笔下面写出来，就像水从喷泉里冒出来那样的自然，容易。但那时候我的激动却是别人想像不到的。我差不多把全个心灵都放在那故事上面了。我所写的人物都在我的脑里活动起来，他们和活人没有两样。他们生活，受苦，恋爱，挣扎，笑乐，哭泣以至于死亡。为了他们我忘了自己的存在。好像不是我在写这文章，却是他们自己借了我的笔在生活。

这可以说是一种青春的激情。作者曾多次地自谦说，他的作品中"缺少冷静的思考和周密的构思"，其实从另一种意义说，这正是作者风格特色的来源。他已经和作品中的那些青年人共命运同呼吸了，他生活在那些青年人当中，像给一位知心的朋友写长信诉衷曲似的，那需要的只是热情和坦白；连"停笔沉思"都很困难，如何还谈得到"冷静的思考和周密的构思"，如何还用得上含蓄或幽默！但在激情中的思考和"像水从喷泉里冒出来那样"的构思是另有它的激动人心的艺术力的，单纯自然和明朗坦白是更符合于青春的特征的，这正是构成巴金作品的艺术成就的重要因素。

在他的作品的各种序跋中，他常常告诉我们那个人物是有模特儿的，另一个又是以某一朋友作原型等等；这不只说明他所塑造的形象的现实根据，同时也说明了作者对待生活和创作的态度。他在生活中对于他所接触的人是有爱憎和评价的，对于某些生活事件是感受敏锐的，而且常常联系到他所进行的创作构思上面。这样,就不止增强了他所塑造的许多人物的现实根据和社会意义,而且也更多地赋予了作者自己的感情。他说:"我深自庆幸我把自己的感情放进了我的小说里面"[45],这的确是增强了作品中的青春的激情和坦白明朗的风格特色的。另外也有一些人物形象并不是根据原型的艺术加工,而是作者综合和集中创造的结果,那上述的情况也是同样存在的。譬如《电》中的李佩珠,作者说:"这个妃格念尔型的女性,完全是我创造出来的。我写她时,我并没有一个模特儿。"[46]但最后只要他一想,"眼前就现出了李佩珠的充满着青春的活力的鹅蛋形的脸",这个形象已在作者的脑中活生生地存在了,她也同样可以引起读者的激情。鲁迅先生曾说:"作家的取人为模特儿,有两法。一是专用一个人……二是杂取种种人,合成一个,……这方法也与中国人的习惯相合,例如画家的画人物,也是静观默察,烂熟于心,然后凝神结想,一挥而就,向来不用一个单独的模特儿的。"[47]看来巴金所采用的典型化的方法是两种同时并用的,这样就使构思更易于符合作者的创作意图,而可以比较完满地表达和打动"青年的心"了。

　　作者自己所谓"没有技巧"只能理解为没有形式主义地单纯追求技巧,而并不是说作者的写作能力还不够圆熟。事实上作者正是熟练地运用了各种手法来完成人物性格的描写的。像《电》中那样电光闪耀的头绪繁多的事件,像《秋》中那种多样的场面和复杂的线索,有时大开大阖,有时错综交织,在处理上都可以看出作者驾驭及叙述的才能和用心。在环境气氛的描写和色彩的渲染上,也同样是有特色的;譬如在描写主人公的悲惨的遭遇和结局时,却并不至给人带来伤感，而很自然地使人感到憎恨和对于未来光明的信心；这在一些短篇中是常常可以见到的。而这一切又都不是孤立的，它从属于人物性格的描写和主题思想的开展。即使描写景物也是如此，譬如《火》第三部中写田惠世一早起来去看冯文淑他们的时候说：

> 我一早起来就到湖上散步，空气好得很，天刚刚亮，还看不见太阳，只有几片粉红的云彩。草上树叶上都还有露水，连蜘蛛网上也挂着露水，就跟一颗一颗的珍珠差不多。后来太阳出来了，路上好像画了一幅画，比画还要好，树叶时时在动……

这当然是为了写田惠世的开朗的心境和性格的。因为是"像喷泉里冒出来的"那种热情的抒发，因此他作品中宁静地描写景物的地方一般很少，而最多的是采用了在叙述中抒发感情的笔调。他的语言流畅，使人很快地就为作品中人物的命运、他们的悲哀和欢乐所吸引了，而且自然地就引起了人们的激动；这应该说是他的作品的重要特点。

因为不只要写出他的人物的遭际，而且要写出他们的追求和憧憬，信仰和理想，因此他很着重于解剖人物的精神世界，描写他们的心理状态；这在他的作品中是常常可以见到的。他经常运用梦境、幻象或独白的写法来突出人物的思想活动，使他们的性格更为清晰，也使读者更易于受到感动。《雨》里面的熊智君说："在梦里人是很自由的，很大胆的。我们会梦见许多在白日里不敢想到的事情。"因此通过梦境也最容易表现人的理想和憧憬，表现人的精神世界的活动。

作者曾写过一篇散文叫《寻梦》，实际上就是写对于理想的追求的。《灭亡》中的杜大心是一个憎恶一切的人，但在梦的世界里他却受到他幼年时的爱人、他的表妹的爱的抚摩；"她的面貌是如此庄严，如此温柔，如此美丽，如此光辉，他不禁软化了，无力地睡倒在地上。"这是有助于写出杜大心性格的复杂面貌的。《新生》里李冷在就义以前，梦见了他母亲对他的充满了爱怜的说教，醒来后他说："我知道母亲已经死了。她不会活着来说那一番话。那些话是我对自己说的。我躺在床上，借着梦自己在对自己说教。但这说教究竟是美丽的。"这其实就是在梦的形式下的人物的独白，但它是有助于描写人物的心理状态的。《家》中在鸣凤跳水死后曾写了觉慧所做的一个梦：他梦见鸣凤变成了小姐，但他们的爱情又有了新的阻挠，于是他们乘着小船逃走，在波浪和后追汽艇的枪弹下拼命挣扎，终于鸣凤被人夺走了，自己孤零零地漂在河上，一点力气也没有了，大浪卷来，眼前是无边的黑暗。这个梦境的描写对于觉慧和鸣凤的关系，对于使他们分开的社会意义，都是很重要的。《秋》中写觉新梦见蕙向他求救，是写出了觉新内心的矛盾，也是觉新性格开始有所变化的根据。短篇《龙》是更典型的，它就是通过一个梦来写不顾一切困难和危险，而坚持追求丰富的、充实的生命那种理想的。《火》的第三部开头写的冯文淑梦见日本飞机惨炸和四面起火的情形，不只写出了故事的时代背景，而且也是与这个由前方刚到后方的少女的心理相适应的。

有时候并不必在睡梦中，当一个人为某一事件、爱情或信仰所激动，也会突然在脑际出现一种幻象；它变化很快，但这种幻象或遐想是可以表现出人物的心理活动的。《灭亡》

中写杜大心在看见汽车碾死人的第二天,又走到那个地方,"霎时间他看见从土地内爬出来昨天的那个尸体,而且站了起来,相貌恰和刚才看见的推粪车的人一样。呀!不只一个,是两个,四个,八个,十个,千个,万个!街上过往的人都是!同样的衣服,同样的面貌。他感到一种压迫,先是怀疑,后来就是恐怖了。'呸!这是不可能的事!我不信!'他努力睁大眼睛,果然什么都没有了。一切依旧是幽静而安闲。"这对描写杜大心的爱与恨是很有力量的。《雨》中写吴仁民在孤寂中忽然看见了死去的陈真,而且和他辩论起来,陈真庄严地告诉他说:"我们的努力不会白费的。"显然,这里是在描写吴仁民内心的思想斗争。后来吴仁民经过了爱情的波折和烦恼以后,他在寂寞中让雨打在头上脸上,忽然"一个女人的面孔披开雨丝现出来,接着又是一个,还有第三个。但这些又都消灭了。他的眼前第二次出现了那一条长的鞭子,那是一连串的受苦的面孔做成的,他第一次看见它是在前一个月里他在两个女人的包围中演着爱情的悲喜剧的时候,如今这鞭子却显得比那一次更结实,更有力了。"于是他又注意地望着远处,"他不曾看见黑暗。他只看见一片蓝空。蓝空中渐次涌现了许多脸,许多笑脸,那些脸全是他所不认识的,他们完全没有一点痛苦的痕迹。在那些脸上只有快乐。"这里显然是描写吴仁民在生活中经受波折后的思想变化的;他看见了摧毁旧世界的鞭子似的潜伏的力量,也看到了未来的幸福时代;于是他忏悔过去,大雨把他的苦恼都洗去了。这就是《雨》的结束。为了突出作品中人物形象的精神面貌,他常常采用类似上述的一些描写人物的心理状态的手法。他喜欢用书信体(如短篇《爱的十字架》《神》

《窗下》《还魂草》等)或日记体(《新生》和《第四病室》)来写作品,同时还有许多短篇都是用第一人称写的,这些都可以说明他是非常注意于内心世界的描绘的;而且通过自我思想上的矛盾和斗争也更容易推动人物性格的发展。他常常用一种带有抒情意味的表白语气来展开故事的情节,因此他作品中的人物是比较易于引起人的同情的。他不屑于花很多笔墨来描绘那些旧社会的渣滓,在他的作品中属于单纯暴露性质的非常之少,其中总有能引起我们同情的人物。他经常把较多的力量花在描写那些正面的、或善良的与值得同情的人物上面,这也正是他喜爱取材于青年知识分子的原因,他是把这些人当作进步力量的源泉来看待的。巴金可以说是一位热烈地歌颂青春的作家。

　　三十年来,他写出了大量的作品;他是我们现代文学史上创作量最丰富的作家之一;这充分说明了他对革命文学事业的责任感和创作劳动的辛勤。这些作品的成就当然是有参差的;而且由于生活经验和思想的限制,也不能不给他的作品带来一些弱点,尤其是思想上的弱点。我们不同意把这种弱点过分夸大,来否定这样一位有重要成就的作家的贡献;但我们也不赞成那种无批判地把缺点也加以美化的态度。作者在1951年新版《家》的后记中说,他没有能给读者指出一条路来,"事实上我本可以更明确地给年轻的读者指一条路,而且也有责任这样做的。"又说:"我没法掩饰自己二十二年前的缺点。而且我还想用我以后的精力来写新的东西。"在1953年新版《春》的前记中说:"现在一个自由、独立、平等、幸福的新中国的建设开始了。看见我的敌人的崩溃、灭亡,我感到极大的喜悦。"又说:"现在抽空把过去二十五年中写的东西翻看一遍，我也只有感到愧悚。"我们觉得他这些话除了谦虚的美德以外，面对着新中国成立后的喜悦的心情，也包括着他对于自己作品的思想与艺术的更高的要求。他殷切希望今后能写出质量更高的新作品，来贡献于新中国的建设；那么当他再翻看过去的作品时，就自然地产生了一种严格地要求自己和严肃的自我批评的精神。这种精神是可贵的和可敬的，而且读者正是从这里产生了对他的更大的期待和更高的希望。那么，在我们说明他的创作的成就、影响和艺术特色的同时，指出他作品中的一些弱点，特别是来源于思想上的限制的弱点，也就不是没有必要的了。我们是应该向这些"五四"以来的有成就的作家学习的，吸取他们的成功的艺术经验，也吸取他们的某些失败的教训；这对我们都是非常有益的。我们对作者三十年来的创作成就怀着很大的敬意，但也希望能很快看到作者贡献于新中国建设的新的成就，我们相信这个期待是不会落空的。

1957年9月5日于青岛

*　　*　　*

〔1〕〔7〕〔10〕〔13〕巴金：《〈巴金短篇小说集〉第一集·〈写作生活的回顾〉》。

〔2〕〔40〕〔41〕〔45〕巴金：《短简·关于〈家〉》。

〔3〕〔4〕〔5〕巴金：《生之忏悔·灵魂的呼号》。

〔6〕〔43〕巴金：《〈巴金短篇小说集〉第一集·〈复仇集〉序》。

〔8〕巴金：《〈巴金短篇小说集〉第二集·跋》。

〔9〕〔22〕〔30〕〔33〕〔34〕〔35〕〔36〕〔37〕〔38〕〔46〕巴金：《〈爱情三部曲〉序》。

〔11〕〔26〕〔27〕〔28〕〔31〕〔32〕〔39〕见巴金《爱情三部曲·雾》作者的自白。

〔12〕巴金:《〈火〉第二部·后记》。

〔14〕巴金:《〈巴金短篇小说集〉第一集·〈我的眼泪〉》。

〔15〕巴金:《灭亡·序》。

〔16〕巴金:《梦与醉·生》。

〔17〕巴金:《沉默集》序二。

〔18〕〔20〕巴金:《〈巴金短篇小说集〉第二集·法国大革命的故事》。

〔19〕〔21〕巴金:《黑土》:《马拉、哥代和亚当·鲁克斯》。

〔23〕巴金:《灭亡》七版题记。

〔24〕巴金:《旅途随笔·海珠桥》。

〔25〕巴金:《〈巴金短篇小说集〉第二集·春雨》。

〔29〕见巴金《灭亡》中所写朱乐无作的杜大心遗著《生之忏悔》的序中语。

〔42〕巴金:《〈秋〉序》。

〔44〕巴金:《〈火〉第三部·后记》。

〔47〕鲁迅:《且介亭杂文末编·〈出关〉的"关"》。

巴金的生活和创作

巴金是著名的现代小说家、散文家。原名李尧棠，字芾甘。"巴金"是他1929年发表《灭亡》时开始使用的笔名。另外还有佩竿、余一、王文慧、欧阳镜蓉等笔名。

一 创作活动的准备与开端

1904年11月25日，巴金诞生于四川成都一个封建官僚地主的大家庭。父亲李道河曾任清政府广元县知县。母亲陈淑芬是巴金的"第一个先生"，除教读古诗词外，还教导他"爱一切的人，不管他们贫或富"[1]。少年时期在与轿夫、伙夫的密切接触中，不仅初步了解了下层人民的不幸命运，而且"得到了"正直诚实的"生活态度"[2]。1914年和1917年母亲与父亲相继病逝后，受到封建大家庭的排挤，"在和平的、友爱的表面下"，"看见了仇恨的倾轧和斗争"[3]，他目睹大家庭内当权势力的种种丑恶腐朽生活和旧礼教对青年男女的摧残迫害，对封建大家庭王国产生了强烈的憎恨。

1919年"五四"运动使十五岁的巴金"从睡梦中惊醒了，我睁开了眼睛，开始看到一个崭新的世界"，思想和生活都发生了决定性的转折。他因此自称为"'五四'的产儿"[4]。在新文化新思想广泛传播的热烈气氛中，巴金从《新青年》《新潮》《每周评论》《少年中国》中接受了"五四"的科学与民主的思想,也从克鲁泡特金《告少年》、廖抗夫《夜未央》和爱玛·高德曼的文章中,受到了无政府主义思想的影响。在"五四"浪潮冲击下,巴金由最初朦胧的觉醒进而形成了强烈的反帝反封建的民主主义革命要求,尊重人、同情被损害者的人道主义思想,和为追求光明与真理而献身的坚定信仰,为他以后的文学奠定了坚实的思想基础。

1920年巴金考入成都外国语专门学校,并立即投入实际运动中。他参加了成都学校反抗军阀统治的集体罢课、请愿活动和进步学生刊物《半月》的编辑工作,发起组织了以无政府主义指导思想的团体均社,并任《平民之声》周刊主编。1922年7月、11月,巴金在上海《时事新报》副刊《文学旬刊》上发表了他最早的新诗《被虐待者的哭声》和散文《可爱的人》等,表现了关注社会生活的现实主义态度,同情被压迫者的人道主义精神,和对于理想的执着追求,初步显示了自己创作特色。

1923年5月,巴金冲破封建家庭的樊笼,到了上海、南京,考入了南洋中学及东南大学附属中学学习。1925年夏中学毕业后,又在上海、北京漂泊了一年多时间。面对着"五四"运动以后思想界统一战线的急剧分化,巴金的思想与行动陷入深刻矛盾中。他在南京积极参加了"五卅"运动,并从侵略者的暴行中认识到"要打倒帝国主义,须弱小民族自己努力"[5],同时翻译了克鲁泡特金《面包略取》等无政府主义著作,并在《学灯》《民钟》《洪水》等报刊上,发表了一系列宣扬无政府主义的文章,一直到二十年代末,他以很大的兴趣和精力,从事这方面的文字工作,成为这种社会思潮的一名热情的宣传者。

1927年2月，为了寻找社会解放的道路，巴金到法国留学；先在巴黎，随后迁居沙多—吉里。在法国，他更广泛地接触到各种社会思潮。法国启蒙运动和资产阶级大革命所揭示的民主主义理想对他产生了极大的吸引力，又从俄国虚无党人的主张和行动中受到了鼓舞。巴金旅法期间，第一次国内革命战争遭到了失败；他站在民主主义和人道主义立场上，坚决反对国民党血腥屠杀，并对"为主义而死"的共产党人表示敬仰和同情，在政治上与投靠国民党的无政府主义者决裂。1927年8月，美国政府不顾世界舆论的抗议，处死巴金奉为"先生"的无政府主义者、意大利工人樊塞蒂，更使他感到震惊。在极度的痛苦与矛盾中，巴金写下了他的第一部小说《灭亡》，内容描写在封建军阀统治下，一些知识青年的痛苦、抗争和失败，对旧制度发出愤怒的控诉，宣告"凡是曾经把自己的幸福建筑在别人的痛苦上面的人都应该灭亡"[6]。但主人公杜大心的思想和行动都带有很大的盲目性，他的英勇行径和牺牲精神都不能触动严酷的反动统治。小说"真实地暴露了一个想革命又没有找到正确道路的小知识分子的灵魂"[7]；《灭亡》有较多的篇幅展开关于政治信息和人生意义的辩论，它们都是那个时代许多青年焦虑的课题，有关描写又和作家特有的炽热感情揉合在一起，因此很能拨动青年的心弦。这部小说表明，巴金从一开始就是自觉地走上以文学作为武器，向"一切旧的传统观念，一切阻碍社会进化和人性发展的不合理的制度，一切摧残爱的努力"[8]作斗争的道路，作为反帝反封建的不屈战士、热情的爱国主义者、被压迫和被剥削人民的真诚朋友，他的创作，与现代文学的主流是一致的。

二　成熟时期的创作

《灭亡》于1929年在《小说月报》上发表后，引起了强烈的反响。1930年至1933年间，巴金又创作了《死去的太阳》《新生》《爱情三部曲》(《雾》《雨》《电》)等中篇小说。这些小说在主题、题材和人物形象等方面，都与《灭亡》相似，描写了在军阀统治下"一群青年的性格，活动与死亡"[9]；作品揭露封建军阀统治的残暴，赞美青年人憎恨黑暗的现实、追求光明理想和勇于献身的精神，一定程度上反映了人民反帝反封建的革命要求，激发了读者变革旧现实的热情。其中《爱情的三部曲》，是作家自己最喜爱的作品，同一时期，巴金还写了中篇小说《砂丁》《萌芽》(因遭禁，改名《雪》自费出版)，着重反映矿工的苦难与斗争，开拓了新的描写领域，表达了对于社会最低层的工人生活和斗争命运的真挚关切，也表现了对于社会解放、阶级斗争的更为广泛、深入的思考。

1931年开始，巴金集中力量从事文学创作。"从这一年起我才开始'正式地'写起小说来，以前我只是在读书、翻译或旅行的余暇写点类似小说的东西。"[10]这一年创作的长篇小说《家》，是巴金的主要代表作。小说以"五四"的浪潮波及到了闭塞的内地——四川成都为背景，通过一个大家庭的没落和分化，真实地写出了封建宗法制度的崩溃和革命潮流在青年一代中的激荡。小说主要刻画了三类青年男女的形象。觉慧是受到"五四"新思潮冲击的新生的民主主义力量的代表。他对封建家族制度和旧礼教所采取的彻底决绝的态度，体现了"五四"时代对旧的一切表示怀疑和否定的精神;他"夸大地把改革社会、解放人群的责任放在自己的肩头",更是典型地表现了"五四"时期青年觉醒后的革命情绪。在产生于封建家庭内部的觉慧这样的"新人"身上,巴金寄托了自己的理想与希望,唱出了"青春是美丽"的赞歌。这个热情大胆地追求进步的青年形象,在青年学生中间激起了强烈的反响。觉新在"五四"新思潮影响下有了初步的觉醒,但他却无力摆脱旧家族、旧礼教的"十字架",他企图用"作揖主义"与"无抵抗主义"的哲学"把《新青年》的理论和他们这个大家庭的现实毫不冲突地结合起来",陷入极度精神痛苦中,不仅毁灭了自己,常常也伤害了周围的人。巴金在新旧时代交替、新旧势力搏斗的背景下,写出了他作为封建大家庭的"长房长孙"的复杂困难的处境和内心的尖锐矛盾;怀着极大的同情揭示了觉新的深刻的悲剧性,希望唤醒同类青年走上新路。这个人物写得丰满深刻,是现代文学史上一个著名的典型形象。梅、瑞珏和鸣凤,三位从外表到内心都具有"美"的特质的青年妇女,同样受着"五四"新思潮的熏陶,有过幻想与梦,但现实却无情地粉碎了她们的梦,她们终于为封建制度所毁灭。在这类封建家庭牺牲者的形象身上,巴金倾注了他人道主义的同情和悲愤,向垂死的封建制度发出了"我控诉"的呼声。每当写到她们,作家的笔触即变得柔和起来,蕴含着更多的温情,从而增添了作品的诗意。对题材的熟悉和作者感受的深切,使这部作品获得强烈的感染力量。在现代中国,封建宗法家庭的解体是个十分缓慢的过程,不少作家写到过这类题材。巴金的《家》是其中写得最成功、影响也最大的一部。在对青年进行反封建的启蒙教育方面,它起了很大的作用,激动了几代青年读者的心灵。

在1929年至1937年抗日战争爆发之前，巴金还创作了《春天里的秋天》《海底梦》《利娜》等中篇小说，和《复仇》《光明》《电椅》《抹布》《将军》《沉默》《沉落》《神·鬼·人》《发的故事》等短篇小说集和童话集《长生塔》。他的短篇，颇多取材外国的作品，除了少数根据历史文献、传记上的素材改编的以外，大多是通过在国外生活和外国友人交往中，观察体验得来的；在广阔的世界舞台上，突出的同样是民族压迫、阶级对立的悲惨现实，反抗不合理统治的英勇斗争，和革命志士的献身精神。不少作品采用了第一人称的写法，包括书信体、日记体等。其中的"我"，或者是故事的中心人物，或者是事态发展的参与者、目击者。他自己说："我写文章，尤其是写短篇小说的时候，我只感到一种热情要发泄出来，一种悲哀要倾吐出来。……我是为了申诉，为了纪念才拿笔写小说的。"[11]这种写法，的确更便于"倾吐"和"申诉"。来自异域题材和主观热情的宣泄，都给他的短篇带来浪漫主义的色彩。到了三十年代中期，短篇的取材逐渐转向国内动荡的社会生活，转向知识分子、农民的斗争活动，并且出现了抗日的题旨。与早先的作品一样，处处显示出作家对人民的不幸和苦难的高度敏感，弥漫着由此而来的内心不安和痛苦，又激荡着对于美好前景的憧憬和追求。但比前一段讲究情节结构和细节描写，加强了现实主义的成分。

巴金同时又是一个散文家。早在1927年旅法途中，就写成了第一本散文集《海行杂记》，随后又陆续写有《生之忏悔》《从南京回上海》《旅途随笔》《忆》《短简》《点滴》

等集子。他的散文包括随笔、游记、杂文、回忆录、书信等多种体裁。写得最多的一类是回忆自己青少年时代的生活和思想,说明自己创作的动机和经过的文章,它提供了许多有关作家生平经历的传记资料。另一类是他在国内国外各地游历时的见闻,用速写的笔法勾勒出畸形社会的众生相,同时也抒发了自己的感触。巴金的散文,把自己的心交给读者,真诚而坦率,从不掩饰自己的爱憎、欢乐和不快。他的文字清丽流畅,热情洋溢,没有刻意雕琢的痕迹,这种特点在散文中表现得更为充分。他的散文善于将叙事和抒情融合在一起,虚实相间,挥洒自如,写得很有魅力和光彩。

巴金在用自己全部心血为祖国和人民写作的同时,还以极大的热情参加了三十年代的进步文化活动。他先后任《文学季刊》编委,《水星》《文季月刊》主编之一,并任文化生活出版社总编辑,主编《文学丛刊》《文化生活丛刊》《文学小丛刊》,编选出版了鲁迅、茅盾、郑振铎、曹禺等作家的优秀作品,并为培养文学新生力量作出了巨大的努力。

三 抗战时期创作的新发展

抗日战争激发了巴金的爱国主义激情。1937年8月13日日军进攻上海,巴金与茅盾主编《呐喊》(战前《文学》《中流》《文季》《译文》四种文学刊物的联合刊,后改名为《烽火》),任上海文化界救亡协会机关报《救亡日报》编委;积极宣传抗战。1938年3月,巴金被选为中央全国文艺界抗敌协会理事,在八年抗战中,巴金辗转上海、广州、汉口、昆明、成都、重庆、贵阳、桂林之间,和人民同患难共命运，自觉地用笔为抗日民族解放战争服务。

1938年至1943年，在迁徙不定的生活中巴金写了小说《火》三部曲（又名"抗战三部曲"），形象地写出了抗战初期和中期一部分小资产阶级知识分子生活的变迁与思想的历程，也反映了作家的思想与心境，小说一、二部描写知识青年在上海、后来在皖西农村的抗日救亡活动。他们幼稚单纯，彼此间也不无矛盾纠纷，却都在战火中得到锻炼，逐渐成长起来。作品洋溢着高昂的乐观精神，寄托着在"火的包围"中民族得到新生的期望。其中的一些人物与作家前期作品中经常出现的主人公有些相似；但全民抗战的热潮把他们从孤独寂寞的小天地和自我矛盾的内心纷乱中，推到了群众斗争的行列，也洗去了那些虚无主义、个人英雄主义的印记。第三部的写作时间与前二部间隔较久，故事情节也与前两部衔接不紧，主要叙述当年奔波于救亡前线的青年到了大后方，沉入平庸的生活，失去了昔日的斗志和热情。它充满着时代的压抑感，借助"一个宗教者和一个非宗教者间的思想情感的交流"[12]，鼓励人们相信理想，相信未来，不要为一时的逆流所动摇。

在创作《火》的同时，巴金基于"抗战中要反封建，抗战以后也要反封建"[13]的深刻认识，在孤岛上海写完了《家》的续篇《春》，并续写了《秋》，最后完成了《激流三部曲》的写作。在《春》与《秋》里，不仅进一步展开了高家"克"字辈及其下一代精神堕落的描写，而且通过周伯涛、郑国光、冯乐山的虚伪、残酷面貌的刻画，加强了对封建制度的批判力量。贯串两部小说的主线是淑英与淑华在觉慧影响下的觉醒与成长；《春》在"春天是我们的"的乐观预言中结束,《秋》结尾增添的健康、明朗的色彩,都显示出巴金在抗日战争的大时代里思想的新发展。

在抗日战争后期及战争结束后,国民党政府加强了国内的法西斯统治。随着对现实生活认识的深化,巴金的创作由初期的热情讴歌抗战转向了对国民党统治区黑暗现实的批判,标志着作家与人民、时代的联系更加密切。他把笔触伸向不为人注意的善良无辜的小人物,描写他们似乎习见的和不可避免的悲剧命运,目的都在控诉与否定国民党统治下"快要崩溃的旧社会、旧制度"[14]。中篇小说《憩园》重新出现富贵人家悲欢离合的故事,"替垂死的旧社会唱挽歌"[15];从杨、姚两家的衰败和不幸,写出了旧的家族制度的毒害和必然崩溃的命运,同时也探索着应有的合理生活。小说将互不相关的两个家庭的故事,巧妙地结合在一起,结构上颇具匠心,全书还弥漫着浓厚的抒情气氛,有较高的艺术成就。中篇小说《第四病室》根据作家住院治病的亲身经历和直接观察写成。他把病室作为"当时中国社会的缩影"来写[16],通过那些平凡的充满悲剧意味的生活细节,写出了在反动统治下人们的呻吟、挣扎和死亡。长篇小说《寒夜》写于抗日战争末期到解放战争初期。曾经也有过抱负的汪文宣、曾树生夫妇,在经受了战争和艰辛生活的煎熬以后,失去了原先的锐气和勇气。他们渴望平静的生活,但生活的拮据,失业的胁迫,疾病的纠缠,却在他们心灵上以及彼此关系上蒙上沉重的阴影,使他们陷入无休止的琐屑冲突与精神折磨,导致家破人亡的悲剧。作家说"我有不少像汪文宣那样惨死的朋友和亲戚,我对他们有感情,……也因为自己眼看着他们走向死亡无法帮助而感到痛苦。""我要替那些小人物伸冤。"[17]小说带有巴金作品一贯的控诉意味,但他把这种感情渗透在社会生活的具体细致的刻画中,写得含蓄深沉,这个平凡的生活悲剧所揭示的是那个寒夜一般的年代里人们普遍经受的苦难。《寒夜》是巴金又一部重要的代表作。

在这个时期的短篇小说中,留下了作家思想跋涉、艺术追求的同样足迹,战争初起时的作品,散发着歌颂抗战的英雄主义气息;到了四十年代中期的收入短篇集《小人小事》各篇,则将视线转向街头巷尾的日常生活场景,从小市民的平庸和空虚,透视社会的霉烂和崩溃。严酷的现实使作家笔下的生活与人物都失去了在这以前他的大多数作品所特有的热情憧憬的"梦的世界";作家主观热情的宣泄,也融入关于社会生活的客观描绘和人物性格的真实刻画,表现出严峻的现实主义风格。

巴金在抗日战争、解放战争时期的散文集有:《感想》《梦与醉》《无题》《黑土》《龙·虎·狗》《废园外》《怀念》《旅途通讯》《旅途杂记》《静夜的悲剧》等。其中,根据奔走各地见闻写成的通讯不但留下了作家本人颠沛流离的生活记录,而且着重描写日本侵略者给中国人民带来的灾难和人民的不屈意志,字里行间跳动着全民抗战的时代脉搏。从抗战爆发前夕起,巴金开始散文诗的写作,最初多以饱含诗意的笔墨,阐释关于人生哲理的思索和领悟;随后又以同样的诗一般的语言,摄下生活的一些片断,勾勒社会上的某种现象。这些篇什,为数不多,却以文字凝炼,含意深远,显示出作家的又一种艺术风采。作为作家生活与思想感情的真实记录,这些散文充满了动荡时代所特有的愤激、焦躁、痛苦、不安,以及对独立与自由、光明与幸福的新时代的期待。

四　为新时代歌唱

　　随着中华人民共和国的成立，巴金的创作进入了一个新的阶段：他用写惯苦难的笔写新的世界，新的生活与新的人。作品中不再充满忧郁，处处洋溢着新时代的欢乐与喜悦。

　　1952年与1953年，巴金两次赴朝鲜前线体验生活，为他的创作打开了新的天地。描绘"新中国的新人——保卫和平的志愿军战士的伟大的面貌"[18]，成为巴金建国后三十多年创作的主要题材和主题。这方面的作品大都收集在通讯报告集《生活在英雄们的中间》和小说集《英雄的故事》中。在报告文学《我们会见了彭德怀司令员》、短篇小说《军长的心》和《团圆》里，巴金成功地刻画了志愿军指挥员的形象；他更为倾心的仍然是充满青春活力的青年人——"笑起来像小孩，打起仗来像雄狮"[19]的志愿军普通战士。他的描写深入到火热的战场与战士的日常生活中，努力挖掘着新中国青年一代丰富而美好的内心世界。在报告文学《坚强的战士》、短篇小说《黄文元同志》《李大海》里，他塑造了张渭良、黄文元、李大海等平凡而伟大的青年英雄形象，歌颂他们"一人吃苦，万人享福"的忘我精神和为祖国"牺牲一切甚至自己生命"的高贵品质。他们来自工农群众，健康、坚强、开朗，在精神气质上完全不同于作家二三十年代笔下的英雄人物。他在这些人物身上看到了人民的力量和祖国的明天；原先那种忧郁痛苦的感情完全消失，而代之以明朗、乐观的基调。在作品里，作家把读者当作朋友，倾吐着自己最深的感情；不可抑制的感情激流浸透在朴实、真挚的叙述中，有一股娓娓动听的感人力量。

这一时期，巴金创作了大量散文特写，唱出了对人民当家作主的新时代和欣欣向荣的祖国的赞歌。巴金所固有的爱国主义激情与对于社会主义制度的热爱结合起来，闪烁着新时代的思想光辉。散文《我们伟大的祖国》《"上海，美丽的土地，我们的！"》《忆个旧》，在描写新社会的新风貌时，时时回顾旧时代作品中人物的不幸命运和作家的苦闷与痛苦，在强烈对比中更显出感情的深沉。特写《廖静秋同志》与《一场挽救生命的战斗》用感人肺腑的事实讴歌了新中国人民内在的精神力量与崭新的人与人的关系，在深刻的思索中给人以巨大的鼓舞。

中华人民共和国成立后，巴金多次作为中国人民的文化使者访问波兰、苏联、德意志民主共和国、日本和越南，出席保卫世界和平大会、亚洲作家会议、第八届禁止原子弹、氢弹世界大会等重要国际会议。巴金用优美的散文记录了自己的真实感受和见闻，激情澎湃地歌颂了各国人民之间的友谊，赞美了世界人民反对帝国主义侵略、争取世界和平与人民胜利的斗争精神。《从镰仓带回的照片》《富士山和樱花》等篇以浓郁的诗情、深远的意境，为广大读者所传诵。巴金坦率、自然的文笔可能更适于散文的写作。这个时期他的创作以散文为主，并在散文艺术上作了很多追求。形成了将叙事、抒情、议论融为一体、从容自在的风格。

1966年至1976年十年内乱期间，巴金受到残酷迫害，但对于社会主义祖国与人民始终充满信心，在极端困难的情况下重译了屠格涅夫《处女地》，并着手翻译赫尔岑的《往事与随想》。在中国人民取得了粉碎"四人帮"的伟大胜利以后，巴金连续写出了《随感录》及《创作回忆录》多篇及其他散文，真诚地与读者交流自己对祖国和人民命运的深沉思索，并坦率地进行自我解剖，显示出作家正直而光明磊落的人格；这些作品，仍然激荡着青年的热情，又增添了长者的睿智。这些都赢得了广大读者的热爱与尊敬。他于1982年获意大利"但丁奖"，1983年获法国的荣誉勋章。中华人民共和国成立后，巴金多次被选为中华全国文学艺术界联合会全国委员会副主席和中国作家协会副主席，1981年12月被推为中国作家协会主席。

鲁迅曾说过："巴金是一个有热情的有进步思想的作家，在屈指可数的好作家之列的作家"[20]。他在六十年创作生涯中，先后写下约五百万字的著作，有的作品被改编成话剧或电影。中华人民共和国成立前的作品，大都收集在人民文学出版社于1958年至1962年出版的14卷《巴金文集》中，中华人民共和国成立后的作品，有《生活在英雄们的中间》（报告文学集）、《英雄的故事》（短篇小说集）、《李大海》（短篇小说集）等十余种。四川人民出版社出版有十卷本的《巴金选集》。巴金还是一位热心介绍外国作品的翻译家，从二十年代到八十年代，他以优美的文字翻译了俄、法、英、美、日、德、意、匈牙利、波兰等国家作品。他的作品先后被译为日、俄、英、法、德、匈牙利、波兰、捷克、罗马尼亚、乌兹别克斯坦、立陶宛、保加利亚、阿尔巴尼亚、瑞典等国文字，也赢得了国外读者的喜爱。

五 关于巴金研究的资料

对于巴金作品的评论，始于二十年代末《灭亡》问世以后不久。从这时到40年代后期，发表过不少评论文章，作者有叶圣陶、李健吾（刘西渭）、王淑明、老舍、茅盾、赵景深、巴人等。五十年代，评论界开始全面考察和评价巴金的思想及作品，王瑶的《论巴金的小说》和杨风的《巴金论》是当时影响较大的文章。1958年至1959年，在"左"的错误思想指导下，在全国范围内开展了对巴金作品的讨论和批判，较有代表性的是《巴金创作评论》（北京师范大学中文系巴金创作研究小组）和《巴金创作试评》（武汉大学中文系三年级巴金创作研究小组）。这种倾向，在"文化大革命"期间更有恶性发展，导致对巴金及其作品的粗暴批判和全盘否定。1978年以后，巴金研究进入新的阶段，发表了大量综合的和专题的研究论文，陆续出版了《巴金评传》（陈丹晨）、《巴金民主革命时期的文学道路》（李存光）、《巴金的生平和创作》（谭兴国）、《巴金创作论》（张慧珠）等著作。国外的评论研究，有法国明兴礼（Dr. J. Monsterleet）的《巴金的生活和著作》，美国奥尔格·朗（Olga lang）、内森·K.茅（Nath. K. Mao）和苏联尼科尔斯卡娅（A. A. Hukolbckaя）等人的专著。日本发表过饭塚朗、立间祥介、常不茂、嶋田恭子等编写的多种巴金年谱。

*　　*　　*

〔1〕巴金：《我的几个先生》。
〔2〕巴金：《我希望能够不再提笔》。

〔3〕巴金:《家庭的环境》。
〔4〕巴金:《觉醒与活动》。
〔5〕见《民众》半月刊创刊号。
〔6〕巴金:《灭亡》。
〔7〕巴金:《谈〈灭亡〉》。
〔8〕巴金:《写作生活的回顾》。
〔9〕〔10〕《〈爱情三部曲〉总序》。
〔11〕巴金:《我的自剖》。
〔12〕巴金:《〈火〉第三部·后记》。
〔13〕巴金:《关于〈激流〉》。
〔14〕〔17〕巴金:《谈〈寒夜〉》。
〔15〕巴金:《〈憩园〉法文本序》。
〔16〕巴金:《谈〈第四病室〉》。
〔18〕巴金:《衷心的祝福》。
〔19〕巴金:《魏连长和他的连队》。
〔20〕鲁迅:《答徐懋庸并关于抗日统一战线的问题》。

《老舍选集》序言

　　老舍先生在中国现代文学史上的重要地位是人所周知的，但他对这门学科的建设也贡献过力量的事，知道的人就不是很多了。建国之初，"中国新文学史"开始进入了大学的讲坛，中央教育部规定它为大学中文系的必修课，并且组织了"文法学院各系课程改革小组"。其中"中国语文系小组"决定依照部定在1951年6月以前，各门必修课都要草拟一个教学大纲，印发全国有关各校施行。其中"中国新文学史"课程教学大纲的草拟工作，就是由教育部聘请老舍先生召集的；参加的还有李何林同志、蔡仪同志和我（原定有陈涌同志，他因事未能参加）。我记得商讨会是于1951年春天在老舍先生家里举行的，共有两次。那个"大纲"大家推我起草，后来李何林同志将起草经过和"大纲"条目以及选录的几篇重要文章，编为《中国新文学史研究》一书，于1951年7月由新建设杂志社出版。老舍先生当时讲的许多话现在我已记不清楚了，但有一点意见给我的印象很深，那就是文学史必须以作家作品为中心，不能光讲文艺运动和文艺论争。这在今天也许并无太多的新意，但在当时确实有其针对性，因此那个"大纲"也是努力这样作的。老舍先生很关心新文学作品在读者中的流行情况，但并不具体议论某一作家或作品。他认为作家应该以自己的作品来赢得读者，这是我在同他多次接触中所得到的总的印象。我以为这是值得效法的一种品德，从现代文学史的角度看，老舍先生作品的出现，就是促使新文学的读者面大为开拓的一个鲜明的标志。

中国现代文学从开始起就担负了思想启蒙的任务，因此就作品内容说，最初进入作家写作视野的，是作为启蒙者的知识分子和作为主要启蒙对象的农民。作家要求写出他们的生活、命运和追求，这是完全合乎规律的。但由此也带来一种后果，就是在"五四"以后的一段时间里，对中国城市中占很大比重的市民阶层没有得到应有的反映。他们对新文学仍然十分隔膜，市民文化阵地主要是被鸳鸯蝴蝶派所占据的。直到老舍先生的作品出现，才改变了这种状况。这不仅因为他的作品全面地反映了中国市民阶层的生活、思想与情绪，更重要的是老舍先生使这种反映成为真正的艺术。他的作品以其特殊的艺术魅力，征服了市民阶层以及其他阶层的广大读者，使现代文学的"根"更深地扎在中国普通人民（包括市民）的精神文化的土壤之中。熟悉现代文学史的人都知道，同消闲式的鸳鸯蝴蝶派作品争取读者的较量，是关系到现代文学生存发展的一场硬仗，应该说，老舍先生是以他的创作实绩取得了很大成功的。近来关于通俗文学和严肃文学的讨论很热烈，其实虽然由于不同的文化素养，读者可以分为不同的层次，但"严肃"与"通俗"绝不是对立的。目前为人们所谴责的那些东西，是既不严肃，也不能视为通俗文学的。谁都知道老舍先生文笔幽默，得到了各阶层读者的喜爱，难道从任何意义讲他的作品可以说是不严肃的吗？老舍所创造的艺术，从内容到形式（特别是作为形式基本要素的语言），都是现代的，同时又是民族的，可以说真正做到了"雅俗共赏"。他的一些艺术精品成为现代文学的典范，作者本人也成为现代文学史上有数的语言大师之一。其实，这些话对现代文学研究者来说，现在已经成为普通的常识；但这恰恰说明：经过半个多世纪的筛选和检验，老舍先生的地位和贡献已经得到了历史的确认。

那么，我们对于老舍先生及其创作的认识，是否已经到头了呢？当然不是。以前人说"好书不厌千回读"，老舍先生的作品就是属于"常读常新"的那类艺术；每读一遍人们都会有一些新的发现和启示，都能给人以新鲜的艺术滋养。我这次重读了经过舒济女士精心编选的这本选集，就再一次地感受到了这种新的"发现"的惊异和喜悦。按说像我这样多年从事现代文学研究工作的上了年纪的人，已经不大容易产生这种新鲜感了。我想，这不仅是因为这本书辑录了不少过去鲜为人知的老舍先生的作品（包括刚刚发现的《小人物自述》），更重要的是，这些作品本身的生活和艺术底蕴的深厚，作者本人个性的鲜明，它很自然地把读者带入了"不断创造"的新天地。

请读读《小人物自述》里的这段文字吧。在叙述了自己出生的艰难后，作者这样写道：

> 每逢看见一条癞狗，骨头全要支到皮外，皮上很吝啬的附着几根毛，像写意山水上的草儿那么稀疏，我就要问：你干吗活着？你怎样活着？这点关切一定不出于轻蔑，而是出于同病相怜。在这条可怜的活东西身上我看见自己的影子。我当初干吗活着？怎样活着过来的？和这条狗一样，得不到任何回答，只是默默的感到一些迷惘，一些恐怖，一些无可形容的忧郁。是的，我的过

去——记得的，听说的，似记得又似忘掉的——是那么黑的一片，我不知是怎样摸索着走出来的。走出来，并无可欣喜；想起来，却在悲苦之中稍微有一点爱恋；把这点爱恋设若也减除了去，那简直的连现在的生活也是多余，没有一点意义了。

你能不为老舍先生的真诚坦露而深深地感动吗？在这里，老舍先生向我们——每个读者打开了他心灵的窗户。这关于"你干吗活着？你怎样活着？"的思索，这"一些迷惘，一些恐怖"，这"无可形容的忧郁"，这"悲苦之中稍微有一点爱恋"——所有这些情感以及表达情感的方式，都是"老舍式"的。它向我们提供了理解老舍作品的一条线索，一条从作者的内在的、深沉的心灵世界去理解他的作品的线索。

"你干吗活着？你怎样活着？"这是老舍先生从自身艰难生活中提出的关于人生哲理的反思，饱含着内心的酸辛；但它同时又构成了贯串几乎老舍所有作品的内在的主旋律。在他的作品中所描绘的各种生存方式的背后，都响彻着这样的老舍式的"天问"，牵动着他的缕缕情思。

在收入本书的《月牙儿》里，被压迫的下层妇女曾经作过"自食其力，用我的劳力自己挣饭吃"的梦，却被无情的现实一次次地击碎，最后终于明白："钱比人更厉害一些，人若是兽，钱就是兽的胆子"；她选择了母亲的生存方式："卖一辈子肉，剩下的只一些白头发与抽皱的黑皮"，同时又痛心疾首地呼喊："我爱活着，而不应当这样活着"！

——在老舍先生的代表作《骆驼祥子》里，另一位下层人的典型洋车夫祥子因理想破灭而沉沦时，他也看到了一条委琐的,瘦稜稜的癞狗,那正是祥子命运的象征:"他明白了自己就跟这条狗一样,……将就着活下去就是一切,什么也无须想了。"作者沉痛地作了这样的概括:"人把自己从野兽中提拔出,可是到现在人还把自己的同类驱逐到野兽里去。祥子还在那文化之城,可是变成了走兽。"这里几乎是重复了《小人物自述》里上述作者自己的生活体验。这就表明:老舍先生在描绘下层人民的命运时,是浸注了他的全部感情的;从某种意义讲,也就是在写他自己。用作者的话说,就是"同病相怜"。因此,他不能不在客观描绘中注入自己的主观感受。面对着"人无论怎样挣扎,只能如动物般活着,人变成兽"这人世间最大的残酷,他和他的人物一起感到了"一些恐怖"与"一些迷惘"。"我招谁惹谁啦?""仗着力气与本事挣饭吃,豪横了一辈子,到死我还不能输这口气"。老舍先生和他的祥子(《骆驼祥子》)、裱糊匠(《我这一辈子》),为着不能掌握自己的命运,发出了同样的充满惶惑、愤激的声音。

老舍先生的作品中,还描绘了城市风光和那里人们的生活方式,那是与悠久而精致的文化传统联系在一起的。收入本书中的几篇散文《想北平》《济南的秋天》《济南的冬天》,以及《小人物自述》中,作者怀着不可言说的温情,绘下了一幅幅精巧的剪影:在北京,"几乎是什么地方既不挤得慌,又不太僻静;最小的胡同里的房子也有院子与树,最空旷的地方也离买卖街与住宅区不远",都市"紧连着园林、菜圃与农村,采菊东篱下,在这里,确是可以悠然见南山的"——这环境是"人为之中显出自然"的;"面向着积水潭,背后是城墙,坐在石上看水中的小蝌蚪或苇叶上的嫩蜻蜓，我可以快乐地坐一天，心中完全安适，无所求也无可怕，像小儿安睡在睡篮里"——这生活是"动中有静的"[1]。这里的人呢，是那样的有模有样有气派！你瞧那身打扮："青洋绉裤子，新漂白细市布的小褂，和一双鱼鳞洒鞋"；你瞧那身技艺："腿快，手飘洒，一个飞脚起去，小辫儿飘在空中，像从天上落下来一个风筝[2]！"还有那古道热肠的侠义性格，即使"自己的女儿受着饥寒"，仍然到处救济别人，"人情往往能战胜理智"[3]。老舍先生一再强调，他自己和由这样的环境、人物、生存方式构成的北京传统文化之间的精神联系："我的一切都由此发生，我的性格是在这里铸成的，"[4]"它是在我的血里。"[5]但是，随着中国社会迅速地半殖民地化，"东方的大梦没法子不醒了"，人们还来不及思索，这一切"都梦似变成昨夜的"了；"今天是火车，快枪，通商与恐怖"[6]！当"神枪沙子龙"意识到"他的世界已被狂风吹了走"，宣布"那条枪和那套枪法都跟我入棺材"，"忍气吞声地躲在已经改成客栈的后院里"[7]时，那老舍式的疑问"你干吗活着？你怎样活着？"的问题再一次提了出来，而它所唤起的情感，只能是"无可形容的忧郁"，悲苦中又含有挣脱不掉的"爱恋"。在这里，人物与作家的情感已经水乳般地交融在一起：这是老舍先生从心灵深处发出的一曲挽歌。

收入本书中的《何容何许人也？》与《新韩穆烈德》，一为人物速写；一为小说，但都写出了某些市民知识分子的内心矛盾及其特有的生活方式。老舍先生说："他们的生年月日就不对，都生在前清一年，现在都在三十五与四十岁之间（按：此文作于1935年）。礼义廉耻与孝悌忠信，在他们心中还有很大的分量。同时，他们对于新的事情与道理都明白个几成。……他们对于一切负着责任：前五百年，后五百年，全属他们管，可是一切都不管他们，他们是旧时代的弃儿，新时代的伴郎。"[8]老舍先生相当准确地写出了这群生活在古老中国向现代中国过渡的大时代里的知识分子，他们在新、旧冲突的夹缝中求生存的尴尬地位，以及他们"徘徊，迟疑，苦闷"的思想性格特征。作者在古老的中国大地上发现了"哈姆雷特"（译为"韩穆烈德"）的幽魂，"理智上的清醒认识与行动上的无所作为"构成了他们生存方式上的尖锐矛盾，"结果呢，还是努力维持旧局面而已"。"你干吗活着？你怎样活着？"这个问题又被尖锐地提了出来，知识分子的自省使他们陷入了更深的矛盾和痛苦。这些人，都是老舍先生的朋友，作者说"这群朋友几乎没有一位快活的"，"他们差不多都是悲剧里的角色"[9]。显然，这些朋友的影子中也有作者自己。哈姆雷特式的矛盾是作者虽然加以嘲讽但又确实曾经有过的，作者在剖析他的知识分子人物时，他也在或一程度上剖析着自己。因此，在他的笔下，既充满了嘲讽（一种自嘲），又含着脉脉的温情（一种自我宽解）。

　　从根柢上说，老舍先生的内心感情是忧郁的，但他选择的表达方式却是笑。收入本书的一篇散文里说："您看我挺爱笑不是？因为我悲观。"[10]我们正应该这样去理解和欣赏他的"幽默文"。请读读《多鼠斋杂说》："戒酒""戒烟""戒茶"，单这几个"戒"字，就道尽了抗战时期文人生活的窘迫，在自我解嘲中充满了辛酸。还有"衣"这段文章里那件吴组缃先生"名之曰斯文扫地的衣服"，在作者的笔下，却写成了它"给我许多方便——简直可以称之为享受！我可以穿着裤子睡觉，而不必担心裤缝直与不直；它反正永远不会直立。我可以不必先看看座位，再去坐下；我的宝裤不怕泥土污秽，它原是自来旧。雨天走路，我不怕汽车。晴天有空袭，我的衣服的老鼠皮色便是伪装"，在这种老舍式的幽默里，显示着在困苦中挣扎的中国文人传统的达观和倔强。不用细说，这字里行间，都闪现着老舍先生的身影：戴着那顶"经雨淋，汗沤，风吹，日晒""铁筋洋灰的泥帽"，穿着"自来旧"的布制成的"困难衣"，在尘土飞扬的公路上走着，走着……他从小在困苦中长大，任凭什么样的物质的、心灵的磨难都压不倒他！

就这样，我们在老舍先生几乎所有的作品中都看见了作者本人。在他描绘的社会生活与人物形象里，都熔铸了他自己的遭遇、理想、追求与个性。在外部世界的客观描写之下，奔涌着或是迷惘、忧郁，或是愤激、爱恋的作者情感的潜流。他的艺术世界是一个主客观交融的世界。正因为如此，在他的作品里，总是蕴含着一种醇厚的诗意；如他自己所说，像《月牙儿》这样的作品，他是有着"以散文诗写小说"的自觉追求的[11]。老舍先生无疑是具有诗人气质的；本书就收了一篇题名为《诗人》的文章，他把诗人称之为"最快活，最苦痛，最天真，最崇高，最可爱，最伟大的疯子"，"要掉了头，牺牲了命，而必求真理至善之阐明，与美丽幸福之揭示，才是诗人"。这可以说正是老舍先生的自我写照：他不是为了真理，为了艺术，"舍身全节"，写下了最悲壮的生命之诗吗？前面我说过，老舍先生在现代文学史上的最大贡献，在于他艺术地将市民阶层的命运和追求引入了现代文学领域；现在，我还要补充说：他是现代中国杰出的"市民诗人"。

老舍先生的作品不仅数量众多，而且他的脍炙人口的精品大都是长篇，要在一本篇幅不多的选集中选出可以代表他多方面成就的作品是很困难的。但正如鲁迅先生所说"借一斑略知全豹"；本书编者舒济女士不仅与老舍先生父女情深，真正领受过作者品德的感召，而且参与了《老舍文集》的编纂工作，对作者的全部作品进行过深入地探讨和研究；经过她的精心编选，应该说，读者是可以从这本书中得到对老舍先生的人格精神和艺术成就的比较准确的了解的，因此我愿意把它推荐给爱好文学的广大读者。

1986年2月22日于北京大学寓所

* * *

〔1〕〔5〕老舍：《想北平》。

〔2〕〔6〕〔7〕老舍：《断魂枪》。

〔3〕老舍：《宗月大师》。

〔4〕老舍：《小人物自述》。

〔8〕〔9〕老舍：《何容何许人也？》。

〔10〕老舍：《又是一年芳草绿》。

〔11〕老舍：《老舍选集·自序》。

老舍《骆驼祥子》略说

《骆驼祥子》是老舍的代表作，它成功地塑造了祥子这一形象，并通过祥子的经历和遭遇，尖锐地提出了半封建半殖民地的旧中国下层劳动人民的历史命运问题。

《骆驼祥子》真实地描绘了北京一个人力车夫的悲惨命运。洋车夫是旧社会城市里最下层的人民，作者首先要描写的就是这一阶层人民的悲惨生活和他们的下场，因此一开始就叙述了北京洋车夫的"许多派"，说明不管他是哪一派，都一样是"把生命最鲜壮的时期卖掉以后，早晚有一天是会一个跟头死在马路上的。"祥子来自农村，年轻力壮，正当生命的黄金时代。在他拉上租来的洋车以后，立志要买一辆车自己拉，做一个独立的劳动者。他勤苦耐劳，不惜用全部力量去达到这一目的。在强烈信心的鼓舞和支持下，经过三年的努力，他用自己的血汗换来了一辆洋车。但是没有多久，军阀的乱兵抢走了他的车；接着反动政府的侦探又诈去了他仅有的准备再买一辆车的积蓄，主人躲避特务追踪还使他丢了比较安定的工作；虎妞对他的那种推脱不开的"爱情"又给他的身心带来磨难，终于因为妻子的死而被迫把车出卖了。三起三落，迎着一个又一个的打击，他一次又一次地挣扎，执拗地想用更大的努力来实现自己梦寐以求的生活愿望，但这一愿望却"像个鬼影，永远抓不牢，而空受那些辛苦与委屈。"经过多次挫折以后，希望终于完全破灭。他所喜爱的小福子的自杀,吹熄了心中最后的一朵火花;他丧失了对于生活的任何企求和信心,从上进好强而沦为自甘堕落:"他吃,他喝,他嫖,他赌,他懒,他狡猾";为几个钱出卖人命,成了一个"刺儿头"。"在地狱里都会是好鬼"的祥子在人世间也没有成为好人!原来那个正直善良的祥子,从肉体到精神都被生活的磨盘跺得粉碎。小说的结尾用了一个具有象征意义的细节描写:"看着一条瘦得出了棱的狗在白薯挑子旁边等着吃点皮和须子,他明白了他自己就跟这条狗一样,一天的动作只为捡些白薯皮和须子吃,将就着活下去就是一切,什么也无须乎想了。"作家这样总结了祥子的命运:"人把自己从野兽中提拔出,可是到现在人还把自己的同类驱到野兽里去。祥子还在那文化之城,可是变成了走兽。"这点题之笔是作家对于生活的哲理概括;"人变成兽"的历史悲剧不只属于祥子个人,它典型地反映了半封建半殖民地旧中国下层劳动者的共同命运。

祥子是一个性格鲜明的普通车夫的形象。在他身上具有劳动人民的许多优秀品质。他善良纯朴,热爱劳动,对生活具有骆驼一般的积极和坚韧的精神。平常他好像能忍受一些委屈,但在他的性格中也蕴藏有反抗的要求。他在杨宅的发怒辞职,对车厂主人刘四的报复心情,都可以说明这一点;他一贯要强和奋斗,也正是不安于卑贱的社会地位的一种表现。他不愿听从高妈的话放高利贷,不想贪图刘四的六十辆车,不愿听从虎妞的话去做小买卖,都说明他所认为的"有了自己的车就有了一切",并不是想借此往上爬,买车当车主剥削别人;他所梦想的不过是"有自己的力气与洋车,睁开眼就可以有饭吃",依靠自己的劳动求得一种独立自主的生活。这是一种个体劳动者虽然卑微却是正当的生活愿望。作品描写了他在曹宅被侦探敲去了自己辛苦攒来的积蓄以后，最关心的却是曹先生的委托，就因为曹先生在他看来是一个好人；作者还描写了他对于老马和小马祖孙两代的关切，表现出他的善良和正直。作者甚至这样说：他在阳间是一个好人，"仿佛就是在地狱里也能作个好鬼似的"；这很能表现作家的美学观念，真正美好的人性是存在于下层劳动者中的。因此，在小说里，不仅祥子，几乎所有的洋车夫都有着如此美好的秉性：老马肮脏枯瘦的外表下，有着一个善良、庄严的灵魂；就连二强子，在他完全被扭曲的灵魂的挣扎中，依然使人感到他的本性完全是另一个样子。在正常的社会里，所有这些中国普通的劳动者，有着完全正当的权利和充分的理由，过正常人所应当过的生活。然而，在半封建半殖民地的旧中国，却有着另外一种命运在等待着他们。正像作家怀着十分愤激、辛酸的心情所说的那样：穷人的命是"枣核儿两头尖"，像老马与小马那样属于"两头尖"的时候，随时都可能饿死；那么，是不是在"枣核中段"的时候就好一些呢？祥子的遭遇和下场就有力地回答了这个问题。尽管他强壮，没有一点嗜好，绝不怕卖力气，拼命努力，现实却一次又一次地把他的希望粉碎，说明这种悲剧完全是那个不合理社会的产物。作品虽然与社会的重大事件缺少联系，但他的第一辆车是被军阀的逃兵夺走，要买第二辆车的积蓄又被特务孙侦探敲去，就从侧面反映了这个故事的时代背景。此外在围绕祥子经历的描写中，作品还写了别的一些人物，也衬托出当时社会的畸形面貌。车厂主人刘四的残忍霸道，大学教授曹先生和他所受的政治迫害，二强子的欲起又落的经历，老马小马祖孙两代的凄凉光景，小福子的一步一步走向毁灭，以及大杂院、"白房子"等处的惨酷景象——由此交织而成的生活画面，构成了整个故事发生的社会环境，突出地表现出祥子的不可避免的悲剧命运。像这样勤劳和要强的人最后也终于变成了头等的"刺儿头"，"自己的路既走不通，便没法不承认别人做的对"，他终于走上了堕落的道路。作品写道："苦人的懒是努力而落了空的自然结果，苦人的要刺儿含有一些公理。"作者明确指出：祥子的堕落"一点也不是他自己的过错。"老舍正是从这样一种认识出发，怀着对于被侮辱与被损害者的深切同情，写下这个悲剧的。这就使这部作品具有激愤的控诉力量和强烈的批判精神，深深地感染了读者。

在祥子的悲剧中，虎妞是和他的生活严重纠缠的重要人物，是一个塑造得十分成功的复杂性格。总的说来这个人物具有两重性：一方面，她作为生活在一个特殊环境里的三十多岁的老姑娘，有着自己的苦闷和追求爱情幸福的愿望，并且因为这种愿望不能实现而形成一种变态心理；她对祥子的感情也有真诚的一面，并且因此背弃了她的家庭，失去了父亲和钱财，最后难产而死；在这些方面，她的命运也具有某种悲剧性，并能赢得读者的一定同情。但另一方面，作为车厂主刘四的女儿，长期代表父亲和车夫打交道，她的大胆泼辣的性格中也有许多可厌的剥削者的特点，这甚至渗透到她和祥子的爱情中：她不仅想利用经济上的优势在祥子身上满足自己的情欲，而且露骨地要控制祥子，把祥子强纳入自己的生活轨道，这是同祥子要求成为独立劳动者的生活理想尖锐对立的。祥子在被迫状态下接受了她的"垂青"，实质上只是一种从精神到肉体的折磨和灾难，是他奋斗过程中的一个新的打击。虎妞的纠缠和折磨，对祥子最后的精神崩溃无疑起了重要作用。在祥子与虎妞的精神搏斗中，作家与读者的同情显然是在祥子一边的；人们从这个十分独特的角度，看到了祥子不能掌握自己命运的可悲地位。尽管作品对虎妞生物性的要求与变态心理过于渲染了一些，但对于虎妞这个人物复杂性格的刻画，仍然符合她的身份，因而是真实可信的。作品对虎妞与祥子之间的"爱情"纠葛以及它给祥子所带来的苦恼的描写，表明老舍对城市人民的生活和心理有着深刻的理解，同时它也增加了作品故事情节的起伏。

作品的深刻处，特别表现在作家执着地"要由车夫的内心状态观察到地狱究竟是什么样子"[1]，从城市贫民思想性格的弱点的挖掘中去探索其悲剧命运的内在原因。作为一个没有觉悟的个体劳动者，祥子尽管怀有改善自己生活地位的迫切要求，却完全不懂得什么才是解放自己的正确道路。作品深刻地写出了分散的个体劳动的生产方式与生活方式在祥子身上所造成的思想与性格的局限。"个人的希望与努力蒙住了各个人的眼，每个人都觉得赤手空拳可以成家立业，在黑暗中各自去摸索个人的路"，幻想通过个人奋斗来改变自己的地位；"同是在地狱里，可是层次不同"，造成了彼此之间可怕的隔膜，"他们想不到大家须立在一块儿"，而是各走各的路，"不想别人，不管别人"，甚至互相争夺生存下去的权利。"层次不同"的假象还形成了他们自欺欺人的心理，因此，祥子看到那些老弱残病的洋车夫的不幸命运时，竟然认为"自己与他们并不能相提并论"，他不敢正视自己把生命最鲜壮的时期卖掉后，早晚有一天也会一个跟头死在马路上的严峻现实，却用"现在的优越可以保障将来的胜利"的虚假希望安慰自己。个人奋斗的道路决定了祥子的性格必然是要强的，自信的，同时又是软弱的。既然"要买上自己的车"成了他奋斗向上的全部动力，以至于是他生活在世上的唯一目的，那么在他逐渐意识到自己根本无法实现这样的要求以后，他失去的就不单是一个理想，而是生活的全部意义，从而必然陷于精神崩溃的境地。作家深刻地写出了祥子这类小生产者思想性格的悲剧性；正像作品中所比喻的，好像是拉洋车为了抄近道，"误入了罗圈胡同，绕了一个圈儿，又绕回到原处"。这就更加增添了他的不幸并且给人以沉重的窒息之感。小说的结尾，作家明确指出祥子是"个人主义的末路鬼"[2]；在深切的惋惜之中包含了批判。整部作品在控诉旧社会吃人的同时，也宣布了企图用个人奋斗来解放自己的道路的破产。这就比之现代文学史上描写车夫不幸命运的同类作品具有更深一层的社会意义。作品通过一个饱经人生沧桑的老车夫的口，意味深长地指出："干苦活的打算一个人混好，比登天还难。一个人能有什么蹦儿？看见过蚂蚱吧？独自一个儿也是蹦得怪远的，可是叫个小孩子逮住，用线儿拴上，连飞也飞不起来。赶到成了群，打成阵，哼，一阵就把整顷的庄稼吃净，谁也没法儿治它们。"尽管这种提法还比较模糊，也没有在作品中进一步用具体的情节正面地表现出来，却仍然可以看作是老舍探索劳动人民解放道路所得出的一个崭新的结论，显示出他过去作品中所没有的可贵的进展。

《骆驼祥子》全书充满了北京地区的生活风光，不少描写点染出一幅幅色彩鲜明的北京风俗画和世态画。故事的结局低沉，弥漫着一种阴郁绝望的气氛。小福子沦落到最下等的"白房子"去卖淫，而且最后在黑暗的树林子里上了吊；祥子变成了一个空虚麻木的活尸，打着送殡的执事，"不知道何时何地会埋起他自己来，埋起这堕落的，自私的，不幸的，社会病态的产儿，个人主义的末路鬼！"气氛非常阴郁低沉，给人一种透不过气来的重压之感。据老舍自己回忆，作品发表后"就有工人质问我：'祥子若是那样的死去，我们还有什么希望呢？'我无言对答。"[3]这样的处理，一方面表现了那个时代的悲惨气氛，加强了对于当时社会的批判力量；另一方面也反映了老舍在认识了旧社会黑暗势力的强大和个人奋斗的无力以后，还未能找到劳动人民自身解放的正确道路的情况下所产生的一种彷徨苦闷的心情。老舍十分熟悉作品所描写的各种人物，他用一种明畅朴素的叙述笔调，机智生动的北京口语，简洁有力地写出了富有地方色彩的生活画面和具有性格特征的人物形象。在写实手法的运用和语言的凝炼上，都取得了很大成功，《骆驼祥子》是一部优秀的现实主义小说。

*　　*　　*

〔1〕老舍：《我怎样写〈骆驼祥子〉》。
〔2〕《骆驼祥子》在解放后重印时，删去了原来的结尾，包括这一句话。
〔3〕老舍：《〈老舍选集〉自序》。

曹禺的话剧创作

一

　　话剧是一种外来的文艺形式,"五四"时期才随着新文学运动而出现了许多作品。但就艺术水平和质量来说,初期的话剧创作仍属于尝试和倡导的阶段,三十年代曹禺作品的出现,才给中国现代话剧的发展带来了新的突破,标志着话剧创作的成熟。1934年他发表了四幕剧《雷雨》,1936年又写出了《日出》。这两部作品的出现显示了作者出色的艺术才能和"五四"以来话剧创作的新收获;它们都反映了中国半封建半殖民地都市上层社会生活的腐烂与罪恶,表现了旧制度的必然崩溃和人民终将胜利的思想,并对走向没落和死亡的力量给予有力的揭露和抨击,同时也表现了他对未来光明的渴望和自己的美学理想。在艺术上,他把描写人物的独特性格、各种不同人物之间的性格冲突放在最重要的位置,并善于在把握人物性格的基点上提炼具有时代特点的戏剧冲突,表现具有深刻社会意义的主题;因此他的作品写出了各种类型的具有鲜明个性的人物形象,这是他对中国现代话剧创作的重要贡献。从文学史的发展角度看,可以说他的作品标志着中国话剧文学由"席勒化"向"莎士比亚化"的转变,显示了这一文体的创作在中国的成熟和成功。

　　四幕剧《雷雨》在一天的时间(上午到午夜两点钟)、

两个舞台背景（周家的客厅，鲁家的住房）内集中地表现出两个家庭和它们的成员之间前后三十年的错综复杂的纠葛，写出了那种不合理的关系所造成的罪恶和悲剧。剧情主要是写属于社会上层的周家的，但无论从经济上或人格上，直接受到掠夺和侮辱的，却正是在社会地位上属于下层的鲁家的成员，这里不只深刻地暴露了上层社会的罪恶和他们的庸俗卑劣的精神面貌，而且也说明这一切不幸的承担者最终是压在劳动人民头上的。《雷雨》中主要人物的结局有的死有的逃，剩下的也变成了疯子，这种残酷的结局和深沉的悲剧性质不能不引起人们的强烈憎恨，并追溯形成这种悲剧的社会原因，这就表现出了《雷雨》这一名剧的深刻的思想意义。剧中的人物不多，但作者对主要人物形象都通过尖锐的戏剧冲突和富有性格特征的对话，作了深刻的心理描绘，他们都有鲜明的个性。剧中没有与剧情发展缺乏联系的穿插式的人物，每一形象都在矛盾冲突中显示了他的作为社会人的丰富内容，因此他们的遭遇和命运就能够激动人们的心弦。

在半封建半殖民地的中国都市里，作为带有浓厚封建气息的资产阶级，周朴园这个人物是有典型意义的。他既是尊崇旧道德的资本家，又是在外国留学过的知识分子；在他身上，半封建半殖民地都市上层人物的特点，十分显著和集中。在"仁厚""正直"、有"教养"等等的外衣下，这个人物的伪善和专横，他的庸俗卑劣的精神面貌和由此产生的罪恶，通过富有表现力的戏剧情节，例如他强迫繁漪服药，以及处理罢工的手段等，作者是给予了有力的揭露和批判的。作品也描写了他对侍萍的怀念，他长期保存着侍萍的遗物，保持着侍萍的某些生活习惯，其中也不乏真诚的成分。作为善于揭开人物内心奥秘的艺术家，作者对周朴园的这种"怀念"，作了深入的开掘，充分地写出了隐藏得十分复杂的心理状态：这里有对于失去了的"美"的东西的留恋，有传统道德观念下产生的内疚、赎罪心理，更有一种难以言传的自我欣赏，自我满足的微妙心理。而一旦侍萍真的出现在他面前，意识到侍萍的到来可能危及他对这个家庭的秩序时，他立即本能地作出了严厉的反应，冷酷地决定将侍萍全家赶走，充分揭露了对这个人物的思想、性格、行为起支配作用的本质。作者对周朴园的刻画是真正现实主义的，他既没有抹煞周朴园思想感情的复杂性，将人物简单化；也没有因为这种复杂性而抹杀了在周朴园身上起决定作用的阶级性，将人物美化。正是这种性格的丰富性和明确性的统一，使周朴园的性格刻画达到了很高的真实性。鲁贵只是一个趋炎附势的使人厌恶的奴才，在他和周朴园这两个人物身上，作者的憎恶感情是极为鲜明的。性格更为复杂和矛盾的一个人物是繁漪，在这里特别显示出了作者在塑造人物形象上的才能。这是一个"五四"以后的资产阶级女性，聪明、美丽，也有一些追求自由和爱情的单纯的要求，但任性而脆弱，热情而孤独，她在周家陷入了正像作者所说的"一口残酷的井"，精神饱受折磨和痛苦，渴望摆脱而又只能屈从，终于走上了变态的爱情和灭亡的道路。作者曾说："在《雷雨》里的八个人物，我最早想出的并且也较觉真切的是周繁漪。"[1]作者是用力刻画这个人物的内心世界的。她对周家的庸俗单调的生活，那种束缚和阴沉的气氛，感到很难忍受；在一定意义上她也是一个被侮辱与被损害者，因此能引起人们的某种惋惜和同情。而剧本又使她在难以抗拒的环境中走向变形的发展，爱变成恨，倔强变成疯狂，于是就使悲剧的意义更加深刻和突出了。作者曾说过"繁漪自然是值得赞美的"，又说："这类女人许多有着美丽的心灵，然为着不正常的发展和环境的窒息，她们变为乖戾，成为人所不能了解的。受着人的厌恶，社会的压制，这样抑郁终身呼吸不着一口自由空气的女人，在我们这个现社会里不知有多少。"[2]强调形成这种悲剧的社会原因，同情像繁漪这样人物的内心苦闷，当然都是应该的；但如果说她的遭遇也有一部分应该由她自己负责的话，无论是最初的结合或者是以后的可能发展，那么就很难说她的一切都是"值得赞美的"，或者说她的心灵是非常美丽的。在这里，作者着重在控诉资产阶级的生活方式对于人的摧残和损害，因而对这些人自身的弱点就缺乏批判，并且给予了过多的同情；对繁漪是如此，对周萍和周冲也是如此，特别是周萍。像周萍这样苍白空虚的懦弱性格，一切都打着他那个家庭出身的烙印的人，尽管他也有对新的更充实的生活的追求和愿望，但他没有勇气也不愿意背叛周朴园所代表的社会力量，是名符其实的"父亲的儿子"（繁漪语）；作者在周萍结局的处理上，却显然是表现了同情的；而且还表示希望"演他的人要设法替他找同情"，那同情显然是过多了。周冲的年纪尚小，还没有深切地感受到社会关系的约束，在优裕的环境中仍然生活在飘渺和憧憬的梦幻中，让他在现实生活中经受打击和考验，对他的天真多渲染一点，让他的遐想像肥皂泡一样破灭，对于揭露和批判资产阶级家庭的罪恶是有好处的。这个年轻人的最后惨死，深刻地表现出了当时的社会制度和封建性的资产阶级家庭是要毁灭一切能够引起人们同情的事物的，它容不得和它本身的腐朽庸俗有所抵触的东西。

除过在精神和物质上都依附于周家的鲁贵以外，鲁家其余的三个人物都是属于社会下层的被侮辱与被损害者。鲁妈和四凤的几乎相同的经历就深刻地说明了在那个社会里这些平凡善良的人物的遭遇和命运。鲁妈温柔，忍让，在相信命运的安排中也包含着内在的自尊自重，她从经验中对有钱人怀着仇恨和警惕，但仍然不能不使女儿走上了她所恐惧的道路；四凤对社会现实是无知的，她们母女是那样纯朴，她们的悲剧与繁漪、周萍的不同，她们自己是不能有什么责任的，因而就更强烈地引起了人们的同情，并深深地憎恶造成这种悲剧的社会原因。鲁大海的出现给作品的阴暗气氛带来了明朗与希望，这个人物虽然写得不够丰满，但无疑地作者赋予了很大的热情，这是体现作者社会理想的形象。他粗犷、有力，最后《雷雨》中的那些人都毁灭了，但鲁大海却走自己的路去了；他是未来理想的寄托，他不属于那些毁灭中的人们。这个人物的性格在《雷雨》中没有得到充分的发展，但他的出现在作品中仍然是有重要意义的。

由于作者对产生这些悲剧的社会历史根源当时还缺乏科学的理解，他把悲剧的原因理解为"自然的法则"，认为"宇宙正像一口残酷的井，落在里面，怎样呼号也难逃脱这黑暗的坑。"[3]这种思想认识影响了作品反映现实的深广程度，并且带来一些思想上和艺术上的弱点。在《雷雨》的"序幕"和"尾声"未删之前，这种影响更为明显。例如作者以性爱和血缘的伦常纠葛来展开戏剧情节的处理，不只在艺术上使人感到有点"斧凿痕"，甚至如作者所说，"有些太像戏了"，[4]而且也反映了作家对支配人类悲剧力量的认识上的模糊。但由于作者对他所写的生活非常熟悉，爱憎分明，因而剧中人物的性格鲜明，读者或观众仍然可以从中感受到这一悲剧的深刻的社会根源。

二

四幕剧《日出》所写的是旧中国都市社会的横剖面。作者用愤激的感情揭露了那个"损不足以奉有余"的黑暗社会，宣布了它的末日。如果说《雷雨》在有限的演出时间内，成功地概括了一个资产阶级家庭前后三十年的腐朽堕落的历史，《日出》则在有限的演出空间内，出色地表现了包括上层和下层的复杂社会的都市画面。从《雷雨》的暗示所谓"自然的法则"到《日出》的描写实际操纵社会生活的一种黑暗势力，说明作者对现实的理解有了显著的进展。在《日出》的"跋"中他说："但愿一生里能看到平地轰起一声巨雷，把这群盘踞在地面上的魑魅魍魉击个糜烂，那怕因而大陆便沉为海。"可见他对那个糜烂社会是抱有一种"时日曷丧，予及汝偕亡"的极端憎恶感情的。《日出》所写的是三十年代初期受资本主义世界经济恐慌影响下的中国都市，它表现了日出之前那种腐朽势力在黑暗中的活动。《日出》中四幕戏的时间分配是：黎明、黄昏、午夜、日出；这正说明了作者在黑暗中迫切希望黎明到来的心情。他说："果若读了《日出》，有人肯愤然地疑问一下，为什么有许多人要过这种'鬼'似的生活呢？难道这世界必须这样维持下去么？什么原因造成这不公平的禽兽世界？是不是这局面应该改造或根本推翻呢？如果真地有人肯这样问两次，那已经是超过了一个作者的奢望了。"[5]这说明作者是努力用他的作品，来摇撼那个他所憎恶的制度的。

《日出》中的气氛是紧张而烦躁的，这是当时都市的生活气氛，也是那个日出之前的时代气氛。随着剧情的开展，紧张的矛盾冲突一下就把人抓住了。剧本包括了都市中各式各样的人物，住在旅馆的"单身女人"、银行经理、博士、流氓、妓女、茶房、富孀、面首等等，他们的社会地位、生活、性格、文化教养，都各不相同，生活面远比《雷雨》广阔复杂，但作者通过性格化的语言，这些人物都能以各自的鲜明形象吸引着人们；无论是顾八奶奶或张乔治，李石清或黄省三，翠喜或小东西，更不用说像陈白露或潘月亭这样的主要人物了。剧情展开的地点是陈白露和翠喜的房间，这两个妇女虽然所联系的社会阶层不同，但她们都是被侮辱的女性，是那个罪恶都市的产物；在这样的地点中来展示那个"损不足以奉有余"的社会画面，也是十分巧妙的艺术构思。剧情是围绕主要人物陈白露展开的，她一面联系着潘月亭，由此揭露了上层社会的罪恶与腐烂，它与下层社会的矛盾和上层内部彼此之间的矛盾；一面又联系着方达生，由此展开了下层社会的最黑暗的角落，并联系到日出之前的光景。陈白露这个"交际花"，年轻美丽，高傲任性，有风度、有热情，厌恶和鄙视周围的一切，但又追求舒适和有刺激性的生活，清醒而又糊涂，热情而又冷漠。她在脸上常常带着嘲讽的笑，玩世不恭而又孤独空虚地生活在悲观和矛盾中。这是个悲剧性的人物；正因为在她身上还有一些为一般交际花所没有的东西，因此她才除了与潘月亭等人厮混以外，还会为了"小东西"而作出对付黑三的那样举动，同时也才可以与方达生仍然在感情上有联系；但她"游戏人间"的生活态度是不可能长久维持的，结果只能在日出之前结束了自己的生命。从潘月亭的活动中，我们看到了当时都市经济恐慌的面貌，工厂停工，银行倒闭，地皮跌价，公债投机盛行；在这一个自以为是大人物的奸诈虚伪的行动中，充分写出了当时上层社会的罪恶与腐烂。在李石清和潘月亭的针锋相对的紧张搏斗中，他们的丑恶灵魂和面临的没落命运是完全揭露出来了。与此相对照的是小人物黄省三的全家服毒的惨剧，在李石清和黄省三的对话中，非常有力地表现出了那个社会中的人与人之间的冷酷无情的关系。而在剧情的紧张进行中，这些人物的性格特点也就清晰地刻画出来了。方达生出现在旅馆里那些人中间显然是不协调的，但他的拘谨的书生气，和富有正义感的性格并不使人感到他与陈白露的感情联系是不可理解的；而由于他的出现，就由"小东西"的遭遇一直延长到都市中最为黑暗的"人间地狱"的角落，完成了作者所描绘的那个"损不足以奉有余"的社会的完整画幅。方达生是一个缺乏社会经验而又有善良愿望的知识分子，他要感化陈白露，又要援救"小东西"，到碰壁后还立志要"做点事，跟金八拼一拼"。在剧中作者是把砸夯工人的集体呼声来当作日出后光明的象征的，他说："真使我油然生起希望的还是那浩浩荡荡，向前推进的呼声，象征伟大的将来蓬蓬勃勃的生命。"[6]这说明他是把改造社会的希望寄托在劳动者身上的，虽然剧中并未创造出工人阶级的形象，那种砸夯的呼声主要是起一种烘托气氛的作用；而方达生，尽管他是那样"书生气"和不识世务，但他的正义感和要"做点事"，必然暗示着通向日出以后的新生活，他最后是迎着上升的太阳和向着工人歌声的方向走去的。这个人物身上虽然有许多缺点，但作者是把他当作正面人物来写的；而且正因为他是那样"天真"和书生气，他与陈白露的关系以及他的闯入妓院等情节才是有生活根据的。他在剧中的出现不只能够联系到下层角落的描绘，而且也给人以日出之后的联想，给人以希望和鼓舞。

《日出》中的次要人物也都写得性格鲜明，很能吸引人。作者主要采取了突出主要特征来进行漫画式勾勒的手法，用笔简练，但很传神。顾八奶奶的庸俗愚蠢和自作多情，李石清的狡黠毒辣和洞悉人情；张乔治高等华人式的"西崽相"，胡四庸俗可憎的市侩气，都给读者和观众留下了深刻的印象。从黑三的凶狠残忍中衬托出了金八的势力，从翠喜的悲惨境遇和真挚的感情中写出了下层人民的善良的心。通过许多成功的人物形象的描绘，作者把"不足者"与"有余者"之间的矛盾完全揭示出来了，这个矛盾社会的操纵者就是没有出场的人物金八；正像代表光明而同样没有出场的工人一样，这个人物面貌也未获得形象力量。但就全剧所显示的剖面看来，他当然只能是一个拥有实际势力的封建、官僚、买办阶级的代理人，是民主革命的对象；而《日出》这部作品就是直接指向这种势力的。剧中显示阳光的出现已经不远，矛盾就要转化了；而这时正是矛盾尖锐化的时刻，因此属于上层势力内部的冲突例如潘月亭之与金八或李石清，实质上也是显示了"有余者"之濒临末日的。

1937年4月，曹禺发表了另一剧作《原野》，写的是农民向土豪恶霸复仇的悲剧。这是有关农村生活的题材，它一方面写出了农民反抗的必然性，同时也反映了农民复仇的盲目性。作者取材于农村的基本矛盾，也显示了他视野的扩大。但由于作者对所描写的生活不熟悉，这个剧本在农民形象的塑造上却不成功。作者企图把主角农民仇虎写成一个向恶霸复仇的英雄，但这个人物被作者所加的复仇、爱与恨、心理谴责等因素神秘化了，他只是一种与命运抗争的力量的象征，失去了丰富复杂的社会性格，而且在最后一幕中布置了过多的象征性的环境气氛，黑的原野，莽莽苍苍的林子，增强了神秘感与恐惧感，却削弱了剧作的现实性。终于在黑林子里，构成了复仇与死的悲剧的结局。在这幕戏中还出现了国王、牛头马面、鬼魂一类幻象，虽然这里也表现了一些统治者和他们的法律的残酷性以及在阶级压迫下农民的某种精神状态，但作者的意图是要写仇虎复仇以后的恐惧和心理谴责，这就把许多神经质的、知识分子的东西加在仇虎身上，从而损害了这一形象的真实性。《原野》中前两幕写得比较成功，剧情紧张绵密，语言含蓄机智，焦母的形于辞色的暴戾，花氏的埋在心底的倔强，都很细致动人。但就整体说来，这一作品的现实性是薄弱的。作者意在运用表现主义的手法。着重揭示人物的内心世界，因此除了渲染环境气氛外，较多地运用了直觉、象征等方法，但由于题材的现实性很强，就难免产生与内容不尽和谐的地方。

三

抗战初期，由于作家对民族解放前途的瞩望和爱国主义的激情，他写了歌颂抗战后社会进步的剧作《蜕变》（1940年）。这是写一个伤兵医院由腐败而蜕化为良好的过程的。

《蜕变》是曹禺剧作中色彩最明朗的一个戏。作者说："在抗战的大变动中，我们眼见多少动摇分子，腐朽人物，日渐走向没落的阶段，我们更欢喜地望出新的力量，新的生命已由坚苦的斗争里酝酿着，育化着，欣欣然发出美丽的嫩芽。"[7]剧本正是由两类对立的人物和性格构成的。作家以很大的热情塑造了丁大夫这一光辉的形象。正是由于有一个热诚负责的丁大夫和一个来视察的握有行政权力的梁专员，遂使这个医院在短期内完全改观，成为一个很好的为伤兵服务的机构。丁大夫富有正义感，对国家民族蕴有真挚的爱，在抗战后社会现实的变化下，她的思想和工作态度也起了很大变化，她热诚地愿为伤兵贡献出一切力量。她既是受过科学训练的有理想的知识分子，同时又是一个慈祥的寡母和一切为了伤员的正直的医生，她把个人命运与祖国命运紧紧联结在一起，仁爱而有感情。这个形象十分鲜明，它不仅在曹禺剧作中、在现代文学史上女性知识分子形象的塑造中也是一个新的创造，剧中对那些对立面的旧的渣滓（马登科和"伪组织"等）也揭露得非常深刻，写出了旧社会根深蒂固的官僚机构对人的腐蚀力量。因此这个剧本前两幕真实动人，富有艺术感染力。《蜕变》的主要缺点在于梁专员这一人物脱离了典型环境和社会现实根据，作者把他理想化了，因而使后面的情节发展失去了真实性。据作者后来自述，梁专员这一人物是根据他在抗战初期所见到的一位老共产党员塑造的[8]，这样的光辉性格在现实中当然是有的，但在国民党统治区，这样的人物可以作为掌握行政权力的人而且无所阻碍地改造一切，那就使剧情显得架空。《蜕变》的故事由严冬的时节展开，到四月的春季结束，充分地表现了作者对抗战中社会变革所寄托的希望。但历史的进展证明"蜕旧变新"并非轻易，作者当时对社会变革过程显然理解得过于简单了一点。

曹禺所期待的蜕变并未实现，他看到的并非真正的阳光，它只不过是雷雨之后映照在天上的残虹；现实生活的痼疾引发了作家对历史的回顾与反思，他对崩溃中的封建士大夫家庭及其文化作了深入的解剖，写出了《北京人》的力作。这是以抗战前北京一个没落封建世家中的纠纷关系为题材的，剧中人物都有他们自己的生活习惯和心理苦闷，又都与时代脱节，在家人亲戚之间的矛盾与相互倾轧中，使人从沉闷的气氛中深深感到这些人已经完全不能适应时代了；在这里袁氏父女的生活起了一种对比和象征的作用，使这些人的昏聩自私和不合时宜更加明显了，从而反映了封建社会腐烂死亡的必然性。作者着力刻画的一个人物曾文清就是被封建大家庭及其文化腐蚀了的灵魂，他身上只有沉滞和懒散，甚至"懒于宣泄心中的苦痛，懒到他不想感觉自己还有感觉"，这个"生命空壳"正如他父亲所说，"连守成都做不到的"；其实不只他，几乎所有曾氏家族的成员都或隐或显地带有"生命空壳"的特征。剧本正是从生命毫无意义、人的个人与社会价值的彻底丧失来揭示封建制度必然灭亡的历史命运的。剧本特地设置了"北京人"这个象征性的形象，用人类祖先的健康、勇敢来反衬"不肖子孙"的怯弱和平庸，同时作者又强调了袁氏父女之间的平等关系和民主作风，袁园的率直爽朗的个性，都是为了突出作者的理想和信念。但这种对原始力量的憧憬对作品社会意义的表现并无很大帮助，袁氏父女在剧中也只能起一种对比和象征的作用，并不是富有社会内容的形象。作品着重写出的主要还是曾家那一群人物。

对于这个没落家庭中的一些具有善良灵魂的青年人，作者最后把他们送出了大门，让他们走上了新生的道路。瑞贞是这个黑暗王国里最早的觉醒者，愫方在沉默忍耐中也不乏追求的执着，虽然她的自我牺牲的品德也包含着被封建牢笼压得变了形的屈辱的成分，但终于把爱转向了"大一点的事情"（瑞贞语），使读者吐了一口气。但作家对走向新生的瑞贞和愫方的描写不够有力，剧本所体现的只是她们无法不出走，实在待不下去了，愫方爱了一个实际上是害了她的人，瑞贞嫁了一个根本不能理解她的人，她们只有离开这个家庭才能摆脱这种难堪的关系；而对于她们所追求和向往的，属于新的生活的内容和自身的觉醒的因素，却是渺茫的。但作者这里确实肯定了在现实社会中有一个可以去的地方，那里的生活与这些追求自由与幸福的青年人的理想是协调的，而与曾家那种气氛是对立的；虽然可能由于实际限制，作者没有具体写出她们所走的地方，但这里已经表现了作者的理想寄托，也能够给读者或观众以鼓舞。

《北京人》所写的是时代的悲剧，新与旧的矛盾；但由于新的一面写得比较朦胧，结果着重写出的只是旧的自身的腐烂过程。吸引人注意的好像倒是曾皓同思懿在家庭经济和家事安排上的矛盾，这就多少削弱了作品的思想意义。暴发户杜家虽然是促使曾家解体的直接原因，但在剧作中只体现为一笔债务的关系，并未着重写他们之间矛盾的复杂性质。而且封建家庭的崩溃是与中国人民革命的浪潮密切联系的，在半殖民地的中国社会，资本主义的力量不可能促使封建制度根本解体，而封建家庭的内部腐烂也不能不同社会阶级关系的变化相关联。这个剧本虽然在社会意义上逊于《日出》，但在曹禺的剧作中仍然是一部优秀的作品。特别是在艺术上显示了曹禺独有的创作特色：完整的戏剧结构，绵密的穿插，浮雕式的人物性格，启发人们对生活作深刻思索的对话，葱茏的诗意，以及浓郁的地方色彩，都能给人以强烈的感受和鲜明的印象。

1942年曹禺将巴金的同名小说改编为剧本《家》。比之原作，这个剧本是有新的创造的。巴金的小说着重在青年人对封建家庭和旧的秩序的反抗和奋斗，书中最激动人的形象是觉慧；曹禺的剧本则着重在大家庭的腐化和在旧的婚姻制度下的青年人的悲剧。觉慧的出场只是为了完成鸣凤的悲剧，而瑞珏这一牺牲者的形象可以说完全是新的创造。她在原作中的地位并不突出，但在剧本中却始终是性格鲜明的主角，她与觉新的关系和心理变化写得十分细腻；剧本由她不幸的结婚开始，到她的凄凉的死亡结束，她的遭遇就是这一悲剧的具体体现。作者创造这一人物很用力，婚夜的朗诵诗式的独白，她和梅小姐的情致哀伤的长谈，以及辗转病榻的凄凉的场面等，都增加了悲剧的气氛。剧本把觉新、梅、瑞珏之间的复杂关系和恋爱悲剧作为情节发展的主线，着重表现了互相爱恋、分明应该得到幸福的好人处在封建婚姻制度下所遭受的不幸。剧中表现梅小姐的场面不多，但含蓄而深隽地刻画了梅小姐对爱情的深沉和她的善良的同情心。另外一个反面人物冯乐山也比原作大为突出。巴金后来说过："我们两个人心目中的冯乐山并不完全一样。曹禺写的是他见过的'冯乐山'，我写的是我见过的'冯乐山'。"[9]在剧本中，这个人物是作为旧势力的代表正面出场了，这就给青年人的婚姻悲剧，找到了社会势力的根源。剧本的情调比小说原作低沉，因为它强调了婚姻的不幸而略去了青年人的活动和出走。但它不是一般的改编，在艺术上有新的创造，而且在控诉旧家庭的不合理方面也仍然能够取得动人的效果。

从曹禺在民主革命时期的全部剧作看来，他最熟悉的是半封建半殖民地社会里资产阶级、知识分子和封建的家庭生活。对于这方面的题材他都能处理得得心应手。从《雷雨》《日出》《北京人》等作品的强烈悲剧气氛中，可以看出他对被侮辱与被损害者的同情和对旧社会制度的愤懑。但曹禺并不停止于对旧社会制度的暴露和批判，《雷雨》中他写了工人鲁大海，《日出》中出现了打夯的劳动歌声（作家说"我硬将我们的主角推在背后"），说明作家对人民终将胜利抱有强烈的希望和期待，而这又正是促使他无情地抨击那些社会渣滓的力量的来源。曹禺当时还没有完全投身于革命运动的时代主潮中，正是这种观察角度的限制，在一定程度上也影响了他的作品的成就。作者后来曾说："太阳会出来，我知道，但是怎样出来，我却不知道。"[10]由于作者苦于不知道"太阳怎样出来"，因此作品中就往往借助想象来代替生活的真实，用瞩望和理想来代替已有的光明，虽然这种愿望值得肯定，但有时不免夹杂着一些不完全真实的艺术构思和艺术形象。《雷雨》中的一些宿命论观点，《原野》中的幻象神秘气氛，《蜕变》中缺乏现实根据的梁专员，《北京人》中的"北京人"——这些构思或形象所存在的程度不同的缺点，都与他当时的思想局限有关。

曹禺的作品反映现实十分深刻，艺术上达到了很高的成就，这除了他对旧社会的憎恨和熟悉理解外，又取决于他的文艺修养和创作态度，据作者自述[11]，他在创作《雷雨》前就广泛接触了欧洲的古典戏剧，他喜欢古希腊悲剧，用心地读过莎士比亚的作品，也读了契诃夫、高尔基、肖伯纳和奥尼尔等人的剧作；后来他还翻译过莎士比亚的悲剧《罗蜜欧与朱丽叶》。这些世界名著加深了他的艺术修养。他在少年时代就受过中国古典文学的熏陶，还相当熟悉北方民间文艺，这从他1940年写的独幕剧《正在想》可以得到证明。曹禺接触中国的戏曲则更早，特别是京剧和"文明新戏"。所有这些既培养了他的艺术欣赏能力，也对他的创作的民族色彩产生了一定的影响。曹禺又是一个自己有舞台经验的剧作家，因而他的作品经得起舞台实践的考验。他说"我们要像一个有经验的演员一样，知道每一句台词的作用。没有敏锐的舞台感觉是很难写得出好剧本的"[12]；同时他又认为他自己的戏应该做到为普通的观众所了解，"只有他们才是'剧场的生命'"。所以他的作品能够牢牢地抓住人心，在社会上产生了广泛的影响。

曹禺作品的出现，标志着"五四"以来话剧创作的新成就，不只在当时引起了广泛的注意，推动了话剧创作水平的提高和发展，而且在长期的舞台考验中得到了人们普遍的爱好，一直保持着巨大的魅力。他的《雷雨》《日出》《北京人》等优秀作品为现代文学剧本创作开创了一个崭新的局面。

*　　*　　*

〔1〕〔2〕〔3〕曹禺：《雷雨》序。

〔4〕〔6〕曹禺：《日出》跋。

〔5〕曹禺：《日出》跋中的最后一个注释。

〔7〕曹禺：《关于"蜕变"二字》。

〔8〕〔10〕见《文艺报》1957年第2号《曹禺同志谈剧作》。

〔9〕巴金：《谈〈家〉》。

〔11〕颜振奋：《曹禺创作生活片断》一文所记，见《剧本》1957年7月号。

〔12〕《曹禺剧作生活片断》，《剧本》1957年7月号。

读《夏衍剧作选》

一

《夏衍剧作选》中包括三个多幕剧：《秋瑾传》《心防》和《法西斯细菌》。这是作者从他所写的十一个多幕剧中选出来的，是写得比较好、为读者和观众所喜爱的三个剧本。

《秋瑾传》是历史剧，写于1936年冬。在这个剧本中，作者写出了中国民主革命的先驱者秋瑾的英雄形象、她的反对帝国主义侵略和反对满清政府的爱国精神，以及最后由于武装暴动失败而慷慨就义的英雄气概。秋瑾牺牲于1907年，正是中国民主革命斗争非常尖锐、满清政府摇摇欲坠的时候；这事件在当时曾引起社会上广大的同情与公愤，推动了革命运动的进展。当时出版的纪念秋瑾的宣传文字就很多，例如《鉴湖女侠秋瑾》，《越恨》等书；其中也选录了一些一般社会舆论的记载，可以看出秋瑾的革命行为在当时所引起的广大影响。就文艺作品说，在辛亥革命前后，以秋瑾殉难为题材的作品也产生得很多，例如湘灵子的《鉴湖女侠传奇》、吴梅的《轩亭秋杂剧》、静观子的小说《六月霜》等。一直到鲁迅先生在"五四"时写《药》时，还"不恤用了曲笔，在《药》的瑜儿（夏瑜，即指秋瑾）的坟上平空添上一个花环"（《〈呐喊〉自序》），来表示人民对她的怀念。秋瑾所抱的志向是"救拔同胞"与"女界自立"，她所努力从事的，是推翻满清统治的革命工作。在晚清，一般的民主革命运动，都是以民族革命的形式表现的，秋瑾具有很浓厚的反帝爱国的思想，她曾说愿以罗兰夫人为榜样。这种思想在当时还没有为广大群众所了解，特别是妇女，一般地还只停留在少数的先进分子身上，像秋瑾这样的人显得极其突出，一般人都把她看作是一个"新奇、怪诞和危险"的人物，包括她的好友、知识妇女吴芝瑛（这是秋瑾殉难后为她领尸建墓、并作传记与祭文的好友，即剧中的吴兰石）。在那个民主革命运动的启蒙时代，这样的人物虽然还有她很大的历史局限性，而且难以避免地要演成历史的悲剧；但她的思想和行为代表了革命先驱者的伟大的爱国精神，这种革命精神在今天也仍能给人以鼓舞和教育。使这样的英雄形象在舞台上和观众见面，是有很大的积极意义的；特别是在作者写作的当时——中国抗日民族解放战争的前夕。

这个剧本的主要的人物和事实都是有历史根据的。一开始作者就把"序幕"安置在1900年的庚子事变的秋天，使人对剧本所表现的时代先有一个概括的了解。以下接着就写秋瑾在自己家庭里争取自由和独立的地位，要求摆脱她的官僚的丈夫到革命活动的中心日本去学习，找寻同志，"救拔同胞"。第二幕是写1907年秋瑾从日本回到上海后的情形。当时革命风暴已很猛烈，秋瑾主编《中国女报》，不仅竭力号召妇女们起来为争取自由独立的地位进行斗争，而且她把这斗争与当时的民族革命斗争结合起来，企图组织武装起义，推翻满清政府。她是主张武装革命、反对温和的改良主义的。第三幕的两场是写1907年6月秋瑾在杭州大通学校训练学生，筹办武装起义和失败后的慷慨成仁的；是剧本的高潮,也是剧情进展中最悲壮的地方。这里所表现的秋瑾的性格最为鲜明,她镇定、勇敢、决不动摇,就义前的慷慨演说,写得很动人。

但这样的悲剧的产生,自然是有它的历史原因的。作者通过另外两个革命同志王金发和程毅的对话,也对秋瑾的弱点作了一些必要的批判,例如她的警惕心不高,使敌人的奸细混入了革命队伍,对敌人的残暴也缺乏足够的认识,在发现起义已经失败,应该设法撤退来保存革命实力的时候,她强调"临阵退却是革命党的耻辱!""到死也不走!"这种勇往直前不考虑效果的做法,一方面固然表现了秋瑾的忠诚勇敢的性格,但也正如程毅所说的"孤注一掷决不是革命党的光荣!"在最后审判的场面中,作者一方面有力地表现了秋瑾的视死如归的昂然的革命家的气概,一方面也给那群满清官吏画了一幅讽刺的谑画。

作者善于渲染时代气氛,布景的说明和对话中某些语言的运用,都对烘托剧情背景起了好的作用。在这样显明的历史背景上,他对秋瑾的性格和革命品质的描写,是相当成功的。作者具体地描写了她的豪侠的性格和她对革命的坚决勇敢的精神。特别是最后一幕的壮烈殉难,是写得很动人的。剧中的主要人物和事迹,大致都根据实际的史实。作者在剧本前画引了两段亚里斯多德和莱辛的语录,意在说明历史剧与历史不同,它可以写"可能的"事件和"将要做出些什么来的事情",不一定要与实际史实相合;但无疑地,实际史实还是给了作者以很大限制的。譬如为了表现秋瑾的各个不同时期的活动,就不能不在各时期中用个别的不同人物来作陪衬,因此各幕中的人物除秋瑾外,大多数都为了秋瑾而存在，前后不能连贯，这就影响了全剧的集中和别的人物性格的鲜明。例如王金发，就写得很模糊。这种出场人物多而不相连接、多数性格不能突出的现象，显然是受了实际史实和传记性质的限制的。

二

四幕剧《心防》是写抗日战争初期上海沦陷后，留在上海的文化工作者与敌伪势力坚持斗争的情形的。《心防》的意思就是"心理上的防线"。当时上海的公共租界和法租界里共有四百五十余万人口，在那时存在着的国际帝国主义势力的错综复杂的关系中，上海的进步文化工作者巧妙地利用了各种现实中的矛盾，在租界中利用一些外商报纸、戏剧演出和补习学校等活动，组成了一支强大的文化队伍，把这四百五十万人口的抗战心理防线巩固起来，使抗战的声音仍能广泛传播，并通过上海来渗透给广大沦陷区人民，沟通了沦陷区与各抗战根据地的消息，使上海成了东南游击区的政治堡垒。在这种特殊环境下面，文化工作者没有武装和经济的支援，随时受着敌伪势力的破坏、干涉，甚至暗杀的迫害，但他们仍然坚毅地英勇地战斗着；特别是新闻事业，更是坚定广大沦陷区人民对民族解放战争信心的力量，给了敌人以很大的威胁。对于这些坚持斗争的文化战士，作者掩不住他的钦敬与激动，用《心防》这个剧本来为他们作了一首热情的颂歌。

《心防》以新闻界的骨干人物刘浩如为中心，从各个方面描写了当时进步文化界在上海进行的斗争，斗争是很艰苦、复杂的。剧情开始在1937年冬，正是中国的军队撤离上海后不到十天，南市的火还没有熄，很多文化工作者都准备去武汉或者去延安的时候。剧中的主角刘浩如本来也是打算走的，但当他理解到用笔来"死守一条五百万人的精神上的防线"的重要后，便决定留下来了；而且以后就以他在新闻界的实际工作，成了上海文化战线上的领导者。他们的斗争取得了胜利，因为他们的斗争反映了人民的要求，人民在支持他们。剧本最后以刘浩如被暗杀作结。刘浩如在被刺倒下后交出了已被鲜血染红了的、明天要发表的社论稿子和早就准备好了的一份遗嘱，那种为民族解放而壮烈牺牲的爱国精神，是写得非常动人的。

《心防》的主要人物的性格都相当生动。作品结构严谨，语言也是性格化的，相当精炼。洪深在他的《抗战十年来中国戏剧运动与教育》一书中，认为《心防》为夏衍的代表作，是颇有道理的。但剧中对这样一条坚强的文化战线的社会基础，似乎反映得还不很够；虽然作者也通过刘浩如说明他们所以能具有那么强大的战斗力量，"主要的还是因为全国人民坚持了抗战，千百万人民在前线、在后方和敌人拼命。"但这说明显然还是抽象了一点。即如剧中的主人公刘浩如，他是文化战线的领导者，但我们只知道他有过五年的记者经历，曾经为了闹"新闻清洁运动"失业过，有一副嫉恶如仇的性格，对待朋友很热忱，对敌伪汉奸的警惕心很高，此外对于刘浩如的政治、社会的关系，我们就只能揣测了。而就那些从事进步文化活动的人们的关系说来，似乎只能说是一些抗日爱国的抱有正义感的进步知识分子之间的自由结合的团体。在这个团体里，一部分成员是比较年轻的，在政治上尚未成熟，有的则是有一点世故的老记者，即连刘浩如自己，虽然在各方面都比较好些，但如果当作一个进步文化战线的实际领导者的形象来看，仍然是不很够的。作为这样一个进步文化战线的领导分子，他的政治态度似乎应该更明朗些。当时的实际情形也是如此，这些英勇的文化战士如果没有和当时中国的进步政治力量结合起来，受他们的领导，他们是很难有所作为的。而作者所以没有明确地写到这一点，当然也可能是由于当时所处的实际情况，不可能这样做。

抗战初期的剧作虽然产生得很多，但一般都存在着概念化的倾向，当时的批评界曾对所谓"抗战八股"有过很多的批评；《心防》在当时是一个较好的作品，上演的次数也很多。

三

《法西斯细菌》写于香港战事（1941年）以后，它借一位曾经留学日本的医学博士俞实夫的经历与转变，表现"法西斯与科学不两立"。日寇占领香港以后，以港变作题材的戏剧作品曾产生过好多，例如《祖国在呼唤》《自由港》等。自从抗战以后，香港成为一些逃难的"寓公"与走私商人的乐园；另一方面，因为香港是当时"抗战中国和她千百万海外华侨联系的锁钥与桥梁"，而国民党统治区对进步文化人士采取了日益加紧的压制和迫害，因此他们留在香港坚持工作。作者夏衍自己就是因为在桂林受到迫害，才跑到香港的。这一切就使得香港成为一个非常复杂的地方，许多走私商人和逃难'寓公'们在那里进行种种政治上、买卖上的活动。香港战事突然发生时，这些人的生活发生了巨大的变化，产生了许多可笑的故事，被作家们用来作为讽刺喜剧的材料。本剧中钱琴仙这个人物和与她很接近的一些人的商业活动，大概就是作者最早想要表现的。但作者不愿单纯地展览这些可笑的故事，他看得要深一点，他觉得这些"哄笑和苦笑的材料"，"都反而是悲剧的材料了"[1]。因此，虽然他也写了"港战"，但与其他的以港战为题材的剧本不同，他选择了一个更大的和更重要的主题："法西斯与科学不两立"。"港变"不只拆散了那些冒险家的乐园，也摧毁了自以为超政治的科学家的"象牙之塔"。这个剧本不只企图揭露法西斯主义制造战争，而且还进一步揭露法西斯主义者正在利用人类的科学发明，大量地制造细菌弹，散布种种可怕的传染病菌，使得剧中的那位超政治的科学家终于认识到："人类最大的传染病——法西斯细菌不消灭，要把中国造成一个现代化的国家，不可能；就是要关上门，做一些对人类有贡献的研究，也会时时受到阻碍和破坏。"这剧本按照生活逻辑开展了剧情，通过生动的人物形象和带有性格特征的语言，对于这位抱有单纯技术观点的学者俞实夫的批判，是有说服力的。特别是关于法西斯是人民的敌人，是人类一切进步事物的死敌这个思想，在当时是很能鼓舞人们去作反法西斯斗争的。

这个剧本的情节，在时间上前后共经过了十年，地点则经过了东京、上海、香港、桂林等四个充满不同生活色彩的都市，登场的主要人物不足十人。这个剧本的特点，是它的每一幕戏都密切结合当时国内外的政治形势的发展，把剧情放在巨大的历史背景上面，剧中人物的性格则随着政治形势的发展而变化着。所以，整个剧本的结构看起来是比较紧凑、连贯的。

剧中人物的描写，一般也都相当真实、生动。很多人都说"素描"和"淡彩"是夏衍剧作风格的特点，在写《法西斯细菌》时，他自己说应该"从速毕业于素描阶段"了，他要学着画油画[2]。的确，在他的剧作中，《法西斯细菌》的戏剧色彩是比较浓厚的，在人物性格的刻画上作者所下的功夫也更大些。像俞实夫这样的以为科学可以超政治的知识分子，在旧社会中本来是很多的，而剧本通过活生生的事实，来表现了"法西斯与科学不两立"的主题，是有说服力的。最后俞实夫从香港回到桂林，决定到贵阳的红十字医院中去工作，而且认为这就是"一件扑灭法西斯细菌的实际工作"，是人生的"再出发"；这个要求在他的思想发展上说来，当然是前进了一步，他愿意暂时放弃实验室中的研究工作，但就当时的实际情况说来，就中国人民的反法西斯的抗战事业说来，这要求显然是有点过低了。这种要求的过低，还明显地表现在剧本对于另一知识分子赵安涛的批判不够深刻，并且对他的错误给予过多的同情上面。作者写这个剧本，已经是 1942 年的夏天，正是皖南事变后国民党反动统治在大后方积极镇压人民的时候；桂林或贵阳，都不是什么坚持抗战的中心，因此作者把剧中的主人公引到那里去，似乎说那里是有光明的，这就不能不使人感到不能理解。这情形作者自己也是知道的。当然，这种情况的产生主要还是因为受到了当时反动的出版审查和演出审查的限制，而剧本是应该也必须要争取和读者及观众见面的。但一个作品在比较深刻地写出了一些现实的矛盾以后，而最后指出的竟是一条不大行得通的路，那也是不免要削弱作品的思想内容和教育力量的。

但是，在这个剧本中，用生活的实际感受来说明法西斯主义的毒害，这个企图仍是较好地达到了的。这个剧本是作者所写的一些剧本中上演次数最多的一个。

四

在夏衍所写的十一个多幕剧中，选取以上所述的三个是比较适当的。其中《秋瑾传》和《心防》写的都是正面的人物形象，也比较成功地写出了为民族解放而英勇献身的革命者的品质，这对读者是有教育意义和鼓舞作用的。《法西斯细菌》的主题有更普遍和更重要的意义，而且在艺术成就上也是比较高的，它是可以代表作者的创作特色的。

在本书的"代序"中，作者写道：

> 假如一个小资产阶级出身的知识分子、文艺作家不能把自己的立场坚决完全干脆地转移到'方生'的工农兵方面，而还要保留一部分乃至大部分停留在'未死'的小资产阶级知识分子方面，理论上、口头上不能和实际上、行动上合一，该爱不能真爱，该恨不能真恨，该鞭挞不能尽情地鞭挞，该歌颂不能尽情地歌颂，那么很自然的写出来的作品就不可能有强烈的力量，去"唤起读者对过去的憎恶"了。

这篇"代序"是作者对自己创作的自我检查，从这个检查可以看出作者对自己的要求是严格的。对于夏衍的作品的公正估价，我以为必须要与他创作时的具体情况联系起来看。夏衍的作品，都写于抗战前和抗战期间的国民党统治区，那时一般的作家都没有机会获得和群众密切结合的社会条件；加之戏剧创作又有它的特殊情况。由于话剧是近代才在中国兴起的一种艺术形式，而且长期地只能在大都市上演。剧作者为了使剧本获得演出的机会和对它的一定的观众进行可以接受的教育，就不能不多少顾及到观众的实际情形和接受能力。因此仅就题材说，绝大多数的剧本写的也都是都市生活，大半是以市民、知识分子或上层统治者为主角的；以工农兵为题材的作品就比较少。这些作品虽然都存在有缺点，但其中的主要精神仍是引导人们向前看、引导人走向进步与革命的；在当时也都起了教育人民的作用，而我们今天的戏剧创作，也曾经是这样地发展过来的。就作者说，他在未进行剧本创作以前，已经有过相当长的参加左翼戏剧运动的经历；从创作的开始起，他就是密切结合当时的政治斗争，努力使他的作品为革命服务的。这些剧作的内容大致都和中国的抗日民族战争有关，从各种不同的方面来反映了中国人民的抗日行动，而且都经过了舞台的考验，在多次上演中也得到了观众的爱好。在创作中他从不追求奇巧的舞台情节，不迎合观众的不正当的趣味，而用一种朴素平易的风格来反映生活中的真实，描绘人物的内在精神世界；并引导他们走向革命的道路。内容充满了爱国的热情，观察问题也比较深刻。因此这些作品不只主题明确和富于现实性，在戏剧艺术上也是有相当成就的。从这种意义讲，他的这些作品是我们新文学史中戏剧创作的重要收获，我们在肯定和整理"五四"传统剧目的时候，当然是会想到这些作品的。而就本书中所选的三个剧本说来，那就不止仍可供人学习，在今天也还是能给人以鼓舞和教育的。当然，这也并不是说，这三个剧本中就完全没有对于一种过于纤细的感情的温情态度了，或者说无论歌颂或鞭挞都已经有了足够的强烈力量了。但我们至少可以说，这些作品是反映了当时的社会矛盾和斗争，并在艺术表现上达到了一定的成功的。我们今天读这些作品，仍能受到一种爱国热情的感染，就充分地说明了它的价值和意义。

* * *

〔1〕夏衍：开明版《法西斯细菌》跋；《老鼠、虱子和历史》。
〔2〕夏衍：开明版《法西斯细菌》跋；《胭脂、油画与习作》。

赵树理在现代文学史上的历史地位

一

赵树理出现在四十年代解放区文坛上，是一个具有典型意义的文学现象，绝不是偶然的。

中国现代文学的性质与历史特点都决定了，它是为人民的文学；文学与人民的关系始终是现代文学历史发展的基本课题。"五四"时期提倡白话文，提出"平民文学"的口号，三十年代明确以"文艺的大众化"为无产阶级文学运动的中心，都反映了文学与人民的日益密切结合的历史要求。但要真正解决文学与人民的关系，使新文学为人民大众所接受，必须解决两个方面的问题：一方面是作家与他的描写对象、服务对象工农大众之间的关系，要真正熟悉他们的生活，了解他们的思想、感情以至美学趣味，才能创造出从内容到形式都"为老百姓所喜闻乐见"的作品；另一方面，作为服务对象的人民大众自身也"应该有相当的程度，首先是识字，其次是有普通的大体的知识，而思想和情感也须大抵达到相当的水平线"[1]，才有接受具有现代化特点的新文学的可能。而这两个方面的条件在三十年代都是不具备的。正如毛泽东同志在《在延安文艺座谈会上的讲话》中所指出的，反动统治者"压迫革命文艺家，不让他们有到工农兵群众中的自由"，因此，即使是鲁迅这样的伟大作家也为自己"不在革命的旋涡中心"而深感苦恼[2]；同时，反动统治者剥夺了人民享受文化的权利，使人民与现代文学处于隔绝状态。对于还处在三座大山压迫下的人民大众，首要的是政治、经济上的解放，对于文化的需求还不是最迫切的。这样，三十年代关于文艺大众化的讨论，虽然具有重大的历史意义，但不可能变成现实的实践运动；当时，在中国文坛上出现像赵树理这样作家的历史条件显然是不成熟的。情况正如鲁迅所说的那样："现在是使大众能鉴赏文艺的时代的准备"，"若是大规模的设施，就必须政治之力的帮助。"[3]这是很能反映中国革命文学运动发展的历史规律的，它必须以人民大众的政治革命的胜利为前提条件。

伟大的抗日战争根本改变了中国的政治形势，具有决定意义的是共产党直接领导的抗日革命根据地的建立和巩固，以及其在全国影响的日益扩大，中国土地上终于出现了"中国历史几千年来空前未有的人民大众当权的时代"[4]。以农民为主体的解放区人民在政治和经济上的翻身，成为真正掌握自己命运的时代的主人，接着必然也要提出了精神文化上翻身的要求。毛泽东同志在《讲话》中作了如下的概括："他们迫切要求一个普遍的启蒙运动，迫切要求得到他们所急需的和容易接受的文化知识和文艺作品，去提高他们的斗争热情和胜利信心，加强他们的团结，便于他们同心同德地去和敌人作斗争。"这就表明，在解放区，实现文学艺术内容与形式的群众化，使文艺与人民大众彻底结合，成为已经成熟了的历史任务。历史不仅提出了这样的要求，而且实现这一要求的条件已经具备，人民的政权给革命文学家以"到群众中去的完全自由"[5]，文化教育的初步普及也使人民群众有了接受新文艺的现实可能性。而能否实现这一业已成熟的历史任务,变客观可能性为现实性,关键在于作家自身的主观条件,即他们的思想感情是否与工农大众一致。毛泽东同志敏锐地抓住了这一中心环节,在《讲话》中明确地提出作家必须与新的时代、新的群众相结合。时代在呼唤从生活到思想感情都与工农大众结合为一体的新型作家的出现,而赵树理正是这样应运而生的新型作家。恩格斯说得好:每个时代都需要并会造就出自己的历史人物,"如果我们把这个人除掉,那时就会需要有另外一个人来代替他,并且这个代替者是会出现的。"[6]历史发展的客观逻辑必然是:在四十年代的中国解放区,即使不是赵树理,也会出现其他的作家,来实现作家与群众的结合,文艺与群众的结合。事实上,当时所涌现出来的绝不是赵树理一个人,而是整整一代在不同程度上与群众相结合的作家,赵树理正是其中的杰出的代表。

马克思主义在强调历史人物出现的客观历史必然性的同时,并不否认个人条件、个人因素,以及个人主观能动性的作用。在同样的历史机遇面前,能够在多大程度上发挥历史作用,取决于人们对于业已成熟的历史任务的认识的自觉程度和所达到的深度,以及人们的实践活动能够在多大程度上满足历史的要求。正是在这一点上,赵树理显示了他的特殊贡献,使得现代文学史可以用他的名字来代表时代所呼唤的一代的新型作家。有关传记材料告诉我们,赵树理不仅由于出身农村,十分了解农民的思想、感情、风俗、习惯,十分熟悉农民所喜爱的民间艺术,而且比较早地觉察到新文学脱离人民的根本弱点:"文坛太高了,群众攀不上去"[7];群众所阅读的还是满含封建毒素的唱本读物、通俗小说。因此他宣布:"我不想上文坛,不想做文坛文学家,我只想上'文摊',写些小本子夹在卖小唱本的摊子里去赶庙会……这样一步一步去夺取那些封建小唱本的阵地,做这样一个文摊文学家,就是我的志愿。"[8]赵树理的"志愿",无论其历史的合理性(这是主要的),还是某些局限性,都是与"迫切要求一个普遍的启蒙运动"的时代和社会的要求完全一致的。他冲破种种阻力,以《小二黑结婚》等创作实践自觉地进行着文艺大众化的努力。如果说毛泽东同志的《讲话》开辟了文艺表现新的时代、新的人民的新阶段,那么,赵树理就是这个新阶段的人民文艺当之无愧的代表。

二

赵树理作为出现于四十年代解放区的现代文学史上的新型作家,他的基本特点和优点,就在于他与人民群众,特别是劳动农民保持着最密切、最深刻的联系;或者如有些同志所说,他是"深深植根于农村,从思想气质到生活习惯都彻底农民化了的。"[9]在赵树理这里,作家对他的描写对象、服务对象的了解达到了烂熟于心的地步,正如赵树理自己所说:"他们每个人的环境、思想和那思想所支配的生活方式,前途打算,我无所不晓。当他们一个人刚要开口说话,我大体上能推测出他要说什么——有时候和他开玩笑,能预先替他说出后半句话"[10];作家同他的描写对象、服务对象的生活命运、思想感情、美学趣味都达到了融为一体的程度,以至赵树理可以这样说:小说中人物流血的场面,"连我自己也差一点染到里边去"[11]。这样,无产阶级文学运动长期不能解决的一个基本矛盾：表现工农大众、为工农大众服务的历史要求，同作家不熟悉工农生活，在思想感情上与工农存在距离的矛盾，在赵树理这里从实践上得到了基本的解决。同时，这也就提供了一个条件，使赵树理能够在自己的创作中把无产阶级文学的思想倾向性与艺术真实性统一起来，把主观的真诚与客观生活的真实紧密地结合起来。

在中国，农民占人口的绝大多数。农民不仅在过去的革命中起过重大作用，而且在今后建设现代化的社会主义国家中，也是十分重要的力量。他们在全国人口中所占比例可能逐渐下降，但在相当长时期中，仍然会占着多数。赵树理的创作反映了二十年代到六十年代的农民生活和斗争（《李家庄的变迁》开头写的就是二十年代的事）。他的所有作品都是描写农民的，特别是四十年代、五十年代的农民。我们今天仍然需要许许多多像赵树理这样的作家，努力反映今天和今后的农村生活。赵树理笔下的农民形象，不再像"五四"时期及三十年代作家作品中的那些被侮辱、被损害者，为作家同情和怜悯的对象，而是作为历史的主人，作家热情歌颂的对象；他们不再像三十年代某些作家笔下的苍白无力、公式化概念化的人物，而是有血有肉、有着鲜明个性的真实可信的人物。这是大家都看到并且承认的。赵树理对于农民形象描绘所达到的前所未有的真实程度，标志着革命现实主义达到了一个新的水平，出现了新的突破。

这种突破，不仅表现为现实主义的真实程度，更表现为现实主义描写的历史深度，这首先得力于赵树理对于中国农民命运、思想、心理的深刻理解。赵树理曾这样谈到他对中国农村社会的观察："我们的农村，在土改之前，地主阶级占着统治地位,一切文化、制度、风俗、习惯,或是由地主阶级安排的,或是受地主阶级思想支配的,一般农民,对地主阶级的压迫、剥削尽管有极其浓厚的反抗思想,可是对久已形成的文化、制度、风俗、习惯,又多是习以为常的,有的甚而是拥护的。"[12]这是赵树理对中国农村社会独特的思想发现:农民的不幸与痛苦,不仅在于政治、经济上受着"地主阶级的压迫剥削",而且在思想上受地主阶级的支配;农民自身对地主阶级精神毒害缺乏自觉,就造成了摆脱旧文化、旧制度、旧风俗、旧习惯束缚的极端艰巨性。这样,赵树理对中国农村社会的认识,得出了与鲁迅大体相似的结论,在观察与表现农村生活与农民命运时,也就有了与鲁迅大体相同的角度,即从农民精神面貌、心理状态以及人与人的关系来观察和表现的角度。但赵树理的时代已不同于鲁迅的时代,这是一个农民在共产党领导下起来摧毁农村封建势力,走上彻底翻身的新时代。在鲁迅那里还是伟大问号的地方,赵树理这里已经由生活本身提供了一个初步的答案。因此,如果说鲁迅主要是揭露农民精神上的麻木和痛苦以唤起农民的觉醒;赵树理则主要表现农民在政治经济翻身的过程中,精神和心理状态所起的变化,人的地位、家庭内部关系(长幼关系、婚姻关系、婆媳关系)的变化,通过这些变化来展示农村变革的内在深刻性;同时以鲁迅式的直面人生的清醒现实主义态度,揭示农民思想上的翻身、农民改造自己的长期性与艰巨性,这构成了赵树理作品的独特的主题和价值。因为这种观察、认识与艺术表现挖掘到了农村社会的历史深处,因此,赵树理笔下的人物——无论是肩负着沉重的封建主义历史传统包袱的老式农民(例如,为封建迷信扭曲了的三仙姑、二诸葛,深受封建等级思想毒害的老秦,为小生产方式与生活方式束缚的金桂婆婆等),还是开始摆脱旧传统的羁绊、大踏步走向新生活的农村新人(小二黑、小芹、小经理、孟祥英、金桂等等),都具有长远的思想与艺术的生命力;而他在《李有才板话》《邪不压正》等作品中所尖锐提出的封建思想对掌握了政权的共产党及其干部的影响和腐蚀作用的问题,更是充分表现了作家现实主义的思想与艺术的胆识。可以毫不夸张地说,在中国现代文学史上,赵树理是继鲁迅之后对中国农民有着深刻的理解和观察的作家,他对农民生活描写的现实主义深度直接继承和发展了鲁迅的传统。

三

作为一个立志要用自己的作品去夺取农村文化阵地的"文摊"作家,赵树理在探索作品的艺术形式、表现方法时,首先考虑的是他的描写和服务对象——农民的艺术欣赏习惯和要求;可以说,赵树理是十分自觉地把"群众化"的要求贯彻到一切方面,不仅是作品所反映的生活内容,而且是作品的表现方式。赵树理这样表白他的艺术信念与追求:"写文章应该明确对象,写给农民的就让农民懂"[13],"写文艺作品应该要求语言艺术化……我只是想在能达到这个共同要求的条件下又不违背中国劳动人民特有的习惯。"[14]这个朴素的追求实际上是反映了艺术创作的客观规律的:艺术欣赏不可能有任何强制性,要夺取农村文化阵地,就必须吸引农民的兴趣,有艺术上的竞争力。因为作家的创作必然要受到读者对象的欣赏水平、习惯和要求的制约。列夫·托尔斯泰说得好："任何一个作家写作品时注意到的是特有的一种理想的读者。必须弄清楚这些理想的读者的要求。"[15]新文学之所以"新"，其中一个重要方面就是它的读者对象的深刻变化；因此，如何使新文学能够为全新的读者对象——人民大众所喜闻乐见，一直是新文学所努力追求的目标。五四时期提倡白话文，用"四万万中国人嘴里发出来的声音"说话作文[16]，正是为了使新文艺能够为普通老百姓所接受；也正是从这一点出发，鲁迅曾认真研究过农民的欣赏习惯和艺术趣味，并为之作文辩护[17]。鲁迅强调：要使新文艺为农民接受，"'懂'是最要紧的，而且能懂的图画，也仍然可以是艺术。"[18]他预言："我相信，从唱本说书里是可以产生托尔斯泰、弗罗培尔的。"[19]应该说，赵树理在艺术形式、艺术表现上对农民欣赏习惯、要求的重视，以及由此产生的群众化的努力，与鲁迅是一脉相承的。当然，文艺作品的读者由于文化水平和素养的不同，应该是多层次的；既需要"下里巴人"，也需要"阳春白雪"，更需要将二者统一起来的文艺作品，就是人们通常所说的"雅俗共赏"。并不能强求所有的作家都把"雅俗共赏"作为追求的目标，但作为对文化不高的群众的启蒙要求来说，"雅俗共赏"应该是一个有高度为人民服务的责任感的作家所追求的崇高的目标。赵树理正是这样的作家，一方面他主张通俗化，要求把作品写得平易、浅显一些；一方面他又反对把通俗化理解为简单化，把浅显变为浅陋，降低作品的艺术质量。应该承认，他的创作实践证明"雅俗共赏"不仅是可以做到的，而且可以达到很高的艺术水平。赵树理这种对作品群众化的努力，同时也是使现代小说取得民族特点的过程，这对新文学的发展是有重大意义的。为促进现代小说的民族化，鲁迅曾着重于借鉴中国传统戏剧与传统绘画[20]，赵树理的创作则开辟了中国现代小说形式民族化的另一条途径：学习中国传统小说和说唱文学的结构方式和表现方法。鲁迅和赵树理通过不同的艺术途径所进行的探讨同样启示我们：中国现代小说形式民族化的道路是非常宽广的；将某一种形式、某一种探讨绝对化，都会使我们的艺术天地变得狭小，而且会限制作家的创造性。

大家都说赵树理的创作较多地继承和发展了中国民间文艺的传统，赵树理自己也多次谈到这方面的体会，这当然是事实；但赵树理同时也说过："我在文艺方面所学习和继承的也还有非中国民间传统而属于世界进步文学影响的一面，而且使我能够成为职业写作者的条件主要还得自这一面——中国民间传统文艺的缺陷是要靠这一面来补充的。"[21]每个作家艺术修养的来源都是多方面的，当然所受影响的深浅程度各不相同，我们不能把这种影响的来源单一化和绝对化。鲁迅也称赞过民间文学的刚健、清新[22]，但他并没有把它同"拿来主义"对立起来。赵树理所受外国文学作品的影响相对说来可能少一些，但"五四"以来的现代文学作品对他并不是陌生的，而这些正是受了外国文学影响以后的产物。所以把他对小说创作的民族化的追求单纯说成是民间文艺的影响，是很片面的。

赵树理在谈他的创作经验时曾说：他"在做群众工作的过程中，遇到了非解决不可而又不是轻易解决了的问题，往往就变成所要写的主题。"[23]因此关于所谓"问题小说"和

"讲故事"也就成为近年来有所争议的问题。其实每个作家的生活积累和文艺修养都各不相同，读者的爱好和水平也是分层次的，我们并不赞成把赵树理的经验绝对化，认为所有作家都应该照他的经验从事实践，这是直接违反文艺内容的丰富性和题材、形式、风格的多样化的。但就赵树理个人来说，作为一个从事农村实际工作的干部，他的经验仍然是很可宝贵的。所谓问题就是矛盾，既然是"非解决不可而又不是轻易解决了的问题"，就是牵动到当事者的生活和心灵的重大矛盾，而人们只有在面临这样有关切身利益的矛盾时，他的性格特征才会集中地表现出来。文学作品当然应该写出活生生的人物形象，这一点赵树理非常清楚，所以他说："小说的主要任务不是写实而是写人，要通过人去教育人。"[24]他完全理解写小说一定要塑造性格鲜明的人物形象，不能简单地把"事"和"人"对立起来。所谓故事就是情节，实际上就是人物性格发展的历史。除过追求艺术表现上的民族特色以外，讲故事也是为了写人的。赵树理这里只是讲他个人触发创作冲动的起点，这是同他的生活和经历分不开的一种实践过程，不能把它孤立出来作为与写人物相对立的一种理论，更不能把它同"赶任务""写中心"等简单化的错误做法等同起来，这是由赵树理作品中所提供的众多人物形象可资证明的。总之，我们应该肯定的是他从事创作的根本精神，而不应该把他的经验绝对化，要求一切作家都亦步亦趋地照着他的办法如法炮制，那是必然会走进死胡同的。

历史和文学艺术都是不断发展的，文学的民族特点和人民的欣赏爱好都是一种历史性的范畴，并不是凝固的东西。今天我们自然没有必要重复和模仿赵树理作品的艺术内容和形式,提倡写"某某村有个某某人,今年多少岁了",然后给人物取个外号之类。但他的根本精神和追求目标仍然是值得继承和发扬的。在历史的发展中总要积累下一些宝贵的东西,作为一种传统,在文学艺术的新发展、新创造中继续发挥作用。就赵树理的贡献来说,这就是指导他创作实践的根本精神,作家与他的描写对象、服务对象——人民大众的自觉的密切联系。作家努力熟悉人民的生活,在思想感情上和人民融为一体,研究他们的艺术欣赏习惯与要求,这些都是经过历史的检验,构成我国现代文学的传统和基本经验的一个重要方面,它是应该而且必然会在新时期的新文学中得到继承和发展的。

* * *

〔1〕〔3〕鲁迅:《集外集拾遗·文艺的大众化》。

〔2〕鲁迅:《且介亭杂文·答国际文学社问》。

〔4〕〔5〕毛泽东:《在延安文艺座谈会上的讲话》。

〔6〕恩格斯:致符·博尔吉乌斯。

〔7〕陈荒煤:《向赵树理方向迈进》。

〔8〕李普:《赵树理印象记》。

〔9〕陈继会:《新文学史上农村题材的两位开拓者》,收《赵树理学术讨论会纪念文集》。

〔10〕赵树理:《决心到群众中去》,收《赵树理文集》4卷。

〔11〕〔23〕赵树理:《也算经验》,收《赵树理文集》4卷。

〔12〕赵树理:《随〈下乡集〉寄给农村读者》,收《赵树理文集》4卷。

〔13〕赵树理:《反对八股腔,文风要解放》,收《赵树理文集》4卷。

〔14〕〔21〕赵树理:《〈三里湾〉写作前后》,收《赵树理文集》4卷。

〔15〕《古典文艺理论译丛》第1册:《列夫·托尔斯泰日记选》。

〔16〕鲁迅:《热风·随感录五十三·现在的屠杀者》。

〔17〕〔18〕鲁迅:《且介亭杂文·连环图画琐谈》。
〔19〕鲁迅:《南腔北调集·论第三种人》。
〔20〕鲁迅:《南腔北调集·我怎么做起小说来》。
〔22〕鲁迅:《且介亭杂文·门外文谈》。
〔24〕赵树理:《与青年谈文学——在旅大市文学爱好者会上的讲话》。

《周作人早年书简辑存笺注》序

这部近百通的《周作人早年书简辑存》所收的全是周作人致江绍原的信件，写于1924年至1934年的十年间，是第一次发表的弥足珍贵的文献资料。看过《语丝》和略谙现代文化现象的人都知道，周、江二人不仅私交甚笃，而且在学术上有共同的兴趣和爱好。江绍原是著名的民俗学、人类学专家，他的《发须爪——关于它们的迷信》一书，名噪一时，而此书的"序"就是周作人写的；因为周作人对于民俗学也很有兴趣，是我国早期民俗研究的倡导者之一。更重要的，信中还谈到了一些关于文化现象和人事的议论；由于周作人在当时文化界的地位和影响，这些信件就具有重要的史料价值和文献价值了。提供这批信件的江小蕙同志是江绍原的长女，她与张挺同志伉俪之间共同合作，对信件作了详细的笺注；这个工作是有意义的，对注意和研究现代学术文化的人，具有很大的参考价值。

据我所知，1933年青光书局曾出版过《周作人书信》，这是由周作人亲自编定的。（在周作人逝世后，香港曾先后出版过南天版的《周作人书信》，《周作人晚年手札一百封》和《周曹通信集》。）这些书信对于研究作家作品的意义，可以用周作人自己的话来说明，岳麓书社出版的《知堂序跋》里就收有《周作人书信·序信》。文中说："尺牍即此所谓信，原是不拟发表的私书，文章也只是寥寥数句，或通情愫，或叙事实，而片言只语中反有足以窥见性情之处，此其特色也"；在谈到书中收集的"几封给朋友的信"时则说，在同类信中，这"一部分要算是顶好的了，别无好处，总写得比较的诚实点，希望少点丑态。"这些话对于我们理解尺牍的性质和价值，以及周作人书信的特色，都很有帮助。但"希望少点丑态"云云，似乎别有所指。再细看，文中果然埋有"钉子"，如说收入书中的自己的书信"原不是情书，不会有什么好看的"；文章结尾并宣称"行年五十，不免为兼好法师所诃，只是深愿尚不忘记老丑，并不以老丑卖钱耳。"这些话中都有"刺"，那么他究竟要"刺"什么、"刺"谁呢？不知道研究周作人的专家们对此是否有过解释，我读到这里是产生了疑惑的。不料在本书所收录的周作人书信中，却有了意外的"发现"。这是1933年3月4日周作人写给江绍原的信（本书第71封信）；信中有"即如'鲁'公之高升为普罗首领，近又闻将刊行情书集，则几乎丧失理性矣"等语。前述《周作人书信·序信》写于1933年4月17日，正是此信发出之后不久。这样，我们前面的疑惑也就明白了，周作人《序信》中微讽之词是针对鲁迅的。这当然算不上什么"大发现"，但对研究或关注鲁迅与周作人关系的人们是会有兴趣的。在我看来，这个例子可以用来说明像本书这类作家私人通信集的价值。因为读者不仅可以从某一特定角度，"窥见"作家"性情"，而且可以从发信人对人物的臧否中了解作家本人的思想以及有关的人事关系；正是这些人事关系构成了作家生活的"具体环境"，它对作家的心态、情绪，以至创作，都会产生直接或间接的影响。近来作家的主体精神为许多研究者所关注，那么，作家的私人通信是能够为具体地探寻作家的主观思想、心态和生活环境提供有用的资料和线索的。

当然，这有一个条件，就是收信者必须是作家谈得来的朋友，而不是一般的应酬信。江绍原可以说是符合这个条件的。周作人在为《发须爪——关于它们的迷信》所写的"序"中，曾谈及他们之间的最初交往："绍原原是专攻宗教学的。我当绍原在北京大学时就认识他。有一天下课的时候，绍原走来问我日本的什么是什么东西，领我到图书馆阅览室，找出一本叫作《亚细亚》的英文月报翻给我看，原来是什么译的几首'Dodoitsu'，日本人用汉字写作'都都逸'，是近代的一种俗歌。我自己是喜欢都都逸的，却未必一定劝别人也去硬读。但是绍原那种探查都都逸的好奇与好事，我觉得是很可贵的，可以说这就是所以成就那种研究的原因，否则别人剃胡须，咬指甲，干他什么事，值得这么注意呢。"可见周作人十分欣赏江绍原的执着、认真的治学态度。此外，他对江绍原的才华和文风也有相当高的评价："绍原的文章，又是大家知道的，不知怎地能够把谨严与游戏混合得那样好，另有一种独特的风致，拿来讨论学术上的问题，不觉得一点儿沉闷。"大家知道，周作人是一向主张将各种"趣味""风格"于"杂糅中见调和"的；可见在文章审美情趣的追求上，周作人和江绍原也有共同之处。他们二人在《语丝》上是合作得很好的。用周作人的话来说，他们当时是在"玩弄一点笔墨游戏，起手发表《礼部文件》，当初只是说'闲话'，后来却弄假成真，绍原的《礼部文件》逐渐成为礼教之研究。"查上海文艺出版社影印出版的《语丝》，我们发现：在《语丝》第三期（1924年12月1日）先发表了周作人与江绍原就周作人《生活之艺术》展开的关于"礼的问题"的讨论，江绍原戏荐周作人任"礼部总长"，以制定民国"新礼"，自己则任"礼部次长"；以后，《语丝》第五期（1924年12月15日）他们二人又发表了《女裤心理之研究》（这次讨论中的通信后收入《周作人书信》）；到第三十八期（1925年8月7日）《礼部文件》正式"出笼"，对当时北洋军阀政府内务部设立礼制编纂会颇多讥讽；但第四十三期（1925年9月7日）《礼部文件之六》及第五十三期（1925年11月16日）《礼部文件之七》，就成了江绍原一人的关于礼教之研究，仍含对现实的讽刺与批判；五十三期虽有《礼部文件之八》的"预告"，以后却没有了下文。但江绍原仍经常在《语丝》上发表文章，如从九十七期（1926年9月18日）开始的《小品》，断断续续发表，一直延续到4卷2期（1927年12月24日）。这不仅可以看出他们之间的交谊，而且也可以了解《语丝》在我国民俗学研究上的地位。正因为周作人与江绍原在民俗学上有着共同的兴趣，书简中也经常有这方面的讨论，虽多是片言只语，也能给人以启示。这也是这本书的重要特色。

　　由于上述原因，我愿意向读者推荐这本书，我相信读起来不仅是有益的，而且会是饶有兴味的。

1988年11月25日于北京大学寓所

《徐玉诺诗选》序

　　现代文学史上文学研究会的早期诗人徐玉诺的名字，对于当代青年读者，大约是陌生的；但对于年龄较大、曾经受到"五四"新文化运动熏陶的一代人，是不会忘记徐玉诺和他的诗集《将来之花园》的。中国的新诗，似乎命运特别坎坷，虽然当"文学革命"初兴时，新诗是最早结有创作果实的部门，但关于新诗形式问题的讨论，却进行了六十余年，一直到现在。在这种漫长而艰苦的探索中，新诗坛的早期建造者的劳绩，是不应该被人们忘记的。

　　徐玉诺不属于"多产诗人"，但他是最早的专门刊诗的《涛》（月刊）的积极撰稿者；是文学研究会的诗合集《雪朝》的作者之一，而且他的诗集《将来之花园》早在1922年就出版了，在当时曾有过广泛的影响。不过1926年以后，这位作者就音信杳然了。1934年，鲁迅先生在复萧军的信中，曾提到过徐玉诺："徐玉诺的名字我很熟，但好像没有见过他，因为他是做诗的，我却不留心诗，所以未必会见面。现在久不见他的作品，不知道那里去了？"徐玉诺到哪里去了？许多人在关心着。其实，他并未隐退文坛；他为生活而辛苦辗转，为祖国的教育事业奔走，依然同旧社会进行着默默的战斗。不过，三十年代到四十年代的诗文创作比起二十年代来，确乎相对减少了。可以说，无论在徐玉诺的一生中，还是在新诗的历史上，他诗歌创作的旺盛期，都是比较短暂的。在通常被形容为"群星灿烂"的"五四"文坛上，这个诗人的出现犹如彗星一闪，但即此一闪，就有光、有热，而且在中国新诗的发展史上留下了他的印痕。

写《中国新文学大系小说一集·导言》的茅盾，对于同属文学研究会的徐玉诺，当然是有所了解的。《导言》对于徐玉诺的评价十分中肯："徐玉诺是一个有才能的作者，然而他在尚未充分发展之前，就从文坛上退隐了。他在23—24年顷，创作力颇旺，1926年起，就没有看见他（我不知道他是否尚在人间）。"

作为文学研究会这一文学社团的共同倾向，徐玉诺的诗也是自觉地实行了"为人生"那一著名原则的。他的诗里活跃着民主意识和解放了的热情，他歌唱"爱"，歌唱"春天"，抒发自己对生活中的"美"的感受；但写得更多的，仍然是他所尝到的"生活的苦味"：无所不在的"烦恼"，理想在现实中的破灭，以及呻吟着的乡村，黄沙弥漫着的他的家乡河南。他一再以诗记"梦"，这些诗也许更能表现他的"梦想者"的一面。他的诗也描绘自然，正如叶绍钧在《玉诺的诗》一文中所说，这是一些"与其说描写，还不如说他自己与自然融化的诗。"（见《将来之花园》卷末）其中很有些清新的诗句。在新诗形式方面，他也是早期试验者之一。他试写过一度风行的"小诗"，写抒情诗，也写叙事体的寓言诗，还写过散文诗。他的诗和散文诗，当时曾受到闻一多和王任叔的好评。即使他的"小诗"也不像当时有些诗人的诗作那样"空灵"。他所处的具体环境和他对人生的态度，使他即使在"梦想"时，也不能对现实的痛苦漠然视之。

中国的新诗运动已有了六十多年的历史，对新诗的创作成果进行比较全面的整理、总结的条件，已日臻成熟。刘济献同志搜集整理的《徐玉诺诗集》，就是属于这一工作的一部分。徐玉诺是来自河南的诗人，这本诗集的整理编纂由在河南工作的现代文学研究者担任，自然是很理想的。我想，对于新诗研究者和新诗爱好者，一定是会对这本书的出版感到高兴的吧。

刘思慕（小默）《野菊集》序

人们熟知刘思慕同志是国际问题专家，当三四十年代国际风云变幻的时代，读者从《世界知识》《华商报》等报刊上，早已熟悉他所写的那些笔锋犀利、见解深刻的国际评论的文章了，但他在文学事业上的贡献却往往被人们所忽略。这一方面是因为后来他写的文艺作品数量不多，遂为他的专家学者的声誉所掩，另一方面则是因为他早年所写的诗和散文多用刘穆、小默的笔名，一般人不容易和他本人的名字联系起来。其实从时间顺序上说，思慕同志倒是先从文学创作上开始了他的文笔生涯的。早在二十年代，他就与梁宗岱等创立了"广州文学研究会"，并在报纸上辟有《文学旬刊》，后来这个团体成为文学研究会的广州分会。思慕同志当时就写了不少的诗和散文，以后他曾用收入本集《流转》中的两句诗来概括他"当时的诗的情调"：即"埃及艳尸般的新词，病瘵妇人的暗红的唇脂"[1]，但中国的现实使他很快就"从唯美、颓废的梦中醒来"，并把"兴趣转向于社会科学方面"[2]。这种经历和道路对于"五四"以后的早期现代作家来说，也是具有典型性的。因此当三十年代他从德国和奥地利游学归来，以小默的笔名写《欧游漫忆》和其他一些散文速写的时候，他已经是一位很有影响的进步的散文作家了。他对文学创作的主要贡献是游记，本书所收就是这些成果的结集。当三十年代《欧游漫忆》在《文学》发表的时候，当四十年代《东游漫记》在《文艺阵地》发表的时候,在当时就产生了引人注目的社会影响,受到读者广泛的欢迎;我想一些年龄较大的爱好文艺的同志,今天仍然是记忆犹新的。

这并不是偶然的,作者的文笔优美固然是原因,但更重要的是它的内容富有时代感和现实感,符合了当时读者的要求和社会的需要。他写的游记无论欧洲或日本,都属于异域风光,文中也不乏景物风貌的速写或勾勒,但这并不是它吸引读者的主要原因;更重要的是他写出了时代风云笼罩下的社会风貌,是风俗画而不仅是风景画。以前人说读万卷书、行万里路,才能写出好文章,"足不出户"当然写不出游记来。作者不仅游踪广袤,眼界开阔,而且亲历了那个时代的一些关系到历史进程的震惊世界的巨大事件,而作者的感受又特别敏锐,能从不同的角度和侧面准确地写出这些巨大事件的反应和变化。它不是通过抽象的分析,而是作为游记的有机部分,通过自己的经历和感受来写出的;因此尽管是速写式的轮廓的勾勒,但给人的印象却是生动的和具体的。

作者在德国目睹了希特勒建立法西斯政权的过程,看到了"褐色高潮的汹涌翻腾","整千整百的人送到牢里去",人们的呼吸窒塞了,不同阶层的普通人表现出了不同的态度和反应。他亲历了"暴风雨前夜的柏林",并以讽刺的笔调勾勒了戈培尔在露天酒馆疯狂叫嚣的场面,也写了"历史的花叶惨然变色"后的人民的苦难。而当时的奥地利呢?用作者的话说:"欧洲是沸腾着的釜,维也纳更是泡沫的核心。"总之,《欧游漫忆》所写的内容,无论是政治大事的一鳞半爪,或者是街头与船上的见闻及花絮,时代感都十分浓烈,都是同人们普遍关心的当时风云变幻的世界动向密切相关的。收在《樱花和梅雨》中的写日本的游记带有同样的特色。七七事变发生时，作者正在东京，他是在感到"自由的曙光已露在我们民族和我们自己的前头"的兴奋情绪下匆匆回国的。他目睹了这场侵华战争在日本国内所引起的社会动荡和人们的反应。可以想见，在抗战初期全国人民奋起抗日的时候，这些有助于人们具体了解对方国情和社会矛盾的散文，当然是会受到读者的普遍欢迎的。通过具体的描述，它写出了日本在战云笼罩下一般市民的窒闷忧郁的生活气氛，那种"密织的警察网，蒸热腥膻的皇道，'日本主义'的空气，伪善无耻的'舆论'的烟幕"之类的氛围是随处都可以感受到的；作者同时也写了某些他所接触到的"鲁迅爱好者"的贫苦知识分子，但这些人有的被捕了，有的则只能蜷伏蛰处，"沉默是他的武器"。作者的写作态度认真严肃，观察细致，但文章并不板滞；用作者自己的话说，即"不是板起面孔来煞有介事的谈"，而是"平野中也有花絮，沙漠中也有绿洲，在我的眼前漾过的，在我的耳边荡过的，尽够在我的脑海里织成波纹。"他能敏锐地抓住事物的特征，用动人的笔调娓娓叙述，而有强烈的时代感和现实感。尽管迄今时光已过去了将近半个世纪，但这种感受仍然符合历史的真实。不仅如此，当我们想到今天世界上的某些角落仍然有人妄图重温希特勒或"八纮一宇"式的旧梦时，这些历史的鳞爪不是仍然有它一定的现实意义吗？

在现代文学史上，1934年曾被称为"小品年"，针对当时《论语》《人间世》等刊物提倡"幽默""闲适"和"性灵"的散文小品，曾引起了很多的论争；进步文艺界也创办了《太白》等刊物，提倡面向现实的健康的散文。这不仅是两种不同的创作倾向,其实也是对待社会现实的两种不同的生活态度。究竟是游戏人间、使文章成为供人摹拟的"小摆设"呢?还是正视现实、重视作品的社会影响,使作品成为丰富人们精神生活的营养品?游记是散文的一个品种,当时出版的这类作品也不少,《欧游漫忆》自序中就戏称"可以上'游记年'的称号了";同当时众多的各种散文小品一样,游记一类作品在创作倾向上当然也是有分野的。思慕同志是感受到当时这种论争和分歧的社会意义的,他不仅在《太白》《自由谈》等报刊上写了速写和杂文等小品文字,而且还撰文主张对所谓闲适小品展开"拒毒的运动"[3]。收在本书内的"杂文、随笔"一辑中的文章,有些就是当时他参与这种文艺思想论争的创作成果。不仅如此,即使在游记中,作者也不时地表明了他的反对"闲适"的创作态度。如在《欧游漫忆》里,虽然用的是讽刺性的反语,但他既顺笔讥刺了主张"谈风月"和"国家事、管他娘"的论调,也嘲讽了所谓"由苍蝇谈到宇宙"的"小品文笔调",作者的严肃的创作倾向是十分鲜明的。其实他的作品所涉及的内容很广泛,并不乏"风月"谈和幽默感,只是富有强烈的社会色彩,就不同于那种"以自我为中心"的供人摹拟的"小摆设"了。正如鲁迅在《准风月谈·前记》所说,"谈风云的人,风月也谈得"。《论语》派主张"幽默处俏皮与正经之间",鲁迅问道:"不知俏皮与正经之辨,怎么会知道这'之间'?"[4]思慕同志的作品正是因为严于是非、邪正、敌我之辨,所以无论他谈什么,都能娓娓道来,切中肯綮,而幽默和机智则自然地增添了文章的风采和力量。应该说,这些作品在中国现代散文的发展上是有它的历史地位的。

作者早年本来是写诗的,他说曾受过李商隐、龚自珍和波特莱尔的影响[5],从收在本书中的抒情长诗《流转》中,我们仍然可以感受到那种缠绵婉转的韵味和情调,其实不只是诗,即如《欧游漫忆》中的《威匿思的水和"水"》《维也纳之春》《红色的辣椒,褐色的葡萄酒,无谱的音乐和漆黑的女人的眸子》等篇,都使人感受到作者的诗人气质;这些文章对于浓艳的色与香的敏锐感受和富有诗意的表现方式,是十分优美动人的。他善于运用中国古典诗词的意境来描绘景物,又往往用人们熟悉的中国的类似景色来联想和对比,因而常有寓情于景、引人入胜之致。这些与前面谈过的以对政治气氛的高度敏感和社会心理的精确剖析为特点的篇章,如《十字街头的风景》《梅茵河畔之城》《暴风雨前夜的柏林》等,同样是优美的散文,而且更显示了作者自己的鲜明的风格特色。《樱花与梅雨》一书由于写于抗日战争初期的热潮中,作者希望"对于渴欲了解敌情者,也不无小补[6],因此更强烈地反映了慷慨奋激的时代气氛和作者的爱国热情。其中有对日本社会和民族心理的病态特点的剖析,如《东京闲步》《善跪的动物》《别了,日本的一切!》等篇;也有对同样遭受苦难的"日本兄弟们的深切同情",如《樱花与梅雨》《卖"烧鸟"的诗人》等篇。由于时代和心绪的不同,文章风格也与《欧游漫忆》有所变化,但两本作品各有千秋,总的说来都是尽了作家对于时代的责任的。

由上边粗略的叙述可以看到,这些作品不仅是现代文学史上理应珍视的文献,而且今天仍然有它的认识意义和美学价值。思慕同志为此书题名为《野菊集》,虽系自谦之辞,但我想"野菊"之名也显示了它是植根于大地而且是有坚韧的生命力的意义,它的花卉是应该重新开放的。

1983 年 2 月 25 日于北京大学

*　　*　　*

〔1〕〔2〕〔5〕刘思慕(小默):《我对于文学的理解和经验》,见生活书店《我与文学》一书。

〔3〕刘思慕(小默):《小品文的一种看法》,见陈望道编《小品文与漫画》一书。

〔4〕鲁迅:《南腔北调集·论语一年》。

〔6〕刘思慕:《樱花与梅雨·后记》。

《川岛文选集》序

　　现在的青年人对于川岛的名字也许已经生疏了，然而凡是留心过《语丝》在现代思想史和文学史的地位和业绩的人，在《语丝》的"任意而谈，无所顾忌，要催促新的产生，对于有害于新的旧物，则竭力加以排击"的总的"特色"中，是不会忘记川岛的文章和贡献的。《语丝》之所以在当时发生了广泛的社会影响和得到青年人的爱好，当然是因为它的倾向是"革命的小资产阶级的文艺思想和批评"，是针对军阀政府以及《现代评论》派的"官场学者"的[1]。由于鲁迅和《语丝》的特殊关系，因此凡是研究鲁迅生平和思想发展的人都不能忽略了对《语丝》的考察，因而也自然会注意到川岛和《语丝》的关系。这些情况不仅已经由鲁迅的《我和〈语丝〉的始终》和川岛的《忆鲁迅先生和〈语丝〉》提供了文献性的资料，而且当时在读者的印象中也是很鲜明的。《语丝》第六十八期刊有《反周事件答问》一文，读者王子欣致函川岛，询问他看了鲁迅《不是信》一文后所产生的关于《语丝》和《现代评论》论战中的一些疑点，其中说："《语丝》社的诸位我都五体投地的钦佩，格外是鲁迅和岂明，其次便是你，不但思想方面，就是文章，我高兴时也愿意模仿。"川岛当即作了答复。如果把《语丝》作为一个有影响的流派来考察，其中除过鲁迅发生了极大的影响之外，同鲁迅始终保持友谊并采取一致步调的人就是川岛；这不仅可由鲁迅给他的书简内容和他写的《和鲁迅相处的日子》一书来说明，由川岛自己在《语丝》上的文章和事迹更可以说明。他的文章娓娓而谈，幽默风趣，但内容是严肃的，富有正义感。《语丝》上曾经有过一次关于"语丝文体"的讨论，作为一种流派来看，川岛的文章风格可以说就体现了"语丝文体"的特点。而且如鲁迅在《我和〈语丝〉的始终》一文中所记，《语丝》开办之际，川岛是"自跑印刷局，自去校对，自叠报纸，还自己拿到大众广集之处去兜售"的一人；经过鲁迅的勾勒，当时川岛的充满活力和埋头苦干的形象就鲜明地留在人们的心目中了。以后他校印《游仙窟》，重印《杂纂四种》，也都是在鲁迅的指导下致力于中国小说史料的整理的。从鲁迅书简中可以看到，他是始终用自己的工作默默地支持着鲁迅的战斗的。

其实早在《语丝》创刊之前，他的散文集《月夜》已于1924年8月由新潮社出版，是新文学早期出现的为数不多的散文集之一。这是他"在热爱时期蒸发出来的升华"（郁达夫语），同时也是"五四"时期冲出封建牢笼的新一代青年对纯真爱情大胆追求的真实写照。鲁迅曾把其中的一篇《惘然》作为短篇小说选入了《中国新文学大系小说二集》，并认为他的创作和冯沅君、汪静之等人的作品表现了相同的倾向。郁达夫编选的《中国新文学大系散文二集》从《月夜》中选了《莺歌儿》一篇，并在"导言"中说，"川岛人本幽默，性尤冲淡，写写散文，是最适宜也没有的人。"川岛的《月夜》以及他在《晨报副刊》与《语丝》上发表的一些文章，包括他后来写的追悼朱自清和某些回忆鲁迅的文章（如《北京鲁迅博物馆里有一张照片》），都是很有情致的散文；读来真挚坦率，饶有余味，他的气质和才能，在这些文章里都得到了很好的体现。对于像我这样和他有长时间交往的人说来，常常有"文如其人"的感觉。他在北京大学教"散文习作"多年，循循善诱，提挈后学；六十年代初，他还热情撰文评介当代散文的新作，他对散文创作的发展一直是很关心的。在中国现代散文的发展史上，实在应该记下川岛的这份劳绩。

川岛比我大十多岁，是我的前辈学长；因此虽然慕名已久，抗战时期流寓昆明时还只有在路上遇到点点头的关系。但自1952年我调到北京大学工作以来，不仅和他属于同一个系和教研室，而且比邻而居，交谈频仍，这样差不多有近三十年的光景。他为人正直坦率，从不迎合气候需要，作违心之论；在闲谈中充满了机智和幽默、谐趣横溢而又不失其对事物的认真严肃的态度，这同他的文章风格是一致的。我想，"直抒胸臆"对于他的为人和属文，都是重要的特色。正因为如此，十年内乱时期他遭遇到了长时期的非同寻常的迫害；但也正是在这样的逆境中，才显示出了他的坚定不屈的高风亮节。他经受过种种的威逼与诱陷，但从未表示任何动摇或屈从，他坚信正义和真理最终是会显示力量和光辉的。到了阴霾廓清以后，他精神振奋，正计划为鲁迅研究工作贡献自己的力量，而遭到长期迫害的体质已经大不如前，终于在生了一场病之后溘然长逝了。以前他写的悼念朱自清的文章的题目是《不应当死的又死了一个》，如今读他的遗作，缅怀风范，不能不令人引起同样的感觉。现在《川岛文选集》要出版了，川岛夫人斐君嘱我写几句话，我愿略缀数语，把这本书介绍给读者。

1982年11月25日于北京大学

＊　　＊　　＊

〔1〕瞿秋白:《瞿秋白文集第二卷·鲁迅杂感选集序言》。

念朱自清先生

一　生　平　点　滴

　　朱自清先生是我的老师，从1934年我在清华中国文学系求学起，系主任就是朱先生。式瞻仪形，亲承音旨，一直是追随着朱先生学习的。以后在昆明入清华研究院，导师也是朱先生；毕业后在清华文科研究所工作，复员后又回清华大学服务，都是在朱先生的指导下做工作的。特别是在他逝世前的五六年，更是常常在一处。自信对于他的平生治学和为人，是有相当的了解的；现在谨就记忆所及，分述于后。

　　关于他多少年来一贯的严肃认真的负责态度，凡是认识他的人都很熟悉。学生的报告或论文等，他总是详细地加以批改和指导，绝不随便发还了事。作者以前上他所授的"文辞研究"一课，因为是关于中国文学批评的专门课程，内容比较干燥一点，班上只有作者一人听课；但他仍然如平常一样地讲授，不止从不缺课，而且照样地做报告和考试。在昆明时，朱先生因为生活清苦，在五华中学兼教一班国文，作者同时也在那里兼课，他的住所离学校很远，但从来没有因为风雨或事故误过课。有一次因为联大临时开会不能分身，在昆明又没有电话或工友可以利用，他一早就老远地亲自到中学去请假，这种情形在一般中学教员也是很少有的。1948年6月初，在他逝世前两个月，他的胃病发了，吃一点东西就要吐，但他仍然没有吃就上课去了，结果在班上大吐，由同学们扶回家里。作者去看他时，他说如果过三两天还不能起床，就嘱作者代他上"中国文学史"和"中国文学批评"两课程，但休息了几天后，他又勉强自己去上课了。平日凡是报章杂志约他撰文，或同学请他讲演，只要他答应了，是绝不会爽约的。一次在清华中文系欢送毕业同学的会上，他勖勉同学说："青年人对政治有热忱，是很好的事情；但一个人也应该把他的本分工作做好，人家才会相信你。"这是朱先生自己的做人态度；但不幸在当时的环境下，是太不适宜于培植好树了。他在《文学的严肃性》一文中曾说，"现在更是严肃的时期"；又说，"时代要求严肃更迫切了"。这种严肃的负责精神，整个地贯彻着他一生的治学和为人。

他虽然负责，并不揽权，更不跋扈。相反地，和蔼成了他生活的习惯。尊重别人的意见是他经常的态度。路上遇着，老远就跟人点头，不论是同事、学生或工友。你随便告诉他点事情，他总会谢谢你的。他主持清华中文系十多年，自己的工作极忙，但从来没有役使过助教或同学；和每一位的情感都是很融洽的。虽然是这样的谦虚和蔼，他自己的信念却很坚定。据赵凤喈所写的《忏悔录》说：他竞选国民党的伪立法委员，找朱先生签名赞助，朱先生说"我不能签名"。在他逝世的前两日，已经开刀后卧在医院的病榻，还谆谆嘱咐家人，说他已经签名拒绝接受美国的"救济"，以后不要买他们的配售面粉。朱先生在《论气节》一文中，解释"气"是积极的有所为，"节"是消极的有所不为。从他平生的言行中，我们领略到了这种中国人民的优良传统，古狷者的耿介态度。

闻一多先生被刺后，朱先生在《中国学术界的大损失》一文中说："他是不甘心的，我们也是不甘心的。"在生前，闻先生和朱先生的私交并不如一般所想象的那么深，他对于闻先生《全集》的编纂，照着闻先生的遗志来计划清华中文系的系务，都并不只是为了私谊。在《闻集》的搜集和整理上，他实在花费了不少的精力；如果不是他主持，《闻集》是不会问世的。闻先生死后，他在成都，给作者的信就说："一多先生之死，令人悲愤。其遗稿拟由研究所同人合力编成，设法付印。此事到北平再商。"在他逝世前的两年，他无时不在为闻先生的遗作操心。死前一日，他把闻先生的手稿都分类编目，一共是二百五十四册又二包，都存在清华中文系，目录在校刊上公开发表。闻先生的《全唐诗人小传》是未完成的工作，他计划自1948年暑假后起，由清华中文系同人集体完成，扩充内容，改为《全唐诗人事迹汇编》。死前一月，7月15日闻先生死难二周年纪念会，他还出席报告《闻集》的编纂经过，说"又找到两篇文章没有来得及收进去，很遗憾"。他死后我在他的书桌上看见一个纸条子，是入医院之前写的；上书"闻集补遗：（一）《现代英国诗人》序。（二）《匡斋谈艺》。（三）《岑嘉州交游事辑》。（四）《论羊枣的死》"。他已经又搜罗到四篇闻先生的作品了。闻先生的全集于1948年8月底出版，而朱先生已于8月12日积劳逝世。这又何尝不可以说"他是不甘心的，我们也是不甘心的"。

他逝世前半年中的主要工作，是为开明书店编辑《高级国文读本》，全书六册，选文全用语体，都是当代作家的作品。后边附列"篇题""音义""讨论""练习"四个项目，也都是用语体作的。在当时说，一般的中学教本还都是选的一些陈腐的文言滥调，这套书不只选文本身是好的读本，附列的项目也同样是好的读本。因为要赶着下学期开学前出版，他工作得很紧张，工作时又仔细认真，一连三四天都弄不好一篇。半年中胃病发了三次，都和这工作有关。到他死时关于选文的各种材料还整齐地放在书架上，而工作已经停顿了。

朱先生入殓时，作者在医院遇着闻家驷先生，闻先生说："死不得的，各方面都需要他！"是的，各方面都需要他工作。

他死时才五十一岁，前一年作者还谈过为他的五十诞辰庆祝；他说："明年再说罢，明年才是五十足岁。"这是辞谢的话。这年四月，作者和李广田、范叔平两先生到他寓所，曾谈起由北京的文艺界开一茶会，并出一特刊，只纪念他在作家方面三十年来的成绩，并不惊动清华同人。他谦虚地说他并没有什么值得庆祝的成就，而且生日在十月，到时他请客小聚好了。作者曾和李广田先生计议，等到十月时我们再筹备好了。谁想到八月，负责筹备的竟是他的追悼会！

朱先生平日工作得太劳顿了，他计划做的和正在做的事情都太多，大家劝他多休息总没有效力。逝世前半年体力渐弱，面目清癯，体重减低到三十五公斤，走一点路都很吃力。他自己也很为身体担忧，但工作却毫不减轻，一清早就坐在桌子前。他当然也有衰老的感觉。不过并不因此消极；他把唐人的诗句"夕阳无限好，只是近黄昏"，改写作"但得夕阳无限好，何须惆怅近黄昏"，写好放在写字桌的玻璃板下边，当作自己的警惕。这种负责工作的精神是何等的严肃！

朱先生这病已拖了十几年，如果不是在反动统治下多少年生活的颠沛和艰苦，朱先生是绝不会死的。1945年在昆明，胃病也曾严重地发过一次，暑假他去成都，打算在成都四圣祠医院根治，但"八一五"的胜利到了，他写信告诉作者说："胃病已暂平复，胜利既临，俟到北平再为根治。"谁想回到北平的日子，精神物质比抗战时期都难过呢！一直拖到胃上穿了大洞才借钱入医院，而体力已衰弱得不能支持了。

朱先生死后，我接到一位老同学来信说："天之将丧斯文也，闻朱二师，二年间竟相继逝世！遥望北国，能不下泪！"但这并不是偶然的，在国民党反动统治的环境下，是很难培养一棵好树的。朱先生才五十岁，他可以做很多有益的事情，他也要做很多有益的事情；但竟这样地结束了他的一生。

二 新诗创作

朱先生在大学里学的是哲学，我们在《新潮》上还可以看见他写的关于心理学的文章，"五四"的浪潮促使他走上了创作的路，他开始写诗。诗是"文学革命"最早结有果实的部门，虽然不像小说那样一开始就有了丰硕的收获。这在当时是含有一点战斗意义的。因为小说还有《水浒传》《红楼梦》等旧小说可以借镜；而韵文又是旧文学自以为瑰宝的，文学革命一定要在诗的国土攫有权力，那才算是成功，才不只是

"通俗教育"的东西。因此在《新青年》上,鲁迅、李大钊、陈独秀,这些不以诗人闻名的人,也都有作品出现。用鲁迅的话说,是"因为那时诗坛寂寞,所以打打边鼓"[1]。在这种情形下,为"五四"浪潮觉醒了的青年们,捺不住热情的冲涌,许多人也都纷纷地喊出了他们的声音。朱先生开始写诗是1919年2月(据《雪朝》),正是"五四"的前夜。初期的新诗,虽然标示着要靠"语气的自然节奏",但大都没有脱离旧诗词的影响;朱先生的诗却比较更多地摆脱了旧诗词的束缚,使新诗向前跨了一步。他是文学研究会的早期会员之一。1922年出版的《诗》月刊,是"五四"以来最早出现的诗刊,算作文学研究会的定期刊物。朱先生说,"这是刘延陵、俞平伯、圣陶和我几个人办的"[2]。在上面他写了好些诗。茅盾先生曾说:文学研究会作家的创作态度是一般地以为"文学应该反映社会的现象,表现并且讨论一些有关人生一般的问题"[3]。在正视现实和面向人生的态度上,朱先生的诗也毫不例外地表现了这种精神。

朱先生在"五四"时期写了四十多首诗,这是他早期创作的主要收获。这些诗大都收在他的诗文集《踪迹》和文学研究会丛书之一的《雪朝》里。《雪朝》1922年初版,是一本诗合集,作者八人:朱自清、周作人、俞平伯、徐玉诺、郭绍虞、叶绍钧、刘延陵、郑振铎。先生是第一位。

在这些诗里,无论是白话诗,还是散文诗,无论是小诗,还是长诗,大多是抒唱个人对生活的感受和追求的。在"五四"时期进步思潮的影响下,具有民主思想的朱先生对黑暗现实采取了否定的态度。《黑暗》一诗所描绘的那笼罩一切的浓重黑暗,是朱先生对现实生活的真实感受。在《小舱中的现代》里，先生从那些饥兽般的人们在人生战场上紧张的挣扎中，"认识了那窒息着似的现代了"。

　　黑暗的重压迫使朱先生更加渴望光明。他在一些咏物寓意的短诗中，借灯光、煤火等形象，抒写自己向往未来、渴望光明的心情。比如，他在《灯光》里，热烈赞美那在黑暗中照耀着的明亮的灯光。在《煤》里，他歌颂在"黑裸裸的身材里""透出赤和热"，"美丽而光明"的煤。在《北河沿的路灯》里，那一行在无边的黑暗中，闪烁于城墙上的路灯，它帮助诗人"看出前途坦坦"，朱先生祝福它"永久而无限"。在《送韩伯画往俄国》中，朱先生以"红云"喻苏联，赞扬那"提着真心""从大路上向红云跑去"的友人，显示了朱先生对十月革命的向往。而《光明》一诗，朱先生在表达了自己热望光明的心情后，提出了"你要光明，你自己去造！"字里行间洋溢着可贵的进取精神。

　　然而怎样才能创造光明呢？朱先生当时并不明确，因此常常在一些诗中流露出怅惘和惶惑的痛苦，这怅惘和惶惑，正反映了那些为"五四"觉醒了而未能和革命主流相结合的知识青年的彷徨苦闷的心情。在《匆匆》里，朱先生用轻曼的笔调，将自然界的燕子、柳树、阳光，以及个人的感觉——光阴悄悄挪移等编织在联想中，细腻地刻画了时间匆匆逝去的踪迹，曲折地，然而却准确地传达了知识青年在"五四"运动影响下，有所觉醒，但未找到明确道路的苦闷情绪。《笑声》则唱出对于失去欢乐的慨叹；《独自》《怅惘》等诗里抒唱的也都是孤独悲怆的情绪。1922年写的长诗《毁灭》，虽然也流露了这种寂寞的感情，但可贵的是，就在感到前途一片迷茫的境况里，主人公"我"并不消极悲观，仍然鞭策着自己继续向前追求。朱先生写道：

> 从此我不再仰眼看青天，
> 不再低头看白水，
> 只谨慎着我双双的脚步；
> 我要一步步踏在泥土上，
> 打上深深的脚印！
> 虽然这些印迹是极微细的，
> 且必将磨灭的，
> 虽然这迟迟的行步
> 不称那迢迢无尽的程途，
> 但现在平常而渺小的我，
> 只看到一个个分明的脚步，
> 便有十分的欣悦——
> 那些远远远远的
> 是再不能，也不想理会的了。
> 别耽搁吧，
> 走！走！走！

诗中写出了"五四"高潮过去后青年怎样要摆脱人间各种欢乐和悲苦的纠缠，要摒弃"巧妙的玄言"，收敛起所有的幻想，"还原了一个平平常常的我！""五四"落潮后，在知识青年中，苦闷、彷徨是普遍的现象，他们有的颓废苦闷，有的绝望空想，而朱先生却以正视人生的态度，"要一步步踏在泥土上，打上深深的脚印。"就是这种现实主义的精神，终于促使他走向了人民。同时全诗律调由低抑到轻扬，盘旋回荡，曲折顿挫，无论在意境和技巧上都超过了当时一般诗歌的水平。这首诗发表后，俞平伯先生即有《读〈毁灭〉》一文，倍加称誉。1924年，革命渐趋高涨，作为一个爱国的有正义感的诗人，诗中就较多地表现了反帝、反封建的激情。《赠A.S》比较有名。在这首诗中，朱先生热情地赞美了"手像火把"，"眼看波涛"，志在推倒反动派的"黄金的王宫"，"要建红色的天国在地上"的革命者。

1924年朱先生的诗文集《踪迹》出版，在读者中有过很大的影响。郑振铎先生说："朱自清的《踪迹》是远远地超过《尝试集》里的任何最好的一首。功力的深厚，已经不是尝试之作，而是用了全力来写着的。"[4]

1925年，帝国主义反动派在上海制造了骇人听闻的"五卅"惨案，为抗议帝国主义的暴行，朱先生于6月10日写下了《血歌——为五卅惨剧作》一诗。在这首诗中，朱先生愤怒地控诉了帝国主义反动派的凶残。诗中说他们的暴行使"太阳在发抖"！在他们的镇压下，革命群众的血象"长长的扬子江，黄海的茫茫"！但是中国人民是吓不倒的，他们将记住同胞的血，前仆后继，继续战斗。诗人写道：

中国人的血！
中国人的血！
都是兄弟们，
都是好兄弟们！
破了天灵盖！
断了肚肠子！
还是兄弟们，

> 还是好兄弟们!
>
> 我们的头还在颈上
> 我们的心还在腔里!
> 我们的血呢?
> 我们的血呢?
> "起哟!
> 起哟!"

诗中多用重叠句,全诗读起来铿锵有力,也很好地表达了诗人愤激的心情。此诗写后载于亚东图书馆1925年6月初版的《我们的六月》和《小说月报》第十六卷第七号(1925年7月),未收入《朱自清文集》,最近作者从《我们的六月》中抄下来,送给北京大学、北京师范大学、北京师范学院中文系中国现代文学教研室主编的《中国现代文学史参考资料》,现已收入《新诗选》第一集。

《血歌》以后,朱先生就很少写诗了。他在《背影序》中说:"我是大时代中一名小卒,是个平凡不过的人。才力的单薄是不用说的。所以一向写不出什么好东西。我写过诗,写过小说,写过散文。二十五岁以前,喜欢写诗;近几年诗情枯竭,搁笔已久。前年一个朋友看了我偶然写下的《战争》,说我不能做抒情诗,只能做史诗;这其实就是说我不能做诗。我自己也有些觉得如此,便越发懒怠起来。"在这里,朱先生说"懒怠"是托词;"诗情枯竭"倒是真的。这也不是他对诗已经没有兴趣了,而是自1925年到清华教书以来,生活定型了,热情也减退了些,日常生活的感触和思想用散文写比较更方便;"五四"时期的高亢情绪潜伏下去,诗就少了。到闻一多先生遇难后,他又压不住愤怒的火焰,拾起久不写诗的笔,写下了诚挚沉痛的悼诗。人民的力量激发了他的诗情的复苏。他是诗人,早期给人的印象也是诗人。郭沫若先生在1932年出版的《创造十年》中,还称他为文学研究会的诗人朱自清,那时他已久不写诗了。

三　新　诗　理　论

朱先生尽管在1925年以后就很少写诗,但他对新诗成长的关注却始终如一。他后来转向古典诗歌的研究,也是为了新诗的发展;因此尽管他的旧诗写得很好,但他的旧诗集《敝帚集》和《犹贤博弈斋诗钞》生前很少示人,更不发表,看他所取的旧诗集的名字就可知道,他只是自娱而已。但对新诗的发展却倾注了很大的热情,对各种诗歌理论和创作流派都密切注意,及时地写了大量新诗评论文章。早在二十年代,他就为白采的《羸疾者的爱》和潘漠华、冯雪峰、应修人、汪静之四人的诗集《湖畔》写过评论,细致地分析了他们的风格特点。三十年代,他为《中国新文学大系》编选诗集,撰写《导言》和《选诗杂记》,以后又写了两篇《新诗杂话》,发表于1937年1月《文学·新诗专号》上。四十年代,在抗日战争的艰难环境中,朱先生又以极大的热情写了《抗战与诗》等十二篇讨论新诗艺术的文章,汇成《新诗杂话》一书。直到1947年先生逝世前一年,还执笔写了《今天的诗》一文,念念不忘讨论"诗的道路"问题。朱先生关于新诗发展和新诗艺术的上述文字,特别是《中国新文学大系·诗集·导言》与《新诗杂话》，不仅在当时产生了巨大影响，对新诗创作起了指导和推动的作用，而且具有很高的理论价值，对新诗理论建设作出了开拓性的贡献。

　　朱先生新诗理论的核心，按我的理解，就是新诗的"现代化"问题。先生在收入《新诗杂话》中的《真诗》《朗读与诗》等文中，对中国旧诗与新诗发展的道路作了历史的比较，他指出："按诗的发展的旧路，各体都出于歌谣"，"都依附音乐而起，然后脱离音乐而存"；新诗却"不出于音乐，不起于民间，跟过去各种诗体全异"，新诗是"接受了外国的影响"而产生的。它输入了西洋种种诗歌观念，"新诗的语言不是民间的语言，而是欧化或现代化语言"，它一开始就作为一种不依附音乐的独立的诗而存在，尽管"屡次有人提倡新诗采取民歌（徒歌和乐歌）的形式，并有人实地试验"，"但是效果绝不显著，这见得那种简单的音乐已经不能配合我们现代人复杂的情思"。朱先生一再强调："这是欧化，但不如说是现代化"；朱先生认为，"现代化是不可避免的。现代化是新路，比旧路短得多；要'迎头赶上'人家，非走这条新路不可。"在朱先生看来，作为新诗发展必由之路的"现代化"与新诗的民族化、群众化，并不是矛盾的。三十年代他写了《中国歌谣》一书，系统地考察了古代和现代的歌谣的艺术特点，目的就是为新诗创作提供借鉴。在《新诗杂话》中他指出，"'民族形式讨论'的结论不错"，新诗"也不妨取法于歌谣，山歌长于比喻，并且巧于复沓，都可学"。他肯定抗战以来新诗创作有意加重"散文成份"的努力，以及朗诵诗的创造，认为这是符合新诗发展现代化要求的，同时是"为了诉诸大众，为了诗的普及"，"这也可以说是民间化的趋势"[5]。我认为，朱先生上述精辟的分析，对于今天探讨新诗现代化与民族化更进一步结合，仍然具有启示意义。

在朱先生的新诗"现代化"理论中，新诗思想内容的现代化，占据着重要的位置。朱先生在考察中国新诗的诞生历史时，首先注意的就是启蒙期的新诗与"五四"思想解放运动的密切关系："那时是个解放的时代。解放从思想起头，人人对于一切传统都有意见，都爱议论，作文如此，作诗也如此。他们关心人生，大自然，以及被损害的人。关心人生，便阐发自我的价值；关心大自然，便阐发泛神论；关心被损害的人，便阐发人道主义"；这样，"说理"就成为初期新诗的"主调之一"，而"诗与哲理"的结合与统一，也成为中国新诗的一个重要历史特征与传统，它表现了新诗与时代及时代先进思潮之间的血肉联系。朱先生还以十分明确的语言指出，"从新诗运动开始，就有社会主义倾向的诗"；他并且具体考察了新、旧诗人与人民之间的不同的关系和态度，以充分揭示新诗在思想倾向上的"现代化"特征。他说："旧诗里原有叙述民间疾苦的诗，……可是新诗人的立场不同，不是从上层往下看，是与劳苦的人站在一层而代他们说话"；朱先生以极大热情为这类社会主义倾向的"表现劳苦生活"的诗辩护，指出"有些人不承认这类诗是诗，以为必得表现微妙的情境的才是的"，是一种狭隘的观念[6]。在论述新诗中的"爱国诗"时，他也着重于将新诗人（如闻一多）与传统爱国诗人（如陆游）在国家观念上的不同揭示出来，强调新诗人所表达的国家"观念"尽管包括、却"超越了社稷和民族"，而是一个现代化的"理想的完美的中国"，这个观念"不必讳言是外来的"[7];朱先生所强调的依然是新诗思想的现代化。

当然,朱先生对新诗形式上的现代化是给予了更多的注意的;在他看来,"新诗运动从诗体解放下手"[8],新诗能否取代旧诗,关键在于能否彻底打破旧诗的形式镣铐,建立起现代化的新诗形式。他作为一个新诗人和古典诗歌的研究学者,深知"诗的传统力量比文的传统大得多,特别在形式上"[9];因此,新诗人在挣脱"旧镣铐""寻找新世界"的过程中的每一个新的创造,都引起他近乎狂喜般的强烈反应,只要是"旧诗里没有的",他都以科学的态度给以有分析的肯定[10],并上升到理论的高度,使之成为新诗理论的点滴财富。他正是以这样的科学的实事求是的精神,肯定了闻一多、徐志摩、陆志韦、梁宗岱、卞之琳、冯至等在"融化"外国诗体,创造"新格式与新音节"的努力,并总结"归纳各位作家试验的成果",提出了"不要像旧诗那样凝成定型",只须注意"段的匀称"和"行的均齐"原则,"尽可'相体裁衣'"的主张;肯定了艾青、臧克家等诗人"一面虽然趋向散文化,一面却也注意'匀称'和'均齐'"的创造自由诗的经验[11];朱先生对新诗艺术在表现手段上的创造也给予极大重视:他肯定了闻一多、徐志摩等格律诗派的理想的爱情诗开拓了新的抒情艺术,"他们的奇丽的譬喻也增富了我们的语言";李金发、戴望舒等的象征诗派"发现事物间的新关系,并且用最经济的方法将这关系组织成诗"[12],卞之琳"在微细的琐屑的事物里发现了诗",冯至"在平淡的日常生活里发现了诗",丰富与发展了诗的"感觉"[13],等等。朱先生进而提出了"兼容并包"的原则,主张"将诗的定义放宽些",允许"表现劳苦生活的诗"与"表现微妙的情境"的诗,散文化的自由诗与格律诗……"并存",在自由竞争与创造中求得各自的发展,为新诗的繁荣作出各自的贡献[14]。朱先生的上述新诗理论活动都是与新诗创作实践密切结合的,这不仅显示了朱先生诗人兼学者的特色,而且使得他的理论主张始终保持着新鲜的生命力;这些观点在今天的新诗创作实践中仍然会继续发挥作用,并得到新的丰富与发展。

四 散 文 艺 术

朱先生不仅写诗,也写散文。他是1923年后转向散文创作的,以后一直没有间断过,并且以自己独特的艺术风格,为中国现代散文增添了瑰丽的色彩,成了"五四"以来优秀的散文作家。

朱先生早期散文收在《踪迹》和《背影》里。在这些散文中,有一部分以夹叙夹议为主的名篇。比如《温州的踪迹·生命的价格——七毛钱》《航船中的文明》《海行杂记》《旅行杂记》《白种人——上帝的骄子》《执政府大屠杀记》《袁韦杰三君》等。这些散文直接从现实生活取材,从一个角度抨击当时的黑暗社会,有较强的现实意义。在《生命的价格——七毛钱》里,先生叙述"一条低贱的生命"的故事,针砭了买卖人口的社会现象。在《白种人——上帝的骄子》中,他通过生活的片段,勾出一个傲慢的"小西洋人"的形象,指出这"小西洋人"脸上"缩印着一部中国外交史",提出民族平等的正义要求。这在帝国主义横行、北洋军阀卖国求荣的二十年代，有着激发民族意识的现实意义。在《执政府大屠杀记》里，先生以自己的亲身经历揭露段祺瑞政府有预谋有组织地屠杀爱国群众的血腥罪行，为震惊中外的"三一八"惨案留下了珍贵的记录，并启示人们向反动军阀讨还血债。而在《哀韦杰三君》里，先生则为"三一八"惨案的死难者韦杰三君奉献出自己深挚的悼念和敬意，语挚情深，感人肺腑。先生对于北洋军阀统治下的黑暗社会的憎恶是非常明显的。

但这时期先生写得更多的是叙事、抒情的小品文，也正是这些美文显示了他在散文创作的显著成绩。这些散文叙述个人的经历和感受，描绘山水景物，曲折地抒发了他对社会现实的不满情绪。大家熟知的《背影》，是先生早期散文的代表作。它通过作者对父亲背影的描叙，表达了一个辛苦辗转的知识分子在动荡不安的时代中苦于世态炎凉的思想感情。同时也从一个小康之家日益破落的角度，曲折地反映了在帝国主义和北洋军阀统治下，中国人民的趋于贫困化。在《荷塘月色》这篇写景抒情散文里，先是诉说了自己的不宁静的心境，然后描写了一个宁静的与现实不同的环境——荷塘月色，通过对传统的"出污泥而不染"的荷花和高寒孤洁的明月的描绘，象征性地抒发了自己洁身自好和向往美好的新生活的心情。还有《温州的踪述》里的《"月朦胧，鸟朦胧，帘卷海棠红"》《绿》《白水漈》，以及《桨声灯影里的秦淮河》等，都是以写景抒情见长的散文名篇，不仅描绘景色逼真细微，引人入胜，而且意境和感情也都具有"现代化"的时代特点。他的早期散文一般都写得"漂亮而缜密"。叙事性散文比较含蓄，能将丰富的情感寓于朴素的描写和叙述中，写景的散文则能寓情于景，情景交融，流露着浓郁的诗情画意。而且，无论是叙事散文还是写景散文，篇章布局都是十分精当的。比如《桨声灯影里的秦淮河》，好像信笔写去，时间、地点和人物都不受一点拘束，随便得很，但从全篇的内容看，则既有对秦淮河往事的追述，也有自己在秦淮河的见闻和感触；既有对秦淮河夜景的描写，也有对河上歌女行动的记叙，谈古说今，自然天成之致。从表现手法说，有细腻的近景描绘，有疏淡的远景勾勒；有静景，有动景，有实景，有虚景，起伏跌宕，变化多姿。文章紧紧抓住了"灯影"，从各个角度进行了细针密缕的描绘和渲染，遂使全文层次井然，有条不紊，逼真地再现了当时秦淮河的美的境界。又如《温州的踪迹》中的《"月朦胧，鸟朦胧，帘卷海棠红"》是描写一幅画的，文题也是画题；作者并没有从画的成就、笔墨等处着手，而是首先细腻地描写画面形象的位置、色彩和神态，通过具体的描绘，不但生动地写出了画的内容，而且，也传达出了"月朦胧，鸟朦胧"的意境。最后他说："这页画布局那样经济，设色那样柔活，故精彩足以动人。虽是区区尺幅，而情韵之厚已足沦肌浃髓而有余。"其实这几句话，也是可以概括先生早期散文漂亮缜密的特点的。

朱先生早期散文在遣词造句上也有特点。他的语言凝练明净，善于以精雕细刻的工夫，明确、具体地表现描写对象的特点，在朴素自然中见精工。他很重视自然真实的美，不过分运用华丽的辞藻去修饰，用字遣词却十分凝练和贴切。在《荷塘月色》中，他描绘月光如水般照着荷花和荷叶用"泻"字，青雾弥漫着荷塘用"浮"字，而荷叶拥挤的情景则用"挨"字,还有用"田田"形容叶子的鲜绿茂盛,用"亭亭"比喻荷叶直立的状态。这些字就将月光、青雾、荷叶的动态和情态写活了。他注意造句的形象性,善于抓住事物的特征,采用新鲜的比喻,唤起读者的联想。在《绿》中,为了说明梅雨潭的"绿波"没有用"绿油油""绿如翡翠"一类的形容词,而是用一连串新鲜的比喻,引起人们美的联想。他说,梅雨潭的绿波"像少妇拖着的裙幅","像跳动的初恋的处女的心",像"最嫩的皮肤",像"温润的碧玉";如跟梅雨潭的绿波相比,"北京什刹海拂地的绿杨"太淡了,"杭州虎跑寺近旁"的"碧草绿叶"太浓了,"西湖的波太明了,秦淮河的也太暗了。"这样,通过色的浓淡和光的明暗,将梅雨潭"绿波"的厚、平、清、软的具体景象传达给读者。在《白水漈》中,他突出描写白水漈瀑布的细和薄。他写那凌虚而下的瀑布,"只剩一片飞烟"似的"影子",而这影子,像"袅袅的""软弧",像"橡皮带儿",被"微风的纤手"和"不可知的巧手"争夺着。通过"影子"的轻,"软弧"和"橡皮带子"的软,精密地描写出了白水漈瀑布在微风中的形态,让读者感受到它的细和薄。而在《荷塘月色》中,朱先生不仅将"有婀娜地开着的,有羞涩地打着朵儿"的荷花,比作"粒粒的明珠","碧天里的星星""刚出浴的美人",而且把荷花的"缕缕清香",比成"仿佛远处高楼上渺茫的歌声",以荷香比远处歌声,用听觉来补充嗅觉,使人们想象荷香恍如歌声那样飘忽不定,或断或续,不绝如缕。这种新鲜的比喻充满了浓郁的诗情画意,使文章显得十分漂亮。

先生这种漂亮缜密的写法与他的创作态度是分不开的。

他认为散文写作应提倡写实,作家必须深入观察,努力创新。他说,作家"于一言一动之微,一沙一石之细都不轻轻放过","正如显微镜一样,这样可以辨出许多新异的滋味"[15]。他还说:"人生如万花筒,因时地的殊异,变化无穷,我们要能多方面的了解,多方面的感受,多方面的参加,才有趣可言。"[16]因此,他对所写的景物都经过认真的观察和体验。他对于《荷塘月色》中提到的月夜蝉声问题,是几经观察推敲而后确定的[17]。正因为如此,他才能够准确把握描写对象的具体特征,以至细微的变化,然后用形象的语言表达出来。

"五四"时期,散文的收获是最丰富的。"五四"高潮后,散文从议论性较强的杂感转向多种风格的创作,出现了繁荣的景象。鲁迅曾说,"五四"时期"散文小品的成功,几乎在小说戏曲和诗歌之上"[18]。在散文的百花园里,朱先生的散文独具一格,它以写景抒情的很高的艺术成就,显示了"旧文学之自以为特长者,白话文学也并非做不到",尽了"对于旧文学的示威"的历史任务[19],为现代文学的建设作出了贡献。

1927年以后,国内政治形势的变化使朱先生思想上的苦闷加深了。他说:"在旧时代正在崩坏,新局面尚未到来的时候,衰颓与骚动使得大家惶惶然。……只有参加革命或反革命,才能解决这惶惶然。不能或不愿参加这种实际行动时,便只有暂时逃避的法。"[20]因此,这时他写的散文集《你我》《欧游杂记》《伦敦杂记》中,就反映了在这样的时代背景下一个正直的知识分子的苦闷的心境。在《论无话可说》一文里,他总结了十年来的文学生活,说明了自己当时的心情。他说:"十年前我写过诗;后来不写诗了,写散文;入中年以后,散文也不大写得出了——现在是,比散文还要'散'得无话可说!许多人苦于有话说不出,另有许多人苦于有话无处说,他们的苦还在话中,我这无话可说的苦还在话外,我觉得自己是一张枯叶,一张烂纸,在这个大时代里。……我是个懒人,平心而论,又不曾遭过怎样了不得的逆境;既不深思力索,又未亲自体验,范畴终于只是范畴,此外也只是廉价的,新瓶里装旧酒的感伤。当时芝麻黄豆大的事,都不惜郑重地写出来,现在看了,苦笑而已。"这里充分说明了由于生活和环境的限制,朱先生很难走在时代的最前列。但他又不甘心写一些身边琐事或幽默小品,心境是很苦闷的。因此《你我》中的散文多写对往事的回忆。他说:"我们依着时光老人的导引,一步步去温寻已失的自己;这走的便是'忆之路'。在这'忆之路'上愈走得远,愈是有味;因苦味渐已蒸散而甜味却还留着的缘故。最远的地方是'儿时',在那里只有一味极淡极淡的甜;所以许多人都惦记着那里。这'忆之路'是颇长的,也是世界上的一条大路。要成为一个自由的'世界民',这条路不可不走走的。"[21]《你我》中有回忆儿时婚姻的《择偶记》,有悼念前妻的《给亡妇》,有记叙过去冬天同父亲兄弟围坐吃"白水豆腐",与S君月夜游西湖,跟天真孩子们在一起的《冬天》,还有描写以往生活琐事的《看花》《南京》《潭柘寺戒坛寺》等等。他用精神的丝缕牵着已逝的时光,正反映了他对现实"无话可说"的苦闷心境。以后在《欧游杂记》《伦敦杂记》中,他避免"我"字的出现,对自然风光只作客观的描写。在《欧游杂记·序》里他说:"书中各篇以记述景物为主,极少说到自己的地方。这是有意避免的:一则自己外行,何必放言高论;二则这个时代,身边琐事说来到底无谓。"在《伦敦杂记·自序》里也说:"写这些杂记时,我还是抱着写《欧游杂记》的态度,就是避免'我'的出现。身边琐事还是没有,浪漫的异域感也还是没有。……只能老老实实写出所见所闻,像新闻报道一样。"但实际上他对现实生活仍然是非常关心的。我们从他一部分序、跋、读书录之类的散文中,可以看出他对社会现实的关注。比如他评《叶圣陶的短篇小说》,就强调现实生活对作家思想的影响,肯定叶圣陶小说反映现实生活的成就。他评《子夜》,指出《子夜》反映的是"民族资本主义的发展与崩溃","相信一个新时代是要到来的",认为"如此取材","才有出路"。这种积极的思想因素,从他写的《欧游杂记》《伦敦杂记》中也可以看出来。在《威尼斯》一文中,他记述了参观国际艺术展览的情形,客观地评价了苏联的作品,流露了对社会主义苏联的称赞。在《乞丐》里,也写出了伦敦资本主义社会两极分化的严重情况。三十年代《论语》《人间世》等刊物提倡幽默小品的时候,他没有参加;而为鲁迅先生等所支持的散文刊物《太白》出版时,他是编辑委员之一。以后他叙述这一段历史的时候曾说:"知识分子讲究生活的趣味,讲究个人的好恶,讲究身边琐事,文坛上就出现了'言志派',其实是玩世派。更进一步讲究幽默,为幽默而幽默,无意义的幽默。幽默代替了严肃,文坛上一片空虚。"[22]他对人生的态度从来是很严肃的。

  这时期朱先生的散文更注意文字的洗练。他在《欧游杂记·序》中说："记述时可也费了一些心在文字上，觉得'是'字句，'有'字句，'在'字句安排最难。显示景物间的关系，短不了这三样句法，可是老用这一套，谁耐烦！再说这三种句子都显示静态，也够沉闷的。"他这时期的文章所用全是口语，从口语中提取有效的表现方式；偶有一些文言成分，念起来也有口语的韵味，读后使人觉得作者态度亲切诚挚，有一种娓娓动人的风采。比如在《欧游杂记》中，他说瑞士的"阿尔卑斯山，有的是重峦迭嶂，怎么看也不会穷。山上不但可以看山，还可以看谷；稀稀疏疏错错落落的房舍，仿佛有鸡鸣犬吠的声音，在山肚里，在山脚下。看风景能够流连低徊固然高雅，但目不暇接地过去，新境层出不穷，也未尝不淋漓痛快。"朱先生用精练的口语，细细地谈着，使读者如临其境，如闻其声。而这样的文字在《欧游杂记》《伦敦杂记》中比比皆是。

就是评论文章，朱先生也善于用形象化的语言使评论对象的特点鲜明突出，增强文章的生动性。这时期他写了不少富有文采的评论文章。比如对孙福熙《山野掇拾》一书的批评。为了说明这本书的长处是具有"浓密的滋味"，作者用一连串的形象化短语加以表达。他说："你若看过浪浪的朝霞，皱皱的水波，茫茫的冷月，薄薄的女衫，你若吃过上好的皮丝，鲜嫩的毛笋，新制的龙井茶，你一定懂得我的话。"为了说明《山野掇拾》作者的爱自然，朱先生采用排比句，增强表达效果。文中写道："他爱风吹不绝的柳树，他爱水珠飞溅的瀑布，他爱绿的蚱蜢，黑的蚂蚁，赭褐的六足四翼不曾相识的东西。"这样，评论性的文章充满了诗意，使读者能抓住特点，得到具体的艺术感受。从这时期起，朱先生的散文逐渐增加了议论性，文字也更加严谨。对于需要一点语文训练和写作修养的人，他的文章确实堪称典范。叶圣陶先生曾说："现在大学里如果开现代本国文学的课程，或者有人编现代本国文学史，论到文体的完美，文字的全写口语，朱先生该是首先被提及的。"[23]

抗战期间，他写过一本散文集《语文影》，书中分两辑，《语文影之辑》是讨论语文的意义的；《人生一角之辑》是讨论生活片段的。另外还有一部分文章收在《杂文遗集》中。在这些散文里，朱先生表示了自己的抗日态度。在《蒙自杂记》《钟明〈呕心苦唇录〉序》《新中国在望中》等文中，表现了他对夺取抗战的胜利充满信心，字里行间洋溢着乐观主义的情绪，同时他对国统区人民的悲惨生活赋以极大的同情，当时成都贫民因为没有饭吃，一群一群地吃起"大户"来。这幅饥民乞食图，给朱先生留下了深刻的印象。他写下了《论吃饭》等文，表达了自己对那些"吃大户"的贫民的深切同情。

这时期朱先生的散文不像以前那样常常采用大量的比喻、排比等修辞手法，而是用简洁的笔触，直接写出自己的看法。比如《西南采风录·序》，他写了采风的传说，作者采集歌谣的过程，介绍《西南采风录》的内容梗概及不足之处，肯定了作者的努力，并指出"这是一本有意义的民俗的记录"等，才用了一千多字。文中几乎没有用比喻、排比等修辞手法。又如《我是扬州人》，朱先生叙说自己的家世，简直就如同和读者谈话一般。《关于"月夜蝉声"》《外东消夏录》《飞》等，都具有这种特点。有些文章的文字还比较隐晦，不像前期那样注重文字的优美。如《语文影·人生一角之辑》中的文章便是这样。这些讨论生活的片段正如后来他在《标准与尺度·序》中说:"叶圣陶先生曾经写信给我,说这些文章青年人不容易看懂。闻一多先生也和我说过那些讨论片段的文章,作法有些像诗。我那时写这种短文,的确很用心在节省字句上。"

抗战后期,朱先生的思想发生了变化,特别是闻一多先生被杀之后,态度更为急进。抗战胜利以后,他写的文字很多,主要收在《标准与尺度》和《论雅俗共赏》两书里,所谈的都是现实的问题。在《论且顾眼前》中说,这伙人在抗战中"发国难财",在胜利后,"发接收财或胜利财",他们将"财富集中在他们手里,享乐也集中在他们手里",使"战祸起在自己家里,动乱比抗战时更甚"。文章的锋芒是直接指向国民党统治者的。在《中国学术的大损失——悼闻一多先生》《闻一多先生怎样走着中国文学的道路》等文中,他肯定了闻一多先生对民主运动所作的贡献,揭露了国民党反动派的凶残和卑劣,也表示了继续斗争的决心。在《回来杂记》中,通过描写北平物价上涨,有拦路抢劫,美军为非作歹,而警察连管都不敢管的事实,显示了国统区经济萧条,社会混乱的情景。因此他坚定地相信:"大多数在饥饿线上挣扎的人能以眼睁睁的供养着这班骄奢淫逸的人尽情的自在的享乐吗?"人民终究要起来,"使历史变质"(《论且顾眼前》)。

朱先生思想的深刻变化,使他终于勇敢地靠近了人民,走向了为人民的道路。针对当时有些人讨厌标语口号,他写下了《论标语口号》一文,要求知识分子对群众的标语口号要看主流和本质,不应"不分皂白的讨厌起来",应该了解

"标语口号是有它们存在的理由"。他还在《论书生的酸气》《知识分子今天的任务》《文艺节纪念》等文中,要求知识分子"看清楚自己",应该"把握着现在,认清了现在",开始"向民间去"。

朱先生还在一些散文中说明了自己对文艺的看法。在《文学的标准与尺度》一文中,他说:"胜利却带来了一个动乱时代,民主运动发展,'民主'成了广大应用的尺度,文学也在其中。这时候知识阶级渐渐走近了民众,'人道主义'那个尺度变质成为社会主义的尺度……文学终于要配合上那新的'民主'的尺度向前迈进的。"他还多次讲到文艺大众化的问题,十分推崇《李有才板话》,认为赵树理的《李有才板话》的出现,是结束了通俗化,开始了大众化。而这关键是人民生活的改变,以及作家与人民共同生活的结果。他说:"有了那种生活,才有那种农民,才有那种快板,才有快板里那种新的语言。赵先生和那些农民共同生活了很久,也才能用新的语言写出书里的那些新的故事。这里说'新的语言',因为快板和那些故事的语言或文体都尽量扬弃了民族形式的封建气氛,而采取了改变中的农民的活的口语。自己正在觉醒的人民,特别宝爱自己的语言,但是李有才这些人还不能自己写作,他们需要赵先生这样的代言人。"[24]朱先生认为文学的"生路",就是"为新时代服务",这个为"新时代服务",也就是为反内战、争民主的斗争服务,"尽了反封建反帝国主义的任务"。[25]

因为思想有了变化,所谈的都是现实的问题。他这时的文章偏于说理,情致虽然不如早年,但思想坚定,针对现实,文字又周密妥帖,影响之大,非早年所可比拟。他自称为杂文，可以看出他自己意趣的归向。因了多年研究古代历史的关系，他分析现实问题也常常从历史的发展来说明，但娓娓动听，使人知道今后的发展也是"其来有自"和"势所必至"的，一点也不学究气。他说他讲话是"现代的立场"；"所谓现代的立场，按我的了解，可以说就是'雅俗共赏'的立场，也可以说是偏重俗人或常人的立场，也可以说是近于人民的立场。"[26]这时期他写得很快很多。他说："复员以来，事情忙了，心情也变了，我得多写些，写得快些，随便些，容易懂些。"又说："经过这一年来的训练，我的笔也许放开了些。不久以前一位青年向我说，他觉得我的文字还是简省字句，不过不难懂。训练大概是有些效验的。"[27]他不断学习，把写作当作自己的社会责任；同时又处处为读者着想，要求文字能更普及，多少改掉了一些向来重视文字修饰的习惯。这都是他接近人民的结果。

总之，朱先生的散文在中国现代文学史上是有很高的成就的。从他写作的开始起，就是正视人生的；不断地学习，努力地工作，是他一贯的态度。中间虽有一段时间在思想上略嫌停滞，但并没有走错了路。一个真正"为人生"的作家，经过了多年的苦闷和摸索，到他的晚年，朱先生终于勇敢地靠近了人民，走向了"为人民"的道路；同时人民也给了他很大的力量。在如火如荼的运动中，他不顾政治迫害，不顾自己病体的衰弱，毅然地参加在革命的青年人的行列里，热情地工作，直到他积劳成疾辞世的一天。要不是生活在黑暗的国民党统治下，经历着长久的颠沛艰苦的岁月，朱先生是一定能亲眼见到祖国人民的解放的。

五　学术研究

　　朱先生不只是一位作家，也是一位学者。他平日治学的谨严不苟，和他的做人态度是一致的。"中国文学批评"是他多少年来专门致力的学问，清华研究院中国文学部特设文学批评一组，就是当闻一多先生任主任时因了朱先生的专长设立的。"文学批评"，"文辞研究"，都是朱先生讲授过的属于这种性质的课程。关于这方面的材料，他搜集得非常多。每一个历史的意念和用词，都加以详细地分析，研究它的演变和确切的涵义。《诗言志辨》一书只是写成的关于这些材料的极小的部分，但已经廓清了多少错误的观念。这书收着《言志》《诗比兴》《诗教》和《诗正变》四篇论文，都是多少年来研究的结晶。他在自序中说："现在我们固然愿意有些人去试写中国文学批评史，但更愿意有许多人分头来搜集材料，寻出各个批评的意念如何发生、如何演变——寻出他们的史迹。这个得认真地仔细地考辨，一个字不放松，像汉学家考辨经史子书。"从这里可以看出朱先生治学的谨严态度。其他的文章如《论逼真与如画》《好与妙》等，也都是从中国文学批评的历史意义去分析的。朱先生认为"现代文学里批评一类也还没有发展"是写中国文学批评史的困难之一，因此他关于新文艺的论文也都是从历史的演变分析起，再和现实的要求联系起来。抗战前清华大学的讲义曾印有《诗文评钞》，是朱先生编的；各种诗文评的书籍，评点本的集子，他收罗得非常多。关于研究材料的排比和归纳，都已经做了许多，到他死时书斋里还堆着很多的卡片和手稿。

每周四个钟头的全年课程"中国文学史",他连着讲授过好多年。从古到今的纲目材料和有关的参考书籍,也都已安置就绪。死前两月,才把缺着的一部分关于戏曲小说的书籍买齐,希望写一部新的观点的中国文学史。他在林庚著的《中国文学史》序文上说:"文学史的研究得有别的许多学科做根据,主要的是史学,广义的是史学。"这也是朱先生写文学史的态度,他死前还正打算写一篇关于"宋朝说话人的四家"的考证论文,交《清华学报》发表,就是整理文学史讲稿的心得。但是文章和"中国文学史"都同样没有能够写成。

朱先生是诗人,中国诗,从《诗经》到现代,他都有深湛的研究。"诗选"是他多少年来所担任的课程;陶、谢、李贺,他都做过详审的行年考证。例如逯钦立氏所作的《论文笔》和《陶渊明年谱稿》,里面一再引朱先生《〈文选序〉"事出于沈思,义归乎翰藻"说》及《陶渊明年谱中之问题》二文,说"所见良是",又说"足解众纷",可见朱先生治学谨严的一般。宋诗尤其是他专门致力的学问,讲授已多次,《宋诗钞略》是他在昆明时根据《宋诗钞》所选的教本;苏、黄、后山,他都有独到的研究。遗稿中有《宋五家诗钞》一种,诠释极详确精审,现已编入《全集》中。他曾计划仿朱彝尊《经义考》例,纂《诗总集考》一书,也收集了一些材料,但未完成。因为讲诗,抗战前曾在清华授过"歌谣"的课程,将现代歌谣和《诗经》《乐府》对照着讲,编有讲义;《中国歌谣》现已出版。

逝世前,他的兴趣特别集中于唐、宋一段,曾买了许多关于韩愈的书,拟开课讲授,也有新的研究成绩,但并未整理就绪。又计划根据闻一多先生所辑的《全唐诗人小传》，由中文系同人合力辑成《全唐诗人事迹汇编》一书，但未开始。

朱先生治学的范围很广，造诣很深，但有两点精神是特别值得我们效法的，也是最令我们敬佩的。第一，他的观点是历史的，他的立场是人民的，在《古文学的欣赏》一文中，他说："人情或人性不相远，而历史是连续的，这才说得上接受古文学。但是这是现代，我们有我们的立场。得弄清楚自己的立场，再弄清楚古文学的立场，所谓'知己知彼'，然后才能分别出那些是该扬弃的，那些是该保留的。弄清楚立场就是清算，也就是批判；'批判的接受'就是一面接受着，一面批判着。自己有立场，却并不妨碍了解或认识古文学，因为一面可以设身处地为古人着想，一面还是可以回到自己立场上批判的。"基于这种观点，他反对繁琐的死板的考据。1947年曾在师范大学讲演过一次"文学的考证和批评"，但文章一直没有完成。他以为绝对的超然客观，事实上是不可能的。所以考证必须和批评联系起来，才有价值。他推崇郭沫若先生的《十批判书》，曾在《大公报·图书副刊》为文介绍过，也就是根据这种道理，他主张诗是应该散文化的，所以他喜欢宋诗；他以为文是应该载道的，虽然道的意义因时代而不同，所以他研究韩愈，这都是从当时的实际历史着手的，并不是比附。他为文介绍闻一多先生治中国文学的道路，这道路他自己是同意的。

其次，他虽然是有成就的专门学者，但并不鄙视学术的普及工作。他不只注意到学术的高度和深度，更注意到为一般人所能接受的广度。他作《经典常谈》，用语体文写《古诗十九首释》，编中学教本，和叶圣陶先生合著《精读指导举隅》和《略读指导举隅》，目的都是为了普及的。他曾计划选取《古诗源》《六朝文絜》《古文观止》和《唐诗三百首》四书，全都重新详细地用语体文作过注释，以备一般人的阅读，但这工作并未完成。他很推崇浦江清先生的词的讲解，郭沫若先生的古书今译，都是为了普及着想的。他愿意一般人都有机会学习，让他们知道古书里并没有什么特殊的神秘。他治学的各方面都是如此，谨严而不繁琐，专门而不孤僻；基本的立场是历史的，现实的。

六　说　诗　缀　忆

　　诗与批评，是朱先生平生治学精力集注的所在；就诗在中国文学史中的地位，和批评历来与诗的关系说，朱先生对文学批评的研究，更增加了他对中国诗的了解的深度。譬如说，"风调"是一个批评的习语，也是一个批评的意念，以前人批评一首诗常常说"不失风调"，这句话究竟包括些什么内在的涵义呢？经统计的结果，凡经过这句话所批评的诗，都是著名的七言绝句；这是一首好的七绝的标准。再从罗列的各种例证来分析，知道"风"是指抒情的成分，"调"是指音节的铿锵；由此知道七绝这一体是不适于叙述和描写的，而且不能有拗体。我们把唐人七绝作一仔细的分析，都不脱此标准。然后再研究"风"的标准大部是由七绝的形式所决定的；"调"的标准是因为七绝可以入乐的缘故，有名的王昌龄等旗亭会饮（事见《说郛》）和李白的《清平调》，就是例证。从这一点来阐发，譬如说《阳光三叠》，七绝的最后句子在入乐时是要复沓的，因此要把全诗的重力凝聚到第四句，才会特别有力量。再就唐人七绝作一统计，知道有四分之三以上的诗，第四句都包有限制性的否定用词，就是为了加强诗的表现力量。像"只今惟有鹧鸪飞"或"不及汪伦送我情"这些，都是例子。经过这样的研究，批评的意念固然弄清楚了，对诗本身的了解不也更深刻了许多吗？

又譬如说，朱子以为"陶诗平淡出于自然"，钟嵘《诗品》说"自然意旨，罕得其人"，这两处"自然"的涵义并不相同。朱子所谓平淡是指文词形式，"自然"是指生活内容，指陶的人格。钟嵘所谓自然是说不用典，像陶诗只能算质直，并非自然。这两种意思都和现在我们普通所说的自然不同，读诗的人一定得弄清楚。又如谢诗的警句"池塘生春草"，古今论述的人很多，《石林诗话》以为好处在"无所用意，猝然与景相遇"；元遗山《论诗绝句》赞为"万古千秋五字新"；但王若虚却说"反覆求之，不得佳处，乃晋人自行夸大耳"。朱先生把谢诗的句子都详细分析排列过一次，知道里面表情和叙述的句子非常少，它的成就和特点只在描写，说理的句子对于描写的关系只是接附，并不交融；"池塘生春草"是叙述的句子，叙述本来不能代替描写，但在声色富艳的谢诗中，这种类似《十九首》风格的句子，倒显得格外清新。如以描写来说，像"近涧涓密石，远山映疏木"这种句子，岂不更写得细密具体！涓字的本义是小流，包括声音，映字有光有色，而且两句中远近山水对列，读者觉得很美丽。只有像这样经过严密分析后所得到的了解，才能谈得上研究。

从来有两种人是诗人的劲敌，一种人把诗只看成考据校勘或笺证的对象，而忘记了它还是一首整体的诗；另外一种人又仅凭直觉的印象，把一首诗讲得连篇累牍，其实和原诗毫不相干。前者目无全牛，像一个解剖的医生，结果把美人变成了骷髅；后者不求甚解，主张诗无达诂，结果也只是隔靴搔痒，借酒浇愁。在说诗的态度上，朱先生有一个最简单的原则，就是诗是精粹的语言，它的内涵应该是丰富的，多义的；诗的欣赏必然植基于语言文字的涵义的了解，多了解一分，多欣赏一分。因为这样，研究是必需的，"诗无达诂"是无义的；但研究的目的在于欣赏与接受，不能止于研究，得筌而忘鱼。他在《古文学的欣赏》一文中说："个人生活在群体中，多少能够体会别人，多少能够为别人着想。关心朋友，关心大众，恕道和同情，都由于设身处地为别人着想；甚至'替古人担忧'，也由于此。"又说："人情或人性不相远，而历史是连续的，这才说得上接受古文学。"这种从谨严研究出发的了解和欣赏，再加上对古人的关心态度，就是朱先生说诗的立场。听他娓娓讲述时只有一个感想，就是朱先生的确是个诗人；诗人是懂得历来诗人们内心的深处和曲折的。

《宋诗钞·东坡诗钞》的小序说："梅溪之注，饾饤其间，则子瞻之精神，反为所掩。"朱先生对这话常加推许，王十朋的态度就是上面所说的第一种人。近人殷石臞注《谢灵运诗》绪言有云："'俯濯石下潭，仰看条上猿'，写景命意，两都奇绝，盖俯濯乃指猿影言。非灵运自濯；句虽在上，而其主格乃在下句，灵运当系先见潭底之影而后仰视耳。若此之类，非细参证，前贤孤诣，便多抹杀。"照他所讲，诚然是妙，但有点太妙了；因为细味全诗原文，俯濯的仍然是谢氏自己，这就犯了我们上面所说的第二种情形。朱先生讲诗，从语言文字的分析入手，而最后绘出一整个的意境，是最合乎诗人的原意的。他在《国文月刊》所发表的用语体文写的《古诗十九首释》，就是代表的例证。

什么是诗？原是很难说的。丘迟的"暮春三月，江南草长，杂花生树，群莺乱飞"，也许比陈子昂的"前不见古人，后不见来者，念天地之悠悠，独怆然而涕下"，念起来更像诗。朱先生向来认为诗国是辽阔的，虽然成功的程度并不一样；只把某一种形式的诗当作诗的正统的人，其实都是一种偏狭的观念。他喜欢宋诗，也就是因为宋诗的范围和内容更广博，更多样；并不就是尊宋黜唐。"取材广而命意新"，是宋诗的特点，也是诗人应该有的态度。他以为诗并不限于抒情描写，说理的也有好诗。从东晋的玄言诗，到禅宗的语录，他给宋诗中的说理内容找到了一条历史的线索。像黄山谷的《赣上食莲有感》，用抒情或描写的写法，绝难写得这么好。同样地，在形式上他也不反对诗中用散文式的句法，而且认为散文化无宁说是诗的必然趋势。诗和文的分别本来不在形式，像"而无车马喧"是著名的好诗，但开首用虚字的句法就是散文的。唐诗中好的篇章大半是古诗，杜诗中散文化的句子就很多。到了黄山谷，精练句法，散文化的程度更加深了；像"公如大国楚，吞五湖三江"，"我观江南山，如目不受垢"，您能说它不是好诗！他这种态度和他对新诗的主张也是一致的；诗的好坏只在一首诗所表现的本身，并不在种种外在的限制。诗的国土是很辽阔的，但成功的程度却是参差的。

诗是精粹的语言，它的特点在用有限的语言文字来表现出丰富复杂的意义；因此诗的语言必须是富于联想的，多义的。诗的最大忌讳是一览无余，所以欣赏诗应当从咀嚼文字着手。许多人不懂得诗是多义的，各得其一解，就成了"诗无达诂"。有的人又忽略了诗是整体的，重读了诗中的一句或两句，就也会发生了歧说。陶诗《归田园居》"常恐霜霰至，零落同草莽"，注家本《九辩》《离骚》中霰雪纷糅和草木零落的意思，及《小雅·頍弁》"如彼雨雪，先集惟霰"的话，多发挥陶诗有寄托，不满当时政治，而发扬渊明的忠愤思想。这是可能的，但只是联想的一部分；诗的意思并不专指政治一方面，并不这样狭小。又如陶诗《乞食》一首，有的注者过于重读了"愧我非韩才"一句，遂多系于故国旧君之思，也是未就全诗着想。因此诗的欣赏，必须以语言文字的分析了解为基础。苏东坡《汲江煎茶诗》"大瓢贮月归春瓮"，月字除了写汲水者的情趣外，还有"水清"和"夜汲"两种意思，因此这是好诗。诗中用典也同样是为了引起联想，丰富诗的表现力。最好的用典是能使不懂这典的人也可以欣赏这首诗，不过懂得的人了解得更多一点，欣赏也更深一些。陶诗"心远地自偏"，意思很明白，注家也向来不释出处；但"心远"之义实本于《庄子·则阳篇》，知道了可以懂得更多一点。《则阳篇》云："故圣人，其穷也，使家人忘其贫；其达也，使王公忘其爵禄而化卑。其于物也，与之为娱矣；其于人也，乐物之通而保己焉。故或不言而饮人以和，与人并立而使人化，父子之宜，彼其乎归居，而一闲其所施。其于人心者，若是其远也！"懂得了这一段的意义，"心远"所表现的自然更丰富了，对这首诗的了解自然也更深刻了一些。苏东坡《饮湖上初晴后雨》中的"若把西湖比西子,淡妆浓抹总相宜",传为千古咏西湖的绝唱,但除了如一般所了解的以美人比风景外,至少还有两层相似处:西施是越人,地理人物之灵是相应的,西子与西湖两词间的声音相近。所以用典的是非,完全看它是丰富了还是阻碍了诗的表现力,是否更能帮助人的了解和欣赏;因为用少数文字来表现多量意义,本来是诗的基本要求。

诗要表现得有力量,写法就得具体,新鲜;用现代化习语说就是形象化。苏东坡的《新城道中》说:"岭上晴云披絮帽,树头初日挂铜钲。"以絮帽铜钲入诗,以前是没有的,但确乎给人一种新鲜的感觉。黄山谷的《过家》说:"舍傍旧佣保,少换老欲尽。"又说:"系船三百里,去梦无一寸。"读起来都非常明确具体,所以有力量。这都是要诗人从生活中去体验的,并不全靠读书。朱先生常说:中国诗人对后来影响最大的是陶渊明、杜甫和苏轼三家;他们的集子注家最多,学习的人也多。这并不只因为他们写诗的技巧好,最重要的是因为他们都抱有严肃的人生见解;这种见解是由生活的体验来的,并不在于多读书。东坡诗中用事的丰缛,有时反为诗累。对这三大家,朱先生都有深湛的研究。除宋诗人外,早年他喜欢的诗人是陶潜、李贺,晚年所致力研究的诗人是韩愈、杜甫,这多少也表示了他自己的思想的变化。他说诗的态度比较客观,力求对古人了解;中国诗,从《诗经》到现代,他都当作一条线索似的全部来处理和研究,他对新诗的许多主张都是有着文学史的发展根据的。

这里所写的主张和例证,都是朱先生说过的,作者相信不至有什么错误。由这一点点记忆中的鳞爪,固然不足以说明朱先生的治学造诣,但也很可使我们感觉到他平日从事研究教学工作时的严谨和细致。

七 《中国新文学研究纲要》

朱自清先生遗稿《中国新文学研究纲要》，是他在清华大学讲授"中国新文学研究"课程的讲义，它只是一个纲目性的章节提纲，并未写成完整的文字。但仅就现存的这份《纲要》来看，无论就章节体例的安排，或作家作品的取舍，都可以概略地看出他对中国现代文学发展的观点和评价；它不仅显示了一个"五四"新文学运动的参加者和早期作家对新文学发展的关心和研究，而且有许多地方对于今天治中国现代文学史的专业工作者也仍有启发和参考的意义。朱先生逝世以后，在筹备出版《朱自清全集》的过程中，本拟把《纲要》收入，在浦江清先生所拟《全集》目录中，此稿定为第十六种，并推定由李广田先生整理；后因《全集》改出精简本的《朱自清文集》，有多种拟目皆被删削，《纲要》也在其列，因此迄未问世。现在不仅朱先生逝世已达三十余年，编委中郑振铎、吴晗、浦江清、李广田诸先生也皆先后逝世，而此稿仍尘封朱宅，令人黯然。现在《文艺论丛》第十四期决定刊出此稿，笔者重读一遍，朱先生之风度音容，犹历历在目，愿就此略述所见。

朱先生讲授"中国新文学研究"课程，始于1929年春季。当时距"五四"已有十年，新文学运动已经历了它的倡导和开创的时期，各种文学体裁都出现了许多作者和作品，赢得了读者的爱好，产生了广泛的社会影响。但当时还没有人对这一阶段的历程作过系统的回顾和总结，更没有人在大学讲坛上开过这类性质的课程。1935年《中国新文学大系》出版，目的就是要把1927年以前的史料和作品，给以"整理，保存，评价"[28]；阿英在《史料·索引》一卷中"总史"部分录文三篇，都是附在文学史或论文后面的一些概述性章节。其中周作人《中国新文学之源流》作于1933年；胡适《五十年来之中国文学》作于1923年，文章只叙述到1922年；陈子展的《最近三十年中国文学史》作于1932年。姑不谈这些文章的观点如何，仅就内容范围说就谈不上是企图对新文学历史从文学运动到作家作品作全面的叙述和评价。因此朱先生的《纲要》可以说是最早用历史总结的态度来系统研究新文学的成果。当时大学中文系的课程还有着浓厚的尊古之风，所谓许（慎）、郑（玄）之学仍然是学生入门的先导，文字、声韵、训诂之类课程充斥其间，而"新文学"是没有地位的。朱先生开设此课后，受到同学的热烈欢迎，燕京、师大两校也由于同学的要求，请他兼课；但他无疑受到了压力，1933年以后就再没有教这门课程了。在讲授期间，他对内容随时有所补充，例如张天翼的《鬼土日记》和臧克家的《烙印》，就是在作品刚出版他就增入讲稿的，因此这门课程实际上既有文学史的性质，也有当代文学批评的性质，他是十分重视新文学的发展和引导同学们关心现实的。"中国现代文学史"今天已成为大学中文系学生必修的重要课程，它本身也已经成为一门独立的学科，如果我们用历史的观点看问题，朱先生的《纲要》无论从哪一方面说都是带有开创性的，它显示着前驱者开拓的足迹。

《纲要》分《总论》《各论》两部分，共计八章。《总论》三章，第一章《背景》追述历史渊源，由戊戌变法讲起，目的是讲晚清文学改良运动的兴起和失败及其与新文学运动的关系。第二章《经过》由《新青年》提倡文学革命开始，一直讲到 1933 年，包括文艺运动、思想论争以及各种文学流派的重要主张，大致是以时间先后为序的文学史的讲法，论列颇详。第三章《"外国的影响"与现在的分野》则是从创作上不同的风格流派着眼，讲述外国文学对中国新文学的影响及其对各种文学流派的形成在思想和风格上所起的作用。鲁迅曾说过新文学的起来"一方面是由于社会的要求的，一方面则是受了西洋文学的影响"[29]。朱先生在《总论》中正是从中国社会历史背景和外国文学影响这两方面来进行考察的。《各论》五章中的前四章是《诗》《小说》《戏剧》和《散文》，除对各类体裁的创作理论有所介绍外，着重在每一文体的重要作家作品在艺术成就和特点上的分析和评价。最后一章《文学批评》是介绍各种不同的有影响的文学主张和批评理论的。从《纲要》整体的章节安排可以看出，朱先生是以作家的创作成果作为主要研究对象的；《总论》部分讲述新文学运动的经过和发展，它的历史背景和外来影响，也都是从它同创作的关系着眼的。他很重视各种不同的创作倾向和流派的发展，而且非常注意作家的个人风格。我以为这些方面都是可以给我们以启发的。长期以来这种先有总论然后按文体分类来写文学史的方法就为一些人所诟病；的确，事实上是有少数擅长多种文体的作家，例如郭沫若，就诗歌、小说、戏剧、散文都写过，而用这种按文体分类评述的方法自然会把一个作家的创作分割于不同的章节，不容易使读者得到完整的印象。但事情有利即有弊，历史现象总是错综复杂的，当人们用文字来叙述历史过程时，只能选择那种最容易表现历史本来面目和作者观点的体例，很难要求一点毛病也没有。这正如旧小说中的"话分两头"一样，其实两件事是同时发生的，但作者只能分开叙述。文学史的体例安排也是这样，撰述者只能权衡轻重，择善而从；对于由此带来的一些难以避免的缺陷，他当然可以用一些补救的办法使读者领会，但任何一种体例安排都不可能完美无缺。文学史的任务是通过重要的文学现象来阐明文学发展的规律，它不能只是"作家论"的汇编。每一种文体除过同其他各类体裁有文学作品的共同性以外，还有它自己的特殊的问题和规律。例如新诗，就有新形式如何建立以及声调格律等许多问题，而且由于对这些问题的不同理解，遂形成了创作上的不同的风格和流派。可见依照文体分类来安排章节的体例并不是毫无可取的。问题在于作者的着眼点是什么。如果是着重在文艺运动，甚至政治运动方面，企图把文学史来作为文艺思想斗争史，甚至党内两条路线斗争史的"插图"，那么按文体分类的体例确实是不适应的。如果只着重在少数重要作家的评传方面，例如只讲鲁迅、郭沫若、茅盾等几位有突出成就的作家，把许多文学现象和有影响的作品都认为不是重点而可以从略，那么这种按文体分类的办法也是不必要的。但如果着眼在创作成果，着眼在从丰富的文学现象来探讨各类作品产生和发展的社会原因和历史经验，它的艺术成就和社会影响，那么朱先生所采用的这种体例就是比较恰当的。当然，我们只是说明朱先生着重于创作成果的特点，并不强调这种体例就是最好的。这是一个属于百家争鸣性质的问题，每个作者都可以选择他认为最能体现自己写作意图的安排方式。学术著作的质量主要决定于它的内容的科学性和正确程度，体例仅只是为表述内容服务的一种方式。在《纲要》《各论》的五章中,我们可以看到论诗的一章内容最为丰富,这一方面是因为朱先生自己是诗人,他一向关注新诗的成长。他为《中国新文学大系》编选诗集,抗战时期写过专著《新诗杂话》,一直到逝世前一年还写过讨论"诗的道路"的文章《今天的诗》。他致力于古典诗歌的研究也是为了新诗的发展,对新诗一贯倾注了很大的热情。他对各种诗歌理论和创作流派都密切注意,探讨其优劣和得失,因此《诗》一章讲述较详是很自然的。另一方面,新诗在"五四"文学革命中是首先结有创作果实的部门,争论最多,受到的压力也最大;而且由于受到不同的外国诗的影响,风格流派也最多,因此在总结它的发展过程时,自然就需要更多的笔墨了。我们从《诗》这一章的内容,就很容易看出《纲要》的以创作成果为主要讲述对象的特点。

《纲要》评述文学现象和不同流派的态度,应该说是客观的和谨严的。凡是重要的,即有一定社会基础并发生过相当影响的,它都予以评介,而且首先是介绍论述对象自身的主张和特点。它比较尊重客观事实和重视社会影响,避免武断和偏爱,让学生有思考判断的余地,这也是《纲要》的一个显著的特点。朱先生自己是作家,又是一定文学社团的成员,他的爱好、倾向和观点都是很明显的,这在《纲要》中也有所体现,但总的看来,他并不是从门户成见或个人好恶出发,而是尊重客观事实的。就是在表述他自己的看法和评价时,也是先从叙述事实根据开始的。例如他在《总论》中列了一节《革命文学与无产阶级文学时期》,比较全面地介绍了创造社、太阳社和"左联"成立初期的文学观点和主张,但在《小说》一章中讲到"普罗文学第一期的倾向"时,他指出了下面三点:(一)革命遗事的平面描写;(二)革命理论的拟人描写;(三)题材的剪取,人物的活动,完全是概念在支配着。这三点是他的看法和评价,并且还说华汉的《地泉》是"用小说体演绎政治纲领";但他同时也介绍了左翼作家茅盾和钱杏邨对这些作品的意见。我们知道在倡导无产阶级文学初期所出现的一些作品,一般说都带有概念化的倾向,例如《地泉》,就是瞿秋白认为"不应当怎么样写的标本"[30]。因此《纲要》的评述是符合实际的,茅盾和钱杏邨也提出了类似的看法,可见朱先生的写作态度是客观的和谨严的。

此外,《纲要》也为我们了解朱先生自己的文艺思想提供了一些可靠的根据。朱先生既是一位有影响的作家,治现代文学史的人当然也要研究他的文艺思想及其发展,《纲要》在这方面就是有价值的参考资料。例如1932年关于《第三种人》的论争,在以"第三种人"自居的苏汶等人看来,朱先生显然既非左翼也非右翼,而是他们所说的"作家之群"的人物,《纲要》虽然也对"左联"当时的一些"狭窄的"论点和"宗派主义的"作法不满意,但他是希望"左翼文坛的态度和理论"能有所改善,具体说就是对于"较进步的作家"可以承认他们有"创作自由的原则",而不必用狭义的"武器文学"来强求他们,在观点上与"第三种人"是有区别的。当然,他同"左联"的指导思想也有距离,但他并不同意"第三种人"的态度。我们由此不但可以了解朱先生当时的文艺观点,而且对于我们考察和评价这次论争的历史意义,也是有参考价值的。

当然，从今天的观点看来，即从现代文学史作为一门学科所已经达到的水平来看，《纲要》所体现的观点和处理方式，可议之处是相当多的；这毕竟是半个世纪以前的东西，它不可能不受到当时历史条件的制约。文学史上有许多现象和作品是必须经过一定的时间考验，经过广大读者的选择和反应，才能比较清晰地显示出它的价值和意义的；同代人或同代距离过近的人有时很难作出严格的历史性的科学评价。中国文学史上如钟嵘《诗品》列陶渊明于"中品"，《河岳英灵集》不选杜诗，在后人看来都是很难理解的；而《文心雕龙》历评以往各代著名文人，竟无只句涉及陶诗，这些都是受到时代限制的很明显的事例。但后人对于《文心雕龙》《诗品》以及《唐人选唐诗》仍予以很大重视者，就因为它们代表了当时人们的认识和观点。中国现代文学史作为一门学科，这些年来的研究工作已得到了普遍的重视和相当的进展，这同《纲要》写作时所面临的情况完全不同，因此其中有一些可议之处是很容易理解的。除此之外，《纲要》当然也不能不受到朱先生自己当时的文艺观点和学术思想的限制，它还不是企图运用历史唯物主义和马克思主义文艺理论来考察和总结文学历史的著作，但我们不能超越历史实际来苛求前人，而只能根据客观事实来给予一定的历史评价。

朱先生是"五四"新文学运动的参加者和现代文学史上的重要作家，一直到逝世，他始终忠于"五四"精神，忠于民主和科学的理想；他之所以始终关注新文学的成长，正是他忠于"五四"精神的生动体现。今天的研究者可以不赞同他的某些具体的观点，但作为前驱者的足迹，《纲要》不仅有它的历史价值，而且仍然会给人以新的启发。

八　日　记　琐　拾

为了整理编集朱先生的《全集》，我有机会把他的遗作全部读了一次，特别是他的日记部分，使人感触最深。我在《全集》中的《日记选录》前记云：

> 朱先生的日记，最早的存有1924年的一册；以后从1931年9月起，到1948年8月2日——入医院前三天，逝世前十天，十七年间，无一日间断。这些关于他全生命活动中最丰富的三分之一多的真实纪录，如果都印出来，是非常可宝贵的。但朱先生纪录的原意只是供一己的备忘和反省，并不预备发表；所以其中琐碎的事务记载最多。还有一些语涉时贤，未便发表的。所以现在只能按时间年月，就足以代表他生活和思想底具体活动经历的，择选一部分，编在《全集》中作为了解和研究他平生治学为人的参考。因为本来是为自己看的，所以文字方面不只是用文言，而且也很少修饰；尤其是自1935年以后，常常是中英日三种文字互用的。这里虽然尽量选用他的中文记载，但也有比较重要的几条，是编者由英日文选译的。这些也并未注明，因为只要符于原意，译文的拙劣就只好请读者原谅了。

现在他的全部遗稿已整理完竣，是值得欣慰的。（后来《日记选录》部分未收入《朱自清文集》，但于六十年代初发表于上海文艺出版社所出之《中国现代文艺资料丛刊》第三辑。）像朱先生这样一位严肃的文化教育工作者，多少年来不断地工作，也不断地进步，爱护青年，正视现实，我们从他的作品中已经知道许多了；特别是像作者这样追随朱先生学习和工作多年的人，平日常常跟他见面和谈话，自以为对他平生的治学和为人，已经很有了解，但自看完他的全稿，特别是他的全部日记后，才更深一层地懂得了朱先生思想发展的道路。在旧社会中，人和人的关系本来是很难全部坦白的，但即使这样，现在也并不证明我们对朱先生的认识有什么错误，反而更证实了，也更加深了我们对他的印象和了解；他是这样一个完整的人，内心和对外的表现是完全一致的。

朱先生是作家，而且是"五四"以来三十年间从未脱离过写作生活的人，对文学的看法，向来是很严肃的。1924年9月19日的日记中记载他的一个讲演大纲，首先即认为文学是改造社会的途径，并主张少写一己，这在当时即是很进步的。虽然直到他的晚年才认识了文学必须和人民结合的途径，但在日记中各处所记的许多对作家和作品的意见，在当时也还是公允的和进步的。至少我们可以这样说，他是坚持了"五四"以来"文学是为人生"这一传统的，而且也是不断进步着的作家。

作为一位学者和教育工作者，他的认真和负责的态度，多少年来是一贯的。1936年起他开始授"中国文学批评"一课，日记云："此科目必须以大部时间处理研究之。"学校初迁昆明时，一切还在草创，他负的行政事务很忙，1939年1月12日的日记即云："自南迁以来，皆未能集注精力于研究工作，此乃极严重之现象。每日习于上午去学校办公，下午访友或买物，晚则参加宴会茶会，日日如此，如何是好！"这可看出他对学术工作是如何的热忱和负责。但他治学的态度和方法也和一般学院派的人不同，比较注重于综合的说明和一般历史原因的解释。吴晗《明初的学校》一文写成，他看毕后，于1948年1月23日记云："应送《清华学报》刊载，可稍调和学院派之气氛。"同年4月12日记云："芝生谓余等之研究工作兼有京派海派之风，其言甚是；惟望能兼有二者之长。"这可以看出他治学的态度和方向。所以他不只对学术的研究热心，对教学工作也是很负责认真的。1946年1月9日的日记云："昨日通宵未睡好，余亦不知表已走慢，致今晨误过考试时间。余着衣始毕，二学生已上楼，仰视日光，始疑表有错误。彼等问是否生病，当告以经过情形，并接受彼等建议，将考试时间延至星期五早9时至11时，憾甚。"凡是受过他教的学生都知道，他平常是从不缺课的，即或万一因病不能来，也必定要请假，而且下次上课时还要频频示歉；所以在他看起来，这种偶然的疏失是很严重的。这精神也同样可从他对青年的爱护上看出来；1935年"一二·九"学生运动后，12日清华学生又进城游行示威，越铁路由西便门冲城时，他怕学生受迫害，即随在学生后面，想劝回学校。1936年2月19日夜，二十九军士兵突入清华，捕去学生二十一人，当夜有六位女同学是避在朱先生家里的。1937年10月，学校初迁长沙，学生为请求贷金事与梅贻琦冲突，当月20日的日记云："青年人对中年人之态度仍为现社会中最重要且最困恼之一问题，此责自不应由青年人负之。"言外之意，对学生实在是很同情的。1945年昆明"一二·一"惨案发生后，朱先生于次日的日记云："上午开教授会，选代表三人慰问同学，并参加今日下午之死者装殓仪式。会中心情均极严重。约有二十教授参加仪式。余未往，但肃穆静坐二小时余，谴责自我之错误不良习惯，悲愤不已。""一二·一"运动是朱先生思想转变的关键，这转变正是由爱护青年的教师立场出发的。

无可讳言的，朱先生的思想和政治立场的转向是晚年的事情，以前他是相信国民党政府的。在"七七"前夕，"一二·九"运动后一年，1936年12月20日的日记云："陈君来访，谈及国事，彼思想甚左，余坦白告以余之立场与政府相同。"但他平日并不过问政治，1942年昆明学生发生倒孔运动后，国民党大批拉拢大学教授入党，在1943年5月9日的日记中，曾记载闻一多先生和他商量一同加入国民党，因了他的拒绝，才都没有加入。他思想转变的时期和闻先生差不多，都在此后一二年，这当然是国民党反动统治急骤法西斯化的结果。到1945年昆明"一二·一"学生运动时，他的立场已经很显明了。12月4日的日记云："上午开教授会，为罢课三日后之问题激辩至六小时。决议包括三项：（一）为悼念死伤学生，由学校宣布停课一周。（二）慰问被侮辱同人。（三）向有关负责当局抗议。会中空气紧张，且几濒分裂；但少数人未逞所欲，结果甚佳。"当时有些国民党党团教授还意图粉饰，但毕竟失败了。次年1月20日，他签名昆明文化界反内战的时局宣言，2月22日，他促成教授发表对"一二·一"凶手李宗黄逍遥法外的抗议书。但朱先生毕竟是学者，在同一天他竟受了国民党党团分子的欺骗，在抗议苏联的东北问题宣言上签了名；日记云："对东北问题之宣言余同意签名，但告以须不涉及内政，只为单纯之爱国表示。"但事情并不那样单纯，次日的日记云："图书馆前有连续之关于东北问题演说，某君似为首脑。会后有示威游行，但联大学生极少参加，大部皆作壁上观。此显然为党团领导，甚悔前者对东北问题之签名。"这是当时国民党分子导演的得意之作，一直扮演了好几天；在朱先生的日记中，也好几次后悔他上了一次当。但显然的，他的态度反而更坚决了。闻一多先生被刺的时候，他已经准备复员，到了成都，7月17日记云："报载一多于15日下午5时遇刺，身中七弹。其子在旁，亦中五弹，一多当时毙命，其子仍在极危险情况中。此诚惨绝人寰之事。自李公朴被刺后，余即时时为一多之安全担心，但绝未想到发生如此之突然与手段如此之卑鄙！此成何世界！"以后他在各处参加追悼会演说，为文纪念，更担负起整理编辑《闻一多全集》的重任，这难道仅只是为了个人的私谊！

复员以后，他随时参加青年人的集会，朗诵诗，扭秧歌，写进步的文章，主张为人民的文学，谈诗的阶级性；态度显然是更激进了。1947年2月23日，签名抗议北平当局任意逮捕人民书，5月26日，签名呼吁和平宣言，而且他持宣言稿到各处请人签署；日记云："即访新林院北院诸友征求签署，共遭四次拒绝。"1948年5月22日签名抗议国民党北平市党部吴铸人谈话宣言，6月18日签名抗议美国扶植日本并拒绝领取美援面粉宣言；日记云："此事每月须损失六百万法币，影响家用甚大，但余仍决定签名。因余等既反美扶日，自应直接由己身做起，此虽只为精神上之抗议，但绝不应逃避个人责任。"此后一个多月，他就进医院了；而在逝世前还谆谆嘱咐家人勿领取美援面粉，这是如何的律己精神。7月9日又签名抗议"七五"枪杀东北学生事件。当日日记又云："读《论知识分子及其改造》一书，内容新颖扼要，对个人主义之论述警辟。"23日他扶病参加《中建》半月刊召集的座谈会，讨论"知识分子今天的任务"，他主张知识分子亟需改造，他以前过久了"独"的生活，现在要变向"群"的方面，这过程很艰苦；他身体不好，要慢慢地来。但在这以后二十天，他就逝世了。这样一位对学术有造诣的学者，一位努力了二三十年的文艺作家，一位爱护青年的教育工作者，而更重要的，一位立场进步坚定而又有决心来改造自己的大学教授，他没有机会看到他所渴望已久的解放后的新中国，这是他的不幸，也同样是人民的不幸。

九　逝世前后

那是1948年8月6日，从早上九点钟起，清华中文系的同人还和往常一样地集聚在工字厅里，评阅新生入学考试的国文试卷。朱先生下一学年休假，身体又不好，没有参加普通的阅卷工作；只等各地的考卷都来齐了，他再来评阅投考研究院的一部分。校方每人一天发给两百万元（当时的"法币"）的阅卷费；余冠英先生提议大家以一日所得，聚餐一次。大家笑笑，自然是赞成的；但自然也觉得是等朱先生来了才举行的。一切都和平常一样，并没有什么不幸的预感。十点多钟的时候，看见朱太太匆匆地跑到工字厅里间，和外文系主任陈福田说话，接着便一块走出去了；大家也都没有留意。又过了半个钟头，我偶然出外边去，还看见他俩在院子里讲话，是说医生的事情。我也并不十分在意；那半年中，朱先生的胃病已经发过三次，但过几天又看见他曳杖出行了，又坐在办公室里工作，体力虽然明显地衰弱了，面貌也异常清癯，体重只消瘦到三十五公斤，但见了人还和往常一样地娓娓谈笑，是绝不会使人联想到意外的。我想大概是陈福田有好医生来介绍的，他患胃疾已经十几年，慢性的病是要慢慢来调理和治疗的。下午又去阅卷，才听浦江清先生说朱先生的病是五号夜里发的，校医说可能是盲肠炎，上午已经送到北大医院去了。盲肠炎的割治在现在医学本来是很简单的手术，但朱先生的体力实在太衰弱了，总使人心里担忧。第二天得到的消息，说开刀已经完毕，仍然是胃溃疡，已破了一个洞，但经过情形良好，全部手术只用了四十分钟，现在注射葡萄糖和盐水维持营养，每三小时注射一次盘尼西林来防止发炎，可以说已脱去危险期了。自己对医学的常识太缺乏，只能听一些由医生口里辗转传来的说明，对于已脱危险的话，只有若信若疑地默祝它的真实了。

八号是礼拜天，阅卷的工作停止了，好几位同事都进城去看朱先生，我也去了。他安静地躺在病房里，鼻子里有医生插着的管子，说话很不方便；但仍然在说话，神志很清楚。他听医生说十二指肠可能还有毛病，深恐这次开刀并不能断根；又嘱托说研究院的试卷请浦江清先生批阅，并对外边的许多事都很关心。我们自然是劝他少思虑，多休息，这些都用不着操心的，这时才相信了医生所说的危险已过的话，大概靠得住；觉得只要静养，复原是没有问题的。并且觉得在这期间，还是少来打扰他比较好些。

9日过了一天，10日中午，医院用电话通知清华大学校方，说朱先生的病很危险。下午我赶着到了医院，去看他的人已经挤满了一院子，医生都不让和病人见面。朱太太已经好几天没有睡觉了，对大家叙述着病况和医生的诊断；据说是转了肾脏炎，肾脏完全失去了机能，肚子很胀，已有轻微中毒的现象。现在由医生在肚子上通上皮管，用人工方法来代替排泄机能。体温较常人还低，用热袋子保护着。医生口口声声说开刀的经过是没有问题；但现在转了别的病，所以情形很严重。从医生的表情观察，大家都意识到是很危险的。朱先生的神志据说还很清楚，但无力说话；他的三个孩子也进去看他了，没有说什么，大家默默地都含着眼泪。他嘱托家人说他已签名拒绝"美援"，不要买美国的配售面粉，就是这天的事。

　　次日上午，怀着一种不能抑制的焦急的心绪，又坐在工字厅看卷子；一面静等着城里报告病况的电话。11时，知道朱先生已经小便了一百西西，心里平静了一点，想来肾脏的机能是可以慢慢恢复的。但到下午，朱太太又打发人来说病况严重，说有小量的鲜血吐出，医生承认是胃部新出的；喘气，肺部有发炎现象，正用人工输进氧气。又说如果胃部的血出多了，只有第二次再开刀，胃部怎么会又出血呢？常识的判断也恐怕是开刀的手术上有问题；本来起初是由陈福田介绍北大医院的外科主任关大夫亲自开刀的，关是北平有名的医生，又是清华校友，但临时却换了一位姓朱的大夫。医生的谈话处处想说明开刀的经过没有问题，严重的是发生了另外的病。大概起初医院并没有很注意，像照应一个普通小病一样地应付过去了；9日起才感觉到这病的严重，又对于关大夫没有亲自来有一点歉疚，于是处处说不是胃的毛病，对病人的照应和关心也较前增加了。朱先生的体力太衰弱是大家都知道的，开刀后抵抗力减低，各部分都可能出毛病；他自然也知道，所以每次胃病发了，他都避免用开刀的办法。就平常一般的情形看来，说朱先生今年会死，是意外的；没有人会这样感觉的。但就到医院开刀以后说，知道他身体状况的人都捏着一把汗，觉得是有点担险，这天的心情自然是沉重的，焦躁的。只希望胃部不必再开刀，肾脏和呼吸的情形慢慢能转好。遇到这种情形，对现代医学会发生了迷信。但心里愈克制自己向往于希望的时候，不敢想的威胁也偶然会一下子来突击你的思路。一个人只有在这时才会相信命运的。

12日上午，我实在看不下卷子了，走出来吃了点东西又进城去了；医生的报告和昨日一样，胃也并没有大量出血，看样子今天是不要紧的。11时多他要起来大便；就这一次，扶上病床去就逝世了！时间是1948年8月12日11时40分。没有说一句话，没有留一句遗言。大家几天来都候在院子里，除了朱太太，谁也没有瞻仰到他最后的目光。就这样地结束了他的一生，从入院到逝世只有六天。

大家都啜泣着，忙着；换衣服，烧纸张。下午3时，我同朱太太和他的三公子乔森，照应着把他的遗体移到医院后的停尸房里；下边搁着冰，他平静地躺在洋铁的床架上。和平常一样的，除了面色苍白，眼睛闭着外，安闲端静，像睡了一样。朱太太坐在旁边的一个小凳子上不住地哭；我也啜泣，没有勇气来劝朱太太不要哭！这天下午，我对不少的新闻记者絮述着朱先生的生平、著述和学校的善后办法。等到棺木、花圈等买好，和余冠英先生回校时，已经快九点钟了。

13日，这不祥的日子，天下着雨，是那年第一个秋凉的早晨,但人的心境却更凄凉,八点多钟大家就都又挤到北大医院里,院子小,人很多,天色阴暗落雨。学生,同事,清华、北大的许多人都来参加了。先是瞻仰遗容,随后一具薄棺,简单地,或者说是草率地,立刻就入殓了。接着便抬上了卡车,送葬的人坐了几辆汽车,一直开向了阜成门外的广济寺下院,在那里举行火葬。就在这个荒凉的古寺里,将棺木安置在那个嵌着"五蕴皆空"的匾额的砖龛中,用泥和砖封起前面来,龛顶上有一个烟囱;在冯友兰先生主祭,大家举行了一个简单的仪式以后,开始在下面举火了。前边肃立着一百多人,啜泣的,失声的;烟一缕缕地从龛顶上冒出,逐渐多也逐渐浓了。就这样完结了一个人的最后存在,那在社会上活动了多少年,产生了多少成果的形体。骨灰是要两天后才能来取的;朱太太和她的孩子,仍由她的朋友暂时陪着住在城里。我和很多的清华同事们,疲惫地凄凉地拖回了清华园。

隔了一天,15日早晨,是应该领取骨灰的时候了。一早我就进了城,照料着买好香烛祭物和盛遗骨的瓷罐等;接着便陪着朱太太,他的三公子乔森,四公子思俞,坐车到广济寺去。乔森刚考上育英中学的高中部,学校16日就要开学了,嘱他赶快写信去请假。十一点钟,又到了那个荒凉的古寺,又站在那个砖龛面前;一切都和前两天离开的情形一样,只是站着的人少了,更增添了不少凄凉悲痛的感觉。和尚把用泥封着的龛门打开,里边什么也没有了,除了地下的一些灰。朱太太嚎啕着,其余的人哽咽着;这就是一个严肃地从事学术文化工作的人的结束!和尚用铁筛把骨灰筛过了一次,剩下的倒在屋檐下,大家开始来拣取遗骨,烧得很干净,很碎,很少有长到二寸的大块。大家耐心地拨来拨去,不放过一个微小的碎片。一块、两块,一片、两片,怀着一种无可奈何的悲痛的心绪,倾出这活着的人所能尽的最后的忠诚。拣取了有两个多钟头,已经再拣不出来了,但仍然都蹲在那里拨着,每人的两手都黑黑的。一阵嚎啕的哭声和许多人的说话声突然拥进了寺院,又是一具棺木移到那个"五蕴皆空"的龛子里了,无端地给人又增加了许多悲伤。我匆匆地拉着朱太太走到佛殿上,摆设上灵骨的祭坛。上香祭奠了一番,就赶快捧着灵骨离开了。又到城里接上她的幼女蓉隽,便一起回清华园了。

下午两点半钟到了朱先生那个离开了十天的寓所;一切和以前一样,只是里面失去了主人。将灵骨供奉起来烧奠了一次,把朱太太扶在沙发上休息;我又走进了朱先生的书房。冷清清的,但并不凌乱,写字桌上的文具、烟斗,和以前一样地陈列着;玻璃板下面仍然是那两句"但得夕阳无限好,何须惆怅近黄昏"的诗句;抽屉里搁着半篇文章,题目是《论白话》,只写了一千七百字,还没有完成,一切都和平常一样,像是主人临时出去了似的。复员以来的两年,就在这书房里,常常看见他埋头工作,或和人亲切地谈话;他家里的人平常是不来打扰的。但现在主人是再也不会进来工作了,《论白话》是永远也不能完成了,永远的!我怅惘地退了出来,又踱到朱太太旁边;她说接到了她长子迈先从蚌埠来的电报,说17日可以飞到北平。她哭着说:"他来了能看见些什么呢!活活的一个人,只剩一把灰了。"您怎么劝慰她呢?您能说她说的不对吗?十天前还是好好地在书房里工作着的,他没有完成的和正待起始的工作还多得很;这些工作都是为许多人所期待着的,都是和多数人有密切关系的,但他再也不能工作了,他已经成了一把灰了!

我默念着,这十几年来的每一件事情,这十天间的种种经过,我不能劝她,我也有抑制不住的悲痛。

* * *

〔1〕鲁迅:《〈集外集〉序言》。
〔2〕〔10〕朱自清:《中国新文学大系·诗集·选诗杂记》。
〔3〕茅盾:《中国新文学大系·小说一集导言》。
〔4〕郑振铎:《中国新文学大系·文学论争集导言》。
〔5〕朱自清:《新诗杂话·抗战与诗》。
〔6〕〔11〕〔12〕〔14〕朱自清:《新诗杂话·新诗的进步》。
〔7〕朱自清:《新诗杂话·爱国诗》。
〔8〕朱自清:《中国新文学大系·诗集导言》。
〔9〕朱自清:《新诗杂话·真诗》。
〔13〕朱自清:《新诗杂话·诗与感觉》。
〔15〕朱自清:《山野掇拾》。
〔16〕〔21〕朱自清:《"海阔天空"与"古今中外"》。
〔17〕朱自清:《关于"月夜蝉声"》。
〔18〕〔19〕鲁迅:《南腔北调集·小品文的危机》。
〔20〕朱自清:《哪里走》。
〔22〕朱自清:《标准与尺度·论严肃》。
〔23〕叶圣陶:《朱佩弦先生》。
〔24〕朱自清:《论通俗化》。
〔25〕朱自清:《什么是文学的"生路"》。
〔26〕朱自清:《论雅俗共赏·序》。
〔27〕朱自清:《标准与尺度·自序》
〔28〕赵家璧:《中国新文学大系·前言》

〔29〕鲁迅:《且介亭杂文·〈草鞋脚〉小引》
〔30〕瞿秋白:《乱弹及其他·革命的浪漫谛克》。

念闻一多先生

一 生命的诗

闻一多先生在《人民的诗人——屈原》一文中赞美屈原说:"最使屈原成为人民热爱与崇敬的对象的,是他的行义,不是他的文采。如果对于当时那在暴风雨前窒息得奄奄待毙的楚国人民,屈原的《离骚》唤醒了他们的反抗情绪,那么,屈原的死,更把那反抗情绪提高到爆炸的边沿……历史决定了暴风雨的时代必然要来到,屈原一再的给这时代执行了催生的任务,屈原的言行,无一不是与人民相配合的,虽则也许是不自觉的。"这些话对屈原来说也许有点溢美,但它真实地使我们体会到闻先生的感情和精神:除了他是完全地自觉自愿与屈原不同以外,这不就是闻先生平生言行的最真实的评价?这不就是那"前足跨出大门,后足就不准备再跨进大门"的大无畏的精神的写照?如果说历史上屈原配称作"人民的诗人"的话,现在历史已经跨入了新的时代,最配称为"人民的诗人"的无疑是闻先生了。他所催生的不只是对人民的救援,而且是人民自己掌握命运的新的时代。经过四十年历史的曲折和反思,我们在深沉的怀念中,更清晰地认识到这一点:闻先生,他是以自己的"行义"来得到人民的热爱和崇敬的;不只他的作品,他的一生,整个是一首诗——一首壮丽的史诗。

说他的生活是诗的,并不等于说他的生活是感情的;虽则他的生命是充满了热情,但一种追求真理和酷爱正义的理智力量,更给他的热情指示了一个明确的方向。闻先生一生的事迹,都是基于这种要求的发展;所以一点也不夸张地说,他的一生,就是一首庄严美丽的诗。这种精神,可以从他生平的许多事实中得到说明:他的思想,他的行为,甚至他治学的方向,都可以说经过转变;但这种追求真理和酷爱正义的精神,却是从来如此的。它指引着闻先生的一生,使他的生平成为一首庄严的诗。

作者自1934年在清华上学起,直到他死,在闻先生的指导下研究学问,有十二年之久,对于闻先生的作人和治学,知之甚审,现在回忆起来的每一件事情,都宛在目前,都可从中领略到闻先生这种精神的充溢。

闻先生在外国是学艺术的,对于西洋文学,造诣甚深。回国后曾创作过不少的新诗,他的诗集《红烛》《死水》以及诗歌理论,在现代文学史上有不可磨灭的地位。后来又致力于中国古典诗歌的研究,说研究,那是的确的,除过"五四"以前的学生时期写过几首旧诗以外,他从来不做旧诗,而且非常反对这类事情。老舍先生到昆明,曾与罗莘田等人互相唱和,联大同学开欢迎会时,闻先生便即席表示了不赞成的意思。在中国诗中,杜甫是闻生先最喜爱的诗人;他的《少陵先生年谱会笺》是他早期的研究成果,他讲《诗经》,讲汉乐府,都认为那是民间的作品,是最原始,但也是最健康的东西。"《诗经》中女人的爱是赤裸裸的,绝不像后代那样扭扭捏捏",这是他常说的话。讲唐诗,他喜欢陈子昂、杜甫,不讲六朝的靡靡之音,不喜欢晚唐的诗体,词曲更是不讲的，主要就是因为那些作品不够真率，不够健康。研究古代神话，他想给中国找寻出已经失传了的史诗的原素；讲《楚辞》，他给屈原估定了一个新的地位；讲《周易》，他用文字训诂来从这部书里找出了一些新的社会史料。这些工作，都是有成绩、有收获的。他治学谨严，用力极勤，文稿皆用工整小楷写就，一天的工作时间常常到十小时以上，因此在许多方面都有创获和成就。在治学的道路上，同样可以看出他那种追求真理和面对人生的基本精神来。

闻先生是诗人，学者，他坚守着自己的工作：创作、研究、教学。抗战前在北京的时候，从未对时局发表意见，但即使在那时，他的面对现实的态度还是很明显的。不过他对当时的政府还未完全失望，因而也就只致力于学术工作罢了。1936年暑假，闻先生至河南安阳调查发掘甲骨情形，那时北平学生情绪极高，正是"一二·九"运动的次年，他回北平后对学生说："当然，中国只有抗日才有出路，同学们的运动是无可责备的。但我这次路经洛阳时，才觉得在那里政府是有一点准备，和在北平的所见不同，因此我们不能对政府完全失望"。到"七七事变"后，闻先生随校南迁，生活环境越苦，闻先生的治学之功益勤。他把国事的责任寄托在当时政府的身上了。

学校由湘迁滇，闻先生舍去了乘车坐船的机会，随学生步行，沿途娓娓为同学解说古迹民情及国家社会诸问题，历时三月，毫无倦态。从那时起，他就自然地留下了很长的胡须，抗战期间，皆未剃除。平日对附逆之教授文人，深恶痛绝。但他一贯认为学术文化是他的本位工作，如果不对现实完全失望，他是不会那么热烈地参加的。

1941年清华大学成立文科研究所，地点在昆明东北郊司家营，闻先生主持工作，他全家也住在所里。后来我在研究所当了助教，也住在所里。全所只是农村的一个小院，因此得与闻先生朝夕相处，受益甚多。《全集·年谱》引用友人冯夷（赵俪生同志）《混着血丝的记忆》一文，其中转录了我于1944年10月给他信中的一段话，勾起了我对当时情况的记忆；当时冯夷在陕西教书，我在信中同他谈了闻先生的情况，兹移录如下："……闻一多先生近来甚为热情，对国事颇多进步主张，因之甚为当局及联大同仁所忌，但闻先生老当益壮，视教授如敝屣，故亦行之若素也。昆明宪政促成会闻先生推动甚力，双十节召开纪念会时，闻先生朗读宣言，……态度激昂，群众甚为感动，末决议召集国是会议，组织联合政府等……当场……略有骚动，复归镇静。现闻先生为援助贫病作家，纪念鲁迅，文协，及青年人主办之刊物等，皆帮忙不少，态度之诚挚，为弟十年来所仅见。……在联大上课时，旁听者常满坑满谷，青年人对之甚为钦敬。……"这就是我当时对闻先生积极从事民主运动的印象，就在这之前不久，闻先生介绍我加入了民盟。

1945年8月15日，日本无条件投降，那时闻先生正住在研究所里，昆明城中群情沸腾，各报竞出号外，到夜里自然地形成了群众游行，爆竹之声不绝；但司家营要到次日下午三点钟，才能看到报纸。这天早晨我由城里带了报纸下乡，到时才十二点钟，他听说后高兴极了，那种热情的样子真像十几岁的青年，下午便到镇上的小理发馆，把八年来留着的长须剃掉了。过了几天，北平研究院徐旭生先生等到所里，大家同庆胜利，说起建国的前途来，有人深忧有内战发生，闻先生很肯定地说："不会的，绝不会的！大家都知道打不得了，谁还再打呢！"对国事前途，寄予了诚挚美好的希望和信心。联大复员，图书运输不易，大家都恐怕到北平后一时没有必要的参考书，闻先生说："我们对现实认识得太少了，一时没有古书，念念现代书也是好的。"这些地方，我们可以看出闻先生是一个多么热爱正义的人。

闻先生个人生活最困苦的时候，是1940年和1941年，那时他居于昆明乡下，孜孜于《周易》的研究；一家八口，终日开水白菜，绝未言苦。他热烈地对时局发表意见之时，由于兼课和治印等收入，个人的生活已略有改善，所以那些说他参加民主运动是因为熬不住穷苦的人，对闻先生实在是极大的诬蔑。他平日从不以个人的生活享受为意，正因为这样，所以一些想用利禄来诱使他不讲话的人，也弄得束手无策了。

闻先生在联大，是同学中最受欢迎的教授，这不仅因为他学识渊博和教学有方，更重要的是他的思想感情在学生中引起了强烈的共鸣；他懂得青年人的苦闷，也懂得青年人的要求，他每次讲演，总是听众极多而掌声雷动的。1945年昆明"一二·一"学生运动发生惨案，闻先生是最能替同学说话的教授；他请傅斯年效法蔡孑民先生的精神，他为四烈士作墓志，都使同学们非常感动。正因为他这样热爱正义，在当时那种社会里，他才惨遭不幸的。

至于闻先生的死，那悲愤的倒是活着的人和他的家属；在他自己，是早就把死置于度外的。很多爱护他的人早就劝他躲避一下，甚至暂时沉默一下，他都谢绝了。他要用生命来唤醒国人，争取民主，终于用他的血来完成了一首庄严的诗。

闻先生平常不大喜欢看电影，1946年4月底，在昆明晓东街遇着闻先生从南屏电影院看戏出来，他一见面就说："这部片子非常好，你可以看看，我已经看过三次了。"我当时有点奇怪，后来看了之后，才知道内容是叙述了一位波兰音乐家的故事，那位音乐家一生颠沛流离，历尽艰难困苦，但对工作的热忱和努力，从未少懈，后来曲成演奏，受到人们的热烈欢迎，竟以奏曲时精力过于集中，致命亡琴前。像这种全力以赴地为工作献身的精神，正是闻先生生平所服膺的。闻先生的确是诗人，他这种为真理和正义奋斗不懈的精神，使他的一生也成了"诗的"——那样庄严，那样美丽。

现在回忆起闻先生遇难后的一些情况，还不能不令人感慨系之。虽然这一暴行当时震动了全国，激起了广大人民的愤怒与抗议，但在他遇难的昆明，追悼会是在不能不举行的特务横行的空气中由"官方"主办的；虽然他们自称也是闻先生的朋友，但连火葬的仪式都不让群众去参加。全国各地当然都有青年学生和民主人士主持的追悼会，但哪一处不受到特务的威胁和干涉！而在北京，闻先生工作多年的地方，那一年是并没有任何团体举行过一次追悼会仪式的。起先复员归来的联大同学们打算在北大开会追悼，胡适说闻先生是他的朋友，要过些日子等复员的人都回来了才盛大举行；话很漂亮，终于拖到11月上课后取消了自己的诺言。到第二年周年纪念时，各校的学生才自己举行了他们的哀悼集会，但那些曾经自称为闻先生朋友的人，却并没有出席。他们在言谈中有时也称赞闻先生对"学术"的贡献，惋惜他牺牲得很惨，但又慨叹闻先生为人太天真了；言外之意，当然是有点"自取其咎"，不懂得"明哲保身"的意思。更有意思的事是发生在1948年，那时正值解放前夕，北京局势愈来愈紧，于是自称为闻先生朋友的人也一天天多起来，甚至还有人把闻先生早年赠给他的像片挂起来，而且告诉人说"这是护照"。这些本来是不值得一说的，只是在回忆和对比中不能不使人感到四十年来历史的巨变。就闻先生来说，他早已从抗战的生活体验中看透了那个社会和教育制度，他说："抗战以来八九年教书生活的经验，使我整个否定了我们的教育。我不知道我还能继续支持这样的生活多久，如果我真是有廉耻的话。"[1]他不但彻底否定了那种教育制度，而且也从根本上认清了封建文化的毒害，他说："封建社会是病态的社会，儒学就是用来维持封建社会的假秩序的。他们要把整个社会弄得死板不动，所以封建社会的东西全是要不得的。"[2]他一旦彻底地否定了封建主义之后，就坚决地做了时代的鼓手、人民的战士。转变的过程是那样的短暂，而作风和行动又是那样坚决、那样勇敢，全心全意地为新中国催生！当时闻先生说："真正的力量在人民。我们应该把自己的知识配合他们的力量。没有知识是不成的，但是知识不配合人民的力量，决无用处。"[3]这些语今天听起来也许并不十分新鲜，但在当时的昆明，像闻先生这样的人来大声疾呼，却不啻是抛下了一颗炸弹：它炸醒了青年人的心，也炸醒了大后方被压迫的人民。闻先生自己是不以战士自居的，他严肃地工作——写文章，讲演，刻钢板，跑路；他是用全生命来投身于他所认定的事业的，终于用他的"行义"，谱写了一首壮丽的诗。

二 诗 歌 艺 术

闻先生的第一个诗集《红烛》出版于 1923 年，收 1920 至 1922 年间在清华和旅美期间作品，从中可以明显地感受到"五四"的时代精神，因为它真实地抒发了觉醒了的爱国青年的思想情绪。"红烛"是诗人的心的象征，他要"烧破世人的梦，烧沸世人的血——也救出他们的灵魂，也揭破他们的监狱！"这是献身的誓辞，"红烛啊！灰心流泪你的果，创造光明你的因。""莫问收获，但问耕耘。"他是抱定了"蜡炬成灰泪始干"的心愿来从事耕耘的。闻先生说："'五四'时代我受的思想影响是爱国的，民主的，觉得我们中国人应该如何团结起来救国。"[4]这种爱国主义、民主主义的思想内容是他的诗歌创作的灵魂，《红烛》一诗作为"序诗"，就充分体现了这种精神。不仅诗集《红烛》，就是在诗的艺术上更为成熟、可以作为他的代表作的诗集《死水》，就思想内容的实质看，仍然是前后一脉相承的。诗中说：

　　这是一沟绝望的死水，
　　这里断不是美的所在，
　　不如让给丑恶来开垦，
　　看他造出个什么世界。

朱自清先生在《闻一多全集·朱序》中引了上述四句诗之后说："这不是'恶之华'的赞颂，而是索兴让'丑恶'早些'恶贯满盈'，'绝望'里才有希望。……那时跟他的青年很多,他领着他们作诗,也领着他们从'绝望'里向一个理想挣扎着,那理想就是'咱们的中国'[5]。"朱先生的话是中肯的,因为爱国主义思想确实是贯穿在他全部作品中的主要内容。

然而闻先生写的是抒情诗,这些诗既不是思想感情的直接宣泄,也不是社会生活的客观描绘,他是诗歌艺术的追求者和新诗格律的建树者。如果说追求真理和酷爱正义体现了他对真与善的追求的话,那么他对诗歌艺术的探索和实践就体现了他对于美的追求。美与真和善原是统一的,因此他十分重视诗的抒情方式的选择和创造,这才是他的诗歌的主要特点。闻先生认为"诗是被热烈的情感蒸发了的水气之凝结"[6],所以他诗中的感情既是丰厚热烈的,又是含蓄凝炼的;它的语言和格式是经过推敲和锤炼,是经得起吟诵咀嚼和能够引起读者联想或共鸣的,而不是一览无余式的淡乎寡味的陈述。这就需要诗人的精心的创造。请看《红烛》中的《忆菊》一诗,它是"诗人底花"的颂歌,诗中强烈地抒发了他的炽烈的感情:"我要赞美我祖国的花,我要赞美我如花的祖国!"但这是"卒章显其志"的句子,前面有三十行都是对各种不同的形状、色彩、品种,以及处于不同气候和环境的菊花的充满绚烂彩色的形象的描绘,宛如一个精心布置的富有艺术情趣的大型的"菊展"。这一切,不能不引起诗人由衷的赞颂:"啊!自然美的总收成啊!我们祖国之秋的杰作啊!""啊!四千年的华胄的名花啊!你有高超的历史,你有逸雅的风俗!"当"习习的秋风"吹得落英缤纷、弥漫大地时,"金的黄,玉的白,春酿的绿,秋山的紫……"这是多么富于色彩的一簇美丽的鲜花,使人感到只有这样描写才和我们灿烂的祖国相称,才体味到诗人心中"希望之花"的美好理想。如果说诗人的风格在《红烛》中还在形成过程的话,那么《死水》中的风格特色已经完全圆熟。他用浓重的笔来描绘形象,烘托意境,新奇的比喻中富有变幻的色彩配置,加以和谐的音节和整饬的诗句的优美诗形,使诗人的情绪得到了充分的抒发,而又蕴意深沉,给人以独特的审美感受。譬如《一个观念》这首诗,从题目看,想用诗来表达一个观念原是很困难的,很容易流于空泛;其实这首诗同《发现》《祈祷》《一句话》等诗篇表现的是同样的感情,所谓"一个观念"就是诗人对有五千年文化的中华民族的深厚的爱;但他并没有直抒胸臆,而是用一连串的比喻把"观念"拟人化了,然后用强劲有力的诗句来写出了凝聚迸发的感情:

> 你降伏了我!你绚缦的长虹——
> 五千多年的记忆,你不要动,
> 如今我只问怎样抱得紧你……
> 你是那样的横蛮,那样美丽!

闻先生抒情诗的重要特点在于作者致力于主观情愫的客观对象化,因此情感表现得蕴藉和含蓄;在鲜明的对象中蕴含着耐人吟味的暗示性,因此能够激起读者的丰富的联想,使之投入审美再创造的过程。诗集《死水》中的首篇《口供》,是抒发诗人内心感情的矛盾的.既有着强烈的爱国激情,又有着苦闷阴郁的心境,这是知识分子当时比较普遍的感受,富有时代特色;但在诗中他既没有铺写触发这种感情的具体事件，也没有坦直地倾泻自己的情感，而是通过艺术的想象，幻化为具体客观的形象。诗中如"青松和大海，鸦背驮着夕阳，／黄昏里织满了蝙蝠的翅膀"这样的句子；以及"一壶苦茶""苍蝇似的思想，垃圾桶里爬"等比喻，都是主观情绪的客观化，读起来甚至有点朦胧的感觉，但它在新诗的抒情方式上无疑是一种新的创造和发展。朱自清先生在《中国新文学大系诗集·导言》中说闻先生作诗"靠理智的控制比情感的驱遣多些"，其实读者还是可以感受到作者的热情的，只是在抒情方式上控制了感情，使之更加深沉和含蓄而已。

重视在诗中驰骋自己的想象，展开幻想的翅膀，是闻诗的重要特色。《红烛》中的名篇《太阳吟》，是写旅美时的思乡情绪的；太阳每天从东方照到西方，诗人对它敞开了丰富奇特的想象，尽情地诉说自己对家乡的感情："太阳啊——神速的金鸟——太阳！／让我骑着你每日绕行地球一周／也便能天天望见一次家乡！"此诗分十二小节，每节三行，一韵到底，音调铿锵；诗中感情真挚，却都是用丰富多彩的想象表现出来的。《青春》一诗是怎样歌颂从残冬闯出来的青春的生命力呢："神秘的生命，／在绿嫩的树皮里膨涨着，／快要送出带着鞘子的／翡翠的芽儿来了。"这样就把生机勃勃的新生的力量镕铸在他所幻想的形象中去了。《死水》中的《也许》一首是葬歌，是诗人对死者诉说感情的，内容其实就是我们通常说的"安息罢"的意义，但像这样新鲜、细腻的思绪却是诗人独特的创造："也许你听这蚯蚓翻泥，／听这小草根须吸水，／也许你听这般的音乐／比那咒骂的人声更美"；这就使感情表现得更为深沉有力了。想象力的驰骋和幻想的开拓并不意味着诗与现实的脱节，它只表现了诗歌反映现实的自身的特点。《死水》中的诗大都是作者回国以后写的，他看到的现实并不是"如花的祖国"，而是充满了黑暗的社会和呻吟着的人民，因此他把爱国的感情和对现实的不满，都倾注在带有愤激之情的诗篇中了。"我来了，我喊一声，迸着血泪，／这不是我的中华，不对，不对！"[7]因此他高呼："突然青天里一个霹雳／爆一声：／'咱们的中国！'"[8]他不安于"尺方的墙内"的静谧和安宁，他在"静夜"中听到的是"四邻的呻吟"，看到的是"孤儿寡妇颤抖的身影""战壕里的痉挛"等"各种惨剧"（《静夜》），因此在《荒村》《天安门》《罪过》等诸篇中，就有了谴责黑暗社会和同情人民苦难的内容。但即使是这些篇章，也同样是运用丰富的想象来捕捉形象的，因此它不是剑拔弩张式的呼喊，而是深沉含蓄的抒情。

闻先生是格律诗派的主要诗人，创造新诗格律是他对诗歌艺术的重要贡献。他是十分重视诗歌的形式美的。他认为"新诗的格式是根据内容的精神制造成的"，要"相体裁衣"，"由我们自己的意匠来随时造。"他追求的是"内容与格式"、"精神与形体的调和的美"[9]，他的诗篇就是照着这样的要求来创作的，特别是《死水》，而且取得了重大的成功。无论是从韵脚音尺等听觉上的和谐说，还是从诗的句和节的视觉上的整齐匀称说，他的成就都是创造性的，读来都有整饬和谐的感觉。他对英国诗深有研究，主张音尺的协调就是由英诗借鉴来的，但基于对民族文化的热爱，从汉字的构造特点出发，他既注意平仄和韵脚等古典诗歌的手法，更重视诗画同源词藻色彩的运用和内在节奏的和谐，因此能够反复咏叹，富于变化。他努力为自己的感觉和情绪找到具体的形象，力求新鲜和真切，并融情入景，在谨严的诗形中表达凝炼的内容，使之成为富有个性的诗人自己的声音。《死水》中各首诗的格式和用韵是不同的，但从整体来看，又都是他根据内容的需要所作的试验，是他对诗歌艺术追求的成果。就其所受的影响而言，他的诗歌艺术可以看作是"中西艺术结婚后产生的宁馨儿"[10]，但由于他对民族文化的热爱和对中国古典诗歌的深邃修养，特别是对律诗的研究，因此就总体看来他的诗歌风格仍然是富有民族特色的。正如他自己所说："技术无妨西化，甚至可以尽量的西化，但本质和精神要自己的。"[11]他确实做到了这一点。

三 诗 歌 理 论

闻先生的第一本诗集《红烛》出版时，中国新诗发展已经经历了早期白话诗的尝试时期和《女神》的开创时期。胡适《尝试集》的历史意义是用自己的艺术"尝试"证明"白话可以作诗"[12]；胡适以及其他白话诗人的创作，从内容到形式都突破了中国古典诗词的传统，创作了白话新诗；但这种解放又带有明显的"尝试"性质，用胡适的话说，就像是放了脚的女人，很不自然和彻底；这是新诗发展过程中必然会出现的历史现象。郭沫若的《女神》以"绝端的自由，绝端的自主"的彻底破坏精神，冲决了传统诗词的旧形式，淋漓地抒发着诗人在"五四"时期所感受到的自由奔放的思想，磅礴雄伟的气势和情绪，没有任何规范和约束，似乎一切都是倾泻而出的。在《女神》开辟了新诗发展的道路之后，就需要探索新的建设规范，使诗歌的内容和形式得到和谐的结合和统一。闻先生在新诗发展上所起的正是这样的历史作用。应该说，他是自觉地意识到这种历史使命的，早在1922年留学美国期间，他就宣称"余对于中国文学抱有使命"，即"领袖一种文字之潮流或派别"[13]。当时他把这个"潮流或派别"称为"极端唯美主义"，这显然是不确切的；但也透露出诗人的文学观念已经由初期新诗的注重新旧的对立转为注重美丑的艺术追求，这是历史发展的轨迹；差不多同时，创造社主要批评家成仿吾在《诗之防御战》（1922年5月发表）中就这样明确指出："文学只有美丑之分，原无新旧之别"。可见新诗发展到闻一多的时代，任务的重点已经由"破旧"转向了"立新"。在这个意义上，我们可以说，闻一多与郭沫若是代表了新诗发展的不同阶段的，所以闻先生的诗歌理论不仅是他个人的一种主张，而且是反映了新诗发展史上的历史要求的。

闻先生早期诗歌理论中最引人注目的是他的《〈女神〉之时代精神》与《〈女神〉之地方色彩》二文；从他对《女神》得失的评论中，我们可以看出闻一多与郭沫若之间的前后发展关系。正是闻先生首先肯定了《女神》的时代精神，高度评价"《女神》真不愧为时代的一个肖子。"这说明闻先生绝不是超然于时代、社会之外的唯美主义诗人。他的诗歌观同强调诗歌与时代、人民密切联系的新诗主流是相通的；因此他一再喊"冤"，强调他与郭沫若一样心中"有火"，绝不是什么"技巧专家"[14]。更值得注意的是他对郭沫若诗歌理论的批评：他反对郭沫若关于诗是一种"自然流露""不是'做'出来的，只是'写'出来的"的主张，明确提出诗是一种选择的艺术:"选择是创造艺术的程序中最紧要的一层手续。自然的不都是美的,美不是现成的。其实没有选择,便没有艺术,因为那样便无以鉴别美丑了"[15]。在新诗发展过程中,人们首先注意的是新诗的现实性、战斗性的品格,现在第一次注意到新诗美的品格;早期人们强调的是要到现实人生社会去发现诗,现在进一步认识到"自然的不都是美的",而必须根据诗人的审美理想,从"自然(现实)中去提炼、选择出美来。这显然标志着对新诗认识的深化,要求新诗的内容和形式都表现出美的力量,成为一种完美的艺术,这就是闻先生诗论的实际意义。

为了这个目标,闻先生主要作了以下三方面的探索:

第一,关于诗的抒情本质与抒情方式。早期白话诗是"五四"思想解放运动的产物,它是自觉服从于思想革命的需要的,因此早期白话诗一般都具有偏于说理的倾向。加以当时诗人在表现社会人生时,大都是印象的,同情的,较少把自己的感受融化在创作中,这就形成了早期白话诗比较缺乏强烈感情的弱点。创造社诗人正是抓住这一点对早期白话诗进行批判的。在郭沫若称为投向诗坛的"爆击弹"[16]的《诗的防御战》一文中,成仿吾反复强调了文学与诗的抒情本质:"文学是直诉于我们的感情,而不是刺激我们的理智的创造";"不仅诗的全体要以他所传达的情绪之深浅决定他的优劣,而且一句一字亦必以情感的贫富为选择的标准"。郭沫若也这样强调:"诗的本职专在抒情"[17]。稍后一些,鲁迅在谈到"诗美"时,也认为"诗歌是本以抒发自己的热情的","诗歌不能凭仗了哲学和智力来认识,所以感情已经冰冻的思想家,即对于诗人往往有谬误的判断和隔膜的揶揄。"[18]这都说明,随着新诗创作的发展,注重诗的抒情本质已经逐渐成为诗坛的共同倾向。《女神》对于新诗发展的主要贡献之一,就是现代抒情诗的创造。郭沫若采取了直抒胸臆的抒情方式,主张"诗是情绪的直写"[19]把诗作为"人格创造的表现"[20],努力创造自我抒情的主人公形象。闻先生同样也把"偏重理智"看作是早期白话诗的根本弱点,认为"哲理本不宜入诗","诗家的主人是情绪"[21],在这一点上,他与创造社诗人是一致的。但闻先生同时又批评了"把自身的人格""赤裸裸地和盘托出"的"自我的表现"。他把这称作"伪浪漫派的作品"[22];他特意推荐了邓以蛰的《诗与历史》一文,显然赞同邓文的观点:"如果只在感情的漩涡里沉浮着,旋转着,而没有一个具体的境遇以作知觉依皈的凭借,这样的诗,结果不是无病呻吟,便是言之无物。"闻先生曾这样介绍自己的作诗过程:在"初得某种感触"、有了创作冲动时并不作诗,而有意识地对这种冲动加以压制,等到"感触已过,历时数日,甚至数月之后","记得的只是最根本最主要的情绪的轮廓,然后再用想象来装成那模糊影响的轮廓",把主观情绪化为具体形象[23]。鲁迅也说过同样意思的话:"我以为感情正烈的时候,不宜作诗,否则锋芒太露,能将'诗美'杀掉"[24]。这实际上是提出了诗歌创作的重要的美学原则。首先,诗是抒情的,同时又必须注意感情的节制,在放纵与控制之间取得艺术的平衡;其次,诗不仅是抒情的,诗的抒情方式还必须是艺术的;即必须注意和研究表达感情的手段与方式。诗不能"锋芒太露","赤裸裸地和盘托出",而必须通过具体的形象与"暗示"[25]。这些论点显然标志着对"诗的抒情本质"认识的深化。

第二，关于艺术想象力在诗歌中的地位与作用，诗与现实的关系。朱自清在《中国新文学大系诗集·导言》中论及早期白话诗时说："胡氏（指胡适）后来却提倡'诗的经验主义'，可以代表当时一般作诗的态度，那便是以描写实生活为主题，而不重想象，中国诗的传统原来如此，因此有人称这时期诗为自然主义。"胡适在《论新诗》里所提出的"诗要用具体的作法，不可用抽象的说法"的原则，是早期白话诗人在艺术上的共同追求。所谓"具体的做法"，一是白描，二是比喻象征。无论是白描或比喻象征，都具有明白平实的特点，缺乏飞腾的艺术想象力。茅盾说早期白话诗大都"具有'历史文件'的性质"[26]，这是很能概括早期白话诗的历史价值与历史局限性的。

最早向早期白话诗不重想象的平实倾向提出挑战的，是创造社诗人。郭沫若在《论诗三札》里把诗的艺术概括为一个公式："诗=（直觉+情调+想象）+（适当的文字）"。把"想象"作为诗歌艺术的基本艺术特征，这是对诗歌艺术规律认识的深化。闻先生则在理论上更加明确和系统地提出了想象力在诗歌艺术中的地位和作用。他在著名的《〈冬夜〉评论》里曾尖锐地指出，早期白话诗"极沉痼的痛病、那就是弱于或竟完全缺乏幻想力"，而这是根本违反诗歌创作规律的；他认为诗人唯有"跨在幻想的狂恣的翅膀上遨游，然后大着胆引嗓高歌"，才能创造出真正的"开扩的艺术"。闻先生从两个方面论证了他的这一论断。一是诗的本质特征，他认为，诗是由"外在的原素"（"音节、语言描绘"等）与"内在的原素"（"幻象"即能动的想象与"情感"）组成的，而"诗的真正精神"正在后者而不在前者。闻一多指出，中国传统诗歌"常依赖重叠抽象的声音表示他们的意象","幻象""薄弱"是其根本的弱点,因此新诗的建设就必须建筑在"幻象"的丰富与开拓上。其次,闻先生考察了诗与现实的关系:他并不反对诗歌反映现实与时代,他充分肯定《冬夜》作为"一个时代的镜子",其"历史上的价值是不可磨灭的";但同时他又坚持诗歌反映时代与现实应该有自己的特点,认为"要作诗决不能还死死地贴在平凡琐俗的境域里!"[27],"太琐碎,太写实"就会失去了诗美(《给左明先生》);他甚至说"绝对的写实主义便是艺术的破产"[28]。闻先生认为,诗的长处并不在如实描摹生活,而是表现从现实生活中升华出来的"情绪",因此他主张在初有感触时不能写诗,而必须"遗忘""琐碎的枝节",留下"最主要的情绪的轮廓""用想象来装成"[29];诗必须从生活出发,又必须与生活的琐碎、具体形态保持一定"距离",要做到这一点就必须借助于想象的翅膀,借助于诗人的幻想力。应该说闻先生的这一认识是反映了诗歌艺术的规律的;朱自清先生曾经说:"诗也许比别的文艺形式更依靠想象"[30],说的也是这一意思。

第三,关于诗的形式美。现代新诗的建立,是从"诗体解放下手"的[31]。胡适曾说:"若想有一种新内容和新精神,不能不先打破那些束缚精神的枷锁镣铐";因此他提出了"推翻词调曲谱的种种束缚;不拘格律,不拘平仄,不拘长短;有什么题目,做什么诗,诗该怎样做就怎样做"的主张[32]。这种主张对新诗的建立曾起过重要的作用。郭沫若对诗歌形式的态度更为彻底,他宣称"形式方面我主张绝端的自由,绝端的自主"[33]。在新诗发展转向建设为主的时候，首先提出的仍然是形式问题。由强调诗的散文化到注重诗的音乐性，由强调打破旧格律的镣铐到主张要有一定束缚、要建立新格律，是有它历史发展的逻辑性的。成仿吾在《诗的防御战》里说："诗的本质是想象，诗的现形是音乐，除了想象与音乐，我不知诗歌还留有什么。"闻先生甚至说，一个好的诗人"乐意戴着脚镣跳舞"[34]。当然，在闻先生之前，已经有一些人进行过新诗格律化的尝试，但系统全面地提出诗的形式美的理论、并产生了重大影响的，则是闻先生。关于闻先生这方面的理论，已有不少论述，这里仅指出几点：首先，应联系闻一多整个诗歌理论体系来理解他关于形式美的理论。诗的形式的强调与对诗的抒情本质的重视是一致的，他在《泰果尔批评》一文中说："我们还要记住这是些抒情的诗，别种的诗若是可以离形体而独立，抒情诗是万万不能的。"新诗格律化的严格要求显然是同"理性节制感情"的原则与"和谐""均齐"审美特征的提倡相适应的。其次，闻先生关于诗的形式的音乐美、建筑美、绘画美的理论是一个完整的统一体，不能只注意音乐美，而忽略了建筑美和绘画美。他的"三美"理论有一个共同的出发点，就是努力创造具有民族特色的诗歌新形式。建筑美的理论基础显然基于汉字的特点与民族的欣赏习惯，他说："我们的文字是象形的，我们中国人欣赏文艺的时候，至少有一半的印象是要靠眼睛来传达的"[35]；绘画美的强调是考虑了中国诗画相通的传统。他提倡的新诗格律的理论核心"音尺"（又称"音组""顿"），也是植根于现代汉语复音词占优势的基础上的。按照卞之琳先生的意见，"新诗格律的基本单位'音尺'或'音组'或'顿'之间相互配置关系上，闻先生实验和提出过的每行用一定数目的'二字尺'（即二字顿）'三字尺'（即三字顿）如何适当安排的问题，我认为直到现在还是最先进的考虑"[36]。闻先生关于新诗格律化的倡导，其主导方面无疑是积极的；它有力地纠正了由于早期新诗创作过于散漫自由、一些人创作态度不够严肃所造成的某种混乱局面，使新诗趋向精炼和集中，具有相对规范的形式，从而巩固了新诗的地位。此后格律体的新诗与自由体新诗一直成为新诗的两种主要诗体，互相竞争，又互相渗透和促进，对新诗的发展起了重要的推动作用。

四　说　诗　解　颐

我上清华大学和跟他一起工作的时候，闻先生已不写诗了，他把全部精力都用在研究中国古典文学方面。我先后听过他的七门课：诗经、楚辞、乐府诗、唐诗、中国古代神话研究、周易、中国文学史专题研究；都是有关古典文学的。关于他的深厚的学术造诣和贡献，遗文俱在，论者已多，而且由于我以后研究的方向没有沿着闻先生的治学途径前进，也感到无从阐发。但在听课和接触的过程中，仍然留下了许多难以忘怀的深刻印象；现在把这些零碎的回忆写下来，作为对闻先生的怀念。

1935年的"楚辞"课，他是用缓慢的声调念《世说新语》的句子"痛饮酒，熟读《离骚》，方得为真名士"开始的；次年的《诗经》课，他一上课就先念《汉书·匡衡传》的"无说诗，匡鼎来，匡语诗，解人颐。"现在《全集》中收有《匡斋尺牍》，遗作中尚有《匡斋谈艺》一文。匡斋是他的书室名，用意就在扩大研究对象的联系面，能够收到引人入胜、触类旁通的效果，像匡衡的说诗能使人解颐那样。事实也的确如此，他的许多用低沉的声音娓娓道来的解说，过了半个世纪仍然记忆犹新。譬如他讲《诗经》中的风诗是爱情诗，就从"风"字的古义讲起，说"风"字从虫，"虫"就是《书经·仲虺之诰》中的"虺"字的原字，即蛇；然后又叙述《论衡》和《新序》中记载的孙叔敖见两头蛇的故事，习俗认为不祥，见之者死，其实就是蛇在交尾。这是"虺"字的原义，《颜氏家训·勉学篇》引《庄子》佚文就说"蚖"（虺）二首，它本来就是指异性相接，所以《左传》上说"风马牛不相及"，意思是说马牛不同类，故不能"风"；后世训"风"为"远"，实误。由此发展下来的词汇，如风流、风韵、风情、风月、风骚，以及争风吃醋等等，皆与异性相慕之情有关。他援引了许多的史实以及后来的演变，妙语迭出，十分生动。现在《说鱼》一文收入《全集》，他解释"鱼"字是"情侣"的隐语，引用了自古迄今，包括各民族民歌的许多例证，其中讲到"鱼书"一词的出处《饮马长城窟行》，他说："书函何以要刻成鱼形呢，……现在才恍然大悟，那是象征爱情的。"在课堂上他更加以发挥，说京剧《玉堂春》中苏三戴的行枷作双鲤鱼状，中藏诉状，与《饮马长城窟行》中之"双鲤鱼"意义相同，也是暗示爱情的流风余韵。我一直记得他讲《匏有苦叶》一诗时所发挥的'匏'（葫芦）在上古人民生活中的重要作用的一些话，他说："匏不但是各种食品的容器，盛水的工具，类似救生圈一样的涉水用品，而且是一个乐器，所以后来认为是八音之一。不仅如此，鼓和管弦器都是由匏开始的；鼓是乐器的祖宗，当人们需要韵律来表现情绪时,就不禁要对器物作打击,使之发出声音,最早的器物对象就是匏;但匏是经不起猛烈打击的,于是就用兽皮蒙在匏上,这就是最初的鼓,它的声音表示了最原始的生命情调。有时匏裂开了,就用原始的绳索把它绑起来;后来发现,当人们用手拨动绑匏的绳子时,它可以发出动听的声音,于是弦乐器开始产生了。由打击乐到管弦乐是音乐由韵律到旋律的发展,都与古代人民日常用的"匏"有关。"八音"之说把笙竽一类吹管乐器归名于匏,说明人们知道匏与音乐的关系,但对它在乐器制作史上的重要性已经茫然了。以后闻先生作《伏羲考》,更从文化人类学角度说明伏羲和女娲都是葫芦的化身,都来源于原始的图腾。可以看出,他阐发诗意也是从文化发展和民俗学的广泛范围着眼的。我们现在读《匡斋尺牍》中讲《芣苢》和《狼跋》的文字,看到他是如何把诗讲得活灵活现,妙语解颐,其实在课堂上讲授中对每一篇都是如此。如他将《摽有梅》和《木瓜》联系起来讲,认为"摽"是古"抛"字,作"掷"字解;抛梅与"投我以木瓜"意义相似,皆男女赠物结好之意。而"梅"不仅因为它是妇女所主有的蔬果之类,而且"梅"字从"每","每"与"母"古同字,古"妻"字也从"母"从女,所以"梅"是象征可为妻为母的果子,是用来向男方求偶的。然后又讲了《晋书》记载潘岳貌美,在洛阳道上被许多妇女投之以果,满载而归的故事,以及许多少数民族的习俗,接着就描绘了一幅上古人民于果熟时群众欢聚的场面,在歌舞中女郎掷果求偶、男子解玉佩相报并结为好侣的古代民俗。绘声绘色,确实是生动解颐的。他的诠释新解都是建立在严格的考据训诂基础上的,可谓言必有据,但他知道"训诂学不是诗",而且慨叹于"明明一部歌谣集,为什么没人认真的把它当文艺看呢!"[37]经过他的诠解,《诗经》确实成为抒写初民生活和感情的抒情诗了。

讲其他古代作品也是这样,如讲《离骚》"女嬃之婵媛兮",他先认定"婵媛"应从一本作"挥援",应从手,所以王逸解释为"牵引"。然后引《方言》《说文》,说明"挥援"即"嘽咺",即"喘","口气引"也;如此则女嬃之发怒喘息,与下文"申申其詈予"就连贯起来了。后人以为本句是形容女性的,遂妄改为从女,甚至有改为婵娟的,释为"女子好貌",与原义相去甚远。汉乐府《有所思》中"妃呼豨"一语,旧释为"乐中之音",本身无义,闻先生则解释为乐工所记表情动作的旁注;"妃"读如"悲","呼豨"读为"歔欷","妃呼豨"就是表示歌者至此应该有悲切的表情,与后世戏曲所谓"作悲介"相似。又如他讲乐府诗《饮马长城窟行》的首句"青青河畔草",对青色就发挥了一大段。他说:"青青河畔草"的"青",当然是绿色的,但青天白日的"青"是蓝色,青布是黑色,青的颜色很不稳定,为什么呢?就因为"青出于蓝"。古代只有植物染料,多用蓝、黄二色,所以墨子说"染于苍则苍,染于黄则黄";青色须用蓝色染料多次制成,比蓝色名贵,所以说"青出于蓝而胜于蓝"。绿色由蓝黄合制,古称间色,比较易得,所以多为贱者所服。他接着讲了许多人们对色彩的心理好尚的变化与时代条件的关系,例证很多,十分精辟。闻先生是精于绘画的,对色彩素有研究,在课堂讲到古代器物的时候,他常常随手用粉笔在黑板上勾勒示意,例如古代的战车,寥寥几笔,形态宛然,极大地增强了教学的效果。

除过匡斋以外，闻先生还用过两个室名。在研究古文字的文稿上署璞堂，《全集》中收有《璞堂杂识》一文，此取待琢之玉或归真反璞之意，未敢妄断；但在研究唐诗的文稿上所署的"思唐室"，意义是很清楚的。就我听他讲唐诗的印象说，他对唐代文化和国力的繁荣强盛，确实是神往的，言辞间充满了感情。他认为抒情诗是中国文学的正统，诗在唐代不仅发达到了极致，而且和生活的关系最密切，甚至可以说诗就是全面的生活，人与人之间的关系离不开诗。其他文化现象如绘画、工艺等，都受到诗的影响。当讲到盛唐的时代气氛时，他提高声音朗诵了王维的诗句"九天阊阖开宫殿，万国衣冠拜冕旒"，说这是何等的气派！又说唐代的长安不仅是京都，而且是一个国际中心，波斯人、日本人都来了，国力强盛，文化繁荣，是历史上最光荣的时代，也是诗的时代。他的诗人气质和热爱祖国文化的情绪是十分富有感染力的，及今思之，犹感奋然。在讲诗时，他重视诗人同时代的关系和诗人的生活态度，几乎所有的唐代重要诗人他都作了生平和作品的系年；在此基础上他才着重讲作者的风格特点和历史地位，然后再从艺术的角度选讲某一诗人的几首有代表性的作品。他讲唐诗和讲《诗经》《楚辞》不同，由于用到文字训诂的地方很少，因此讲抒情艺术的比重就增多了。但也很少在章句上作繁琐的剖析，而常常是朗朗吟诵，着重在体味作者的性格和情绪，作为其风格特点的说明和例证；他是相信人如其诗的。我们现在读他的《唐诗杂论》，是容易领会到他讲唐诗的特点的。

闻先生对古典文学的研究博大精深，我这里写的只是课堂上的感受和回忆，既不是阐发研究，也不是全面介绍；即就回忆而言，由于时间久远，不仅挂一漏万，而且难免有记错的地方，只因怀念心切，有一种非写不已的冲动，遂缕记之如上。

五　治学风范

我当学生的时候，闻先生正全力研究古代文献，醉心于考据训诂之学，尤其钦佩王念孙父子的成就。他曾细致地比较过王氏父子、孙诒让和俞樾的造诣和造就，引导学生注意知识面的广博和治学的谨严。我上"诗经"课的时候，他讲需要编一部《诗经字典》，并要求班上的学生各在《诗经》中选一个字，然后把所有各篇中有这个字的句子都集中起来，按照句法结构把它分为几类，然后再从声和形的两方面来求义，并注意古代廋辞的用法和含义。他强调开始最好只看正文，不看旧注；如无法着手，也可先看看马瑞辰的《毛诗传笺通释》和陈奂的《诗毛氏传疏》。这是他布置的必须完成的作业。可以看出，他是在训练学生运用训诂学的基本功。在《中国古代神话研究》班上，他要求学生各选定一个古代神话故事的题目，从类书中先把有关材料摘录出来，再复查原书，将材料按时代先后排序，分析其繁简情况及有无矛盾现象，然后再考察它的来源和流变过程，写出一个报告。有时学生在作业中过于草率或犯了常识性的错误，他的批评是很严厉的。记得在昆明的《中国文学史专题研究》班上，有一次他曾发了火。这门课是为研究生开的，个别的四年级学生经允许也可选修，班上只有六七个人。每次由一个学生先讲一个题目，然后大家讨论，闻先生最后讲话。那次一位同学在发言中竟引用了《史记》的"三皇本纪",而《史记》中并无此篇,有一篇《三王世家》还是褚少孙补的,不是司马迁原文。这一次闻先生真生气了,讲了许多有关治学的材料和方法的问题,强调必须有一丝不苟的认真求实态度和关于古籍知识的基本素养,口气十分严峻。但如果他发现了某一学生的作业报告有新意并且论证谨严的话,他也是不吝赞许的,甚至有点"逢人说项"的味道。记得在北京时他对孙作云的《九歌·山鬼》的文章,在昆明时对于朱德熙的关于甲骨文的报告和汪曾祺的关于唐诗的报告,就都多次加以称誉,推荐给我们看,我感到从这些事例中是可以体会到闻先生的治学精神的。现在我还保存着一张1942年昆明西南联大中文系招收三年级转学生的"国学常识"试题,题目是闻先生出的,从中可以看出他心目中的基本知识的内容和范围。不论如此要求是否适宜,至少它也算有关闻先生的一条史料,因此将全文移录于下:

国立西南联合大学转学生考试

三十一年七月
国学常识
(任答十问　答案写在题纸上)
(一)下列十个名词是否都是易经的卦名?请将误列的指出来:

　　蒙　　萃　　既畜　　大过　　谦
　　济　　盈　　丰　　妇妹　　苞

(二)下列五篇尚书那几篇是今文?那几篇是古文?

尧典　　益稷　　旅獒　　金縢　　君牙

（三）下列十篇诗经中那几篇是"有其义而亡其辞"的"笙诗"？

鹿鸣　　白华　　华黍　　南山有台　　由庚
崇丘　　鹤鸣　　鱼丽　　南陔　　　　由仪

（四）下列五篇礼记，那几篇属于大戴？那几篇属于小戴？

深衣　　曾子立事　　内则　　帝繫姓　　仲尼燕居

（五）下列春秋十二公的次序是乱的，试依时代先后用数目字标出来

隐公　　昭公　　僖公　　宣公　　文公　　成公
哀公　　桓公　　襄公　　定公　　庄公　　闵公

（六）史记一百三十篇是如何分配的？试分别填注出来：

本纪（　　）篇　书（　　）篇　表（　　）篇
世家（　　）篇　列传（　　）篇

（七）水经注是郦道元作的呢还是他注的？如果是他注的，那么原作者是谁？

（八）杜佑通典和马瑞临文献通考体例是否一样的？郑樵通志和他们有什么不同？

（九）二十五史，表和志不具备的是那几史？

（十）史记太史公自序所说的诸子六家是那六家？汉书艺文志诸子十家是那十家。荀子非十二子篇所"非"的是那十二子？

（十一）下列各条那几条是惠施之学？那几条是公孙龙之学？

白马非马　　指不至　　一尺之棰日取其半万世不竭
鸡三足　　　丁子有尾　今日适越而昔来

（十二）下列各条著者和书名有错误吗？请指出来：
　　陆法言广韵　　许慎说文解字　　张揖广雅疏证
　　贾谊新语　　　陆贾新语　　　　杨雄法言
　　仲长统昌论　　荀悦申鉴　　　　王符潜夫之言

（十三）下列各条学派传承有错误吗？请指出来：
　　周敦颐是陈搏的弟子　　　程颐是欧阳修的弟子
　　朱熹是李侗的弟子　　　　徐爱是王守仁的弟子
　　颜元是李塨的弟子　　　　曾国藩是倭仁的弟子

（十四）下列各篇楚辞，那几篇是属于九歌的？那几篇是属于九章的？
　　湘君　　悲回风　　国殇　　少司命　　桔颂
　　怀沙　　礼魂　　　惜诵　　哀郢　　　东君

（十五）下列各篇乐府那些篇是汉乐府？那些篇是晋南北朝乐府？
　　团扇郎　　华山畿　　蒿里　　　梁甫吟　　欢闻变
　　上之回　　前溪　　　乌生八九子　乌夜啼　　阿子

（十六）下列各家，那几个是初唐诗人，那几个是盛唐诗人。那几个是中唐和晚唐诗人？
　　王昌龄　　贾岛　　宋之问　　李白　　杜牧
　　王绩　　　王维　　元稹　　　元结　　罗隐

（十七）下列各家的文学渊源有错误吗？请指出来：
　　李翱学古文于韩愈　　　　黄庭坚学诗于黄庶
　　曾几学诗于韩驹　　　　　李后主学词于冯延巳
　　曾国藩学古文于姚鼐　　　梁启超学诗于黄遵宪

（十八）试注明下列各杂剧传奇的作者及其时代：
　　唐明皇秋夜梧桐雨　　　　东堂老劝破家子弟

绣襦记　　　　　　还魂记
　　燕子笺　　　　　　长生殿
　　桃花扇　　　　　　南西厢

（十九）指出下列各韵书的部数：
　　切韵（　　）韵　广韵（　　）韵　集韵（　　）韵
　　五音集韵（　　）韵　　平水韵（　　）韵
　　韵府群玉（　　）韵　　洪武正韵（　　）韵
　　中原音韵（　　）部　　中华新韵（　　）部

（二十）注出下列各家所分的古韵部数
　　顾炎武（　　）部　　江　永（　　）部
　　戴　震（　　）部　　段玉裁（　　）部
　　江有诰（　　）部　　孔广森（　　）部
　　王念孙（　　）部　　夏　炘（　　）部
　　黄　侃（　　）部

（二十一）指出下列各书的著者：
　　仓颉篇　急就篇　训纂篇　方　言　释　名
　　玉　篇　类　篇　字　汇　经籍纂诂

（二十二）注明下列各字在六书中属于那一类？
　　马　鼠　鸡　犬　牛　上　下
　　一　二　三　江　河　日　月
　　星　令　长　武　信　义

这个题目虽然由二十二题中任答十题，选择性较大，但对于中文系学生来说，毕竟艰深了些，即使是现代古典文献专业的学生，也并不很容易。但从中可以看出闻先生是多么注意知识素养的广博，以及十分重视从文字训诂入手来研究古代文化和文学的治学道路。

这些只是他治学的准备和途径,他与清代朴学家根本不同,他的视野要开阔得多。他知道"清人较为客观,但训诂学不是诗"[38],他是从历史和文化的整体上来观察问题的。他说:"我的历史课题甚至伸到历史以前,所以我研究神话,我的文化课题超过了文化圈外,所以我又在研究以原始社会为对象的文化人类学"[39]。抗战时期北京研究院的徐炳昶先生也住在昆明东郊,离清华文科研究所不远,与闻先生时相过从;徐先生是研究传说与古代史的专家,他们见面时谈的几乎都是神话与圈腾一类文化人类学的问题。我在文科研究所当助教的时候,所里的一项主要工作是校释《管子》一书,在闻先生主持下,由许维遹先生负责,我也参加了一点工作,闻先生就十分重视管子的经济思想。《管子校释》稿解放后受到郭沫若先生的重视,由他加工整理,郭、闻、许三人署名,已于五十年代刊行问世。我还当过他《庄子内篇校释》属稿时的助手,听到过他许多发人深省的议论,远远超过校释的范围。朱自清先生编《闻集》的时候,我分工担任了《九章》遗稿的整理工作。读他的遗著,似乎他专注于文字训诂之学,其实并不如此;他的《周易义证类纂》就明白说明"以钩稽古代社会史类之目的解《周易》,不注象数,不涉义理",而是从经济、社会、心灵等方面分类阐发的。只是由于不幸遭难,他的研究才被迫中断了。他说:"我始终没有忘记除了我们的今天外,还有那二千年前的昨天,除了我们这角落外还有整个世界。"[40]无论从纵向或横向说,他的眼光都是十分开阔的,观察方式完全是宏观的。学术界像他这样学贯中西、博古通今的人并不多,这是应该视为风范的。

　　以前的清华文科似乎有一种大家默契的学风，就是要求对古代文化现象作出合理的科学的解释。冯友兰先生认为清朝学者的治学态度是"信古"，要求遵守家法；"五四"时期的学者是"疑古"，要重新估定价值，喜作翻案文章；我们应该在"释古"上多用力，无论"信"与"疑"必须作出合理的符合当时情况的解释。这个意见似乎为大家所接受，并从不同方面作出了努力。但既然着重在新释，由于各自的观点方法或角度的不同，同一问题的结论就可能很不相同；这也不要紧，只要能言之成理、持之有故，就可以存在，因为新释本来就带有研究和探索的性质。闻先生的《诗经新义》、朱自清先生的《诗言志辩》都是在这种学风下产生的成果。我是深受这种学风的熏陶的，1948年我的《中古文学史论》脱稿，由于研究的时代范围是过去所谓韩愈"文起八代之衰"的"八代"，我在"自序"中说："我们和前人不同的，是心中并没有宗散宗骈的先见，因之也就没有'衰'与'不衰'的问题。即使是衰的，也自有它所以如此的时代和社会的原因，而阐发这些史实的关联，却正是一个研究文学史的人底最重要的职责。"这段话就是当时我对这种学风的理解。应该说，三十年代清华的学术空气还是比较浓厚的。闻、朱两先生相继逝世之后，冯友兰先生为文说："闻一多先生与朱佩弦先生是一代的学人、作家，也是清华中国文学系的柱石。……一多佩弦之死专就清华中国文学系说，真是有栋折榱崩之感。'江山代有才人出'。我相信，将来必定有人能继续他们二位的工作。"[41]近闻清华大学又在筹建中国文学系，时值盛世，政通人和，百家争鸣的融洽宽松的气氛已经形成，对于闻先生的风范和优良的传统学风，定能有所继承和发扬，这是最值得告慰于闻先生的事情。

1986 年 9 月 26 日脱稿

*　　*　　*

〔1〕闻一多：《八年的回忆与感想》。

〔2〕〔4〕闻一多：《"五四"历史座谈》。

〔3〕闻一多：《给西南联大的从军回校同学讲话》。

〔5〕〔8〕闻一多：《一句话》。

〔6〕〔27〕闻一多：《〈冬夜〉评论》。

〔7〕闻一多：《发现》。

〔9〕〔22〕〔28〕〔34〕〔35〕闻一多：《诗的格律》。

〔10〕〔15〕闻一多：《〈女神〉之地方色彩》。

〔11〕闻一多：《悼玮德》。

〔12〕胡适：《逼上梁山》。

〔13〕闻一多：《闻一多全集·年谱》。

〔14〕〔39〕〔40〕闻一多：《给臧克家先生》

〔16〕郭沫若：《创造十年》。

〔17〕〔20〕〔33〕郭沫若：《论诗三札》。

〔18〕鲁迅：《诗歌之敌》。

〔19〕郭沫若：《文学的本质》。

〔21〕闻一多：《泰果尔批评》。

〔23〕闻一多：《给左明的信》。

〔24〕鲁迅：《两地书·三二》。

〔25〕闻一多：《论悔与回》。

〔26〕茅盾：《论初期白话诗》。

〔29〕闻一多：《给左明先生》。

〔30〕朱自清：《新诗杂话·诗与感觉》。

〔31〕朱自清:《中国新文学大系·诗集导言》。

〔32〕胡适:《谈新诗》。

〔36〕卞之琳:《完成与开端:纪念诗人闻一多八十生辰》。

〔37〕〔38〕闻一多:《匡斋尺牍》。

〔41〕冯友兰:《回忆朱佩弦先生与闻一多先生》。

后　　记

　　本书是关于中国现代文学史研究的一本论文集。其中第一篇《关于现代文学研究工作的随想》是1980年"中国现代文学研究会"举行第一次全国代表大会时委托作者所作的报告，无论其内容是否妥适，至少作者自己在研究中是照着这样的想法工作的，因此把它列为篇首，可以看作是全书的序言。集中所收文章，全部都在各刊物上公开发表过；除少数几篇是"文革"前的旧作外，绝大多数都是近十年间的产物。作者从事中国现代文学的教学和研究工作已达四十年，其间或应某些会议之邀作专题发言，或应报刊之约写有关文章，或者为某些"五四"以来作家的文集作序，或者为某些专书（如《中国大百科全书·中国文学卷》）撰写指定节目；积少成多，遂成今帙。除有关鲁迅研究的文章已分别收于《鲁迅与中国文学》（陕西人民出版社）及《鲁迅作品论集》（人民文学出版社）二书，一些有关现代文学研究的短文已收入《润华集》（湖南人民出版社）[1]以外，所有关于中国现代文学研究的论文，已完全收入本书。时光荏苒，存迹希微，思之汗颜。今集为一书，聊供同道者参阅指正之便。集中《曹禺的话剧创作》及《老舍〈骆驼祥子〉略说》二文，原为应唐弢主编之高校教材《中国现代文学史》而作；此书初撰时，主其事者以《巴金·老舍·曹禺》一章委之作者，当时我的《论巴金的小说》一文早已于1957年在《文学研究》发表，遂以之剪裁成文，权充篇幅，另外撰此二文，以备完成任务之用。今唐编专书早已出版，此章即以拙作为本，虽其中不乏主编润色之处，但大体仍与原作相同。今将此二文及《论巴金的小说》皆收于此书，爰说明原委，以免对唐氏主编之专著有掠美之嫌。

除首篇外，今将所收各文，不依撰写时间为序，而以所论内容粗略归类，分为六辑。从"目录"看来，似乎也颇论题广泛、阐述有序，其实各文既非一时所写，又非着意安排，因此观察角度、详略之间，皆随写作时情况及实际需要而定；各文都只是一本论文集的篇名，而并非一本专著中有计划的章节。第一辑收文六篇，属于宏观论总论性质，其中《现代文学的历史特点》一文是《中国大百科全书·中国文学卷》关于现代文学部分的总论性条目，其他好几篇都是原应民盟中央主办之"多学科讲座"而作的讲稿，后来才都写成文章发表。第二辑所收六篇是依照历史顺序论述现代文学在某一时期的重要问题的；第三辑所收四篇则是就某一文体或问题所作的考察。第四辑所收文章最多，共有十篇，都是论述某一作家在某些方面的成就和贡献的。由于各文撰写的时间和情况各不相同，这些作家并不是着意选择的，论述的内容也不是他们的全部成就，因此不能认为本书未论述到的作家是有意舍弃；或只论述到作家的某一方面，其他的成就都是不足道的。第五辑所收的是对现代作家文集所写的四篇序文，是应原作者本人或其家属、或文集的整理编辑者之约而写的，论述的也全是原作者与现代文学发展的关系。第六辑的两篇虽然也是论述现代作家的文章，但带有怀念性质，与第四辑中的客观论述者略有不同，故单列一辑。在全书中，自以为这两篇是最值得向读者推荐的，因为作者与朱自清、闻一多两先生的确有十年以上相处的历史，特别在抗战期间的昆明乡下，工作和食宿都在一处，因此下笔时就不能没有感情色彩；虽然具体的论述未必精审得当，但毕竟有亲承音旨的感性认识，因此自以为是可以供后来者参考的。

　　文学史的研究对象虽然是文学，但它也是属于历史科学的一个部门。经常注视历史的人容易形成一种习惯，即把事物或现象都看作是某一过程的组成部分；这同专门研讨理论的人的习惯有所不同，在理论家那里，往往重视带有永久价值的东西，或如爱情是永恒的主题，或如上层建筑决定于经济基础之类。研究历史当然也需要理论的指导或修养，但他往往容易把极重要的事物也只当作是历史发展过程中出现的一种现象；这是否有所蔽呢？我现在只感觉到了这个问题，还无力作出正确的答案，这或者正是自己理论修养不足的表现。目前新论迭出，诸说纷呈，本书所收各文皆与此无涉；作者只是对于现代文学作为一种历史现象作了一些平实的考察，这对于重视历史发展脉络的人或者还有某种参考的价值。果真如此，作者就很满意了。

　　本书中好些篇文章在写作过程中曾得到钱理群同志的协助，其中《现代文学的历史特点》一文还是他和我共同署名在《社会科学战线》发表的；今值此书成集之际，特以谨申谢忱。

1989年8月8日于山东烟台大学招待所

*　　*　　*

〔1〕后因故《润华集》改由中国社会科学出版社出版。